MAIN

Las fauces del tigre
Tom Clancy

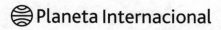 Planeta Internacional

Tom Clancy

Las fauces del tigre

Traducción de Enric Tremps

 Planeta

Título original: The teeth of the tiger

© Rubicon, Inc., 2003
© por la traducción, Enric Tremps, 2005
© Editorial Planeta, S. A., 2005
   Diagonal, 662-664, 08034 Barcelona (España)
Primera edición: junio de 2005
Depósito Legal: B. 25.627-2005
ISBN 84-08-05960-2
ISBN 0-399-15079-X editor G. P. Putnam's Sons, una división de
   Penguin Group (USA), Nueva York, edición original
Composición: Víctor Igual, S. L.
Impresión: Hurope, S. L.
Encuadernación: Eurobinder, S. A.
Printed in Spain - Impreso en España

A Chris y a Charlie. Bien venidos
al extranjero

... y, evidentemente, a lady Alex,
cuya luz brilla tanto como siempre

AGRADECIMIENTOS

A Marco, en Italia, por las instrucciones de navegación.
A Ric y Mort, por la formación médica.
A Mary y Ed, por los mapas.
A la señora Jacque, por los documentos.
A UVA, por la ojeada a la casa de TJ.
A Roland, de nuevo, por Colorado.
A Mike, por la inspiración.
Y a muchos otros, por pequeños pero importantes tesoros
del conocimiento.

La gente duerme pacíficamente en su cama por la noche sólo porque hay hombres duros dispuestos a ejercer la violencia en su nombre.

GEORGE ORWELL

Ésta es una guerra de combatientes desconocidos, pero siguen decididamente la lucha por fe o por deber...

WINSTON CHURCHILL

Si el Estado tiene potestad para decidir
tanto en el cielo como en la tierra
si sería sensato matar a la humanidad
antes o después del nacimiento,
ésos son asuntos de gran preocupación
donde los académicos estatales se encuentran,
pero el Estado sagrado (nos ha enseñado la vida)
acabó en guerra santa.

Si la gente obedece los designios del Señor
o el aliciente de la voz más sonora,
si es más rápido morir a hierro
o más barato morir por el voto,
ésas son cosas de las que ya nos hemos ocupado antes
(y no volverán de sus tumbas),
ya que la gente santa, vaya como vaya,
acaba en plena esclavitud.

Sea cual fuere la causa
por la que se aspire a tomar u otorgar
el poder por encima o más allá de la ley,
¡no lo sufras en vida!
Santo Estado o santo rey
o la sagrada voluntad del pueblo,
no tengas nada que ver con eso que carece de sentido.
¡Llama a las armas y mata!
Repitiendo conmigo:

Antes estaba la gente, nacida del terror,
antes estaba la gente y convirtió la tierra en un infierno,
la tierra se levantó y la aplastó. ¡Escuchad, vosotros los caídos!
Antes estaba la gente, ¡nunca volverá a suceder!

RUDYARD KIPLING, *La canción de Macdonough*

PRÓLOGO

AL OTRO LADO DEL RÍO

David Greengold había nacido en Brooklyn, la más norteamericana de las comunidades, pero en su Bar Mitzvah (1) algo importante cambió su vida. Después de proclamar «hoy ya soy un hombre», acudió a la fiesta de celebración, donde conoció a algunos parientes que se habían desplazado desde Israel. Su tío Moisés era allí un próspero comerciante de diamantes. El propio padre de David tenía varias joyerías, la más emblemática de las cuales se encontraba en la calle Cuarenta de Manhattan.

Mientras su padre y su tío hablaban de negocios, entre copa y copa de vino californiano, David se reunió con su primo hermano Daniel. Éste, diez años mayor que él, acababa de empezar a trabajar en el Mossad, el servicio de inteligencia israelí, y con el entusiasmo propio de un novato se dedicó a contarle historias a David. Daniel, que había hecho el servicio militar obligatorio como paracaidista en el ejército de Israel, había efectuado once saltos y participado en algunos combates, durante la guerra de los Seis Días, en 1967. Para él había sido una guerra feliz, sin víctimas de consideración en su compañía y con suficientes enemigos abatidos para que pareciera una aventura deportiva, una cacería de presas peligrosas, aunque no en demasía, con una culminación que se ajustaba perfectamente a su visión y a sus expectativas anteriores a la guerra.

Aquellas historias contrastaban intensamente con los lúgubres reportajes televisivos sobre Vietnam, que en aquella época iniciaban las noticias todas las noches, y con el entusiasmo de su

---

(1) Ceremonia religiosa por la que un muchacho judío, a los trece años, entra a formar parte de la comunidad de los adultos. *(N. del t.)*

13

nuevamente reafirmada identidad religiosa, David decidió en aquel mismo momento que cuando acabara sus estudios en el instituto emigraría a su patria judía. Su padre, que había servido en la segunda división acorazada estadounidense durante la segunda guerra mundial, y cuya aventura, en general, no le había resultado particularmente agradable, se sintió todavía más descontento ante la posibilidad de que su hijo se trasladara a una jungla asiática para luchar en una guerra por la que ni él ni ninguno de sus conocidos sentía demasiado entusiasmo. Y así fue cómo David, cuando acabó el bachillerato, se trasladó a Israel en un vuelo de El Al. Perfeccionó su hebreo, hizo el servicio militar y, al igual que su primo, ingresó en el Mossad.

Desempeñó bien su labor, hasta el punto de que actualmente dirigía la delegación romana, que no era un cargo de poca importancia. Entretanto, su primo Daniel había abandonado el servicio para incorporarse al negocio familiar, con unos ingresos muy superiores a los de un funcionario. Dirigir la delegación del Mossad en Roma lo mantenía ocupado. Tenía tres agentes secretos permanentemente a sus órdenes. Recogían una buena cantidad de información, parte de la cual procedía de un agente llamado Hassan. Éste era de ascendencia palestina, tenía buenos contactos en el FPLP, el Frente Popular para la Liberación de Palestina, y por dinero compartía con sus enemigos la información que recibía de los mismos; suficiente dinero para disfrutar de un cómodo apartamento a un kilómetro de la sede del parlamento italiano.

David debía recoger ese día un paquete. Ya había utilizado antes ese lugar: el servicio de caballeros del *ristorante* Giovanni, junto al pie de la escalinata de la plaza de España. Después de tomarse su tiempo para disfrutar de una excelente milanesa y de vaciar su copa de vino blanco, se levantó para recoger el paquete. Estaba escondido debajo del último urinario de la izquierda, un lugar algo extraño, pero cuya ventaja era que nadie lo inspeccionaba ni lo limpiaba. Se trataba de una placa metálica pegada al mismo, que habría parecido perfectamente inocente aunque alguien la hubiera visto, porque llevaba grabado el nombre del fabricante y un número que no significaba absolutamente nada. Después de acercarse, decidió aprovechar la oportunidad para hacer lo que suelen hacer los hombres en los urinarios, y mientras estaba ocupado, oyó que se abría la puerta. A pesar de que quienquiera que fuese no le prestó la menor atención, sólo para asegurarse, dejó caer su paquete de cigarrillos, y cuando se agachó para recogerlo con la mano derecha, retiró el paquete magnético de su escondrijo con la izquierda. Era un buen truco, como el de un mago que atrae la atención del público hacia una mano, mientras hace su trabajo con la otra.

Salvo que en este caso no funcionó. Acababa de recoger el paquete, cuando alguien tropezó con él por la espalda.

—Disculpa, tío, quiero decir, *signore* —rectificó la voz, en un inglés que parecía de Oxford.

Era el tipo de comentario que haría que cualquier persona civilizada se sintiera relajada en semejante situación.

Sin molestarse siquiera en responder, Greengold se volvió hacia la derecha para lavarse las manos y retirarse. Se acercó al lavabo, abrió el grifo y miró entonces en el espejo.

La mayoría de las veces, el cerebro funciona con mayor rapidez que las manos. En esta ocasión, vio los ojos azules del hombre que había tropezado con él: eran muy comunes, pero no su expresión. En el tiempo que tardó su mente en ordenarle a su cuerpo que reaccionara, la mano izquierda de aquel individuo había avanzado para agarrarlo por la frente y algo frío y puntiagudo penetraba en su nuca, justo en la base del cráneo. Sintió un fuerte tirón hacia atrás en la cabeza, que facilitó la penetración de la hoja en la médula espinal y la sajó por completo.

La muerte no fue instantánea. Su cuerpo se desplomó cuando cesaron todas las órdenes electromagnéticas a sus músculos, y al mismo tiempo, desapareció su sensibilidad. Sólo experimentaba una lejana sensación de ardor en el cuello, que la conmoción del momento impidió que se convirtiera en un fuerte dolor. Intentó respirar, incapaz de comprender que nunca volvería a hacerlo. El hombre le dio la vuelta, como si de un maniquí de unos grandes almacenes se tratara, y lo arrastró al retrete. Lo único que podía hacer ahora era mirar y pensar. Vio su rostro, pero no significaba nada para él. El rostro le devolvió la mirada, observándolo como si fuera un objeto, una cosa, sin siquiera la dignidad de odiarlo. David escudriñó impotente con la mirada, mientras aquel individuo lo sentaba sobre el retrete. Le pareció que introducía la mano en su bolsillo, para robarle la cartera. ¿De eso se trataba, de un simple robo? ¿Un robo a un agente del Mossad? Imposible. El tipo agarró entonces a David por el pelo, para levantar su cabeza caída.

—*Salaam aleikum* —dijo el asesino: «La paz sea contigo.»

¿Era árabe? Si así era, no lo aparentaba en absoluto. El desconcierto debió de ser evidente en su mirada.

—¿Confiabas realmente en Hassan, judío? —preguntó el individuo, aunque sin manifestar emoción alguna en el tono de su voz.

Su falta de emoción denotaba desprecio. En los últimos momentos de su vida, antes de que su cerebro muriera por falta de oxígeno, David Greengold comprendió que había caído en la trampa más antigua del espionaje: un señuelo. Hassan le había facilitado información con el fin de poder identificarlo, de hacerlo salir a la superficie. Qué forma más estúpida de morir. Sólo le quedaba tiempo para un último pensamiento: «Adonai echad» (2).

El asesino se aseguró de tener las manos limpias y examinó su ropa. Pero aquella clase de puñaladas no provocaban grandes hemorragias. Se guardó la cartera en el bolsillo, así como el paquete del mensaje y, después de arreglarse la ropa, abandonó el servicio. Se detuvo junto a su mesa, donde dejó veintitrés euros para pagar su propia comida, incluidos sólo unos céntimos de propina; no pensaba volver en un futuro próximo. Salió de Giovanni y cruzó la plaza. Al entrar le había llamado la atención un Brioni, y sintió la necesidad de adquirir un nuevo traje.

El cuartel general del cuerpo de marines estadounidenses no se encuentra en el Pentágono. El edificio administrativo más grande del mundo tiene capacidad para el ejército, la marina y las fuerzas aéreas, pero de un modo u otro, los marines quedaron excluidos, y debían contentarse con su propio complejo denominado anexo naval, a medio kilómetro de distancia por la autopista de Lee, en Arlington, Virginia. Sin embargo, eso no suponía ningún gran sacrificio para ellos. Los marines siempre han sido como una especie de hijastros de las fuerzas armadas norteamericanas, técnicamente subordinados a la marina, y su función original consistía en ser el ejército privado de la armada, evitando así la necesidad de embarcar soldados en los barcos de guerra, ya que supuestamente el ejército y la marina debían estar enemistados.

Con el transcurso del tiempo, el cuerpo de marines adquirió su propio sentido, y desde hacía más de un siglo eran las únicas fuerzas armadas norteamericanas que los extranjeros habían visto en combate. Eximidos de la necesidad de preocuparse por complejos aspectos logísticos, o incluso por el personal sanitario, ya que disponían de los de la armada, todos los marines eran fusileros con un aspecto imponente y aleccionador, para quienes no albergaran en su corazón un vestigio de calidez respecto a los Estados Unidos de Norteamérica. Por eso, los marines gozaban

(2) «Dios es uno.» (N. del t.)

de respeto, aunque no siempre de amor, entre sus colegas de las fuerzas armadas norteamericanas. Demasiado exhibicionismo, demasiada arrogancia y un sentido excesivo de las relaciones públicas, para los cuerpos más sobrios.

El cuerpo de los marines actuaba, naturalmente, como un pequeño ejército por cuenta propia, incluida su fuerza aérea, reducida pero virulenta, y ahora disponía, además, de un jefe de inteligencia, aunque algunos de los uniformados consideraban que eso era un contrasentido. El cuartel general de inteligencia de los marines era un nuevo organismo que formaba parte del esfuerzo de la «máquina verde» por ponerse al nivel de los demás servicios. Fue denominado M-2, donde el dos era el identificativo numérico de servicio de información, y su jefe era el general de división Terry Broughton, un robusto profesional de la infantería, a quien otorgaron el cargo para introducir un toque de realidad en el mundo del espionaje; los marines decidieron no olvidar que al final del papeleo burocrático hay un hombre con un rifle que necesita buena información para conservar su vida. Otro secreto de los marines era la superioridad de su servicio de inteligencia respecto a todos los demás, incluso al de los perspicaces informáticos de las fuerzas aéreas, cuya actitud era la de que cualquier individuo capaz de pilotar un avión debía ser, sencillamente, más inteligente que los demás. Dentro de once meses, Broughton tendría que tomar el mando de la segunda división de los marines, con base en Camp Lejeune, en Carolina del Norte. Había recibido la buena noticia hacía sólo una semana, y estaba encantado con la idea.

También era una buena noticia para el capitán Brian Caruso, para quien una entrevista con el alto mando, aunque no era exactamente una perspectiva aterradora, sí era motivo de cierta circunspección. Llevaba su uniforme clase A de color aceituna, con su correspondiente cinto Sam Browne y todos los galones a los que tenía derecho, que no eran muchos, aunque algunos de ellos tenían cierto atractivo. Llevaba también sus alas doradas de paracaidista y una colección de galardones de tiro al blanco suficientemente amplia para impresionar incluso a un fusilero de toda la vida como el general Broughton.

El M-2 utilizaba a un teniente coronel como auxiliar administrativo y a una sargento de artillería negra como secretaria personal. A Caruso todo eso le pareció algo raro, pero entonces se recordó a sí mismo que nunca se había tildado de lógico al cuerpo de marines. Como les gustaba decir: doscientos treinta años de tradición inalterados por el progreso.

—El general lo recibirá ahora, capitán —anunció la mujer negra, después de levantar la mirada del teléfono de su escritorio.

—Gracias, sargento —respondió Caruso. Acto seguido, se levantó y se dirigió a la puerta, que ella le abrió.

Broughton era exactamente como Caruso esperaba: un poco por debajo del metro ochenta y cinco, y con un tórax en el que podría rebotar una bala. Llevaba el pelo casi rapado. Como la mayoría de los marines, consideraba que su cabello era excesivamente largo cuando alcanzaba un centímetro de longitud, y acudía al barbero de inmediato. El general levantó la mirada de sus papeles y examinó al visitante de pies a cabeza, con unos fríos ojos castaños.

Caruso no lo saludó. Los marines, al igual que los oficiales navales, no saludaban salvo al presentar armas o cuando llevaban puesta la gorra de uniforme. La inspección visual duró sólo unos tres segundos, pero el joven capitán tuvo la impresión de que había tardado una semana aproximadamente.

—Buenos días, señor.

—Siéntese, capitán —respondió el general, señalando una silla tapizada en cuero.

Caruso tomó asiento, pero permaneció con la espalda muy erguida.

—¿Sabe por qué está aquí? —preguntó Broughton.

—No, señor, no me lo han dicho.

—¿Qué le parecen las fuerzas de reconocimiento?

—Me gustan, señor —respondió Caruso—. Creo que tengo los mejores suboficiales del cuerpo, y el trabajo me resulta interesante.

—Aquí dice que hizo usted una buena labor en Afganistán —señaló Broughton, con una carpeta en las manos, rodeada de una cinta de rayas rojas y blancas, que indicaba que su contenido era secreto.

Pero el trabajo de las operaciones especiales solía pertenecer a dicha categoría, e indudablemente la tarea de Caruso en Afganistán no era apta para el telediario nocturno de la NBC.

—Fue bastante emocionante, señor.

—Aquí dice que hizo un buen trabajo para sacar vivos a todos sus hombres.

—Gracias, principalmente, al miembro de las fuerzas especiales que nos acompañaba. El cabo Ward cayó bastante malherido, pero el sargento Randall le salvó la vida, y de eso no cabe la menor duda. Lo he propuesto para una condecoración. Espero que se la concedan.

—Lo harán —afirmó Broughton—. Y a usted también.

18

—Señor, yo me limité a hacer mi trabajo —protestó Caruso—. Mis hombres hicieron todo...

—Y ésa es la prueba de que un joven oficial es bueno —lo interrumpió el general—. He leído su informe y también el del artillero Sullivan. Dice que su conducta fue impecable, para un joven oficial en su primera acción de combate.

El sargento de artillería Joe Sullivan había olido antes el fuego enemigo en el Líbano y en Kuwait, así como en otros lugares que nunca habían aparecido en los telediarios.

—En otra época, el artillero Sullivan sirvió a mis órdenes —agregó Broughton—. Le corresponde un ascenso.

Caruso asintió con la cabeza.

—Sí, señor. Indudablemente se lo merece.

—He leído su informe sobre él —prosiguió el general, mientras tamborileaba con los dedos sobre una carpeta sin el distintivo de material clasificado—. Habla usted de sus hombres con mucha generosidad, capitán. ¿Por qué?

La pregunta obligó a Caruso a parpadear.

—Se portaron estupendamente, señor. No podía esperar más de ellos. Llevaría a ese puñado de marines contra cualquier enemigo en el mundo. Incluso los jóvenes reclutas pueden llegar algún día a suboficiales, y dos de ellos tienen claramente pasta de sargento. Trabajan duro y son lo suficientemente listos para empezar a hacer lo necesario antes de que se lo ordene. Por lo menos uno de ellos puede llegar a oficial. Son mis hombres, señor, y tengo mucha suerte de que lo sean.

—Y usted los ha instruido bastante bien —agregó Broughton.

—Es mi trabajo, señor.

—Ya no, capitán.

—Discúlpeme, señor. Me quedan otros catorce meses con el batallón y mi próximo destino todavía no ha sido determinado —dijo Caruso, feliz de permanecer para siempre en la segunda fuerza de reconocimiento.

Creía que no tardaría en ascender a comandante y lo destinarían tal vez al batallón S-3, como oficial de operaciones del batallón de reconocimiento.

—¿Qué le pareció trabajar con ese individuo de la CIA que los acompañó a las montañas?

—James Hardesty. Dice que perteneció a las fuerzas especiales del ejército. Tiene unos cuarenta años, pero está muy en forma para su edad, y habla dos de los idiomas locales. No se mea en los pantalones cuando las cosas se ponen feas. Me brindó un buen apoyo.

El general levantó una vez más la carpeta con el material clasificado.

—Aquí dice que usted le salvó el pellejo en aquella emboscada.

—En primer lugar, señor, nadie parece muy listo cuando cae en una emboscada. El señor Hardesty había avanzado con el cabo Ward en misión de reconocimiento, mientras yo armaba la radio vía satélite. El enemigo se había situado en un lugar bastante estratégico, pero se precipitó. Disparó demasiado pronto contra el señor Hardesty, no lo alcanzó con su primera ráfaga, y nosotros maniobramos por la colina a su alrededor. No estaban lo suficientemente protegidos. El sargento Sullivan dirigió su escuadrón por la derecha, y cuando se situó en posición, yo avancé con el mío por el centro. Tardamos entre diez y quince minutos, y entonces el sargento Sullivan alcanzó nuestro objetivo, con un disparo a la cabeza desde diez metros de distancia. Queríamos capturarlo vivo, pero no fue posible de la forma en que se desarrollaron los acontecimientos —concluyó Caruso, encogiéndose de hombros.

Los mandos podían controlar a los oficiales, pero no determinar las exigencias del momento, y aquel individuo no tenía la menor intención de convertirse en preso de los norteamericanos; no era fácil capturar a alguien como él. El balance final fue el de un marine gravemente herido, dieciséis árabes muertos y dos capturados vivos, para que los del servicio de inteligencia charlaran con ellos. El final había sido más productivo de lo que cabía esperar. Los afganos eran valientes, pero no estaban locos o, mejor dicho, decidían inmolarse en sus propios términos.

—¿Lecciones aprendidas? —preguntó Broughton.

—Nunca se puede estar excesivamente entrenado, señor, ni estar en demasiada buena forma. La realidad es mucho más escabrosa que los ejercicios. Como ya le he dicho, los afganos son valientes, pero carecen de entrenamiento. Y nunca se sabe quiénes resistirán y quiénes sucumbirán. En Quantico nos enseñaron que uno debe confiar en sus propios instintos, pero los instintos no se aprenden, ni uno puede estar siempre seguro de si escucha o no la voz adecuada —dijo Caruso, encogiéndose de hombros, antes de proseguir—. Supongo que nos funcionó bien a mí y a mis marines, aunque en realidad no sabría decirle por qué.

—No piense demasiado, capitán. Cuando las cosas se ponen feas, uno no dispone de tiempo para pensarlo todo detalladamente. Se piensa con antelación. La clave radica en cómo entrena a su personal y en las responsabilidades que les otorga. Prepara la mente para actuar, pero nunca cree saber la forma que adoptará la acción. En todo caso, usted lo hizo todo bastante bien. Ha impresionado a ese tal Hardesty, y es un individuo con cierta importancia. Así es como esto ha sucedido —concluyó Broughton.

—¿A qué se refiere, señor?

—La CIA quiere hablar con usted —declaró el general—. Están realizando una caza de talentos y ha surgido su nombre.

—¿Para hacer qué, señor?

—Eso no me lo han contado. Buscan personas para trabajar en el campo. No creo que se trate de espionaje. Probablemente, el lado paramilitar de la organización. Supongo que se trata de la nueva sección contraterrorista. No puedo decir que me guste perder a un marine joven y prometedor. Sin embargo, yo no tengo voz ni voto en este asunto. Tiene usted derecho a rechazar la oferta, pero debe ir a hablar antes con ellos.

—Comprendo —respondió Caruso, sin entenderlo realmente.

—Puede que alguien les recordara a otro ex marine, que funcionó bastante bien en la organización... —comentó desinteresadamente Broughton.

—¿Se refiere al tío Jack? Perdone, señor, pero eso es algo que procuro eludir desde que ingresé en la academia. Soy, sencillamente, un oficial de los marines, señor. No pido otra cosa.

—Bien —asintió Broughton.

Veía ante sí a un oficial joven y prometedor, que había leído de cabo a rabo la *Guía para los oficiales del cuerpo de marines* y no había olvidado nada importante. Si de algo pecaba era de ser excesivamente concienzudo, pero él también lo había sido en otra época.

—Bien, lo esperan ahí arriba dentro de dos horas. Un individuo llamado Pete Alexander, también ex miembro de las fuerzas especiales. Contribuyó al funcionamiento de la operación en Afganistán para la CIA, en la década de los ochenta. No es un mal tipo, por lo que he oído, pero no quiere formar su propio personal. Vigile su cartera, capitán —concluyó el general.

—Sí, señor —prometió Caruso, antes de ponerse en pie y cuadrarse.

Broughton le brindó una sonrisa.

—*Semper fi*, hijo.

—A sus órdenes, señor.

Caruso salió del despacho, saludó con la cabeza a la sargento, no medió palabra con el teniente coronel, que no se había molestado siquiera en mirarlo, y bajó por la escalera, preguntándose en qué diablos se estaba metiendo.

A centenares de kilómetros de allí, otro individuo llamado Caruso pensaba lo mismo. El FBI se había ganado su reputación como uno de los principales servicios de seguridad norteamericanos, investigando secuestros interestatales, poco después de la aprobación del decreto Lindbergh en la década de los años treinta. Su éxito en la resolución de dichos casos puso fin en gran parte a los secuestros por dinero, por lo menos entre los delincuentes inteligentes. El FBI cerró todos y cada uno de los casos en cuestión, y los delincuentes profesionales llegaron finalmente a la conclusión de que ése era un juego de perdedores. Así siguió durante muchos años, hasta que los secuestradores por motivos no lucrativos decidieron practicarlo.

Y ésos eran mucho más difíciles de atrapar.

Penelope Davidson había desaparecido aquella misma mañana, de camino a la guardería. Sus padres habían llamado a la policía local, cuando todavía no había transcurrido una hora desde su desaparición, y poco después el sheriff se había puesto en contacto con el FBI. El procedimiento permitía que el FBI se involucrara, a partir del momento en que la víctima pudiera haber cruzado la demarcación estatal. Georgetown, Alabama, estaba a sólo media hora del límite estatal de Mississippi, y la delegación del FBI en Birmingham se ocupó inmediatamente del caso, con la presteza de un gato a la caza de un ratón. En la nomenclatura del FBI, un secuestro se denomina «siete» y casi todos los agentes de la delegación fueron a sus coches para dirigirse al suroeste, hacia la pequeña ciudad rural y mercantil. Sin embargo, todos los agentes tenían la sensación de estar perdiendo el tiempo, ya que el reloj avanzaba inexorablemente en esos casos. Se consideraba que la mayoría de las víctimas eran objeto de abusos sexuales y asesinadas durante las cuatro o cinco primeras horas del secuestro. Sólo un milagro permitiría recuperar a la niña sana y salva con tanta rapidez, y los milagros no eran frecuentes.

Pero casi todos ellos tenían esposa e hijos, y actuaron como si realmente existiera una posibilidad. El agente especial auxiliar en jefe de la delegación fue el primero en hablar con Paul Turner, el sheriff local. El FBI lo consideraba un aficionado en el campo de la investigación, y el propio Turner lo veía de la misma forma. La idea de una niña violada y asesinada en su jurisdicción le provocaba náuseas, y el hombre agradecía la ayuda federal. Se distribuyeron fotos entre todos los agentes y se consultaron los mapas. Policías locales y agentes especiales del FBI se dirigieron a la zona situada entre la casa de los Davidson y la escuela pública, hasta la que la niña caminaba todos los días desde hacía dos meses. Hablaron con todos los habitantes de dicha área. En Birmingham se efectuaron comprobaciones informáticas de posibles delincuentes sexuales que residieran en un radio de ciento cincuenta kilómetros a la redonda, y se mandaron agentes y policías estatales de Alabama a interrogarlos. Se registraron todas y cada una de las casas, generalmente con el permiso del propietario, pero en muchos casos también sin él, ya que los jueces locales eran muy severos con respecto a los secuestros.

Para el agente especial Dominic Caruso, ése no era su primer caso importante, pero sí su primer «siete», y aunque no tenía esposa ni hijos, la idea de una niña desaparecida le congelaba primero la sangre y, luego, se la ponía en ebullición. En la foto «oficial» de la guardería se la veía con los ojos azules, el cabello rubio tirando a castaño y una agradable sonrisa. Parecía evidente que el móvil de ese «siete» no era el dinero. Se trataba de una familia obrera normal y corriente. El padre era técnico de mantenimiento en la compañía eléctrica local, y la madre trabajaba a tiempo parcial, como auxiliar sanitaria en el hospital del condado. Ambos eran metodistas practicantes, y a primera vista ninguno de ellos parecía sospechoso de abuso infantil, aunque eso también se investigaría. Un agente decano de la delegación de Birmingham era experto en perfiles biográficos y su lectura inicial era aterradora: el sospechoso desconocido podía ser un chalado que encontraba sexualmente atractivos a los menores y sabía que la forma más segura de abusar de ellos consistía en asesinar luego a la víctima.

Caruso sabía que estaba ahí, en algún lugar. Dominic Caruso era un agente joven, hacía apenas un año que había salido de Quantico, pero ésta ya era su segunda misión de campo; los agentes solteros del FBI tenían las mismas oportunidades de elegir sus casos como un gorrión en un huracán. Había desempeñado su primera misión en Newark, Nueva Jersey, a lo largo de siete meses, pero en Alabama se sentía más a gusto. El tiempo solía ser deprimente, pero al menos no era una colmena como aquella sucia ciudad. Ahora su misión consistía en patrullar por la zona oeste de Georgetown y permanecer a la espera de alguna prueba contundente. No tenía suficiente experiencia para ser un buen interrogador; la pericia se adquiría a lo largo de los años, aunque Caruso se consideraba bastante listo y era licenciado en psicología.

«Busca un coche con una niña en su interior —se dijo—, pero seguramente no en un asiento.» Sería demasiado fácil para que

ella pudiera ver el exterior y tal vez gesticular pidiendo ayuda...
Probablemente estaría inmovilizada y maniatada, tal vez con cinta adhesiva, y casi con toda seguridad amordazada. «Una niña indefensa y aterrorizada.» La idea lo impulsó a aferrar el volante con más fuerza. Se oyó un chasquido en la radio.

—Base de Birmingham a todas las unidades «siete». Según un informe recibido, el sospechoso del «siete» podría conducir una furgoneta blanca, probablemente Ford, un poco sucia. Matrícula de Alabama. Si alguien ve un vehículo de esas características, que llame a la base y la policía local lo comprobará.

Eso significaba que no se utilizaran las luces de emergencia, ni se detuviera al sospechoso a no ser que fuera indispensable, pensó Caruso. Había llegado el momento de reflexionar.

«Si yo fuera un chalado de ésos, ¿dónde estaría...?», se preguntó, y redujo la velocidad. En algún lugar con relativamente buenos accesos, pensó. No en una carretera principal propiamente dicha... una buena vía secundaria, con un desvío a un lugar más privado, del que pudiera entrar y salir con rapidez. Un lugar donde los vecinos no pudiera ver ni oír lo que hacía...

Cogió el micrófono.

—Caruso a base de Birmingham.

—Dime, Dominic —respondió la agente encargada de la radio.

Las radios del FBI estaban codificadas y sólo podía escucharlas quien dispusiera de un buen descodificador.

—Lo de la furgoneta blanca, ¿es fiable?

—Una mujer mayor dice que salió a comprar el periódico y vio a una niña cuya descripción coincide, hablando con un individuo junto a una furgoneta blanca. El posible sospechoso es un varón blanco, de edad indeterminada. No es mucho, Dom, pero es todo lo que tenemos —declaró la agente especial Sandy Ellis.

—¿Cuántos pederastas hay en la zona? —preguntó a continuación Caruso.

—Un total de diecinueve, según el ordenador. Tenemos personal al habla con todos ellos. De momento, nada. Es todo lo que hay, amigo.

—Entendido, Sandy. Cierro.

Más vueltas, más observación. Se preguntó si aquello se parecía a lo que su hermano Brian había experimentado en Afganistán: solo, a la caza del enemigo... Empezó a buscar caminos de tierra que salieran de la carretera, tal vez uno con huellas recientes de neumáticos...

Examinó de nuevo la fotografía tamaño cartera. Una niña de rostro encantador, en edad de aprender el abecedario. Una niña para quien el mundo ha sido siempre un lugar seguro, gobernado por mamá y papá, que acudía a la iglesia los domingos y construía camiones con hueveras y aprendía a cantar «Jesús me quiere, lo sé, porque así lo dice la Biblia...». Caruso meneó la cabeza. A unos cien metros delante de él vio un camino sin asfaltar que penetraba en el bosque. Redujo la velocidad y se percató de que el camino hacía una curva en forma de ese, pero los árboles eran escasos y vio... una casucha... y junto a la misma... ¿la esquina de una furgoneta? Pero, más que blanca, ésta era beige...

¿A qué distancia estaba la anciana que había visto a la niña y el vehículo? ¿Cuál era la posición del sol y de las sombras? Tantos matices, tantas incógnitas, tantas variables. A pesar de lo buena que era la academia del FBI, no podía prepararlo a uno para todo... maldita sea, ni siquiera una aproximación a la totalidad. Eso era también algo que le enseñaban a uno: a confiar en su instinto y su experiencia...

Pero Caruso apenas tenía un año de experiencia.

No obstante...

Paró el coche.

—Caruso a base de Birmingham.

—Dime, Dominic —respondió Sandy Ellis.

Caruso dio su posición.

—Voy diez/siete andando y echaré una ojeada.

—Entendido, Dom. ¿Precisas refuerzos?

—Negativo, Sandy. Probablemente no sea nada, me limitaré a llamar a la puerta y hablar con el ocupante.

—De acuerdo, permaneceré a la espera.

Caruso no llevaba una radio portátil como la de los policías locales, y por consiguiente en esos momentos estaba incomunicado, salvo por su móvil. Su arma reglamentaria, una Smith & Wesson 1076, estaba pegada a su cadera derecha. Se apeó del coche y cerró cautelosamente la puerta, para no hacer ruido. La gente siempre volvía la cabeza cuando oía un portazo.

Caruso vestía un traje verde aceituna oscuro, de lo que se alegró, dadas las circunstancias. Se dirigió hacia la derecha y examinó la furgoneta en primer lugar. Caminaba con normalidad, pero sin despegar la mirada de las ventanas de la casucha, en parte esperando ver algún rostro, aunque, pensándolo mejor, contento de que no fuera así.

Calculó que la furgoneta Ford debía de tener unos seis años, y se veían pequeños golpes y abolladuras en la carrocería. El conductor había estacionado marcha atrás, de modo que la puerta corredera quedaba frente a la casa, tal y como probablemente lo haría un carpintero o un fontanero. O alguien que transportara un pequeño cuerpo que se resistía... Caruso mantenía libre su mano derecha y la chaqueta desabrochada. Desenfundar con rapidez era algo que practicaban todos los policías del mundo, a menudo ante un espejo, aunque sólo un loco dispararía al mismo tiempo, porque era sencillamente imposible acertar de ese modo.

Caruso no se precipitó. La ventana del lado del conductor estaba abierta. En la parte trasera vio que el interior estaba casi completamente vacío, con el suelo metálico sin pintar, una rueda de repuesto, un gato y... un gran rollo de cinta adhesiva...

Había mucha cinta por todas partes. El extremo del rollo estaba boca abajo, adherido al suelo, como para asegurarse de poder utilizarla sin tener que despegarla con las uñas; mucha gente solía hacerlo. Finalmente vio una alfombrilla, doblada, no, pegada con cinta adhesiva al suelo, exactamente detrás del asiento del pasajero... ¿y era también cinta adhesiva lo que colgaba del marco metálico del asiento? ¿Con qué objeto?

«¿Por qué ahí?» De pronto, Caruso sintió un cosquilleo en los antebrazos y se le pusieron los pelos de punta. Era la primera vez que experimentaba esa sensación. Nunca había efectuado personalmente una detención, ni siquiera había participado en ningún caso de delito grave, por lo menos no hasta su conclusión. En Newark había perseguido brevemente a algunos fugitivos y llevado a cabo un total de tres detenciones, pero siempre a las órdenes de otro agente más experimentado que él. Ahora tenía algo más de experiencia, estaba ligeramente más curtido... Pero no mucho, se recordó a sí mismo.

Volvió la cabeza hacia la casa. En ese instante, su mente trabajaba con rapidez. ¿Qué tenía realmente? No mucho: había examinado el interior de una furgoneta corriente, donde no había ninguna prueba directa, sino simplemente un espacio vacío, un rollo de cinta adhesiva y una alfombrilla sobre el suelo metálico.

Sin embargo...

El joven agente sacó el móvil del bolsillo y utilizó el sistema de marcación abreviada para llamar a su oficina.

—FBI. ¿En qué puedo ayudarlo? —preguntó una voz femenina.

—Caruso para Ellis —respondió, a fin de acelerar la comunicación.

—¿Qué has descubierto, Dom?

—Furgoneta blanca Ford Econoline, matrícula de Alabama eco, romeo, seis, cinco, cero, uno, aparcada in situ. Sandy...

—Dime, Dominic.

—Voy a llamar a la puerta de la casa.

—¿Quieres refuerzos?

Caruso se tomó un segundo para reflexionar.

—Afirmativo.

—Hay una patrulla del condado a diez minutos. Espera —le aconsejó Ellis.

—Entendido, espero.

Pero la vida de una niña estaba en juego...

Casi tuvo un infarto al oír el grito. Fue un terrible alarido agudo, como el de alguien que se enfrentara cara a cara a la propia muerte. Procesó la información en su cerebro y al cabo de un instante tenía su automática en las manos, frente al pecho, apuntando al aire pero lista para usarla. Se percató de que había sido un chillido femenino, y algo hizo clic en su cabeza.

Tan rápido como pudo, pero procurando hacer el menor ruido posible, llegó al porche, cuyo tejado era precario e irregular. La puerta principal era mayormente de tela mosquitera, para impedir la entrada de los insectos. Necesitaba una capa de pintura, al igual que el resto de la casa, que probablemente era de alquiler. Se acercó a la puerta y miró a través de la tela. Vio lo que parecía un pasillo, que por la izquierda conducía a la cocina y por la derecha al baño, en cuyo interior alcanzaba a vislumbrar un váter de porcelana y un lavabo.

Se preguntó si existía una causa justificada para entrar en la casa, e inmediatamente decidió que bastaba con lo que tenía. Abrió la mosquitera y entró, tan sigilosamente como pudo. Una sucia alfombra barata cubría el suelo del pasillo. Avanzó, con la pistola en alto y los sentidos en estado de máxima alerta. Al desplazarse, cambiaron sus ángulos de visión. Dejó de ver la cocina, pero aumentó su visión del cuarto de baño...

Penny Davidson estaba en la bañera, desnuda, con sus ojos azul porcelana completamente abiertos, degollada de oreja a oreja y sumergida en su propia sangre, que cubría su pecho plano y los costados de la bañera. Tan violento había sido el corte de su garganta que permanecía abierto como si de una segunda boca se tratara.

Curiosamente, Caruso no experimentó ninguna reacción física. Sus ojos registraron la imagen, pero en aquel momento lo único que pensó fue que el autor estaba vivo y a pocos pasos de distancia.

Comprendió que el ruido que había oído procedía de la sala de estar, delante y a la izquierda. Un televisor. Allí debía de estar el sujeto. ¿Podría haber una segunda persona? Pero en aquel momento no tenía tiempo para considerarlo, ni tampoco le importaba particularmente.

Lenta y cautelosamente, con la sangre martilleándole en las sienes, avanzó y asomó la cabeza. Allí estaba, un hombre blanco de casi cuarenta años y el pelo ralo, mirando absorto una película de terror en la televisión —de donde debía de haber procedido el alarido— y bebiendo una lata de cerveza Miller Lite. Tenía cara de satisfacción y parecía perfectamente relajado. Probablemente no era la primera vez, pensó Dominic. Delante de él, sobre una mesilla, había un cuchillo de carnicero ensangrentado. El tipo también tenía manchas de sangre en su camiseta.

«Lo bueno de esos chiflados es que nunca se resisten —recordaba Caruso que había dicho uno de sus instructores en la academia del FBI—. Sí, claro, actúan como John Wayne cuando tienen a un menor en sus manos, pero nunca se resisten ante policías armados. ¿Y saben lo que les digo?, pues que es una verdadera lástima.»

«Hoy no vas a ir a la cárcel.» La idea surgió en la mente de Caruso, al parecer de forma espontánea. Con el pulgar derecho tiró del percutor hasta colocarlo en su lugar; el arma ya estaba lista para disparar. El agente se percató fugazmente de que sus manos estaban heladas.

En el rincón, donde se giraba a la izquierda para entrar en la sala, había una vieja mesa desvencijada. Era de forma octogonal y sobre la misma había un jarrón de cristal azul transparente, barato, tal vez del Kmart de la zona, probablemente destinado a unas flores, pero hoy vacío. Lenta y cautelosamente, Caruso levantó una pierna y derribó la mesa de una patada. El jarrón cayó con estruendo sobre el suelo de madera.

El sujeto se incorporó bruscamente y, al volver la cabeza, vio que había una visita inesperada en su casa. Su reacción defensiva obedeció más al instinto que a la razón: agarró el cuchillo de carnicero de la mesilla. Caruso no tuvo siquiera tiempo de sonreír, aunque sabía que aquel individuo acababa de cometer el último error de su vida. Se considera como artículo de fe en las fuerzas de seguridad norteamericanas que un individuo con un cuchillo en las manos, a menos de siete metros de distancia, supone una amenaza inmediata y mortal.

El dedo de Caruso apretó el gatillo de su Smith y el primer disparo alcanzó al tipo de lleno en el corazón. Dos más le siguieron en menos de un segundo. Su camiseta blanca se tiñó de rojo. Bajó la mirada al pecho, luego la levantó, pasmado, en dirección a Caruso y se desplomó en su asiento, sin decir palabra ni proferir ningún quejido.

A continuación, Caruso volvió sobre sus pasos, para examinar el único dormitorio de la casa. Estaba vacío, al igual que la cocina, con la puerta trasera todavía cerrada por dentro. Se sintió momentáneamente aliviado. No había nadie más en la casa. Echó otra ojeada al secuestrador. Sus ojos seguían abiertos. Pero los disparos de Dominic habían sido certeros. Acto seguido desarmó y esposó el cadáver, porque así lo habían entrenado. Luego le tomó el pulso en una de las carótidas, pero fue un esfuerzo inútil. Lo único que veía ya aquel individuo era la puerta del infierno. Caruso sacó su móvil y pulsó una tecla de marcación abreviada para llamar de nuevo a su oficina.

—¿Dom? —preguntó Ellis, cuando recibió la llamada.

—Sí, Sandy, soy yo. Acabo de abatirlo.

—¿Cómo? ¿Qué quieres decir? —preguntó, alarmada, Sandy Ellis.

—La niña está aquí, muerta, degollada. He entrado y el sujeto ha intentado atacarme con un cuchillo. Le he disparado. Él también está muerto, requetemuerto.

—¡Maldita sea, Dominic! El sheriff del condado está a sólo un par de minutos. No te retires.

—De acuerdo, espero, Sandy.

No había transcurrido todavía un minuto cuando oyó una sirena. Salió al porche. Bajó el percutor de su automática, la guardó en su pistolera, sacó del bolsillo sus credenciales del FBI y las levantó con la mano izquierda, mientras el sheriff se acercaba con su revólver reglamentario en la mano.

—Está bajo control —declaró Caruso, con tanta serenidad como pudo.

Ahora se sentía seguro. Le indicó al sheriff Turner que entrara en la casa, pero él se quedó en la puerta. Al cabo de un par de minutos, el policía salió de nuevo con su Smith & Wesson en la pistolera.

Turner se ajustaba a la imagen de Hollywood de un sheriff sureño: alto, corpulento, brazos robustos y un cinturón con pistolera ajustado a la cintura. La única diferencia estribaba en que era negro. Película equivocada.

—¿Qué ha ocurrido? —preguntó.

—¿Me concede un minuto? —preguntó a su vez Caruso, mientras respiraba hondo y reflexionaba unos momentos, para decidir cómo contar lo sucedido.

La forma en que Turner lo entendiera era importante, porque el homicidio era un delito en aquella jurisdicción.

—Claro —dijo Turner, al tiempo que se sacaba del bolsillo un paquete de cigarrillos Kools y le ofrecía uno a Caruso, que lo rechazó.

El joven agente se sentó en el suelo de madera sin pintar, e intentó ordenar las ideas en su mente. ¿Qué era exactamente lo que había ocurrido? ¿Qué era exactamente lo que él había hecho? ¿Y cómo se suponía que debía contarlo? Una vocecita en su cabeza le decía que no lamentaba absolutamente nada. Por lo menos, no en lo concerniente al sujeto. Respecto a Penelope Davidson, maldita sea, había llegado demasiado tarde. ¿Una hora antes? ¿Incluso tal vez media hora? Aquella niña no regresaría a su casa esa noche, su madre nunca volvería a arroparla en la cama, ni su padre a abrazarla. No, el agente especial Dominic Caruso no sentía el menor remordimiento. Lo único que lamentaba era no haber llegado a tiempo.

—¿Puede hablar? —preguntó el sheriff Turner.

—Buscaba un lugar como éste y al pasar he visto la furgoneta aparcada... —empezó a decir Caruso, antes de levantarse y conducir al sheriff al interior de la casa, para contarle el resto de los detalles—. El caso es que tropecé con esta mesa. Él me vio, agarró el cuchillo, se dirigió hacia mí y yo desenfundé mi pistola y le disparé. Creo que fueron tres disparos.

—Comprendo.

Turner se acercó al cadáver. El individuo no había sangrado mucho. Las tres balas le habían atravesado el corazón y habían detenido casi instantáneamente su habilidad de bombear.

Paul Turner no era ni remotamente tan estúpido como podría parecerle a un agente entrenado por el gobierno. Observó el cuerpo y volvió la cabeza para mirar hacia la puerta desde donde Caruso había disparado. Midió visualmente la distancia y el ángulo.

—De modo que tropezó con esa mesa —repitió el sheriff—. El sospechoso lo vio, cogió su cuchillo y usted, temiendo por su vida, desenfundó su pistola reglamentaria y efectuó tres disparos, ¿no es eso?

—Sí, así fue.

—Comprendo —asintió el sheriff, acostumbrado a cazar un ciervo casi todas las temporadas.

Turner se metió la mano en el bolsillo derecho del pantalón y sacó su llavero. Era un regalo de su padre, que trabajaba como maletero en la vieja estación central de Illinois. Era un modelo antiguo, con un dólar de plata de 1948 soldado al mismo, que medía aproximadamente tres centímetros de diámetro. Lo acercó al pecho del secuestrador y comprobó que la moneda cubría por completo los tres impactos de bala. Miró con sumo escepticismo, pero antes de pronunciar su sentencia, dirigió la mirada al cuarto de baño y su expresión se suavizó.

—Entonces, así es como constará en el informe. Buen disparo, muchacho.

En menos de doce minutos, llegaron una docena de vehículos, entre coches de la policía y del FBI. Poco después apareció el furgón-laboratorio del Departamento de Sanidad Pública de Alabama, para efectuar el trabajo de investigación en la escena del crimen. Uno de sus fotógrafos tomó veintitrés carretes de fotografías en color, con película de 400 ISO. Se retiró el cuchillo de la mano del sujeto y se colocó en una bolsa, para analizar las huellas dactilares y comparar el grupo sanguíneo con el de la víctima; era un puro formalismo, pero el procedimiento que se debía seguir en casos de asesinato era particularmente riguroso. Finalmente se retiró el cadáver de la niña. Sus padres deberían identificarla, pero afortunadamente su rostro permanecía razonablemente intacto.

Uno de los últimos en llegar fue Ben Harding, agente especial en jefe de la delegación de Birmingham del FBI. Un tiroteo en el que hubiera participado un agente requería un informe oficial de su despacho al del director Dan Murray, un viejo amigo. En primer lugar, Harding quiso asegurarse de que Caruso estaba en una forma física y psicológica aceptable. A continuación presentó sus respetos a Paul Turner y se interesó por su opinión sobre el tiroteo. Caruso los observó a cierta distancia y vio cómo Turner gesticulaba para describir el incidente, mientras Harding asentía. Era positivo que el sheriff Turner concediera su sello oficial de aprobación. También estaba presente un capitán de la policía estatal, que a su vez asentía.

En realidad, lo cierto era que a Dominic Caruso no le importaba un comino. Sabía que había hecho lo que debía hacer, aunque una hora más tarde de lo debido. Finalmente Harding se acercó de nuevo a su joven agente.

—¿Cómo se siente, Dominic?

—Lento —respondió Caruso—. Demasiado lento, maldita sea, aunque sé que es irracional pensar de ese modo.

Harding le dio unas palmaditas en el hombro.

—No podría haberlo hecho mejor, muchacho. ¿Cómo ocurrió el tiroteo? —preguntó, después de una pausa.

Caruso repitió su versión, que ahora casi había adquirido la solidez de la verdad en su mente. Sabía que, con toda probabilidad, no le habría perjudicado contar literalmente la verdad, ¿pero para qué arriesgarse? Oficialmente, era un tiroteo justificado, y eso bastaba para su expediente.

Harding lo escuchó y asintió pensativamente. Habría que ocuparse del papeleo y mandarlo urgentemente a Washington. Pero no quedaría mal en los periódicos que un agente del FBI hubiera abatido a tiros a un secuestrador el mismo día en que había cometido el crimen. Probablemente descubrirían que ése no había sido el único crimen parecido que aquel cretino había cometido. Todavía no se había examinado detenidamente la casa. Ya habían encontrado una cámara digital en la habitación, y a nadie le sorprendería descubrir que aquel zángano archivaba información de delitos anteriores en su ordenador personal. De ser así, Caruso habría cerrado más de un caso, y recibiría una mención de honor en su expediente.

Pero ni él ni Harding podían saber todavía hasta qué punto. La caza de talentos estaba a punto de descubrir también a Caruso.

Y a otro.

CAPÍTULO UNO

EL CAMPUS

West Odenton, en Maryland, no llegaba siquiera a ser un pueblo. Allí únicamente había una oficina de correos para los habitantes dispersos de la zona, unas pocas gasolineras y un supermercado 7-Eleven, además de los establecimientos habituales de comida rápida para los que necesitaban tomar un desayuno grasiento antes de ir a trabajar a la ciudad de Washington. A un kilómetro de la modesta estructura de la oficina de correos, también había un bloque de oficinas de altura media, con el característico aspecto anodino de la arquitectura gubernamental. Tenía nueve plantas, y en el espacioso césped frontal había una columna decorativa de ladrillo gris en la que se leía en letras plateadas: HENDLEY ASSOCIATES. El tejado del edificio era plano, con tela asfáltica y gravilla que cubrían el suelo de hormigón, una pequeña estructura para la maquinaria del ascensor y otra rectangular, sin indicio alguno de su función. En realidad, estaba construida de fibra de vidrio, de color blanco, y permitía el paso de las ondas de radio. El edificio en sí mismo era inusual en un sentido: salvo por algunos viejos almacenes de tabaco, que apenas sobrepasaban los ocho metros de altura, era la única estructura de más de dos pisos de la zona, y desde él se divisaba en línea recta el edificio de la NSA, la Agencia de Seguridad Nacional, en Fort Meade, Maryland, y el cuartel general de la CIA en Langley, Virginia. Otros promotores habían intentado construir en la zona, pero por diversas razones, todas ellas falsas, nunca se les había concedido el permiso de obras.

Detrás del edificio había un pequeño conglomerado de antenas, parecido al de las estaciones locales de televisión, con media docena de parabólicas de seis metros de diámetro —rodeadas por una alambrada de cuatro metros de altura—, dirigidas a diversos satélites de comunicaciones. La totalidad del complejo, que en realidad era bastante sencillo, comprendía algo más de cinco hectáreas del condado de Howard en Maryland, y los que trabajaban allí lo denominaban *El Campus*. Muy cerca se encontraba el laboratorio de física aplicada de la Universidad Johns Hopkins, organismo consultivo del gobierno desde tiempos inmemoriales y con funciones decididamente confidenciales.

Para el público en general, Hendley Associates eran agentes de acciones, obligaciones y divisas internacionales, aunque curiosamente sus negocios públicos eran escasos. No se sabía que tuvieran ningún cliente, y aunque se rumoreaba que contribuían discretamente a las organizaciones benéficas locales —se suponía que la Facultad de Medicina de la Universidad Johns Hopkins era beneficiaria de la filantropía de Hendley—, nunca se había filtrado información alguna a los medios de comunicación. En realidad, no tenía siquiera un departamento de relaciones públicas. Tampoco se creía que hicieran nada indecoroso, aunque se sabía que su director gerente había tenido un pasado un tanto problemático. Como consecuencia de ello eludía la publicidad, y en algunas ocasiones había rehuido a la prensa con bastante destreza y amabilidad, hasta que finalmente los periodistas locales dejaron de hacer preguntas. Los empleados de Hendley vivían desparramados por la zona, sobre todo en Columbia, con un estilo de vida de clase media alta y, por regla general, tan discretos como Ward Cleaver, padre televisivo de la familia Beaver.

Gerald Paul Hendley hijo había hecho una carrera espectacular en el mercado de materias primas, donde había reunido una considerable fortuna personal, antes de dedicarse a la vida política cuando tenía casi cuarenta años y ser pronto elegido senador federal por Carolina del Sur. Poco tardó en adquirir la reputación de un legislador inconformista, que evitaba los intereses especiales y sus ofertas de aportaciones a las campañas, para seguir una línea política decididamente independiente, con tendencias liberales en lo concerniente a derechos humanos, pero indiscutiblemente conservadora en cuanto a defensa y relaciones exteriores. Nunca tuvo reparos en expresar su opinión, para agrado y entretenimiento de la prensa, hasta que se llegó incluso a hablar de sus aspiraciones presidenciales.

Pero a finales de su segunda legislatura de seis años sufrió una gran tragedia personal. Perdió a su esposa y a sus tres hijos en un accidente de tráfico, en la interestatal 185 a las afueras de Columbia, en Carolina del Sur, cuando el coche familiar en el que viajaban se incrustó bajo las ruedas del remolque de un tractor Kenworth. Fue previsiblemente un golpe demoledor, y poco después, cuando apenas acababa de empezar la campaña para su tercera legislatura, tuvo otra desgracia. El *New York Times* sacó a la luz que su cartera de inversión personal —que siempre había mantenido en secreto, alegando que, puesto que no utilizaba fondos de la misma para su campaña, no precisaba revelar su cuantía salvo en términos muy generales— mostraba indicios de haber usado información privilegiada. La sospecha se confirmó cuando los periódicos y la televisión investigaron más a fondo, y a pesar de las protestas de Hendley acerca de que la Comisión de Valores y Cambio nunca había publicado ninguna directriz sobre el significado de dicha ley, a algunos les pareció que había utilizado información privilegiada sobre los gastos futuros del gobierno para favorecer a una empresa de inversión inmobiliaria que les aportaría a él y a los demás inversores unos beneficios de más de cincuenta millones de dólares. La situación empeoró todavía más cuando el candidato republicano, que se autodenominaba *Don Limpio*, sacó a relucir el asunto en un debate público y en su respuesta cometió dos errores. En primer lugar, perdió la compostura ante las cámaras, y en segundo lugar, les dijo a los habitantes de Carolina del Sur que, si dudaban de su honradez, podían votar por el imbécil con el que compartía el plató. Para alguien que nunca había puesto un pie político fuera de lugar en toda su vida, sólo ese desliz le costó el cinco por ciento de los votos del estado. El resto de su campaña se hundió como el *Titanic*, y a pesar del voto de compasión de quienes recordaban su tragedia familiar, perdió su escaño con el consiguiente disgusto para los demócratas, exacerbado por una declaración viperina. A partir de ahí, abandonó definitivamente la vida pública; no regresó siquiera a la plantación de la que se había ocupado anteriormente en el noroeste de Charleston, y dejó completamente atrás su vida anterior, para trasladarse a Maryland. Otra declaración demoledora durante el proceso parlamentario acabó por quemar las naves que podrían haberle quedado.

Ahora vivía en una casa de campo que se remontaba al siglo XVIII, donde criaba caballos *appaloosa* y llevaba la vida tranquila de un propietario rural, con la equitación y un juego de golf mediocre como únicos entretenimientos. También trabajaba siete u ocho horas diarias en El Campus, adonde se desplazaba en una limusina Cadillac conducida por un chófer.

A sus cincuenta y dos años, alto, delgado y con el cabello plateado, era respetado sin ser conocido en absoluto, quizá como único vestigio de su pasado político.

—Se portó muy bien en las montañas —dijo Jim Hardesty, mientras le indicaba al joven marine que tomara asiento.

—Gracias, señor. Usted también lo hizo bien.

—Capitán, siempre que logra regresar a su casa cuando todo ha terminado, lo ha hecho bien. Lo aprendí de mi oficial instructor. Hace unos dieciséis años —agregó.

El capitán Caruso hizo unos cálculos mentales y llegó a la conclusión de que Hardesty era un poco mayor de lo que parecía. Capitán de las fuerzas especiales del ejército estadounidense, luego la CIA, y otros dieciséis años lo acercaban más a los cincuenta que a los cuarenta. Debía de haberse esforzado considerablemente para mantenerse en forma.

—Dígame, ¿qué puedo hacer por ustedes? —preguntó el oficial.

—¿Qué le ha contado Terry? —respondió el espía.

—Me ha dicho que hablaría con alguien llamado Pete Alexander.

—Pete ha tenido que salir inesperadamente de la ciudad —le informó Hardesty.

El oficial aceptó la explicación sin hacerse preguntas.

—Bien, en todo caso, el general me ha dicho que ustedes, los muchachos de la CIA, llevaban a cabo una especie de caza de talentos, pero que no estaban dispuestos a cultivar su propio personal —respondió sinceramente Caruso.

—Terry es un buen chico y un excelente marine, pero puede ser algo provinciano.

—Tal vez esté en lo cierto, señor Hardesty, pero pronto será mi jefe, cuando tome el mando de la segunda división de los marines, y procuro mantener buenas relaciones con él. Además, usted todavía no me ha dicho por qué estoy aquí.

—¿Le gusta el cuerpo de marines? —preguntó el espía.

—Sí, señor —asintió el joven oficial—. El salario no es muy bueno, pero suficiente para mis necesidades, y las personas con las que trabajo son las mejores.

—Los que fueron con usted a la montaña son bastante buenos. ¿Cuánto tiempo habían estado con usted?

—¿En total? Unos catorce meses, señor.

—Los entrenó bastante bien.

—Es para lo que me pagan, señor, y disponía de una buena materia prima.

—También supo desenvolverse en aquella escaramuza —comentó Hardesty, mientras tomaba nota del distanciamiento con que el marine le respondía.

El capitán Caruso no era tan modesto como para considerar lo sucedido como una «escaramuza». El fuego era perfectamente real, y eso lo convertía en un combate. Pero comprobó que su entrenamiento funcionaba tan bien como le habían anticipado sus oficiales, en todas las clases y las maniobras. Fue un descubrimiento importante y bastante gratificante. El cuerpo de marines era realmente sensato. Maldita sea.

—Sí, señor —respondió escuetamente—. Y gracias por su ayuda, señor —agregó.

—Estoy un poco viejo para esas cosas, pero es agradable comprobar que todavía me acuerdo —dijo Hardesty, sin agregar que había sido más que suficiente, que el combate seguía siendo un juego de niños y que él ya era mayor—. ¿Alguna reflexión, capitán? —preguntó a continuación.

—Nada en particular, señor. Presenté mi informe del incidente.

Hardesty lo había leído.

—¿Pesadillas, o algo por el estilo?

La pregunta sorprendió a Caruso. ¿Pesadillas? ¿Por qué debería tenerlas?

—No, señor —respondió, visiblemente confuso.

—¿Algún remordimiento de conciencia? —prosiguió Hardesty.

—Señor, esa gente hacía la guerra contra mi país. Nosotros contraatacamos. Uno no debe entrar en el juego, si no puede enfrentarse a las consecuencias. Si tenían esposa e hijos, lo lamento, pero cuando uno molesta a la gente, debe comprender que alguien vendrá a pedirle explicaciones.

—¿Es un mundo duro?

—Señor, más le vale no darle a un tigre una patada en el trasero, si no dispone de un plan para enfrentarse a sus fauces.

«Ninguna pesadilla ni remordimientos», pensó Hardesty. Así era como se suponía que debía ser, pero debido a la amabilidad y la gentileza de Estados Unidos, no siempre eran así sus habitantes. Caruso era un guerrero. Hardesty se reclinó en su silla y examinó detenidamente a su interlocutor, antes de proseguir.

—Capitán, la razón por la que está usted aquí... Habrá visto en los periódicos los muchos problemas que tenemos para enfrentarnos a esa nueva oleada de terrorismo internacional. Ha habido abundantes luchas territoriales entre la CIA y el FBI. A nivel operativo, no suele haber ningún problema, ni existen tampoco grandes dificultades a nivel de mando; el director del FBI, Murray, es un personaje íntegro, y cuando trabajaba como agregado jurídico en Londres, se llevó bien con nuestro personal.

—Pero son los de rango medio, ¿no es cierto? —preguntó Caruso, que había visto lo mismo en los marines.

Muchos oficiales discutían constantemente con otros oficiales, asegurando que su padre sería capaz de darle una paliza al del otro. El fenómeno se remontaba probablemente a los romanos, o a los griegos, cuando era igualmente estúpido y contraproductivo.

—Efectivamente —confirmó Hardesty—. ¿Y sabe lo que le digo?, que tal vez Dios en persona podría resolverlo, pero incluso Él debería tener un día excelente para lograrlo. Las burocracias están demasiado arraigadas. En el ejército, en cambio, no es tan grave. Allí, el personal cambia frecuentemente de trabajo, lo que cuenta es esa idea de «la misión» y, en general, todo el mundo se esfuerza por cumplirla, especialmente si eso los ayuda a escalar individualmente en el escalafón. En términos generales, cuanto más lejos está uno del meollo, más probable es que se sumerja en menudencias. Por consiguiente, lo que buscamos son personas conscientes del hilo de la cuestión.

—¿Y en qué consiste la misión?

—Identificar, localizar y ocuparse de amenazas terroristas —respondió el espía.

—¿Ocuparse? —preguntó Caruso.

—Neutralizar, maldita sea. Cuando sea necesario y conveniente, matar a esos cabrones. Reunir información sobre la naturaleza y la gravedad de la amenaza, y tomar las medidas necesarias en cada caso. El trabajo consiste fundamentalmente en recopilar información. La CIA tiene demasiadas limitaciones en cuanto a su forma de actuar. Pero no este subgrupo especial.

—¿De veras?

«Menuda sorpresa.»

—De veras —asintió solemnemente Hardesty—. Usted no trabajará en la CIA. Podrá utilizar sus recursos, pero eso es todo.

—¿Entonces, para quién trabajaré?

—Todavía tenemos cierto camino por recorrer, antes de poder hablar de ello —respondió Hardesty, con lo que debía de ser el expediente personal de los marines en la mano—. Sus notas en lo concerniente a inteligencia lo sitúan a usted entre el tres por ciento superior de los oficiales de los marines. Cuatro punto cero en casi todo. Sus conocimientos lingüísticos son particularmente impresionantes.

—Mi padre es norteamericano, quiero decir, de nacimiento, pero mi abuelo llegó de Italia y abrió un restaurante en Seattle, que todavía dirige. Por consiguiente, mi padre se crió hablando principalmente italiano y en gran parte nos lo transmitió también a mí y a mi hermano. Estudié español en el instituto y en la universidad. No paso por un nativo, pero lo entiendo bastante bien.

—¿Especializado en ingeniería?

—Eso también se lo debo a mi padre. Consta ahí. Trabaja en la Boeing como especialista en aerodinámica, diseñando sobre todo alas y superficies de control. En cuanto a mi madre... también está ahí. Es esencialmente una madre, que realiza también actividades con las escuelas católicas de la zona, ahora que Dominic y yo somos mayores.

—¿Y él está en el FBI?

—Así es —asintió Brian—, se licenció en Derecho y se alistó para convertirse en agente.

—Sale hoy en los periódicos —dijo Hardesty, al tiempo que le mostraba un fax de los periódicos de Birmingham, al que Brian echó una ojeada.

—Así se hace, Dom —masculló el capitán Caruso cuando llegó al cuarto párrafo, para satisfacción adicional de su interlocutor.

El vuelo de Birmingham al aeropuerto nacional Reagan de Washington duraba escasamente dos horas. Dominic Caruso se dirigió andando a la estación de metro, para trasladarse al edificio Hoover, entre la calle Diez y la avenida Pennsylvania. Su placa lo eximía de pasar por el detector de metales. Se suponía que los agentes del FBI debían ir armados y su automática se había ganado una muesca en la culata, no literalmente, claro está, aunque los agentes solían bromear al respecto.

El despacho del subdirector Augustus Ernst Werner estaba en el piso superior, con vistas a la avenida Pennsylvania. La secretaria le indicó que entrara inmediatamente.

Caruso nunca había visto a Gus Werner. Era alto, delgado y con mucha experiencia callejera, ex marine, y con un aspecto y unos modales decididamente monásticos. Había dirigido el equipo de rescate de rehenes del FBI, además de dos divisiones de campo y estado a punto de jubilarse, antes de que su íntimo amigo, el director Daniel E. Murray, lo convenciera para aceptar su nuevo cargo. La división contraterrorista era un hijo espurio de las divisiones mucho más amplias de investigación criminal y de contrainteligencia, pero ganaba diariamente en importancia.

—Tome asiento —gesticuló Werner, mientras acababa de hablar por teléfono.

Gus tardó sólo otro minuto en colgar y pulsó el botón de «no molestar».

—Ben Harding me ha mandado esto por fax —dijo entonces Werner, con el informe del tiroteo del día anterior en las manos—. ¿Cómo ocurrió?

—Está todo ahí, señor.

Caruso se había estrujado el cerebro durante tres horas para expresarlo todo con precisión por escrito en los términos burocráticos del FBI. Era curioso que se necesitara tanto tiempo para describir una acción que se había ejecutado en menos de sesenta segundos.

—¿Y qué es lo que no ha incluido, Dominic?

Acompañó la pregunta de la mirada más penetrante que el joven agente había visto en su vida.

—Nada, señor —respondió Caruso.

—Dominic, tenemos muy buenos tiradores en el FBI. Yo soy uno de ellos —dijo Gus Werner—. Tres disparos, todos ellos en el corazón desde cinco metros de distancia... es bastante impresionante. Y para alguien que acaba de tropezar con una mesa, es un verdadero milagro. A Ben Harding no le ha llamado la atención, pero al director Murray y a mí, sí. Dan también es muy buen tirador; leyó este fax anoche y me pidió mi opinión. Dan nunca ha abatido a ningún sujeto. Yo sí, en tres ocasiones, dos con el equipo de rescate de rehenes, que fueron una especie de operaciones cooperativas, y una en Des Moines, Iowa. También se trataba de un secuestro. Vi lo que les había hecho a dos de sus víctimas, dos niños, ¿y sabe lo que le digo?, pues que en realidad no quería que algún psiquiatra le contara al jurado que el secuestrador había sido víctima de una infancia adversa, que en realidad no era culpa suya y toda es mierda que uno oye en un juzgado impoluto, donde lo único que ve el jurado son las fotografías, y puede que ni siquiera eso, porque quizá el abogado defensor haya persuadido al juez de que exaltan excesivamente los ánimos. ¿Y sabe lo que ocurrió? Pues que me convertí en la ley. No para aplicarla, redactarla, ni describirla. Aquel día en concreto, hace veintidós años, me convertí en la ley. En la espada vengadora de Dios. ¿Y sabe lo que le digo?, pues que me sentí bien.

—¿Cómo supo...?

—¿Cómo supe que se trataba de nuestro chico? Guardaba recuerdos: cabezas... Había ocho en la caravana donde vivía. Por consiguiente, no cabía la menor duda en mi mente. Había un cuchillo cerca de allí, le dije que lo cogiera, lo hizo y le disparé cuatro veces al pecho desde una distancia de tres metros. Nunca he tenido el más mínimo remordimiento —dijo Werner, antes de hacer una pausa—. No hay mucha gente que conozca esta historia. Ni siquiera mi mujer. Por consiguiente, no me diga que tropezó con una mesa, desenfundó su pistola e incrustó tres balas en el corazón de ese sujeto a la pata coja, ¿de acuerdo?

—Sí, señor —respondió Caruso con ambigüedad—. Señor Werner...

—Llámeme Gus —lo interrumpió el subdirector.

—Señor —persistió Caruso, porque los superiores que utilizaban el nombre de pila lo ponían nervioso—, admitir algo parecido equivaldría a confesar un delito próximo al asesinato, en un documento oficial. Agarró aquel cuchillo, se levantaba para enfrentarse a mí, estaba a sólo tres o cuatro metros de distancia, y en Quantico nos enseñaron que debíamos considerar semejante situación como una amenaza letal e inmediata. De modo que sí, disparé, e hice lo correcto según la política del FBI en lo tocante al uso de la fuerza.

—Usted es licenciado en Derecho, ¿no es cierto? —dijo Werner.

—Sí, señor. Estoy colegiado en Virginia y en Washington. Todavía no lo he hecho en Alabama.

—Bien, deje de comportarse momentáneamente como un abogado —sugirió Werner—. Fue un tiroteo justo. Yo todavía conservo el revólver con el que eliminé a aquel cabrón, un Smith modelo sesenta y seis, de cuatro pulgadas. Incluso a veces lo llevo de servicio. Dominic, hizo usted lo que a todo agente le gustaría hacer por lo menos una vez en su carrera profesional. Logró administrar justicia por sí mismo. No lo lamente.

—No lo hago, señor —afirmó Caruso—. No pude salvar a aquella niña, Penelope, pero por lo menos aquel cabrón no volverá a hacerlo jamás —declaró, mirando a Werner fijamente a los ojos—. Usted sabe cómo se siente uno...

—Efectivamente —dijo Werner, sin dejar de observarlo con detenimiento—. ¿Pero está seguro de que no tiene ningún remordimiento?

—He dormido una hora durante el vuelo, señor —respondió Caruso, sin el menor atisbo de sonrisa en su rostro.

En cambio, generó una en el de Werner.

—Bien, recibirá una felicitación del Departamento de Dirección. Nada de ORP.

La ORP era el equivalente en el FBI del Departamento de Asuntos Internos, y aunque respetada por los agentes, no era santo de su devoción. Se decía que «si alguien tortura pequeños animales y se mea en la cama, es un asesino en serie o trabaja en la Oficina de Responsabilidad Profesional».

—Aquí dice que usted es bastante inteligente... —dijo Werner, con el expediente de Caruso en la mano—, y que también habla varios idiomas... ¿Le interesa venir a Washington? Estoy buscando a personas capaces de pensar sobre la marcha, para trabajar en mi departamento.

«Otro traslado», fue lo que pensó el agente especial Dominic Caruso.

Gerry Hendley no era una persona excesivamente formal. Iba a trabajar con chaqueta y corbata, pero la chaqueta acababa en un perchero a los quince segundos de su llegada. Tenía una excelente secretaria ejecutiva llamada Helen Connolly, oriunda al igual que él de Carolina del Sur, y después de repasar juntos su agenda, cogía el *Wall Street Journal* y examinaba la primera página. A fin de situarse políticamente para la jornada, había devorado ya el *New York Times* y el *Washington Post*, refunfuñando como siempre porque nunca acertaban por completo. El reloj digital de su escritorio le indicaba que disponía de veinte minutos antes de su primera cita, y encendió el ordenador para examinar también el *Early Bird* de la mañana, un boletín informativo destinado a los funcionarios de rango superior. Lo ojeó para comprobar si le había pasado algo inadvertido, durante su lectura matutina de los principales periódicos. No mucho, salvo un interesante artículo en el *Virginia Pilot* sobre la conferencia Fletcher, que la armada y el cuerpo de los marines celebraban todos los años en la base naval de Norfolk. Trataba del terrorismo y, a juicio de Hendley, de forma bastante inteligente, como solían hacerlo los militares, al contrario de los funcionarios elegidos.

«Después de destruir la Unión Soviética —pensó Hendley—, esperábamos que todo en el mundo se tranquilizara. Pero lo que no supimos anticipar fue la existencia de todos esos lunáticos, con un AK-47 de sobra y conocimientos de química casera, o simplemente dispuestos a sacrificar su propia vida para destruir la de aquellos a quienes perciben como enemigos.»

Otra cosa que no habían hecho era preparar los servicios de inteligencia para dicha situación. Ni siquiera un presidente con experiencia en el mundo negro y el mejor centro de inteligencia de la historia norteamericana lo habían logrado. Habían incrementado considerablemente el personal; puede que quinientos nuevos integrantes en un cuerpo de veinte mil miembros no pareciera una gran cantidad, pero había permitido doblar la Dirección de Operaciones. Eso había dotado a la CIA de una fuerza sólo inadecuada a medias, lo que no equivalía en absoluto a una fuerza apropiada. Y a cambio, el Congreso había aumentado tanto el control como las restricciones, debilitando aún más las posibilidades del nuevo personal para reforzar el equipo esquelético de los funcionarios gubernamentales. Nunca aprendían. Él había hablado personalmente hasta el agotamiento con sus colegas en el club masculino más exclusivo del mundo, pero unos escuchaban, otros no lo hacían y casi todos los demás titubeaban. Prestaban demasiada atención a las páginas editoriales, a menudo de periódicos que ni siquiera pertenecían a sus propios estados, porque en su delirio creían que eso era lo que pensaba el pueblo norteamericano. Puede que fuera así de simple: todo miembro recién elegido sucumbía a la seducción del juego, al igual que Cleopatra había embelesado a Cayo Julio César. Sabía que era el personal, los ayudantes políticos «profesionales» que «conducían» a sus amos por el camino adecuado para la reelección, quienes se habían convertido en el santo grial del servicio público. Norteamérica no disponía de una clase dirigente hereditaria, pero contaba con muchas personas perfectamente dispuestas a conducir a sus amos por el camino justo de la divinidad gubernamental.

Y trabajar desde el interior, sencillamente, no funcionaba.

Por consiguiente, para lograr cualquier cosa, era necesario hacerlo desde el exterior.

Muy alejado del sistema.

Y si alguien se percataba de ello, la persona en cuestión estaba ya automáticamente desacreditada.

Pasó la primera hora hablando de asuntos financieros con su personal, porque así era como Hendley Associates ganaba su dinero. Como operador de materias primas y árbitro de divisas, se había adelantado a la curva casi desde el primer momento, gracias a su intuición de las diferencias en la valoración monetaria, que él siempre denominaba «deltas», generadas por factores psicológicos, percepciones que podían resultar o no ciertas.

Hacía todos sus negocios de forma anónima a través de bancos extranjeros, a todos los cuales les gustaba disponer de grandes cuentas corrientes, siempre y cuando no se tratara de dinero claramente negro, lo que, por supuesto, no era su caso. Era una forma más de mantenerse al margen del sistema.

Tampoco es que todas sus transacciones fueran estrictamente legales. Disponer de las interceptaciones de Fort Meade facilitaba enormemente sus operaciones. En realidad, difícilmente podrían haber sido más ilegales y carentes de ética. Pero, a decir verdad, el daño de Hendley Associates en la escena mundial era insignificante. Podría haber sido de otro modo, pero Hendley Associates actuaba según el principio de que a los gorrinos se les da de comer mientras los cerdos gordos van al matadero y, por consiguiente, comían moderadamente en el pesebre internacional. Además, no había realmente ninguna autoridad con jurisdicción para delitos de dicho estilo y magnitud. Y, por si fuera poco, en la caja fuerte de la empresa había unos estatutos oficiales firmados por el ex presidente de Estados Unidos.

En ese instante, Tom Davis entró en su despacho. Davis, titular en jefe de las transacciones de bonos, tenía un historial en cierto sentido parecido al de Hendley, y pasaba las jornadas pegado a su ordenador. No se preocupaba por la seguridad. Todas las paredes de su edificio estaban cubiertas de láminas metálicas, para contener emanaciones electrónicas, y todos los ordenadores estaban protegidos a prueba de tempestades.

—¿Qué hay de nuevo? —preguntó Hendley.

—Tenemos un par de reclutas potenciales —respondió Davis.

—¿De quién se trata?

Davis colocó los expedientes sobre la mesa de Hendley. El gerente los cogió y los abrió.

—¿Hermanos?

—Mellizos. Aquel mes su madre debió de producir dos óvulos en lugar de uno. Ambos han impresionado a las personas adecuadas. Inteligencia, agilidad mental, buena forma física, y entre los dos, una buena mezcla de habilidades, incluidos los idiomas. Especialmente español.

—¿Éste habla afgano? —preguntó, sorprendido, Hendley.

—Sólo el suficiente para preguntar dónde está el baño. Pasó unas ocho semanas en aquel país y se tomó la molestia de aprender un poco el idioma. Se desenvolvió bastante bien, según el informe.

—¿Crees que son la clase de personas que buscamos? —preguntó Hendley.

No era el tipo de gente que llamara espontáneamente a la puerta, razón por la cual Hendley disponía de un reducido número de reclutadores sumamente discretos, repartidos por el gobierno.

—Debemos investigarlos un poco más —reconoció Davis—, pero tienen las habilidades que nos gustan. Aparentemente, ambos inspiran confianza, son estables y lo suficientemente listos para comprender por qué estamos aquí. Por tanto, creo que sí, que vale la pena pensar seriamente en ellos.

—¿Qué planes hay para ellos?

—Dominic será destinado a Washington. Gus Werner quiere incorporarlo a la brigada contraterrorista. Probablemente, al principio, en un cargo administrativo. Es todavía muy joven para el equipo de rescate de rehenes y aún no ha demostrado su capacidad analítica. Creo que Werner quiere comprobar primero lo listo que es. Brian se trasladará a Camp Lejeune, para incorporarse de nuevo a su compañía. Me sorprende que los marines no lo hayan destinado al servicio de inteligencia. Es un candidato evidente, pero les gustan los buenos tiradores y él se lució en el desierto. Poco tardará en ascender a comandante, si mis fuentes están en lo cierto. Por consiguiente, creo que lo primero que haré será desplazarme hasta allí, almorzar con él para tantearlo y regresar luego a Washington. Y haré lo mismo con Dominic. Werner quedó impresionado con él.

—Y Gus tiene buen ojo para evaluar a la gente —señaló el ex senador.

—De eso no cabe duda, Gerry —reconoció Davis—. Por cierto, ¿alguna novedad?

—Fort Meade está enterrado bajo una montaña de material, como de costumbre.

El mayor problema de la NSA era que interceptaban tanta información que necesitarían un ejército para examinarla. Los programas informáticos ayudaban a centrarse en palabras clave y cosas por el estilo, pero casi todo era charla inofensiva. Los programadores intentaban mejorar permanentemente sus programas de detección, pero resultaba prácticamente imposible dotar a los ordenadores de instintos humanos, aunque seguían intentándolo. Lamentablemente, los programadores con verdadero talento trabajaban para las empresas de juegos. Ahí era donde estaba el dinero, y el talento solía seguir el camino de los beneficios. Hendley no podía reprochárselo. Después de todo, él había hecho lo mismo desde los veinte hasta los treinta y cinco. Por consiguiente, a menudo buscaba programadores ricos y de mucho éxito, para quienes la persecución del dinero se había convertido en algo tan aburrido como innecesario. Acostumbraba a ser una pérdida de tiempo. Esos cabrones solían ser unos codiciosos. Igual que los abogados, aunque no tan cínicos.

—No obstante, hoy he visto media docena de mensajes interceptados interesantes...

—¿Por ejemplo? —preguntó Davis, que además de reclutador en jefe de la empresa era un experto analista.

—Esto —respondió Hendley, al tiempo que le entregaba una carpeta.

Davis la abrió y le echó una ojeada.

—Vaya, vaya —se limitó a decir.

—Podría ser aterrador, si prospera —reflexionó Hendley en voz alta.

—Cierto. Pero necesitamos más —declaró previsiblemente Davis.

Siempre necesitaban más.

—¿A quién tenemos allí ahora?

Hendley debería haberlo sabido, pero padecía la enfermedad burocrática habitual: le costaba retener toda la información en su cabeza.

—¿En este momento? Ed Castilanno está en Bogotá, investigando el cártel, pero está muy camuflado, sumamente camuflado —recordó Davis a su jefe.

—¿Sabes lo que te digo, Tom? Este asunto del espionaje a veces es un verdadero asco.

—Anímate, Gerry. La paga es excelente... por lo menos para los subordinados como nosotros —agregó, con una pequeña sonrisa.

Su piel cobriza contrastaba vivamente con el marfil de su dentadura.

—Sí, debe de ser terrible ser campesino.

—Por lo menos, el amo me permitió obtener una educación, aprender el abecedario y otras cosas por el estilo. Podría haber sido peor, así no tengo que recoger algodón, amo Gerry.

Hendley puso los ojos en blanco. En realidad, Davis se había licenciado en Dartmouth, donde su piel oscura le había causado menos pesares que su finca familiar. Su padre cultivaba algodón en Nebraska y votaba al Partido Republicano.

—¿Qué cuesta actualmente una de esas cosechadoras? —preguntó el jefe.

—¿Bromeas? Más de doscientos mil. Mi padre compró una el año pasado y todavía refunfuña. Claro que ésta durará hasta que sus nietos mueran ricos. Cosecha un acre de maíz como si fuera un batallón de asalto —respondió Davis, que a pesar de haber hecho una buena carrera como espía de campo en la CIA, especializado en el seguimiento de dinero a través de fronteras internacionales y de comprobar en Hendley Associates que sus habilidades eran también bastante útiles en los negocios, evidentemente nunca había perdido su instinto de combate—. Ese individuo del

FBI, Dominic, realizó una labor bastante interesante en delitos financieros, durante su primer destino en Newark. Uno de sus casos se está convirtiendo en una investigación de primer orden, de una organización bancaria internacional. Para ser un novato, tiene bastante buen olfato.

—Además, es capaz de matar por iniciativa propia —agregó Hendley.

—Eso es lo que me gusta de él, Gerry. Es capaz de tomar decisiones sobre la marcha, como alguien diez años mayor que él.

—Compañerismo... Interesante —comentó Hendley, con la mirada de nuevo en las carpetas.

—Puede que sea genético. Después de todo, su abuelo pertenecía a la brigada antihomicidios.

—Y anteriormente, a la 101 aerotransportada. Comprendo a lo que te refieres, Tom. De acuerdo. Sondéalos a ambos cuanto antes. Pronto estaremos ocupados.

—¿Tú crees?

—En la calle no mejora la situación —respondió Hendley, haciendo un ademán en dirección a la ventana.

Estaban en la terraza de un café de Viena. Empezaba a hacer menos frío por la noche y los clientes soportaban la baja temperatura, para disfrutar de una cena en la ancha acera.

—Entonces, ¿qué es lo que quieren de nosotros? —preguntó Pablo.

—Compartimos una confluencia de intereses —dijo Mohammed—. Tenemos enemigos en común.

Pablo desvió la mirada. Las mujeres que circulaban vestían al estilo formal, casi severo, típico de la región, y el ruido del tráfico, especialmente de los tranvías, impedía que alguien pudiera oír su conversación. Para un observador accidental, o incluso profesional, se trataba sencillamente de dos extranjeros —que abundaban en esa ciudad imperial— hablando tranquila y amigablemente de negocios. Lo hacían en inglés, cosa tampoco inusual.

—Sí, es cierto —tuvo que reconocer Pablo—. En lo concerniente a los enemigos. ¿Pero qué hay de los intereses?

—Ustedes cuentan con recursos que nos pueden ser útiles y nosotros disponemos de recursos útiles para ustedes —explicó pacientemente el musulmán.

—Comprendo —dijo Pablo mientras añadía nata al café, que sorprendentemente era tan bueno como el de su propio país, y lo removía.

Mohammed suponía que tardaría en llegar a un acuerdo. El rango de su interlocutor no era tan alto como le habría gustado. Sin embargo, su enemigo común había tenido más éxito contra la organización de Pablo que contra la suya propia. Eso no dejaba de sorprenderlo. Tenían amplias razones para emplear medidas de seguridad eficaces, pero como todas las personas motivadas por el dinero, carecían de la pureza de principios característica de sus propios colegas, y de cuyo hecho emanaba su mayor vulnerabilidad. Pero Mohammed no era tan bobo como para suponer que eso los convertía en inferiores. Después de todo, matar a un espía israelí no lo convertía en Superman. Eran claramente muy competentes, pero tenían sus limitaciones. Como también las tenía su propia gente, al igual que todo el mundo, salvo el propio Alá. De ahí surgían expectativas más realistas y menores decepciones ante los contratiempos. No podía permitir que las emociones se interpusieran en el camino de los «negocios», ya que su interlocutor habría confundido su causa sagrada y, tratándose de un infiel, era preciso hacer concesiones.

—¿Qué pueden ofrecernos ustedes? —preguntó Pablo, manifestando su codicia, como Mohammed esperaba.

—Su organización necesita establecer una red fiable en Europa, ¿no es cierto?

Últimamente habían tenido ciertos problemas. Las policías europeas no ponían tantas cortapisas como la norteamericana.

—Efectivamente.

—Nosotros disponemos de dicha red.

Además, su situación era ideal, porque a los musulmanes no se los suponía activos en el narcotráfico, hasta el punto de que por ejemplo en Arabia Saudí decapitaban a los traficantes.

—¿A cambio de qué?

—Ustedes disponen de una red muy eficaz en Norteamérica y tienen razones para que les desagrade dicho país, ¿no es cierto?

—Así es —reconoció Pablo.

Colombia empezaba a hacer cierto progreso con los intranquilos aliados ideológicos del cártel, en las montañas del país de Pablo. Tarde o temprano, las FARC cederían a la presión y entonces darían inevitablemente la espalda a sus «amigos», aunque sería más apropiado denominarlos «asociados», como precio de su integración al proceso democrático. Así, la seguridad del cártel podría verse gravemente amenazada. La inestabilidad política era su mejor aliado en Sudamérica, pero puede que eso no durara eternamente. Lo mismo era aplicable a su interlocutor, pensó Pablo, y eso los convertía en aliados de conveniencia.

—¿Qué servicios, exactamente, precisarían de nosotros?

Mohammed se lo contó, sin mencionar que no se pagaría dinero alguno por los servicios del cártel. El primer cargamento que el personal de Mohammed introduciría posiblemente en Grecia, con toda probabilidad el lugar más fácil, bastaría para cerrar el trato.

—¿Eso es todo?

—Amigo mío, nuestro comercio principal no es de objetos materiales, sino de ideas. Los pocos materiales que necesitamos son bastante compactos y, si es necesario, pueden obtenerse a nivel local. Además, no me cabe la menor duda de que ustedes pueden ayudar con documentos de viaje.

Pablo casi se atragantó con el café.

—Sí, eso es fácil.

—¿Existe entonces alguna razón por la que no podamos sellar esta alianza?

—Debo hablar antes con mis superiores —respondió cautelosamente Pablo—, pero aparentemente no veo razón alguna para que exista un conflicto de intereses.

—Estupendo. ¿Cómo podemos volver a ponernos en contacto?

—Mi jefe prefiere conocer a la gente con la que hace negocios.

Mohammed reflexionó. Tanto a él como a sus compañeros los ponía nerviosos viajar, pero no había forma de evitarlo. Además, disponía de suficientes pasaportes para pasar por todos los aeropuertos del mundo. Tenía también los conocimientos lingüísticos necesarios. Su formación en Cambridge no había sido una pérdida de tiempo. Podía agradecérselo a sus padres. También le estaba eternamente agradecido a su madre, por el don de su complexión y sus ojos azules. Por su aspecto podía proceder de cualquier país del mundo, salvo asiático o africano. Su deje de Cambridge tampoco lo perjudicaba.

—Sólo tiene que decirme la hora y el lugar —respondió Mohammed, al tiempo que le entregaba su tarjeta de visita, con su dirección electrónica, el invento más útil de la historia para establecer comunicaciones secretas.

Además, gracias al milagro de los aviones, podía estar en cualquier lugar del globo en cuarenta y ocho horas.

Capítulo dos

ALISTAMIENTO

Llegó a las cinco menos cuarto. Por la calle nadie le habría prestado la menor atención, salvo tal vez alguna mujer sin pareja. Con su metro ochenta y cinco de altura, unos noventa kilos de peso bien repartido gracias a su ejercicio habitual, el pelo negro y los ojos azules, no era exactamente una estrella de la pantalla, pero tampoco la clase de hombre a quien una joven y atractiva ejecutiva echaría de la cama.

Aparte de eso, vestía con elegancia, como pudo comprobar Gerry Hendley: traje azul de finas rayas rojas aparentemente inglés, chaleco y corbata de rayas rojas y amarillas, con una bonita aguja de oro. Camisa moderna. Decoroso corte de pelo. La confianza en sí mismo propia de tener tanto dinero en su juventud, como una buena educación para no derrocharlo. Su coche, un Hummer 2 cuatro por cuatro, el favorito de los ganaderos de Wyoming para transportar reses, o de los neoyorquinos para el transporte de dinero, estaba en el aparcamiento de las visitas, frente al edificio. Y, probablemente, ésa era la razón por la que...

—¿Qué te trae por aquí? —preguntó Gerry, al tiempo que lo invitaba a sentarse en una cómoda silla, frente a su escritorio de caoba.

—Todavía no he decidido lo que quiero hacer, me limito a investigar posibilidades en busca de un hueco donde pueda encajar.

Hendley sonrió.

—Sí, todavía no soy tan viejo como para haber olvidado lo confuso que uno se siente cuando sale de la universidad. ¿Dónde has estudiado?

—Georgetown. Tradición familiar —respondió el muchacho, con una amable sonrisa.

51

Eso era algo positivo, que Hendley vio y apreció: el chico no intentaba impresionar a nadie con su apellido y su historial familiar. Incluso puede que lo incomodara ligeramente, porque quería abrir su propio camino y forjar su propio nombre, como muchos otros jóvenes. Por lo menos, los listos. Era lamentable que no hubiera una vacante para él en El Campus.

—A tu padre le gustan realmente las escuelas de los jesuitas.

—Incluso mi madre se ha convertido. Sally no estudió en Bennington; concluyó sus estudios preuniversitarios en Fordham, Nueva York. Ahora está en la Facultad de Medicina de Hopkins, naturalmente. Quiere ser médica, como mamá. Qué diablos, es una profesión respetable.

—¿No como Derecho? —preguntó Gerry.

—Ya sabe lo que opina papá al respecto —respondió el muchacho, con una mueca—. ¿En qué fue su primera licenciatura? —preguntó, conocedor evidentemente de la respuesta.

—Economía y Matemáticas. Me licencié en ambas ramas. —Y le había sido muy útil, para modelar las pautas comerciales del mercado de materias primas—. Por cierto, ¿cómo está tu familia?

—Muy bien. Papá vuelve a escribir: sus memorias. En general, se queja de que no es lo suficientemente viejo para escribir esa clase de libro, pero se esfuerza bastante por obtener un buen resultado. El nuevo presidente no le entusiasma.

—Sí, Kealty tiene un talento extraordinario para recuperarse. Cuando finalmente lo entierren, más les valdrá aparcar un camión sobre su lápida.

Ese chiste se había publicado incluso en el *Washington Post*.

—Ya lo había oído. Papá dice que basta un idiota para desbaratar el trabajo de diez genios.

Ese adagio no había llegado a publicarse en el *Washington Post*. Sin embargo, ésa era la razón por la que su padre había fundado El Campus, aunque el joven no lo sabía.

—Eso es una exageración. Lo de ese joven ha sido accidental.

—Sí, bueno, cuando llegue el momento de ejecutar a ese cretino racista en Mississippi, ¿qué apuesta a que le conmutará la sentencia?

—Oponerse a la pena capital, para él es una cuestión de principios —señaló Hendley—. O eso dice. Hay quien lo cree, y es una opinión respetable.

—¿Principios? Ni siquiera sabe lo que eso significa.

—Si te apetece hablar de política, hay un bonito restaurante a un par de kilómetros por la nacional 29 —sugirió Gerry.

—No, no es eso lo que pretendo. Lamento la digresión.

«Ese chico es una persona muy centrada», pensó Hendley.

—No es que el tema tenga nada de malo. Pero, en fin, ¿qué puedo hacer por ti?

—Siento curiosidad.

—¿Sobre qué? —preguntó el ex senador.

—Lo que se hace aquí.

—Principalmente, arbitraje de divisas —respondió Hendley al tiempo que se estiraba, como muestra de relajamiento al final de la jornada laboral.

—Comprendo —asintió el muchacho, algo dubitativo.

—Aquí se puede ganar mucho dinero, si se dispone de buena información y se tiene el valor necesario para actuar.

—Mi padre lo aprecia mucho. Dice que es una pena que no se vean más a menudo.

—Sí —asintió Hendley—. Es culpa mía, no suya.

—También dice que es demasiado listo para meter la pata como lo hizo.

Normalmente, eso habría sido un agravio, pero era evidente al mirar a los ojos del muchacho que no pretendía ofenderlo, sino formular una pregunta... ¿O no?, se preguntó de pronto Hendley.

—Fue una mala época para mí —le recordó Gerry a su interlocutor—. Y todo el mundo puede equivocarse. Incluso tu padre cometió algunos errores.

—Es cierto. Pero papá tuvo la suerte de contar con Arnie, para que le sacara las castañas del fuego.

Eso brindó al ex senador una salida, que aprovechó inmediatamente.

—¿Cómo le va a Arnie? —preguntó Hendley para ganar tiempo, sin dejar de preguntarse qué hacía allí aquel muchacho, y empezando a sentirse ligeramente incómodo, sin estar seguro por qué debía sentirse de ese modo.

—Bien. Van a nombrarlo rector de la Universidad de Ohio. Mi padre opina que puede ser bueno y necesita un trabajo tranquilo. Creo que tiene razón. Ni mi madre ni yo comprendemos cómo no le dio un infarto. Puede que para algunos la acción sea un verdadero incentivo —respondió, sin dejar de mirar un solo momento a Hendley—. He aprendido mucho hablando con Arnie.

—¿Y con tu padre?

—Un par de cosas. Especialmente, acerca del resto de la pandilla.

—¿A quién te refieres?

—Mike Brennan, por ejemplo. Era mi agente principal —explicó Jack hijo—. Licenciado en Holy Cross y formado profesionalmente en el servicio secreto. Excelente tirador de pistola. Fue él quien me enseñó a disparar.

—¿De veras?

—El servicio tiene un polígono de tiro en el antiguo edificio de correos, a un par de manzanas de la Casa Blanca. Todavía lo visito de vez en cuando. Ahora, Mike es instructor en la academia del servicio secreto, en Beltsville. Es una persona muy agradable, listo y tranquilo. El caso es que fue para mí como una especie de canguro, y yo solía hacerle un sinfín de preguntas sobre lo que hace el personal del servicio secreto, cómo se forma, cómo piensa y a qué presta atención cuando protege a mis padres. Aprendí mucho de él. Y de todos los demás.

—¿Por ejemplo?

—Chicos del FBI como Dan Murray y Pat O'Day. Pat es el supervisor principal de Murray. Está a punto de jubilarse. Aunque cueste creerlo, va a criar ganado vacuno en Maine... Curioso lugar para la ganadería. También es un buen tirador, como Bill Hickock, *el Salvaje*, con pretensiones, pero es demasiado fácil olvidar que se licenció en Princeton. Es muy listo. Me enseñó mucho acerca de la forma de investigar del FBI. Y su esposa, Andrea, es adivina, o debería serlo. Tiene un máster en psicología de la Universidad de Virginia y se ocupó de los pormenores de la presidencia durante un período aterrador. Aprendí muchísimo de ella. Sin olvidar a los de la CIA, naturalmente, Ed y Mary Pat Foley; válgame Dios, menuda pareja. ¿Pero sabe quién fue el más interesante?

Hendley lo sabía.

—¿John Clark?

—Efectivamente. El truco consistía en lograr que hablara. Le juro que, a su lado, los Foley parecen dos hermanitas de la caridad. Pero cuando te ganas su confianza, se abre un poco. Lo abordé cuando le concedieron la Medalla al Honor, después de aparecer brevemente por televisión, como brigada jubilado de la armada que recibía una condecoración por su conducta en Vietnam. Unos sesenta segundos de grabación, en un día de escasas noticias. Ni un solo periodista le preguntó lo que había hecho, después de abandonar la marina. Ni uno. Joder, son unos tarugos. Creo que Bob Holtzman lo sabía en parte. Estaba allí, en un rincón, al otro lado de la sala. Es bastante listo para ser articulista. A papá le cae bien, pero no confía en él más allá de donde se arroja el ancla. En todo caso, el gran John, me refiero a Clark, es un individuo de cuidado. Ha estado ahí, ha hecho lo que debía y ha recibido el galardón correspondiente. ¿Cómo es que no está aquí?

—Jack, hijo, cuando vas al grano, vas al grano —dijo Hendley, con un toque de admiración en el tono de voz.

—Cuando ha reconocido su nombre, he sabido que lo tenía, señor —dijo, con un fugaz destello triunfal en la mirada—. He estado investigándolo durante un par de semanas.

—¡No me digas! —exclamó Hendley, que en aquel momento sintió un pinchazo en el estómago.

—No ha sido difícil. Es todo información pública, es sólo cuestión de mezclar y compaginar. Como en los ejercicios infantiles donde no hay más que unir puntos. Y lo que me sorprende es que este lugar no haya aparecido nunca en las noticias...

—Veamos, joven, si eso es una amenaza...

—¿Cómo? —exclamó Jack hijo, sorprendido de que lo interrumpiera—. ¿Se refiere a que lo chantajee? No, senador, a lo que me refiero es a que hay tanta información básica dispersa por ahí, que es asombroso que los periodistas no la encuentren. Incluso una ardilla ciega encuentra una bellota de vez en cuando —dijo antes de hacer una pausa, y de pronto se le iluminó la mirada—. Ah, ya lo comprendo. Usted les ha ofrecido lo que esperaban encontrar y se lo han tragado.

—No es tan difícil, aunque resulta peligroso subestimarlos —advirtió Hendley.

—Limítese a no hablar con ellos. Mi padre me lo dijo hace mucho tiempo: «En boca cerrada no entran moscas.» Siempre dejaba que fuera Arnie quien se ocupara de las filtraciones. Nadie hablaba con la prensa sin la orientación de Arnie. Juraría que los periodistas lo temían. Él fue quien le retiró el pase de la Casa Blanca a un corresponsal del *Times* y logró que no se lo devolvieran.

—Sí, lo recuerdo —asintió Hendley.

Se organizó un buen escándalo al respecto, pero incluso el *New York Times* no tardó en percatarse de que no disponer de un periodista en la sala de prensa de la Casa Blanca era muy doloroso. Fue una lección de modales, que duró casi seis meses. Arnie Van Damm tenía una memoria más amplia y más perversa que los medios de comunicación, que es mucho decir. Era un gran jugador de póquer.

—¿Qué te propones, Jack? ¿Por qué estás aquí?

—Senador, quiero jugar en primera división. Y esto de aquí creo que lo es.

—Explícate —ordenó Hendley, para comprobar cuánto había descubierto el joven.

John Patrick Ryan hijo abrió su maletín.

—Para empezar, éste es el único edificio más alto que una residencia privada, en la línea visual desde la NSA en Fort Meade hasta la CIA en Langley. En internet se pueden descargar fotos de satélite. Aquí están todas impresas —respondió, al tiempo que le entregaba una pequeña carpeta—. Lo he consultado en el Departamento de Urbanismo y he descubierto que se planeó la construcción de otros tres edificios de oficinas en esta zona, pero a todos se les negó el permiso correspondiente. Los informes no dicen por qué, pero nadie protestó. Sin embargo, el centro médico a lo largo de la calle obtuvo unas excelentes condiciones de financiación por parte de Citibank, sobre sus planos revisados. La mayor parte de sus empleados son ex espías. Todos los miembros de su personal de seguridad pertenecieron a la policía militar, con el rango E-7 como mínimo. El sistema electrónico de seguridad que tienen aquí es mejor que el de Fort Meade. Por cierto, ¿cómo diablos lo ha logrado?

—Los ciudadanos privados gozan de mucha más libertad para negociar con los suministradores. Sigue —dijo el ex senador.

—Usted nunca ha hecho nada ilegal. Aquella acusación de conflicto de intereses que acabó con su carrera en el Senado era una patraña. Cualquier abogado aceptable lo habría resuelto fácilmente en un juicio sumario, pero usted se dejó caer y fingió estar muerto. Recuerdo lo mucho que mi padre admiraba su inteligencia, y siempre dijo que era un tirador directo. No lo decía de muchas personas en el Capitolio. Al personal decano de la CIA le gustaba trabajar con usted, y contribuyó a financiar un proyecto, que realmente había turbado a algunos miembros del Capitolio. No sé por qué será, pero muchos diputados detestan los servicios de inteligencia. A papá solía volverlo loco que, cada vez que debía reunirse con senadores y congresistas para tratar del tema, se veía obligado a sobornarlos con sus proyectos predilectos para sus distritos y otras cosas por el estilo. Maldita sea, mi padre lo odiaba. Siempre que lo hacía, estaba de mal humor una semana antes y otra después. Pero usted lo ayudó muchísimo. Se desenvolvía muy bien dentro del Capitolio. Sin embargo, cuando surgió su problema político, sencillamente se hundió. A mí me pareció difícil de creer. Pero lo que más me costó asimilar fue que mi padre nunca hablara de ello. Ni siquiera Arnie lo mencionó jamás, a pesar de que siempre respondía a mis preguntas. De modo que los perros no ladraron —dijo Jack, reclinándose en su silla, sin dejar de mirar en todo momento a su anfitrión—. El caso es que yo tampoco dije nada, pero me dediqué a husmear durante mi último curso en Georgetown, hablé con algunas personas y me enseñaron a investigar con discreción. Tampoco es tan difícil.

—¿Y has llegado a alguna conclusión?

—Usted habría llegado a ser un buen presidente, senador, pero la pérdida de su esposa y sus hijos fue un golpe muy duro. Todos tuvimos un gran disgusto. A mi madre le gustaba realmente su esposa. Le ruego que me disculpe por recordárselo, señor. Ésa fue la razón por la que abandonó la política, pero creo que es demasiado patriótico para despreocuparse de su país y me parece que Hendley Associates es su forma de servir a la patria, aunque de modo subrepticio. Recuerdo a mi padre y al señor Clark, charlando en el piso de arriba mientras tomaban una copa, cuando yo estaba en el último curso del instituto. No oí mucho de lo que decían. No querían que estuviera presente y volví a la televisión, a ver el canal de historia. El azar quiso que aquella noche emitieran un documental sobre el SOE: ejecutivo británico de operaciones especiales en la segunda guerra mundial. Eran principalmente banqueros. *Loco Bill* Donovan reclutó abogados para lanzar la Oficina de Servicios Estratégicos, pero los británicos usaban banqueros para dominar a la gente. Me pregunté por qué, y mi padre dijo que los banqueros eran más listos. Saben cómo ganar dinero en el mundo real, mientras que los abogados no llegan a ser tan astutos, o por lo menos eso dijo mi padre. Supongo que eso fue lo que él hizo, dado su historial en el mundo de las finanzas. Pero usted es harina de otro costal, senador. Creo que usted es un espía y que Hendley Associates es un servicio de espionaje de financiación privada que actúa al margen de los reglamentos, completamente ajeno al proceso presupuestario federal. Por consiguiente, no tiene que preocuparse de senadores ni congresistas que husmeen y filtren información, porque crean que hace cosas *malas*. Maldita sea, he buscado a través de Google en la red y sólo he encontrado seis menciones a su empresa en internet. Hay mucha más información sobre el estilo del peinado de mi madre. A la revista *Women's Wear Daily* le gustaba meterse con ella. Mi padre estaba realmente molesto.

En una ocasión, Jack Ryan padre se había puesto furioso por ese asunto ante los periodistas y tuvo que soportar que los aficionados al chismorreo le tomaran el pelo.

—Lo recuerdo. Me comentó que Enrique VIII habría ordenado un corte de pelo especial para los periodistas.

—Efectivamente, con una hacha en la Torre de Londres. A Sally le parecía gracioso. También se metía con mi madre por el pelo. Supongo que ésa es una de las ventajas de ser hombre, ¿no le parece?

—Eso y los zapatos. A mi esposa no le gustaban los Manolo Blahniks. Prefería los zapatos cómodos, con los que no le dolían los pies —recordó Hendley, antes de darse de bruces contra un muro de hormigón.

Todavía le dolía hablar de ella. Probablemente nunca dejaría de hacerlo, pero por lo menos el dolor confirmaba el amor que sentía por ella, y eso valía la pena. Por mucho que amara su recuerdo, no era capaz de sonreír en público cuando pensaba en ella. De haber seguido en la política, se habría visto obligado a hacerlo, a fingir que lo había superado, que su amor era eterno pero desprovisto de dolor. Sí, claro. Un precio más de la vida política consistía en renunciar a su propia humanidad, a la par que a su hombría. Y no merecía la pena. Ni siquiera para ser presidente de Estados Unidos. Una de las razones por las que él y Jack Ryan padre siempre habían congeniado era lo mucho que se parecían.

—¿Crees realmente que esto es un servicio de inteligencia? —preguntó Hendley, tan a la ligera como lo permitían las circunstancias.

—Sí, señor, eso creo. Si la NSA, por ejemplo, se interesa por las actividades de los grandes bancos, usted está en una situación ideal para aprovechar la información que ellos recojan y cotejarla con Langley. Debe facilitarles a sus corredores la mejor clase de información privilegiada, y si juega cautelosamente sus cartas, es decir, si no se deja llevar por la codicia, a la larga puede ganar muchísimo dinero sin que nadie se dé realmente cuenta de ello. La clave está en no atraer inversores. Hablan demasiado. De ese modo, dicha actividad financia sus operaciones. En qué consisten exactamente, es algo sobre lo que no he especulado demasiado.

—¿De veras?

—Sí, señor, de veras.

—¿No has hablado con tu padre de este asunto?

—No, señor —respondió Jack hijo, negando con la cabeza—. No me daría ninguna explicación. Mi padre me cuenta muchas cosas cuando le hago preguntas, pero no sobre esta clase de asuntos.

—¿Qué te ha contado?

—Cosas sobre la gente. Ya sabe: el trato con los políticos, los presidentes de otros países a los que les gustan las niñas o los niños... ¡Jo! Eso es muy común, especialmente en el extranjero. La clase de personas que son, cómo piensan, sus prioridades y sus excentricidades individuales; qué países se han ocupado debidamente de sus fuerzas armadas; los países que tienen un buen servicio de espionaje y los que no lo tienen; muchas cosas sobre el personal del Capitolio... El tipo de cosas que uno lee en los libros o en los periódicos, salvo que lo que me contó papá era cierto. Sabía que no debía repetirlo en ningún lugar —aseguró el joven Ryan.

—¿Ni siquiera en la escuela?

—Nada que no hubiera visto antes en el *Post*. Los periódicos son bastante hábiles para descubrir ciertas cosas, pero se precipitan en publicar información perjudicial sobre personas que no les gustan y frecuentemente no lo publican si la gente es de su agrado. Supongo que el tráfico de noticias es muy parecido al chismorreo de las mujeres, por teléfono o alrededor de la mesa mientras juegan a cartas. Tiene menos que ver con hechos verídicos que con atacar a las personas que no les gustan.

—Son tan humanos como los demás.

—Sí, señor, lo son. Pero cuando mi madre opera de los ojos a alguien, no le preocupa que la persona le guste o deje de gustarle. Hizo un juramento para actuar según las normas. Mi padre también actúa del mismo modo. Así es como me han educado —concluyó John Patrick Ryan hijo—. Lo mismo que todos los padres dicen a todos los hijos: «Si vas a hacer algo, hazlo bien o no lo hagas.»

—Ya no todo el mundo piensa de ese modo —señaló Hendley, aunque él les había dicho exactamente eso mismo a sus dos hijos, George y Foster.

—Puede que así sea, senador, pero no es culpa mía.

—¿Qué sabes sobre las operaciones bursátiles? —preguntó Hendley.

—Lo básico. Conozco la jerga, pero no he aprendido suficientemente bien los detalles para ejercer.

—¿Y tu licenciatura de Georgetown?

—En Historia, con Economía como segunda especialización, más o menos como mi padre. A veces le pregunto por su pasatiempo predilecto: todavía le gusta el negocio de la contratación, y tiene amigos en la profesión como George Winston, su secretario de la Tesorería. Hablan mucho. George ha intentado por todos los medios que mi padre se una a su empresa, pero él no hace más que ir a charlar. Sin embargo, son buenos amigos. Incluso juegan juntos al golf. Mi padre es un pésimo golfista.

—Lo sé —sonrió Hendley—. ¿Lo has probado tú alguna vez?

El joven Jack negó con la cabeza.

—Yo ya sé blasfemar. Tío Robby era bastante bueno. ¡Jo, papá realmente lo echa de menos! Tía Sissy todavía nos visita a menudo. Ella y mamá tocan juntas el piano.

—Aquello fue muy lamentable.

—Aquel maldito facha racista —exclamó el joven—. Discúlpeme. Robby fue la primera persona a quien conocí que murió asesinada.

Lo asombroso era que su asesino había sido capturado vivo. El contingente del servicio secreto llegó medio segundo después de que lo alcanzara la policía estatal de Mississippi, pero un paisano ya había agarrado al cabrón antes de que alguien pudiera efectuar un disparo y había ido vivo a la cárcel. Por lo menos, así se eliminaron todas las bobadas sobre una conspiración. Se trataba de un miembro del Ku Klux Klan, de sesenta y siete años, sencillamente incapaz de asimilar que, al jubilarse Ryan, su vicepresidente negro hubiera ascendido al cargo de presidente de Estados Unidos. Su juicio, veredicto y sentencia se sucedieron con una rapidez asombrosa; el asesinato había sido grabado enteramente en vídeo, por no hablar de la existencia de seis testigos presenciales, todos ellos a menos de dos metros del asesino. Incluso en el palacio gubernamental de Jackson, la bandera nacional ondeó a media asta por Robby Jackson, para consternación y asco de algunos.

—*Sic volvere parcas* —comentó Jack.

—¿Qué significa eso?

—Las parcas, senador. La primera hila el hilo de la vida del hombre, la segunda lo mide y la tercera lo corta. «Así hilan las parcas», reza el adagio romano. Nunca había visto a mi padre tan destrozado. En realidad, mi madre lo asimiló mejor. Supongo que los médicos están acostumbrados a que muera la gente. Mi padre parecía dispuesto a darle personalmente a ese individuo su merecido. Fue muy duro.

Las cámaras habían captado al presidente sollozando en el funeral en la capilla de la academia naval. *Sic volvere parcas*.

—Dígame, senador —agregó el joven Jack—, ¿qué me depara aquí el destino?

No cogió a Hendley por sorpresa. Había visto venir la pregunta de lejos, pero aun así no era fácil.

—¿Qué diría tu padre?

—¿Quién dice que deba saberlo? Usted tiene seis empresas subsidiarias, que probablemente utiliza para ocultar sus operaciones bursátiles.

Averiguarlo no había sido fácil, pero Jack sabía cómo investigar.

—No «ocultar» —rectificó Hendley—. Tal vez «disimular», pero no «ocultar».

—Discúlpeme. Como ya le he dicho, solía alternar con espías.

—Has aprendido mucho.

—He tenido buenos profesores.

«Ed y Mary Pat Foley, John Clark, Dan Murray y su propio padre. Este pícaro ha tenido muy buenos profesores», pensó Hendley.

—¿Qué crees que hacemos aquí exactamente?

—Señor, soy bastante listo, pero no tanto. Tendré que aprender mucho, lo sé. Usted también lo sabe. ¿Qué es lo que quiero hacer? Quiero servir a mi patria —respondió sosegadamente Jack—. Quiero contribuir a hacer lo que sea necesario. No necesito dinero. Dispongo de fondos en fideicomiso administrados por mi padre y por mi abuelo, me refiero a Joe Muller, el padre de mi madre. Maldita sea, si quisiera podría licenciarme en Derecho y acabar como Ed Kealty, abriéndome paso a solas hacia la Casa Blanca, pero mi padre no es un rey, ni yo ningún príncipe. Quiero seguir mi propio camino y ver cómo se desarrollan las cosas.

—Tu padre no debe saberlo, por lo menos durante algún tiempo.

—¿Y eso qué importa? Él también se ha guardado muchos secretos —dijo Jack, pensando que era bastante divertido—. Donde las dan, las toman, ¿no le parece?

—Lo pensaré. ¿Tienes dirección de correo electrónico?

—Sí, señor —respondió Jack, al tiempo que le entregaba una tarjeta.

—Dame un par de días.

—Sí, señor. Gracias por recibirme.

Se levantó, le estrechó la mano y se retiró.

El muchacho había crecido de prisa, pensó Hendley. Puede que disponer de una escolta del servicio secreto fuera una ayuda en dicho sentido, o un perjuicio, según la persona. Pero ese chico procedía de un buen linaje, tanto por parte de madre como de padre. Y claramente era listo. Tenía mucha curiosidad, generalmente signo de inteligencia.

E inteligencia era lo que nunca sobraba, en ningún lugar del mundo.

—¿Y bien? —preguntó Ernesto.

—Ha sido interesante —respondió Pablo, al tiempo que encendía un cigarro dominicano.

—¿Qué quieren de nosotros? —preguntó el jefe.

—Mohammed empezó hablando de nuestros intereses en común y de los enemigos que compartimos.

—Si intentáramos hacer negocios allí, perderíamos la cabeza —observó Ernesto, que sólo pensaba en los negocios.

—Se lo señalé, y me respondió que su mercado era tan pequeño que apenas vale la pena molestarse. Ellos se limitan a la exportación de materias primas. Y eso es cierto. Pero dijo que podían ayudarnos con el nuevo mercado europeo. Mohammed asegura que su organización dispone de una buena base de operaciones en Grecia, y con la desaparición de las fronteras en Europa, ése sería el punto de entrada más lógico para nuestros cargamentos. No nos cobrarán por su asistencia técnica. Dicen que sólo pretenden establecer una relación de buena voluntad.

—Deben de necesitar desesperadamente nuestra ayuda —comentó Ernesto.

—Disponen de considerables recursos propios, jefe, como han demostrado. Pero parecen necesitar cierta pericia para el contrabando de armas, además del de personas. En todo caso, piden poco y ofrecen mucho.

—¿Y lo que ofrecen será conveniente para nuestro negocio? —preguntó Ernesto.

—Obligará indudablemente a los yanquis a dedicar sus recursos a otras tareas.

—Podría causar estragos en su país, pero las consecuencias políticas podrían ser graves...

—La presión a la que estamos sometidos, jefe, difícilmente podría ser peor.

—Ese nuevo presidente norteamericano es un imbécil, pero peligroso, a pesar de todo.

—Por tanto, jefe, podemos hacer que nuestros nuevos amigos lo distraigan —señaló Pablo—. Ni siquiera utilizaremos ninguno de nuestros recursos para lograrlo. Nuestro riesgo es mínimo, y los beneficios potenciales son inmensos.

—Lo comprendo, Pablo, pero si llegan a relacionarlo con nosotros, las consecuencias podrían ser nefastas.

—Es cierto, pero una vez más, ¿hasta qué punto pueden aumentar la presión a la que ya estamos sometidos? —preguntó Pablo—. Están atacando a nuestros aliados políticos a través del gobierno de Bogotá, y si logran producir el efecto que desean, los daños para nosotros pueden ser sumamente graves. Tú y los demás miembros del consejo podríais convertiros en fugitivos en nuestro propio país —advirtió el jefe de inteligencia del cártel, sin tener que agregar que eso impediría en gran parte a los miembros del consejo disfrutar de su inmensa riqueza, ya que el dinero es de escasa utilidad sin un lugar cómodo donde gastarlo—. Según reza el proverbio en aquella parte del mundo, el enemigo de mi enemigo es mi amigo. Si en su propuesta hay alguna gran desventaja, yo no alcanzo a verla.

—Entonces, ¿crees que debería reunirme con ese individuo?

—Sí, Ernesto. No correrías ningún peligro. Está más buscado por los gringos que nosotros. Si nosotros tememos la traición, más debería temerla él. En todo caso, tomaremos las debidas precauciones.

—Muy bien, Pablo. Lo hablaré en el consejo, con la recomendación de que lo escuchemos —asintió Ernesto—. ¿Será difícil organizarlo?

—Confío en que se desplace a Buenos Aires. Seguro que sabe cómo viajar con seguridad. Probablemente dispone de más pasaportes falsos que nosotros, y no tiene en absoluto aspecto de árabe.

—¿Habla idiomas?

—Bastante bien —respondió Pablo—. Habla inglés como un nativo y eso de por sí ya es como un pasaporte.

—¿Conque a través de Grecia, nuestro producto?

—Su organización utiliza Grecia como puerto franco desde hace muchos años, jefe. Nuestro producto es más fácil de introducir que un grupo de hombres de contrabando, y por consiguiente, a primera vista, tanto sus métodos como sus instalaciones parecen adaptables a nuestros propósitos. Nuestro propio personal deberá inspeccionarlo, evidentemente.

—¿Alguna idea de cuáles pueden ser sus planes para Norteamérica?

—No se lo pregunté, jefe. En realidad, no nos concierne.

—Salvo si se incrementa la seguridad fronteriza. Eso podría ser un inconveniente —dijo, al tiempo que levantaba la mano—. Lo sé, Pablo, no particularmente grave.

»Siempre y cuando nos ayuden, no me importa lo que quieran hacer en Norteamérica.

Capítulo tres

ARCHIVOS GRISES

Una de las ventajas de Hendley era que la mayor parte de su personal trabajaba en otros lugares. No precisaban salario, casa, ni comida. Los contribuyentes pagaban todos los gastos sin ser conscientes de ello y, evidentemente, los «costes» exactos eran desconocidos. La evolución reciente del mundo del terrorismo internacional había obligado a los dos servicios secretos principales de Norteamérica, la CIA y la NSA, a trabajar incluso con más coordinación que en el pasado, y puesto que se encontraban a una molesta hora de distancia en coche, ya que circular por el cinturón de Washington era como cruzar el aparcamiento de un centro comercial en época navideña, realizaban la mayor parte de su comunicación por vínculos seguros de microondas, desde el tejado de la central de la NSA al de la CIA. El hecho de que dicha línea de tráfico cruzara el tejado de Hendley Associates les había pasado desapercibido. Además, no tenía por qué importarles, ya que el vínculo de microondas estaba codificado. Tenía que estarlo, puesto que las microondas se dispersan a partir de su línea de transmisión, por diversas razones técnicas. Las leyes de la física pueden utilizarse, pero no modificarse para ajustarse a las necesidades de un momento dado.

El ancho de banda en el canal de microondas era inmenso, debido a los algoritmos de compresión semejantes a los utilizados en redes informáticas. La Biblia en versión del rey Jacobo podía transmitirse de un edificio a otro en escasos segundos. Dichos vínculos estaban siempre abiertos y en funcionamiento, la mayor parte del tiempo transmitiendo bobadas y caracteres aleatorios para confundir a cualquiera que intentara descifrar el código, aunque utilizaba el sistema de codificación Tapdance, que era totalmente seguro. O, al menos, eso aseguraban los genios informáticos de la NSA. El sistema dependía de CD-ROM grabados con transposiciones totalmente aleatorias, y a no ser que uno pudiera encontrar la clave de las interferencias atmosféricas de radiofrecuencia, ahí acababa la historia. Pero una vez por semana, uno de los guardias de seguridad de Hendley, acompañado de dos de sus colegas, todos ellos elegidos al azar entre los guardias de seguridad, se desplazaban en coche a Fort Meade y recogían los discos de codificación. Se introducían los discos en un lector de CD conectado a un aparato codificador/descodificador, de donde eran expulsados después de extraer su información, y a continuación, transportados a mano a un horno de microondas para ser destruidos, en presencia de los tres guardias, todos ellos entrenados por años de servicio a no formular preguntas.

Gracias a ese procedimiento un tanto laborioso, Hendley tenía acceso a toda la actividad de ambas instituciones, que por tratarse de organizaciones gubernamentales dejaban constancia de todo, desde los informes de agentes encubiertos hasta el precio de la misteriosa carne servida en la cafetería.

Mucha, la mayor parte, de la información no tenía ningún interés para el equipo de Hendley, pero casi toda se grababa en soportes de alta densidad y se cotejaba en un ordenador central Sun Microsystems, de suficiente potencia para administrar todo el país si fuera necesario. Eso permitía al personal de Hendley observar lo que los servicios de inteligencia generaban, junto con los análisis de alto nivel llevados a cabo por expertos en áreas múltiples y mandarlo luego a otros que volvían a analizarlo y ofrecían sus comentarios. La NSA realizaba mejor dicha función que la CIA, o eso creían los analistas de Hendley, pero a menudo funcionaba mejor cuando muchos cerebros se centraban en un mismo problema, hasta que el análisis llegaba a ser tan intrincado que paralizaba el proceso, cosa no desconocida en los servicios de inteligencia. Con la introducción del nuevo Departamento de Seguridad Nacional, para cuya autorización Hendley consideraba que habría emitido un voto negativo, tanto la NSA como la CIA eran recipientes de los análisis del FBI. Esto, a menudo, agregaba sencillamente una nueva capa de complejidad burocrática, aunque en realidad los agentes del FBI recogían una información básica ligeramente diferente. Pensaban en términos de elaborar un caso delictivo para presentarlo ante un jurado, y a fin de cuentas, ése no era un mal sistema.

Cada institución tenía su forma de pensar. El FBI estaba formado por policías, que tenían su propia tendencia. La de la CIA era bastante diferente y tenía, además, el poder de actuar, que ocasionalmente ejercía, aunque sólo en raras ocasiones. La NSA, por otra parte, se limitaba a recoger información, analizarla y transferirla a otros, sin que fuera de su incumbencia cómo la utilizaran.

El jefe de inteligencia y análisis de Hendley era Jerome Rounds. Jerry, para sus amigos, era doctor en psicología por la Universidad de Pennsylvania. Había trabajado en la sección de inteligencia e investigación del Departamento de Estado, antes de incorporarse a Kidder Peabody para otra categoría de análisis y de salario, cuando el entonces senador Hendley lo descubrió personalmente durante un almuerzo en Nueva York. Rounds se había forjado una reputación de adivino en la agencia de contratación, pero a pesar de haber ganado una pequeña fortuna, comprobó que la importancia del dinero disminuía cuando la educación de sus hijos estaba plenamente garantizada y su yate pagado por completo. Estaba harto de Wall Street y listo para aceptar la oferta de Hendley, hacía cuatro años. Entre sus tareas se incluía adivinar el pensamiento de otros contratadores internacionales, que era algo que había aprendido a hacer en Nueva York. Trabajaba en estrecha colaboración con Sam Granger, que era a la vez jefe de contratación de divisas en El Campus y jefe del Departamento de Operaciones.

Ya era casi la hora de cerrar, cuando Jerry Rounds entró en el despacho de Sam. Jerry y sus treinta subordinados eran los encargados de examinar el material recibido de la NSA y de la CIA. Todos debían ser lectores muy rápidos e intuitivos. Rounds era el equivalente local de un sabueso.

—Mira esto —dijo, después de dejar un papel sobre el escritorio de Granger y sentarse.

—¿El Mossad ha perdido un... jefe de delegación? Caramba. ¿Cómo ha sucedido?

—La policía local piensa en un atraco. Muerto apuñalado, su cartera desaparecida y ningún indicio de pelea prolongada. Evidentemente, no iba armado en aquel momento.

—En un lugar civilizado como Roma, ¿para qué molestarse? —observó Granger, aunque ahora lo harían, por lo menos durante algún tiempo—. ¿Cómo lo hemos averiguado?

—Se ha publicado en la prensa local que un funcionario de la embajada israelí había sido atacado cuando orinaba. El jefe de delegación de la CIA lo ha identificado como espía. Parte del personal de Langley no deja de darle vueltas para intentar dilucidar lo que eso significa, pero probablemente optarán al fin por la explicación más sencilla y aceptarán la versión de la policía local. Un muerto. Cartera desaparecida. Un robo en el que al ladrón se le fue un poco la mano.

—¿Crees que a los israelíes les resultará convincente? —preguntó Granger.

—Parece tan probable como que sirvan cerdo asado en una cena de la embajada. Lo han apuñalado entre la primera y la segunda vértebra. Un maleante callejero probablemente le habría cortado la yugular, pero un profesional sabe que eso sería sucio y escandaloso. Los *carabinieri* se ocupan del caso, pero parece que no tienen absolutamente nada en que basarse, a no ser que alguien en el restaurante tenga una memoria prodigiosa. No apostaría nada en ese sentido.

—Entonces, ¿qué significa?

Rounds se acomodó en su silla.

—¿Cuándo fue la última vez que el jefe de delegación de algún servicio fue asesinado?

—Hace algún tiempo. La CIA perdió a uno en Grecia, a manos de aquel grupo terrorista local. Un cretino lo identificó... uno de los suyos que había desertado, saltado el muro, y ahora imagino que debe de dedicarse a beber vodka y a sentirse solo. Los británicos perdieron a uno de los suyos en el Yemen hace unos años... —Hizo una pausa—. Tienes razón: no se gana mucho asesinando a un jefe de delegación. Si se lo identifica, lo mejor es vigilarlo y averiguar quiénes son sus contactos y sus subordinados. Eliminarlo equivale a perder recursos, en lugar de aumentarlos. Entonces, ¿crees que puede tratarse de algún terrorista, que manda un mensaje a Israel?

—O tal vez haya eliminado una amenaza particularmente molesta. Maldita sea, ese pobre desgraciado era israelí, ¿no es cierto? Funcionario de la embajada. Puede que con eso les bastara, pero cuando matan a un espía, particularmente a un decano, no solemos suponer que se trate de un accidente.

—¿Alguna posibilidad de que el Mossad pida ayuda?

Pero Granger sabía que no lo harían. El Mossad era como un niño en su parque infantil, que nunca jamás compartía sus juguetes. Sólo pedían ayuda si estaban desesperados, o convencidos de que alguien podía ofrecerles algo que nunca conseguirían por sus propios medios. Entonces actuaban como el hijo pródigo a su regreso a casa.

—No han confirmado que ese individuo, que respondía al nombre de Greengold, perteneciera al Mossad. Eso podría ser de cierta ayuda a la policía italiana, puede que incluso involucrara a su propio servicio de contraespionaje, pero si lo han revelado, no hay ninguna prueba de que Langley lo sepa.

Pero Granger se percató, al igual que Jerry —lo veía en su mirada—, de que Langley no pensaría en esos términos. La CIA no pensaba de ese modo, porque el espionaje se había convertido en algo muy civilizado. Uno no eliminaba los recursos de los demás, porque era malo para el negocio. Entonces, ellos podrían hacer lo mismo contigo, y si eso desembocaba en una lucha callejera en una ciudad extranjera, nadie hacía su propio trabajo. Su labor consistía en obtener información para su propio gobierno, no en grabar muescas en la empuñadura de la pistola. Por consiguiente, los *carabinieri* pensarían en términos de un crimen callejero, porque todo diplomático era inviolable para las fuerzas de cualquier otro país y estaba protegido por los tratados internacionales, así como por una tradición que se remontaba al Imperio persa en la época de Jerjes.

—Bien, Jerry, tú eres el intuitivo profesional —dijo Sam—. ¿Qué opinas?

—Presiento que un perverso fantasma puede andar suelto. Ese individuo del Mossad estaba en un distinguido restaurante romano, almorzando y tomándose un buen vino. Puede que estuviera efectuando una recogida o depositando algo; he consultado el plano callejero y el restaurante está a un buen trecho a pie de la embajada, demasiado lejos para ser el lugar habitual del almuerzo, a no ser que a Greengold le gustara hacer *footing*, y para eso no era la hora adecuada del día. Por consiguiente, a no ser que estuviera loco por la comida del chef de Giovanni's, apostaría a que se trataba de algún tipo de intercambio o encuentro. En cuyo caso, le habían tendido una trampa. No una trampa por parte de la oposición, quienesquiera que fueran, para identificarlo, sino para matarlo. A la policía local, puede parecerle un atraco. A mí, me parece un asesinato premeditado y ejecutado con maestría. La víctima quedó instantáneamente incapacitada. No tuvo la oportunidad de ofrecer resistencia alguna. Así es como se haría para eliminar a un espía; nunca se sabe lo bueno que puede ser en defensa personal, y si yo fuera árabe, para mí el Mossad sería como el hombre del saco. No me arriesgaría. No usó pistola y, por tanto, no dejó ninguna prueba material, ni bala, ni cartucho. Cogió la cartera para que pareciera un atraco, pero mató a un *rezident* del Mossad y probablemente mandó un mensaje. No es que le desagrade el Mossad, pero puede matar a sus agentes con la misma facilidad con que se abrocha la bragueta.

—¿Estás preparando un libro sobre el tema, Jerry? —sugirió Sam.

El analista en jefe convertía un mínimo de hechos básicos en un auténtico culebrón. Rounds se limitó a tocarse la nariz y a sonreír.

—¿Desde cuándo crees en las coincidencias? Algo huele mal en este caso.

—¿Qué piensan en Langley?

—Nada todavía. Lo han asignado a la sección del sur de Europa para su evaluación. Supongo que veremos algo dentro de una semana aproximadamente y no dirá gran cosa. Conozco al individuo que dirige esa sección.

—¿Es un tonto?

Rounds negó con la cabeza.

—No, no sería justo llamarlo tonto. Es bastante listo, pero evita los riesgos. Tampoco es particularmente creativo. Apuesto a que esto no llegará siquiera al séptimo piso.

Un nuevo director de la CIA había sustituido a Ed Foley, que se había jubilado y ahora, según se decía, junto con su esposa Mary Pat, escribía su propio libro «yo estuve allí». En su momento habían sido bastante buenos, pero el nuevo director era un juez políticamente atractivo, favorito del presidente Kealty. No hacía nada sin la aprobación presidencial, lo que significaba que todo debía pasar por la miniburocracia del equipo del Consejo de Seguridad Nacional en la Casa Blanca, que tenía tantas grietas como el *Titanic* y con el que, por consiguiente, estaban encantados los periodistas. La Dirección de Operaciones todavía seguía creciendo y entrenando a nuevos agentes de campo en La Granja, en Tidewater, Virginia, y el nuevo subdirector de operaciones no era nada despreciable; el Congreso había insistido en que se nombrara a un buen conocedor del trabajo de campo, en cierto modo para consternación de Kealty, que en todo caso sabía cómo relacionarse con el Congreso. Puede que la Dirección de Operaciones recuperara su forma anterior, pero nunca haría nada abiertamente malo bajo esa administración. Nada que disgustara al Congreso. Nada sobre lo que pudieran poner el grito en el cielo los detractores habituales de los servicios de inteligencia, salvo los chismorreos tradicionales y las teorías sobre grandes conspiraciones, como la responsabilidad de la CIA en lo sucedido en Pearl Harbor y el terremoto de San Francisco.

—¿Entonces crees que por ahí no saldrá nada? —preguntó Granger, conocedor de la respuesta.

—El Mossad investigará, ordenará a sus agentes mantenerse

en estado de alerta y eso durará uno o dos meses, hasta que la mayoría se tranquilicen y vuelvan a su rutina habitual. Lo mismo sucederá con otros servicios. Sobre todo, los israelíes intentarán averiguar cómo se identificó a su agente. Es difícil especular, con la escasa información de la que disponemos. Probablemente fue sencillo; generalmente lo es. Puede que reclutara a la persona equivocada y ésta lo traicionara, o que hubieran descifrado su código, tal vez después de sobornar a algún funcionario de la embajada, o de que alguien se fuera de la lengua ante la persona inadecuada en alguna fiesta. Las posibilidades son muy amplias, Sam. Basta un pequeño desliz para que alguien acabe muerto, y hasta los mejores podemos cometer algún error.

—Algo que convendría introducir en el manual, sobre lo que se debe y no se debe hacer en la calle.

Había servido su propio tiempo en la calle, evidentemente, pero sobre todo en archivos y bibliotecas, manejando material tan árido que, junto al mismo, el polvo parecía húmedo, pero donde de vez en cuando encontraba un diamante. Siempre había trabajado con una identidad ficticia, hasta que llegó a convertirse en algo tan real para él como su propio aniversario.

—A no ser que otro espía muera asesinado —observó Rounds—. Entonces sabremos si por ahí circula realmente un fantasma.

El vuelo de Avianca procedente de México aterrizó en Cartagena cinco minutos antes de la hora prevista. Se había trasladado a Londres, Heathrow, en un vuelo de Austrian Air y luego a Ciudad de México en uno de British Airways, para llegar finalmente al país sudamericano en un avión de las líneas aéreas colombianas. Se trataba de un viejo Boeing norteamericano, pero él no era alguien a quien le preocupara la seguridad aérea; había peligros mucho mayores en el mundo. En el hotel, abrió su bolsa para sacar su agenda del día, salió a dar un paseo y encontró un teléfono público, desde donde hacer su llamada.

—Por favor, dile a Pablo que Miguel está aquí... gracias.

A continuación, se fue a tomar una copa a una cantina. La cerveza local no estaba mal, comprobó Mohammed. Aunque era contrario a sus creencias religiosas, debía encajar en el entorno, y allí todo el mundo bebía alcohol. A los cinco minutos regresó al hotel, después de mirar un par de veces a su alrededor por si alguien lo seguía y no detectar a nadie. De modo que, si lo vigilaban, debían de ser expertos, en cuyo caso poco podía hacer al respecto, especialmente en una ciudad extranjera donde todo el mundo hablaba español y nadie sabía en qué dirección estaba La Meca. Viajaba con un pasaporte británico, según el cual se llamaba Nigel Hawkins y era de Londres. En la dirección indicada, había, efectivamente, un piso. Eso lo protegería incluso en caso de una comprobación rutinaria por parte de la policía, pero ninguna identidad falsa era perfecta, y si lo descubrían... alabado sea Dios. Uno no puede vivir toda la vida con miedo de lo desconocido. Hace sus planes, toma las debidas precauciones y se lanza al ruedo.

Era interesante. Los españoles eran antiguos enemigos del islam, y la mayoría de los habitantes de ese país descendían de españoles. Pero allí había gente que odiaba Norteamérica casi tanto como él, *casi* porque Norteamérica era una fuente de los enormes ingresos que les proporcionaba su cocaína, como lo eran los del petróleo para su país de origen. Su fortuna personal ascendía a centenares de millones de dólares norteamericanos, depositados en diversos bancos alrededor del mundo: Suiza, Liechtenstein y, en los últimos tiempos las Bahamas. Evidentemente podía permitirse su propio avión privado, pero eso sería demasiado fácil de identificar, y con toda seguridad demasiado fácil que lo derribaran sobre el océano. Mohammed sentía desprecio por Norteamérica, pero no ignoraba su poder. Demasiados hombres buenos habían ido inesperadamente al paraíso por olvidarlo. No era en absoluto un mal destino, pero su labor estaba entre los vivos, no entre los muertos.

—Hola, capitán.

Brian Caruso volvió la cabeza y vio a James Hardesty. No eran siquiera las siete de la mañana. Acababa de dirigir los ejercicios matutinos de su reducida compañía de marines, seguidos de una carrera de cinco kilómetros y, como todos sus hombres, estaba empapado de sudor. Había mandado a sus soldados a las duchas y regresaba a sus aposentos cuando se encontró con Hardesty. Pero antes de poder saludarlo, oyó otra voz más familiar.

—¡Jefe!

El capitán volvió la cabeza y vio a su primer suboficial, el sargento de artillería Sullivan.

—Hola, sargento. El personal parecía en bastante buena forma esta mañana.

—Sí, señor. No nos ha hecho trabajar demasiado. Se agradece, señor —observó el sargento.

—¿Cómo le ha ido al cabo Ward?

El cabo Ward era la razón por la que Brian no los había forzado demasiado. Según él, estaba listo para entrar de nuevo en acción, pero todavía se estaba recuperando de unas heridas bastante graves.

—Está un poco agotado, pero ha seguido el ritmo de los demás. El soldado Randall lo vigila por si acaso. No está mal para ser marine —reconoció el sargento artillero.

Los marines eran bastante solícitos con sus compañeros de la armada, especialmente los que se arrastraban por el fango con las fuerzas de reconocimiento.

—Tarde o temprano, los SEAL lo invitarán a Coronado.

—Estoy seguro, jefe, y entonces tendremos que entrenar a un nuevo marine.

—¿Qué quiere, sargento? —preguntó Caruso.

—Está aquí, señor. Ah, hola, señor Hardesty. Acabo de enterarme de que había venido para ver al jefe. Disculpe, capitán.

—No se preocupe. Lo veré dentro de una hora, sargento.

—A sus órdenes, señor —dijo Sullivan, cuadrándose, antes de regresar al cuartel.

—Es un buen suboficial —pensó Hardesty en voz alta.

—De los mejores —reconoció Caruso—. El cuerpo funciona gracias a chicos como él. A personas como yo se limitan a tolerarnos.

—¿Le apetece desayunar, capitán?

—Sí, desde luego, pero antes debo ducharme.

—¿Qué hay en la agenda?

—La clase de hoy es sobre comunicaciones, para asegurarnos de que todos podemos pedir apoyo aéreo y de la artillería.

—¿No lo saben? —preguntó Hardesty, sorprendido.

—¿No ha visto que los equipos de béisbol hacen prácticas de batear antes de cada partido, en presencia del entrenador? Sin embargo, todos saben utilizar el bate, ¿no es cierto?

—Entendido.

El hecho de que lo calificaran de fundamental se debía a que realmente lo era. Y esos marines, al igual que los jugadores de béisbol, no pondrían ninguna objeción a la lección de hoy. Una incursión entre los altos juncos les había enseñado a todos la importancia de lo fundamental.

Los aposentos de Caruso estaban a cuatro pasos. Hardesty se sirvió un café y cogió un periódico, mientras el joven oficial se duchaba. El café estaba bastante bueno, para ser obra de un soltero. Como de costumbre, el periódico no le informó de mucho que no supiera, salvo de los resultados deportivos, pero las tiras cómicas siempre servían para reírse un rato.

—¿Listo para el desayuno? —preguntó el joven, recién aseado.

—¿Es buena aquí la comida? —preguntó Hardesty, ya de pie.

—Bueno, es difícil estropear el desayuno, ¿no le parece?

—Es cierto. Indique el camino, capitán.

Se desplazaron juntos un kilómetro y medio aproximadamente hasta el comedor unificado en el Mercedes clase C de Caruso, que para alivio de Hardesty lo identificaba como soltero.

—No esperaba volver a verle tan pronto —dijo Caruso al volante.

—¿O tal vez no esperaba volver a verme nunca? —preguntó sin darle importancia el ex oficial de las fuerzas especiales.

—Efectivamente. Eso también, señor.

—Ha aprobado el examen.

Eso lo obligó a volver la cabeza.

—¿A qué examen se refiere, señor?

—No creía que se hubiera percatado de ello —observó Hardesty, con una carcajada.

—Bueno, señor, ha logrado usted confundirme esta mañana —respondió el capitán Caruso, convencido de que aquello formaba parte del plan de su interlocutor.

—Según reza un antiguo proverbio, «quien no está confuso está mal informado».

—Parece un poco siniestro —señaló Caruso, mientras giraba a la derecha para entrar en el aparcamiento.

—Puede serlo.

Ambos se apearon y se dirigieron al edificio. Era una gran estructura de una sola planta, llena de marines hambrientos. En el pasillo de la cafetería había estantes y bandejas, con la comida habitual de los desayunos norteamericanos, desde Frosted Flakes hasta huevos con tocino, e incluso...

—Puede probar las rosquillas, señor, aunque no son muy buenas —dijo Caruso, mientras se servía dos bollos tostados y auténtica mantequilla.

Evidentemente era demasiado joven para preocuparse por el colesterol y otros obstáculos propios del envejecimiento. Hardesty se sirvió una caja de Cheerios —porque, a su pesar, había alcanzado *esa* edad—, junto con leche desnatada y sacarina. Las tazas de café eran grandes, y la disposición de las mesas permitía cierta intimidad, a pesar de que debía de haber allí unas cuatrocientas personas de diversos rangos, desde cabos hasta coroneles. El capitán lo dirigió hasta una mesa, entre un grupo de jóvenes sargentos.

—Bien, Hardesty, ¿qué puedo hacer por usted?

—En primer lugar, sé que tiene autorización de seguridad hasta el nivel de reservado, ¿no es cierto?

—Sí, señor. Tengo acceso a cierto material compartimentado, pero eso no le incumbe en absoluto.

—Es posible —reconoció Hardesty—. De lo que vamos a hablar va un poco más allá. No puede repetir una palabra a nadie. ¿Está claro?

—Sí, señor. Es estrictamente confidencial. Lo comprendo.

En realidad, pensó Hardesty, no lo comprendía. Aquello no era meramente confidencial, pero la explicación debería esperar a otro momento.

—Por favor, señor, prosiga —agregó el capitán.

—Ha llamado usted la atención de ciertas personas bastante importantes, como miembro potencial de una organización muy especial... que no existe. Habrá visto usted cosas parecidas en las películas y habrá leído sobre ello en los libros. Pero es real, hijo. Estoy aquí para ofrecerle un lugar en dicha organización.

—Señor, soy oficial de los marines y me gusta.

—No perjudicará su carrera en los marines. En realidad, ya está previsto su ascenso a comandante. Recibirá la carta la semana próxima. Por consiguiente, de todos modos deberá abandonar su destino actual. Si se queda en el cuerpo de marines, el mes próximo se le destinará al cuartel general, para trabajar en la Sección de Inteligencia y Operaciones Especiales. También se le concederá una medalla de plata por su actuación en Afganistán.

—¿Qué me dice de mi personal? También solicité medallas para ellos.

Era típico de aquel joven que le preocuparan ese tipo de cosas, pensó Hardesty.

—Todas han sido aprobadas. Además, podrá regresar al cuerpo cuando lo desee. El proceso de sus ascensos no sufrirá en absoluto.

—¿Cómo lo ha logrado?

—Tenemos amigos en las altas esferas —respondió su interlocutor—. Al igual que usted, por cierto. Seguirá recibiendo su salario de los marines. Deberá hacer ciertos nuevos arreglos en el banco, pero es pura rutina.

—¿Qué supondrá ese nuevo destino? —preguntó Caruso.

—Supondrá servir a su patria. Hacer cosas que son necesarias para nuestra seguridad nacional, pero de un modo un tanto irregular.

—¿Hacer qué, exactamente?

—Éste no es el momento, ni el lugar.

—¿Podría usted ser un poco más misterioso, señor Hardesty? Tal vez empiece a comprender lo que me cuenta y estropee la sorpresa.

—Yo no invento las reglas —respondió.

—La CIA, ¿no es cierto?

—No exactamente, pero lo sabrá a su debido tiempo. Lo que necesito ahora es un sí o un no. Puede abandonar la organización en cualquier momento, si resulta que no le gusta —prometió—. Pero éste no es el lugar adecuado para darle una explicación más amplia.

—¿Cuándo debo decidir?

—Antes de acabarse los huevos con tocino.

La respuesta obligó al capitán Caruso a dejar el bollo sobre la mesa.

—¿No será una broma? —preguntó el capitán, a quien habían tomado varias veces el pelo debido a sus vínculos familiares.

—No, capitán, no es una broma.

El entorno había sido deliberadamente elegido para que no pareciera amenazador. Las personas como Caruso, por valientes que fueran, sentían a menudo cierto temor ante lo desconocido, o más concretamente ante lo desconocido y no comprendido. Su profesión ya era suficientemente peligrosa, y las personas inteligentes no persiguen deliberadamente el peligro. Lo suyo suele ser un acercamiento razonado al azar, después de asegurarse de que su formación y su experiencia son adecuadas para la labor. Por consiguiente, Hardesty se había asegurado de decirle a Caruso que el útero del cuerpo de marines de Estados Unidos siempre estaría dispuesto a recibirlo de nuevo. Era casi cierto y bastaba para su propósito, o por lo menos tal vez para el del joven oficial.

—¿Cómo es su vida amorosa, capitán?

La pregunta lo sorprendió, pero contestó sinceramente:

—Ningún compromiso. Salgo con algunas chicas, pero todavía nada formal. ¿Tiene eso algún interés? —preguntó, pensando en lo peligroso que podía ser el destino.

—Sólo desde el punto de vista de la seguridad. La mayoría de los hombres no pueden evitar contarles los secretos a sus esposas.

Pero las novias eran algo completamente diferente.

—Bien, ¿cómo es de peligroso ese trabajo?

—No mucho —mintió Hardesty, sin la suficiente pericia para engañar por completo a su interlocutor.

—Mi propósito ha sido el de permanecer en el cuerpo, por lo menos hasta llegar a teniente coronel.

—Su evaluador en el cuartel general cree que usted es lo suficientemente bueno para llegar algún día a la cima del escalafón, a no ser que deje de pisar el acelerador. Nadie lo considera probable, pero les ha ocurrido a muchos que eran muy buenos.

Hardesty se acabó los Cheerios y dirigió de nuevo su atención al café.

—Es agradable saber que ahí arriba tengo un ángel de la guarda —observó ásperamente Caruso.

—Como ya le he dicho, ha llamado usted la atención. El cuerpo de los marines es bastante hábil para detectar el talento y apoyarlo.

—Y al parecer también he llamado la atención de otros.

—Efectivamente, capitán. Pero lo único que le ofrezco es una oportunidad. Usted tendrá que demostrar lo que vale, sobre la marcha.

El reto era considerable. A los jóvenes capacitados les costaba rechazarlo. Hardesty sabía que lo había atrapado.

Había sido un largo viaje en coche desde Birmingham hasta Washington. Dominic Caruso lo había hecho en un solo día porque no le gustaban los moteles baratos, pero a pesar de salir a las cinco de la madrugada, había sido un día muy largo. Conducía un Mercedes blanco clase C de cuatro puertas, muy parecido al de su hermano, con la parte trasera repleta de equipaje. Habían estado a punto de pararlo dos veces, pero en ambas ocasiones la policía estatal había respondido favorablemente a sus credenciales del FBI, que dentro de la organización llamaban «credos», y había seguido su camino después de que lo saludaran amablemente con la mano. Existía una fraternidad entre los agentes de los cuerpos de seguridad que se extendía por lo menos a pasar por alto el exceso de velocidad. Llegó a Arlington, Virginia, a las diez de la noche y dejó que un botones sacara su equipaje del coche, mientras él subía en el ascensor a su habitación en el tercer piso. En el mueble bar de la habitación había un botellín de un buen vino blanco, que se tomó después de una anhelada ducha. El vino y el aburrimiento de la televisión lo ayudaron a conciliar el sueño. Dejó aviso para que lo despertaran a las siete, y con la ayuda de la película se quedó dormido.

—Buenos días —dijo Gerry Hendley, a las nueve menos cuarto de la mañana siguiente—. ¿Café?

—Gracias, señor —respondió Jack, antes de servirse una taza y tomar asiento—. Gracias por haberme llamado.

—Bueno, hemos examinado tu historial académico. Tu estancia en Georgetown fue muy provechosa.

—Teniendo en cuenta lo que cuesta, vale la pena prestar atención y, además, no era tan difícil.

John Patrick Ryan hijo tomó un sorbo de café y se preguntó qué vendría a continuación.

—Estamos dispuestos a hablar de un trabajo, a nivel de entrante —dijo sin más preámbulos el ex senador, que nunca había sido partidario de andarse por las ramas, y ésa era una de las razones por las que tanto había congeniado con el padre de su interlocutor.

—¿Haciendo qué, exactamente? —preguntó Jack, con la mirada muy atenta.

—¿Qué sabes acerca de Hendley Associates?

—Sólo lo que ya le he contado.

—Bien, nada de lo que voy a decirte puede repetirse en ningún lugar. En ningún lugar en absoluto. ¿Queda claro?

—Sí, señor.

Y así de rápido, todo quedó perfectamente claro. Maldita sea, se dijo Jack, había acertado en su suposición.

—Tu padre era uno de mis mejores amigos. Digo «era» porque ahora apenas podemos vernos y sólo muy raramente hablamos; por regla general, cuando él me llama. Las personas como tu padre nunca se jubilan, o en todo caso nunca por completo. Él fue uno de los mejores espías que jamás han existido. Hizo cosas que nunca se han escrito, por lo menos en documentos oficiales, y probablemente nunca se escribirán. En su caso, «nunca» significa unos cincuenta años. Ahora escribe sus memorias y redacta dos versiones, una para su publicación dentro de unos pocos años y otra que no verá la luz del día durante un par de generaciones. No se publicará hasta después de su muerte. Ésta es su voluntad.

Fue un duro golpe para Jack percatarse de que su padre hacía planes para después de su muerte. Su padre... ¿muerto? Esa idea costaba mucho de asimilar, salvo en un remoto sentido intelectual.

—Bien —logró decir—. ¿Está mi madre al corriente de esas cosas?

—Probablemente, no. Casi con toda certeza, no. De algunas cosas, puede que ni siquiera haya constancia en Langley. Ocasionalmente el gobierno hace cosas que no constan por escrito.

Tu padre tenía un don especial para encontrarse en medio de esa clase de situaciones.

—¿Y usted? —preguntó el joven.

Hendley se reclinó en su silla y adoptó un tono filosófico.

—El problema es que, hagas lo que hagas, siempre habrá alguien a quien no le guste demasiado. Como los chistes. Por graciosos que sean, siempre alguien se sentirá ofendido. Pero a alto nivel, cuando alguien se siente ofendido, en lugar de decírtelo a la cara, va y se lo cuenta todo a algún periodista, el hecho se hace público y generalmente con un tono de gran desaprobación. A menudo eso no es más que el feo rostro de la envidia profesional, de intentar avanzar apuñalando a un superior por la espalda. Pero también se debe a que a los que ocupan altos cargos les gusta diseñar la política, según su propia versión del bien y del mal. Eso se llama egocentrismo. El problema estriba en que todo el mundo tiene una versión diferente del bien y del mal. Algunas pueden ser una verdadera locura.

»Tomemos, por ejemplo, al actual presidente. En una ocasión, en la antesala del Senado, Ed me dijo que era tan contrario a la pena capital que ni siquiera habría aprobado la ejecución de Adolf Hitler. Eso fue después de tomar unas copas, que suelen soltarle la lengua, y lo triste es que de vez en cuando bebe demasiado. Yo bromeé cuando me lo dijo, pero le aconsejé que no lo repitiera en ningún discurso, porque el voto judío es amplio y poderoso, y podrían considerarlo no como un principio hondamente arraigado, sino como un grave insulto. Yo respeto esa visión, aunque no la comparta. Pero la desventaja de esa posición es que le impide a uno actuar decisivamente contra personas que hacen daño a los demás, a veces un daño muy grave, sin infringir sus propios principios, y en algunos casos, su conciencia o su sensibilidad política no se lo permite. No obstante, lo triste es que el debido proceso legal no siempre es eficaz, frecuentemente fuera de nuestras fronteras, y en ocasiones excepcionales, dentro de las mismas.

»¿Pero cómo afecta eso a Norteamérica? La CIA no mata personas, jamás. O por lo menos no lo hace desde los años cincuenta. Eisenhower utilizó la CIA con mucha destreza. En realidad, era tan genial en el ejercicio del poder que la gente nunca sabía lo que ocurría y lo creía un pánfilo, porque no interpretaba la vieja danza de guerra frente a las cámaras. Además, en aquella época el mundo era diferente. La segunda guerra mundial era historia contemporánea, y la idea de matar a un montón de gente, incluidos civiles inocentes, era algo familiar, sobre todo en los bombardeos —aclaró Hendley—. Era sencillamente el coste de los negocios.

—¿Y Castro?

—Eso fue cosa del presidente John Kennedy y de su hermano Robert. Estaban obsesionados con eliminar a Castro. La mayoría de la gente cree que se debía a la vergüenza provocada por el fiasco de la bahía de Cochinos. Personalmente, opino que la causa era haber leído demasiadas novelas de James Bond. En aquella época el asesinato se consideraba fascinante. Hoy lo llamamos sociopatía —señaló Hendley con amargura—. El problema, en primer lugar, es que es mucho más divertido leer sobre el mismo que ejecutarlo y, en segundo lugar, que no es fácil de llevar a cabo sin un personal muy preparado y altamente motivado. Supongo que lo descubrieron. Entonces, cuando se hizo público, de algún modo se minimizó la importancia de la participación de la familia Kennedy, y la CIA pagó el precio por haber hecho, mal, lo que el presidente del país les había ordenado. La orden ejecutiva del presidente Ford zanjó el asunto. Desde entonces, la CIA ha dejado de matar deliberadamente.

—¿Qué me dice de John Clark? —preguntó Jack, con el recuerdo de la expresión en su mirada.

—Es una especie de aberración. Sí, ha matado a más de una persona, pero siempre ha tenido la precaución de hacerlo cuando era tácticamente necesario. Langley *autoriza* a su personal a defenderse en el campo y él tenía el don de lograr que el asesinato fuera tácticamente necesario. He hablado con Clark un par de veces, aunque lo conozco sobre todo por su reputación. Pero es aberrante. Ahora que está jubilado, puede que escriba un libro. Pero aunque lo haga, nunca contendrá la historia completa. Clark respeta el reglamento, como tu padre. A veces tuerce las normas, pero que yo sepa nunca las ha infringido, por lo menos como funcionario federal —rectificó Hendley.

En una ocasión, él y Jack Ryan padre habían mantenido una larga charla sobre John Clark, y ambos eran las dos únicas personas en el mundo que conocían la historia completa.

—Una vez le dije a mi padre que no me gustaría que Clark se enemistara conmigo.

Hendley sonrió.

—Tienes razón, pero también es cierto que podrías confiarle a John Clark la vida de tus hijos. La última vez que hablamos me preguntaste acerca de Clark, y ahora puedo responderte: si fuera más joven, estaría aquí —reveló Hendley.

—Acaba de desvelarme algo —dijo inmediatamente Jack.

—Lo sé. ¿Puedes asimilarlo?

—¿Matar gente?

—No es eso exactamente lo que he dicho.

Jack hijo dejó la taza de café sobre la mesa.

—Ahora sé por qué papá dice que es usted muy listo.

—¿Puedes asimilar el hecho de que tu padre eliminó a algunas personas en su momento?

—Ya lo sé. Ocurrió la noche en que yo nací. Es prácticamente una leyenda familiar. La prensa le dio mucha importancia cuando papá era presidente. Lo sacaban regularmente a relucir, como si se tratara de la lepra o algo por el estilo. Salvo que la lepra se cura.

—Lo sé. En las películas es sencillamente emocionante, pero en la vida real la gente tiene reparos. El problema con el mundo real es que, a veces, no a menudo pero sí algunas veces, es necesario hacer ese tipo de cosas, como lo descubrió tu padre... en más de una ocasión, Jack. Nunca titubeó. Creo que incluso tenía pesadillas, pero cuando era preciso lo hacía. Por eso estás vivo. Por eso mucha gente está viva.

—Sé lo del submarino. Es bastante público, pero...

—Es más que eso. Tu padre nunca buscó problemas, pero cuando se cruzaron en su camino, como ya te he dicho, hizo lo que era necesario.

—Más o menos recuerdo que las personas que atacaron a mis padres, la noche en que yo nací, fueron ejecutadas. Se lo pregunté a mi madre. No es muy partidaria de la pena de muerte, pero en ese caso no le preocupó demasiado. Se sentía incómoda, pero supongo que comprendía la lógica de la situación. La verdad es que a mi padre tampoco le gustaba, pero no derramó ninguna lágrima.

—Tu padre tenía una pistola contra la cabeza de ese individuo, me refiero al jefe de la pandilla, pero no apretó el gatillo. No era necesario y no lo hizo. De haber estado yo en su lugar, bueno, no lo sé. Fue una decisión difícil, pero tu padre optó por la elección correcta, cuando tenía sobradas razones para no hacerlo.

—Eso fue lo que dijo el señor Clark. Se lo pregunté en una ocasión. Dijo que, puesto que estaba allí la policía, ¿para qué molestarse? Pero nunca acabé de creerlo. Es algo muy difícil. También se lo pregunté a Mike Brennan. Dijo que era muy impresionante que lo hubiera hecho un paisano. Pero él tampoco lo habría matado. Entrenamiento, supongo.

—De Clark no estoy seguro. No es realmente un asesino. No mata por placer ni por dinero. Puede que le hubiera perdonado la vida a ese individuo. Pero no cabe duda de que un policía bien entrenado no habría apretado el gatillo. ¿Tú qué crees que habrías hecho?

—Eso no puede saberse, hasta encontrarse en esa situación —respondió Jack—. Lo he pensado algunas veces y he decidido que mi padre actuó correctamente.

Hendley asintió.

—Tienes razón. También hizo lo correcto en la otra parte. El individuo del barco al que disparó a la cabeza. Tuvo que hacerlo para sobrevivir, y cuando ésa es la alternativa, no hay dónde elegir.

—¿Entonces qué es exactamente lo que hace Hendley Associates?

—Reunimos información secreta y actuamos sobre la misma.

—Pero no forman parte del gobierno —objetó Jack.

—Técnicamente, no, no pertenecemos al gobierno. Hacemos lo que hay que hacer cuando las instituciones gubernamentales no pueden ocuparse de ello.

—¿Y con qué frecuencia ocurre eso?

—No mucha —respondió Hendley a la ligera—. Pero puede que cambie, o no. Ahora es difícil preverlo.

—¿Cuántas veces...?

—No precisas saberlo —respondió Hendley, con las cejas levantadas.

—Bien. ¿Qué sabe mi padre sobre este lugar?

—Él fue quien me persuadió para que lo creara.

Y de pronto todo quedó claro. Hendley se había despedido de su carrera política para servir a su país de un modo que nunca recibiría ningún reconocimiento ni recompensa. Maldita sea. ¿Tenía su propio padre las agallas de hacer tal cosa?

—¿Y si de algún modo surge algún problema...?

—En una caja de seguridad que pertenece a mi abogado particular hay un centenar de perdones presidenciales que cubren todos y cada uno de los actos ilegales que pudieran haberse cometido durante las fechas que mi secretaria especificaría al rellenar los documentos en blanco, documentos que tu padre firmó una semana antes de abandonar la presidencia.

—¿Es eso legal?

—Lo suficiente —respondió Hendley—. El fiscal general de tu padre, Pat Martin, dijo que colaría, aunque sería pura dinamita si llegara a divulgarse.

—Dinamita, maldita sea, sería una bomba atómica en el Capitolio —pensó Jack en voz alta, con lo que se quedaba realmente corto.

—Por eso aquí somos cautelosos. No puedo instar a mi personal a que haga algo que podría llevarlos a la cárcel.

—Sólo pasar permanentemente a la lista de morosos.

—Veo que tienes el mismo sentido del humor que tu padre.

—Bueno, señor, es mi padre. Forma parte de la herencia, como los ojos azules y el pelo negro.

Su historial académico demostraba que era un chico inteligente. Hendley podía ver que tenía la misma curiosidad y la habilidad de separar el grano de la paja que su padre, ¿pero tenía también las mismas agallas...? Lo mejor sería no tener que averiguarlo nunca. Pero ni siquiera sus mejores empleados podían predecir el futuro, salvo en la fluctuación de divisas, y en eso hacían trampa. Ésa era la única cosa legal por la que se lo podría demandar, pero cabía esperar que nunca ocurriera.

—Bien, ha llegado el momento de que conozcas a Rick Bell. Él y Jerry Rounds son quienes se ocupan aquí de los análisis.

—¿Los conozco?

—No. Ni tu padre tampoco. Ése es uno de los problemas con la comunidad de inteligencia. Ha crecido demasiado. Hay demasiada gente, y las organizaciones no dejan de tropezarse las unas con las otras. Si tuvieras los cien mejores futbolistas profesionales en un mismo equipo, las disensiones internas destruirían el equipo. Todo el mundo nace con su propio ego y la gente es como el proverbial gato de cola larga en una habitación llena de mecedoras. Nadie protesta excesivamente, porque se supone que el gobierno no funciona con demasiada eficacia. La gente se asustaría si lo hiciera. Ésa es la razón por la que estamos aquí. Vamos. El despacho de Jerry está en el pasillo.

—¿Charlottesville? —preguntó Dominic—. Creía que...

—Desde la época del director Hoover, el FBI tiene allí una casa franca. Técnicamente no pertenece al cuerpo. Es donde guardamos los archivos grises.

Su instructor principal en la academia los había mencionado. Se suponía que los archivos grises, cuyo nombre ni siquiera conocía el público ajeno a la organización, eran los informes de Hoover sobre personajes políticos, y contenían todo género de irregularidades, que los políticos coleccionaban como otros coleccionan sellos o monedas. Supuestamente destruidos a la muerte de Hoover en 1972, estaban en realidad escondidos en Charlottesville, Virginia, en una gran casa franca en la cima de una colina, al otro lado del valle del «Monticello» de Tom Jefferson y con vistas a la Universidad de Virginia. La antigua residencia del dueño de una plantación había sido construida con una extensa bodega, que desde hacía más de cincuenta años contenía algo mucho más preciado que el vino. Era el secreto más oscuro del FBI, conocido sólo por un puñado de personas, que no incluían necesariamente al director vigente, y bajo control de unos agentes profesionales de confianza absoluta. Los archivos, por lo menos los políticos, nunca se abrían. No era preciso revelar al público, por ejemplo, la debilidad de aquel joven senador de la época de Truman por las menores de edad. En todo caso, hacía tiempo que estaba muerto, al igual que el abortista. Pero el temor de esos archivos, cuya continuación se creía en general que proseguía, explicaba por qué el Congreso raramente atacaba al FBI en cuestión de apropiaciones. Un archivador realmente bueno con memoria informática podría haber deducido su existencia, a partir de ciertas sutiles lagunas en los voluminosos ficheros del FBI, pero eso habría sido una labor digna de Hércules. Además, podían encontrarse secretos mucho más suculentos en las fichas blancas, escondidas en una antigua mina de carbón en el oeste de Virginia, o eso podría haber creído un historiador.

—Vamos a separarlo del FBI —dijo Werner a continuación.

—¿Cómo? —exclamó Dominic Caruso, casi a punto de saltar de su silla—. ¿Por qué?

—Dominic, hay una unidad especial que quiere hablar con usted. Seguirá siendo funcionario del cuerpo. Ellos se lo explicarán. Recuerde que he dicho «separar», no «despedir». No dejará de recibir su salario. Constará en los libros como agente especial en misión específica de investigaciones antiterroristas, a las órdenes directas de esta oficina. Recibirá sus aumentos salariales y sus ascensos normales. Esta información es secreta, agente Caruso —prosiguió Werner—. No puede hablar de esto con nadie, salvo conmigo. ¿Está claro?

—Sí, señor, pero no puedo decir que lo comprenda.

—Lo hará a su debido tiempo. Seguirá investigando delitos y probablemente actuará respecto a los mismos. En el caso de que su nuevo destino no le gustara, hable conmigo y lo destinaremos de nuevo a otra sección de servicios más convencionales. Pero insisto en que no debe hablar de su nuevo destino con nadie, salvo conmigo. Si alguien le pregunta, usted sigue siendo un agente especial del FBI, aunque no puede hablar con nadie de su trabajo. No será vulnerable a ninguna clase de acción adversa, siempre y cuando cumpla debidamente con su labor. Comprobará que la supervisión es más flexible de lo habitual para usted, pero en todo momento responderá ante alguien.

—Señor, sigo sin verlo muy claro —observó el agente especial Caruso.

—Hará usted un trabajo de la mayor importancia nacional, sobre todo contraterrorismo. Comportará peligro. La comunidad terrorista no es particularmente civilizada.

—¿Entonces se trata de una misión encubierta?

—Efectivamente —asintió Werner.

—¿Y se dirige desde esta oficina?

—Más o menos —respondió Werner, eludiendo la pregunta.

—¿Y puedo retirarme cuando lo desee?

—Efectivamente.

—De acuerdo, señor, probaremos. ¿Qué hago ahora?

Werner escribió algo en un pequeño papel y se lo entregó.

—Vaya a esta dirección. Dígales que quiere ver a Gerry.

—¿Ahora mismo, señor?

—A no ser que tenga algo mejor que hacer.

—Sí, señor.

Caruso se levantó, ambos se estrecharon las manos y se retiró. Por lo menos sería un viaje agradable en coche, a la tierra de caballos en Virginia.

Capítulo cuatro

CAMPO DE ENTRENAMIENTO

Dominic cruzó de nuevo el río para recoger su equipaje en el Marriott, dio una propina de veinte dólares al botones y marcó su destino en el ordenador de a bordo de su Mercedes. Poco después se desplazaba hacia el sur por la interestatal 95, dejando Washington a sus espaldas. La silueta de la capital era bastante atractiva en el retrovisor. El coche funcionaba bien, como era de esperar de un Mercedes; la radio local era bastante conservadora, como suele gustarles a los policías, y el tráfico no era excesivo, pero sintió compasión por los pobres desgraciados que debían conducir a Washington todos los días, para ocuparse del papeleo en el edificio Hoover y todos los demás edificios gubernamentales de aspecto grotesco, alrededor del centro comercial. Por lo menos la central del FBI disponía de su propio polígono de tiro para controlar el estrés. Probablemente era muy utilizado, pensó Dominic.

Antes de llegar a Richmond, la voz femenina de su ordenador le indicó que girara a la derecha por la ronda de circunvalación, que lo condujo a la interestatal 64 en dirección a las colinas boscosas del oeste. El paisaje era agradable y bastante verde. Probablemente abundaban en la zona los campos de golf y las hípicas. Dominic había oído que por allí la CIA tenía sus casas francas, de la época en que debía sacar información a los desertores soviéticos. Se preguntó para qué las utilizarían ahora. ¿Tal vez los chinos? ¿Los franceses quizá? Indudablemente no las habrían vendido. Al gobierno no le gustaba deshacerse de sus propiedades, salvo tal vez para cerrar bases militares. Eso les encantaba a los payasos del nordeste y del lejano Oeste. Tampoco les gustaba demasiado el FBI, aunque probablemente lo temían. Dominic desconocía la razón por la que los policías y los militares preocupaban a algunos políticos, aunque no pensaba demasiado en ello. Él tenía su plato de arroz y ellos el suyo.

Al cabo de una hora y cuarto aproximadamente empezó a buscar su salida, pero el ordenador no necesitaba su ayuda.

«Prepárese para girar a la derecha en la próxima salida», dijo la voz, con unos dos minutos de antelación.

—De acuerdo, cariño —dijo el agente especial Caruso, sin que la voz le respondiera.

Tomó la salida indicada, sin que el ordenador lo felicitara, cruzó la agradable y pequeña ciudad por sus calles y subió por una suave colina de la ladera norte del valle, hasta que oyó de nuevo la voz que decía: «La próxima a la izquierda y habrá llegado a su destino.»

—Muy bien, cariño, gracias —comentó Caruso.

«Su destino» estaba al final de una carretera rural perfectamente ordinaria, o tal vez un camino vecinal, dada la ausencia de líneas en la calzada. Unos centenares de metros más adelante vio dos machones de ladrillo rojo y una verja blanca, convenientemente abierta. Otros trescientos metros más adelante había una casa, con seis columnas blancas que sostenían la parte frontal del tejado. Éste era de pizarra, aparentemente bastante vieja, y las paredes de ladrillo que había dejado de ser rojo hacía por lo menos cien años. El edificio debía de tener más de un siglo, tal vez dos. El camino estaba cubierto de guijas, del tamaño de garbanzos. El césped, que abundaba por doquier, era tan espléndido como el de un campo de golf. Alguien se asomó a una puerta lateral y le indicó que se dirigiera a la izquierda. Giró el volante para encaminarse a la parte posterior de la casa y se llevó una sorpresa. La mansión —de qué otra forma llamar una casa de esas dimensiones— era mayor de lo que parecía a primera vista y disponía de un aparcamiento bastante extenso, donde ahora había un Chevy Suburban, un Buick cuatro por cuatro y otro Mercedes clase C exactamente igual que el suyo, con matrícula de Carolina del Norte. La probabilidad de tal coincidencia era demasiado remota para que cupiera siquiera en su imagina...

—¡Enzo!

Dominic volvió inmediatamente la cabeza.

—¡Aldo!

A menudo, la gente comentaba lo mucho que se parecían, aunque eso era más evidente cuando se los veía por separado. Ambos tenían el pelo oscuro y la piel clara. Brian era veinticuatro milímetros más alto. Dominic pesaba tal vez unos cinco kilos más que su hermano. Los manerismos que los diferenciaban de niños habían seguido con ellos, puesto que habían crecido juntos. Dado que ambos eran de ascendencia parcialmente italiana, se dieron un caluroso abrazo, pero sin besarse; tampoco eran tan italianos.

—¿Qué diablos estás haciendo aquí? —preguntó Dominic, anticipándose a su hermano.

—¿Yo? ¿Y tú? —respondió Brian, mientras ayudaba a Dominic con el equipaje—. Leí lo del tiroteo en Alabama. ¿Qué ocurrió?

—Un caso de pederastia —respondió Dominic, con una de sus maletas en la mano—. Aquel individuo había violado y asesinado a una encantadora niña pequeña. Llegué aproximadamente media hora demasiado tarde.

—Nadie es perfecto, Enzo. Los periódicos decían que pusiste fin a su carrera.

Dominic miró a Brian fijamente a los ojos.

—Sí, eso lo conseguí.

—¿Cómo exactamente?

—Tres en el pecho.

—Siempre funciona —observó el capitán Brian Caruso—. Y sin abogados que lloren sobre su cadáver.

—No, no en esta ocasión —respondió sin la menor alegría, pero su hermano detectó una fría satisfacción.

—Con esto, ¿no es cierto? —preguntó el marine, después de desenfundar la automática de la pistolera de su hermano—. Bonita arma.

—Dispara bastante bien. Ten cuidado, hermano, está cargada.

Brian extrajo el peine y sacó la bala de la recámara.

—¿Diez milímetros?

—Eso es. Arma reglamentaria del FBI. Hace unos buenos agujeros. El cuerpo volvió a utilizarla después del tiroteo del inspector O'Day con aquellos malvados, ya sabes, lo de la hija del tío Jack.

Brian recordaba perfectamente lo sucedido: cuando habían atacado a Katie Ryan en su colegio, poco después de que su padre se convirtió en presidente, el tiroteo, las matanzas.

—Aquel individuo las tenía todas consigo. Y no era siquiera ex marine. Había servido en la armada antes de hacerse policía. Por lo menos eso nos contaron en Quantico.

—Utilizaron la grabación del incidente como cinta de entrenamiento. Lo conocí en una ocasión, me limité a estrecharle la mano con otros veinte individuos. Ese cabrón sabe disparar. Nos habló de esperar el momento oportuno y hacer que contara el primer disparo. Colocó dos balas en ambas cabezas.

—¿Cómo conservó la sangre fría?

El rescate de Katie Ryan había afectado profundamente a los hermanos Caruso. Después de todo, era su prima hermana y una niña encantadora, la viva imagen de su madre.

—Tú también oliste a pólvora. ¿Cómo te las arreglaste para conservar la sangre fría?

—Entrenamiento. Tenía unos marines de los que cuidar, hermano.

Entre ambos metieron el equipaje de Dominic en la casa. Brian acompañó a su hermano al primer piso, donde tenían habitaciones separadas pero contiguas. Luego se dirigieron juntos a la cocina, se sirvieron un café y se sentaron a la mesa.

—¿Cómo te va la vida en los marines, Aldo?

—Pronto me ascenderán a comandante, Enzo. Me han concedido una estrella de plata por lo que hice en campaña, que en realidad no fue gran cosa, sólo poner en práctica lo que me habían enseñado. Hirieron a uno de mis hombres, pero ya se ha recuperado. No logramos capturar al individuo que perseguíamos, no estaba de humor para rendirse, y el sargento Sullivan lo mandó a reunirse con Alá, pero capturamos vivos a dos de sus hombres, que según los chicos de inteligencia nos facilitaron una buena información.

—¿Y por qué te concedieron esa bonita medalla? —preguntó interesadamente Dominic.

—Sobre todo por seguir vivo. Maté a tres de los malos. Ni siquiera fue difícil acertar. Me limité a disparar. Más adelante me preguntaron si eso me había provocado pesadillas. En el cuerpo de los marines hay sencillamente demasiados médicos y todos pertenecen a la armada.

—Lo mismo ocurre en el FBI, pero yo les estropeé la fiesta. Ninguna pesadilla sobre aquel cabrón. Pobre niña. Debería haberle volado la polla.

—¿Por qué no lo hiciste?

—Porque eso no mata, Aldo. Pero tres disparos al corazón sí lo hacen.

—No lo mataste de improviso, ¿verdad?

—No exactamente, pero...

—Y ésa es la razón por la que está aquí, agente especial Caruso —dijo un hombre que acababa de entrar en la sala, de más de metro ochenta y cinco de altura y en muy buena forma, a juicio de los dos hermanos.

—¿Quién es usted, señor? —preguntó Brian.

—Pete Alexander —respondió el recién llegado.

—Se suponía que debía reunirme con usted el pasado...

—No, en realidad no era así, pero eso fue lo que le dijimos al general —dijo Alexander, después de servirse una taza de café y sentarse junto a ellos.

—¿Entonces quién es usted? —preguntó Dominic.

—Soy su oficial instructor.

—¿Sólo usted? —quiso saber Brian.

—¿Instrucción para qué? —preguntó simultáneamente Dominic.

—No, no soy el único, pero soy el que estará siempre aquí. Y la naturaleza de la instrucción les mostrará su finalidad —respondió—. Si quieren saber algo sobre mí, me licencié en Yale hace treinta años, en ciencias políticas. Incluso fui miembro de Skull & Bones. Ya saben, el club de chicos sobre el que a los teóricos de las conspiraciones les gusta chacharear. Maldita sea, como si los adolescentes no pudieran hacer otra cosa la noche del Viernes Santo más que acostarse con una chica —dijo, aunque con una mirada en sus ojos castaños que no era la de un universitario, ni siquiera de la costa Este—. En otra época, a la CIA le gustaba reclutar personal de Yale, Harvard y Dartmouth. Los chicos de allí ya lo han superado. Ahora todos quieren ser banqueros y ganar dinero. Trabajé durante veinticinco años en servicios clandestinos y luego me reclutó El Campus. Desde entonces, estoy aquí.

—¿El Campus? ¿Qué es eso? —preguntó el marine.

Alexander se percató de que Dominic Caruso no lo hizo. Escuchaba y observaba con mucha atención. Brian nunca dejaría de ser un marine, ni Dominic un agente del FBI. Nunca ocurría. Eso era bueno y malo en ambos casos.

—Es un servicio de inteligencia de financiación privada.

—¿Financiación privada? —preguntó Brian—. ¿Cómo diablos...?

—Más adelante verán cómo funciona y entonces les sorprenderá lo fácil que es. Lo que les concierne a ustedes aquí y ahora es lo que hacen.

—Matan a personas —respondió inmediatamente Dominic, como si las palabras hubieran surgido motu proprio.

—¿Qué le hace suponer eso? —preguntó inocentemente Alexander.

—El equipo es pequeño. Somos los únicos que estamos aquí, a juzgar por el aparcamiento. Yo no tengo suficiente experiencia para ser un agente experto. Lo único que hice fue eliminar a alguien que se lo merecía y, al día siguiente, estaba en la central hablando con un subdirector. Un par de días después me presenté en Washington y me mandaron aquí. Este lugar es muy, muy especial, muy, muy pequeño, y goza de autorización al más alto nivel para lo que sea que haga. Evidentemente, aquí no se venden bonos del Estado.

—Su historial dice que tiene una buena capacidad analítica —señaló Alexander—. ¿Podrá aprender a mantener la boca cerrada?

—Es de suponer que aquí dentro no es necesario. Pero sí, sé callarme cuando lo exigen las circunstancias —respondió Dominic.

—De acuerdo, ahí va el primer discurso. Ustedes saben lo que significa «negro», ¿no es cierto? Se refiere a un programa o proyecto no reconocido por el gobierno. La gente finge que no existe. El Campus va un paso más allá: realmente no existimos. No hay un solo documento escrito en posesión de ningún funcionario del gobierno donde aparezca una sola palabra sobre nosotros. A partir de este momento, ustedes dos han dejado de existir. Sí, claro, usted, capitán Caruso, ¿o es ya comandante?, recibirá su salario en una cuenta bancaria que organizará usted esta semana, pero ya no es un marine. Se lo ha destinado a un servicio separado, de naturaleza desconocida. Y en cuanto a usted, agente especial Dominic Caruso...

—Lo sé. Gus Werner me lo contó. Han hecho un agujero y lo han rellenado desde el interior.

Alexander asintió.

—Ambos dejarán aquí sus credenciales oficiales, sus tarjetas de identidad y todo lo demás antes de marcharse. Tal vez puedan conservar sus nombres, pero los nombres no son más que un par de palabras, y de todos modos, en este ramo nadie se los cree. Ésa es la parte divertida de mi época como agente de campo en la CIA. Cuando emprendía una misión, cambiaba de nombre sin pensar siquiera en ello. Era realmente embarazoso cuando me percataba de ello. Como un actor que de pronto era Macbeth, cuando se suponía que debía ser Hamlet. Pero eso no me reportó ningún perjuicio, y concluyó felizmente la función.

—¿Qué haremos exactamente? —preguntó Brian.

—Principalmente, trabajo de investigación. Localización de dinero. El Campus es particularmente bueno en ese sentido. Más adelante descubrirán cómo y por qué. Probablemente trabajarán juntos. Usted, Dominic, llevará en gran parte la batuta en lo concerniente a investigación. Usted, Brian, le proporcionará apoyo físico y al mismo tiempo aprenderá lo que hace... ¿cómo lo ha llamado hace un rato?

—Ah, ¿se refiere a Enzo? Lo llamo así porque tenía el pie pesado cuando aprendió a conducir. Ya sabe, como Enzo Ferrari.

Dominic señaló a su hermano y soltó una carcajada.

—Él es Aldo porque viste como un adán. Al igual que Aldo Cella en aquel anuncio de vino: «¿No es esclavo de la moda?» Es un chiste familiar.

—Bien, pásese por Brooks Brothers y vístase mejor —dijo Pete Alexander, dirigiéndose a Brian—. Su pantalla será generalmente como empresario o como turista. Por tanto, deberá vestir con elegancia, aunque no como el príncipe de Gales. Ambos deberán dejarse crecer el pelo, especialmente usted, Aldo.

Brian se pasó la mano por la cabeza rapada. En cualquier lugar del mundo civilizado, eso lo identificaba como marine estadounidense. Los miembros de las fuerzas especiales eran todavía más radicales en lo concerniente al pelo. Dentro de un mes aproximadamente, Brian tendría el aspecto de un ser humano bastante normal.

—Maldita sea, tendré que comprarme un peine.

—¿Qué plan tenemos?

—Por hoy, limítense a relajarse y a acomodarse. Mañana nos levantaremos temprano y nos aseguraremos de que están en buena forma. Luego haremos prácticas de tiro y a continuación teórica. Supongo que ambos se manejan bien con la informática.

—¿Por qué lo pregunta? —dijo Brian.

—El Campus funciona primordialmente como una oficina virtual. Se les suministrarán ordenadores con módems incorporados; así es como se comunicarán con la central.

—¿Qué me dice de la seguridad? —preguntó Dominic.

—Los aparatos llevan incorporados un sistema de seguridad bastante bueno. Si hay alguna forma de descifrarlo, nadie la ha descubierto todavía.

—Es agradable saberlo —observó dubitativamente Enzo—. ¿Utilizan ordenadores en los marines, Aldo?

—Sí, tenemos todas las comodidades modernas, incluso papel higiénico.

—¿Y su nombre es Mohammed? —preguntó Ernesto.

—Efectivamente, pero puede llamarme Miguel.

Al contrario de Nigel, ése era un nombre que lograría recordar. No había iniciado esa reunión con una invocación a Alá. Esos infieles no lo comprenderían.

—Su inglés es... bueno, parece usted inglés.

—Me eduqué en Inglaterra —explicó Mohammed—. Mi madre era inglesa, y mi padre, saudí.

—¿Eran?

—Ambos están muertos.

—Lo siento —dijo Ernesto, con dudosa sinceridad—. Dígame, ¿qué podemos hacer el uno por el otro?

—Le conté a Pablo, aquí presente, cuál era la idea. ¿Se lo ha dicho?

—Sí, me lo ha contado, pero me gustaría que me lo contara usted directamente. Comprenda que represento a otras seis personas, que comparten mis mismos intereses comerciales.

—Entiendo. ¿Tiene usted poder para negociar en nombre de todos ellos?

—No por completo, pero no es preciso que usted los conozca. Les presentaré lo que usted me diga; hasta ahora nunca han rechazado mis sugerencias. Si aquí llegamos a un acuerdo, se podrá ratificar plenamente este fin de semana.

—Muy bien. Usted conoce los intereses que yo personalmente represento. También gozo de autoridad para hacer un trato. Al igual que ustedes, tenemos un gran país enemigo al norte. Cada vez presionan más a mis amigos. Queremos tomar represalias, desviar su presión en otras direcciones.

—Con nosotros ocurre tres cuartos de lo mismo —señaló Ernesto.

—Por consiguiente, a ambos nos interesa provocar el caos dentro de Estados Unidos. El nuevo presidente norteamericano es un hombre débil. Pero por ello puede ser peligroso. Los débiles están más predispuestos al uso de la fuerza que los fuertes. Y aunque no la utilicen con eficacia, pueden provocar molestias.

—Nos preocupan sus métodos de recoger información. ¿También a ustedes?

—Hemos aprendido a ser cautelosos —respondió Mohammed—. De lo que no disponemos es de una buena infraestructura en Norteamérica. Para eso necesitamos ayuda.

—¿De veras? Es sorprendente. Abundan las noticias en los medios de comunicación, del FBI y otros cuerpos en busca activa de su personal dentro de sus fronteras.

—De momento persiguen fantasmas y de paso siembran discordia en su propio país. Eso complica la elaboración de una buena red, para que podamos llevar a cabo operaciones ofensivas.

—No creo que nos concierna la naturaleza de dichas operaciones —dijo Pablo.

—Efectivamente. Por supuesto no es nada que no hayan hecho también ustedes.

«Aunque no en Norteamérica», no agregó. Allí, en Colombia, las espadas estaban desenfundadas, pero habían procurado moderarse en Estados Unidos, su principal «cliente». Tanto mejor. Sería completamente diferente de todo lo que habían hecho hasta el momento. Seguridad operativa era un concepto que ambos conocían a la perfección.

—Comprendo —dijo el hombre del cártel, que no era estúpido.

Mohammed lo veía en su mirada. El árabe no iba a subestimar a aquellos hombres, ni tampoco sus capacidades...

No obstante, no los confundiría con amigos. Sabía que podían ser tan despiadados como sus propios hombres. Los que negaban la existencia de Dios podían ser tan peligrosos como los que actuaban en su nombre.

—¿Entonces qué pueden ofrecernos?

—Estamos realizando operaciones en Europa desde hace bastante tiempo —dijo Mohammed—. Ustedes desean ampliar su mercado a dicha zona. Nosotros disponemos de una red sumamente segura desde hace más de veinte años. Los cambios en el comercio europeo, la disminución de la importancia de las fronteras, etcétera, los favorecen, como nos han favorecido a nosotros. Tenemos una célula en la ciudad portuaria de El Pireo, que puede acomodar fácilmente sus necesidades, y contactos en las compañías de transportes internacionales por carretera. Si son capaces de transportar armas y personas para nosotros, también pueden transportar fácilmente sus productos.

—Necesitaremos una lista de nombres de las personas con las que debemos hablar de los aspectos técnicos de este negocio —dijo Ernesto.

—La llevo conmigo —respondió Mohammed, al tiempo que levantaba su ordenador portátil—. Están acostumbrados a hacer negocios a cambio de concesiones monetarias.

Su interlocutor asintió, sin interesarse por la cantidad de dinero. Claramente, ése no era un asunto que les preocupara demasiado.

Ernesto y Pablo reflexionaban. Europa tenía más de trescientos millones de habitantes y a muchos de ellos indudablemente les gustaría la cocaína colombiana. Algunos países europeos permitían incluso el uso de las drogas, en lugares discretos, controlados, y donde se pagaban impuestos. El dinero involucrado era insuficiente para obtener unos beneficios aceptables, pero tenía la ventaja de crear el ambiente propicio. Además, ni siquiera la heroína de calidad medicinal era tan buena como la coca andina. Para eso pagarían sus euros, y en esa ocasión sería suficiente para que la operación fuera rentable. El peligro, evidentemente, estaba en la distribución. Algunos traficantes callejeros descuidados serían indudablemente detenidos y algunos de ellos hablarían. Por consiguiente, debía haber un aislamiento completo entre la distribución al por mayor y los minoristas, pero eso era algo que sabían cómo resolver; por muy profesionales que fueran los policías europeos, no podían ser muy diferentes de los norteamericanos. A algunos incluso les encantaría recibir los euros del cártel y engrasar los patines. El negocio era el negocio. Y si ese árabe podía ayudar en dicho sentido, además gratis, que era lo extraordinario del caso, mucho mejor. Ernesto y Pablo parecieron no reaccionar ante la oferta que estaba sobre la mesa. Alguien ajeno a la situación podría haber pensado que estaban aburridos. Pero, evidentemente, era todo lo contrario. Esa oferta les llegaba como caída del cielo. Se les abriría un nuevo gran mercado, y con los beneficios que aportaría tal vez alcanzarían a comprar la totalidad de su país. Deberían aprender una nueva forma de hacer negocios, pero dispondrían del dinero para experimentar y eran seres adaptables: peces, por así decirlo, que nadaban en un mar de campesinos y capitalistas.

—¿Cómo nos ponemos en contacto con esas personas? —preguntó Pablo.

—Mi personal hará las presentaciones necesarias.

«Mejor que mejor», pensó Ernesto.

—¿Y qué servicios van a precisar de nosotros? —preguntó finalmente.

—Necesitaremos ayuda para transportar personas a Norteamérica. ¿Cómo habría que hacerlo?

—Si habla de trasladar físicamente personas de su parte del mundo al interior de Estados Unidos, lo mejor será que vengan en avión a Colombia; concretamente aquí, a Cartagena. Luego les organizaremos el viaje a otros países hispanoparlantes situados más al norte, como, por ejemplo, Costa Rica. Desde allí, si disponen de pasaportes fiables, podrán desplazarse directamente en una compañía aérea norteamericana, o a través de México. Si parecen latinos y hablan español, se los podrá hacer pasar clandestinamente la frontera entre México y Estados Unidos; eso supone un reto físico y puede que algunos sean capturados, pero en tal caso los devolverían sencillamente a México para que volvieran a intentarlo. O, una vez más con la documentación adecuada, pueden cruzar tranquilamente la frontera andando hasta San Diego, California. Ya en Norteamérica, será cuestión de mantenerse a cubierto. Si no es preciso reparar en gastos...

—No lo es —aseguró Mohammed.

—Entonces se contrata a un abogado local, son pocos los que tienen algún escrúpulo, y se organiza la compra de una casa franca adecuada para que sirva como base de operaciones. Discúlpeme, sé que hemos acordado que sus operaciones no tienen por qué ser de nuestra incumbencia, pero si me diera una ligera idea de lo que se proponen, podría aconsejarles.

Mohammed reflexionó unos instantes antes de contárselo.

—Comprendo —observó Ernesto—. Su personal tiene que estar debidamente motivado para hacer ese tipo de cosas.

—Lo está.

¿Podía ese individuo tener alguna duda al respecto?, se preguntó Mohammed.

—Y con una buena planificación y valentía, pueden incluso sobrevivir. Pero nunca se debe subestimar a los cuerpos de policía norteamericanos. En nuestro negocio, podemos llegar a acuerdos financieros con algunos de ellos, pero en su caso es muy improbable.

—Lo comprendemos. Lo ideal sería que nuestra gente sobreviviera, pero lamentablemente sabemos que algunos caerán. Comprenden el riesgo.

No habló del paraíso. Aquella gente no lo entendería. El dios al que ellos adoraban se guardaba en la cartera.

«¿Qué clase de fanático sacrifica a su gente de ese modo?», se preguntó Pablo. Sus hombres tomaban voluntariamente sus propios riesgos, después de comparar el dinero que estaba en juego con las consecuencias del fracaso y decidirlo libremente. Pero no esa gente. Bueno, uno no siempre podía elegir con quién hacer negocios.

—Muy bien. Disponemos de algunos pasaportes norteamericanos en blanco. Usted debe asegurarse de que las personas que nos mande hablen perfectamente el inglés o el español y sepan presentarse correctamente. Supongo que ninguno de ellos tomará lecciones de vuelo... —bromeó Ernesto.

Mohammed no se lo tomó a broma.

—Eso ya pasó. El éxito raramente se repite en mi profesión.

—Afortunadamente, nuestro campo es diferente —respondió Ernesto.

Y era cierto. Él podía mandar cargamentos en contenedores mediante barcos de carga y camiones a toda América. Si uno de los cargamentos se perdía y se descubría el destino previsto, en Estados Unidos había muchas protecciones legales para sus subalternos afectados. Sólo los imbéciles acababan en la cárcel. A lo largo de los años, habían aprendido a burlar a los sabuesos y otros métodos de detección. Lo más importante era que utilizaban gente dispuesta a arriesgarse y la mayoría sobrevivía hasta jubilarse en Colombia como miembros de la clase media/alta, los orígenes de cuya prosperidad se perdían en un pasado lejano del que nunca se hablaba.

—Bien —dijo Mohammed—. ¿Cuándo podemos empezar?

«Ese individuo está ansioso», pensó Ernesto. Pero colaboraría con él. Hiciera lo que hiciese, absorbería recursos de las operaciones aduaneras norteamericanas y eso lo favorecería. Las pérdidas fronterizas que había aprendido a soportar se reducirían a niveles todavía más insignificantes. El precio de la cocaína en la calle descendería, pero aumentaría ligeramente la demanda, y por consiguiente no experimentaría ninguna pérdida neta en los beneficios de la venta. Ése sería el beneficio táctico. Concretamente, decrecería el interés de Norteamérica por Colombia y canalizarían sus operaciones de inteligencia en otra dirección. Ésa sería su ventaja estratégica de ese proyecto...

Además, se reservaba la opción de mandar información a la CIA. Podría decirles que de pronto habían aparecido terroristas en el patio, y se entendería que sus operaciones eran intolerables incluso para el cártel. Aunque eso no le sirviera para ganarse simpatías en Norteamérica, tampoco lo perjudicaría. Y podrían ocuparse internamente, por así decirlo, de cualquiera de sus hombres que hubiera prestado ayuda a los terroristas. En realidad, eso inspiraría respeto a los norteamericanos.

Por consiguiente, había un aspecto realmente positivo y otro negativo pero controlable. En general, decidió que las perspectivas eran valiosas y rentables.

—Señor Miguel, propondré esta alianza a mis colegas, con la recomendación de que la aceptemos. Este fin de semana conocerá la decisión definitiva. ¿Permanecerá en Cartagena, o piensa viajar?

—Prefiero no quedarme demasiado tiempo en un mismo lugar. Saldré en avión mañana. Pablo puede comunicarme su decisión por internet. De momento, le doy las gracias por esta cordial reunión de negocios.

Ernesto se puso de pie y estrechó la mano de su invitado. En aquel momento decidió considerar a Miguel como a un empresario, en un negocio parecido pero que no competía con el suyo. Ciertamente no un amigo, sino un aliado de conveniencia.

—¿Cómo diablos lo ha conseguido? —preguntó Jack.

—¿Ha oído hablar alguna vez de una empresa llamada INFOSEC? —preguntó a su vez Rick Bell.

—Asunto de codificación, ¿no es cierto?

—Efectivamente. Compañía de Seguridad de Sistemas Informáticos. Con sede en Seattle. Tienen el mejor programa de seguridad informática que existe. La dirige un ex subdirector de la división Z en Fort Meade. Él y tres colegas fundaron la empresa hace unos nueve años. No estoy seguro de que la NSA pueda descifrarlo, salvo a la fuerza bruta con sus nuevas Sun Workstations. Lo utilizan prácticamente todos los bancos del mundo, especialmente los de Liechtenstein y del resto de Europa. Pero hay una trampilla en el programa.

—¿Y nadie la ha encontrado?

Los compradores de programas informáticos habían aprendido hacía años a utilizar expertos externos para repasar línea por línea los programas y defenderse de los programadores juguetones, que abundaban en demasía.

—Esos chicos de la NSA son muy buenos —respondió Bell—. No sé lo que contiene el programa, pero seguro que esos muchachos todavía tienen sus corbatas de la NSA colgadas en el armario.

—Entonces Fort Meade escucha y nosotros captamos lo que han oído cuando lo transmiten a Langley —dijo Jack—. ¿Hay alguien bueno en la CIA para seguir la pista del dinero?

—No tanto como nuestro personal.

—Se precisa un ladrón para atrapar a otro ladrón, ¿no es cierto?

—Es útil conocer la mentalidad del adversario —confirmó Bell—. La comunidad de la que nos ocupamos aquí no es muy amplia. Maldita sea, los conocemos prácticamente a todos, estamos en el mismo negocio.

—¿Y eso me convierte a mí en un bien adicional? —preguntó Jack.

No era príncipe según la ley norteamericana, pero los europeos todavía pensaban en dichos términos. Hacían mil peripecias sólo para estrecharle la mano, lo consideraban un joven prometedor por torpe que fuera y procuraban congraciarse con él, ante la mera posibilidad de que les recomendara a la persona adecuada.

—¿Qué aprendió en la Casa Blanca? —preguntó Bell.

—Poco, supongo —respondió Jack.

Había aprendido sobre todo de Mike Brennan, que detestaba cordialmente todas las bobadas diplomáticas, por no mencionar los intríngulis políticos de todos los días. Brennan lo había comentado a menudo con sus colegas extranjeros, que se enfrentaban a lo mismo en sus propias capitales y compartían su opinión, tras unos rostros inescrutables cuando estaban de servicio. Probablemente era mejor forma de haberlo aprendido que como lo había hecho su padre, pensó Jack. No se había visto obligado a aprender a nadar, mientras se esforzaba por no ahogarse. Eso era algo de lo que su padre nunca hablaba, salvo cuando estaba enojado con todo el proceso de corrupción.

—Sea cauteloso cuando hable de ello con Gerry —dijo Bell—. Le gusta señalar lo limpio y recto que es comparativamente el mercado de valores.

—A mi padre le gusta realmente ese individuo. Supongo que se parecen un poco.

—No —corrigió Bell—, se parecen mucho.

—Hendley se apartó de la política debido al accidente, ¿no es cierto?

—Así es —asintió Bell—. Espere a tener esposa e hijos. Es el golpe más duro que puede recibir un hombre. Incluso peor de lo que pueda imaginar. Tuvo que identificar los cuerpos. No fue agradable. Algunos a continuación se pegan un tiro. Pero él no lo hizo. Se había planteado intentar llegar él mismo a la Casa Blanca, creía que tal vez Wendy sería una buena primera dama. Puede que estuviera en lo cierto, pero sus aspiraciones al cargo murieron junto con su esposa y sus hijos.

No prosiguió. Los directivos del Campus protegían a su jefe, por lo menos en lo concerniente a su reputación. Lo consideraban digno de lealtad. En El Campus no había una línea de sucesión establecida. Nadie había pensado tan allá, y la cuestión no se planteaba en las reuniones de la junta, que en todo caso solían tratar de asuntos que nada tenían que ver con los negocios. Se preguntó si John Patrick Ryan hijo tomaría nota mental de ese espacio en blanco en la constitución del Campus.

—Bien —agregó entonces Bell—, ¿cuáles son sus primeras impresiones?

—He leído las transcripciones de los comunicados entre distintos jefes del banco central. Es asombroso lo corruptos que son algunos —respondió Jack, antes de hacer una pausa—. Sí, claro, ya sé que no debería sorprenderme.

—Siempre que se le otorga a alguien el control de tanto dinero o poder, es de esperar que surja cierta corrupción. A mí, lo que me sorprende es la forma en que sus amistades cruzan las líneas nacionales. Algunos de esos individuos se benefician personalmente cuando sufren sus propias divisas, aunque eso suponga ciertos inconvenientes para sus compatriotas. En otros tiempos, la nobleza se sentía a menudo más a gusto con la nobleza extranjera que con la gente de su propio país que obedecía al mismo rey. Dicha característica todavía no ha desaparecido, por lo menos en esos lugares. Aquí, puede que los grandes empresarios se unan para presionar al Congreso, pero no suelen hacer regalos a los diputados, ni negociar con secretos. Conspirar a dicho nivel no es imposible, pero ocultarlo a la larga es bastante difícil. Hay demasiada gente y todo el mundo come. Lo mismo está sucediendo en Europa. Nada les gusta tanto a los medios de comunicación como un escándalo, tanto aquí como allí, y prefieren ensañarse con un rico corrupto que con un ministro del gobierno. Después de todo, el político suele ser una buena fuente de información. El otro es un vulgar ladrón.

—¿Cómo se las arregla para que su personal sea honrado?

«Es una buena pregunta», pensó Bell y además una que nunca dejaba de preocuparles, aunque generalmente no se hablara de ello.

—Pagamos bastante bien a nuestros empleados y todos forman parte de un plan de inversión conjunto que hace que se sientan cómodos. En los últimos años, la remuneración anual ha sido aproximadamente de un diecinueve por ciento.

—No está nada mal —dijo el joven, restándole importancia—. ¿Todo legal?

—Depende del abogado con quien uno hable, pero ningún letrado estadounidense se subiría por las paredes, y ejercemos mucha cautela en la forma de administrarlo. Aquí no nos gusta la codicia. Podríamos convertir esto en la mayor empresa desde Ponzi, pero entonces llamaría la atención. Por tanto, somos discretos. Ganamos lo suficiente para cubrir nuestras operaciones y asegurarnos de que el personal esté bien abastecido. —Controlaban también el dinero de los empleados y de sus transacciones, si las hacían. No era el caso de la mayoría, aunque algunos administraban cuentas a través del despacho, que una vez más obtenían beneficios pero sin ser codiciosos—. Deberá facilitarnos los números de las cuentas y los códigos de todas sus finanzas personales, y los controlarán los ordenadores.

—Tengo una cuenta fiduciaria a través de mi padre, pero la administra una agencia de contabilidad de Nueva York. Recibo una buena asignación, pero no tengo acceso al capital. Sin embargo, lo que gano por mi cuenta es exclusivamente mío, a no ser que decida ingresarlo en las cuentas certificadas. En tal caso se acumula y me mandan un extracto trimestralmente. Cuando cumpla los treinta años, estaré autorizado a administrarlo yo mismo.

Pero los treinta todavía estaban lejos, para que el joven Jack se preocupara ahora de ello.

—Lo sabemos —afirmó Bell—. No es por desconfianza, pero queremos asegurarnos de que nadie adquiera el hábito del juego.

Probablemente los mejores matemáticos de todos los tiempos eran quienes habían inventado las reglas del juego, pensó Bell. Se limitaban a ofrecer la ilusión suficiente para absorberlo a uno. Dentro de la mente humana se encontraba la más peligrosa de todas las drogas, también conocida como «ego».

—¿De modo que empiezo en el lado «blanco» de la casa? —preguntó Jack—. ¿Observando las fluctuaciones de las divisas y otras cosas por el estilo?

—Efectivamente —asintió Bell—. Primero necesita aprender el idioma.

—Me parece justo.

Su padre había empezado de forma mucho más humilde, como subdirector contable en Merrill Lynch encargado de conseguir nuevos clientes. Tal vez tener que empezar por el principio fuera malo para el ego, pero era bueno para el alma. Su padre a menudo le había sermoneado sobre la virtud de la paciencia. Le había dicho que era un engorro adquirirla, e incluso después de haberlo hecho. Pero el juego tenía unas reglas, incluso en ese lugar. «Especialmente en este lugar», comprendió Jack después de reflexionar. Se preguntó qué le ocurría al personal del Campus que cruzaba la línea. Probablemente nada bueno.

—Buen vino —observó Dominic—. Para tratarse de una instalación del gobierno, la bodega no está nada mal.

En la etiqueta se leía «1962», mucho antes de que nacieran él y su hermano... tanto tiempo atrás que su madre apenas se planteaba asistir al instituto Mercy High School, a pocas manzanas de la casa de sus abuelos en Loch Raven Boulevard, Baltimore, probablemente a finales de la última glaciación. Pero Baltimore estaba muy lejos de Seattle, donde se habían criado.

—¿Qué edad tiene este lugar? —preguntó, dirigiéndose a Alexander.

—¿La finca? Se remonta a la guerra civil. Su construcción se inició en mil setecientos y algo. Fue destruida en un incendio y reconstruida en 1882. Pasó a manos del gobierno poco antes de la elección de Nixon. El propietario era un antiguo miembro de la Oficina de Servicios Estratégicos llamado J. Donald Hamilton, que trabajaba con Donovan y su pandilla. Consiguió un buen precio, la vendió y se trasladó a Nuevo México, donde murió en 1986, creo que a los noventa y cuatro años. Se dice que fue muy activo en su momento, llegó bastante lejos en la primera guerra mundial y colaboró con Bill *el Loco* contra los nazis. Hay un retrato suyo en la biblioteca. Tiene el aspecto de alguien a quien se le cede el paso. Y, evidentemente, conocía sus vinos. Éste es de la Toscana.

—Va muy bien con la ternera —dijo Brian, que había preparado la cena.

—Esta ternera va bien con todo. Seguro que esto no se aprende en los marines —observó Alexander.

—Lo aprendió de nuestro padre. Cocina mejor que nuestra madre —explicó Dominic—. Es una tradición ancestral. El pillo de nuestro abuelo aún cocina. ¿Cuántos años tiene, Aldo, ochenta y dos?

—Los cumplió el mes pasado —confirmó Brian—. Es un viejo curioso que, después de cruzar el mundo hasta llegar a Seattle, no ha abandonado la ciudad en sesenta años.

—Vive en la misma casa desde hace cuarenta años —agregó Dominic—, a una manzana del restaurante.

—¿Es suya esta receta de ternera?

—No le quepa la menor duda, Pete. La familia es oriunda de Florencia. Visité la ciudad cuando la flota del Mediterráneo hacía una escala en Nápoles. Su primo tiene un restaurante más arriba del Ponte Vecchio. Cuando me reconocieron, se volvieron locos dándome de comer. A los italianos les encantan los marines.

—Debe de ser el uniforme verde, Aldo —dijo Dominic.

—Puede que sea la percha, Enzo. ¿No se te había ocurrido? —replicó el capitán Caruso.

—Sí, claro —respondió el agente especial Caruso, al tiempo que tomaba otro bocado de la ternera a la francesa—. Tenemos ante nosotros al sucesor de Rocky.

—¿Siempre están igual? —preguntó Alexander.

—Sólo cuando bebemos —respondió Dominic, y su hermano soltó una carcajada.

—Enzo no aguanta la bebida. Mientras que nosotros, los marines, somos capaces de cualquier cosa.

—¿Debo aguantar esto de alguien que cree que Miller Lite es una marca de cerveza? —soltó el agente especial Caruso.

—Se supone que los mellizos deben ser iguales —dijo Alexander.

—Ésos son los gemelos. Nuestra madre aquel mes produjo dos óvulos. Durante un año aproximadamente, tuvimos a nuestros padres engañados. No somos tan parecidos, Pete —respondió Dominic con una sonrisa, compartida por su hermano.

Pero Alexander los conocía mejor de lo que ellos mismos suponían. Sólo vestían de forma diferente... y eso pronto cambiaría.

CAPÍTULO CINCO

ALIANZAS

Mohammed cogió el primer vuelo de Avianca a la Ciudad de México y allí esperó el vuelo 242 de British Airways a Londres. Se sentía seguro en los aeropuertos, donde todo era anónimo. Debía tener cuidado con la comida, puesto que México era un país de infieles, pero la sala de espera de primera clase lo protegía de sus barbarismos culturales, y la presencia de muchos policías armados garantizaba que alguien como él no estropeara la fiesta, si eso es lo que era. Para no aburrirse como una ostra, eligió una silla en un rincón, lejos de las ventanas, y se dedicó a leer un libro que había encontrado en uno de los quioscos. Evidentemente nunca leía el Corán en lugares como aquél, ni nada relacionado con Oriente Próximo, para evitar que alguien le formulara alguna pregunta. No, debía interpretar su papel como agente de inteligencia profesional para evitar un fin repentino, como el del judío Greengold en Roma. Mohammed era incluso muy cauteloso cuando iba al retrete, por si alguien intentaba hacerle lo mismo.

No utilizó siquiera su ordenador portátil, a pesar de tener muchas oportunidades de hacerlo. Prefería permanecer inmóvil como un objeto. En veinticuatro horas, estaría de regreso en Europa. De pronto se percató de que vivía más en el aire que en cualquier otro lugar. No tenía un hogar, sólo una serie de casas francas de dudosa fiabilidad. Desde hacía casi cinco años, no podía entrar en Arabia Saudí. Ni tampoco en Afganistán. Era extraño que los únicos lugares donde se sentía relativamente seguro fueran países cristianos en Europa que los musulmanes habían intentado conquistar en vano en más de una ocasión. Esas naciones acogían de forma casi suicida a los forasteros, que podían desaparecer en su inmensidad con sólo modestas habilidades, en realidad casi ninguna, si disponían de dinero. Esos pueblos eran muy abiertos a otras culturas, e incluso temerosos de ofender a quienes, en el fondo, preferían verlos muertos y querían aniquilar sus creencias y sus costumbres. Era una visión agradable, pensó Mohammed, aunque no vivía en el mundo de los sueños. En su lugar, se esforzaba por convertirlos en realidad. Puede que fuera triste, pero era cierto. Sin embargo, era preferible estar al servicio de una causa que de sus propios intereses. Ésos abundaban sobradamente en el mundo.

Se preguntó qué dirían y pensarían sus supuestos aliados de la reunión del día anterior. Ciertamente no eran auténticos aliados. Sí, compartían enemigos, pero eso no bastaba para una alianza. Facilitarían, o podrían facilitar las cosas, pero eso era todo. Su personal no ayudaría al suyo en ninguna verdadera empresa. A lo largo de la historia, los mercenarios nunca habían sido soldados verdaderamente eficaces. Para luchar con eficacia, era imprescindible creer. Sólo un creyente arriesgaría su vida, porque sólo un creyente no tenía nada que temer. No, con el propio Alá de su lado. ¿Qué había entonces que temer? Sólo una cosa, reconoció. El fracaso. El fracaso no era una opción. Los obstáculos que lo separaban del éxito eran cosas que debía resolver de la forma más conveniente. Sólo cosas. No personas. Ni almas. Mohammed se sacó un cigarrillo del bolsillo y lo encendió. En ese sentido, por lo menos, México era un país civilizado, aunque no quiso especular sobre lo que el Profeta habría dicho respecto al tabaco.

—Es más fácil en coche, ¿no es cierto, Enzo? —dijo Brian burlándose de su hermano, al llegar a la meta.

La carrera de cinco kilómetros no había sido nada excepcional para el marine, pero había supuesto un esfuerzo considerable para Dominic, que acababa de igualar la marca de su prueba física para el FBI.

—No seas pesado —respondió Dominic, con la respiración entrecortada—, sólo tengo que correr más de prisa que mis sospechosos.

—Afganistán habría acabado contigo —dijo Brian, que corría ahora de espaldas para observar mejor los esfuerzos de su hermano.

—Probablemente —reconoció Dominic—. Pero los afganos no atracan bancos en Alabama y Nueva Jersey.

Dominic nunca había sido más débil que su hermano, pero

claramente los marines lo mantenían más en forma que el FBI. Sin embargo, ¿cómo sería su puntería con la pistola? Por lo menos el ejercicio había terminado, y se dirigió andando a la casa de la plantación.

—¿Hemos aprobado? —preguntó Brian por el camino, dirigiéndose a Alexander.

—Ambos, con facilidad. Esto no es la academia de las fuerzas especiales, muchachos. No pretendemos que ingresen en el equipo olímpico, pero en el campo, poder huir corriendo es una buena habilidad.

—Eso solía decir el sargento Honey en Quantico —confirmó Brian.

—¿Quién? —preguntó Dominic.

—Nicholas Honey, sargento artillero del cuerpo de los marines de Estados Unidos, que probablemente tuvo que aguantar muchas bromas a causa de su apellido (1), aunque seguramente no dos veces de la misma persona. Era uno de los instructores en el campamento básico. También lo llamaban «Nick the Prick» (2) —dijo Brian, al tiempo que le arrojaba una toalla a su hermano—. Es un marine de los duros. Pero decía que huir corriendo es una habilidad que un soldado de infantería necesita.

—¿Lo necesitaste tú? —preguntó Dominic.

—He estado una sola vez en combate y fue sólo durante un par de meses. La mayor parte del tiempo nos limitamos a contemplar las cabras monteses a nuestros pies, que tenían infartos de escalar esas jodidas montañas.

—¿Tan mala era la situación?

—Peor —agregó Alexander—. Pero luchar en las guerras es para niños, no para adultos sensatos. El caso, agente Caruso, es que allí también lleva treinta kilos de peso a la espalda.

—Debe de ser divertido —dijo Dominic, sin falta de respeto por su hermano.

—Una locura. Por cierto, Pete, ¿qué otras tareas agradables hay planeadas para hoy?

—Primero vayan a asearse —sugirió Alexander.

Ahora que se había asegurado de que ambos estaban en bastante buena forma, aunque tenía pocas dudas al respecto y en todo caso, a pesar de lo que había dicho, no era particularmente importante, podrían entrar en materia, en el meollo de la cuestión.

---

(1) En inglés, *honey* significa «cariño», «encanto». *(N. del t.)*
(2) Nick *el Gilipollas. (N. del t.)*

—El dólar va a recibir un golpe —dijo Jack a su nuevo jefe.

—¿Fuerte?

—Sólo un rasguño. Los alemanes van a depreciar el dólar frente al euro, unos quinientos millones.

—¿Tiene eso mucha importancia? —preguntó Sam Granger.

—¿A mí me lo pregunta? —respondió Jack.

—Efectivamente. Debe de tener una opinión. No es preciso que sea correcta, pero debe de tener algún tipo de sentido.

Jack Ryan hijo le entregó los mensajes interceptados.

—Ese individuo llamado Dieter habla con su homólogo francés. Aparentemente parece una transacción rutinaria, pero el traductor dice que se detecta cierta antipatía en el tono de su voz. Yo hablo un poco el alemán, pero no lo suficiente para captar esa clase de matices —dijo el joven Ryan a su jefe—. La verdad es que no entiendo por qué los alemanes y los franceses tendrían que conspirar en modo alguno contra nosotros.

—Favorece los intereses alemanes actuales intimar con los franceses. Sin embargo, no anticipo ninguna clase de alianza bilateral a largo plazo. Fundamentalmente, los franceses temen a los alemanes, y los alemanes menosprecian a los franceses. Pero los franceses tienen ambiciones imperiales; bueno, siempre las han tenido. Fíjese en sus relaciones con Norteamérica. Parecen las de unos hermanos, niño y niña de unos doce años. Se quieren, pero no se llevan muy bien. Entre Alemania y Francia sucede algo parecido, pero más complejo. Los franceses solían derrotar a los alemanes, pero éstos se organizaron y derrotaron a los franceses. Y ambos países tienen largas memorias. Ésa es la maldición de Europa. Su historia es muy contenciosa y les cuesta olvidarlo.

—¿Qué tiene eso que ver con lo de ahora? —preguntó el joven Ryan.

—Directamente, nada en absoluto, pero puede que en el fondo el banquero alemán quiera acercarse al francés, con vistas a una movida futura. Tal vez el francés le permita creer que se produce un acercamiento, a fin de que el banco central francés gane puntos en Berlín. Es un juego curioso. No se puede golpear demasiado fuerte al adversario, porque entonces se retiraría del juego y, además, uno no se esfuerza para crear enemigos. En general, es como una partida de póquer entre vecinos. Si uno abusa se crea enemigos y resulta mucho menos divertido vivir en el barrio, porque nadie acude a jugar a su casa. Si eres el más bobo de la mesa, los demás se unirán contra ti con la mayor elegancia posible y te robarán, no lo suficiente para perjudicarte, sino para recordarse a sí mismos lo listos que son. Por consiguiente, todo el mundo juega con moderación y la partida sigue siendo bastante amigable. Allí nadie está más lejos que una huelga general de una importante crisis de liquidez nacional, y si eso ocurre, necesita amigos. Olvidé mencionarle que los banqueros centrales consideran a todos los demás continentales como campesinos, incluidos los jefes de varios gobiernos.

—¿Y a nosotros?

—¿Los norteamericanos? También campesinos de orígenes precarios, con escasa educación, pero extraordinariamente afortunados.

—¿Con grandes cañones? —preguntó el joven Jack.

—Efectivamente, los campesinos armados siempre ponen nerviosos a los aristócratas —respondió Granger, reprimiendo una carcajada—. Allí todavía perdura esa mierda de las clases. Tienen problemas para comprender hasta qué punto les perjudica en el mercado, porque a los peces gordos raramente se les ocurre una idea realmente nueva. Pero ése no es nuestro problema.

«*Oderint dum metuant*», pensó Jack. Era una de las pocas cosas que recordaba en latín y que era supuestamente el lema de Cayo Calígula: «Dejad que odien a condición de que teman.» ¿Tan poco había avanzado la civilización en los dos últimos milenios?

—¿Cuál es nuestro problema? —preguntó.

—No me refería a eso —respondió Granger, negando con la cabeza—. No nos quieren demasiado, en realidad, nunca lo han hecho, pero al mismo tiempo no pueden vivir sin nosotros. Algunos empiezan a pensar de ese modo, a raíz de la muerte de la Unión Soviética, pero si alguna vez lo intentan, la realidad los morderá en el trasero con suficiente virulencia para que sangre la herida. No confunda la mentalidad de la aristocracia con la del pueblo. Ése es su problema. Creen que el pueblo sigue sus directrices, pero no lo hace. Lo que sigue son sus carteras, y cualquier ciudadano de a pie es capaz de llegar a sus propias conclusiones si dispone de suficiente tiempo para reflexionar.

—¿De modo que El Campus se limita a obtener beneficios de su mundo de fantasía?

—Exactamente. Y no puede imaginar, Jack, hasta qué punto detesto la ópera —dijo, mientras su interlocutor lo miraba, atónito—. Porque refleja con tanta precisión la realidad. La vida real, incluso a ese nivel, está llena de nimiedades y egoísmos. No es el amor lo que mueve el mundo. Ni siquiera es el dinero. Son las nimiedades.

—He visto cinismo en su momento, pero...

Granger levantó la mano para interrumpirlo.

—No es cinismo, sino la naturaleza humana. Lo único que no ha cambiado en diez mil años de historia. Me pregunto si alguna vez lo hará. Sí, claro, también existe la parte buena de la naturaleza humana: nobleza, caridad, autosacrificio, incluso valentía en algunos casos y amor. El amor cuenta. Cuenta mucho. Pero con el mismo llega la envidia, la codicia, la avaricia y los demás pecados capitales. Puede que Jesucristo supiera de lo que hablaba, ¿no le parece?

—¿Esto es filosofía o teología?

«Creía que estaba en el campo del espionaje», pensó el joven Ryan.

—La próxima semana cumpliré los cincuenta. Demasiado pronto para ser viejo y demasiado tarde para ser listo. Lo dijo algún vaquero hace unos cien años. —Granger sonrió—. El problema es que uno es demasiado viejo cuando se percata de que no puede hacer nada al respecto.

—¿Y qué hace entonces, fundar una nueva religión?

Granger soltó una buena carcajada cuando se acercó a su cafetera personal Gevalia para llenar de nuevo la taza.

—Ninguno de los matorrales arde alrededor de mi casa. El problema con los pensamientos profundos es que uno sigue teniendo que cortar el césped y abastecer de comida el hogar. Además, en nuestro caso, de proteger nuestro país.

—¿Qué hacemos, entonces, con esa cosa alemana?

Granger examinó de nuevo el mensaje interceptado y reflexionó unos instantes.

—Nada, de momento nada, pero no olvidaremos que Dieter ha ganado uno o dos puntos respecto a Claude, de los que tal vez se aproveche dentro de unos seis meses. El euro todavía es demasiado nuevo para saber cómo evolucionará. Los franceses creen que la dirección financiera de Europa se trasladará a París. Los alemanes creen que lo hará a Berlín. En realidad, se centrará en el país con la economía más fuerte y la fuerza laboral más eficaz. No será Francia. Tienen ingenieros bastante buenos, pero su población no está tan bien organizada como la alemana. Si tuviera que apostar, lo haría por Berlín.

—Eso no les gustará a los franceses.

—Sin lugar a dudas, Jack, sin lugar a dudas —repitió Granger—. ¡Qué diablos! Los franceses tienen armamento nuclear, pero no los alemanes, por lo menos de momento.

—¿Habla en serio? —preguntó el joven Ryan.

—No. —Granger sonrió.

—Nos enseñaron algo de esto en Quantico —dijo Dominic.

Estaban en un centro comercial de tamaño medio, destinado a los estudiantes universitarios debido a la proximidad de la Universidad de Virginia.

—¿Qué os dijeron? —preguntó Brian.

—No permanecer en un mismo lugar respecto al sujeto. Procurar cambiar de aspecto, con gafas de sol y cosas por el estilo. Pelucas, si las hay. Chaquetas reversibles. No mirarlo fijamente, pero tampoco desviar la mirada si él mira hacia ti. Es mucho mejor si hay más de un agente para un objetivo. Un individuo no puede vigilar durante mucho rato a un adversario entrenado sin ser descubierto. Es difícil seguir a un sujeto entrenado en las mejores circunstancias. Ésa es la razón por la que en las grandes delegaciones disponen de grupos especiales de vigilancia. Son empleados del FBI, pero no agentes jurados, y no van armados. Algunos los llaman irregulares de Baker Street, como en Sherlock Holmes. Tienen cualquier aspecto menos el de un policía: peatones, mendigos, obreros con mono de trabajo. Pueden ir sucios. Tal vez sean pordioseros. En una ocasión conocí a algunos en la oficina de campo de Nueva York, en misiones de crimen organizado y contrainteligencia extranjera. Son profesionales, pero los profesionales más insólitos que uno se haya echado a la cara.

—Eso de la vigilancia parece un trabajo muy duro —dijo Brian.

—Nunca lo he probado personalmente —respondió su hermano—, pero por lo que he oído precisa mucho personal, quince o veinte para un solo sujeto, además de coches, vigilancia aérea, etcétera, y a pesar de todo, un bandido astuto logra escabullirse. Especialmente, los rusos. Esos cabrones están bastante bien entrenados.

—¿Entonces qué diablos se supone que debemos hacer? —preguntó el capitán Caruso.

—Sólo aprender lo básico —respondió Alexander—. ¿Ve esa mujer allí con el jersey rojo?

—¿Pelo largo y oscuro? —preguntó Brian.

—Esa misma —confirmó Pete—. Determinen qué compra, qué clase de coche conduce y dónde vive.

—¿Sólo nosotros dos? —preguntó Dominic—. Pide mucho, ¿no le parece?

—¿Les había dicho que este trabajo era fácil? —dijo inocentemente Alexander, al tiempo que les entregaba una radio a cada uno—. Los auriculares se introducen en la oreja y los micrófonos se sujetan al cuello de la camisa. Su alcance es de unos tres kilómetros. Ambos tienen las llaves de sus respectivos coches.

Y, dicho esto, se alejó en dirección a una tienda Eddie Bauer para comprarse unos pantalones cortos.

—Bien venido a la mierda, Enzo —dijo Brian.

—Por lo menos nos ha dado unas breves instrucciones.

—No cabe duda de que han sido breves.

Su sujeto entró en una tienda Ann Taylor. Ambos la siguieron, después de adquirir una gran taza de café en Starbucks como disimulo improvisado.

—No tires la taza cuando esté vacía —dijo Dominic.

—¿Por qué? —preguntó su hermano.

—Por si te entran ganas de mear. La perversidad del mundo tiene tendencia a incidir en los planes más meticulosamente elaborados, en situaciones como ésta. Esto es una lección práctica de una clase en la academia.

Brian no hizo ningún comentario, pero le pareció bastante sensato. Probaron por turnos las radios, para comprobar que funcionaban debidamente.

—Aldo a Enzo, cambio —dijo Brian por el canal seis.

—Enzo a la escucha, hermano. Cerremos durante la vigilancia visual, pero tú y yo no nos perdamos de vista, ¿de acuerdo?

—Parece lógico. Bien, me dirijo a la tienda.

—Diez cuatro. Te cedo el sujeto, hermano.

Cuando Dominic volvió la cabeza, vio que su hermano se retiraba. Tomó un sorbo de café y observó al sujeto, no directamente, sino en un ángulo de unos veinte grados.

—¿Qué hace? —preguntó Aldo.

—Parece que elige una blusa.

El sujeto era una mujer de unos treinta años, con una melena color castaño hasta los hombros, bastante atractiva, con una alianza matrimonial pero sin diamante y un collar dorado de bisutería, comprado probablemente en Wal-Mart, al otro lado de la calle. Blusa color melocotón. Pantalón negro en lugar de falda y unos «cómodos» zapatos planos, también negros. Bolso bastante grande. Por fortuna, no parecía demasiado atenta a su entorno. Daba la impresión de estar sola. Finalmente se decidió por una blusa, al parecer de seda blanca, pagó con tarjeta de crédito y salió de Ann Taylor.

—Sujeto en movimiento, Aldo.

A setenta metros, Brian volvió la cabeza y miró directamente a su hermano.

—Háblame, Enzo.

Dominic levantó su taza de café, como para tomar un trago.

—Gira a la derecha, en dirección a ti. Será tuya en un minuto aproximadamente.

—Diez cuatro, Enzo.

Habían aparcado sus coches en extremos opuestos del centro comercial. Resultó ser una suerte, ya que su sujeto giró a la derecha y se dirigió a la salida del aparcamiento.

—Aldo, acércate lo suficiente para registrar su matrícula —ordenó Dominic.

—¿Cómo?

—Léeme su matrícula y describe su coche. Me dirijo al mío.

—De acuerdo, hermano, entendido.

Dominic no corrió hacia su coche, pero caminó tan rápido como lo permitían las circunstancias. Subió, arrancó el motor y bajó los cristales de las ventanillas.

—Enzo a Aldo, cambio.

—Bien, conduce un Volvo cinco puertas verde oscuro, matrícula de Virginia whisky, kilo, Romeo, seis, uno, nueve. Va sola en el coche y se dirige al norte. Voy hacia mi coche.

—Entendido. Enzo en persecución.

Rodeó los almacenes Sears al este del centro comercial, con la máxima rapidez que le permitió el tráfico, se sacó el móvil del bolsillo y llamó al servicio de información para pedir el número de la delegación del FBI en Charlottesville, que la compañía telefónica marcó por un cargo adicional de cincuenta centavos.

—Habla el agente especial Dominic Caruso, número de «credo» uno, seis, cinco, ocho, dos, uno. Necesito inmediatamente la identificación de una matrícula: whisky, kilo, Romeo, seis, uno, nueve.

La persona que recibió la llamada marcó sus credenciales en un ordenador y comprobó la identidad de Dominic.

—¿Qué hace tan lejos de Birmingham, señor Caruso?

—No hay tiempo para explicaciones. Por favor, compruebe la matrícula.

—Entendido, se trata de un Volvo verde matriculado hace un año, a nombre de Edward y Michelle Peters, domiciliados en Riding Hood Road, número 6, Charlottesville. Esto se encuentra junto al límite oeste de la ciudad. ¿Algo más? ¿Necesita apoyo?

—Negativo. Gracias, a partir de ahora puedo ocuparme yo del caso. Cierro.

Apagó el móvil y le comunicó la dirección a su hermano por radio. Ambos la introdujeron en sus ordenadores de a bordo.

—Esto es hacer trampa —observó Brian, con una sonrisa.

—Los buenos no hacen trampas, Aldo. Se limitan a hacer su trabajo. Bien, sujeto a la vista. Se dirige al oeste por Shady Branch Road. ¿Dónde estás?

—Unos quinientos metros a tu espalda. ¡Mierda! El semáforo está en rojo.

—No importa, tranquilo. Parece que se dirige a su casa y sabemos dónde está.

Dominic se acercó a unos cien metros del sujeto, dejando una furgoneta entre ambos vehículos. Sólo había hecho aquello en raras ocasiones y le sorprendió lo nervioso que estaba.

«Prepárese para girar a la derecha en trescientos metros», dijo la voz de su ordenador.

—Gracias, cariño —refunfuñó Dominic.

Pero entonces el Volvo giró en la esquina sugerida por el ordenador. No estaba tan mal, después de todo. Respiró hondo y se tranquilizó un poco.

—Bien, Brian, parece que va directamente a su casa. Sígueme —dijo por la radio.

—De acuerdo, te sigo. ¿Alguna idea sobre la identidad de esa mujer?

—Michelle Peters, según el Departamento de Tráfico.

El Volvo giró a la izquierda y luego a la derecha en un callejón sin salida, donde aparcó en el camino privado de una casa de dos plantas de tamaño medio, con un garaje doble y revestimiento de aluminio blanco. Dominic aparcó su coche a cien metros a lo largo de la calle y tomó un sorbo de café. Brian apareció a los treinta segundos y se detuvo a media manzana.

—¿Ves el coche? —preguntó Dominic.

—Afirmativo, Enzo —respondió el marine, antes de hacer una pausa—. ¿Qué hacemos ahora?

—Entren a tomar una taza de café —sugirió una voz femenina—. Soy la mujer del Volvo —aclaró.

—Mierda —susurró Dominic, lejos del micrófono.

Se apeó de su Mercedes y le indicó con la mano a su hermano que lo siguiera.

Cuando Brian lo alcanzó, los hermanos Caruso se dirigieron al número 6 de Riding Hood Court. La puerta se abrió cuando se acercaban a la casa.

—Todo ha sido una trampa —dijo sosegadamente Dominic—. Debería habérmelo imaginado desde el primer momento.

«Sí, hemos sido unos bobos», pensó Brian.

—No tenían por qué —dijo la señora Peters desde la puerta—. Pero obtener mi dirección del Departamento de Tráfico ha sido realmente fraudulento.

—Nadie nos había hablado de reglas, señora —respondió Dominic.

—No hay ninguna, o por lo menos no a menudo en esta profesión.

—¿Entonces nos ha escuchado en todo momento por la radio? —preguntó Brian.

La mujer asintió, mientras los invitaba a entrar en la cocina.

—Efectivamente. Las radios están codificadas. Nadie más sabía de qué hablaban. ¿Cómo les gusta el café?

—¿Y nunca nos ha perdido de vista? —quiso saber Dominic.

—En realidad, sí. Y no he utilizado la radio para hacer trampa... bueno, no mucho —respondió con una radiante sonrisa, que ayudó a que los jóvenes no se sintieran ofendidos—. Usted es Enzo, ¿no es cierto?

—Sí, señora.

—Estaba usted un poco cerca, pero sólo alguien con mucha vista lo habría detectado, dado el escaso tiempo transcurrido. La marca del coche ayuda. En esta zona hay muchos pequeños Mercedes como el suyo. Pero el mejor vehículo sería una camioneta sucia. Muchos locales nunca las lavan, y algunos universitarios han adoptado la misma costumbre para pasar desapercibidos. En la interestatal 64 necesitarían evidentemente vigilancia aérea y un orinal portátil. La vigilancia discreta puede ser el trabajo más duro de esta profesión. Pero ahora, muchachos, ya lo saben.

En ese instante se abrió la puerta y apareció Pete Alexander.

—¿Cómo lo han hecho? —preguntó, dirigiéndose a Michelle.

—Yo les pondría un notable.

De pronto Dominic consideró que era un acto de generosidad.

—Y olviden lo que les he dicho antes; creo que llamar al FBI para localizarme a través del Departamento de Tráfico ha sido bastante astuto.

—¿No una trampa? —preguntó Brian.

—La única regla es cumplir la misión sin verse comprometido —respondió Alexander—. En El Campus no calificamos el estilo.

—Sólo se cuentan los cuerpos —confirmó la señora Peters, contrariando evidentemente a Alexander.

Eso bastó para que a Brian le diera un ligero vuelco el estómago.

—Sé que ya lo he preguntado antes —dijo Dominic—, ¿pero para qué nos entrenamos exactamente?

—Paciencia, muchachos —respondió Pete.

—De acuerdo —asintió sumisamente Dominic—. De momento me parece aceptable.

«Pero no por mucho tiempo», no tuvo que agregar.

—¿De modo que no piensa aprovecharlo? —preguntó Jack a la hora de cerrar.

—Podríamos hacerlo, pero realmente no vale la pena. Sólo ganaríamos unos doscientos mil a lo sumo, probablemente menos. Pero ha hecho muy bien en detectarlo —reconoció Granger.

—¿Qué cantidad de este género de tráfico circula por aquí semanalmente?

—Uno o dos, cuatro en una semana muy ajetreada.

—¿Y cuántas veces entran en el juego? —preguntó el joven.

—Una de cada cinco. A pesar de que lo hacemos con suma cautela, siempre corremos el riesgo de que se detecte. Si los europeos se percataran de que nos anticipamos excesivamente a sus intenciones, investigarían cómo lo hacemos; probablemente interrogarían a su propio personal, en busca de una filtración humana. Así es como ellos piensan. Son muy propensos a la teoría de la conspiración, porque ésa es su forma de operar. Sin embargo, en su actuación habitual luchan contra la misma.

—¿Qué otras cosas se examinan?

—A partir de la semana próxima, tendrá acceso a las cuentas seguras; la gente las denomina cuentas numeradas, porque se identifican supuestamente mediante un código numérico. Actualmente, debido a la tecnología informática, suele ser un código de palabras. Probablemente lo han copiado de los servicios de inteligencia. A menudo contratan espías para cuidar de su seguridad, pero no los mejores. Los buenos se mantienen alejados de la administración monetaria, sobre todo por esnobismo. No es suficientemente importante para un espía decano —explicó Granger.

—¿Las cuentas «seguras» identifican a sus propietarios? —preguntó Jack.

—No siempre. A veces se hace todo vía palabras codificadas, aunque en algunas ocasiones los bancos disponen de información interna que podemos intervenir. Pero eso no ocurre siempre, y los banqueros nunca especulan interiormente sobre sus clientes, o por lo menos no por escrito. Estoy seguro de que charlan durante el almuerzo, pero a muchos de ellos, en realidad, les importa poco de dónde proceda el dinero. Sea de judíos muertos en Auschwitz o de algún capo de la mafia en Brooklyn, todo es dinero fresco recién salido de la imprenta.

—Pero si lo entrega al FBI...

—No podemos porque es ilegal, y no lo hacemos porque perderíamos la forma de seguir la pista a esos cabrones y su dinero. Desde el punto de vista legal, hay más de una jurisdicción, y para algunos países europeos la banca es el gran generador de dinero y ningún gobierno vuelve la espalda a la recaudación de impuestos. El perro no muerde a nadie en su propio patio. Lo que haga el animal a la vuelta de la esquina no les importa.

—Me pregunto lo que opina mi padre al respecto...

—Apuesto a que no mucho —opinó Granger.

—Es probable —reconoció Jack—. ¿De modo que localizan las cuentas seguras para seguir la pista de los malos y su dinero?

—De eso se trata. Es mucho más difícil de lo que pueda imaginar, pero cuando se acierta el triunfo es extraordinario.

—¿De modo que voy a ser un perro de caza?

—Eso es —respondió Granger—. Si es suficientemente bueno —agregó.

Mohammed estaba casi directamente sobre la capital en aquel momento. La gran ruta circular de México a Londres pasaba prácticamente por encima de Washington, que podía contemplar desde doce mil metros de altitud como si fuera un mapa de papel. Si perteneciera al departamento de los mártires, podría subir al piso superior por la escalera de caracol, utilizar una pistola para matar a la tripulación y hacer caer el avión en picado... pero eso ya se había hecho, y ahora las puertas de la cabina de navegación estaban protegidas y, además, posiblemente había un policía armado entre los pasajeros para aguar la fiesta. O peor aún, un soldado armado vestido de paisano. Mohammed sentía poco respeto por los agentes de policía, pero a base de cometer errores había aprendido a no subestimar a los soldados occidentales. Sin embargo, no pertenecía al departamento de los mártires, por mucho que admirara a esos santos guerreros. Su habilidad para encontrar información lo convertía en demasiado valioso para sacrificarse en un acto tan noble. Eso era bueno y malo, pero bueno o malo era un hecho y él vivía en el mundo de los hechos. Se reuniría con Alá y entraría en el paraíso en el momento escrito por la propia mano de Dios, en su propio libro. De momento, le quedaban otras seis horas y media de reclusión en su asiento.

—¿Más vino, señor? —preguntó la azafata de mejillas sonrosadas.

Menudo premio sería esa chica en el paraíso...

—Sí, gracias —respondió con su mejor acento de Cambridge.

El vino estaba prohibido por la ley islámica, pero no tomarlo parecería sospechoso, se dijo una vez más, y su misión era demasiado importante para arriesgarse. O por lo menos eso se repetía a menudo, reconoció Mohammed para sus adentros, con un pequeño remordimiento de conciencia. Pronto vació la copa y ajustó los controles de su asiento. Quizá el vino fuera contrario a las leyes musulmanas, pero lo ayudaba a uno a conciliar el sueño.

—Michelle dice que los mellizos son competentes para ser principiantes —dijo Rick Bell, hablando con su jefe.

—¿El ejercicio de seguimiento? —preguntó Hendley.

—Efectivamente.

No tuvo que aclarar que en un ejercicio de entrenamiento como es debido habrían intervenido ocho o diez coches, dos aviones y un total de veinte agentes, pero El Campus no disponía siquiera remotamente de esa clase de recursos. En su lugar, gozaba de una mayor flexibilidad para tratar con los sujetos, con sus correspondientes ventajas y desventajas.

—A Alexander parecen gustarle. Dice que son bastante listos y mentalmente ágiles.

—Es bueno saberlo. ¿Ocurre algo más?

—Rick Pasternak tiene algo nuevo, según dice.

—¿De qué se trata? —preguntó Gerry.

—Es una variante de la succinilcolina, una versión sintética del curare, que paraliza casi instantáneamente las placas motrices de los nervios de los músculos. La víctima se desploma sin poder respirar. Dice que sería una muerte terrible, como si le clavaran a uno una bayoneta en el pecho.

—¿Detectable? —preguntó Hendley.

—Eso es lo bueno. Las esterasas del cuerpo descomponen rápidamente el producto, lo convierten en acetilcolina y, por consiguiente, es difícilmente detectable, a no ser que la víctima muera junto a un centro médico de primer orden, con un forense extraordinariamente listo que busque algo fuera de lo ordinario. Por increíble que parezca, los rusos examinaron esa sustancia en los años setenta. Pensaban en aplicaciones en el campo de batalla, pero no resultó práctica. El KGB, sorprendentemente, no la utilizó. Incluso sobre una mesa de mármol, al cabo de una hora, su efecto sería como el de un descomunal infarto de miocardio.

—¿Cómo lo ha conseguido?

—Recibió la visita de un colega ruso en Columbia. Resultó que era judío y Rick logró soltarle la lengua. Le contó lo suficiente para que Rick desarrollara un método de administración en su propio laboratorio. Actualmente lo están perfeccionando.

—Es asombroso que nunca se le haya ocurrido a la mafia. Si quieres matar a alguien, contratas a un médico.

—Para la mayoría, va contra sus principios.

Pero la mayoría no tenían un hermano en Cantor Fitzgerald que hubiera descendido hasta el nivel del mar junto con el piso noventa y siete un martes por la mañana.

—¿Es esta variante mejor que la que ya tenemos?

—Mejor que la que tiene cualquiera, Gerry. Dice que es fiable casi al ciento por ciento, si se utiliza debidamente.

—¿Cara?

—En absoluto —respondió Bell, negando con la cabeza.

—¿Se ha probado y realmente funciona?

—Rick dice que ha matado seis perros, todos ellos de gran tamaño.

—Bien, aprobado.

—Entendido, jefe. Debería estar disponible dentro de un par de semanas.

—¿Qué ocurre en el mundo?

—No lo sabemos —reconoció Bell, con tristeza en la mirada—. Uno de los individuos de Langley dice en sus mensajes que tal vez les hayamos perjudicado lo suficiente para reducir su actividad, si no cerrarla, pero esas afirmaciones me ponen nervioso. Es como esa mierda que uno oye de «este mercado no tiene límite máximo», poco antes de que se desplome. *Hubris ante nemesis*. Fort Meade no alcanza a localizarlos en la red, pero eso podría significar sencillamente que son un poco más listos. Hay un montón de buenos programas de codificación en el mercado, y dos de ellos la NSA todavía no ha logrado descifrarlos, por lo menos de forma fiable. Les dedican un par de horas diarias con sus grandes ordenadores centrales. Como suele decir, Gerry, los programadores más listos ya no trabajan para el Tío Sam...

—Elaboran videojuegos —concluyó Hendley.

El gobierno nunca había pagado lo suficiente para atraer a los mejores, y eso nunca se solucionaría.

—¿Entonces no es más que un presentimiento? —preguntó Hendley a continuación.

Rick asintió.

—Hasta que estén muertos, en el suelo, con una estaca clavada en el corazón, no dejarán de preocuparme.

—No es fácil atraparlos a todos, Rick.

—Qué duda cabe.

Ni siquiera su «doctor muerte» personal, en Columbia, podía ayudarlos en ese sentido.

Capítulo seis

ADVERSARIOS

El Boeing 747-400 aterrizó suavemente en Heathrow con cinco minutos de antelación, a la una menos cinco del mediodía. Al igual que la mayoría de los pasajeros, Mohammed estaba ansioso por salir del ancho avión. Con una amable sonrisa, pasó por el control de pasaportes, acudió a un lavabo, y con la sensación de haber recuperado su condición humana, se dirigió a la terminal de salida de Air France, para coger su vuelo de enlace a Niza. Faltaban noventa minutos para la salida de su avión y luego otros noventa minutos hasta llegar a su destino. En el taxi hizo gala del francés que podría haber aprendido en la universidad en Inglaterra. El taxista lo corrigió sólo dos veces y al llegar al hotel entregó a regañadientes su pasaporte británico, a pesar de tratarse de un documento seguro que había utilizado muchas veces. El código de barras en la cubierta interior de los nuevos pasaportes le preocupaba. El suyo no lo llevaba, pero cuando caducara dentro de un par de años debería preocuparse de que algún ordenador lo localizara dondequiera que se encontrara. En todo caso, tenía tres identidades británicas sólidas y seguras con las que podría conseguir tres pasaportes y actuar con suma discreción, a fin de que a ningún policía británico se le ocurriera investigarlas. Ninguna identidad falsa resistiría siquiera una investigación superficial, por no hablar de una investigación a fondo, y el código de barras podría significar que algún día parpadeara un piloto en el tablero del funcionario de inmigración, seguido de la aparición de uno o dos policías. Los infieles complicaban la vida de los fieles, pero así eran los infieles.

El hotel no tenía aire acondicionado, pero podían abrirse las ventanas y la brisa del mar era agradable. Mohammed conectó

121

su ordenador al teléfono del escritorio. Entonces oyó la llamada de la cama y sucumbió. A pesar de lo mucho que viajaba, no había encontrado ningún remedio para combatir el desfase horario. Durante los dos días siguientes, se alimentaría de cigarrillos y café hasta que su reloj corporal decidiera que sabía dónde se encontraba. Consultó su reloj. El hombre con el que debía reunirse no llegaría hasta dentro de cuatro horas, y Mohammed agradeció su consideración. Estaría cenando cuando su cuerpo esperaba el desayuno. Café y cigarrillos.

Era la hora del desayuno en Colombia. Tanto Pablo como Ernesto preferían la versión angloamericana, con tocino o jamón y huevos, acompañados del excelente café de su país.

—¿Entonces qué hacemos, cooperamos con ese bandido del turbante? —preguntó Ernesto.

—No veo por qué no —respondió Pablo, mientras agregaba crema de leche a su café—. Ganaremos muchísimo dinero, y la oportunidad de generar caos en la casa de los norteamericanos favorecerá también nuestros intereses. Obligará a sus guardias fronterizos a buscar personas, en lugar de cajas en contenedores, y eso no nos perjudicará ni directa ni indirectamente.

—¿Y si capturan vivo a alguno de esos musulmanes y logran hacerlo cantar?

—¿Qué les contará? ¿A quién conocerán, salvo a algunos coyotes mexicanos? —respondió Pablo.

—Sí, tienes razón —reconoció Ernesto—. Vas a pensar que soy una vieja asustada.

—Jefe, la última persona que pensó eso murió hace mucho tiempo.

—Sí, es cierto —refunfuñó Ernesto con una mueca—, pero habría que estar loco para no ser cauteloso cuando lo busca a uno la policía de dos países.

—Entonces, jefe, les brindamos la oportunidad de que busquen a otros, ¿no te parece?

Ernesto pensó que el juego en el que entraba era potencialmente peligroso. Sí, haría un trato con aliados de conveniencia, pero más que cooperar con ellos lo que haría sería utilizarlos, creando hombres de paja para que los norteamericanos los persiguieran y los eliminaran. Pero a esos fanáticos no les importaba la muerte, la anhelaban. Por consiguiente, ¿no les hacía realmente un favor al utilizarlos? Incluso podría, con suma cautela, delatarlos a los norteamericanos y evitar así que desataran su ira contra él. Además, ¿cómo podían esos individuos llegar a perjudicarlo? ¿En su propio terreno? ¿Allí, en Colombia? No era probable. Tampoco había decidido traicionarlos, pero si lo hiciera, ¿cómo lo averiguarían? Si sus servicios de inteligencia fueran realmente buenos, no precisarían su ayuda. Y si ni el gobierno yanqui ni el de su propio país habían logrado capturarlo allí en Colombia, ¿cómo podrían lograrlo esos individuos?

—Dime, Pablo, ¿cómo vas a comunicarte exactamente con ese individuo?

—Con el ordenador. Tiene varias direcciones de e-mail, todas ellas con servidores europeos.

—Muy bien. Dile que sí, que el consejo lo ha aprobado.

No muchos sabían que Ernesto *era* el consejo.

—De acuerdo, jefe —respondió Pablo, antes de ir a por su portátil.

El mensaje salió en menos de un minuto. Pablo era hábil con los ordenadores. La mayoría de los delincuentes y terroristas internacionales lo eran.

Estaba en la tercera línea del e-mail: «Por cierto, Juan, María está embarazada. Espera mellizos.» Tanto Mohammed como Pablo tenían los mejores programas de codificación disponibles en el mercado, que según los vendedores nadie podía descifrar. Pero Mohammed creía tanto en eso como en los reyes magos. Todas esas empresas tenían su sede en Occidente y debían lealtad exclusiva a sus propios países. Además, usar esa clase de software en sus mensajes sólo servía para llamar la atención de los programas que utilizaran la NSA, la Central de Comunicaciones del Gobierno Británico (GCHQ) y la Dirección General de Seguridad Exterior (DGSE) de los franceses. Por no mencionar los organismos desconocidos adicionales que pudieran intervenir las comunicaciones internacionales, legalmente o no, ninguno de los cuales sentía el menor aprecio por él y sus colegas. El Mossad israelí pagaría ciertamente mucho dinero para clavar su cabeza en una pica, aunque desconocían su papel, no podían conocerlo, en la eliminación de David Greengold.

Él y Pablo habían elaborado un código, basado en frases simples que podían significar cualquier cosa y que circularían por los enlaces del mundo entero hasta llegar a su destino. Los pagos de sus cuentas electrónicas se efectuaban mediante tarjetas de crédito anónimas, y las cuentas propiamente dichas estaban en grandes servidores europeos de reputación impecable. A su manera, internet era tan eficaz como las leyes bancarias suizas en lo concerniente al anonimato. Además, todos los días circulaban demasiados e-mails por la red para que alguien pudiera examinarlos todos, incluso con ayuda informática. Siempre y cuando no utilizara ninguno de los términos fácilmente previsibles, pensaba Mohammed, sus mensajes eran seguros.

De modo que los colombianos cooperarían: María estaba embarazada. Y esperaba mellizos: la operación podía empezar inmediatamente. Se lo contaría a su invitado esa noche durante la cena y el proceso se iniciaría de inmediato. La noticia se merecía incluso una o dos copas de vino, en anticipación del perdón misericordioso de Alá.

El problema con la carrera matutina era que resultaba más aburrida que la página de sociedad de un periódico de Arkansas, pero había que hacerlo, y los dos hermanos aprovechaban el tiempo para reflexionar... especialmente sobre lo aburrido del ejercicio. Duró media hora. Dominic pensaba en comprarse una pequeña radio portátil, pero nunca lo haría. Jamás se le ocurrían esas cosas cuando estaba en un centro comercial. Además, a su hermano probablemente le gustaba esa mierda. Estar en los marines debía de ser perjudicial para uno.

Entonces llegaba el desayuno.

—Bien, muchachos, ¿estamos despiertos? —preguntó Pete Alexander.

—¿Cómo se las arregla para no sudar por la mañana? —preguntó Brian.

Entre los marines circulaban muchas historias sobre las fuerzas especiales, ninguna halagüeña y algunas verídicas.

—Envejecer tiene ciertas ventajas —respondió el oficial de instrucción—. Una de ellas es proteger las rodillas.

—Comprendo. ¿Qué lección hay prevista para hoy? —preguntó el capitán, sin agregar: «Jodido vago»—. ¿Cuándo nos van a entregar los ordenadores?

—Pronto.

—Usted mencionó que los programas de codificación eran bastante buenos —dijo Dominic—. ¿Qué significa «bastante»?

—La NSA puede descifrarlos, si utiliza sus ordenadores centrales durante una semana y aplica la fuerza bruta. Pueden descifrar cualquier cosa, dado el tiempo necesario. Ya pueden descodificar la mayoría de los sistemas comerciales. Tienen un arreglo con casi todos los programadores —explicó—, que cooperan a cambio de algunos algoritmos de la NSA. Otros países también podrían hacerlo, pero se precisa mucha pericia para comprender plenamente la criptología, y son pocos los que disponen de los recursos o del tiempo necesarios para adquirirla. Por consiguiente, un programa comercial puede presentar dificultades, pero no excesivas si se dispone del código de origen. De ahí que nuestros adversarios procuren transmitirse los mensajes en reuniones cara a cara, o utilicen códigos en lugar de criptografía, pero puesto que eso consume tanto tiempo, gradualmente lo abandonan. Cuando les urge transmitir algún mensaje, a menudo lo desciframos.

—¿Cuántos mensajes circulan por la red? —preguntó Dominic.

—Eso es lo difícil —suspiró Alexander—. Son miles de millones, y los programas que tenemos para barrerlos todavía no son suficientemente buenos. Probablemente nunca lo serán. El truco consiste en identificar la dirección del destinatario y centrarse en eso. Es cuestión de tiempo, pero la mayoría de esos individuos son perezosos en cuanto a su forma de conectarse a la red, y resulta difícil recordar un montón de identidades diferentes. No son superhombres, ni tienen procesadores electrónicos conectados a sus cerebros. Así pues, cuando localizamos el ordenador de uno de esos malvados, lo primero que hacemos es imprimir su libreta de direcciones. Eso es como encontrar oro. A pesar de que a veces sólo transmiten sandeces, que pueden obligar a Fort Meade a perder horas, o incluso días, intentando descifrar algo que no tiene ningún sentido. Los profesionales solían hacerlo mandando nombres de la guía telefónica de Riga, que son un galimatías en cualquier lengua salvo en letón. El mayor problema son los lingüistas. No disponemos de suficiente personal de habla árabe. Eso es algo de lo que se ocupan en Monterrey y en otras universidades. Actualmente hay muchos estudiantes universitarios de árabe en plantilla. Pero no en El Campus. Nuestra ventaja consiste en obtener las traducciones de la NSA. Nuestras necesidades lingüísticas son mínimas.

—¿De modo que nuestra misión aquí no es la de obtener información? —preguntó Brian.

Dominic ya lo había deducido.

—No. Si descubren algo, lo aprovecharemos, encontraremos la forma de utilizarlo, pero nuestro trabajo no consiste en reunir información, sino en actuar respecto a la misma.

—De acuerdo, entonces volvemos a la pregunta inicial —observó Dominic—. ¿En qué diablos consiste la misión?

—¿Usted qué cree? —preguntó Alexander.

—Creo que se trata de algo que no habría complacido al señor Hoover.

—Efectivamente. Hoover era un perverso cabrón, pero insistía mucho en los derechos humanos. En El Campus no lo hacemos.

—Siga —sugirió Brian.

—Nuestro trabajo consiste en actuar sobre la información obtenida. Tomar medidas decisivas.

—¿Eso no se llama «acción ejecutiva»?

—Sólo en las películas —respondió Alexander.

—¿Por qué nosotros? —preguntó Dominic.

—El quid de la cuestión es que la CIA es una organización gubernamental. Muchos capitanes y pocos marineros. ¿Cuántas instituciones del gobierno alientan a su personal a jugarse la vida? —preguntó—. Aunque lo haga con éxito, los abogados y los contables se ensañan con el sujeto. Por consiguiente, si alguien precisa abandonar este mundo mortal, la autorización debe proceder de las alturas, de los altos niveles de la cadena de mando. Gradualmente, bueno, no tan gradualmente, las decisiones se refirieron al gran jefe en el ala oeste. Y no muchos presidentes quieren que aparezca un documento en sus archivos personales, donde algún historiador podría encontrarlo y divulgarlo. Por consiguiente, nos alejamos de esa clase de situaciones.

—Y no hay muchos problemas que no puedan solucionarse con una bala del cuarenta y cinco en el lugar y el momento oportunos —dijo Brian, como un buen marine.

—Exactamente —asintió nuevamente Pete.

—¿Entonces hablamos de asesinatos políticos? Eso podría ser peligroso —observó Dominic.

—No, eso tiene demasiadas ramificaciones políticas. No se practica desde hace siglos, e incluso entonces no con mucha frecuencia. Sin embargo, en el mundo hay personas que precisan reunirse urgentemente con Dios. Y a veces somos nosotros quienes debemos organizar el encuentro.

—Maldita sea —exclamó Dominic.

—Un momento. ¿Quién lo autoriza? —preguntó el comandante Caruso.

—Nosotros.

—¿No el presidente?

—No —respondió Alexander, negando con la cabeza—. Como he dicho antes, no hay muchos presidentes con las agallas suficientes para autorizar algo como esto. Se preocupan demasiado por los periódicos.

—¿Y la ley? —preguntó previsiblemente el agente especial Caruso.

—La ley, como recuerdo haber oído memorablemente a uno de ustedes, es que si uno quiere darle al tigre una patada en el trasero, más le vale tener un plan para enfrentarse a sus fauces. Ustedes serán las fauces.

—¿Sólo nosotros? —preguntó Brian.

—No, no sólo ustedes, pero no precisan saber lo que otros puedan hacer o dejar de hacer.

—Mierda —exclamó Brian, acomodándose en su silla.

—¿Quién fundó este lugar, El Campus?

—Alguien importante que no debe justificar sus acciones. El Campus no tiene ningún vínculo con el gobierno. Absolutamente ninguno —recalcó Alexander.

—¿Entonces, técnicamente, dispararemos contra la gente por cuenta propia?

—Generalmente no dispararán. Tenemos otros métodos. Es probable que no usen a menudo armas de fuego. Son demasiado difíciles de transportar, con los aeropuertos y todo lo demás.

—¿Desnudos en el campo? —preguntó Dominic—. ¿Sin ninguna cobertura?

—Dispondrán de una buena leyenda como cobertura, pero sin protección diplomática alguna. Vivirán de su ingenio. Ningún servicio de inteligencia extranjero tendrá forma alguna de encontrarlos. El Campus no existe. No consta en el presupuesto federal, ni siquiera en la lista negra. Por consiguiente, nadie puede vincularnos con ningún dinero. Así es como se hace, naturalmente. Ésa es una de las formas que utilizamos para localizar a las personas. Su pantalla será como empresarios internacionales, banqueros e inversores. Se los instruirá en la terminología apropiada para mantener una conversación en un avión, por ejemplo. Esas personas no hablan mucho de sus actividades para proteger sus secretos profesionales. Por consiguiente, no parecerá inusual que den pocas explicaciones.

—Agente secreto... —musitó Brian.

—Elegimos personas capaces de pensar sobre la marcha, con iniciativa propia y que no se desmayen ante una gota de sangre. Ustedes dos han matado a personas en el mundo real. En ambos casos, se enfrentaron a lo inesperado y ambos resolvieron la situación con eficacia. Ninguno de ustedes ha tenido remordimiento alguno. Ése será su trabajo.

—¿De qué protección gozamos? —preguntó el agente del FBI.

—Disponemos de una autorización para sacarlos a ambos libremente de la cárcel.

—¡Qué carajo, no existe tal cosa! —exclamó Dominic.

—Un permiso presidencial firmado —aclaró Alexander.

—¡Joder! —exclamó Brian, antes de reflexionar unos instantes—. Fue el tío Jack, ¿no es cierto?

—No puedo responder a esa pregunta, pero si lo desean pueden ver sus perdones antes de salir al campo —respondió Alexander, al tiempo que dejaba su taza de café sobre la mesa—. Bien, caballeros. Dispondrán de unos pocos días para reflexionar, pero deberán tomar sus decisiones. No es poco lo que les pido. No será un trabajo divertido, ni fácil, ni tampoco agradable, pero será una tarea que servirá a los intereses de su país. Vivimos en un mundo peligroso. Algunas personas deben ser castigadas.

—¿Y si nos cargamos a la persona equivocada?

—Dominic, esa posibilidad existe, pero puedo prometerles que no se les pedirá que eliminen al hermano menor de la madre Teresa. Somos muy cuidadosos en la elección de los objetivos. No sólo sabrán de quién se trata antes de emprender la misión, sino cómo y por qué es preciso eliminar a esa persona.

—¿También mujeres? —preguntó Brian, ya que eso no formaba parte de la ética de los marines.

—Nunca ha ocurrido, que yo sepa, pero teóricamente es posible. Bien, si han terminado el desayuno, ha llegado el momento de reflexionar.

—¡Joder! —exclamó Brian cuando Alexander abandonó la sala—. ¿Cómo será el almuerzo?

—¿Sorprendido?

—No del todo, Enzo, pero su forma de contarlo, así por las buenas...

—Eh, hermano, ¿cuántas veces te has preguntado por qué no podríamos sencillamente resolver nosotros mismos la situación?

—Tú eres el policía, Enzo. ¿Has olvidado que eres tú quien debería exclamar «oh, mierda»?

—Sí, claro, pero en aquel tiroteo de Alabama me pasé un poco de la raya. Durante todo el viaje a Washington pensé en cómo se lo contaría a Gus Werner. Pero ni siquiera parpadeó lo más mínimo.

—¿Entonces, qué opinas?

—Aldo, estoy dispuesto a escuchar un poco más. Según un proverbio tejano, «hay más hombres para matar que caballos para robar».

La inversión de papeles le resultó a Brian más que un poco sorprendente. Después de todo, él era el marine acostumbrado a disparar a la menor provocación. Enzo, según su formación, debía respetar los derechos constitucionales de las personas, antes de esposarlas.

Había llegado a ser evidente para ambos hermanos que eran capaces de matar a alguien sin tener pesadillas, pero eso iba un poco más lejos. Allí se hablaba de asesinato premeditado. Brian tenía a sus órdenes a un estupendo francotirador cuando estaba en zona de combate, y sabía que lo que hacían no estaba lejos del asesinato. Pero hacerlo de uniforme era diferente; lo convertía de algún modo en una buena obra. El objetivo era un enemigo, y en el campo de batalla todo el mundo tenía la responsabilidad de cuidar de su propia vida. Si no lo hacía, era culpa suya y no de quien le disparaba. Pero eso era algo más. Saldrían a la caza de personas concretas con la intención premeditada de matarlas, y eso no era lo que le habían enseñado, ni para lo que había recibido una formación. Vestiría de paisano, y matar gente en esas condiciones lo convertiría en un espía, no en un oficial del cuerpo de marines de Estados Unidos. Había honor en lo segundo, pero no en lo primero, según le habían enseñado a pensar. En el mundo ya no existía el campo del honor, y la vida real no era un duelo en el que los hombres se enfrentaran con armas idénticas. Se le había enseñado a planear sus operaciones de forma que su enemigo no tuviera la menor oportunidad, porque tenía hombres a sus órdenes cuya vida había jurado proteger. El combate tenía sus reglas. Reglas muy duras, claro está, pero reglas a pesar de todo. Ahora se le pedía que abandonara esas reglas para convertirse en... ¿qué? ¿Un asesino a sueldo? ¿Las fauces de una supuesta bestia salvaje? ¿El vengador enmascarado de alguna vieja película de antaño? Eso no encajaba en su pulcra imagen del mundo real.

Cuando lo mandaron a Afganistán... no circuló por las calles de la ciudad disfrazado de vendedor ambulante. No había ninguna ciudad en aquellas malditas montañas. Fue más bien como una caza mayor, en la que las piezas también iban armadas. En esa clase de cacería había honor, y por su conducta en la misma había recibido la aprobación de su patria: una condecoración por su valor en el combate, que podía o no exhibir.

En general, había mucho en lo que pensar mientras tomaba la segunda taza de café de la mañana.

—Jo, Enzo —refunfuñó.

—Brian, ¿sabes cuál es el sueño de todo policía? —preguntó Dominic.

—¿Quebrantar impunemente la ley?

Dominic negó con la cabeza.

—Hablé de esto con Gus Werner. No, no quebrantar impunemente la ley, sino ser la ley, aunque sea una sola vez. Convertirse en la propia espada vengadora de Dios, fueron sus palabras, aniquilar al culpable sin abogados ni otros entorpecimientos, aplicar la justicia uno mismo. Dicen que no ocurre muy a menudo, pero yo lo hice en Alabama y me sentí muy a gusto. Sólo hay que asegurarse de aniquilar al bellaco indicado.

—¿Cómo puedes estar seguro? —preguntó Aldo.

—Si no lo estás, te retiras de la misión. No pueden ejecutarte por *no* cometer un asesinato, hermano.

—¿Entonces es asesinato?

—No si el malvado se lo merece.

Era un matiz estético, pero importante para quien ya había asesinado al amparo de la ley y eso no le provocaba pesadillas.

—¿Inmediatamente?

—Sí. ¿De cuántos hombres disponemos ya? —preguntó Mohammed.

—Dieciséis.

Mohammed tomó un sorbo de un excelente vino blanco francés, del valle del Loira. Su interlocutor tomaba Perrier con limón.

—¿Hablan idiomas?

—Creemos que suficientemente bien.

—Estupendo. Diles que se preparen para viajar. Los mandaremos en avión a México. Allí se reunirán con nuestros nuevos amigos y se trasladarán a Norteamérica. Cuando lleguen, podrán hacer su trabajo.

—*Insh'Allah* —respondió el interlocutor.

—Sí, Dios mediante —repitió Mohammed en inglés, para recordarle el idioma que debía utilizar.

Estaban en la terraza de un restaurante con vistas al río, a un lado, sin nadie a su alrededor. Dos hombres bien vestidos que compartían una cena cordial, hablando con toda normalidad, sin que su actitud delatara el menor indicio conspirativo. Para ello era preciso cierta concentración, ya que determinadas posturas corporales eran instintivas en su actividad actual. Pero ambos tenían experiencia en esa clase de reuniones.

—¿Y cómo fue lo de matar al judío en Roma?

—Muy satisfactorio, Ibrahim, sentir su cuerpo desplomarse cuando le corté la médula y luego la mirada de sorpresa en su rostro...

Ibrahim sonrió de oreja a oreja. No todos los días lograban matar a un agente del Mossad, y mucho menos a un jefe de delegación. Los israelíes serían siempre sus enemigos más odiados, si no los más peligrosos.

—Dios fue bueno con nosotros aquel día.

La misión Greengold había sido un ejercicio recreativo para Mohammed. No era estrictamente necesaria. Organizar la reunión y facilitarle suculenta información al israelí había sido... divertido. Ni siquiera particularmente difícil. Pero tardaría en repetirse. Durante algún tiempo, el Mossad no permitiría que sus agentes hicieran nada sin supervisión. No eran bobos y aprendían de sus errores. Pero matar a un tigre aportaba su propia satisfacción. Lástima no poder arrancarle la piel. ¿Pero dónde la colgaría? Ya no disponía de un hogar fijo, sino de una colección de casas francas que podían o no ser totalmente seguras. Sin embargo, uno no podía preocuparse por todo. Nunca haría nada. Mohammed y sus colegas no temían la muerte, temían sólo el fracaso. Y no pensaban fracasar.

—Necesito los detalles del encuentro y todo lo demás. Puedo ocuparme del viaje. ¿Nuestros nuevos amigos suministrarán las armas?

—Efectivamente —asintió.

—¿Y cómo entrarán nuestros guerreros en Norteamérica?

—De eso se ocuparán nuestros amigos. Pero empezarás por mandar un grupo de tres, para comprobar que los medios son satisfactoriamente seguros.

—Por supuesto.

Sabían todo lo necesario acerca de la seguridad operativa. Habían recibido muchas lecciones, ninguna de ellas suave. Había muchos miembros de su organización, los que habían tenido la mala suerte de salvarse de la muerte, repartidos por las cárceles de todo el mundo. Ése era un problema, que su organización nunca había logrado resolver. Morir en acto de servicio era noble y valeroso. Ser detenido por un policía como un delincuente común era innoble y humillante, pero de algún modo sus hombres lo preferían a morir sin cumplir su misión. Y las cárceles occidentales no eran particularmente terribles para muchos de sus colegas. Privados de libertad, pero por lo menos la comida era regular y los países occidentales no violaban sus normas dietéticas.

Esos países eran tan débiles y estúpidos respecto a sus enemigos que los trataban con misericordia cuando no recibían ninguna a cambio. Pero eso no era culpa de Mohammed.

—Maldita sea —exclamó Jack.

Era su primer día en el «lado oscuro» de la casa. Su formación en altas finanzas había sido muy rápida, debido a su educación. Había aprendido mucho de su abuelo Muller, durante sus escasas visitas al hogar familiar. Él y el padre de Jack mantenían una relación cívica, pero el abuelo Joe consideraba que los hombres de verdad trabajaban en el campo de las finanzas, en lugar de dedicarse al sucio mundo de la política, aunque reconocía, evidentemente, que su yerno se había desenvuelto bastante bien en Washington. Pero el dinero que podía haber ganado en Wall Street... ¿por qué le volvería alguien la espalda? Evidentemente, Muller nunca se lo había dicho al pequeño Jack, pero su opinión era suficientemente transparente. En todo caso, Jack podía haber ingresado en cualquiera de las grandes agencias y probablemente escalar con bastante rapidez el escalafón. Pero lo que le importaba ahora era haber pasado velozmente por el lado financiero del Campus y encontrarse en el Departamento de Operaciones, que aunque no era exactamente así como se llamaba, ése era el nombre que le daban sus miembros.

—¿Tan buenos son?

—¿Qué es eso, Jack?

—Un mensaje interceptado de la NSA —respondió, entregándoselo.

Tony Wills lo leyó. El mensaje había identificado a un conocido asociado de terroristas, cuyo cometido específico todavía no estaba claro, pero el análisis de su voz era positivo.

—Son los teléfonos digitales. Generan una señal muy clara, que facilita la identificación de las voces en los ordenadores osciloscópicos. Veo que no han identificado al otro individuo —dijo Wills, al tiempo que le devolvía el documento.

La naturaleza de la conversación era inocua, hasta el punto de preguntarse por qué se había hecho la llamada. Pero a algunas personas simplemente les gustaba charlar por teléfono. Además, puede que hablaran en código sobre la guerra biológica, o una campaña de atentados en Jerusalén. Tal vez. Lo más probable era que se dedicaran sencillamente a matar el tiempo. El tiempo era algo que les sobraba en Arabia Saudí. Lo que impresionó a Jack fue que la llamada hubiera sido intervenida y registrada en tiempo real.

—Bueno, ya sabe cómo funcionan los teléfonos digitales, ¿no es cierto? Transmiten permanentemente una señal a la célula local y cada teléfono tiene su propio código único y excepcional. Después de identificar dicho código, es sólo cuestión de escuchar cuando suena el teléfono, o cuando el usuario hace una llamada. Al mismo tiempo, podemos identificar el número y el teléfono desde el que se está llamando. Lo más difícil es la primera identificación. Ahora tienen otro teléfono identificado para que lo controle el ordenador.

—¿Cuántos teléfonos controlan? —preguntó Jack.

—Sólo por encima de unos cien mil, exclusivamente en el suroeste asiático. Casi todos son pozos secos, salvo uno entre diez mil que realmente cuenta, y de vez en cuando obtienen muy buenos resultados —respondió Wills.

—Entonces, para cazar una llamada, ¿el ordenador escucha y se centra en palabras clave?

—Palabras y nombres clave. Lamentablemente, allí hay muchísimas personas llamadas Mohammed; es el nombre más popular en el mundo entero. Muchos de ellos utilizan motes o apodos. Otro problema es que existe un enorme mercado de teléfonos clonados; los clonan en Europa, sobre todo en Londres, donde la mayoría de los teléfonos llevan incorporado el software internacional. O también hay quien adquiere seis o siete teléfonos y los utiliza una sola vez, antes de desecharlos. No son estúpidos. Pero pueden pecar de exceso de confianza. Algunos acaban contándonos muchas cosas, ocasionalmente útiles. Todo pasa al gran libro de la NSA/CIA, al que tenemos acceso desde nuestras terminales.

—Bien, ¿quién es ese individuo?

—Se llama Uda bin Sali. Familia rica, íntimos amigos del rey. El padre de familia es un banquero saudí muy decano. Tiene once hijos y nueve hijas. Cuatro esposas; un hombre de un vigor encomiable. Supuestamente, no es una mala persona, pero mima un poco con exceso a sus hijos. Les da dinero en lugar de prestarles atención, como los grandes personajes de Hollywood. Uda descubrió Alá a lo grande en la última etapa de la adolescencia y forma parte de la extrema derecha de la rama wahhabi del islamismo sunnita. No siente mucha simpatía por nosotros. Le seguimos la pista. Puede que nos permita penetrar en su organización bancaria. En su ficha de la CIA hay una foto. Tiene unos veintisiete años, mide metro setenta y dos, está delgado y lleva una pulcra barba. Vuela frecuentemente a Londres. Le gustan las damas que puede alquilar por horas. Todavía no está casado. Eso es inusual, pero si es homosexual lo disimula perfectamente. Los británicos han metido a chicas en su cama. Según sus informes, es un chico vigoroso, como es de esperar a su edad, y bastante imaginativo.

—Menuda tarea para un agente profesional de inteligencia —comentó Jack.

—Muchos servicios secretos utilizan la ayuda de prostitutas —explicó Wills—. No les importa hablar, y por un buen fajo de dinero están dispuestas a hacer casi cualquier cosa. A Uda le gusta el «pollo encestado». Yo nunca lo he probado. Es una especialidad asiática. ¿Sabe cómo consultar su ficha?

—Nadie me lo ha enseñado —respondió Jack.

—Bien —dijo Wills, al tiempo que se acercaba con su silla con ruedas para hacerle una demostración—. Esto es el índice general. Su contraseña de acceso es SOUTHWEST91.

Jack escribió la contraseña y apareció la ficha como archivo gráfico de Acrobat.

Después de la primera foto, probablemente de su pasaporte, había otras seis menos formales. Jack hijo logró no ruborizarse. Incluso en las escuelas católicas había visto una buena colección de revistas *Playboy*.

—Se puede aprender mucho de la forma en que un chico se relaciona con las mujeres —prosiguió Wills—. En Langley hay un psiquiatra que lo analiza detalladamente. Probablemente consta en uno de los anexos de su ficha. En Langley lo denominan información de «locos y putas». El doctor se llama Stefan Pizniak. Es catedrático de la Facultad de Medicina de Harvard. Si mal no recuerdo, dice que los impulsos de ese chico son normales, dada su edad, sus medios económicos y el entorno social del que procede. Como podrá comprobar, alterna frecuentemente con ejecutivos de bancos mercantiles londinenses, como un joven aprendiz del negocio. Se dice que es listo, cortés y apuesto. Cuidadoso y conservador respecto al dinero. No bebe. Es bastante religioso. No lo demuestra ni intenta convencer a los demás, pero vive según las reglas principales de su religión.

—¿Qué lo convierte en un malvado? —preguntó Jack.

—Habla mucho con personas que conocemos. No se sabe con quién se relaciona en Arabia Saudí. Nunca hemos cubierto su propio patio. Ni siquiera los británicos, que disponen de muchos más medios en el lugar. La CIA no tiene gran cosa, y su perfil no es suficientemente importante para justificar una investigación más a fondo, o al menos eso creen. Es una lástima. Su padre parece ser una buena persona. Se llevará un gran disgusto cuando descubra la gente con la que su hijo se relaciona en su país.

Dicho esto, Wills regresó a su propio escritorio.

Jack examinó el rostro en la pantalla de su ordenador. Su madre era bastante hábil para interpretar los rasgos de una persona con una sola ojeada, pero él no había heredado dicha aptitud. Tenía bastante dificultad en comprender a las mujeres, así como a la mayoría de los hombres, pensó para su consuelo. Siguió mirando fijamente aquella cara, intentando leer la mente de alguien que se encontraba a diez mil kilómetros de distancia, que hablaba otro idioma y pertenecía a otra religión. ¿Qué pensamientos circulaban tras aquellos ojos? Sabía que a su padre le gustaban los saudíes. Era especialmente amigo del príncipe Ali bin Sultan, un alto ejecutivo del gobierno saudí. El joven Jack lo había conocido, pero sólo superficialmente. Su barba y su sentido del humor eran las dos únicas cosas que recordaba. Era una de las creencias esenciales de Jack padre que todos los hombres eran fundamentalmente iguales, y su hijo había heredado dicha opinión. Pero eso también significaba que, al igual que había malas personas en Norteamérica, también las había en el resto del mundo, como desgraciadamente lo habían comprobado hacía poco en su país. Lamentablemente, el presidente actual todavía no había decidido qué hacer al respecto.

Jack siguió leyendo el expediente. De modo que así era como había empezado en El Campus. Trabajaba en un caso, bueno, rectificó, intentaba dilucidar una especie de caso. Uda bin Sali actuaba como un banquero internacional. Indudablemente movía dinero de un lado para otro. ¿El dinero de su padre?, se preguntó Jack. En tal caso, su padre era un cabrón muy acaudalado. Trabajaba con todos los grandes bancos londinenses, y Londres era todavía la capital bancaria del mundo. A Jack nunca se le habría ocurrido que la NSA tuviera la capacidad de descifrar ese género de cosas.

Cien millones por aquí, cien millones por allá, pronto se empezaba a hablar de dinero realmente en serio. Sali estaba en el negocio de conservación de capital, lo que no significaba tanto aumentar el dinero que se le había confiado como asegurarse de que estaba realmente a buen recaudo. Había setenta y una cuentas subsidiarias, sesenta y tres de las cuales al parecer identificadas por banco, número y contraseña. ¿Mujeres? ¿Política? ¿Deportes? ¿Administración financiera? ¿Coches? ¿Petróleo? ¿De qué hablaban los acaudalados príncipes saudíes? Ésa era una gran laguna en el expediente. ¿Por qué no escuchaban los británicos sus conversaciones? Las entrevistas con sus prostitutas no habían revelado gran cosa, salvo que daba buenas propinas a las chicas que le habían hecho pasar un rato especialmente bueno, en su casa de Berkeley Square. A Jack no le pasó inadvertido que era un barrio particularmente elegante. Se desplazaba generalmente en taxi. Tenía un coche, ni más ni menos que un Aston Martin negro descapotable, pero según los informes británicos no lo conducía a menudo. No tenía chófer. Iba con mucha frecuencia a la embajada. En general, el expediente contenía abundante información que no revelaba gran cosa y se lo comentó a Tony Wills.

—Sí, lo sé, pero si su comportamiento llegara a ser sumamente sospechoso, habría dos o tres cosas en estas páginas que deberían habernos saltado a la vista. Ése es el problema con este maldito trabajo. Y no olvide que nosotros vemos la «toma» procesada. Algún pobre diablo ha tenido que examinar los datos en bruto y convertirlos en este extracto. ¿Qué hechos significativos se han perdido por el camino? No hay forma de saberlo, muchacho. Vaya usted a saber.

«Eso es lo que solía hacer mi padre —se recordó a sí mismo el joven Jack—, intentar encontrar diamantes en un cubo lleno de mierda.» De algún modo, esperaba que fuera más fácil. Lo que debía encontrar eran las transferencias de dinero difícilmente explicables. Era la peor clase de exploración, y ni siquiera podía acudir a su padre para pedirle consejo. Probablemente se llevaría un gran susto si supiera que trabajaba allí. A su madre tampoco le encantaría.

¿Por qué debía eso importarle? ¿No era ahora un adulto, capaz de decidir lo que quisiera hacer con su propia vida? No exactamente. Los padres ejercían un poder sobre sus hijos que nunca desaparecía. Siempre intentaría complacerlos, demostrarles que le habían proporcionado una buena educación y que hacía lo correcto. O algo por el estilo. Su padre había tenido suerte. Nunca habían descubierto las cosas que se había visto obligado a hacer. ¿Les habrían gustado?

No. Todos los riesgos que había corrido en la vida les habrían disgustado, puesto furiosos, pensando sólo en lo que su hijo sabía. Pero había muchas lagunas en su memoria, períodos en los que su padre no estaba en casa sin que su madre explicara el porqué... y ahora estaba allí, si no haciendo lo mismo, encaminado indudablemente en esa misma dirección... Bueno, su padre siempre había dicho que el mundo era una locura y ahora estaba allí, deduciendo hasta qué punto podía llegar realmente a serlo.

Capítulo siete

TRÁNSITO

Empezó en el Líbano con un vuelo a Chipre. De allí en un vuelo de KLM al aeropuerto de Schipol en Holanda y luego a París. En Francia, los dieciséis se hospedaron en ocho hoteles diferentes, con tiempo suficiente para pasear por las calles y practicar su inglés, ya que, después de todo, no habría valido la pena obligarlos a aprender el francés e intentar relacionarse con una población local que podía haber sido más amable. Lo bueno, desde su punto de vista, fue que ciertas hembras francesas hicieron un verdadero esfuerzo para hablar un buen inglés y portarse con suma amabilidad. Pagando, claro.

Eran personas corrientes en casi todos los detalles, todos ellos de cerca de treinta años, bien afeitados, de altura y corpulencia medias, pero mejor vestidos que la mayoría. Todos ocultaban eficazmente su inquietud, a pesar de sus prolongadas miradas, aunque furtivas, a los policías con los que se encontraban, conscientes de que no debían llamar la atención de ningún agente uniformado. La policía francesa era conocida por su meticulosidad, lo cual no atraía a los nuevos visitantes. Actualmente viajaban con pasaportes de Qatar, que eran bastante seguros, aunque documentos expedidos por el propio ministerio francés de Exteriores no pasarían una inspección detenida. Por consiguiente, actuaban con discreción. A todos se les había indicado no mirar demasiado, ser corteses y procurar sonreír a las personas con las que se cruzaran. Afortunadamente para ellos, era temporada turística en Francia y París estaba abarrotado de personas como ellos, la mayoría de las cuales tampoco hablaban mucho francés, para desconcierto y desdén de los parisinos, que no por ello dejaban de aceptar siempre su dinero.

El desayuno del día siguiente no había concluido con ninguna nueva explosión de revelaciones, ni tampoco el almuerzo. Los dos hermanos Caruso escuchaban las lecciones de Pete Alexander, procurando no adormecerse, porque el tema parecía bastante sencillo.

—¿Les parece aburrido? —preguntó Pete durante el almuerzo.

—Bueno —respondió Brian después de unos segundos—, nada de ello parece particularmente trascendental.

—Comprobarán que es ligeramente diferente en una ciudad extranjera, por la calle o en un mercado, por ejemplo, cuando busquen a un individuo entre una multitud de varios millares de personas. Lo importante es ser invisible. Esta tarde nos ocuparemos de ello. ¿Ha tenido usted alguna experiencia de este género, Dominic?

—Realmente, no. Sólo lo básico. No mirar directamente al sujeto. Prendas reversibles. Diferentes corbatas, si uno está en un entorno donde se usen. Y siempre pendiente de otros para abandonar la cobertura. Pero no creo que aquí dispongamos del mismo apoyo que en el FBI para llevar a cabo una vigilancia discreta.

—Ni de lejos. Por tanto, deben mantenerse alejados hasta que llegue el momento de intervenir. Entonces, deben actuar con la máxima rapidez que permitan las circunstancias...

—¿Y aniquilar al individuo? —preguntó Brian.

—¿Todavía se siente incómodo en ese sentido?

—Aún no me he retirado, Pete. Dejémoslo en que algo me preocupa.

—De acuerdo —asintió Alexander—. Preferimos a las personas que sepan pensar, y sabemos que pensar acarrea sus propios castigos.

—Supongo que ésa es la forma de interpretarlo. ¿Qué ocurre si el individuo al que tenemos previsto eliminar resulta ser una buena persona? —preguntó el marine.

—Entonces se retira y nos lo comunica. Es teóricamente posible que la misión sea errónea, pero que yo sepa nunca se ha dado el caso.

—¿Nunca?

—Jamás, ni una sola vez —aseguró Alexander.

—La perfección me inquieta.

—Procuramos ser cuidadosos.

—¿Cuáles son las reglas? Comprendo que de momento puede no ser necesario saber quién nos manda matar a alguien, pero estaría bien conocer el criterio que se utiliza para firmar una sentencia de muerte.

—Será alguien que, directa o indirectamente, haya causado la muerte de ciudadanos norteamericanos, o que esté directamente involucrado en planes para hacerlo en el futuro. No perseguimos a la gente que canta demasiado alto en la iglesia o que no devuelve los libros a la biblioteca cuando corresponde.

—Está hablando de terroristas, ¿no es cierto?

—En efecto —respondió escuetamente Pete.

—¿Por qué no limitarse a detenerlos? —preguntó Brian.

—¿Como usted en Afganistán?

—Aquello era diferente —protestó el marine.

—¿En qué sentido? —quiso saber Pete.

—Por una parte, éramos combatientes uniformados en un campo de batalla, a las órdenes de una autoridad legalmente constituida.

—Usted tomó cierta iniciativa, ¿no es cierto?

—Se supone que los oficiales deben utilizar la cabeza. Pero las órdenes de la misión procedían de la cadena de mando.

—¿Y usted no las cuestiona?

—No. A no ser que sean descabelladas, se supone que no deben cuestionarse.

—¿Y cuando dejar de hacer algo fuera una locura? —preguntó Pete—. ¿Y si tuviera la oportunidad de actuar contra alguien que se propusiera hacer algo muy destructivo?

—Para eso están la CIA y el FBI.

—¿Pero qué ocurre cuando por una razón u otra ellos no pueden hacerlo? ¿Hay que dejar que los malos sigan adelante con sus planes y ocuparse luego de ellos? Eso puede salir caro —dijo Alexander—. Nuestro trabajo consiste en hacer cosas que son necesarias, cuando no se dispone de métodos convencionales para cumplir la misión.

—¿Con qué frecuencia? —preguntó Dominic, para apoyar a su hermano.

—Creciente.

—¿A cuántas personas han eliminado? —preguntó ahora Brian.

—No precisan saberlo.

—Cómo me gusta oír eso. —Dominic sonrió.

—Paciencia, muchachos. Aún no pertenecen al club —dijo Pete, con la esperanza de que fueran suficientemente listos para no protestar en ese momento.

—De acuerdo, Pete —dijo Brian, después de reflexionar unos

instantes—. Ambos hemos dado nuestra palabra de que lo que aprendamos no saldrá de aquí. Lo que ocurre es que asesinar a sangre fría no es exactamente para lo que me han formado.

—No se supone que deba sentirse bien al respecto. Cuando estaba en Afganistán, ¿disparó a alguien que mirara en otra dirección?

—A dos de ellos —reconoció Brian—. El campo de batalla no son las Olimpiadas —protestó a medias.

—Tampoco lo es el resto del mundo, Aldo. —«Qué duda cabe», decía el rostro del marine—. Vivimos en un mundo imperfecto, muchachos. Si quieren intentar perfeccionarlo, háganlo, pero otros ya lo han intentado. Personalmente, me contento con algo más seguro y más previsible. Imaginen que alguien se hubiera ocupado de Hitler en 1934 más o menos, o de Lenin en 1915, cuando estaba en Suiza. ¿No creen que el mundo habría sido un lugar mejor? O tal vez malo, pero diferente. En todo caso, ése no es nuestro trabajo. No nos involucraremos en asesinatos políticos. Nosotros perseguimos a esas pequeñas aves de rapiña que matan a gente inocente, de forma que escapan a los procedimientos convencionales. No es el mejor sistema, lo sé. Todos lo sabemos. Pero algo es algo, e intentaremos comprobar si funciona. No puede ser mucho peor que ahora, ¿no les parece?

Los ojos de Dominic nunca abandonaron el rostro de Pete mientras hablaba. Acababa de revelarles algo que tal vez no tenía intención de decir. El Campus no disponía todavía de ningún asesino. Ellos iban a ser los primeros. Debían de haber depositado en ellos muchas esperanzas. Eso suponía mucha responsabilidad. Pero todo tenía sentido. Estaba claro que Alexander no les enseñaba a partir de su propia experiencia en el mundo real. Se suponía que un oficial de instrucción era alguien que había estado allí y lo había hecho. Ésa era la razón por la que la mayoría de los instructores de la academia del FBI eran agentes de campo experimentados. Podían contarle a uno las sensaciones. Pete sólo podía decirles lo que había que hacer. Pero en tal caso, ¿por qué los habían elegido a él y a Aldo?

—Lo comprendo, Pete —dijo Dominic—. Todavía no me marcho.

—Ni yo tampoco —agregó Brian—. Sólo quiero conocer las reglas.

Pete no les dijo que elaborarían las reglas sobre la marcha, pero poco tardarían en descubrirlo.

Los aeropuertos son iguales en todo el mundo. Con los buenos modales que les habían recomendado, facturaron todo el equipaje, esperaron en las salas indicadas, encendieron sus cigarrillos en las zonas destinadas a los fumadores y se pusieron a leer los libros que habían comprado en los quioscos del aeropuerto, o fingieron hacerlo. No todos tenían los conocimientos lingüísticos que habrían deseado. En pleno vuelo, comieron lo que les sirvieron y casi todos durmieron un rato. La mayoría ocupaban asientos en las filas de popa y al moverse se preguntaban a quiénes de sus compañeros volverían a ver dentro de unos días o unas semanas, según el tiempo que se tardara en calcular los detalles. Todos tenían la esperanza de reunirse pronto con Alá y recibir las recompensas de la lucha por su causa sagrada. Los más intelectuales entre ellos comprendían que incluso Mahoma, alabado y bendito fuera, tenía una capacidad limitada para comunicar la naturaleza del paraíso. Había tenido que explicárselo a gente que desconocía los aviones de reacción, los automóviles y los ordenadores. ¿Cuál era entonces su verdadera naturaleza? Debía de ser tan intensamente maravilloso que era indescriptible, pero aun así, un misterio todavía por descubrir. Y ellos lo descubrirían. La idea les proporcionaba cierta emoción, una especie de anticipación demasiado sublime para comentarla con los demás. Un misterio, pero infinitamente deseable. Y si al mismo tiempo otros debían reunirse a su vez con Alá, eso también estaba escrito en el gran libro del destino. De momento, todos echaban su siesta, disfrutaban del sueño de los justos, el sueño de los futuros santos mártires. Leche, miel y vírgenes.

Jack comprobó que cierto misterio envolvía a Sali. En su ficha de la CIA constaba incluso la longitud de su pene, en la sección de «locos y putas». Las prostitutas británicas afirmaban que era de tamaño medio, aunque extraordinariamente vigoroso en su aplicación y muy generoso con las propinas, lo cual agradaba a su sensibilidad comercial. Pero al contrario que la mayoría de los hombres, no hablaba mucho de sí mismo. Comentaba sobre todo la lluvia y el frío londinenses, y brindaba cumplidos a su compañera de turno, lo cual complacía su vanidad. Su regalo ocasional de un bonito bolso, Louis Vuitton en la mayoría de los casos, era bien recibido por sus «habituales», dos de las cuales presentaban sus informes en Thames House, la nueva sede de los servicios secretos británicos y de los servicios de seguridad. Jack se preguntó si recibirían dinero tanto de Sali como del gobierno de su majestad por los servicios prestados. Estaba seguro de que, con toda probabilidad, las chicas involucradas obtenían una buena recompensa, aunque seguramente Thames House no les regalaba zapatos ni bolsos.

—¿Tony?

—Dígame, Jack —respondió Wills, desde su escritorio.

—¿Cómo sabemos si ese Sali es un mal chico?

—No estamos seguros. No hasta que haga realmente algo, o interceptemos una conversación entre él y alguien que no nos guste.

—De modo que me limito a investigarlo.

—Efectivamente. Lo hará a menudo. ¿Le produce ya alguna sensación ese individuo?

—Es un cachondo hijo de puta.

—Es difícil ser rico y soltero, Jack, por si no lo había comprobado.

Jack parpadeó. Quizá se lo mereciera.

—De acuerdo, pero ni siquiera se me ocurriría pagar por ello, y él gasta un montón de dinero.

—¿Algo más? —preguntó Wills.

—No habla mucho.

—¿Eso qué indica?

Ryan se reclinó en su silla giratoria para reflexionar. Él tampoco hablaba mucho con sus chicas, por lo menos no de su nuevo trabajo. En el momento en que mencionaba las palabras «administración financiera», el mecanismo de autodefensa de las mujeres hacía que se adormecieran. ¿Tenía eso algún significado? Puede que sencillamente Sali no fuera hablador. Tal vez se sentía suficientemente seguro de sí mismo para no tener que impresionar a las chicas salvo con su dinero, siempre al contado y nunca con tarjetas de crédito. ¿Por qué? ¿Para evitar que se enterara su familia? Bueno, Jack tampoco hablaba con sus padres de su vida amorosa. En realidad, raras veces llevaba a una chica a la casa de sus padres. Su madre solía asustarlas. Curiosamente, no su padre. A las demás mujeres, la doctora Ryan les parecía una mujer poderosa, y si bien para la mayoría de las jóvenes eso era admirable, algunas se sentían gravemente intimidadas. Su padre ocultaba celosamente su poderío y se presentaba a los invitados de la familia como un individuo alto, canoso, distinguido y amable. Lo que más le gustaba era jugar a la pelota con su hijo en el jardín, con vistas a la bahía de Chesapeake, puede que por nostalgia de los viejos tiempos. Para eso tenía a Kyle. La menor de los Ryan estaba todavía en la escuela primaria, en la etapa en que empezaba a formular preguntas furtivas sobre Papá Noel, pero sólo cuando sus padres no estaban presentes. Probablemente uno de sus condiscípulos quería que todos supieran lo mismo que él, siempre había uno de ésos, y a esas alturas Katie había empezado a despertar. Todavía jugaba con Barbies, pero sabía que sus padres compraban los juguetes en Glen Burnie y colocaban los regalos bajo el árbol de Navidad, cosa que a su padre le encantaba hacer, por mucho que protestara. Cuando uno dejaba de creer en Papá Noel, todo el maldito mundo empezaba a venirse abajo...

—Nos dice que no es muy hablador y poco más —respondió Jack, después de reflexionar unos instantes—. Se supone que no debemos confundir las deducciones con hechos, ¿no es cierto?

—Efectivamente. Mucha gente cree lo contrario, pero no aquí. Los supuestos son la madre de todos los desastres. Ese psiquiatra de Langley se especializa en elaboraciones. Es bueno, pero hay que aprender a distinguir entre hechos y especulaciones. De modo que hábleme del señor Sali —ordenó Wills.

—Es cachondo y habla poco. Administra de forma muy conservadora el dinero de su familia.

—¿Hay algo que indique que puede ser un malvado?

—No, pero vale la pena vigilarlo por sus ideas religiosas, aunque sería exagerado denominarlas extremistas. Aquí falta algo. No es bullicioso ni ostentoso, como suelen ser los ricos de su edad. ¿Quién le abrió este expediente? —preguntó Jack.

—Los británicos. Algo relacionado con ese individuo despertó el interés de uno de sus analistas decanos. Langley le echó una ojeada y abrió su propia ficha. Luego se le interceptó una conversación con un individuo que también tiene una ficha en Langley; no versó sobre nada importante, pero estaba ahí —explicó Wills—. Y tenga en cuenta que es mucho más fácil abrir una ficha que cerrarla. Su móvil está registrado en los ordenadores de la NSA y, por consiguiente, informan sobre él siempre que lo conecta. Yo también he examinado el expediente. Creo que vale la pena vigilarlo, pero no estoy seguro de por qué. En esta profesión, Jack, uno aprende a confiar en sus instintos. Por consiguiente, lo nombro experto de la casa en ese chico.

—¿Y debo averiguar cómo maneja su dinero...?

—Eso es. Ya sabe que no se necesita mucho para financiar a un puñado de terroristas, por lo menos para alguien de sus posibilidades. Un millón de dólares anuales es mucho dinero para esa gente. Viven al día y sus gastos no son excesivos. Por consiguiente, debe buscar en los márgenes. Lo más probable es que intente ocultar lo que haga, a la sombra de sus grandes transacciones.

—No soy contable —señaló Jack.

Su padre había obtenido el título de contable hacía mucho tiempo, pero nunca lo había utilizado, ni siquiera para su propia declaración de la renta. Para ello disponía de un bufete de abogados.

—¿Sabe aritmética?

—Sí, claro.

—Entonces agréguele olfato.

«Estupendo», pensó John Patrick Ryan hijo. Entonces se recordó a sí mismo que las operaciones de inteligencia no consistían en matar al malo y acostarse con Ursula Andress mientras aparecían los créditos. Eso ocurría sólo en las películas. Aquello era el mundo real.

—¿Tanta prisa tiene nuestro amigo? —preguntó Ernesto, considerablemente sorprendido.

—Eso parece. Los norteamericanos han sido muy duros con ellos últimamente. Supongo que quieren recordarles a sus enemigos que todavía tienen colmillos. Puede que para ellos sea una cuestión de honor —especuló Pablo, convencido de que su amigo lo entendería perfectamente.

—¿Alguna complicación?

—Si los norteamericanos se han infiltrado en nuestras organizaciones, puede que estén sobre aviso y hayan oído rumores de nuestra participación. Pero eso es algo que ya habíamos considerado.

«Sí, considerado brevemente —pensó Ernesto—, pero a una distancia conveniente.» Ahora llamaban a la puerta y había llegado el momento de volver a reflexionar. Sin embargo, no podía renegar del trato. Eso era también una cuestión de honor y de negocios. Preparaban un cargamento inicial de cocaína para la UE, que prometía convertirse en un mercado realmente extenso.

—¿Cuántos vienen?

—Dice que son catorce, sin ninguna clase de armamento.

—¿Qué crees que necesitarán?

—Automáticas ligeras, además de pistolas, claro está —respondió Pablo—. Disponemos de un suministrador en México que podrá facilitárselas por menos de mil dólares. Por otros diez, podemos ocuparnos de que se entreguen las armas a los usuarios en Norteamérica, a fin de evitar complicaciones en la frontera.

—Bueno, adelante. ¿Vas a desplazarte tú a México?

—Mañana por la mañana —respondió Pablo, asintiendo con la cabeza—. En esta primera ocasión, me ocuparé de la coordinación entre ellos y los coyotes.

—Debes tener cuidado —señaló Ernesto.

Sus sugerencias tenían la fuerza de un detonador. Pablo se exponía a ciertos riesgos, pero sus servicios eran muy importantes para el cártel. Sería difícil reemplazarlo.

—Por supuesto, jefe. Debo comprobar lo fiable que es esa gente, si van a ayudarnos en Europa.

—Desde luego —respondió cautelosamente Ernesto.

Como en la mayoría de los negocios, cuando llegaba el momento de entrar en acción, surgían las dudas. Pero no era una anciana. Nunca había tenido miedo de actuar con decisión.

El Airbus paró junto a la puerta correspondiente, los pasajeros de primera clase fueron los primeros autorizados a desembarcar, siguieron las líneas de colores en el suelo hasta el control de pasaportes y la aduana, donde aseguraron que no tenían nada que declarar, los funcionarios uniformados les sellaron los pasaportes y se dirigieron a recoger el equipaje.

El jefe del grupo se llamaba Mustafá. Era saudí de nacimiento e iba perfectamente afeitado, lo cual no le gustaba, a pesar de que exponía parte de su piel, que parecía ser del agrado de las mujeres. Después de recoger sus maletas, salió con su compañero Abdullah al lugar donde se suponía que los esperaban. Ése sería su primer encuentro con sus nuevos amigos en el hemisferio occidental. Efectivamente, alguien sostenía un cartón cuadrado con el nombre de «Miguel», que era el alias de Mustafá para aquella misión, y se le acercó a estrecharle la mano. El receptor no dijo nada, pero les indicó que lo siguieran. En el exterior esperaba una pequeña furgoneta Plymouth de color castaño. Colocaron el equipaje en la parte trasera y los pasajeros se instalaron en el asiento central. Hacía calor en Ciudad de México, y el aire era el más hediondo que habían respirado jamás. Un manto gris sobre la ciudad, de contaminación atmosférica a juicio de Mustafá, estropeaba lo que debería haber sido un día soleado.

El conductor siguió sin decir palabra, mientras los llevaba al hotel. Eso los impresionó. Si no había nada que decir, lo mejor era permanecer callado.

El hotel era bueno, como era de esperar. Mustafá se ocupó del registro con una Visa falsa, que había mandado con antelación por fax, y al cabo de cinco minutos él y su compañero estaban en su espaciosa habitación del quinto piso. Examinaron su entorno en busca de micrófonos, antes de hablar.

—Creía que ese maldito vuelo nunca terminaría —refunfuñó Abdullah, mientras examinaba el minibar en busca de agua embotellada.

Les habían advertido que tuvieran cuidado con el agua del grifo.

—Sí, estoy de acuerdo. ¿Cómo has dormido?

—Mal. Creía que lo bueno del alcohol era que te hacía perder el conocimiento.

—A algunos. No a todos —respondió Mustafá—. Para eso hay medicamentos.

—Esas sustancias ofenden a Dios —observó Abdullah—, a no ser que las recete un médico.

—Ahora tenemos amigos que no piensan de ese modo.

—Infieles —casi escupió Abdullah.

—El enemigo de tu enemigo es tu amigo.

Abdullah retiró el tapón de una botella de Evian.

—No. Se puede confiar en un verdadero amigo, pero ¿podemos confiar en esos hombres?

—Sólo hasta donde sea necesario —reconoció Mustafá.

Mohammed había sido cuidadoso en la preparación de aquella misión. Sus nuevos aliados los ayudarían sólo por conveniencia, porque también deseaban perjudicar al Gran Satán. De momento eso bastaba. Algún día esos aliados se convertirían en enemigos y deberían ocuparse de ellos. Pero ese día todavía no había llegado. Reprimió un bostezo. Había llegado el momento de descansar. El día siguiente sería un día ajetreado.

Jack vivía en un piso de Baltimore, a pocas manzanas del estadio de los Orioles en Camden Yards, donde tenía un abono de temporada, pero que esa noche estaba a oscuras porque los Orioles jugaban en Toronto. No era un buen cocinero, por lo que cenó fuera como de costumbre, solo en esa ocasión porque no tenía ninguna cita, cosa más común de lo que habría deseado. Cuando terminó regresó a su casa, encendió el televisor, luego cambió de opinión y se dirigió al ordenador, se conectó a internet, comprobó su correo electrónico y navegó un rato por la red. Entonces se le ocurrió. Sali también vivía solo, y aunque a menudo disfrutaba de la compañía de prostitutas, eso no ocurría todas las noches. ¿Qué hacía entonces? ¿Conectar el ordenador? Muchos lo hacían. ¿Habían intervenido los británicos sus líneas telefónicas? Debían de haberlo hecho. Pero el expediente de Sali no incluía ningún e-mail... ¿por qué? Era algo que valía la pena comprobar.

—¿En qué piensas, Aldo? —preguntó Dominic.

El canal de deportes transmitía un partido de béisbol entre los Mariners y los Yankees, para detrimento hasta el momento de los primeros.

—No estoy seguro de que me guste la idea de dispararle a algún pobre desgraciado en la calle, hermano.

—¿Aunque se trate de un malvado?

—¿Y si elimino al individuo equivocado porque conduce el mismo coche y lleva el mismo bigote? ¿Y si deja una viuda y unos huérfanos a su espalda? Entonces me convertiré en un jodido asesino, y para mayor inri, en un asesino a sueldo. Eso no fue lo que nos enseñaron en la academia.

—¿Pero y si estás seguro de que es un malvado? —preguntó el agente del FBI.

—Oye, Enzo, a ti tampoco te han entrenado para esto.

—Lo sé, pero la situación aquí es muy diferente. Si sé que el sujeto es un terrorista, que no podemos detenerlo y que tiene otros planes, creo que puedo dar cuenta de él.

—En las colinas de Afganistán, la información no era siempre fidedigna y, naturalmente, aprendí a jugarme la vida, pero no la de algún otro pobre desgraciado.

—La gente a la que allí perseguíais, ¿a quién había matado?

—Formaba parte de una organización que había declarado la guerra a Estados Unidos. Probablemente no eran boy scouts, pero nunca vi ninguna prueba directa.

—¿Y si lo hubieras hecho? —preguntó Dominic.

—No se dio el caso.

—Tuviste suerte —respondió Enzo, recordando a la niña con el cuello abierto de oreja a oreja.

En el mundo jurídico se decía que los casos más duros conducían a una mala aplicación de la ley, pero los libros no podían anticipar todo lo que hacía la gente. Los textos en blanco y negro eran a veces demasiado escuetos para el mundo real. Pero él siempre había sido el más apasionado de los dos. Brian solía ser un poco más sosegado, como Fonzie en *Happy days*. Sí, eran mellizos, pero no gemelos. Dominic era más parecido a su padre: italiano y apasionado. Brian había salido más a su madre, ligeramente más frío, como era propio de un clima más nórdico. Las diferencias podían parecerles insignificantes a un observador externo, pero para los propios mellizos eran a menudo objeto de bromas e insinuaciones.

—Cuando lo ves, Brian, cuando lo tienes ante tus ojos, te pone en marcha. Enciende un fuego en tus entrañas.

—Lo sé, lo he hecho, me han felicitado por ello, ¿de acuerdo? Eliminé personalmente a cinco individuos. Pero fue algo profesional, no personal. Intentaron tendernos una emboscada, pero no habían leído debidamente el manual y yo utilicé una combinación de fuego y maniobra para invertir la situación, como me lo habían enseñado. No es culpa mía que fueran unos ineptos. Podrían haberse rendido, pero prefirieron el enfrentamiento. Fue un error por su parte, pero un hombre debe hacer lo que cree que es mejor.

Para él, la mejor película de todos los tiempos era *Hondo*, de John Wayne.

—Oye, Aldo, no digo que seas un pelele.

—Sé lo que dices, ¿de acuerdo?, pero no quiero convertirme en uno de ellos.

—Ésta no es aquí nuestra misión, hermano. Yo también tengo mis dudas, pero voy a quedarme y a ver cómo evoluciona. Siempre podemos abandonarlo cuando queramos.

—Supongo.

En ese momento, Derek Jeter dobló en medio del campo. Probablemente los lanzadores lo consideraban un terrorista.

Al otro lado del edificio, Pete Alexander hablaba por una línea segura con Columbia, Maryland.

—¿Entonces cómo se desenvuelven? —preguntó Sam Granger.

Pete tomó un sorbo de su copa de jerez.

—Son buenos chicos. Ambos tienen dudas. El marine las manifiesta abiertamente, mientras que el del FBI mantiene la boca cerrada, pero los engranajes giran lentamente.

—¿Es grave?

—Es difícil asegurarlo. Oye, Sam, siempre hemos sabido que la parte difícil sería el entrenamiento. Pocos norteamericanos quieren convertirse en asesinos profesionales, por lo menos los que nosotros necesitamos.

—Había un individuo en la CIA que habría encajado perfectamente...

—Pero es demasiado viejo, y tú lo sabes —replicó Alexander—. Además, está jubilado al otro lado del charco, en Gales, y parece sentirse cómodo.

—Sí...

—Si tu tía tuviera huevos —señaló Pete—, sería tu tío. La selección de candidatos es tu trabajo. Su entrenamiento es el mío. Estos dos tienen la inteligencia y la pericia. Lo difícil es el temperamento. Trabajo en ello. Hay que ser paciente.

—En las películas es mucho más fácil.

—En las películas todos los personajes están al borde de la psicopatía. ¿Es ésa la clase de gente que queremos en nómina?

—Supongo que no.

Era fácil encontrar un montón de psicópatas. Todos los grandes departamentos de policía conocían unos cuantos, dispuestos a matar personas por modestas consideraciones monetarias, o pequeñas cantidades de droga. El problema con esos individuos era que no eran muy listos, ni obedecían necesariamente las órdenes. Salvo en las películas. ¿Dónde estaba esa pequeña Nikita cuando se la necesitaba?

—Por consiguiente, debemos tratar con personas buenas y fiables, que tengan cerebro. Esas personas piensan, y no siempre lo hacen de un modo previsible. Es agradable disponer de alguien que sea consciente, pero de vez en cuando se planteará si lo que hace es correcto. ¿Por qué has tenido que mandarme a dos católicos? Los judíos ya son bastante difíciles. Nacen con sensación de culpa, pero los católicos la adquieren en la escuela.

—Gracias, santidad —respondió Granger, en un tono impasible.

—Sam, hemos sabido desde el principio que esto no iba a ser fácil. Joder, me has mandado a un marine y a un agente del FBI. ¿Por qué no a un par de Eagle Scouts?

—Bueno, Pete, es tu trabajo. ¿Alguna idea de lo que puede durar? Se nos acumulan las tareas —observó Granger.

—Tal vez dentro de un mes sepa si seguirán o no adelante. Además de quién, necesitarán saber el porqué, pero eso siempre te lo he dicho —le recordó Alexander a su jefe.

—Es cierto —reconoció Granger.

Realmente era mucho más fácil en las películas. Bastaba deslizar los dedos por las páginas amarillas hasta la sección «servicio de asesinos». Al principio habían pensado en contratar a ex agentes del KGB. Todos habían recibido una formación profesional, todos necesitaban dinero y su tarifa actual era de veinticinco mil dólares por golpe, una menudencia, pero esa gente probablemente informaría al Centro de Moscú con la esperanza de que volvieran a contratarles, y entonces El Campus pasaría a ser conocido entre la comunidad «negra» global. No podían permitirlo.

—¿Qué hay de los nuevos juguetes? —preguntó Pete.

Tarde o temprano tendría que entrenar a los mellizos, con las nuevas herramientas del oficio.

—Dos semanas, según dicen.

—¿Tanto tiempo? Joder, Sam, lo propuse hace nueve meses.

—No es algo que se pueda comprar en la tienda local de repuestos de coches. Hay que fabricarlos a partir de cero. Se precisan torneros muy expertos en lugares remotos, que no formulen preguntas.

—Ya te dije que utilizaras a los individuos que hacen esa clase de cosas para las fuerzas aéreas. Siempre están elaborando ingeniosos artilugios.

Como magnetófonos que cabían en un encendedor de cigarrillos, inspirados probablemente en las películas de espías. Y cuando el gobierno precisaba algo especial, casi nunca disponía del personal para elaborarlo, por lo que recurría a contratistas civiles que recibían el dinero, hacían el trabajo y mantenían la boca cerrada, porque aspiraban a conseguir otros contratos.

—Están en ello, Pete. Dos semanas —recalcó.

—Entendido. Hasta entonces tengo todas las pistolas con silenciador que necesito. Ambos se desenvuelven satisfactoriamente con sus ejercicios de localización y seguimiento. Es una ventaja que su aspecto sea perfectamente corriente.

—Resumiendo, ¿todo va bien? —preguntó Granger.

—Sí, salvo por lo que te he comentado de la conciencia.

—De acuerdo, mantenme informado.

—Lo haré.

—Hasta luego.

Alexander colgó el teléfono. Malditas conciencias, pensó. Sería agradable disponer de robots, pero probablemente alguien los detectaría caminando por la calle. Y eso sería inaceptable. O quizá el hombre invisible, aunque en la narración de H. G. Wells la droga que lo convertía en invisible también lo volvía loco y la situación ya era bastante demencial. Vació su copa de jerez y luego, pensándolo mejor, volvió a llenarla.

Capítulo ocho

CONVICCIÓN

Mustafá y Abdullah se levantaron al amanecer, recitaron sus oraciones matutinas, desayunaron y conectaron sus ordenadores para comprobar su correo electrónico. Como era de esperar, Mustafá había recibido un e-mail de Mohammed, en el que le reenviaba un mensaje de alguien supuestamente llamado Diego, con instrucciones para un encuentro a las diez y media de la mañana, hora local. Examinó el resto de los mensajes, en su mayoría, algo que los norteamericanos llamaban «spam». Descubrió que ése era el nombre de un producto porcino enlatado, cosa que parecía perfectamente apropiada. Poco después de las nueve salieron ambos a la calle, por separado, sobre todo para activar la circulación sanguínea y examinar el barrio. Observaron cuidadosa pero furtivamente si alguien los seguía y comprobaron que nadie lo hacía. Llegaron al lugar previsto para el encuentro a las diez y veinticinco.

Diego ya estaba allí, leyendo un periódico, con una camisa blanca de rayas azules.

—¿Diego? —preguntó amablemente Mustafá.

—Tú debes de ser Miguel. —El contacto sonrió, al tiempo que se levantaba para estrecharle la mano—. Por favor, siéntate —agregó Pablo mientras escudriñaba el entorno y comprobaba que ahí estaba el apoyo de «Miguel», sentado y vigilando como un profesional, mientras pedía un café—. ¿Qué te parece Ciudad de México?

—No sabía que fuera tan grande y ajetreada —respondió Mustafá, gesticulando en dirección a las aceras, repletas de gente que circulaba en todas direcciones—. Y el aire es hediondo.

—Aquí es ése el problema. Las montañas retienen la contaminación. Ha de soplar un buen viento para limpiar el aire. ¿Café?

Mustafá asintió. Pablo llamó al camarero y levantó la cafetera. La terraza del café era de estilo europeo, aunque no estaba excesivamente abarrotada. Aproximadamente la mitad de las mesas estaban ocupadas por grupos que hablaban de negocios o para entretenerse, sin interesarse por los demás. Llegó la nueva cafetera. Mustafá se sirvió una taza y esperó a que su interlocutor hablara.

—Bien, ¿qué puedo hacer por vosotros?

—Estamos todos aquí, como se nos ha indicado. ¿Cuándo podemos salir?

—¿Cuándo queréis salir? —preguntó Pablo.

—Estaría bien esta misma tarde, pero tal vez sea un poco precipitado para vosotros.

—Sí. ¿Pero qué te parece mañana, a eso de la una del mediodía?

—Sería estupendo —respondió Mustafá, agradablemente sorprendido—. ¿Cómo cruzaremos la frontera?

—Debes comprender que yo no estaré personalmente involucrado, pero se os conducirá a la frontera y se os entregará a un especialista en introducir personas y ciertas mercancías en Norteamérica. Deberéis caminar unos seis kilómetros. Hará calor, pero no excesivo. Una vez en Norteamérica, se os conducirá a una casa franca en las afueras de Santa Fe, Nuevo México. A partir de allí, podéis volar a vuestros destinos o alquilar coches.

—¿Armas?

—¿Qué precisáis exactamente?

—Lo ideal serían AK-47.

Pablo negó inmediatamente con la cabeza.

—Eso no podemos suministrároslo, pero podemos conseguiros metralletas Uzi e Ingram calibre nueve milímetros Parabellum, con, por ejemplo, seis cargadores de treinta balas cada una.

—Más munición —dijo Mustafá de inmediato—. Doce cargadores, más tres cajas adicionales de munición para cada arma.

—Hecho —asintió Pablo.

El gasto adicional sería sólo de unos dos mil dólares. Tanto las armas como la munición procederían del mercado libre. Técnicamente podría rastrearse su origen y su comprador, pero el problema era más teórico que práctico. Las armas serían predominantemente Ingram, en lugar de las Uzi israelíes más perfectas y de mayor precisión, pero a esos individuos no les importaría. Quién sabe, puede que incluso tuvieran reparos religiosos o morales a tocar una arma judía.

—Dime, ¿qué tenéis previsto para gastos de viaje?

—Tenemos cinco mil dólares norteamericanos en metálico cada uno.

—Podéis utilizar el dinero para gastos menores, como comida y gasolina, pero para todo lo demás necesitaréis tarjetas de crédito. Los norteamericanos no aceptan dinero al contado para alquilar coches, ni para comprar billetes de avión.

—Las tenemos —respondió Mustafá.

Tanto él como los demás miembros del equipo disponían de tarjetas Visa, expedidas en Bahrein. Incluso tenían números consecutivos. Estaban todas vinculadas a una cuenta en un banco suizo, con un saldo disponible de poco más de quinientos mil dólares. Suficiente para sus propósitos.

Pablo se percató de que el nombre de la tarjeta era John Peter Smith. Bien. El encargado de organizarlas no había cometido el error de utilizar nombres característicos de Oriente Próximo. Siempre y cuando la tarjeta no cayera en manos de un agente de policía, que le preguntara al señor Smith exactamente de dónde procedía. Confiaba en que los hubieran informado acerca de la policía norteamericana y sus costumbres.

—¿Otros documentos? —preguntó Pablo.

—Nuestros pasaportes son de Qatar. Tenemos permisos de conducir internacionales. Todos hablamos un inglés aceptable y sabemos interpretar mapas. Conocemos las leyes norteamericanas. Respetaremos los límites de velocidad y conduciremos con cuidado. El clavo que sobresale recibe un martillazo. Por consiguiente, no llamaremos la atención.

—Bien —observó Pablo, satisfecho de que hubieran recibido información y de que algunos incluso quizá la recordaran—. Recordad que una sola equivocación puede estropear por completo la misión. Y es fácil equivocarse. Norteamérica es un país donde es sencillo vivir y circular, pero su policía es muy eficaz. Si no llamáis la atención, estaréis a salvo de ellos. Por consiguiente, debéis evitar que se fijen en vosotros. Si no lo hacéis, podríais estar condenados al fracaso.

—Diego, no fracasaremos —prometió Mustafá.

«¿Fracasar en qué? —se preguntó Pablo, pero se lo calló—. ¿A cuántas mujeres y niños mataréis?» Aunque, en realidad, eso no le importaba. Era una manera cobarde de matar, pero las reglas del honor en la cultura de sus «amigos» eran diferentes de las suyas. Eso era un negocio y no precisaba saber nada más.

Cinco kilómetros, flexiones de brazos, café para terminar; así era la vida en el sur de Virginia.

—Brian, ¿solía usted ir armado?

—Generalmente, con una M16 y cinco o seis cargadores de repuesto, Pete. Además de granadas de fragmentación que formaban parte del equipo básico.

—En realidad me refería a armas cortas.

—Una Beretta M6 es a lo que estoy acostumbrado.

—¿Buen tirador?

—Está en mi informe. En Quantico me calificaron de experto, al igual que a casi todos los de mi promoción. Nada de especial.

—¿Solía llevarla consigo?

—¿Se refiere de paisano? No.

—Pues acostúmbrese.

—¿Es legal? —preguntó Brian.

—En Virginia, si no tiene antecedentes, se le concede un permiso para llevar una arma oculta. ¿Y usted, Dominic?

—Todavía pertenezco al FBI, Pete. Me siento como desnudo en la calle sin un acompañante.

—¿Qué arma lleva?

—Smith & Wesson 1076 de doble acción. Dispara cartuchos de diez milímetros. Últimamente el cuerpo se ha decantado por las Glock, pero yo prefiero la Smith.

«Y no he grabado ninguna muesca en la culata», no agregó, aunque lo había pensado.

—Bien, cuando salgan de aquí, quiero que ambos vayan armados, sólo para hacerse a la idea, ¿de acuerdo, Brian?

—Muy bien —respondió, encogiéndose de hombros.

Sería infinitamente más cómodo que acarrear una mochila de treinta kilos a la espalda.

Había mucho más que Sali, evidentemente. Jack se ocupaba en total de once personas diferentes, todas ellas de Oriente Próximo y dedicadas a las finanzas. El único europeo que había entre ellos vivía en Riyadh. Era alemán, pero se había convertido a la fe islámica, y eso había extrañado suficientemente a alguien para someterlo a vigilancia electrónica. El alemán que Jack había aprendido en la universidad bastaba para leer sus e-mails, aunque éstos no revelaban gran cosa. Había adoptado claramente las costumbres indígenas y ni siquiera bebía cerveza. Era evidentemente popular entre sus amigos saudíes; una característica de los musulmanes era que, a condición de que uno obedeciera sus reglas y rezara correctamente, no les importaba su aspecto. Habría sido admirable, de no haber sido porque la mayoría de los terroristas del mundo entero rezaban mirando a La Meca. Pero Jack se recordó a sí mismo que eso no era culpa del islamismo. La misma noche en que él nació, alguien había intentado matarlo todavía en el vientre de su madre, y los agresores se definían como católicos. Los fanáticos eran fanáticos en el mundo entero. La idea de que alguien había intentado asesinar a su madre bastaba para impulsarlo a coger su Beretta 40. En cuanto a su padre, era perfectamente capaz de cuidar de sí mismo, pero meterse con las mujeres significaba pasarse en gran medida de la raya y ése era un paso único y unidireccional. No había vuelta atrás.

Evidentemente no recordaba nada al respecto. Antes de ingresar en la escuela primaria, todos los perpetradores habían ido a reunirse con su creador, por cortesía del estado de Maryland, y sus padres nunca habían hablado de ello. Pero sí su hermana Sally, que todavía tenía pesadillas. Se preguntó si sus padres también las tenían. ¿Acababan por olvidarse esa clase de hechos? Había visto reportajes en el History Channel que sugerían que las imágenes de combate de la segunda guerra mundial asediaban todavía a los veteranos por la noche, y desde entonces habían transcurrido sesenta años. Esa clase de recuerdos debía de ser una maldición.

—¿Tony?

—Sí, Jack.

—Ese individuo, Otto Weber, ¿por qué nos ocupamos de él? Parece tan emocionante como un helado de vainilla.

—Si usted fuera un malvado, ¿cree que lo anunciaría con un rótulo luminoso a la espalda, o procuraría agazaparse entre la hierba?

—Con las serpientes —agregó Jack—. Ya sé que buscamos pequeños detalles.

—Como ya le dije, agregue olfato a sus conocimientos de aritmética de cuarto curso. Está en lo cierto, buscamos cosas que son *supuestamente* casi invisibles. He ahí lo realmente divertido de este trabajo. Y las pequeñas cosas inocentes son generalmente pequeñas cosas inocentes. Si descarga pornografía de la red, no lo hace porque es un terrorista, sino porque es un pervertido, y eso no se castiga con la pena capital en la mayoría de los países.

—Apuesto a que sí en Arabia Saudí.

—Probablemente, pero no creo que lo persigan.

—Tenía entendido que eran todos unos puritanos.

—Allí, un hombre se guarda la libido para sí mismo. Pero si alguien hace algo con un menor, tiene problemas graves. Arabia Saudí es un lugar donde conviene obedecer la ley. Uno puede aparcar su Mercedes, dejar las llaves en el contacto y encontrar el coche en el mismo lugar a su regreso. Aquí es imposible incluso en Salt Lake City.

—¿Ha estado allí? —preguntó Jack.

—Cuatro veces. La gente es amable, siempre y cuando se la trate debidamente, y si hace una amistad con alguien, es para toda la vida. Pero sus reglas son diferentes y el precio por quebrantarlas puede ser muy alto.

—¿Entonces Otto Weber obedece las reglas?

—Efectivamente —asintió Wills—. Se ha sumergido plenamente en el sistema, religión incluida. Por eso les gusta. La religión es el centro de su cultura. Cuando alguien se convierte y vive según las reglas islámicas, aporta validez a su mundo, y eso les gusta, como le gustaría a cualquiera. Pero no creo que Otto nos interese. Las personas que buscamos son sociópatas. Pueden darse en cualquier parte. Algunas culturas las descubren temprano y las cambian, o las eliminan. Otras culturas no lo hacen. Nosotros no somos tan eficaces como deberíamos serlo y sospecho que los saudíes probablemente lo son. Pero los que son realmente buenos pueden deslizarse en cualquier cultura, y algunos de ellos utilizan como disfraz la religión. El islamismo no es una fe para psicópatas, pero se puede pervertir para utilizar a esa clase de gente, al igual que el cristianismo. ¿Ha hecho algún curso de psicología?

—No, ojalá lo hubiera hecho —reconoció Ryan.

—Entonces cómprese algunos libros. Léalos. Encuentre personas con conocimientos de la materia y hágales preguntas. Preste atención a las respuestas.

Wills regresó a su ordenador.

«Mierda», pensó Jack. Ese trabajo no hacía más que empeorar. ¿Cuánto transcurriría hasta que se esperara de él que averiguara algo útil? ¿Un mes? ¿Un año? ¿Qué maldita nota se precisaba para aprobar en El Campus... y qué ocurriría concretamente cuando llegara a encontrar algo útil?

De vuelta a Otto Weber...

No podían permanecer todo el día en la habitación sin que la gente se preguntara por qué. Mustafá y Abdullah salieron a dar un paseo, después de tomar un almuerzo ligero en la cafetería. A tres manzanas de allí descubrieron un museo de arte. La entrada era gratuita, pero en su interior descubrieron por qué. Era un museo de arte moderno, y tanto sus cuadros como sus esculturas excedían en mucho su comprensión. Deambularon por sus salas un par de horas y ambos llegaron a la conclusión de que la pintura debía de ser barata en México. No obstante, eso les brindó la oportunidad de pulir su tapadera, mientras fingían admirar las porquerías que colgaban de las paredes y reposaban en el suelo.

Luego regresaron paseando a su hotel. Lo bueno era el tiempo. Hacía calor para la gente de extracción europea, pero a los visitantes árabes les resultaba bastante agradable, incluida la calima grisácea. Al día siguiente volverían a ver el desierto. Quizá por última vez.

Era imposible examinar todos los mensajes que circulaban por el ciberespacio todas las noches, incluso para una bien dotada institución gubernamental, y la NSA utilizaba programas informáticos para detectar frases clave. A lo largo de los años se habían identificado las direcciones electrónicas de algunos conocidos o supuestos terroristas, así como las de algunos supuestos enlaces, que estaban sometidas a vigilancia al igual que los ordenadores de los servidores de internet. En general, dada la enorme cantidad de espacio de almacenamiento que se utilizaba, constantemente llegaban a Fort Meade, Maryland, nuevos cargamentos de discos en blanco, que se introducían en los ordenadores principales a fin de que, si se identificaba a una de las personas seleccionadas, se examinaran sus e-mails desde hacía meses o incluso años. Si alguna vez habían jugado al gato y al ratón, eso era lo que hacían. Los malos sabían evidentemente que sus programas buscaban frases y palabras clave, y se habían acostumbrado a utilizar sus propios códigos, lo cual constituía su propia trampa, ya que los códigos proporcionaban una falsa sensación de seguridad que explotaba fácilmente una institución con setenta años de experiencia en la lectura de la mente de los enemigos de Norteamérica.

El proceso tenía sus límites. El uso excesivo de la información obtenida revelaba su detección, obligando a los sujetos a cambiar sus métodos de codificación y comprometiendo a la fuente. Por otra parte, si su utilización era demasiado escasa, era como si no la tuvieran. Lamentablemente, los servicios de inteligencia se inclinaban más hacia lo último que hacia lo primero. En teoría, la fundación de un nuevo Departamento de Seguridad Nacional había permitido crear un centro de intercambio de información amenazante, pero el tamaño de la gigantesca institución había entorpecido su funcionamiento desde el primer momento. La información estaba allí, pero en cantidades excesivas para ser procesada y con demasiados procesadores para obtener un producto viable.

Sin embargo, las viejas costumbres tardan en desaparecer. Con o sin organismo supervisor, los servicios de inteligencia permanecían intactos, y sus segmentos se comunicaban entre sí. Como siempre, saboreaban los comunicados del personal con acceso a información privilegiada... y esperaban que siguiera siendo así.

La forma principal de comunicación entre la NSA y la CIA consistía esencialmente en decir: «Esto es interesante, ¿qué os parece?» Eso se debía a que cada institución tenía sus propios valores y actitudes. Hablaban de un modo diferente. Pensaban de otro modo. En la medida en que llegaban a actuar, lo hacían también de forma distinta.

Pero por lo menos su pensamiento era paralelo, no divergente. En general, la CIA disponía de mejores analistas, mientras que la NSA era más eficaz para recoger información. Las dos reglas tenían excepciones, y en ambos casos los individuos de verdadero talento se conocían entre sí y hablaban esencialmente el mismo idioma.

Se aclaró al día siguiente por la mañana, con el intercambio institucional de mensajes. Un analista decano de Fort Meade lo mandó con el titular FLASH a su homólogo en Langley. Eso garantizó que llamara la atención en El Campus. Jerry Rounds lo vio en cabeza de sus mensajes electrónicos matutinos y lo llevó a la mesa de conferencias.

—«Esta vez les sacudiremos de lo lindo», dice ese individuo. ¿Qué puede significar? —se preguntó Jerry Rounds en voz alta.

Tom Davis había pasado la noche en Nueva York. Tenía un desayuno de trabajo con el personal de bonos y obligaciones de Morgan Stanley. Era molesto que las ocupaciones no le permitieran a uno hacer su trabajo.

—¿Es buena la traducción? —preguntó Hendley.

—La nota a pie de página dice que no hay problema alguno en ese sentido. El mensaje interceptado es claro y sin interferencias. Es una simple declaración en árabe culto, sin ningún matiz especial del que preocuparse —aseguró Rounds.

—¿Remitente y destinatario? —preguntó Hendley.

—El remitente es un individuo llamado Fa'ad, de apellido desconocido. Lo conocemos. Creemos que pertenece a su personal operativo de nivel medio, y se dedica a la planificación más que al trabajo de campo. Se encuentra en algún lugar de Bahrein. Sólo habla por su móvil cuando está en un coche en movimiento o en un lugar público, como un mercado o algo por el estilo. Nadie ha logrado seguirle la pista todavía. En cuanto al destinatario —prosiguió Bell—, es supuestamente un nuevo individuo, o con mayor probabilidad, un veterano con un nuevo teléfono clonado. Es un antiguo teléfono analógico y, por consiguiente, no han podido generar una gráfica osciloscópica de su voz.

—Por tanto, es de suponer que tienen una operación en marcha... —observó Hendley.

—Eso parece —reconoció Rounds—, de naturaleza y lugar desconocidos.

—Entonces no sabemos un carajo —exclamó Hendley mientras levantaba su taza de café, con unos surcos tan hondos en su frente que podían medirse en la escala de Richter—. ¿Qué van a hacer al respecto?

—Nada útil, Gerry —respondió Granger—. Han caído en una trampa lógica. Si hacen cualquier cosa, como aumentar el color en el arco iris de la amenaza, sonará la alarma, y lo han hecho ya tantas veces que resulta contraproducente. A no ser que revelen el texto y la fuente, nadie se lo tomará en serio. Si revelan algo, se quemará con seguridad la fuente.

—Y si no disparan la alarma, el Congreso los meterá lo que acabe sucediendo por el trasero.

A los políticos les resulta mucho más cómodo ser el problema que la solución. El vocerío improductivo era electoralmente ventajoso. Por consiguiente, la CIA y otros servicios seguirían trabajando para identificar a las personas de los móviles lejanos. Era un trabajo policial lento y poco lucido, que avanzaba a una velocidad que los enormemente impacientes políticos no podían dictar, y arrojar dinero al problema no mejoraba la situación, lo cual debía de ser doblemente frustrante para las personas que no sabían hacer otra cosa.

—De modo que se lo saltan a la torera y hacen algo que saben que no funcionará...

—... con la esperanza de que suceda un milagro —concluyó Granger, de acuerdo con su jefe.

Evidentemente se pondría sobre alerta a todos los cuerpos de policía de Norteamérica, pero nadie sabía con qué propósito o contra qué amenaza. Además, los policías nunca dejaban de buscar rostros árabes para interrogarlos, hasta el punto de que ya estaban hartos de una actividad casi siempre inútil, sobre la que la Unión Norteamericana de Libertades Civiles ponía ya el grito en el cielo. Había seis casos de árabes pendientes en distintos tribunales federales por conducir bajo los efectos del alcohol, en cuatro de los cuales había médicos implicados, y dos relacionados con estudiantes claramente inocentes, a los que la policía había tratado con excesiva violencia. Lo que resultara de dichos casos aportaría más desventajas que beneficios. Eso era lo que Sam Granger denominaba una trampa lógica.

La frente de Hendley se frunció un poco más. Estaba seguro de que otro tanto ocurría en media docena de organismos gubernamentales, que a pesar de su financiación y su personal eran tan útiles como los pezones de un macho cabrío.

—¿Hay algo que podamos hacer? —preguntó.

—Permanecer atentos y avisar a la policía si ocurre algo inusual —respondió Granger—. A no ser que tengas una pistola a mano.

—A fin de matar a algún desgraciado inocente, que esté estudiando inglés con el propósito de nacionalizarse —agregó Bell—. No vale la pena.

«Debería haberme quedado en el Senado», pensó Hendley. Por lo menos formar parte del problema aportaba sus satisfacciones. Era bueno desahogar su cólera de vez en cuando. Gritar allí era completamente contraproducente y malo para la moral del personal.

—Bien, entonces finjamos que somos ciudadanos corrientes —dijo finalmente el jefe.

Los demás ejecutivos asintieron y volvieron a su rutina cotidiana. Hendley le preguntó a Rounds cómo se desenvolvía el nuevo muchacho.

—Es suficientemente listo para formular un sinfín de preguntas. Le hago revisar enlaces conocidos o sospechosos, en busca de transferencias monetarias injustificadas.

—Si lo aguanta, que Dios lo bendiga —observó Bell—. Esto es para volverlo a uno loco.

—La paciencia es una virtud —señaló Gerry—. Aunque cueste un carajo conseguirla.

—¿Avisamos a todo nuestro personal sobre este mensaje interceptado?

—Más vale hacerlo —respondió Bell.

—Hecho —afirmó Granger en general.

—¡Mierda! —exclamó Jack, al cabo de quince minutos—. ¿Qué significa esto?

—Puede que lo sepamos mañana, la semana próxima... o jamás —respondió Will.

—Fa'ad... conozco ese nombre —dijo Jack, antes de volver a su ordenador y buscar ciertos archivos—. ¡Claro! Es el individuo de Bahrein. ¿Cómo no lo ha interrogado la policía local?

—Todavía no saben nada acerca de él. Su seguimiento hasta ahora ha sido cosa de la NSA, pero puede que la CIA intente averiguar algo más.

—¿Son tan buenos como el FBI en lo que concierne al trabajo policial?

—En realidad, no, no lo son. Reciben otro entrenamiento, pero no muy diferente de lo que haría una persona normal...

—¡Una mierda! —exclamó el joven Ryan—. Interpretar la personalidad de la gente es algo que los policías saben hacer. Es una habilidad adquirida y también hay que aprender a formular preguntas.

—¿Quién lo dice? —preguntó Wills.

—Mike Brennan. Era mi guardaespaldas. Aprendí mucho de él.

—Un buen espía también debe saber interpretar a la gente. Su vida depende de ello.

—Tal vez, pero si uno quiere que le arreglen la vista, acude a mi madre. Para el oído se dirige a otro especialista.

—De acuerdo, puede que así sea. Por ahora, investigue a nuestro amigo Fa'ad.

Jack volvió a concentrarse en su ordenador. Regresó a la primera conversación interesante interceptada. Luego reflexionó y retrocedió hasta el inicio, cuando algo le llamó la atención por primera vez.

—¿Por qué no cambia de teléfono?

—Puede que sea perezoso. Esos individuos son listos, pero también tienen puntos débiles. Adquieren ciertos hábitos. Son inteligentes, pero no han recibido una formación profesional, como los agentes del KGB u otros por el estilo.

La NSA disponía de una gran estación de escucha encubierta en Bahrein, situada en la embajada norteamericana y con el apoyo de los buques de la armada estadounidense que acudían a la zona con regularidad, pero sin que se los considerara una amenaza electrónica para el entorno. Los equipos de la NSA que navegaban habitualmente en los mismos llegaban a interceptar las llamadas de los móviles que la gente utilizaba en la playa.

—Ese individuo juega sucio —observó al cabo de un minuto—. Estoy seguro de que es un maleante.

—También ha sido un buen barómetro. Dice muchas cosas que nos parecen interesantes.

—Entonces alguien debería detenerlo.

—En Langley lo están pensando.

—¿Qué tamaño tiene la delegación de Bahrein?

—Seis personas. El jefe de la delegación, dos espías de campo y tres subalternos, para comunicaciones y todo lo demás.

—¿Eso es todo? ¿Sólo un puñado de personas?

—Efectivamente —confirmó Wills.

—Maldita sea. Acostumbraba a preguntarle sobre eso a mi padre y él solía limitarse a refunfuñar y a encogerse de hombros.

—Intentó con bastante ahínco incrementar la financiación y el número de empleados de la CIA, pero el Congreso no siempre estaba dispuesto a complacerlo.

—¿Hemos detenido alguna vez a alguien para, ya sabe, «charlar» con él?

—No últimamente.

—¿Por qué no?

—Falta de personal —respondió escuetamente Wills—. Hay algo curioso respecto a los empleados, todos esperan que se les pague. No somos una gran organización.

—¿Entonces por qué no le pide la CIA a la policía local que lo detenga? Bahrein es un país amigo.

—Amigo, pero no vasallo. También tiene sus propias ideas respecto a los derechos humanos, sólo que no coinciden con las nuestras. Además, no se puede detener a un individuo por lo que sabe y lo que piensa. Sólo por lo que haya hecho. Como puede comprobar, no sabemos que realmente haya hecho nada.

—Entonces ordenen a alguien que lo siga.

—¿Y cómo puede hacerlo la CIA, con sólo dos espías de campo?

—¡Joder!

—Bien venido al mundo real, Jack.

La CIA debería haber reclutado a algunos agentes, tal vez policías de Bahrein, para ayudarlos en esas tareas, pero eso todavía no había sucedido. El jefe de la delegación también podría haber solicitado más personal, evidentemente, pero los agentes que hablaran y parecieran árabes no abundaban en Langley, y mandaban los que tenían a destinos más evidentemente problemáticos.

El encuentro tuvo lugar como estaba previsto. Había tres vehículos, cada uno con su conductor correspondiente, que apenas dijeron palabra y además en español. El viaje fue agradable y lejanamente reminiscente de su país. Su conductor era cauteloso, no excedía el límite de velocidad ni hacía nada que pudiera llamar la atención, pero avanzaron regularmente. Casi todos los árabes fumaban cigarrillos y exclusivamente norteamericanos, como Marlboro. Mustafá también lo hacía y se preguntaba, como Mohammed lo había hecho antes que él, qué habría dicho el Profeta sobre el tabaco. Probablemente nada bueno, pero el caso era que no había dicho nada al respecto. Por tanto, Mustafá podía fumar tanto como le apeteciera. Después de todo, el peligro que pudiera suponer para su salud era ahora una preocupación casi inexistente. Esperaba vivir otros cuatro o cinco días, pero poco más, si las cosas funcionaban como estaba previsto.

Esperaba que su personal charlara animadamente, pero no lo hizo. Apenas dijeron palabra. Se limitaban a mirar perplejos el paisaje, mientras se deslizaban por una cultura sobre la que poco sabían y de la que nada más aprenderían.

—Bien, Brian, aquí tiene su permiso de armas —dijo Pete Alexander, entregándoselo.

Podría haberse tratado de un segundo permiso de conducir, y se lo guardó en la cartera.

—¿De modo que ahora seré legal en la calle?

—En la práctica, ningún policía le pondría trabas a un oficial de los marines por llevar una pistola, oculta o no, pero es preferible cuidar de todos los detalles. ¿Llevará su Beretta?

—Es a lo que estoy acostumbrado, y quince balas aumentan la seguridad. ¿Dónde se supone que debo llevarla?

—Usa una riñonera como ésta, Aldo —dijo Dominic, al tiempo que le mostraba una, abría la cremallera y en su interior había una pistola y dos peines de repuesto—. Muchos agentes la utilizan. Es más cómoda que una pistolera, que suele hincarse en los riñones durante los largos desplazamientos en coche.

De momento, Brian se colocaría la suya bajo el cinturón.

—¿Dónde vamos hoy, Pete?

—De nuevo al centro comercial. Más ejercicios de seguimiento.

—Estupendo —respondió Brian—. ¿Por qué no elaboran pastillas de invisibilidad?

—H. G. Wells se llevó la fórmula consigo.

Capítulo nueve

YENDO CON DIOS

Jack tardaba unos treinta y cinco minutos en trasladarse en coche al Campus, mientras escuchaba la edición matinal en la radio pública nacional, porque al igual que su padre, no escuchaba música contemporánea. Las semejanzas con su padre habían irritado y fascinado simultáneamente a John Patrick Ryan hijo, a lo largo de su vida. Había luchado contra las mismas durante la mayor parte de su adolescencia, procurando establecer su propia identidad en contraste con la formalidad de su progenitor, pero luego en la universidad había vuelto de alguna manera al redil, sin apenas percatarse de que lo hacía. Por ejemplo, le parecía hacer lo más sensato al citarse con chicas que pudieran ser buenas candidatas al matrimonio, aunque nunca había encontrado la ideal. Eso lo juzgaba inconscientemente con relación a su madre. Le molestaban los profesores de Georgetown que le decían lo de tal palo tal astilla, y al principio le parecía ofensivo, pero luego se percató de que su padre, después de todo, no era una mala persona. Podría haber sido peor. Había visto mucha rebeldía, incluso en una universidad tan conservadora como Georgetown, con sus tradiciones jesuíticas y su rigurosa intelectualidad. Algunos de sus condiscípulos habían llegado incluso a renegar públicamente de sus padres, ¿pero qué imbécil comete semejante idiotez? Por muy clásico y anticuado que fuera su progenitor, no había sido un mal padre. Nunca lo había acosado, siempre le había permitido seguir su propio camino y elegir su propio destino... ¿Tal vez convencido de que su decisión sería la correcta? No, su padre no podía haber sido tan propenso a la conspiración sin que él se percatara de ello.

Pensó en conspiraciones. Se había hablado mucho de ello en los periódicos y los medios populares. Su padre incluso había bromeado en más de una ocasión sobre la idea de que el cuerpo de marines pintara de negro su helicóptero «personal». Habría sido divertido, pensó Jack. En su caso, su padre sustitutivo había sido Mike Brennan, a quien había bombardeado regularmente con infinidad de preguntas, muchas de ellas sobre conspiraciones. Lo había decepcionado enormemente saber que los servicios secretos estadounidenses estaban plenamente convencidos de que Lee Harvey Oswald había asesinado a Jack Kennedy y, además, sin la ayuda de nadie. En su academia de Beltsville, a las afueras de Washington, Jack había tenido en las manos, e incluso había disparado, una réplica del rifle Mannlicher-Carcano de 6,5 milímetros que había arrebatado la vida al entonces presidente. Allí le habían facilitado toda la información sobre el caso, perfectamente satisfactoria para él, aunque no lo fuera para la industria de la conspiración, que con tanto fervor y espíritu comercial creía lo contrario. Estos últimos habían llegado incluso a sugerir que su padre, como ex funcionario de la CIA, había sido el beneficiario definitivo de una conspiración que había durado por lo menos cincuenta años, cuyo propósito específico era el de entregar a la CIA las riendas del gobierno. Sí, claro. Igual que la Comisión Trilateral, la Masonería Internacional y cualquier otra cosa que se les ocurriera a los autores de ficción. Tanto su padre como Mike Brennan le habían contado un montón de historias sobre la CIA, pocas de las cuales se vanagloriaban de la competencia de dicha institución federal. Funcionaba bastante bien, pero ni de lejos con la eficacia que proponía Hollywood. Claro que, después de todo, Hollywood probablemente creía que Roger Rabbit era real; ¿no era cierto que su imagen ganaba dinero?

No, la CIA tenía un par de grandes deficiencias... ¿y era El Campus un medio para subsanarlas...? He ahí la cuestión. «Maldita sea —pensó Jack cuando entraba en la ruta 29—, ¿era posible que, a fin de cuentas, los teóricos de la conspiración estuvieran en lo cierto...?» Su propia respuesta interna consistió en refunfuñar y hacer una mueca.

No, El Campus no era eso en absoluto, no como el SPECTRE de las antiguas películas de James Bond o el THRUSH de «El agente de CIPOL», en las reposiciones nocturnas. La teoría de la conspiración dependía de la capacidad de grandes cantidades de personas para mantener la boca cerrada, y como Mike le había recordado muchas veces, los malos eran incapaces de hacerlo. No había sordomudos en las prisiones federales, solía decir Mike, pero los idiotas de los delincuentes nunca acababan de comprenderlo.

Incluso las personas a las que investigaba tenían ese defecto, y se las suponía listas y altamente motivadas. O eso creían. Pero no, ni siquiera los malos en las películas guardaban silencio. Necesitaban hablar, y por la boca muere el pez. Se preguntó si las personas que cometían delitos precisaban presumir, o si necesitaban que otros los felicitaran por sus hazañas, de un modo perverso en el que todos estaban de acuerdo. Los individuos a los que investigaba eran musulmanes, pero había otros mahometanos. Tanto él como su padre conocían al príncipe Ali de Arabia Saudí, que era una buena persona y que le había regalado a su padre el sable que había inspirado su alias en el servicio secreto. Todavía los visitaba por lo menos una vez al año, porque los saudíes, cuando se hacían amigos, eran las personas más leales del mundo. Evidentemente, ayudaba el hecho de ser un ex presidente. O, en su caso, el hijo de un ex presidente, que ahora se abría camino en el mundo «de las tinieblas»...

«Maldita sea, ¿cómo reaccionará mi padre cuando lo sepa? —se preguntó Jack—. Se pondrá furioso. ¿Y mamá? Cogerá un auténtico berrinche.» Eso le provocó una carcajada cuando giraba a la izquierda. Pero su madre no tenía por qué saberlo. Su tapadera serviría para contentarla, así como a su abuelo, pero no a su padre. Su padre había contribuido a fundar aquel lugar. Quizá necesitara uno de esos helicópteros negros después de todo. Entró en su plaza de aparcamiento reservada, la número ciento veintisiete. El Campus no podía ser tan grande ni tan poderoso. No con menos de ciento cincuenta empleados. Cerró el coche y se dirigió al edificio, pensando que eso de empezar todas las mañanas a la misma hora era un fastidio. Sin embargo, no había otra forma de comenzar, más que por el principio.

Entró por la puerta trasera, como casi todos los demás, donde había un mostrador de recepción. El individuo que lo custodiaba era Ernie Chambers, ex brigada de la primera división de infantería. En su chaqueta azul de uniforme llevaba una pequeña insignia de la infantería de combate, por si alguien no lo identificaba por sus hombros y la mirada dura de sus ojos negros. Después de la primera guerra del Golfo, había abandonado la unidad de combate para convertirse en policía militar. Probablemente obligaba a cumplir la ley y dirigía el tráfico con bastante eficacia, pensó Jack, mientras lo saludaba con la mano.

—Hola, señor Ryan.
—Buenos días, Ernie.

—Buenos días, señor.

Para el ex combatiente, todo el mundo era «señor».

Eran dos horas antes en las afueras de Ciudad Juárez. La furgoneta entró en un aparcamiento y se detuvo junto a un grupo de cuatro vehículos. Detrás estaban las otras minifurgonetas, que los habían seguido hasta la frontera norteamericana. Los hombres despertaron y se apearon, para desentumecerse al aire fresco de la mañana.

—Aquí los dejo, señor —dijo el conductor, dirigiéndose a Mustafá—. Reúnanse con el hombre junto al Ford Explorer color castaño. Vayan con Dios, amigos —agregó amablemente para despedirse.

Mustafá se acercó al vehículo indicado y se encontró con un individuo bastante alto, que llevaba un sombrero estilo vaquero. No parecía muy aseado y su bigote necesitaba un recorte.

—Buenos días, me llamo Pedro. Yo los llevaré el resto del camino. ¿Son cuatro de ustedes los que van a viajar en mi coche?

—Efectivamente —asintió Mustafá.

—Hay botellas de agua en el interior del vehículo. Tal vez les apetezca algo de comer. Pueden comprar de todo en esa tienda —dijo gesticulando en dirección a un edificio.

Mustafá y sus colegas siguieron su consejo, y a los diez minutos subieron a los vehículos y emprendieron la marcha.

Se dirigieron al oeste, principalmente por la ruta 2. Los vehículos se separaron inmediatamente, rompiendo, por así decirlo, la formación. Eran cuatro grandes coches norteamericanos, estilo cuatro por cuatro, todos ellos cubiertos de una espesa capa de barro y mugre, para que no parecieran nuevos. El sol se había asomado por el horizonte a su espalda, proyectando sus sombras sobre el suelo amarillento.

Pedro parecía haber expresado todo lo que tenía que decir en el aparcamiento. Ahora no decía nada, aunque eructaba de vez en cuando y fumaba cigarrillos incesantemente. Tenía la radio sintonizada en una emisora de onda media y tarareaba al son de la música española. Los árabes guardaban silencio.

—Hola, Tony —dijo Jack a su llegada.

Su compañero de trabajo estaba ya frente a su ordenador.

—Hola —respondió Wills.

—¿Algo interesante esta mañana?

—No después de lo de ayer, pero Langley se plantea someter de nuevo a nuestro amigo Fa'ad a cierta vigilancia.

—¿Lo harán realmente?

—Quién sabe. El jefe de la delegación de Bahrein dice que necesita más personal para poder hacerlo, y ahora probablemente lo debaten los funcionarios de Langley.

—Mi padre solía decir que el gobierno lo dirigen realmente contables y abogados.

—No estaba muy equivocado, amigo. Pero sólo Dios sabe dónde encaja Ed Kealty. ¿Qué opina de él su padre?

—Ese cabrón le parece insoportable. Se niega a hablar en público de la nueva administración porque dice que sería incorrecto, pero si alguien menciona a ese individuo durante la cena, puede que regrese a su casa con el vino por montera. Es gracioso. Mi padre detesta la política y realmente se esfuerza por conservar la tranquilidad, pero ese sujeto no está definitivamente en su lista de felicitaciones de Navidad. Sin embargo, no lo divulga ni habla de ello con ningún periodista. Según Mike Brennan, al servicio tampoco le gusta ese nuevo individuo. Y sin embargo están *obligados* a que les guste.

—La profesionalidad tiene su coste —reconoció Wills.

Jack encendió su ordenador y examinó el tráfico nocturno entre Langley y Fort Meade. Era mucho más impresionante por su volumen que por su contenido. Al parecer, su nuevo amigo, Uda, había...

—Ayer, nuestro camarada Sali almorzó con alguien —anunció Jack.

—¿Con quién? —quiso saber Wills.

—Los británicos no lo saben. Parece árabe, de unos veintiocho años, con una de esas estrechas barbas que perfilan la mandíbula y bigote, pero no lo han identificado. Hablaron en árabe, sin que nadie pudiera acercarse lo suficiente para oír lo que decían.

—¿Dónde almorzaron?

—En un bar de Tower Hill llamado Hung, Drawn and Quartered. Está al borde del distrito financiero. Uda tomó agua Perrier. Su compañero, una cerveza. Ambos comieron un plato de queso, pan y encurtidos. Se sentaron a la mesa de un rincón, lo que dificultó a quien los vigilaba acercarse lo suficiente para poder oírlos.

—De modo que querían intimidad. Pero eso no significa necesariamente que sean unos malvados. ¿Los siguieron, los británicos?

—No. ¿Significaría eso que probablemente una sola persona seguía a Uda?

—Probablemente —respondió Wills.

—Pero aquí dice que consiguieron una fotografía del nuevo individuo que no estaba incluida en el informe.

—Debía de ser alguien del servicio de seguridad, del MI5, quien se ocupaba de la vigilancia. Probablemente un subalterno. A Uda no se lo considera muy importante, no lo suficiente para una vigilancia completa. Ninguna de esas organizaciones dispone del personal que querría. ¿Algo más?

—Algunas transacciones monetarias por la tarde. Parecen bastante rutinarias —respondió Jack, mientras las examinaba en la pantalla de su monitor.

«Busco algo pequeño e inofensivo», se recordó a sí mismo. Pero las cosas pequeñas e inofensivas, por regla general, eran pequeñas e inofensivas. Uda transfería dinero de un lado para otro todos los días, en grandes y pequeñas cantidades. Su propósito era la conservación de la riqueza, por lo que raramente especulaba y se dedicaba primordialmente a transacciones inmobiliarias. Londres, y Gran Bretaña en general, era un buen lugar para conservar el dinero. Los precios de la propiedad eran bastante altos, pero muy estables. Si uno compraba una finca, puede que su valor no aumentara mucho, pero con toda seguridad tampoco se desplomaba su precio. De modo que el papá de Uda le permitía estirar un poco las piernas, pero no lo autorizaba a correr y a jugar entre el tráfico. ¿De qué liquidez personal disponía Uda? Puesto que pagaba a sus prostitutas y los lujosos bolsos al contado, debía disponer de su propia asignación personal. Puede que modesta, aunque «modesta» para los saudíes no significaba lo mismo que a muchos otros niveles. Después de todo, el muchacho conducía un Aston Martin y no vivía exactamente en una chabola... por tanto...

—¿Cómo puedo distinguir entre las transacciones que hace con el dinero de su familia y el suyo propio?

—No puede. Creemos que mantiene ambas cuentas muy cerca la una de la otra, en el sentido de que las dos son secretas y están casi pegadas. Su mejor opción es ver cómo presenta los extractos trimestrales a su familia.

—Estupendo —refunfuñó Jack—, tardaré un par de días en sumar todas las transacciones y analizarlas.

—Ahora sabe por qué no es un contable titulado, Jack —respondió Wills, que soltó una pequeña carcajada.

Jack estuvo a punto de contestar con un gruñido, pero sabía que sólo había una forma de realizar dicha tarea y su trabajo consistía en hacerlo. Primero intentó comprobar si su programa podría abreviar el proceso. No. Aritmética de cuarto más el olfato. ¡Qué divertido! Por lo menos, cuando terminara, probablemente habría mejorado su habilidad para introducir cifras con las teclas numéricas a la derecha del teclado. ¡Ya tenía algo con lo que ilusionarse! ¿Por qué no emplearía El Campus contables forenses para esas funciones?

Salieron de la ruta 2 para entrar en un camino sin asfaltar que caracoleaba hacia el norte. A juzgar por las huellas, el tráfico reciente había sido bastante intenso por dicho camino. La zona era relativamente montañosa. Los verdaderos picos de las montañas Rocosas estaban al oeste, lo suficientemente lejos para no alcanzar a verlos, pero el aire estaba más enrarecido de lo acostumbrado para ellos y haría calor durante la caminata. Se preguntó cuánto duraría y lo cerca que se encontraban de la frontera estadounidense. Sabía que la frontera entre Norteamérica y México estaba vigilada, pero no a la perfección. Los norteamericanos podían ser aterradoramente competentes en ciertas áreas, pero sumamente infantiles en otras. Mustafá y sus compañeros esperaban evitar las primeras y aprovecharse de las segundas. Aproximadamente a las once de la mañana vio un voluminoso camión a lo lejos y su todoterreno se dirigió hacia el mismo. Cuando se acercaron comprobó que el camión estaba vacío y sus grandes puertas rojas completamente abiertas. El Ford Explorer se detuvo a unos cien metros. Pedro paró el motor y se apeó.

—Hemos llegado, amigos —anunció—. Espero que estén listos para caminar.

Los cuatro salieron del vehículo y, al igual que lo habían hecho antes, estiraron las piernas y miraron a su alrededor. Un nuevo individuo caminó hacia ellos, mientras los otros tres todoterrenos aparcaban y sus pasajeros desembarcaban.

—Hola, Pedro —dijo el nuevo mexicano al conductor principal, evidentemente un viejo amigo.

—Buenos días, Ricardo. Aquí está la gente que quiere ir a Norteamérica.

—Hola —respondió éste, estrechando la mano de los cuatro primeros—. Me llamo Ricardo y soy su *coyote*.

—¿Qué? —preguntó Mustafá.

—Es sólo un nombre. Llevo personas al otro lado de la frontera por unos honorarios. En su caso, evidentemente, ya me han pagado.

—¿A qué distancia estamos?

—Diez kilómetros. Una modesta caminata —dijo cómodamente—. El terreno es parecido a éste. Si ven alguna serpiente, limítense a alejarse de ella. No los perseguirá. Pero si se acercan a menos de un metro, les morderá y morirán. Por lo demás, no hay nada que temer. Si ven un helicóptero, deben arrojarse al suelo y permanecer inmóviles. Los norteamericanos no vigilan demasiado bien su frontera y, curiosamente, menos durante el día que por la noche. Además, hemos tomado ciertas precauciones.

—¿Cuáles?

—Hay treinta personas en ese camión —respondió, señalando el voluminoso vehículo que habían visto a su llegada—. Caminarán por delante y al oeste de nosotros. Si capturan a alguien, será a ellos.

—¿Cuánto tardaremos?

—Tres horas. Menos si están en forma. ¿Tienen agua?

—Conocemos el desierto —afirmó Mustafá.

—Si usted lo dice... Entonces, vámonos. Síganme, amigos.

Dicho esto, Ricardo echó a andar hacia el norte. Toda su ropa era de color caqui, con un cinturón estilo militar al que llevaba sujeto tres cantimploras y unos prismáticos de campaña, además de un sombrero de ala blanda como los del ejército. Sus botas estaban desgastadas por el uso. Andaba con paso firme y decidido, no excesivamente rápido, pero sí lo suficiente para avanzar con eficacia. Se colocaron a su espalda en fila india, para ocultar su número a posibles rastreadores, con Mustafá en cabeza, a unos cinco metros de su *coyote*.

Había un polígono de tiro a unos cien metros de la mansión. Estaba al aire libre y tenía dianas de acero, como las de la academia del FBI, con placas circulares por cabeza, del tamaño aproximado de una cabeza humana. Producían un agradable sonido metálico con el impacto de las balas y se desplomaban, como lo haría un objetivo humano en las mismas circunstancias. A Enzo se le daba mejor que a su hermano. Aldo explicó que en el cuerpo de los marines no se hacía demasiado hincapié en el tiro con pistola, mientras que en el FBI se le prestaba particularmente atención, dando por sentado que cualquiera podía disparar un rifle con precisión. El hermano del FBI sujetaba la pistola con las dos manos, mientras que el marine se mantenía erguido y disparaba con una sola, como se lo enseñaban a su personal las fuerzas armadas.

—Oye, Aldo, eso sólo te convierte en un blanco más fácil —advirtió Dominic.

—¿Tú crees? —respondió, al tiempo que efectuaba tres disparos consecutivos y obtenía tres satisfactorios ruidos metálicos como resultado—. Es difícil disparar después de recibir un balazo entre ceja y ceja, hermano.

—¿Y qué es esa mierda de un muerto por disparo? Cualquier cosa a la que valga la pena dispararle se merece por lo menos dos disparos.

—¿Cuántas veces le disparaste a aquel memo de Alabama? —preguntó Brian.

—Tres. No sentí la tentación de arriesgarme —explicó Dominic.

—Tienes razón, hermano. Déjame probar esa Smith.

Dominic vació el arma antes de entregársela y le dio el cargador por separado. Brian la disparó en seco unas cuantas veces para sopesarla, introdujo el peine y levantó el percutor. Su primer disparo impactó en la plancha metálica de la cabeza. Al igual que el segundo. Falló el tercero, pero no el cuarto, al cabo de un tercio de segundo. Luego le devolvió el arma a su hermano.

—Se siente diferente en la mano —dijo.

—Uno se acostumbra —aseguró Dominic.

—Gracias, pero prefiero las balas adicionales en el cargador.

—Sobre gustos no hay nada escrito.

—En todo caso, ¿a qué viene esa manía de disparar a la cabeza? —preguntó Brian—. Comprendo que con un rifle ésa es la manera más segura de abatir a alguien con un solo disparo, pero no con una pistola.

—Poder acertar la cabeza de un individuo a quince metros es una buena habilidad —respondió Pete Alexander—. Es la mejor forma que conozco de poner fin a una discusión.

—¿De dónde sale usted? —preguntó Dominic.

—No ha investigado lo suficiente, agente Caruso. Recuerde que incluso Adolf Hitler tenía amigos. ¿No se lo enseñaron en Quantico?

—Bueno, sí —reconoció Dominic, un tanto alicaído.

—Después de abatir a su primer objetivo, examine el entorno en busca de algún amigo que pudiera protegerlo. O retírese cuanto antes. O ambas cosas.

—¿Se refiere a huir? —preguntó Brian.

—No, a no ser que esté sobre una pista concreta. Se trata de hacerse inconspicuo. Eso puede significar entrar en una librería y comprar un libro, ir a tomar un café, o cualquier otra cosa.

Debe tomar una decisión apropiada a las circunstancias, pero sin perder nunca de vista su objetivo, que siempre es desaparecer cuanto antes del entorno inmediato. Si se mueve con excesiva rapidez, llamará la atención. Si va demasiado despacio, puede que alguien lo recuerde cerca de su objetivo. Nunca denunciarán a la persona que les ha pasado inadvertida. Por tanto, usted quiere ser una de ellas. Su atuendo en una misión, su forma de actuar, caminar y pensar, todo ello debe estar concebido para convertirlo en invisible —explicó Alexander.

—En otras palabras, Pete —observó Brian—, nos está diciendo que cuando matemos a las personas para las que nos preparamos, quiere que lo hagamos de forma que podamos retirarnos sin que nadie pueda inculparnos.

—¿Preferiría que los capturaran? —preguntó Alexander.

—No, pero la mejor forma de eliminar a alguien es dispararle con un rifle a la cabeza desde una distancia de unos doscientos metros. Eso siempre funciona.

—¿Pero qué ocurre si queremos que muera sin que nadie sepa que ha sido asesinado? —preguntó el oficial instructor.

—¿Cómo diablos se hace eso? —exclamó Dominic.

—Paciencia, muchachos. Paso a paso.

Delante de ellos vieron los restos de algún tipo de verja. Ricardo se limitó a cruzarla por un agujero que no parecía reciente. Los postes de la verja habían sido pintados de un verde brillante, pero ahora estaban mayormente oxidados. La tela de la verja se hallaba aún en peores condiciones. Cruzarla fue el menor de sus problemas. El *coyote* avanzó otros cincuenta metros aproximadamente, eligió una gran roca, se sentó, encendió un cigarrillo y tomó un trago de su cantimplora. La caminata no había sido difícil y claramente la había hecho muchas veces. Mustafá y sus compañeros no sabían que había conducido centenares de grupos por aquella ruta fronteriza y lo habían detenido una sola vez, sin mayores consecuencias salvo su honor ofendido. En dicha ocasión, como *coyote* honorable que era, había rechazado también sus honorarios. Mustafá se le acercó.

—¿Están ustedes bien, amigos? —preguntó Ricardo.

—No ha sido difícil —respondió Mustafá—, ni tampoco he visto ninguna serpiente.

—No hay muchas por aquí. La gente normalmente les dispara o les arroja piedras. A nadie suelen gustarle las serpientes.

—¿Son realmente peligrosas?

—Sólo si uno es imbécil, e incluso entonces es improbable que muera. Se pondrá unos días enfermo, eso es todo, pero caminar puede ser bastante doloroso. Esperaremos aquí unos minutos. Vamos adelantados sobre el horario previsto. Por cierto, amigos, bien venidos a Norteamérica.

—¿Esa verja es todo lo que hay? —preguntó Mustafá, asombrado.

—Los norteamericanos son ricos y listos, pero también perezosos. Mis compatriotas no irían a su país, salvo porque hay trabajo que los gringos son demasiado perezosos para hacer ellos mismos.

—¿Entonces cuánta gente introduce en Norteamérica?

—¿Yo, personalmente? Millares. Muchos millares. A cambio recibo unos buenos honorarios. Tengo una bonita casa y otros seis *coyotes* que trabajan para mí. Lo que más preocupa a los gringos es el contrabando de drogas por su frontera, y eso es algo que yo evito. No vale la pena. Dejo que de eso se ocupen dos de mis hombres. La recompensa es muy alta.

—¿Qué clase de drogas? —preguntó Mustafá.

—Aquellas por las que me paguen. —Sonrió y tomó otro trago de su cantimplora.

Mustafá volvió la cabeza en el momento en que Abdullah subía a la roca.

—Creía que sería una caminata difícil —dijo el lugarteniente.

—Sólo para los urbanitas —respondió Ricardo—. Éste es mi país. Yo nací en el desierto.

—Yo también —observó Abdullah—. Hace un tiempo agradable.

Era preferible caminar que ir sentado en el interior de una furgoneta, no tuvo que agregar.

Ricardo encendió otro Newport. Le gustaban los cigarrillos mentolados; eran más suaves en la garganta.

—El calor no llegará hasta dentro de un mes, tal vez dos. Pero entonces puede ser asfixiante, y la persona sensata lleva consigo una buena reserva de agua. Algunas personas han muerto sin agua con el calor de agosto. Pero ninguna de las mías. Me aseguro de que todo el mundo tenga agua. La madre naturaleza no tiene amor ni compasión —observó el *coyote*.

Al final de la caminata, conocía un lugar donde podía tomar unas cuantas cervezas antes de dirigirse en coche al este, a El Paso. Desde allí regresaría a su cómoda casa en Ascensión, demasiado lejos de la frontera como para que le molestaran emigrantes potenciales, que tenían la costumbre de robar cosas que pudieran serles útiles para el viaje. Se preguntaba cuánto llegaban a robar en el lado gringo de la frontera, pero eso no era de su incumbencia. Acabó su cigarrillo y se puso en pie.

—Otros tres kilómetros de marcha, amigos.

Mustafá y sus compañeros lo siguieron, en la continuación de la caminata hacia el norte. ¿Sólo otros tres kilómetros? En su país caminaban más lejos para llegar a la parada del autobús.

Introducir cifras pulsando teclas numéricas era prácticamente tan divertido como correr desnudo por un jardín de cactus. Jack era una de esas personas que necesitan estímulo intelectual, y si bien algunos podían encontrarlo en la investigación contable, él no era uno de ellos.

—¿Aburrido? —preguntó Tony Wills.

—A más no poder —confirmó Jack.

—Pues ésta es la realidad de la recopilación y proceso de la información de inteligencia. Incluso cuando es emocionante, sigue siendo bastante aburrida, a no ser que uno tenga realmente un olfato especial para un zorro escurridizo. Entonces puede ser divertido, aunque no sea como observar al sujeto en el campo. Yo nunca lo he hecho.

—Mi padre tampoco lo hacía —comentó Jack.

—Depende de los relatos que uno lea. De vez en cuando su padre se vio envuelto en el lado movido de las cosas. No creo que le gustara demasiado. ¿Lo comenta alguna vez?

—Nunca, ni una sola vez. Creo que ni siquiera mi madre sabe mucho al respecto. Bueno, salvo lo del submarino, pero la mayor parte de lo que sé del caso lo he leído en libros y artículos. En una ocasión se lo pregunté a mi padre y me respondió: «¿Crees todo lo que lees en los periódicos?» Incluso cuando apareció por televisión aquel ruso, Gerasimov, mi padre se limitó a refunfuñar.

—Lo que se dice de él en Langley es que fue un rey del espionaje. Guardó todos los secretos como corresponde. Pero trabajó sobre todo en el séptimo piso. Yo nunca llegué a esas alturas.

—Tal vez pueda aclararme algo.

—¿Sobre qué?

—Gerasimov, Nikolay Borissovich Gerasimov, ¿era realmente el jefe del KGB? ¿Lo sacó efectivamente mi padre de Moscú?

Wills titubeó unos instantes, pero no había forma de eludirlo.

—Sí, era el presidente del KGB, y sí, su padre organizó su deserción.

—¡No me diga! ¿Cómo diablos se las arregló?

—Es una historia muy larga y usted no cuenta con la debida autorización.

—¿Pero entonces por qué atacó a mi padre?

—Porque desertó contra su voluntad. Su padre lo obligó a hacerlo. Quería vengarse incluso después de que su padre se hubo convertido en presidente. Pero Nikolay Borissovich cantó, tal vez no como un canario, pero cantó. Ahora está en el programa de protección de testigos. Todavía lo traen de vez en cuando para que cante un poco más. Las personas que uno atrapa nunca se lo dan todo de una vez, y es preciso insistir periódicamente. Hace que se sientan importantes, por regla general, lo suficiente para cantar un poco más. Todavía no se siente a gusto en su situación, pero no puede regresar a su país; lo fusilarían. Los rusos nunca han sido particularmente misericordiosos en lo concerniente a traición estatal. Bueno, nosotros tampoco. De modo que vive aquí, bajo protección federal. Lo último que he oído es que ahora juega al golf. Su hija se ha casado con un cretino aristocrático de Virginia, perteneciente a una familia podrida de dinero. Ahora es una auténtica norteamericana, pero su padre morirá desgraciado. Aspiraba a dirigir la Unión Soviética, y me refiero a que realmente anhelaba el cargo, pero su padre se lo estropeó para siempre y Nick todavía se lo reprocha.

—Maldita sea.

—¿Algo nuevo respecto a Sali? —preguntó Wills, volviendo a la realidad.

—Hay algunas cositas. Ya sabe, cincuenta mil por aquí, ochenta mil por allá, libras, no dólares, a cuentas sobre las que no sé gran cosa. Gasta entre dos y ocho mil libras semanales, en lo que él probablemente considera gastos menores.

—¿De dónde procede el dinero? —preguntó Wills.

—No está del todo claro, Tony. Calculo que retira un poco de la cuenta de su familia, tal vez un dos por ciento que puede justificar como gastos. No lo suficiente para que se percaten de que roba de la cuenta de sus padres. Me pregunto cómo reaccionarían —especuló Jack.

—No le amputarían la mano, pero podrían hacer algo peor: interrumpir su asignación. ¿Se lo ve hacer algo para ganarse la vida?

—¿Se refiere a trabajo propiamente dicho? —respondió Jack, y soltó una pequeña carcajada—. No parece que eso ocurra. Hace demasiado tiempo que vive de renta como para que le guste someterse a la formalidad de los financieros. He estado muchas veces en Londres. Es difícil comprender cómo viven allí esos personajes.

—¿Cómo van a adaptarse al campo, después del lujo de la ciudad? —empezó a tararear Wills.

Jack se ruborizó.

—De acuerdo, Tony, sé que he nacido rico, pero mi padre siempre se aseguró de que trabajara en verano. Trabajé incluso en la construcción durante un par de meses. Les complicó un poco la vida a Mike Brennan y a sus compañeros. Pero mi padre quería que conociera el verdadero trabajo de primera mano. Al principio lo detestaba, pero ahora, retrospectivamente, supongo que con toda probabilidad fue un acierto. Ese tal Sali nunca lo ha hecho. Me refiero a que yo puedo sobrevivir en el mundo real con un sueldo básico. Para él sería mucho más difícil.

—Bien, ¿cuánto dinero no justificado hay en total?

—Tal vez unas doscientas mil libras, aproximadamente, trescientos mil dólares. Pero todavía no lo he localizado, y no se trata de mucho dinero.

—¿Cuánto tiempo necesita para concretarlo?

—¿A este paso? Con suerte, tal vez una semana. Esto es como encontrar un coche concreto durante la hora punta en Nueva York.

—Siga. No tiene por qué ser fácil, ni tampoco divertido.

—A sus órdenes —respondió Jack, como solían hacerlo los marines en la Casa Blanca.

Incluso se lo decían a él de vez en cuando, hasta que su padre lo oyó y lo prohibió inmediatamente.

Volvió a su ordenador. Tomaba notas en un cuaderno de papel pautado, sólo porque así le resultaba más fácil, que por la tarde introducía en otro archivo del ordenador. Mientras escribía, se percató de que Tony salía del pequeño despacho que compartían para dirigirse al piso de arriba.

—Ese chico tiene un buen ojo —le dijo Wills a Rick Bell en el piso superior.

—¿De veras?

Era un poco pronto para obtener resultados del novato, independientemente de quién fuera su padre, pensó Bell.

—Le he encargado que se ocupara de un joven saudí residente en Londres llamado Uda bin Sali, responsable de proteger los intereses financieros de su familia. Los británicos lo someten a una vaga vigilancia porque en una ocasión llamó a alguien interesante para ellos.

—¿Y?

—Y el joven ha encontrado unas doscientas mil libras injustificadas.

—¿Es sólida esa información? —preguntó Bell.

—Tendremos que encargarle a alguien regular que lo compruebe, pero ese chico tiene un buen olfato.

—¿Tal vez Dave Cunningham?

Dave era un experto contable que había ingresado en El Campus después de su servicio en la división del crimen organizado del Departamento de Justicia. Con casi sesenta años, tenía un olfato legendario para las cifras. El Departamento de Comercio del Campus lo utilizaba principalmente para tareas «convencionales». Podía haber triunfado en Wall Street, pero le encantaba ganarse la vida acorralando a los malvados. En El Campus podría seguir ejerciendo su vocación más allá de las reglas gubernamentales de jubilación.

—Yo también elegiría a Dave —confirmó Tony.

—De acuerdo, mandémosle a Dave los archivos informáticos de Jack y veamos qué descubre.

—Me parece bien, Rick. ¿Has visto el informe de lo capturado ayer por la NSA?

—Sí. Me ha llamado la atención —respondió Bell, levantando la mirada.

Tres días antes, el tráfico de mensajes procedentes de fuentes interesantes para los servicios de inteligencia del gobierno había decrecido en un diecisiete por ciento, y dos fuentes particularmente interesantes habían parado casi por completo. Cuando eso ocurría en el tráfico radiofónico de una unidad militar, a menudo indicaba la inminencia de alguna operación. Era una de esas cosas inquietantes para los especialistas en comunicaciones de los servicios de inteligencia. En la mayoría de los casos no significaba nada en absoluto, no era más que el juego del azar, pero se había convertido en algo real con suficiente frecuencia como para alterar los nervios de los espías a la escucha.

—¿Alguna idea? —preguntó Wills.

Bell negó con la cabeza.

—Dejé de ser supersticioso hace unos diez años.

Evidentemente, ése no era el caso de Tony Wills.

—Rick, nos toca. Nos viene tocando desde hace mucho tiempo.

—Te comprendo, pero no podemos basar en esas cosas el funcionamiento de esta organización.

—Es como contemplar un partido de béisbol, aunque sea desde el banquillo; uno no puede entrar en el campo cuando se le antoje.

—¿Con qué propósito, matar al árbitro? —preguntó Bell.

—No, sólo al jugador que se dispone a lanzar la pelota contra la cabeza del bateador.

—Paciencia, Tony, paciencia.

—Nada fácil de adquirir —respondió Wills, que, a pesar de toda su experiencia, nunca había aprendido a ser paciente.

—¿Crees que lo tuyo es difícil? ¿Qué me dices de Gerry?

—Sí, Rick, lo sé —dijo, levantándose de la silla—. Hasta luego, amigo.

No habían visto a ningún otro ser humano, ningún coche, ni ningún helicóptero. Allí, claramente, no había nada de valor. Ni petróleo, ni oro, ni siquiera cobre. Nada que mereciera la pena custodiar o proteger. La caminata sólo había bastado para conservar la salud. Había algunos matorrales achaparrados, e incluso algunos árboles raquíticos. Unas pocas huellas de neumáticos, pero ninguna reciente. Esta zona de Norteamérica podría haber sido perfectamente la parte más desolada de Arabia Saudí, el Rub' al Khali, desalentador incluso para un camello curtido por el desierto.

Pero la caminata claramente había concluido. Después de cruzar la cima de una pequeña colina, vieron otros cinco vehículos en medio de la nada y unos hombres que charlaban junto a los mismos.

—Estupendo —exclamó Ricardo—, ellos también han llegado temprano.

Ahora podría abandonar a esos taciturnos extranjeros y seguir con sus ocupaciones. Se detuvo para que sus clientes lo alcanzaran.

—¿Es ése nuestro destino? —preguntó Mustafá, con un deje de esperanza en el tono de su voz.

La caminata había sido fácil, mucho más de lo que esperaba.

—Mis amigos aquí presentes los llevarán a Las Cruces. Allí podrán hacer sus planes de viaje para el futuro.

—¿Y usted? —preguntó Mustafá.

—Vuelvo a mi casa con mi familia —respondió Ricardo.

¿Acaso no era lo más lógico? ¿No tenía familia aquel individuo?

Caminaron sólo otros diez minutos. Ricardo subió al primer todoterreno, después de estrechar la mano de sus huéspedes, que eran bastante amables a pesar de su actitud reservada. Podría haber sido más difícil hacerlos llegar hasta allí, pero el tráfico de inmigrantes ilegales era mucho más intenso en Arizona y en California, que era donde el servicio estadounidense de vigilancia fronteriza concentraba la mayor parte de sus efectivos. Los gringos tendían a engrasar las ruedas que chirriaban, tal vez como todo el mundo, aunque eso fuera una visión de futuro bastante limitada por su parte. Tarde o temprano se percatarían de que allí también había tráfico fronterizo, si bien no tan espectacular. Entonces tal vez debería encontrar otra forma de ganarse la vida. Pero había tenido éxito durante los últimos siete años, el suficiente para montar un pequeño negocio y educar a sus hijos para un trabajo más legítimo.

Vio cómo sus clientes subían a los vehículos y se ponían en marcha. Él también avanzó en la dirección general de Las Cruces, antes de girar al sur por la interestatal 10 hacia El Paso. Desde hacía mucho había dejado de preguntarse por lo que aquellos árabes se proponían hacer en Norteamérica. Supuso que con toda probabilidad no harían de jardineros, ni trabajarían en la construcción, pero le habían pagado diez mil dólares al contado en divisa norteamericana. Por consiguiente, quizá sus andanzas preocuparan a otros... pero no a él.

Capítulo diez

DESTINOS

Para Mustafá y sus compañeros, el desplazamiento en coche a Las Cruces fue un cambio sorprendentemente agradable y, aunque no lo exteriorizaban, ahora estaban claramente emocionados. Se encontraban en Norteamérica. Allí estaba la gente a la que se proponían matar. Ahora, su misión estaba de algún modo más cerca del desenlace, no en términos de un puñado de kilómetros, sino de una línea mágica e invisible. Se encontraban en la morada del Gran Satán. Allí se hallaba la gente que había sembrado la muerte en su país y entre los fieles del mundo musulmán, la gente que de forma tan lisonjera apoyaba a Israel.

En Deming, giraron al este hacia Las Cruces. Otros cien kilómetros hasta su próxima escala, a lo largo de la interestatal 10. Había carteles que anunciaban hoteles junto a la carretera, lugares donde comer, atracciones turísticas normales e inimaginables, y más terreno ondulado con horizontes que permanecían lejanos, a pesar de su velocidad de crucero de ciento veinte kilómetros por hora.

Su conductor, al igual que el anterior de aspecto mexicano, no decía palabra. Era probablemente otro mercenario. Nadie abría la boca: el conductor porque no le apetecía hablar, y sus pasajeros porque no querían que detectara su acento extranjero. Así sólo recordaría que había recogido a unos individuos en un camino rural del sur de Nuevo México y los había conducido a otro lugar.

Probablemente sería más difícil para los demás hombres de su equipo, pensó Mustafá. Debían confiar en que sabía lo que hacía. Él era el comandante de la misión, el jefe de un grupo de guerreros que pronto se dividiría en cuatro unidades, para nun-

183

ca volver a encontrarse. La misión había sido planeada meticulosamente. Las únicas comunicaciones en adelante serían vía ordenador y escasas. Actuarían independientemente, pero según un sencillo programa y hacia un único objetivo estratégico. Este plan trastornaría Norteamérica como ningún otro lo había hecho jamás, se dijo Mustafá, mientras observaba un monovolumen que los adelantaba, con una pareja adulta a bordo y lo que parecían dos niños: uno de unos cuatro años y otro menor, tal vez de año y medio. Todos ellos infieles. Objetivos.

Evidentemente, su plan operativo estaba todo por escrito, en fuente Geneva tamaño catorce sobre papel blanco. Cuatro copias. Una para cada jefe de equipo. El resto de los detalles estaba en sus ordenadores portátiles que cada uno llevaba en su bolsa de viaje, junto a camisas de repuesto, ropa interior y poco más. No necesitarían mucho, y su propósito era el de dejar tras de sí lo menos posible, a fin de aumentar la confusión de los norteamericanos.

Bastaba para dibujar una pequeña sonrisa en sus labios, al contemplar el paisaje. Mustafá encendió uno de los tres únicos cigarrillos que le quedaban, aspiró el humo hasta lo más hondo de sus pulmones y el aire acondicionado lo roció de aire fresco. A su espalda, el sol descendía por el firmamento. Su próxima y última parada tendría lugar en la oscuridad, y eso suponía una buena planificación táctica. Sabía que era sólo una casualidad, pero en tal caso significaba que el propio Alá bendecía su plan. Como era lógico, evidentemente. Todos cumplían sus designios.

Otro aburrido día de trabajo a sus espaldas, se dijo Jack de camino a su coche. El problema con El Campus era que no podía hablar de ello con nadie. Nadie estaba autorizado a saber lo que hacía, aunque todavía no estaba claro por qué. Sin duda podría comentárselo a su padre. El presidente, por definición, estaba autorizado a saberlo todo, al igual que los ex presidentes, si no por ley, por las reglas vigentes. Pero no, no podía hacerlo. A su padre no le gustaría su nuevo trabajo. Con una sola llamada telefónica podría echarlo todo a perder, y Jack había saboreado lo suficiente como para que el hambre le durara por lo menos unos meses. No obstante, poder comentar algunas cosas con alguien que estuviera al corriente de lo que sucedía habría sido en cierto modo una bendición. Bastaría con que alguien le confirmara que lo que hacía era efectivamente importante y que con ello contribuía realmente a la verdad, a la justicia y a la ética norteamericana.

184

¿Podía alterar él realmente la situación? El mundo funcionaba a su propio ritmo y él poco podía modificarlo. Ni siquiera su padre lo había logrado, a pesar de todo el poder que había recaído sobre él. ¿Qué podría conseguir él, que no era más que una especie de principito? Pero si alguien podía algún día reparar las partes estropeadas del mundo, a ese alguien no debería importarle si era o no imposible. Debería tratarse de alguien demasiado joven y estúpido para saber que lo imposible es... imposible. Pero ni su padre ni su madre creían en esa palabra y así lo habían educado. Sally estaba a punto de licenciarse en la Facultad de Medicina e iba a especializarse en Oncología, algo que lamentaba no haber hecho su madre, y a todo aquel que le preguntara respondía que ella estaría ahí cuando se derrotara definitivamente al dragón del cáncer. Por consiguiente, creer en la imposibilidad no formaba parte del credo de los Ryan. Todavía no sabía cómo, ¿pero no estaba el mundo lleno de cosas por aprender? Además, él era listo, tenía una buena formación y disponía de una considerable fortuna que le permitía avanzar sin temor a morirse de hambre si ofendía a la persona equivocada. Ésa era la libertad más importante que su padre le había concedido y John Patrick Ryan hijo era suficientemente inteligente como para reconocer su importancia, aunque sin alcanzar a comprender la responsabilidad que eso suponía.

En lugar de preparar su propia cena, aquella noche decidieron salir a la churrasquería del barrio. El local estaba lleno de estudiantes de la Universidad de Virginia. Era evidente, todos parecían listos, aunque no tanto como ellos creían, y se excedían un poco en su vocerío y en su seguridad en sí mismos. Ésa era una de las ventajas de ser críos —por mucho que pudiera desagradarles dicho término—, cuyos padres satisfacían todavía sus necesidades, si bien desde una cómoda distancia. Para los hermanos Caruso era divertido contemplar lo que ellos mismos habían sido hacía sólo unos pocos años, antes de que una dura formación y la experiencia del mundo real los transformara. Aunque todavía no estaban seguros de en qué se habían transformado exactamente. Lo que había parecido tan simple en la escuela se había convertido en algo infinitamente complejo después de abandonar el útero académico. El mundo, después de todo, no era digital, era una realidad analógica, siempre desordenada, siempre con cabos sueltos que uno nunca podía atar pulcramente como los cordones de unos zapatos, y siempre con la posibilidad de tropezar y caerse con cada paso poco cauteloso. Y la cautela era sólo producto de la experiencia: los tropezones y las caídas dolorosas, sólo las peores de las cuales se convertían en lecciones inolvidables. Los hermanos las habían aprendido temprano. No tanto como otras generaciones, pero lo suficiente como para comprender las consecuencias de los errores, en un mundo que nunca había aprendido a perdonar.

—No está mal este lugar —declaró Brian, a medio comer su solomillo.

—Es difícil estropear un buen trozo de ternera, por inepto que sea el cocinero.

Quien dirigía la cocina de aquel restaurante era evidentemente un cocinero, no un chef, pero las patatas fritas estaban bastante ricas para ser casi puros hidratos de carbono, y el brécol, a juicio de Dominic, era fresco, recién salido del congelador.

—Realmente debería comer mejor —comentó el comandante de marines.

—Disfrútalo mientras puedas. ¿No es cierto que todavía no hemos cumplido los treinta?

Ambos soltaron una carcajada.

—¿Recuerdas que parecía una cifra inalcanzable?

—¿Donde morían las viejas estrellas? Por supuesto. Bueno, tú eres bastante joven para ser comandante.

Aldo se encogió de hombros.

—Supongo. Le caía bien a mi jefe y tenía un buen personal trabajando para mí. Pero nunca me gustaron las raciones militares. Lo único que puedo decir de ellas es que proporcionan sustento. A mi maestro armero le encantaban, decía que habían mejorado mucho desde que él pertenecía al cuerpo.

—En el FBI uno tiende a alimentarse de Dunkin' Donuts, donde además sirven el mejor café industrial de Norteamérica. Es difícil mantener la línea con esa dieta.

—Tú estás en bastante buena forma para ser un guerrero de oficina, Enzo —declaró Brian, en un alarde considerable de generosidad.

Al concluir la carrera matutina, a veces su hermano parecía que estaba a punto de desfallecer. Pero para un marine, una carrera de cinco kilómetros por la mañana era como tomarse una taza de café: servía para abrir los ojos.

—Ojalá supiera para qué nos entrenamos exactamente —dijo Aldo, después de otro bocado.

—Hermano, nos entrenamos para matar a gente, eso es todo lo que precisamos saber. Acercarnos sigilosamente sin ser vistos y luego desaparecer sin ser detectados.

—¿Con pistolas? —preguntó dubitativamente Brian—. Son bastante ruidosas y no tan eficaces como un rifle. En Afganistán tenía un francotirador en mi equipo que abatió a algunos enemigos a casi un kilómetro y medio de distancia. Utilizaba un rifle Barrett del calibre cincuenta, un enorme artefacto parecido a un viejo BAR después de un tratamiento con esteroides. Dispara las mismas balas que la ametralladora Ma Deuce. Es de una precisión asombrosa y permite alcanzar con certeza el blanco. Es difícil sobrevivir con un agujero de más de un centímetro de diámetro.

Eso era particularmente cierto, dado que el francotirador, el cabo Alan Roberts, un joven negro de Detroit, prefería los disparos a la cabeza, y dichas balas eran realmente eficaces en ese sentido.

—Bueno, tal vez con silenciador. Los silenciadores son bastante eficaces con las pistolas.

—Los he visto. Nos entrenamos con silenciadores en la academia, pero son muy voluminosos para llevarlos bajo la chaqueta de un traje, por no hablar del engorro que supone desenfundar el arma, permanecer inmóvil y apuntar a la cabeza del objetivo. A no ser que nos manden a la academia de James Bond para hacer un cursillo de magia, Enzo, no vamos a matar a nadie con una pistola.

—Puede que utilicemos otra cosa.

—¿De modo que tú tampoco lo sabes?

—Hermano, yo todavía recibo mis cheques del FBI. Lo único que sé es que Gus Werner me mandó aquí y eso mayormente le confiere legitimidad... creo —concluyó.

—Lo has mencionado antes. ¿Quién es exactamente?

—Subdirector del cuerpo, jefe de la nueva división antiterrorista. No se bromea con Gus. Era el jefe del equipo de rescate de rehenes, y también ha pasado por todas las demás secciones. Un hombre listo y duro como el diablo. No creo que se desmaye si ve sangre. Pero también tiene un buen cerebro. El terrorismo es algo nuevo para el FBI, y Dan Murray no lo eligió sólo porque sepa disparar. Él y Murray son íntimos amigos, se conocen desde hace más de veinte años. Murray tampoco es un imbécil. En todo caso, si me mandó aquí, debe de contar con la aprobación de alguien. Por tanto, les seguiré la corriente hasta que me ordenen quebrantar la ley.

—Yo también, pero sigo estando un poco nervioso.

Las Cruces disponía de un aeropuerto regional para vuelos cortos de mercancías y pasajeros a pequeñas distancias. Había también varios servicios de alquiler de coches. A su llegada, fue cuando Mustafá se puso nervioso. Allí alquilarían coches uno de sus compañeros y él. Otros dos lo harían en la ciudad.

—Todo está preparado para ustedes —dijo el conductor, al tiempo que le entregaba dos hojas de papel—. Aquí tienen los números de las reservas. Son dos Ford Crown Victoria sedán de cuatro puertas. No hemos podido reservarles los cinco puertas que habían solicitado sin ir a El Paso y eso no es aconsejable. Utilice su tarjeta Visa. Su nombre aquí es Tomás Salazar y el de su amigo Héctor Santos. Muéstreles los números de la reserva y siga sus instrucciones. Es muy sencillo.

A juicio del conductor, ninguno de ellos tenía un aspecto particularmente latino, pero los de la agencia de alquiler de coches eran unos paletos que apenas hablaban español, salvo para decir «taco» y «cerveza».

Mustafá se apeó del coche y entró en el edificio, al tiempo que le indicaba con la mano a su compañero que lo siguiera.

Comprendió inmediatamente que sería fácil. Fuera quien fuese el propietario de aquel negocio, no se había preocupado de contratar personal inteligente. El chico que cuidaba de la recepción tenía la cabeza gacha, excesivamente concentrado en un tebeo que leía.

—Hola —dijo Mustafá, con una falsa seguridad en sí mismo—. Tengo una reserva —agregó, mientras anotaba el número en un papel y se lo entregaba.

—De acuerdo —respondió el empleado, disimulando el enojo de que lo hubieran distraído de la última aventura de Batman.

Sabía cómo utilizar el ordenador de la empresa y, efectivamente, imprimió una copia del formulario de alquiler, donde ya constaban la mayoría de los detalles.

Mustafá le entregó su permiso de conducir internacional. El empleado lo fotocopió y luego grapó la copia al formulario. Le encantó que el señor Salazar contratara todas las opciones del seguro, porque eso le reportaba dinero extra.

—Bien, su coche es el Ford blanco que está en el espacio número cuatro. Salga por esta puerta y gire a la derecha. Las llaves están en el contacto, señor.

—Gracias —respondió Mustafá en inglés, con su acento extranjero.

¿Realmente era tan fácil?

Evidentemente lo era. Apenas acababa de ajustar el asiento de su Ford cuando Saeed apareció en el espacio número cinco para tomar posesión de un sedán gemelo de color verde claro. En los dos había mapas de Nuevo México, aunque en realidad no los necesitaban. Ambos arrancaron los motores de sus respectivos vehículos y salieron cautelosamente del aparcamiento, donde estaban esperando los todoterrenos. No tuvieron ninguna dificultad en seguirlos. En la ciudad de Las Cruces había cierto tráfico, pero no excesivo a la hora del almuerzo.

Ocho manzanas al norte, de lo que parecía la calle mayor de Las Cruces, había otra agencia de alquiler de coches. Se llamaba Hertz, y a Mustafá le pareció vagamente judía. Sus dos compañeros entraron y volvieron a salir al cabo de diez minutos para dirigirse a sus coches alquilados. Se trataba una vez más de vehículos Ford, del mismo modelo que el suyo y el de Saeed. Hecho esto, tal vez la parte más arriesgada de su misión, los todoterrenos debían seguir ahora unos cuantos kilómetros, que resultaron ser aproximadamente veinte, hasta salir por un nuevo camino sin asfaltar. Allí parecían abundar esa clase de caminos, en realidad, como en su propio país. Después de recorrer más o menos un kilómetro llegaron a una casa solitaria con una camioneta aparcada como indicio de residencia. Todos los vehículos aparcaron y sus ocupantes se apearon, para lo que Mustafá comprendió que sería su última reunión programada.

—Aquí tenemos sus armas —dijo Juan, señalando a Mustafá—. Sígame, por favor.

El interior de aquella estructura de madera de aspecto común parecía un auténtico arsenal. Un total de dieciséis cajas de cartón contenían dieciséis metralletas MAC-10. Las MAC, fabricadas con planchas de acero prensado y en general mal acabado, no eran unas armas elegantes. Con cada arma había doce cargadores, al parecer todos llenos y unidos con cinta aislante de color negro.

—Las armas son vírgenes. No han sido disparadas —dijo Juan—. También tenemos silenciadores para todas ellas. No son muy eficaces, pero mejoran el equilibrio y la precisión. Estas armas no son tan fáciles de manejar como las Uzi, pero estas últimas también son más difíciles de conseguir aquí. Su alcance eficaz es de unos diez metros. Son fáciles de cargar y descargar. Disparan con el cerrojo abierto, naturalmente, y la velocidad de disparo es bastante elevada.

En realidad eran capaces de disparar las treinta balas de un cargador en menos de tres segundos, que a decir verdad era excesivo para un uso sensato, pero a Juan no le pareció que les preocupara demasiado. Estaba en lo cierto.

Cada uno de los dieciséis árabes levantó una de las armas y la sopesó, como si saludara a un nuevo amigo. Entonces uno de ellos cogió un cargador...

—¡Alto! —exclamó inmediatamente Juan—. No pueden cargar las armas dentro de la casa. Si desean probarlas, tenemos dianas en el exterior.

—¿No harán demasiado ruido? —preguntó Mustafá.

—La casa más cercana está a cuatro kilómetros —respondió despreocupadamente Juan.

Las balas no se desplazarían tan lejos, y supuso que el ruido tampoco. Pero en esto último se equivocaba.

Sus huéspedes supusieron que lo sabía todo acerca de aquella zona y siempre estaban dispuestos a disparar, sobre todo esas armas de *rock'n'roll*. A veinte metros de la casa había un arcén de arena, con cajas de cartón y madera desparramadas. Uno tras otro, introdujeron un cargador en la metralleta y tiraron del cerrojo. Nadie dio la orden de disparar, simplemente se limitaron a seguir el ejemplo de Mustafá, que sujetó la correa que colgaba del cañón y apretó el gatillo.

Los resultados inmediatos fueron agradables. Las MAC-10 hacían el ruido apropiado, su retroceso era el normal para esa clase de armas, y a pesar de ser la primera vez y de tratarse de un polígono de tiro, logró colocar todas las balas en una caja de cartón delante y a la izquierda, a unos seis metros. En un aparente abrir y cerrar de ojos, se cerró el percutor en una recámara vacía, desde donde se habían disparado y expulsado treinta proyectiles Remington de nueve milímetros. Pensó en extraer el doble cargador e invertirlo para disfrutar de otros dos o tres segundos de emoción, pero logró controlarse. Habría otra oportunidad, en un futuro no muy lejano.

—¿Y los silenciadores? —preguntó Mustafá.

—Están dentro —dijo Juan, en un tono autoritario—. Se atornillan al cañón y eso facilita el control del abanico de la ráfaga.

Juan había utilizado las MAC-10 para eliminar a competidores comerciales y otros indeseables en Dallas y en Santa Fe, a lo largo de los años. No obstante, miró a sus huéspedes con cierta inquietud. Sonreían demasiado. No eran como él, se dijo Juan Sandoval, y cuanto antes emprendieran su propio camino, mejor. No sería motivo de alegría para la gente en sus lugares de destino, pero eso no era de su incumbencia. Sus órdenes procedían desde lo alto. Desde *muy* alto, le había aclarado su inmediato superior la semana anterior. Y la recompensa había sido acorde. Juan no tenía ninguna queja en dicho sentido, pero como buen intérprete de la personalidad de la gente, tras su mirada parpadeaba un piloto rojo.

Mustafá siguió a Juan al interior de la casa y cogió el silenciador. Medía unos diez centímetros de diámetro y aproximadamente medio metro de largo. Se atornillaba efectivamente al cañón del arma y, en general, mejoraba su equilibrio. Después de sopesar brevemente la metralleta, decidió que prefería utilizarla de ese modo, a fin de reducir el retroceso y aumentar la precisión del disparo. La reducción del ruido tenía poca importancia para su misión, pero la precisión era esencial. Sin embargo, el silenciador convertía una arma fácil de ocultar en desmesuradamente voluminosa. Por consiguiente, de momento desatornilló el silenciador y lo guardó de nuevo en su bolsa. Luego salió, seguido de Juan, para reunir a su gente.

—Hay algunas cosas que deben saber —dijo lentamente Juan a los jefes de equipo, en un tono claro y conciso—. La policía norteamericana es eficaz, pero no omnipotente. Si los paran cuando conducen, lo único que deben hacer es hablarles educadamente. Si les piden que se apeen del coche, háganlo. Las leyes norteamericanas los autorizan a comprobar si van armados, a cachearlos con las manos, pero si pretenden registrar su coche digan sencillamente que no, que no quieren que lo hagan, y sus leyes no les permiten hacerlo. Se lo voy a repetir: si un policía norteamericano les pide permiso para registrar su coche, basta con que digan no y entonces no está autorizado a hacerlo. A continuación pueden seguir su camino. Cuando conduzcan, no excedan la velocidad indicada. Si obedecen las señales de tráfico, probablemente nadie los molestará. Si exceden el límite de velocidad, sencillamente le estarán brindando a la policía un pretexto para que los pare. Por consiguiente, no lo hagan. Sean siempre pacientes. ¿Alguna pregunta?

—Si un policía actúa de un modo excesivamente agresivo, ¿podemos...?

—¿Matarlo? —interrumpió Juan, anticipando el resto de la pregunta—. Sí, es posible, pero a partir de entonces habrá más policías que los persigan. Si un policía los para, lo primero que hace es comunicar a la central su posición, la matrícula del coche y su descripción. De modo que, aunque lo maten, sus compañeros los buscarán en cuestión de minutos, y en grandes cantidades. La satisfacción de matar a un policía no compensa. Sólo sirve para buscarse problemas. Los cuerpos de policía norteamericanos tienen muchos coches, e incluso aviones. Si empiezan a buscarlos, los encontrarán. Su mejor defensa consiste en no llamar la atención. No excedan la velocidad. No quebranten sus leyes de tráfico. Entonces estarán a salvo. Si quebrantan sus leyes los atraparán, con o sin armas. ¿Comprendido?

—Comprendido —asintió Mustafá—. Gracias por su ayuda.

—Tenemos mapas para todos ustedes. Son buenos mapas, de la Asociación Americana de Automovilismo. ¿Tienen todos una tapadera? —preguntó Juan, con la esperanza de terminar cuanto antes.

Mustafá miró a sus compañeros por si tenían alguna pregunta, pero todos anhelaban seguir con su tarea sin más dilaciones. Satisfecho, se dirigió de nuevo a Juan.

—Gracias por su ayuda, amigo.

«Amigo, y un carajo», pensó Juan, pero le estrechó la mano y los acompañó a la parte frontal del edificio. Trasladaron rápidamente las bolsas de los todoterrenos a los sedanes y Juan observó cómo emprendían la marcha en dirección a la carretera estatal 185. Estaban a unos pocos kilómetros de Radium Springs y del acceso a la interestatal 25 en dirección norte. Los extranjeros se reunieron una última vez para estrecharse la mano e incluso besarse, ante la sorpresa de Juan, antes de dividirse en cuatro grupos de cuatro hombres y subir a sus coches alquilados.

Mustafá se acomodó en su vehículo. Colocó sus paquetes de cigarrillos en el asiento contiguo, se aseguró de que los retrovisores estuvieran debidamente alineados y se abrochó el cinturón, puesto que le habían dicho que eso era tan importante como no exceder el límite de velocidad para evitar que lo pararan. Lo último que quería era tener que vérselas con la policía. A pesar de las breves instrucciones recibidas de Juan, era un riesgo que prefería evitar. Si sólo se cruzaban con algún policía, puede que no los reconociera por lo que eran, pero cara a cara era diferente, y no se hacía ilusiones con respecto al concepto que los norteamericanos tenían de los árabes. Por ello, todos los ejemplares del santo Corán estaban guardados en el maletero.

Sería un largo viaje, durante el que Abdullah lo sustituiría al volante, pero él hacía el primer turno. Primero al norte por la I-25 a Albuquerque y luego al este por la I-40 hasta casi su objetivo. Más de tres mil kilómetros. Mustafá se dijo que a partir de entonces debería empezar a pensar en millas. Uno coma seis kilómetros equivalía a una milla. Debería multiplicar todas las cifras por esa constante, o sencillamente despreocuparse del sistema métrico en lo concerniente a aquel coche. En todo caso, se dirigió al norte por la ruta 185, hasta encontrar el cartel verde de la I-25. Se acomodó en su asiento, atento al tráfico cuando entraba en la autopista, aumentó la velocidad a sesenta y cinco millas por hora y fijó en dicha cifra el control de velocidad de crucero del Ford. A partir de entonces, no tuvo más que ocuparse del volante y observar el tráfico anónimo, que al igual que ellos se dirigía al norte, hacia Albuquerque...

Jack no sabía por qué le costaba conciliar el sueño. Eran más de las once de la noche, había absorbido su dosis de televisión y había tomado sus dos o tres copas; esa noche habían sido tres. Debería estar rendido de sueño. En realidad, lo estaba, pero el sueño se resistía. Y no sabía por qué. «Limítate a cerrar los ojos y pensar en cosas bonitas», le había dicho de pequeño su mamá. Pero pensar en cosas bonitas era lo difícil, ahora que ya no era un niño. Había entrado en un mundo en el que no abundaban ese tipo de cosas. Su trabajo consistía en examinar hechos conocidos y sospechados sobre personas a las que probablemente nunca conocería, procurar decidir si se proponían asesinar a otras personas a las que tampoco conocía y luego transmitir dicha información a otras personas que intentarían o no hacer algo al respecto. No sabía lo que intentarían hacer exactamente, aunque tenía sus sospechas... que no eran particularmente halagüeñas. Se dio la vuelta en la cama, mulló la almohada, procuró encontrar un espacio fresco para la cabeza, e intentó dormirse... pero no lo lograba. Tarde o temprano lo vencería el sueño. Siempre ocurría, al parecer, medio segundo antes de que sonara el despertador.

—¡Maldita sea! —exclamó, mirando al techo.

Cazaba terroristas. En su mayoría creían que cuando cometían sus crímenes había algo más que bueno, heroico, respecto a sí mismos. No lo consideraban un crimen. Los terroristas musulmanes tenían la ilusión de que hacían el trabajo de Dios. Salvo que eso no era lo que decía el Corán, que condenaba específicamente la matanza de personas inocentes, no combatientes. ¿Cómo funcionaba eso en realidad? ¿Recibía Alá con una sonrisa a los terroristas suicidas, o era otra cosa? En el catolicismo, la conciencia individual era soberana. Si uno en realidad creía que hacía lo debido, Dios no podía castigarlo por ello. ¿Tenía el islam las mismas normas? Además, puesto que había un solo dios, puede que las normas fueran las mismas para todos. ¿Pero qué conjunto de reglas religiosas estaba realmente más cerca del pensamiento de Dios? ¿Y cómo diablos podía uno distinguir los unos de los otros? Los cruzados habían cometido auténticas atrocidades. Pero eso había sido un caso clásico en el que se había otorgado un título religioso a una guerra motivada en realidad por la economía y la pura ambición. Un noble no quería ser visto luchando por el dinero, y con Dios de su parte, nada le estaba vedado. Podía levantar la espada y cortarle el cuello a cualquiera con el beneplácito del obispo.

El verdadero problema era que la religión y el poder político formaban una mezcla abominable, aunque fácilmente adoptada por los jóvenes entusiastas sedientos de aventura. Su padre había hablado de ello algunas veces, mientras cenaban en la zona residencial de la Casa Blanca, y contaba que una de las cosas que era preciso enseñarles a los reclutas y los jóvenes marines era que incluso en la guerra había reglas, y el castigo por quebrantarlas era severo. Los soldados norteamericanos lo aprendían con bastante facilidad, le había dicho Jack padre a su hijo, porque procedían de una sociedad donde se reprimía duramente la violencia arbitraria, y eso era preferible a un principio abstracto para diferenciar el bien del mal. Después de un par de cachetes, uno solía comprender el mensaje.

Dio un suspiro y se volvió de nuevo en la cama. Era realmente demasiado joven para pensar en esas cuestiones fundamentales de la vida, aunque su licenciatura de Georgetown sugiriera lo contrario. Las universidades no solían revelarle a uno que el noventa por ciento de la educación se recibía después de haber colgado el diploma en la pared. Tal vez la gente pediría que le devolvieran el dinero.

Había pasado la hora de cerrar en El Campus. Gerry Hendley estaba en su despacho del piso superior, examinando unos datos que no había tenido tiempo de ver durante la jornada laboral. Otro tanto le ocurría a Tom Davis, que había recibido unos informes de Pete Alexander.

—¿Problemas? —preguntó Hendley.

—Los mellizos todavía piensan demasiado, Gerry. Deberíamos haberlo previsto. Ambos son listos y están acostumbrados a actuar, generalmente, según las normas, por lo que les preocupa comprobar que se los entrena para quebrantarlas. Lo curioso, según Pete, es que el marine es quien más se preocupa. El del FBI se ajusta mucho mejor.

—Yo habría supuesto lo contrario.

—También yo. Y Pete —dijo Davis, mientras tomaba un sorbo de agua con hielo, porque nunca bebía café tan tarde—. En todo caso, Pete dice que no está seguro del desenlace, pero no tiene más remedio que seguir con el entrenamiento. Suponía que surgiría este problema y debería habérselo advertido, Gerry. Maldita sea, es la primera vez que lo intentamos. No nos interesan los psicópatas. Éstos formularán preguntas. Querrán saber por qué. Tendrán dudas. No podemos reclutar robots.

—Como cuando intentaron eliminar a Castro —observó Hendley.

Había leído los informes secretos sobre la descabellada y fracasada aventura. Bobby Kennedy fue quien dirigió, supervisó y controló la Operación Mongoose. Puede que lo decidieran entre copa y copa, o tal vez después de jugar un poco al fútbol. Después de todo, Eisenhower había utilizado a la CIA con fines parecidos durante su presidencia, ¿por qué no podían hacerlo ellos? Salvo que un ex teniente de la armada que había perdido el mando de su navío y un abogado que nunca había ejercido no sabían instintivamente todas las cosas que un militar de carrera, que había llegado a general de división, comprendía perfectamente desde el principio. Pero ellos ostentaban el poder. La propia Constitución había convertido a Jack Kennedy en comandante en jefe, con cuyo poder surgía inevitablemente el impulso de utilizarlo y modelar el mundo de forma compatible con su visión personal. Así pues, la CIA recibió la orden de hacer desaparecer a Castro. Pero la CIA nunca había tenido un departamento de asesinatos, ni había entrenado jamás a nadie para dicho propósito. Por consiguiente, la CIA recurrió a la mafia, cuyos dirigentes tenían escasas razones para admirar a Fidel Castro, después de que clausuró lo que estaba a punto de convertirse en su mejor negocio de la historia. Era tan prometedor que algunos de los capos del crimen organizado habían invertido su propio dinero personal en casinos de La Habana sólo para que un dictador comunista los clausurara.

¿Y no sabía la mafia cómo matar a personas?

Pues el caso es que no, que nunca habían sido muy eficaces en dicho sentido, especialmente para matar a personas capaces de defenderse, al contrario de lo que sugerían las películas de Hollywood. No obstante, el gobierno de Estados Unidos había intentado utilizarlos como sicarios para asesinar a un jefe de Estado extranjero, porque la CIA no sabía cómo llevarlo a cabo. Retrospectivamente, era bastante absurdo. «¿Bastante?», se preguntó Gerry Hendley. Había estado a un pelo de divulgarse como una hecatombe maquinada por el gobierno. Bastó para obligar al presidente Gerry Ford a redactar su orden ejecutiva ilegalizando dicha acción, que permaneció vigente hasta que el presidente Ryan decidió eliminar al dictador religioso de Irán con dos bombas inteligentes. Asombrosamente, el tiempo y las circunstancias impidieron que los medios de comunicación comentaran la matanza. Después de todo, la habían llevado a cabo las fuerzas aéreas estadounidenses, con bombarderos, aunque sigilosos, perfectamente identificados, en el contexto de una guerra no declarada pero incuestionablemente real en la que se habían utilizado armas de destrucción masiva contra ciudadanos norteamericanos. Todos esos factores habían contribuido a convertir la operación no sólo en legítima, sino también en loable, como lo ratificó el pueblo norteamericano en las siguientes elecciones. Sólo George Washington lo había superado en votos y Jack Ryan padre todavía se sentía incómodo al respecto. Pero Jack era consciente de la importancia de eliminar a Mahmoud Haji Daryaei y, por consiguiente, antes de abandonar el cargo, había convencido a Gerry para fundar El Campus.

«Pero Jack no me dijo lo arduo que sería», se recordó a sí mismo Hendley. Ésa había sido siempre la forma de operar de Jack Ryan: elegir buen personal, encomendarles una misión con los medios necesarios para llevarla a cabo y dejar que hicieran su trabajo con un mínimo de intromisiones. Eso, pensaba Gerry, era lo que lo había convertido en un buen jefe y bastante buen presidente. Pero no facilitaba la vida de sus subordinados. ¿Por qué diablos había aceptado el encargo?, se preguntó Hendley. Pero entonces brotó una sonrisa en sus labios. ¿Cómo reaccionaría Jack cuando supiera que su propio hijo formaba parte del Campus? ¿Vería el aspecto humorístico?

Probablemente no.

—¿Entonces Pete dice que nos limitemos a seguir adelante?

—¿Qué otra cosa puede decir? —respondió Davis.

—Dígame, Tom, ¿nunca se le antoja que estaría mejor en la granja de su padre en Nebraska?

—Es un trabajo muy arduo y bastante aburrido.

Además, era inimaginable que Davis viviera en la granja, después de haber sido agente de campo de la CIA. Puede que ahora en su vida «blanca» fuera un buen corredor de Bolsa, pero la vocación de Davis era tan poco blanca como el color de su piel. Le gustaba demasiado actuar en «negro».

—¿Qué opina del material de Fort Meade?

—Siento en las entrañas que algo se fragua. Les hemos asestado un buen golpe. Querrán contraatacar.

—¿Cree que podrán recuperarse? ¿No les han dado nuestras tropas en Afganistán una buena paliza?

—Gerry, hay gente demasiado boba, o demasiado comprometida, para percatarse de sus heridas. La religión es un motivador muy poderoso. Y aunque sus guerreros sean demasiado bobos para comprender la importancia de sus actos...

—... son suficientemente listos para llevar a cabo sus misiones —concluyó Hendley.

—¿Y no es ésa la razón por la que estamos aquí? —preguntó Davis.

Capítulo once

CRUZANDO EL RÍO

El sol salió puntualmente al amanecer. El brillo de la luz y un bache en la carretera despertaron a Mustafá con un sobresalto. Sacudió la cabeza para despejarse y miró a Abdullah, que sonreía al volante.

—¿Dónde estamos? —preguntó el jefe del equipo a su lugarteniente.

—Media hora al este de Amarillo. Ha sido agradable conducir los últimos quinientos sesenta kilómetros, pero pronto voy a necesitar gasolina.

—¿Por qué no me despertaste hace unas horas?

—¿Para qué? Dormías plácidamente y la carretera ha estado casi completamente despejada toda la noche, salvo por esos malditos camionazos. Parece que todos los norteamericanos duermen por la noche. No creo haber visto más de treinta coches normales en las últimas horas.

Mustafá consultó el velocímetro. El coche iba sólo a cien, por tanto Abdullah no excedía el límite de velocidad. Ningún policía los había parado. No había nada de que preocuparse, salvo por que Abdullah no había seguido sus órdenes tan al pie de la letra como Mustafá hubiera querido.

—Ahí está —dijo el conductor, señalando el cartel azul de una estación de servicio—. Aquí podemos conseguir gasolina y un poco de comida. De todos modos pensaba despertarte al llegar aquí, Mustafá. Tranquilízate, amigo.

Mustafá se percató de que el indicador de combustible señalaba que el depósito estaba casi vacío. Abdullah había sido imprudente dejando que se agotara hasta tal punto, pero era inútil reprochárselo.

Entraron en una espaciosa gasolinera. Los surtidores llevaban el letrero de Chevron y eran automáticos. Mustafá sacó su
Visa de la cartera, la introdujo en la ranura correspondiente y
llenaron el depósito del Ford con más de setenta y cinco litros de
súper.

Cuando terminaron, los otros tres habían visitado los servicios y examinaban las opciones culinarias. Parecía que una vez
más volverían a comer Donuts. Diez minutos después de salir de
la autopista interestatal entraban de nuevo en la misma, en dirección este hacia Oklahoma, adonde llegarían al cabo de veinte
minutos.

En el asiento trasero, Rafi y Zuhayr estaban despiertos, charlando, y Mustafá, al volante, los escuchaba sin intervenir en la
conversación.

El terreno era llano, semejante topográficamente al de su
país, pero mucho más verde. El horizonte estaba asombrosamente lejos, lo suficiente como para que, a primera vista, fuera
imposible estimar la distancia. El sol, por encima del horizonte,
le abrasaba los ojos hasta que recordó que llevaba sus gafas ahumadas en el bolsillo de su camisa. Ayudaban un poco.

Mustafá hizo un repaso mental de su estado de ánimo. La
conducción le resultaba agradable, el paisaje por el que circulaban, placentero a la vista, y el trabajo, si así cabía denominarlo,
fácil. Cada noventa minutos aproximadamente veía un coche de
policía, que por regla general adelantaba a su Ford a una buena
velocidad, suficiente para que el agente al volante no tuviera
tiempo de fijarse en él y en sus amigos. Había sido un buen consejo el de no superar la velocidad autorizada. Avanzaban a un
buen ritmo, pero casi todo el mundo los adelantaba, incluidos
los grandes camiones. No quebrantar la ley, ni siquiera un poco,
los convertía en invisibles a los ojos de la policía, cuya principal
ocupación consistía en castigar a los que tenían demasiada prisa. Confiaba en que la seguridad de su misión era sólida. De lo
contrario, los habrían seguido o detenido en algún tramo particularmente desértico de la autopista, y tendido una emboscada
con muchos enemigos armados. Pero eso no había ocurrido.
Otra ventaja de circular a la velocidad autorizada era que si alguien los seguía llamaría la atención. Bastaba con echar una oje-
da al retrovisor. Nadie aguantaba más de cinco minutos. Si los
siguiera alguien de la policía sería un hombre, debería ser un
hombre, un poco por debajo o por encima de los treinta. Puede
que fueran dos, uno para conducir y otro para observar. Tendrían el aspecto de estar en buena forma física y llevarían un cor-

te de pelo convencional. Los seguirían unos minutos antes de alejarse, cuando alguien los relevara. Serían evidentemente astutos, pero la naturaleza de la misión permitía prever sus procedimientos. Algunos vehículos desaparecían y reaparecían. Pero Mustafá estaba muy atento y ningún coche había aparecido en más de una ocasión. Por supuesto también podían seguirlos desde el aire, pero los helicópteros eran fáciles de detectar. El único verdadero peligro era el de una avioneta, pero no podía preocuparse por todo. Si estaba escrito, escrito estaba, y nada podía hacerse al respecto. De momento, la carretera estaba despejada y el café era excelente. Hoy haría un buen día. Oklahoma City, 57 kilómetros, proclamaba el cartel verde informativo.

La radio nacional anunció que ese día era el cumpleaños de Barbra Streisand, un dato informativo de vital importancia para empezar el día, pensó John Patrick Ryan hijo cuando saltaba de la cama para ir directamente al baño. A los pocos minutos comprobó que su cafetera con temporizador había funcionado a la perfección y vertía dos tazas de café en un recipiente de plástico blanco. Esa mañana decidió desayunar en McDonald's, donde comió un huevo McMuffin acompañado de patatas y cebollas doradas en la sartén, de camino a la oficina. No era exactamente comida sana, pero llenaba el estómago, y a los veintitrés no le preocupaba excesivamente la grasa ni el colesterol como a su padre, gracias a su madre. Su madre ya solía estar vestida y lista para trasladarse a Hopkins y empezar su jornada laboral (con su principal agente del servicio secreto al volante), sin tomar café si aquel día debía operar, porque temía que la cafeína pudiera hacerle temblar ligeramente la mano e introdujera el pequeño bisturí en el cerebro del pobre desgraciado, después de ensartar su globo ocular como la aceituna en un Martini (solía bromear su padre y su madre acostumbraba a responder con una juguetona palmada). Entonces su padre se dedicaba a trabajar en sus memorias, con la ayuda de un negro (cosa que detestaba, pero en la que su editor había insistido). Sally estaba en la etapa de futuros médicos de la facultad, y Jack no sabía exactamente lo que hacía en la actualidad. Katie y Kyle se estarían vistiendo para ir a la escuela. Pero el joven Jack debía ir a trabajar. Recientemente se había percatado de que en la universidad había disfrutado de sus últimas vacaciones de verdad. Sí, claro, la mayor aspiración de todos los niños y las niñas es la de crecer y responsabilizarse plenamente de su propia vida, pero entonces llega el momento, y es demasiado tarde para dar marcha atrás. Eso de trabajar todos los días era una lata. Desde luego uno recibe un salario, pero como miembro de una familia distinguida él ya era rico. En su caso, el dinero ya estaba *hecho*, y él no era un despilfarrador dispuesto a derrochar su fortuna para convertirse en pobre como consecuencia de sus propios esfuerzos. Metió su taza vacía en el lavavajillas y se dirigió al cuarto de baño para afeitarse.

Otro engorro. Maldita sea, de adolescente uno se alegraba enormemente cuando su vello suave oscurecía y se endurecía, obligándolo a afeitarse una o dos veces por semana, generalmente antes de una cita. ¡Pero afeitarse todas las mañanas era un verdadero coñazo! Recordaba observar cómo lo hacía su padre, como suelen hacerlo los chiquillos, pensando en lo maravilloso que era ser un hombre adulto. ¡Y un carajo! Crecer no valía la pena. Era preferible tener una mamá y un papá que resolvieran todos tus problemas. No obstante...

No obstante, ahora hacía cosas importantes, y eso le aportaba cierta satisfacción, después de superar todos los inconvenientes que eso conllevaba: camisa limpia, elegir corbata con su correspondiente aguja y ponerse la chaqueta antes de salir de casa. Por lo menos tenía un buen coche para desplazarse. Quizá lo cambiara. Tal vez por un descapotable. Se acercaba el verano y podría ser agradable sentir el viento en la casa. Hasta que algún depravado con una navaja rajara la capota, tuviera que llamar a la compañía de seguros y se quedara tres días sin coche, mientras lo reparaban en el taller. A fin de cuentas, crecer era como ir a un centro comercial a comprar ropa interior. Todo el mundo la necesitaba, pero no servía para mucho salvo para quitársela.

El desplazamiento al trabajo era tan monótono como el desplazamiento a la escuela, salvo que ahora ya no debía preocuparse por los exámenes. Pero si metía la pata, perdería el trabajo y esa mala nota marcaría durante mucho más tiempo su expediente que un suspenso en Sociología. Por consiguiente, no quería meter la pata. El problema con aquel trabajo era que pasaba todos los días aprendiendo, en lugar de aplicar sus conocimientos. La gran mentira de la universidad era que le enseñaba a uno lo que precisaba saber en la vida. ¡Y un carajo! Probablemente no había sido el caso de su padre, y en cuanto a su madre, maldita sea, nunca dejaba de leer publicaciones médicas para aprender cosas nuevas. No sólo publicaciones norteamericanas, sino también inglesas y francesas, porque hablaba bastante bien el francés y decía que los médicos franceses eran buenos. Mejor que sus políticos, aunque también era cierto que si alguien juzgaba a Norteamérica por sus líderes políticos, probablemente pensaría que Estados Unidos era un país de cretinos. Por lo menos desde que su padre había dejado la Casa Blanca.

Escuchaba de nuevo la radio nacional. Era su emisora predilecta para las noticias, e indudablemente superaba la variedad actual de música popular. Había crecido oyendo a su madre al piano, interpretando a Bach y sus contemporáneos, con tal vez algo de John Williams como concesión a la modernidad, aunque componía más para instrumentos de viento que para el teclado.

Otro terrorista suicida en Israel. Maldita sea, su padre había intentado por todos los medios estabilizar ese conflicto, pero a pesar de sus sinceros esfuerzos, incluso por parte de los israelíes, se había ido todo al carajo. Los judíos y los musulmanes parecían incapaces de congeniar. Su padre y el príncipe Ali bin Sultan hablaban de ello cuando se reunían, y era doloroso ver la frustración que expresaban. El príncipe no había sido elegido como candidato al trono de su país, lo cual, en opinión de Jack, era probablemente una suerte, porque ser rey debía de ser incluso peor que ser presidente, pero seguía siendo un personaje importante al que el rey actual solía escuchar... y eso lo hizo pensar en...

Uda bin Sali. Esa mañana se habían recibido más noticias sobre él. La toma del día anterior de los servicios secretos británicos, por gentileza de los proletarios de la CIA. ¿Proletarios de la CIA?, se preguntó. Su propio padre había trabajado en dicha institución, donde había servido con distinción antes de ascender en el mundo, y les había dicho muchas veces a sus hijos que no creyeran nada de lo que veían en las películas sobre los servicios de inteligencia. El joven Jack le había hecho preguntas, de las que, por regla general, recibía respuestas insatisfactorias, y ahora aprendía cómo era en realidad el servicio. Generalmente era aburrido. Demasiado parecido a la contabilidad, como perseguir ratones en el Parque Jurásico, aunque por lo menos con la ventaja de ser invisible para los depredadores. Nadie sabía que El Campus existiera, y mientras siguiera así, todo el mundo estaba a salvo. Eso permitía una sensación de comodidad, aunque una vez más acompañada de aburrimiento. Jack era todavía lo suficientemente joven para pensar que la emoción era divertida.

Salió por la izquierda de la nacional 29 y entró en El Campus. Aparcó en el lugar habitual. De camino a su despacho, saludó con la mano y sonrió al guardia de seguridad. Sólo entonces se percató de que no se había detenido en McDonald's, cogió un pastelito danés de la bandeja de la empresa y se preparó un café antes de instalarse en su escritorio. Encendió el ordenador y se puso a trabajar.

—Buenos días, Uda —dijo el joven Jack a la pantalla del ordenador—. ¿Qué has estado haciendo?

Según el reloj del ordenador, eran las ocho y veinticinco de la mañana. Eso significaba el principio de la tarde en el distrito financiero de Londres. Bin Sali tenía un despacho en el edificio de la compañía de seguros Lloyd, que por lo que el joven Jack recordaba de sus anteriores viajes a través del charco, tenía el aspecto de una refinería de petróleo con paredes de cristal. Estaba en un barrio elegante, con algunos vecinos muy ricos. El informe no especificaba el piso, pero en todo caso él tampoco había estado nunca en el interior del edificio. Seguros. Debía de ser el oficio más aburrido del mundo, a la espera de que ardiera algún edificio. De modo que el día anterior Uda había hecho algunas llamadas telefónicas y una de ellas... ¡ah!

—Conozco ese nombre de algún lugar —dijo el joven Ryan a la pantalla de su monitor.

Era el nombre de un individuo muy rico de Oriente Próximo, del que se sabía que había intervenido ocasionalmente en actividades escabrosas y que estaba también bajo vigilancia por parte de los servicios de seguridad británicos. ¿De qué habrían hablado?

Había incluso una transcripción. La conversación había tenido lugar en árabe, y según la traducción, podía haber sido un encargo de su esposa para que comprara un litro de leche a su regreso del trabajo. Así de emocionante y revelador, salvo que Uda había respondido a una pregunta completamente inocua con un «¿estás segura?». Eso no era lo que se le solía decir a una esposa, cuando le pedía a uno que comprara un litro de leche semidesnatada a la vuelta del trabajo. «El tono de voz sugiere un significado oculto», opinaba moderadamente el analista británico a pie de página.

Aquel mismo día, Uda había salido temprano de su despacho y había entrado en un bar, donde se había reunido con el mismo individuo con el que había hablado por teléfono. De modo que la conversación no había sido tan inocua después de todo. Aunque no habían logrado oír lo que hablaban en el bar, tampoco se había mencionado un encuentro ni un lugar durante la charla telefónica, y Uda no permaneció mucho tiempo en el local.

—Buenos días, Jack —dijo Wills, mientras colgaba la chaqueta de su traje—. ¿Qué hay?

—Nuestro amigo Uda se menea como un pez —respondió Jack, al tiempo que pulsaba la tecla de imprimir y le entregaba a su compañero una copia impresa, incluso antes de que tuviera tiempo de sentarse.

—Parece sugerir dicha posibilidad.

—Tony, ese individuo es un activista —dijo Jack, con cierta convicción en el tono de su voz.

—¿Qué hizo después de la conversación telefónica? ¿Alguna transacción inusual?

—Todavía no lo he comprobado, pero si lo hizo se lo ordenó su amigo y luego se reunieron para confirmarlo, mientras compartían una jarra de cerveza John Smith.

—Se deja llevar por la imaginación, y aquí eso procuramos evitarlo —advirtió Wills.

—Lo sé —refunfuñó Jack.

Había llegado el momento de comprobar los movimientos económicos del día anterior.

—Por cierto, hoy conocerá a alguien nuevo.

—¿Quién?

—Dave Cunningham. Un contable forense que trabajó en el Departamento de Justicia, en asuntos relacionados con el crimen organizado. Es bastante bueno detectando irregularidades financieras.

—¿Cree que he encontrado algo interesante? —preguntó Jack, esperanzado.

—Lo sabremos cuando venga, después del almuerzo. Probablemente ahora mismo esté examinando su material.

—Estupendo —respondió Jack.

Puede que hubiera captado el aroma de algo. Tal vez en su trabajo había realmente un elemento de emoción. Quizá le otorgarían una cinta morada para su máquina de sumar. Faltaría más.

Los días se habían convertido en una rutina: carrera y ejercicios matutinos, seguidos de desayuno y charla. Esencialmente lo mismo que durante la época de Dominic en la academia del FBI, o de Brian en la de los marines. Era esa semejanza lo que preocupaba vagamente al marine. El entrenamiento del cuerpo de los marines estaba directamente encaminado a matar a personas y causar destrucción. Ése también.

Dominic era ligeramente mejor que su hermano en lo concerniente a la vigilancia, porque en la academia del FBI lo enseñaban con un libro que los marines no utilizaban. Enzo era también bastante bueno con la pistola, aunque Aldo prefería su Beretta a la Smith & Wesson de su hermano. Su hermano había eliminado a un malvado con su Smith, mientras que Brian había hecho otro tanto con su rifle M16A2, a una distancia prudencial de cincuenta metros, lo suficientemente cerca para ver sus rostros cuando impactaba la bala y lo bastante lejos como para no preocuparse seriamente si les devolvían el disparo. Su sargento armero le había reprochado que no se arrojara al suelo cuando los AK lo apuntaban, pero Brian había aprendido una importante lección en su única participación en combate. Se percató de que, en aquel momento, su mente y su capacidad de pensar entraban en un estado de hiperdinamismo, y tuvo la sensación de que el mundo a su alrededor funcionaba más despacio y su pensamiento era extraordinariamente claro. En retrospectiva, a la gran velocidad a la que funcionaba su mente, le sorprendía no haber visto las balas en vuelo, por lo menos las últimas cinco balas del AK-47 que solían ser trazadoras y que había alcanzado a ver en el aire, pero nunca directamente hacia él. Su mente retrocedía a menudo a aquellos cinco o seis minutos de acción, y se censuraba a sí mismo por cosas que podría haber hecho mejor, al tiempo que se prometía no volver a cometer los mismos errores, a pesar de que el sargento Sullivan había sido sumamente respetuoso con su capitán, cuando Caruso analizaba posteriormente los hechos con sus marines en la base.

—¿Qué les ha parecido hoy la carrera, muchachos? —preguntó Pete Alexander.

—Muy agradable —respondió Dominic—. Tal vez deberíamos intentarlo con treinta kilos a la espalda.

—Puede organizarse —respondió Alexander.

—Solíamos hacerlo en las fuerzas de reconocimiento y no tiene nada de divertido —protestó inmediatamente Brian—. Déjate de chistes, hermano.

—Es agradable comprobar que siguen en buena forma —observó alegremente Pete, que después de todo no tenía que correr por la mañana—. ¿Qué me cuentan?

—Sigo pensando que me gustaría saber más sobre nuestra misión aquí, Pete —respondió Brian, con su taza de café en la mano.

—No parece usted exactamente el hombre más paciente del mundo —replicó el oficial instructor.

—En los marines entrenamos todos los días, pero aunque no esté claro exactamente con qué propósito, sabemos que somos soldados y que no nos preparamos para la venta ambulante de pasteles.

—¿Para qué cree que se preparan ahora?

—Para matar a gente sin previo aviso, sin las reglas de combate que reconozco. Algo muy parecido al asesinato.

Bien, pensó Brian, lo había dicho en voz alta. ¿Qué ocurriría ahora? Probablemente lo mandarían de regreso a Camp Lejeune, para proseguir con su carrera en los marines. Podría ser peor.

—Bueno, supongo que ha llegado el momento —reconoció Alexander—. ¿Cómo reaccionaría si recibiera la orden de acabar con la vida de alguien?

—Si la orden fuera legítima, la llevaría a cabo, pero la ley, el sistema, me permite evaluar si una orden es legítima.

—Supongamos que se le ordenara aniquilar a un conocido terrorista. ¿Cómo reaccionaría? —preguntó Pete.

—Es fácil —respondió inmediatamente Brian—, lo mataría.

—¿Por qué?

—Los terroristas son criminales, pero no siempre es posible detenerlos. Esa gente está en guerra contra mi país, y si se me ordena contraatacar, me parece bien. Es a eso a lo que me he comprometido, Pete.

—El sistema no siempre nos lo permite —observó Dominic.

—Pero el sistema nos autoriza a aniquilar a los criminales en el acto, *in flagrante delicto*. Tú lo has hecho, hermano, y no he oído que tengas ningún remordimiento.

—Ni lo oirás. Tú estás en la misma situación. Si el presidente te ordena eliminar a alguien y tú perteneces a las fuerzas armadas, él es el comandante en jefe, Aldo. Tienes no sólo el derecho legal, sino la obligación de matar a quien te ordene.

—¿No esgrimieron algunos alemanes el mismo argumento en 1946? —preguntó Brian.

—Eso no me preocuparía demasiado. Habría que perder una guerra para que fuera importante, y no me parece que eso vaya a ocurrir en un futuro próximo.

—Enzo, si lo que acabas de decir fuera cierto, en el caso de que los alemanes hubieran ganado la segunda guerra mundial, a nadie deberían preocuparle los seis millones de judíos muertos. ¿Es eso lo que me estás diciendo?

—Caballeros —los interrumpió Alexander—, esto no es una clase de teoría legal.

—En este caso, Enzo es el abogado —señaló Brian.

Dominic mordió el anzuelo.

—Si el presidente quebranta la ley, la Cámara de Representantes lo acusa. El Senado lo condena y lo echan a la calle, donde es susceptible de sanciones penales.

—¿Y qué ocurre con los que han llevado a cabo sus órdenes? —replicó Brian.

—Todo depende —dijo Pete, dirigiéndose a ambos—. ¿Cuál es su responsabilidad, si el presidente saliente les ha concedido perdones presidenciales?

La respuesta obligó a Dominic a negar con la cabeza.

—Ninguna, supongo. Según la Constitución, el presidente goza de poder soberano para perdonar, como ocurría con los reyes en otros tiempos. Teóricamente, un presidente podría perdonarse a sí mismo, pero eso plantearía un sinfín de problemas legales. La Constitución es la ley suprema de la nación. De hecho, la Constitución es Dios, sin derecho de apelación. Salvo en la ocasión en que Ford perdonó a Nixon, es un área que nunca ha sido realmente explorada. Pero la Constitución está diseñada para que hombres razonables la apliquen razonablemente. Puede que ése sea su único defecto. Los juristas actúan como abogados y eso significa que no siempre son razonables.

—Por consiguiente, teóricamente hablando, si el presidente te perdona por haber matado a alguien, nadie puede castigarte por el delito cometido.

—Exactamente.

Dominic frunció ligeramente el entrecejo.

—¿Qué me está diciendo?

—Es sólo una hipótesis —respondió Alexander, retrocediendo perceptiblemente.

En todo caso, así concluyó la clase de teoría legal, y Alexander se felicitó a sí mismo por decirles mucho y nada simultáneamente.

Mustafá pensó en lo extraño que le resultaban los nombres de las ciudades: Shawnee, Okemah, Weleetka, Pharaoh. Sobre todo este último. Después de todo, no estaban en Egipto, que era un país musulmán, aunque un tanto confuso, con una política que no reconocía la importancia de la fe. Pero eso cambiaría, tarde o temprano. Mustafá se desperezó en su asiento y cogió un cigarrillo. Todavía le quedaba medio depósito de gasolina. Ese Ford disponía ciertamente de un voluminoso depósito, para quemar combustible musulmán. Los norteamericanos eran unos cabrones desagradecidos. Los países islámicos les vendían petróleo, y ¿qué les daba Norteamérica a cambio? Prácticamente lo único eran armas a los israelíes para matar a árabes. Revistas guarras, alcohol y otras formas de corrupción para afligir incluso a los creyentes. ¿Pero qué era peor, corromper o ser corrompido, ser víctima de los infieles? Algún día todo ocuparía su lugar, cuando la ley de Alá abarcara el mundo entero. Llegaría el día, e incluso ahora él y sus camaradas guerreros participaban en la primera oleada de la voluntad de Alá. Morirían como mártires y eso era algo de lo que sentirse orgullosos. A su debido tiempo, sus familias descubrirían su destino, podían depender probablemente de los norteamericanos para ello, y lamentarían su muerte, pero celebrarían su lealtad. A los cuerpos de policía norteamericanos les encantaba demostrar su eficacia, después de haber perdido la batalla. Una sonrisa brotó en sus labios.

Dave Cunningham aparentaba la edad que tenía. Jack calculó que se acercaba a los sesenta, a pasos agigantados. Pelo gris y escaso. Piel deteriorada. Había dejado de fumar, aunque demasiado tarde. Pero sus ojos grises brillaban con la curiosidad de una comadreja de los Dakotas, en busca de perros de las praderas para devorarlos.

—¿Es usted Jack hijo? —preguntó a su llegada.

—Culpable —reconoció Jack—. ¿Qué le han parecido mis cifras?

—No están mal para un aficionado —respondió Cunningham—. Su sujeto parece guardar y blanquear dinero, para sí mismo y para alguien más.

—¿Quién es ese alguien? —preguntó Wills.

—No estoy seguro, pero es de Oriente Próximo, rico, y le preocupa hasta el último dólar. Es curioso. Todo el mundo cree que derrochan el dinero como marineros borrachos. Algunos lo hacen —observó el contable—, pero otros son unos tacaños. Cuando sueltan un centavo, el búfalo protesta.

Eso demostraba su edad. Las monedas con un búfalo pertenecían a un pasado tan remoto que Jack ni siquiera entendió el chiste. Entonces Cunningham colocó un papel sobre la mesa, entre Ryan y Wills, con unos círculos rojos alrededor de tres transacciones.

—Es un poco descuidado. Todas sus transacciones cuestionables se efectúan en lotes de diez mil libras y eso facilita su detección. Las disimula como gastos personales y las ingresa en su cuenta, probablemente para ocultárselo a sus padres. Los contables saudíes suelen ser bastante chapuceros. Supongo que algo debe superar un millón para que les preocupe. Probablemente consideran que un chico como él puede gastar diez mil libras en una noche de juerga, con chicas o en un casino. A los jóvenes ricos les gusta jugar, aunque no sean muy buenos. Si vivieran cerca de Las Vegas o de Atlantic City, harían maravillas para nuestra balanza comercial.

—Tal vez prefieran las prostitutas europeas a las nuestras —reflexionó Jack en voz alta.

—En Las Vegas, hijo, puede pedir un asno rubio camboyano de ojos azules y lo tendrá en su puerta media hora después de colgar el teléfono.

A lo largo de los años, Cunningham se había percatado de que los capos de la mafia tenían también sus actividades predilectas, al principio ofensivas para el abuelo metodista. Pero cuando comprobó que había una sola forma de atrapar a esos delincuentes, aprendió a superar sus prejuicios. Las personas corruptas hacían cosas corruptas. Cunningham también había formado parte de la Operación Elegant Serpents, que había mandado a seis congresistas al club de campo federal penitenciario, en la base Eglin de las fuerzas aéreas en Florida, con los mismos métodos que utilizaba ahora para atrapar a su presa. Suponía que se habían convertido en selectos *caddies* para los jóvenes pilotos de caza destinados a la base, y probablemente a los ex representantes del pueblo les sentaba bien el ejercicio.

—Dígame, Dave, ¿es nuestro amigo Uda un activista? —preguntó Jack.

Cunningham levantó la cabeza.

—Sin duda se mueve como si lo fuera, hijo.

Jack se acomodó en su silla, satisfecho. Había logrado realmente algo... ¿tal vez algo importante?

Aparecieron algunas colinas al entrar en Arkansas. Mustafá comprobó que sus reacciones eran un poco lentas después de conducir seiscientos cuarenta kilómetros y se detuvo en una estación de servicio, donde después de llenar el depósito le cedió el volante a Abdullah. A continuación volvieron a la autopista. Abdullah conducía con prudencia. Adelantaban sólo a los ancianos y permanecían en el carril de la derecha, para no ser arrollados por el tráfico de camiones. Además de su deseo de no llamar la atención de la policía, en realidad tampoco tenían ninguna prisa. Disponían de otros dos días para identificar sus objetivos y llevar a cabo su misión. Tiempo más que suficiente. Se preguntó qué harían los otros tres equipos. Todos tenían distancias más cortas que recorrer. Uno de ellos probablemente ya habría llegado a su ciudad objetivo. Sus órdenes consistían en elegir un hotel respetable, aunque no opulento, a menos de una hora en coche de su objetivo, reconocer el objetivo, confirmar vía e-mail que estaban listos para actuar y esperar a que Mustafá les ordenara proseguir. Cuanto más sencillas fueran las órdenes, mejor, evidentemente, menos probables eran las confusiones y los errores. Eran buenos hombres, plenamente informados. Los conocía a todos. Saeed y Mehdi eran, como él, de origen saudí, y también hijos de familias pudientes, que habían llegado a despreciar a sus padres por su costumbre de lamerles el culo a los norteamericanos y a otros como ellos. Sabawi era de origen iraquí. No era hijo de la abundancia y había llegado a ser un verdadero creyente. Sunnita como los demás, quería que incluso la mayoría chiíta de su país lo recordara como leal seguidor del Profeta. Los chiítas en Iraq, sólo recientemente liberados (¡por infieles!) del dominio sunnita, se manifestaban en su país como si sólo ellos fueran creyentes. Sabawi pretendía demostrar el error de esa falsa creencia. A Mustafá apenas le preocupaban esas nimiedades. Para él, el islam era una gran carpa donde cabían casi todos...

—Estoy cansado —dijo Rafi desde el asiento trasero.

—Es inevitable, hermano —respondió Abdullah al volante, que como conductor se consideraba temporalmente al mando.

—Lo sé, pero sigo estando cansado —observó Rafi.

—Podríamos haber utilizado caballos, pero son demasiado lentos, y cabalgar también es agotador, amigo mío —comentó Mustafá.

Sus palabras fueron recibidas con una carcajada, y Rafi se concentró de nuevo en su ejemplar del *Playboy*.

Según el mapa, el camino no ofrecía ninguna dificultad hasta su llegada a la ciudad de Small Stone, en cuyo momento deberían estar plenamente despiertos. Pero por ahora la carretera serpenteaba entre agradables colinas, cubiertas de árboles verdes. Suponía un contraste considerable con el norte de México, muy parecido a las colinas arenosas de su país... al que nunca regresarían...

Para Abdullah, conducir era un placer. El coche no era tan suave como el Mercedes de su padre, pero cumplía por ahora su cometido y el tacto del volante era agradable en sus manos, acomodado en su asiento mientras fumaba un Winston con una sonrisa de satisfacción en los labios. Había gente en Norteamérica que hacía carreras con coches como ése en grandes pistas ovaladas, y debían de divertirse de lo lindo. ¡Conducir tan rápido como uno pudiera, competir con otros y derrotarlos! Debía de ser mejor que acostarse con una mujer... bueno, casi... o sencillamente diferente, rectificó. Pero acostarse con una mujer, *después* de ganar una carrera, eso sí debía de ser un auténtico placer. Se preguntó si habría coches en el paraíso. Coches buenos y veloces, como los de fórmula uno preferidos en Europa, que se pegaban al asfalto en las curvas para soltarse luego en las rectas, y se conducían a la máxima velocidad que alcanzaban los vehículos y permitía la pista. Podría intentarlo ahora. El coche podía alcanzar probablemente los doscientos kilómetros por hora, pero no lo haría, porque su misión era más importante.

Arrojó el cigarrillo por la ventana. En aquel preciso momento pasó un coche blanco de policía a toda velocidad, con rayas azules en los costados. Policía estatal de Arkansas. *Ése* parecía un coche rápido, pensó Abdullah, y su conductor llevaba un espléndido sombrero de vaquero. Como todos los seres humanos del planeta, había visto bastantes películas norteamericanas, incluidas las de vaqueros, con hombres a caballo conduciendo ganado, o simplemente enfrentándose en sus bares revólver en mano, para saldar cuestiones de honor. La imagen le gustaba, pero se recordó a sí mismo que ése era su propósito: otro intento por parte de los infieles para seducir a los creyentes. Sin embargo, para ser justos, las películas norteamericanas se hacían principalmente para el público norteamericano. ¿Cuántas películas árabes había visto en las que las fuerzas de Salah ad-Din, nada menos que un curdo, aplastaran a los cruzados cristianos que invadían sus tierras? Su propósito era el de enseñar historia y alentar la virilidad de los árabes para derrotar con mayor facilidad a los israelíes, cosa que lamentablemente todavía no había sucedido. Lo mismo ocurría, probablemente, con las películas del Oeste norteamericanas. Su concepto de la hombría no era tan diferente del de los árabes, salvo porque usaban revólveres en lugar de las más varoniles espadas. Las pistolas tenían evidentemente mayor alcance y por consiguiente los norteamericanos eran luchadores prácticos, además de muy astutos. No más valientes que los árabes, evidentemente, sólo más listos.

Debería ser cauteloso con los norteamericanos y sus armas de fuego, se dijo Abdullah. Si alguno de ellos disparaba como los vaqueros de las películas, su misión podría llegar a un fin prematuro, y eso sería inaceptable.

Se preguntó lo que el policía del coche blanco que lo adelantaba llevaba al cinto y si era un experto con su arma. Podrían averiguarlo, claro está, pero había una sola forma de hacerlo y eso pondría en peligro su misión. Por consiguiente, Abdullah observó el coche de policía hasta que éste se perdió en la lejanía y se acomodó para ver cómo lo adelantaban los tractores, mientras se dirigía al este a cien kilómetros y tres cigarrillos por hora, sin que dejaran de hacerle ruido las tripas. SMALL STONE, 50 KILÓMETROS.

—Vuelve a haber emoción en Langley —le dijo Davis a Hendley.

—¿Qué ha oído? —preguntó Gerry.

—Un agente de campo recibió algo extraño de un agente local en Arabia. Algo sobre una decena aproximadamente de supuestos activistas que habían salido de la ciudad, por así decirlo, con destino desconocido, pero que a su parecer se encontrarían en el hemisferio occidental.

—¿Es sólida esa información? —preguntó Hendley.

—Un «tres» en términos de fiabilidad, aunque la fuente está generalmente bien informada. Algún burócrata de la central la ha degradado, por razones desconocidas.

Ése era el problema del Campus. Dependían de otros para la mayor parte de sus análisis. Aunque disponían de algunos analistas particularmente buenos en sus propias oficinas, el verdadero trabajo se hacía al otro lado del río Potomac, y Gerry recordaba que la CIA había metido la pata bastantes veces durante los últimos años, o décadas. Nadie recibía la puntuación máxima en esa liga, y muchos funcionarios de la CIA estaban demasiado bien pagados, incluso con sus míseros salarios gubernamentales. Pero a condición de que todo estuviera bien archivado, a nadie le importaba realmente, ni era siquiera consciente de ello. Lo significativo era que los saudíes tenían una forma de deportar a sus propios agitadores potenciales, permitiéndoles que perpetraran sus delitos en otros lugares, y si ellos salían perjudicados, el gobierno saudí cooperaba plenamente, cubriendo así fácilmente todas las bases.

—¿Qué opina? —preguntó Hendley.

—Maldita sea, Gerry, no soy adivino —respondió Tom Davis, con un bufido de frustración—. No dispongo de una bola de cristal, ni del oráculo de Delfos. Se ha notificado a los servicios de seguridad nacional, lo que significa el FBI y sus demás analistas, pero eso es inteligencia «suave». Se dispone de tres nombres, pero sin fotos, y cualquier cretino puede utilizar un nuevo nombre.

Incluso las novelas populares le explicaban a la gente cómo hacerlo. No se precisaba siquiera demasiada paciencia, porque ningún estado de la Unión cotejaba los certificados de nacimiento y los de defunción, aunque incluso los funcionarios del gobierno podrían haberlo hecho fácilmente.

—¿Entonces qué ocurre?

Davis se encogió de hombros.

—Lo de costumbre. Se avisará al servicio de seguridad de los aeropuertos para que se mantengan despiertos y ellos acosarán a más pasajeros inocentes para asegurarse de que nadie intente secuestrar un avión. La policía buscará por todas partes coches sospechosos, pero eso significa esencialmente que pararán a los conductores erráticos. Se ha repetido demasiadas veces el cuento del pastorcillo mentiroso. Incluso a la policía le cuesta tomárselo en serio, Gerry, ¿y quién puede reprochárselo?

—¿De modo que nosotros mismos neutralizamos todas nuestras defensas?

—A efectos prácticos, así es. Hasta que la CIA obtenga muchos más datos de campo para identificarlos antes de que lleguen a este país, estamos en modo *reactivo*, no *proactivo*. Pero ¿qué diablos? —agregó con una mueca—. Mis transacciones bursátiles han ido de maravilla estas dos últimas semanas.

Tom Davis había comprobado que le gustaba bastante el mundo de las finanzas, o por lo menos que lo dominaba con facilidad. ¿No habría sido un error ingresar directamente en la CIA al salir de la Universidad de Nebraska?, se preguntaba con cierta frecuencia.

—¿Algún seguimiento del informe de la CIA?

—Alguien ha sugerido una nueva charla con nuestra fuente, pero todavía no ha recibido la aprobación del séptimo piso.

—¡Joder! —exclamó Hendley.

—¿Qué le sorprende, Gerry? Usted nunca ha trabajado allí como lo hice yo, pero habrá visto cosas parecidas en el Capitolio.

—¿Por qué coño no conservaría Kealty a Foley como director de inteligencia?

—Tiene un amigo abogado al que prefiere, no lo olvide. Mientras que Foley era un espía profesional y, por consiguiente, de poca confianza. La verdad es que Ed Foley ayudó un poco, pero para resolver realmente la situación se precisa una década. ¿No es ésa la razón por la que estamos aquí? —agregó Davis con una sonrisa—. ¿Cómo progresan nuestros sicarios en Charlottesville?

—Al marine todavía le remuerde la conciencia.

—Chesty Puller debe de estar revolviéndose en su tumba —comentó Davis.

—El caso es que no podemos contratar psicópatas. Es preferible que formulen preguntas ahora a que lo hagan en el campo al cumplir una misión.

—Supongo. ¿Qué hay del material?

—La semana próxima.

—Ha tardado lo suyo. ¿Está en fase de prueba?

—En Iowa. Con cerdos. Tienen un aparato cardiovascular parecido al nuestro, según nuestro amigo.

«Muy apropiado», pensó Davis.

Small Stone no supuso un gran problema de navegación, y después de desviarse al suroeste por la interestatal 40, se dirigían ahora al nordeste. Mustafá iba de nuevo al volante y sus dos compañeros del asiento trasero dormían, después de llenar el estómago con bocadillos de rosbif y coca-cola.

Ahora era predominantemente aburrido. Nada puede permanecer cautivador durante más de veinte horas, ni siquiera los sueños de su misión —para la que sólo faltaba un día y medio— lograban mantener sus ojos abiertos, y Rafi y Zuhayr dormían como bebés, presas del agotamiento. Conducía hacia el nordeste con el sol tras su hombro izquierdo, y empezó a ver señales que indicaban la distancia a Memphis, Tennessee. Reflexionó unos instantes, a pesar de que no era fácil pensar con claridad después de tanto tiempo en la carretera, y se percató de que sólo le quedaban por cruzar otros dos estados. Su progreso, aunque lento, era regular. Habría sido preferible desplazarse en avión, pero probablemente no habría sido fácil pasar sus metralletas por los aeropuertos, pensó con una sonrisa. Además, como comandante en jefe de la misión, tenía otros equipos de los que preocuparse. Ésa era la razón por la que había elegido el objetivo más difícil y más lejano de los cuatro, a fin de dar ejemplo a los demás. Pero a veces el liderazgo no era más que un quebradero de cabeza, se dijo Mustafá, mientras se acomodaba en su asiento.

La próxima media hora pasó con rapidez. Entonces llegaron a un puente de tamaño y altura considerables, con una señal que decía Río MISSISSIPPI, seguida de otra en la que se leía TENNESSEE, THE VOLUNTEER STATE. Con la mente confusa después de tanto conducir, Mustafá empezó a preguntarse lo que aquello podía significar, pero el pensamiento murió en estado de gestación. Fuera cual fuese su significado, debía cruzar Tennessee de camino a Virginia. No podrían descansar hasta por lo menos al cabo de otras quince horas. Conduciría unos cien kilómetros al este de Memphis, antes de cederle el volante a Abdullah.

Acababa de cruzar un gran río. En todo su país no había ningún río permanente, sólo torrentes que fluían brevemente después de alguna lluvia ocasional, antes de quedar nuevamente secos. Norteamérica era un país muy rico. De ahí probablemente su arrogancia, pero su misión y la de sus tres compañeros consistía en rebajársela un poco. Y eso, *Insh'Allah*, sería lo que harían en menos de dos días.

«A dos días del paraíso», era el pensamiento que perduraba en su mente.

CAPÍTULO DOCE

LLEGADA

Tennessee pasó volando para los tres pasajeros del asiento posterior, gracias a que Mustafá y Abdullah se turnaron al volante durante los trescientos cincuenta kilómetros que separaban Memphis de Nashville, mientras Rafi y Zuhayr básicamente dormían. Un kilómetro y tres cuartos por minuto, calculó. Eso significaba otras... veinte horas aproximadamente. Pensó en acelerar, reducir la duración del viaje, pero decidió que sería una tontería. Exponerse a riesgos innecesarios siempre era una tontería. ¿No lo habían aprendido de los israelíes? El enemigo siempre estaba allí, como un tigre al acecho. Llamar innecesariamente la atención de la fiera sería una auténtica bobada. Eso sólo se hacía cuando se le apuntaba con un rifle, e incluso entonces con el único propósito de que supiera que se le había burlado y que no tuviera oportunidad de reaccionar. Concederle sólo el tiempo suficiente para que apreciara su propia estupidez, para que saboreara el miedo. Norteamérica saborearía el miedo. A pesar de todas sus armas y de su inteligencia, toda aquella gente arrogante temblaría.

Comprobó que ahora sonreía en la oscuridad. El sol se había puesto de nuevo y los faros de su coche perforaban conos blancos en la noche, iluminando las líneas blancas de la calzada que entraban y salían velozmente de su campo de visión, conforme conducía hacia el este a una velocidad regular de ciento veinte kilómetros por hora.

Los mellizos se levantaban ahora a las seis de la mañana para hacer su docena de ejercicios matutinos, sin la supervisión de

Pete Alexander, que habían decidido que realmente no necesitaban. La carrera se hacía más fácil para ambos y el resto de los ejercicios se habían convertido también en rutinarios. A las siete y cuarto habían terminado e iban a desayunar y a recibir su primera sesión de bombardeo mental, por parte de su oficial instructor.

—Estas zapatillas necesitan alguna que otra reparación, hermano —observó Dominic.

—Sí —reconoció Brian, echando una triste mirada a sus viejas Nike—. Me han sido muy útiles durante varios años, pero parece que están listas para ir al cielo de los zapatos.

—Hay una zapatería en el centro comercial —dijo Dominic, refiriéndose a Fashion Square, en Charlottesville, al pie de la colina.

—¿Tal vez una chuleta con queso Philadelphia para almorzar mañana?

—Me parece bien, hermano —respondió Dominic—. No hay nada como la grasa y el colesterol para almorzar, especialmente con una guarnición de patatas fritas con queso. Bueno, eso suponiendo que tus zapatillas duren un día más...

—Oye, Enzo, me gusta cómo huelen. Esas zapatillas y yo hemos dado varias veces la vuelta a la manzana.

—Como esas sucias camisetas. Maldita sea, Aldo, ¿no puedes vestir como es debido?

—Déjame utilizar mis prendas, hermano. Me gusta ser marine. Uno, siempre sabe dónde se encuentra.

—Sí, en medio de la mierda —observó Dominic.

—Tal vez, pero allí se trabaja con gente de un calibre superior.

Y no agregó que todos estaban de su parte y que todos llevaban armas automáticas. Eso confería una sensación de seguridad que raramente se daba en la vida civil.

—¿Van a salir para almorzar? —preguntó Alexander.

—Tal vez mañana —respondió Dominic—. Luego tendremos que organizar un funeral como es debido para las zapatillas de Aldo. ¿Hay por aquí un bote de desinfectante, Pete?

Alexander soltó una buena carcajada.

—Creí que nunca lo preguntaría.

—¿Sabes lo que te digo, Dominic? —dijo Brian, después de levantar la cabeza—. Si no fueras mi hermano, no te toleraría toda esa mierda.

—¿De veras? —respondió el agente del FBI, al tiempo que le arrojaba un bollo a su hermano—. Estoy seguro de que los mari-

218

nes sois unos bocazas. De niños, siempre le daba palizas —agregó, dirigiéndose a Pete.

—¡Y un carajo! —exclamó Brian, con los ojos casi fuera de sus órbitas.

Y así empezó otro día de entrenamiento.

Al cabo de una hora, Jack estaba de nuevo en su escritorio. Uda bin Sali había disfrutado de otra noche atlética, de nuevo con Rosalie Parker. Debía de estar muy prendado de ella. Ryan se preguntó cómo reaccionaría el saudí si supiera que después de cada sesión lo relataba todo detalladamente al servicio de seguridad británico. Pero para ella el negocio era el negocio, lo cual habría herido la susceptibilidad de muchos varones en la capital británica. Jack estaba seguro de que Sali hubiera sido uno de ellos. Wills llegó a las nueve menos cuarto con una bolsa de Donuts.

—Hola, Anthony, ¿qué hay?

—Dígamelo usted —respondió Wills—. ¿Un Donuts?

—Gracias, amigo. Uda hizo ejercicio anoche.

—Ah, la juventud, maravilloso tesoro, pero desperdiciada en un joven.

—George Bernard Shaw, ¿no es cierto?

—Sabía que era usted culto. Sali descubrió un nuevo juguete hace unos años y supongo que jugará con él hasta que se le rompa... o se le caiga. Debe de ser duro para su equipo en la sombra, en la calle, bajo la fría lluvia, sabiendo que él está arriba echando un polvo.

Era una frase de la serie «Los Soprano», que emitían en el canal de televisión por cable y que Wills admiraba.

—¿Cree que son los que reciben los informes de la chica?

—No, de eso se encargan los de Thames House. Deben de envejecer después de algún tiempo. Sin embargo, es una lástima que no nos manden la transcripción completa —agregó con una carcajada—. Puede ser útil para activar la circulación por la mañana.

—Gracias, siempre puedo comprar un *Hustler* en el quiosco si me siento sucio alguna noche.

—El campo en el que trabajamos no es un negocio limpio, Jack. La clase de personas a las que observamos no son las que uno invitaría a su casa para cenar.

—¿Olvida la Casa Blanca? A la mitad de los invitados a cenas oficiales mi padre apenas podía estrecharles la mano. Pero el secretario Adler le dijo que era cuestión de trabajo y mi padre tuvo que ser amable con esos cabrones. La política también atrae a auténticos degenerados.

—Amén. Y bien, ¿algo nuevo sobre Sali?

—Todavía no he examinado sus transacciones de ayer. Por cierto, ¿qué ocurrirá si Cunningham descubre algo significativo?

—Eso depende de Gerry y de sus ejecutivos.

«Tú eres demasiado novato para preocuparte por esas cosas», no agregó, aunque el joven Ryan entendió de todos modos el mensaje.

—¿Y bien, Dave? —preguntaba Gerry Hendley en el piso superior.

—Blanquea dinero y manda parte del mismo a personas desconocidas. Un banco de Liechtenstein. Si tuviera que adivinarlo, diría que es para cubrir cuentas de tarjetas de crédito. Se puede obtener una Visa o una MasterCard de ese banco en particular, y podría tratarse perfectamente de pagar las cuentas de las tarjetas de crédito de personas desconocidas. Podría tratarse de una amante o de un amigo íntimo, o de alguien en quien podamos estar directamente interesados.

—¿Hay alguna forma de averiguarlo? —preguntó Tom Davis.

—Utilizan el mismo programa de contabilidad que la mayoría de los bancos —respondió Cunningham, indicando que con un poco de paciencia El Campus lograría descifrarlo y obtener más información.

Habría que salvar, evidentemente, algunos cortafuegos. Lo más indicado era que de ello se ocupara la NSA y, por consiguiente, el truco consistía en que uno de sus genios informáticos lo descifrara. Eso significaba mandar una solicitud falsa de la CIA que, a criterio del contable, no era tan fácil como teclear una nota en el ordenador. También sospechaba que El Campus disponía de alguien infiltrado en ambas organizaciones que podría ocuparse de la falsificación sin dejar ningún rastro documental.

—¿Es estrictamente necesario?

—Tal vez dentro de una o dos semanas consiga más datos. Puede que ese tal Sali no sea más que un joven rico que juega a la pelota en medio del tráfico, pero mi olfato me indica que a algún nivel participa en el juego —reconoció Cunningham.

A lo largo de los años había perfilado sus instintos, como consecuencia de lo cual dos ex capos de la mafia vivían ahora incomunicados en la cárcel de Marion, Illinois. Pero no confiaba tanto en sus instintos como sus anteriores y actuales superiores.

Era un contable profesional con olfato de sabueso, muy conservador cuando lo mencionaba.

—¿Tal vez una semana?

—Más o menos —asintió Dave.

—¿Cómo va el joven Ryan?

—Tiene buen olfato. Ha encontrado algo que a la mayoría le habría pasado desapercibido. Puede que la juventud le favorezca. Joven presa, joven sabueso. Generalmente no funciona. En esta ocasión... parece que lo ha hecho. Cuando su padre nombró a Pat Martin fiscal general, oí algunas cosas sobre Jack padre. A Pat realmente le gustaba y yo trabajé con el señor Martin lo suficiente para que me inspirara mucho respeto. Puede que ese joven tenga un gran futuro. Claro que tardaremos unos diez años en estar seguros de ello.

—Se supone que aquí no creemos en el linaje, Dave —observó Tom Davis.

—Las cifras cantan, señor Davis. Algunas personas tienen buen olfato y otras no. Él todavía no lo tiene, no de verdad, pero con toda seguridad va bien encaminado.

Cunningham había ayudado a iniciar la Unidad Especial de Contabilidad del Departamento de Justicia, especializada en la localización de fondos terroristas. Todo el mundo necesitaba dinero para operar, y el dinero siempre dejaba un rastro en algún lugar, pero a menudo no se descubría antes, sino después de los acontecimientos. Era útil para las investigaciones, pero no tanto para una defensa activa.

—Gracias, Dave —dijo Hendley a modo de despedida—. Tenga a bien mantenernos informados.

—Sí, señor —respondió Cunningham, mientras recogía sus papeles para retirarse.

—Sería un poco más eficaz si tuviera personalidad —dijo Davis quince segundos después de que se cerrara la puerta.

—Nadie es perfecto, Tom. Es el mejor en su terreno que ha pasado por el Departamento de Justicia. Apuesto a que, cuando va de pesca, a continuación no queda nada en el lago.

—No se lo discuto, Gerry.

—¿De modo que ese Sali podría ser un banquero de los malos?

—Parece posible. Langley y Fort Meade todavía titubean respecto a la situación actual.

—He visto la documentación. Mucho papel y muy pocos datos concretos.

En el campo del análisis de inteligencia, se pasa con excesiva rapidez a la fase especulativa, al punto en el que los analistas experimentados empiezan a aplicar el miedo a la información existente, siguiéndola hasta Dios sabe dónde, e intentando leer la mente de personas que hablan poco, incluso entre sí. ¿Podría haber gente por ahí con ántrax o virus de la viruela en pequeños frascos en su neceser? ¿Cómo diablos podría uno saberlo? Eso había sucedido una vez en Norteamérica, pero en realidad *todo* había sucedido una vez en Norteamérica. Y si bien eso había dado al país la confianza de que su población podía enfrentarse prácticamente a cualquier cosa, también había servido para que los norteamericanos se percataran de que allí podían ocurrir cosas realmente malas sin que se pudiera identificar siempre a los responsables. El nuevo presidente no infundía ninguna garantía de que se pudiera detener o castigar a los culpables. Y eso era, en sí mismo, un gran problema.

—Somos víctimas de nuestro propio éxito —dijo en voz baja el ex senador—. Hemos logrado dominar a todas las naciones que alguna vez se han cruzado en nuestro camino, pero esos cabrones invisibles motivados por su visión divina son más difíciles de identificar y de localizar. Dios es omnipresente. Y también lo son sus perversos agentes.

—Gerry, amigo mío, si fuera fácil no estaríamos aquí.

—Gracias a Dios, Tom, que siempre puedo contar con su apoyo moral.

—Tenga en cuenta que vivimos en un mundo imperfecto. No siempre llueve lo suficiente para que crezca el maíz, y si lo hace, a veces provoca inundaciones. Me lo enseñó mi padre.

—Siempre he querido preguntárselo: ¿cómo diablos llegó a instalarse su familia en la maldita Nebraska?

—Mi bisabuelo era militar, del noveno de caballería, un regimiento negro, y no le apeteció regresar a Georgia cuando concluyó su servicio. Había pasado algún tiempo en Fort Crook, a las afueras de Omaha, y a ese bobo no le importaba el invierno. De modo que compró un terreno cerca de Seneca y cultivó maíz. Así empezó la historia para nosotros, los Davis.

—¿No había nadie del Ku Klux Klan en Nebraska?

—No, se quedaron en Indiana. Además, allí las fincas son más pequeñas. Al principio mi bisabuelo cazaba algunos búfalos. Hay una enorme cabeza encima de la chimenea, en casa. Maldita sea, todavía huele. Ahora mi padre y mi hermano cazan principalmente antílopes astados, que en mi tierra denominan «cabras veloces». Nunca me han gustado.

—¿Qué dice su olfato respecto a la nueva información, Tom? —preguntó Hendley.

—No tengo ninguna intención de desplazarme a Nueva York en un futuro próximo, amigo mío.

Al este de Knoxville se dividía la carretera. La interestatal 40 se dirigía al este, y la interestatal 81 al norte. El Ford alquilado siguió por la segunda, a través de las montañas exploradas por Daniel Boone, cuando la frontera occidental norteamericana apenas había perdido de vista la costa atlántica. Una señal en la carretera indicaba la salida para dirigirse a la casa de alguien llamado Davy Crockett. Quienquiera que fuese, pensó Abdullah mientras conducía cuesta abajo por un bonito puerto de montaña. Por fin, al llegar a una ciudad llamada Bristol, se encontraban en Virginia, su último límite territorial. Calculó que les quedaban unas seis horas de viaje. El terreno, allí, a la luz del sol, era verde y frondoso, con granjas de caballos y de vacas lecheras a ambos lados de la carretera. Había incluso iglesias, generalmente de madera pintada de blanco, con cruces en la cima de los campanarios. Cristianos. El país estaba claramente dominado por ellos.

Infieles.

Enemigos.

Objetivos.

Llevaban las armas en el maletero para ocuparse de ellos. Primero por la interestatal 81 hacia el norte, hasta la interestatal 64. Hacía mucho tiempo que habían memorizado su ruta. Los otros tres equipos habrían llegado ahora con toda seguridad a sus destinos respectivos: Des Moines, Colorado Springs y Sacramento. Todas ellas ciudades lo suficientemente grandes como para disponer por lo menos de un gran centro comercial. Dos eran capitales provinciales. Pero ninguna de ellas era una urbe principal. Todas se encontraban en lo que ellos denominaban «América central», donde vivía la «buena» gente, donde los «esforzados trabajadores» norteamericanos instalaban su hogar, donde se sentían seguros, lejos de los grandes centros del poder... y la corrupción. En esas ciudades se encontraban pocos judíos, o ninguno. Bueno, tal vez algunos. A los judíos les gustaba tener joyerías. Quizá incluso en los centros comerciales. Eso supondría una bonificación adicional, pero que sólo aprovecharían si se presentaba accidentalmente la oportunidad. Su verdadero objetivo consistía en matar a norteamericanos corrientes, los que se consideraban a salvo en el útero de su país. Pronto descubrirían que la seguridad, en este mundo, era una ilusión. Comprobarían que el rayo de Alá llegaba a todas partes.

—¿Entonces ya está listo? —preguntó Tom Davis.

—Efectivamente —respondió el doctor Pasternak—. Tenga cuidado. Lleva una carga completa. Fíjese en la etiqueta roja. La azul indica que no está cargado.

—¿Qué administra?

—Succinilcolina, un relajante muscular, esencialmente una variedad sintética y más potente del curare. Paraliza todos los músculos, incluido el diafragma. Le impide a uno respirar, hablar e incluso moverse. Permanece perfectamente despierto. Es una muerte terrible —agregó el médico, en un tono frío y lejano.

—¿Por qué? —preguntó Hendley.

—No permite respirar. El corazón entra rápidamente en estado de hipoxia, esencialmente como un masivo infarto inducido. No tiene absolutamente nada de agradable.

—¿Qué ocurre luego?

—Los síntomas tardan unos sesenta segundos en manifestarse. Otros treinta segundos para que la droga ejerza plenamente su efecto. Entonces, unos noventa segundos después de la inyección, la víctima se desploma. Aproximadamente al mismo tiempo, se detiene por completo la respiración. El corazón deja de recibir oxígeno. Intenta latir, pero no distribuye oxígeno al cuerpo ni a sí mismo. El tejido del corazón muere en dos o tres minutos y es sumamente doloroso. Alrededor de los tres minutos la víctima pierde el conocimiento, a no ser que haya estado haciendo ejercicio, en cuyo caso el cerebro estará repleto de oxígeno. Por lo general, el cerebro dispone de suficiente oxígeno para funcionar unos tres minutos sin suministro adicional, pero transcurrido dicho período, es decir, después de la aparición de los primeros síntomas, unos cuatro minutos y medio después de haber recibido la inyección, la víctima pierde el conocimiento. La muerte cerebral completa tardará otros tres minutos aproximadamente. A continuación, la succinilcolina se metaboliza en el cuerpo, incluso después de la muerte. No por completo, pero lo suficiente como para que sólo un forense realmente listo lo detecte en un análisis toxicológico, e incluso entonces sólo si sabe lo que busca. Lo único importante es inyectárselo al sujeto en las nalgas.

—¿Por qué? —preguntó Davis.

—La sustancia se absorbe perfectamente por vía intramuscular. Cuando se realiza una autopsia, el cuerpo está siempre boca arriba para poder ver y extirpar los órganos. Raramente se le da la vuelta. Ahora bien, este sistema de inyectar deja una marca, aunque difícil de detectar en el mejor de los casos, y sólo si se examina la zona afectada. Ni siquiera los drogadictos, que es una de las cosas que se comprueba en la autopsia, se inyectan en el trasero. Parecerá un infarto inesperado. Ocurre todos los días. Son inusuales, pero suceden. Puede provocarlos, por ejemplo, una taquicardia. La pluma inyectora es una jeringa de insulina clase uno modificada, como las que utilizan los diabéticos. Sus técnicos la han disimulado de maravilla. Incluso se puede escribir con la misma, pero si hace girar el mango, cambia el cartucho de tinta por el de insulina. Una carga de gas en la parte posterior del mango inyecta la sustancia. La víctima probablemente lo notará, como una picada de abeja aunque menos dolorosa, pero al cabo de un minuto y medio no podrá contárselo a nadie. Lo más probable será que, a lo sumo, suelte un pequeño ¡ay! y se frote la zona. Como una picada de mosquito en el cuello. Puede que uno se dé una palmada, pero no llama a la policía.

Davis sujetó la inofensiva pluma «azul». Era un poco gruesa, como la que utilizaría un alumno de tercer grado en su introducción al bolígrafo, después de dos años con tizas y lápices robustos. Por consiguiente, al acercarse al sujeto, uno se la sacaba del bolsillo, la giraba en posición de pinchar y sencillamente seguía avanzando. El compañero de apoyo vería cómo el sujeto se desplomaba en la acera, puede que incluso se detuviera para prestar ayuda, vería morir al cabrón, se incorporaría y seguiría su camino, tal vez después de llamar a una ambulancia para que se llevaran a la víctima a un hospital, donde la someterían a un examen médico.

—¿Qué le parece, Tom?

—Me gusta, Gerry —respondió Davis—. Doctor, ¿qué seguridad tiene de que esta sustancia se disipe después de que el sujeto pierda el conocimiento?

—Mucha —respondió el doctor Pasternak, que como profesor de Anestesiología en la Facultad de Medicina de la Universidad de Columbia conocía probablemente la materia y, además, después de confiar en él lo suficiente para revelarle los secretos del Campus, era ahora demasiado tarde para dejar de hacerlo—. Es sólo bioquímica elemental. La succinilcolina está constituida por dos moléculas de acetilcolina. Las esterasas del cuerpo transforman la sustancia en acetilcolina con bastante rapidez, convirtiéndola con toda probabilidad en indetectable, incluso para un presbiteriano de Columbia. Lo único difícil es hacerlo disimuladamente. Si se pudiera llevar al sujeto a la consulta de un médico, por ejemplo, bastaría con administrarle cloruro potásico. Esto provocaría fibrilación. En todo caso, cuando las células mueren segregan potasio, y por consiguiente, el incremento relativo de dicha sustancia no llamaría la atención, pero sería difícil ocultar el pinchazo intravenoso. Hay muchas formas de hacerlo. Sólo he tenido que elegir una, que el personal relativamente inexperto puede aplicar con cierta facilidad. En la práctica, puede que un forense realmente bueno sea incapaz de determinar la causa exacta de la muerte, pero sabría que no lo sabe y eso le preocuparía, aunque sólo si el cuerpo lo examinara una persona con mucho talento, que no abundan. Por ejemplo, el mejor en Columbia es Rich Richards. Realmente detesta no saber algo. Es un auténtico intelectual, esclarecedor de problemas y bioquímico genial, además de excelente médico. Se lo he preguntado y me ha dicho que sería sumamente difícil de detectar, aunque supiera lo que busca. Normalmente intervienen además otros factores: la bioquímica específica del cuerpo de la víctima, lo que haya comido o bebido y la temperatura ambiental; éste es un aspecto importantísimo. En un día frío de invierno, en la calle, puede que las esterasas no logren desintegrar la succinilcolina, debido a la disminución de los procesos químicos.

—¿Entonces no se debe administrar a alguien en Moscú, en el mes de enero? —preguntó Hendley.

Sus conocimientos científicos eran precarios, pero Pasternak estaba bien informado.

—Efectivamente —respondió el profesor, con una cruel sonrisa—. Ni tampoco en Minneapolis.

—¿Una muerte atroz? —preguntó Davis.

—Decididamente desagradable —asintió.

—¿Reversible?

—Cuando la succinilcolina ha penetrado en el flujo sanguíneo, ya nada se puede hacer al respecto... Bueno, en teoría, se podría conectar a la víctima a un pulmón artificial que le permitiera respirar hasta que se metabolizara la droga, lo he visto con Pavulon en el quirófano, pero sería un caso sumamente extremo. En principio es posible sobrevivir, pero es extraordinariamente improbable. Hay quien ha sobrevivido después de recibir un disparo entre ceja y ceja, pero no es muy corriente.

—¿Con qué fuerza hay que golpear al sujeto? —preguntó Davis.

—No mucha, basta con un pequeño empujón. Suficiente para perforar la ropa. Un abrigo grueso podría ser un problema, debido a la longitud de la aguja. Pero un traje normal no supone ninguna dificultad.

—¿Hay alguien inmune a esa sustancia? —preguntó Hendley.

—No. A lo sumo uno entre mil millones.

—¿No es posible que haga algún ruido?

—Como ya les he explicado, es, como mucho, la picada de una abeja, más que la de un mosquito, pero no suficientemente dolorosa como para que alguien grite. En el peor de los casos, la víctima estará desconcertada, puede que se vuelva para comprobar lo ocurrido, pero su agente se alejará andando normalmente, sin correr. En esas condiciones, sin nadie a quien chillarle, y dado que la molestia será transitoria, lo más probable es que se frote la zona del pinchazo y siga su camino... unos diez metros aproximadamente.

—¿Entonces es rápido, letal e indetectable?

—Efectivamente —confirmó el doctor Pasternak.

—¿Cómo se recarga? —preguntó Davis.

«Maldita sea —se dijo—, ¿por qué no habrá desarrollado la CIA algo tan perfecto?» O el KGB, para el caso.

—Se desenrosca el mango, así —demostró el médico—, y se desarma. Con una jeringa común se rellena el depósito y se cambia la carga de gas. Estas pequeñas cápsulas son las únicas partes difíciles de fabricar. Se arroja la usada a una papelera o a la alcantarilla, miden sólo cuatro milímetros de longitud por dos de anchura, y se inserta una nueva. Cuando se enrosca de nuevo, una pequeña aguja en la parte posterior perfora el cartucho y recarga el aparato. Una capa de sustancia pegajosa recubre las cargas de gas, para evitar que se caigan. —Y así de rápido la pluma azul quedó recargada, salvo por la ausencia de succinilcolina—. Hay que tener cuidado con la jeringa, evidentemente, pero habría que ser bastante estúpido para clavársela uno mismo. Si califican a su hombre como diabético, se justifica la presencia de jeringuillas. Existe una tarjeta de identidad para obtener recargas de insulina, aceptada prácticamente en el mundo entero, y la diabetes carece de síntomas externos.

—Maldita sea, doctor —exclamó Tom Davis—. ¿Existe algo más que pudiera administrarse de ese modo?

—La toxina del botulismo es igualmente letal. Es una neurotoxina que interrumpe las transmisiones nerviosas y provoca la muerte por asfixia, también con mucha rapidez, pero se detecta fácilmente en la sangre durante la autopsia y es difícil justificar su presencia. Es bastante asequible en el mundo entero, pero en dosis micrográmicas, debido a su uso en cirugía plástica.

—Los médicos lo inyectan en la cara de las mujeres, ¿no es cierto?

—Sólo los imbéciles —respondió Pasternak—. Elimina indudablemente las arrugas, pero puesto que paraliza los nervios del rostro, también destruye la capacidad de sonreír. Ése no es exactamente mi campo. Hay muchas sustancias tóxicas y letales. Es la combinación de acción rápida y difícil detección lo que lo convierte en un problema. Otra forma rápida de matar a alguien consiste en utilizar un pequeño cuchillo en la nuca, donde la médula espinal penetra en la base del cerebro. El truco consiste en situarse exactamente a la espalda de la víctima, acertar con el cuchillo en el blanco relativamente pequeño y lograr que la hoja no se trabe entre las vértebras. A esa distancia, ¿por qué no utilizar una pistola del veintidós con un silenciador? El método es rápido, pero deja huellas. Nuestro sistema se puede confundir fácilmente con un infarto. Es casi perfecto —concluyó el facultativo, en un tono lo suficientemente frío como para cubrir la alfombra de escarcha.

—Richard —dijo Hendley—, con esto se ha ganado usted sus honorarios.

El profesor de Anestesiología se puso de pie y consultó su reloj.

—Ningún honorario, senador. Esto va por mi hermano menor. Háganmelo saber si me necesitan para alguna otra cosa. Debo coger un tren a Nueva York.

—Joder —exclamó Davis después de que se hubo retirado—. Siempre he sabido que los médicos debían de tener ideas perversas.

Hendley levantó el paquete de su escritorio, que contenía un total de diez «plumas», instrucciones impresas sobre su utilización, una bolsa de plástico llena de cápsulas de gas y veinte grandes frascos de succinilcolina, además de un puñado de jeringuillas desechables.

—Él y su hermano debían de estar muy unidos.

—¿Lo conocía? —preguntó Davis.

—Sí. Era un buen chico, con esposa y tres hijos. Se llamaba Bernard, licenciado de la Escuela de Administración de Empresas de Harvard, listo y astuto agente de Bolsa. Trabajaba en el piso noventa y siete de la primera torre. En todo caso, dejó mucho dinero y su familia está bien atendida. Algo es algo.

—Rich es un buen tipo para que esté de nuestro lado —reflexionó Davis en voz alta, al tiempo que reprimía un escalofrío.

—Ciertamente lo es —reconoció Gerry.

El viaje debería haber sido agradable. Hacía bastante buen tiempo, el tráfico era escaso y la carretera al nordeste era casi recta. Pero no lo fue. Rafi y Zuhayr acosaban incesantemente a Mustafá desde el asiento trasero con «¿cuánto falta todavía?» y «¿aún no hemos llegado?», hasta el punto de que en más de una ocasión consideró parar el coche y retorcerles el pescuezo. Puede que fuera molesto ir sentado en el asiento trasero, pero él tenía que ¡conducir aquel maldito coche! Puesto que él sentía la tensión y ellos probablemente también, respiró hondo y se ordenó a sí mismo tranquilizarse. Faltaban escasamente cuatro horas para concluir su viaje, ¿y qué era eso comparado con el desplazamiento transcontinental? La distancia era ciertamente superior a la que el santo Profeta había caminado o cabalgado en su vida, entre La Meca y Medina, pero dejó de pensar inmediatamente en ello. ¿Tenía él suficiente categoría para compararse con Mahoma? «No, claro que no.» De una cosa estaba seguro: al llegar a su destino se bañaría y dormiría tanto como fuera posible. «Cuatro horas de descanso», se repetía a sí mismo, al ver a Abdullah dormido a su lado.

El Campus tenía su propia cafetería, cuya comida procedía de diversos suministradores externos. Ese día era de una charcutería de Baltimore llamada Atman, cuya carne en conserva era bastante buena, aunque no exactamente de la calidad de Nueva York, si bien decirlo en voz alta podía provocar una pelea, pensó mientras se servía un panecillo con semillas de amapola relleno de carne. ¿Qué tomaría para beber? Ya que comía al estilo de Nueva York, una gaseosa con sabor a vainilla y, evidentemente, patatas fritas Utz, la variedad local, que a instancias de su padre comían incluso en la Casa Blanca. Ahora probablemente consumían algún producto de Boston, que no era un lugar precisamente famoso por sus restaurantes, aunque en todas las ciudades había por lo menos un buen lugar donde comer, incluso en Washington.

Tony Wills, su habitual compañero de mesa a la hora del almuerzo, brillaba por su ausencia. Miró a su alrededor, vio a Dave Cunningham comiendo solo y se le acercó.

—Hola, Dave, ¿le importa que me siente?

—Coja una silla —respondió Cunningham, con bastante cordialidad.

—¿Cómo van las cifras?

—Emocionantes —fue su inverosímil respuesta, antes de extenderse—. El acceso que tenemos a esos bancos europeos es asombroso. Si lo tuviera el Departamento de Justicia, podría hacer una verdadera limpieza, salvo porque esas pruebas no serían admisibles ante un tribunal de justicia.

—Lo sé, Dave, la Constitución puede ser una auténtica lata. Así como todas esas malditas leyes de los derechos humanos.

Cunningham casi se atragantó con su ensalada de huevo.

—No empecemos. El FBI conduce muchas operaciones ligeramente tenebrosas, por regla general, debido a que algún confidente nos facilita cierta información, tal vez porque alguien se la ha pedido, o no, y siguen esa pista, pero según las normas del procedimiento legal. Normalmente forma parte de la negociación previa al proceso. No hay suficientes abogados corruptos para cubrir todas sus necesidades. Me refiero a los muchachos de la mafia.

—Conozco a Pat Martin. Mi padre tiene muy buen concepto de él.

—Es honrado y sumamente listo. En realidad, debería ser juez. A eso deberían dedicarse los abogados honrados.

—Cobran poco.

El salario de Jack en El Campus era bastante superior al de cualquier empleado federal. No estaba mal para un principiante.

—Ése es el problema, pero...

—Pero, según mi padre, la pobreza no tiene nada de admirable. Consideró la idea de eliminar los salarios de los funcionarios electos para que descubrieran el valor del verdadero trabajo, pero al final decidió que eso no haría más que aumentar su susceptibilidad al soborno.

—Es asombroso, Jack, lo poco que se necesita para sobornar a un miembro del Congreso. Eso hace que los sobornos sean difíciles de identificar —refunfuñó el contable—. Como para un avión detectar a alguien entre la maleza.

—¿Qué hay de nuestros amigos terroristas?

—A algunos les gusta la vida cómoda. Muchos de ellos proceden de familias pudientes y son amantes del lujo.

—Como Sali.

Dave asintió.

—Tiene gustos caros. Su coche cuesta mucho dinero. Muy poco práctico. El consumo debe de ser atroz, especialmente en una ciudad como Londres. Allí el combustible es bastante caro.

—Pero utiliza predominantemente taxis.

—Puede permitírselo. Probablemente tiene sentido. Aparcar en el distrito financiero también debe de ser caro, y los taxis en Londres son buenos. Usted debe de saberlo. Ha estado muchas veces en Londres.

—Algunas —reconoció Jack—. Bonita ciudad, y gente agradable —agregó, sin mencionar las ventajas de la escolta del servicio secreto y de la policía local—. ¿Algo nuevo respecto a nuestro amigo Sali?

—Debo examinar los datos más detenidamente, pero como ya le he dicho, actúa como un activista. Si perteneciera a la mafia neoyorquina, lo tomaría por un aprendiz de *consiglieri*.

Jack casi se atragantó con su gaseosa.

—¿Tan alto?

—Regla de oro, Jack. Quien tiene el oro crea las reglas. Sali tiene acceso a un montón de dinero. Su familia es más rica de lo que supone. Hablamos de cuatro o cinco mil millones de dólares.

—¿Tanto? —exclamó Ryan, sorprendido.

—Fíjese una vez más en las cuentas corrientes que está aprendiendo a administrar. No ha llegado a manejar siquiera el quince por ciento de las mismas. Probablemente su padre establece límites sobre lo que está autorizado a hacer. No olvide que está en el negocio de la conservación de capital. El dueño del dinero, su padre, no le permite jugar con la totalidad, a pesar de su formación profesional. En el negocio financiero, lo que cuenta realmente es lo que se aprende *después* de colgar los diplomas en la pared. El chico parece prometedor, pero todavía sigue los dictámenes de su bragueta. Eso no tiene nada de inusual para un joven rico, pero si hay alguien que guarda una verdadera fortuna en la cartera, es lógico que quiera mantener al chico sujeto. Además, lo que parece financiar, o lo que sospechamos que puede estar financiando, no es realmente de capital intensivo. Usted ha detectado algunas transacciones marginales. Ha sido bastante listo. ¿Se ha percatado de que cuando se desplaza a su casa, en Arabia Saudí, alquila un G-V?

—Pues no —reconoció Jack—. No me había fijado. Supuse que viajaba a todas partes en primera clase.

—Así es, como solían hacerlo usted y su padre. *Auténtica* primera clase. Nada es demasiado pequeño para comprobarlo, Jack.

—¿Qué opina del uso de su tarjeta de crédito?

—Es perfectamente rutinario, pero revelador, a pesar de todo. Podría cargar a cuenta lo que se le antojara, pero parece pagar muchos de sus gastos al contado y gasta menos del dinero en metálico que retira para uso personal. Por ejemplo, con las prostitutas. A los saudíes eso no les preocupa, de modo que las paga al contado porque quiere, no porque deba hacerlo. Intenta mantener partes de su vida en secreto, por razones no inmediatamente aparentes. Tal vez sólo para practicar. No me sorprendería descubrir que tiene más tarjetas de crédito de las que le conocemos: cuentas durmientes. Hoy investigaré sus cuentas bancarias. Todavía no ha aprendido realmente a actuar de incógnito. Es demasiado joven, demasiado inexperto, carece de formación profesional. Pero creo que es efectivamente un activista, a la espera de entrar pronto en las grandes ligas. Los jóvenes y ricos no se caracterizan por su paciencia —concluyó Cunningham.

«Debería haberlo imaginado —se dijo el joven—. Debo analizar más concienzudamente el material. Otra lección importante. Nada es demasiado pequeño para ser investigado. ¿Con qué clase de individuo estamos tratando? ¿Cuál es su visión del mundo? ¿Cómo pretende cambiarlo?» Su padre siempre le había dicho lo importante que era observar el mundo a través de los ojos del adversario, penetrar en su cerebro y contemplar entonces el mundo.

Sali era un individuo impulsado por su pasión por las mujeres... ¿pero había algo más? ¿Contrataba a prostitutas porque follaban bien o porque se follaba al enemigo? Para el mundo islámico, Norteamérica y el Reino Unido eran esencialmente el mismo enemigo. El mismo idioma, la misma soberbia y claramente las mismas fuerzas armadas, puesto que los británicos y los norteamericanos cooperaban íntimamente en muchas áreas. Merecía la pena considerarlo. «No hagas suposiciones hasta ver a través de sus ojos.» No era una mala lección para la hora del almuerzo.

Roanoke se extendía a su derecha. A ambos lados de la I-81 había colinas verdes, en su mayoría explotaciones agrícolas, y muchas de ellas ganaderas, a juzgar por el número de vacas. Las señales verdes indicaban la presencia de carreteras, que para su propósito no conducían a ninguna parte. Y más iglesias rectangulares pintadas de blanco. Se cruzaron con autobuses escolares, pero con ningún coche de policía. Había oído que en algunos estados norteamericanos la policía patrullaba en coches no señalizados, parecidos al que él conducía, pero probablemente con antenas de radio adicionales. Se preguntó si los conductores allí llevarían también sombreros de vaquero. Estarían decididamente fuera de lugar, incluso en una zona con tantas vacas. «La vaca», el segundo sura del Corán, pensó. Si Alá te ordena sacrificar una vaca, debes hacerlo sin formularte demasiadas preguntas. No una vaca vieja, sino un becerro, para complacer al Señor.

¿No complacían todos los sacrificios a Alá, siempre y cuando no emanaran del engreimiento? Claro que lo hacían, si se ofrecían con la humildad del fiel, ya que Alá recibía con placer y satisfacción las ofrendas de los verdaderos fieles.

Sí.

Y él y sus amigos ofrecerían más sacrificios mediante la matanza de infieles.

Sí.

Entonces vio la señal de la autopista interestatal 64, pero se dirigía al oeste y no les interesaba. Debían dirigirse al este y cruzar las montañas de levante. Mustafá cerró los ojos y recordó el mapa que tantas veces había examinado. Al norte durante aproximadamente una hora y luego al este. Sí.

—Brian, esos zapatos van a desintegrarse en los próximos días.

—Escucha, Dom, con estas zapatillas corrí mis primeros mil quinientos metros en menos de cuatro minutos y medio —protestó el marine, que recordaba y atesoraba dichas efemérides.

—Tal vez, pero la próxima vez que lo intentes se desmenuzarán y te lastimarás los tobillos.

—¿Tú crees? Te apuesto un dólar a que te equivocas.

—De acuerdo —respondió inmediatamente Dominic, y se estrecharon la mano para formalizar la apuesta.

—A mí también me parecen bastante desaliñadas —observó Alexander.

—¿También debo comprarme camisetas nuevas, mamá?

—Dentro de un mes se autodestruirán —reflexionó Dominic en voz alta.

—¿Tú crees? Pues esta mañana te he derrotado con mi Beretta.

—Cuestión de suerte —refunfuñó Enzo—. Ya veremos si se repite.

—Te apuesto cinco dólares.

—Hecho —respondió su hermano, con otro apretón de manos—. A este paso, voy a hacerme rico.

Entonces llegó el momento de pensar en la cena. Esa noche, ternera *piccata*. Le encantaba la buena ternera, y las tiendas del barrio estaban bien surtidas. Le sabía mal por el becerro, pero no era él quien lo había degollado.

Ahí estaba: I-64, próxima salida. Mustafá estaba lo suficientemente cansado como para cederle el volante a Abdullah, pero quería completar personalmente el viaje y calculó que sería capaz de conducir una hora más. El tráfico era intenso, pero en dirección contraria. Ascendían por la autopista hacia... sí, allí estaba, un suave puerto de montaña con un hotel en la vertiente sur y la vista de un exquisito valle. Se veía un cartel con el nombre del mismo, pero las letras eran demasiado confusas para que él pudiera ordenarlas coherentemente en forma de palabra. Sin embargo, saboreó el paisaje, a su derecha. Difícilmente el paraíso podría haber sido más hermoso; había incluso un mirador donde detenerse para absorber la belleza del entorno. Pero, evidentemente, no tenían tiempo. Lógicamente avanzaban ahora cuesta abajo, y cambió por completo su estado de ánimo. Menos de una hora para llegar a su destino. Un nuevo cigarrillo para celebrar la sincronización. En el asiento trasero, Rafi y Zuhayr estaban de nuevo despiertos, admirando el paisaje. Ésa sería su última oportunidad de hacerlo.

Un día de descanso y reconocimiento, con tiempo para coordinar vía e-mail con sus otros tres equipos, y entonces podrían llevar a cabo su misión. A continuación recibirían el abrazo del propio Alá. Un pensamiento lleno de felicidad.

Capítulo trece

LUGAR DE ENCUENTRO

Después de más de tres mil kilómetros al volante, la llegada fue sumamente decepcionante. A menos de un kilómetro de la interestatal 64 había un Holiday Inn Express que parecía satisfactorio, especialmente porque en la puerta de al lado había un Roy Rogers, y un Dunkin' Donuts a menos de cien metros cuesta arriba. Mustafá entró y reservó dos habitaciones contiguas, que pagó con su tarjeta Visa del banco de Liechtenstein. Al día siguiente saldrían a explorar, pero ahora lo único que le apetecía era dormir; ni siquiera la comida le interesaba en ese momento. Trasladó el coche junto a las habitaciones de la planta baja que acababa de reservar y paró el motor. Rafi y Zuhayr abrieron las puertas y luego volvieron para abrir el maletero. Cogieron las pocas bolsas que llevaban y las cuatro metralletas bajo las mismas, todavía envueltas en mantas gruesas y baratas.

—Hemos llegado, camaradas —declaró Mustafá al entrar en la habitación.

Era un motel perfectamente corriente, no como los hoteles lujosos a los que habían llegado a acostumbrarse. En cada habitación había un cuarto de baño y un pequeño televisor. La puerta de enlace estaba abierta. Mustafá se dejó caer en su cama doble, para su uso exclusivo. Pero todavía quedaban algunas cosas por hacer.

—Camaradas, las armas deben permanecer siempre escondidas, y las persianas cerradas en todo momento. Hemos llegado demasiado lejos para exponernos a riesgos estúpidos —advirtió a sus compañeros—. En esta ciudad hay un cuerpo de policía; no los toméis por imbéciles. Vamos al paraíso en el momento que nosotros elegimos, no en el que determine un error. No lo olvidéis.

A continuación se incorporó y se quitó los zapatos. Pensó en tomar una ducha, pero estaba demasiado cansado y pronto llegaría el día siguiente.

—¿Hacia dónde está La Meca? —preguntó Rafi.

Mustafá tuvo que reflexionar unos instantes para adivinar la línea directa a La Meca y a su corazón, la piedra de la Kaaba, centro neurálgico del universo islámico al que dirigían el Salat, o versículos del santo Corán, de rodillas cinco veces al día.

—Hacia allí —respondió, señalando al sureste, por una línea que cruzaría el norte de África en dirección al lugar más sagrado de Tierra Santa.

Rafi desplegó su alfombrilla oratoria y se arrodilló. Era tarde para rezar, pero no había olvidado su deber religioso.

Por su parte, Mustafá susurró para sus adentros «a no ser que se olvide», con la esperanza de recibir el perdón de Alá en su estado actual de agotamiento. ¿Acaso Alá no era infinitamente misericordioso? Además, eso no era un pecado particularmente grave. Se quitó los calcetines y se tumbó sobre la cama, donde se quedó dormido en menos de un minuto.

En la habitación contigua, Abdullah finalizó sus propias oraciones y conectó su ordenador junto al teléfono. Marcó un número que empezaba por ochocientos y oyó el ronroneo de su ordenador que se conectaba a la red. A los pocos segundos, comprobó que había recibido correo: tres cartas, más la basura habitual. Descargó los mensajes, los guardó y se desconectó de la red, después de permanecer conectado escasamente quince segundos, como medida adicional de seguridad que les habían recomendado.

Lo que Abdullah no sabía era que una de las cuatro cuentas había sido interceptada y parcialmente descifrada por la NSA. Cuando su cuenta, identificada sólo por parte de una palabra y algunas cifras, conectó con la de Saeed, ésta quedó también identificada, aunque no como remitente, sino sólo como destinatario.

El equipo de Saeed había sido el primero en llegar a su destino en Colorado Springs, con la ciudad sólo identificada por un nombre en clave, y todos sus miembros estaban ahora cómodamente instalados en un motel, a diez kilómetros de su objetivo. Sabawi, el iraquí, estaba ahora en Des Moines, Iowa, y Medhi en Provo, Utah. Esos dos equipos estaban también en posición y listos para comenzar la operación. Faltaban menos de treinta y seis horas para ejecutar su misión.

Dejaría que Mustafá se ocupara de contestar. La respuesta, en realidad, estaba ya programada: «190,2», que designaba el versículo ciento noventa del segundo sura. No era exactamente un grito de guerra, sino más bien una afirmación de la fe que los había conducido hasta allí. Su significado era: «Proceded con vuestra misión.»

Brian y Dominic miraban un programa relacionado con Hitler y el holocausto en el History Channel a través de su circuito de televisión por cable. Parecía improbable que se encontrara algo nuevo en un tema tan estudiado, pero algunos historiadores lo lograban de vez en cuando. En parte se debía probablemente a los voluminosos archivos que habían dejado los alemanes en las cuevas de los montes de Hartz, con suficiente material para mantener ocupados a los eruditos durante varios siglos, mientras la gente seguía intentando discernir el proceso mental de los monstruos humanos que primero habían vislumbrado y luego perpetrado aquellos abominables crímenes.

—Brian, ¿qué opinas de este asunto? —preguntó Dominic.

—Supongo que un disparo a tiempo podría haberlo impedido. El problema estriba en que nadie puede vislumbrar un futuro tan lejano, ni siquiera una clarividente gitana. Maldita sea, Hitler aniquiló también a muchos gitanos. ¿Por qué diablos no huyeron?

—¿Sabías que vivió casi toda su vida con un solo guardaespaldas? En Berlín residía en un primer piso, con una puerta principal que daba a la calle, custodiada por un miembro de las SS que probablemente no alcanzaba siquiera el rango de sargento. Habría bastado con eliminarlo, abrir la puerta, subir por la escalera y cargarse a ese hijo de puta. Se habrían salvado muchas vidas, hermano —concluyó Dominic, mientras extendía el brazo para coger su copa de vino blanco.

—Maldita sea. ¿Estás seguro?

—Eso enseñan en el servicio secreto. Mandan a uno de sus instructores a Quantico para dar conferencias a todos los grupos sobre asuntos de seguridad. A nosotros también nos sorprendió. Se formularon muchas preguntas. Aquel individuo nos dijo que la gente pasaba junto al centinela de las SS de camino a la bodega. No podría haber sido más fácil eliminarlo. Se supone que Adolf se creía inmortal, que no había en ningún lugar una bala que llevara su nombre. Por cierto, uno de nuestros presidentes fue asesinado en el andén de una estación de ferrocarril cuando esperaba la llegada de su tren. ¿Cuál fue? Creo que Chester Arthur. McKinley recibió un balazo de un individuo que se le acercó con un vendaje en la mano. Supongo que la gente era un poco descuidada en aquella época.

—Maldita sea. Habría facilitado muchísimo nuestro trabajo, aunque todavía prefiero un rifle desde unos quinientos metros.

—¿No tienes sentido de la aventura, Aldo?

—Nadie me paga lo suficiente para convertirme en camicace, Enzo. Además, es una profesión sin futuro.

—¿Qué me dices de los terroristas suicidas de Oriente Próximo?

—Otra cultura, compañero. ¿No lo recuerdas del segundo grado? No puedes suicidarte porque es pecado mortal y luego no puedes confesarte. Creo que la hermana Frances Mary lo dejó perfectamente claro.

—Maldita sea, hacía tiempo que no pensaba en ella —rió Dominic—, pero siempre te trataba como si fueras un angelito.

—Eso es porque yo no alborotaba como tú en clase.

—¿Y en los marines?

—¿Alborotar? Los sargentos lo impedían, antes de que me percatara siquiera de ello. Nadie se desmadraba con el sargento Sullivan, ni siquiera el coronel Winston —respondió, antes de mirar durante aproximadamente un minuto la televisión—. ¿Sabes lo que te digo, Enzo? Tal vez hay ocasiones en las que una bala puede impedir mucho sufrimiento. A Hitler habría convenido eliminarlo. Pero ni siquiera oficiales profesionales de las fuerzas armadas lo lograron.

—El individuo que colocó la bomba supuso que todo el mundo en el interior del edificio había muerto, y no volvió a entrar para comprobarlo. Lo repiten todos los días en la academia del FBI, hermano: las suposiciones son la madre de todas las cagadas.

—Hay que asegurarse, efectivamente. Cualquier cosa a la que valga la pena disparar merece que se le dispare dos veces.

—Amén —asintió Dominic.

Había llegado al punto en que el joven Jack Ryan, cuando despertaba por la mañana escuchando la radio, temía oír alguna horrible noticia. Suponía que la causa era la gran cantidad de información secreta sin procesar que había visto, pero sin el criterio necesario para saber si era o no candente.

Sin embargo, a pesar de sus limitados conocimientos, lo que sabía era sumamente preocupante. Había fijado su atención en

Uda bin Sali, probablemente porque Sali era el único «activista» sobre el que sabía bastante. Y eso se debía a que Sali se había convertido en su caso personal de estudio. Debía desentrañar sus quehaceres, porque de lo contrario... ¿lo invitarían a buscar otro empleo? Esa posibilidad no se le había ocurrido hasta el momento, lo cual en sí no auguraba para él un buen futuro en el espionaje. Claro que su padre había tardado mucho tiempo en encontrar algo en lo que era bueno, a decir verdad, nueve años después de licenciarse en la Universidad de Boston, y en su caso no había transcurrido siquiera un año desde que había abandonado Georgetown. ¿Alcanzaría entonces el nivel adecuado para El Campus? Parecía ser el más joven de los empleados. Incluso las mecanógrafas eran mayores que él. Maldita sea, ésa era enteramente una nueva perspectiva.

Sali era una prueba para él, y probablemente muy importante. ¿Significaba eso que Tony Wills ya tenía a Sali calificado y él buscaba información ya plenamente analizada? ¿O que debía elaborar su propio caso y convencerlos cuando hubiera llegado a sus propias conclusiones? Era un gran dilema, frente al espejo del baño con su afeitadora Norelco. Aquello ya no era la universidad. Suspender allí significaba suspender... ¿en la vida? No, no era tan grave, pero tampoco tan halagüeño. Algo sobre lo que reflexionar, mientras tomaba café y veía la CNN en la cocina.

Para desayunar, Zuhayr caminó cuesta arriba y compró dos docenas de Donuts y cuatro cafés largos. Norteamérica era un país de locos. Estaba repleto de riqueza natural, como árboles, ríos, estupendas carreteras y una increíble prosperidad, pero todo al servicio de idólatras. Y ahora él estaba allí, tomando su café y comiendo sus rosquillas. El mundo era verdaderamente una locura, y si obedecía a algún plan era el del propio Alá, que ni siquiera los fieles alcanzaban a comprender. Sólo debían obedecer lo que estaba escrito. Cuando regresó al motel encontró que ambos televisores estaban conectados a las noticias de la CNN, el canal global de noticias de orientación judía. Era una pena que ningún norteamericano viera Al Jazeera, que por lo menos intentaba dirigirse a los árabes, aunque a su parecer ya había contraído la fiebre norteamericana.

—Comida y bebida —anunció Zuhayr.

Una caja de Donuts fue a su habitación y otra a la de Mustafá, que todavía se frotaba los ojos después de once horas de sueño profundo con ronquidos.

—¿Cómo has dormido, hermano? —preguntó Abdullah al jefe del equipo.

—Ha sido una experiencia bendita, pero mis piernas todavía están entumecidas.

Sus manos se hicieron con una gran taza de café, cogió una rosquilla azucarada de la caja y se tragó la mitad de un mordisco. Después de frotarse los ojos, miró al televisor para ver lo que sucedía ese día en el mundo. La policía israelí había matado a balazos a otro santo mártir, antes de que tuviera la oportunidad de hacer estallar su chaleco de Semtex.

—Maldito imbécil —observó Brian—. ¿Qué dificultad puede haber en tirar de un cordón?

—Me pregunto cómo lo detectaron los israelíes. Debemos suponer que disponen de confidentes pagados, dentro de esa pandilla de Hamás. Debe de ser una operación secreta de primer orden para su policía, con muchos recursos asignados, además de la colaboración de sus servicios de espionaje.

—¿Pero no es cierto que ellos también torturan a los detenidos?

Después de reflexionar unos segundos, Dominic asintió.

—Sí. Supuestamente eso lo controla incluso su sistema jurídico, pero los métodos que ellos utilizan en los interrogatorios son un poco más vigorosos que los nuestros.

—¿Funciona?

—Se hablaba de eso en la academia. Si se acerca una navaja al falo de alguien, es probable que comprenda la sensatez de cantar, pero eso era algo de lo que nadie quería hablar demasiado. En un sentido abstracto puede parecer divertido, pero hacerlo uno mismo probablemente no es nada agradable. La otra cuestión sería: ¿cuánta información fiable se genera realmente de ese modo? La víctima estará seguramente dispuesta a decir cualquier cosa para alejar la navaja de su pequeño amigo, para que cese el dolor. Los sinvergüenzas pueden ser realmente unos buenos mentirosos, a no ser que uno sepa más que ellos. En todo caso, nosotros no podemos hacerlo. Ya sabes, la Constitución y todo lo demás. Se les puede chillar y amenazar con largas condenas, pero sigue habiendo límites que uno no puede cruzar.

—¿Cantan, de todos modos?

—Suelen hacerlo. Los interrogatorios son todo un arte, que algunos ejercen con auténtica maestría. Yo nunca he tenido realmente la oportunidad de aprenderlo, pero he visto a algunos practicarlo. El verdadero truco consiste en compenetrarse con el interrogado, diciéndole cosas como «esa pequeña zorra lo estaba pidiendo a gritos, ¿no es cierto?». Luego uno siente ganas de vomitar, pero el objetivo es que el cabrón confiese. Cuando ingrese en la cárcel, el acoso de sus compañeros será mucho peor que el del interrogador. Lo peor que puede haber hecho un preso es abusar sexualmente de menores.

—Te creo, Enzo. Es probable que le hicieras un favor a tu amigo de Alabama.

—Eso depende de si uno cree o no en el infierno —respondió Dominic, que tenía sus propias ideas al respecto.

Wills llegó temprano aquella mañana. Jack lo encontró ya en su escritorio.

—Para variar, hoy me ha ganado.

—El coche de mi esposa ha vuelto del taller. Ahora ella puede llevar a los críos al colegio —explicó—. Compruebe el material de Meade —ordenó.

Jack encendió su ordenador, esperó a que se conectara, e introdujo su clave de acceso personal al tráfico interinstitucional, para descargar el archivo de la sala de ordenadores de la planta baja.

El primero del montón electrónico era un despacho FLASH prioritario, de la NSA en Fort Meade a la CIA y al FBI y a Seguridad Nacional, una de cuyas instituciones se lo habría comunicado indudablemente al presidente esa mañana. Lo curioso era que en el mensaje no había casi nada, sólo un conjunto de números, una secuencia de cifras.

—¿Y bien? —preguntó el joven Jack.

—Podría tratarse de un pasaje del Corán. El Corán consta de ciento catorce suras, o capítulos, con un número variable de versículos. Si éste es el caso, el versículo al que hace referencia no tiene nada de particular. Mire más abajo y lo comprobará personalmente.

Jack manipuló el ratón.

—¿Eso es todo?

Wills asintió.

—Eso es todo, pero en Meade se cree que un mensaje tan insípido denota probablemente otra cosa, algo importante. Los espías utilizan frecuentemente el idioma en sentido inverso, cuando van a por todas.

—¡Caray! ¿Me está diciendo que es importante porque parece

no serlo? ¡Maldita sea, Tony, eso podría decirse de cualquier cosa! ¿Qué más saben? ¿El servicio desde donde ese individuo se conectó, por ejemplo?

—Es un servicio europeo, de propiedad privada, con números 800 en todo el mundo, y sabemos que algunos bandidos lo han utilizado. No se puede saber desde dónde se conectan sus miembros.

—Es decir, para empezar, no sabemos si el mensaje tiene algún significado. En segundo lugar, no sabemos dónde se ha originado el mensaje. En tercer lugar, no tenemos forma de saber quién lo ha leído, o dónde diablos se encuentra. En resumen, no sabemos una mierda, pero todo el mundo se pone nervioso. ¿Algo más? ¿Qué sabemos del remitente?

—Se cree que es un, o una, posible activista.

—¿En qué bando?

—Adivínelo. Los reseñadores de la NSA dicen que su sintaxis parece indicar que su primer idioma, basándose en tráfico anterior, es el árabe. Los psiquiatras de la CIA están de acuerdo. Han copiado antes sus mensajes. A veces dice cosas desagradables a personas desagradables, que coinciden en el tiempo con otras cosas terribles.

—¿Es posible que el mensaje esté relacionado con el terrorista atrapado hoy por la policía israelí?

—Es posible, efectivamente, aunque parece bastante improbable. El remitente no está vinculado a Hamás, que sepamos.

—Pero en realidad no lo sabemos, ¿no es cierto?

—Con esos individuos, nunca se puede estar completamente seguro de nada.

—De modo que volvemos al punto de partida. Ciertas personas organizan un revuelo acerca de algo, sobre lo que en realidad no saben un carajo.

—Ése es el problema. En esas burocracias es preferible dar la alarma y equivocarse a mantener la boca cerrada mientras un monstruo huye con una oveja entre los dientes.

Ryan se acomodó en su silla.

—¿Cuántos años estuvo usted en Langley, Tony?

—Unos cuantos —respondió Wills.

—¿Cómo diablos lo soportó?

—A veces me lo pregunto —dijo el analista decano, mientras se encogía de hombros.

Jack dirigió de nuevo su atención al ordenador, para examinar el resto del tráfico matutino de mensajes. Decidió comprobar si Sali había hecho algo inusual en los últimos días, sólo para cubrirse las espaldas, y al hacerlo, sin percatarse siquiera de ello, John Patrick Ryan hijo empezó a pensar como un burócrata.

—Mañana será un poco diferente —dijo Pete, dirigiéndose a los mellizos—. Su objetivo será Michelle, pero en esta ocasión irá disfrazada. Su misión consistirá en identificarla y seguirla hasta su destino. Por cierto, no sé si se lo había dicho, pero es realmente buena con los disfraces.

—¿Se tomará una píldora que la convierta en invisible? —preguntó Brian.

—Ésa es su misión —aclaró Alexander.

—¿Nos suministrará unas gafas mágicas para ver a través de su maquillaje?

—Aunque las tuviéramos, que no es el caso, no lo haría.

—Es usted un verdadero amigo —observó fríamente Dominic.

A las once de la mañana, era hora de buscar su objetivo.

El Charlottesville Fashion Square Mall, convenientemente situado a sólo medio kilómetro al norte por la nacional 29, era un centro comercial de tamaño medio, utilizado principalmente por la adinerada alta burguesía local y los estudiantes de la cercana Universidad de Virginia. Tenía un JCPenney en un extremo, un Sears en otro y un Belk's para hombres y tiendas para mujeres en el centro. Curiosamente, no había una zona específica dedicada a la comida; su planificación había sido un tanto chapucera. Era decepcionante, pero no particularmente inusual. Los equipos previos que utilizaba la organización estaban frecuentemente formados por meros empleados eventuales, para quienes esa clase de encargos era un simple entretenimiento. Pero Mustafá comprobó al entrar que eso poco importaba.

Un patio central se abría a los cuatro corredores principales del centro. Había un mostrador de información donde se facilitaban incluso planos del centro, que indicaban el emplazamiento de los locales. Mustafá examinó uno de ellos. Una estrella de seis puntas le llamó inmediatamente la atención. ¿Era posible que hubiera allí una sinagoga? Se acercó para comprobarlo, con la vaga esperanza de que fuera así.

Pero no lo era. En realidad era una pequeña oficina de seguridad, donde había un varón sentado con una camisa azul claro y un pantalón azul marino de uniforme. Después de observarlo, comprobó que no llevaba pistolera. Buenas noticias. Pero tenía un teléfono, por el que llamaría indudablemente a la policía local. Por consiguiente, aquel negro debería ser el primero. Tomada esta decisión, Mustafá cambió de dirección, pasó frente a los servicios y la máquina dispensadora de Coca-Cola y giró a la derecha, alejándose de la tienda para hombres.

Comprobó que era un objetivo excelente. Tenía sólo tres entradas principales y un buen campo abierto para disparar desde el patio central. Las tiendas eran predominantemente rectangulares, con acceso abierto desde los corredores. Al día siguiente, a esa misma hora, estaría todavía más concurrido. Calculó unas doscientas personas al alcance inmediato de su vista, y a pesar de que durante todo el camino había albergado la esperanza de poder matar tal vez a un millar, cualquier cantidad a partir de las doscientas no dejaría de ser un triunfo considerable. Había toda clase de tiendas y, al contrario de los centros comerciales saudíes, hombres y mujeres compraban en el mismo piso. También muchos niños. En la lista figuraban cuatro tiendas especializadas en material infantil, ¡incluido un almacén Disney! Eso no se lo esperaba, y atacar uno de los emblemas norteamericanos más preciados sería realmente estupendo.

—¿Y bien? —preguntó Rafi junto a él.

—El objetivo podría ser mayor, pero es casi perfecto para nosotros. Está todo a un mismo nivel —respondió Mustafá sin levantar la voz.

—Alá es tan misericordioso como siempre, amigo —comentó Rafi, incapaz de disimular su entusiasmo.

Circulaba la gente. Muchas jóvenes empujaban a sus pequeños en cochecitos, que vio que se podían alquilar en un mostrador junto a la peluquería.

Había algo que debía comprar y lo encontró en Radio Shack, junto a la joyería Zales. Se trataba de cuatro radios portátiles con sus pilas correspondientes, por las que pagó al contado y recibió unas breves instrucciones sobre su funcionamiento.

En teoría, podría haber sido mejor, pero se suponía que no debía tratarse de una concurrida calle en el centro de una gran ciudad. Además, en la calle habría policías armados que entorpecerían su misión. Por consiguiente, como siempre en la vida, se comparaba lo agrio con lo dulce, y allí había mucha dulzura para su paladar. Los cuatro compraron galletas saladas de Auntie Anne's y pasaron junto a JCPenney de regreso a su coche. La planificación formal tendría lugar en las habitaciones de su motel, con más Donuts y café.

El cargo oficial de Jerry Rounds en El Campus era el de jefe de planificación estratégica del sector legítimo. Lo hacía bastante bien, incluso podría haberse convertido en el lince de Wall Street, de no haber decidido convertirse en oficial de inteligencia de las fuerzas aéreas, al salir de la Universidad de Pennsylvania. El servicio le había permitido incluso costearse un máster en la Escuela de Administración de Empresas de Wharton, antes de alcanzar el rango de coronel. Era incluso entretenido para el ex analista en jefe de las fuerzas aéreas, en el cuartel general del Departamento de Inteligencia de Bolling AFB en Washington. Pero por el camino comprendió que, al no haber lucido nunca las alas plateadas de los pilotos de las fuerzas aéreas, era una especie de ciudadano de segunda en un servicio dirigido enteramente por los que perforaban el firmamento, aunque fuera más listo que veinte de los otros. Su ingreso en El Campus había ampliado sus horizontes en muchos sentidos.

—¿Qué hay, Jerry? —preguntó Hendley.

—Algo ha entusiasmado a los chicos de Meade y del otro lado del río —respondió Rounds, al tiempo que le entregaba unos papeles.

El ex senador examinó los documentos durante aproximadamente un minuto y luego se los devolvió. Comprendió inmediatamente que ya lo había visto casi todo antes.

—¿Y bien?

—Puede que en esta ocasión estén en lo cierto, jefe. He estado observando la información de fondo. El caso es que se ha producido simultáneamente una reducción del tráfico de mensajes de activistas conocidos y la aparición inesperada de este mensaje. Durante todo el tiempo que he estado en el servicio de inteligencia del Departamento de Defensa me he dedicado a buscar coincidencias. Aquí tenemos una.

—Bien, ¿qué hacen al respecto?

—La seguridad en los aeropuertos será un poco más rigurosa a partir de hoy. El FBI destinará personal a algunas terminales.

—¿Se ha mencionado por televisión?

—Creo que los chicos y las chicas de la seguridad nacional son un poco más listos respecto a la publicidad. Es contraproducente. Una rata no se atrapa a gritos. Se atrapa mostrándole lo que desea ver y luego retorciéndole el maldito pescuezo.

«O tal vez soltándole inesperadamente un gato», pensó Hendley. Pero eso era una misión más difícil.

—¿Alguna idea para nosotros? —preguntó.

—No de momento. Es como ver que se acerca una borrasca. Puede que traiga lluvia a raudales y granizo, pero no hay ninguna forma de detenerla.

—¿Cómo es de buena nuestra información sobre los planificadores, los que dan las órdenes?

—En parte, bastante buena. Pero son quienes transmiten las órdenes, no quienes las originan.

—¿Y si se retiran de la mesa?

Rounds asintió inmediatamente.

—Eso es hablar, jefe. Puede que entonces los verdaderos peces gordos se asomen desde sus madrigueras. Especialmente si no saben que se acerca la tormenta.

—¿Cuál es por ahora la mayor amenaza?

—El FBI piensa en coches bomba, o tal vez en alguien con un chaleco de C-4, como en Israel. Es posible, pero desde un punto de vista operativo no estoy seguro —respondió Rounds, al tiempo que aceptaba la invitación de sentarse—. Una cosa es entregarle a un individuo un paquete de explosivos y mandarlo a su destino en un autobús urbano, pero hacerlo aquí es más complicado. Supone traer al terrorista, equiparlo, con la complicación adicional de disponer de los explosivos, luego familiarizarlo con el objetivo y a continuación llevarlo al mismo. Siempre con la esperanza de que el terrorista mantenga su motivación, muy lejos de su equipo de apoyo. Muchas cosas pueden fallar, y ésa es la razón por la que las operaciones clandestinas se mantienen tan simples como sea posible. ¿Para qué arriesgarse a crear problemas?

—¿Cuántos objetivos firmes tenemos, Jerry? —preguntó Hendley.

—¿En total? Unos seis. De los cuales cuatro son seguros.

—¿Puede facilitarme los perfiles y los emplazamientos?

—Cuando lo desee.

—El lunes.

No tenía por qué pensar en ello durante el fin de semana. Había planeado al detalle dos días a caballo. De vez en cuando tenía derecho a tomarse un par de días libres.

—De acuerdo, jefe —respondió Rounds ya de pie para retirarse, pero se detuvo en la puerta—. Por cierto, hay un individuo en el Departamento de Obligaciones de Morgan & Steel que es un granuja. Juega rápido y de forma muy suelta con dinero de los clientes, por un valor aproximado de uno cincuenta.

La referencia numérica era a ciento cincuenta millones de dólares de dinero ajeno.

—¿Alguien lo vigila?

—No, lo he identificado por mi cuenta. Lo conocí hace dos meses en Nueva York, y puesto que lo que decía no parecía exactamente acertado, puse su ordenador personal bajo vigilancia. ¿Quiere ver las notas?

—No es nuestro trabajo, Jerry.

—Lo sé, en su caso he hecho una excepción para asegurarme de que no manipulaba nuestros fondos, pero creo que sabe que ha llegado el momento de abandonar la ciudad, tal vez para emprender un viaje sólo de ida al extranjero. Alguien debería echarle una ojeada. ¿Quizá Gus Werner?

—Lo pensaré. Gracias por la información.

—Entendido —respondió Rounds, antes de retirarse.

—¿Entonces debemos acercarnos sigilosamente a ella sin ser detectados? —preguntó Brian.

—Ésa es su misión —confirmó Pete.

—¿A qué distancia?

—Tan cerca como puedan.

—¿Lo suficiente para dispararle en la nuca? —preguntó el marine.

—Lo suficiente para ver sus pendientes.

Alexander decidió que ésa era una forma más delicada de expresarlo, e incluso precisa, puesto que la señora Peters llevaba el cabello bastante largo.

—Entonces no para dispararle en la nuca, sino para cortarle la yugular... —insistió Brian.

—Dígalo como quiera, Brian. Lo suficientemente cerca para tocarla, ¿entendido?

—Sí, claro, sólo quería estar seguro —dijo Brian—. ¿Tenemos que llevar nuestras riñoneras?

—Desde luego —respondió Alexander, aunque no era cierto.

Brian volvía a ponerse pesado. ¿Quién había oído hablar de un marine con crisis de conciencia?

—Llamaremos más la atención —protestó Dominic.

—Disimúlenlas de algún modo. Sean creativos —sugirió el oficial instructor, ligeramente irritado.

—¿Cuándo conoceremos exactamente la finalidad de todo esto? —preguntó Brian.

—Pronto.

—Siempre nos dice lo mismo, amigo.

—Puede regresar a Carolina del Norte cuando lo desee.

—Lo he estado pensando —dijo Brian.

—Mañana es viernes. Piénselo durante el fin de semana, ¿de acuerdo?

—Lo haré.

Brian se apaciguó. El intercambio había adquirido un tono más desagradable de lo que en realidad se proponía. Había llegado el momento de moderarse. Pete no le desagradaba en absoluto. El problema era no saber y lo poco apetecible del aspecto del asunto. Especialmente con una mujer como objetivo. Dañar mujeres no formaba parte de sus principios. Ni tampoco niños, que era lo que había impulsado a su hermano a actuar, y Brian no lo censuraba. Se preguntó brevemente si él habría hecho lo mismo y se respondió que sí, indudablemente, por un menor, pero sin estar completamente seguro. Al terminar la cena, los mellizos lavaron los platos y se instalaron luego frente al televisor en la planta baja, para tomar una copa y ver el History Channel.

Lo mismo ocurría en el próximo estado con Jack Ryan hijo, que tomaba un ron con coca-cola y alternaba entre los canales de historia e historia universal, con visitas ocasionales al canal biográfico, que transmitía un programa de dos horas sobre Joseph Stalin. Ese individuo era verdaderamente un frío hijo de puta, pensó el joven Jack. Había obligado a uno de sus propios confidentes a firmar la orden de detención contra su propia esposa. Maldita sea. ¿Cómo logró ejercer ese tipo de aspecto insignificante tanto poder sobre sus coetáneos? ¿En qué consistía su poder? ¿De dónde procedía? ¿Cómo lo mantuvo? El propio padre de Jack había gozado de un poder considerable, pero nunca había dominado a la gente de un modo ni remotamente parecido. Probablemente nunca se le había ocurrido, y mucho menos matar a personas, por lo que en el fondo no era más que pura diversión. ¿Quién era esa gente? ¿Todavía existía?

Debía de existir. Una cosa que nunca cambiaba en el mundo era la naturaleza humana. La crueldad y la brutalidad todavía existían. Puede que la sociedad no alentara a esas personas, como lo había hecho, por ejemplo, en la época del Imperio romano. Entrenaban a los gladiadores para que el público aceptara, e incluso se divirtiera con la muerte violenta. Y la verdad tenebrosa del asunto era que si Jack hubiera tenido acceso a la máquina del tiempo, se habría desplazado al anfiteatro de Flavio, para presenciarlo aunque sólo fuera una vez. Pero eso era curiosidad humana, no sed de sangre. Sólo una oportunidad de adquirir conocimientos históricos, de ver e interpretar una cultura diferente, aunque vinculada a la suya. Puede que el espectáculo le produjera náuseas... o no. Tal vez su curiosidad era suficientemente poderosa. Pero con toda seguridad, si retrocediera en el tiempo lo haría bien acompañado, por ejemplo de la Beretta cuarenta y cinco que Mike Brennan le había enseñado a disparar. Se preguntó cuántos aprovecharían dicha oportunidad. Probablemente unos cuantos. Hombres, no mujeres. Las mujeres necesitarían mucho condicionamiento social para querer verlo. ¿Pero los hombres? Los hombres crecían con películas como *Silverado* o *Salvar al soldado Ryan*. Los hombres querían saber cómo habrían resuelto ellos esas situaciones. No, en realidad, la naturaleza humana no había cambiado. La sociedad tendía a aplastar la crueldad, y puesto que el ser humano era racional, la mayoría de la gente evitaba una conducta que podía llevarlos a la cárcel o al cadalso. Por tanto, el hombre era capaz de aprender con el transcurso del tiempo, pero no probablemente esas pequeñas bestias perversas que eran los impulsos básicos, alimentados con fantasías, libros, películas y pensamientos que deambulaban por nuestra conciencia, a la espera de conciliar el sueño. Puede que los policías se lo pasaran mejor. Ellos podían ejercitar a la pequeña bestia ocupándose de los que se pasaban de la raya. Eso probablemente les producía satisfacción, porque permitía alimentar a la bestia y proteger al mismo tiempo a la sociedad.

Pero si la bestia vivía todavía en el corazón de los hombres, en algún lugar debía de haber individuos que utilizarían sus habilidades, no para controlarla, sino para someterla a su voluntad y utilizarla como instrumento en su búsqueda personal de poder. Ésos eran conocidos como «los malos». A los que no tenían éxito se los llamaba sociópatas. A los que no tenían éxito se los llamaba... presidentes.

¿A qué conducía todo eso?, se preguntó el joven Jack. Después de todo, él todavía era un crío, aunque él lo negara y la ley lo calificara de adulto. ¿Dejaba de crecer un adulto? ¿Dejaba de interrogarse y de formular preguntas? ¿Dejaba de buscar información, o como él lo razonaba, de buscar la verdad?

Pero cuando se encontraba la verdad, ¿qué diablos se hacía con ella? Todavía no lo había descubierto. Puede que sólo fuera una cosa más que aprender. Sin duda tenía el mismo anhelo de aprender que su padre, o de lo contrario, ¿por qué estaría viendo ese programa, en lugar de una estúpida comedia? Tal vez compraría un libro sobre Stalin y Hitler. Los historiadores no dejaban de hurgar en los viejos archivos. El problema era que luego imponían a lo que encontraban sus propias ideas personales. Probablemente lo que necesitaba en realidad era a un psiquiatra para analizar la situación. Los psiquiatras también tenían sus prejuicios ideológicos, pero por lo menos sus procesos mentales estaban cubiertos por una capa de profesionalismo. Al joven Jack le molestaba que todas las noches se durmiera con pensamientos irresolutos y verdades sin encontrar. Pero eso, suponía, era el quid de esa cosa llamada vida.

Todos estaban rezando. En silencio. Abdullah susurraba palabras del Corán. Mustafá repasaba el mismo libro en la santidad de su propia mente, no en su totalidad, evidentemente, sino sólo las partes que apoyaban su misión del día siguiente. Ser valiente, recordar su sagrada misión, llevarla a cabo sin misericordia. La misericordia era patrimonio exclusivo de Alá.

¿Y si sobrevivía?, se preguntó a sí mismo, y la idea le sorprendió.

Evidentemente tenían un plan para dicha contingencia. Volverían en coche al oeste e intentarían llegar de nuevo a México, para regresar en avión a su país, donde sus camaradas los recibirían con gran regocijo. A decir verdad, no esperaba que eso sucediera, pero la esperanza es algo que nadie abandona nunca por completo, y por muy atractivo que fuera el paraíso, la vida en la tierra era realmente lo único que conocía.

Esa idea también lo sobresaltó. ¿Acababa de dudar de su fe? No, no era eso. No exactamente. Era sólo una idea pasajera. «No hay más Dios que Alá, y Mahoma es su mensajero», salmodió en su mente, expresando el *Shahada* que constituye los propios cimientos del islam. No, no podía negar ahora su fe. Su fe lo había impulsado a cruzar el mundo, hasta aquel lugar de su martirio. Su fe lo había educado y había alimentado su vida, a lo largo de la infancia, ante la ira de su padre, hasta el país de los infieles que despreciaban el islam y protegían a los israelíes, para afirmar aquí su fe con su vida. Y probablemente su muerte. Casi con toda certeza, a no ser que el propio Alá deseara lo contrario. Porque todo en la vida estaba escrito por la propia mano de Alá...

El despertador sonó poco antes de las seis y Brian llamó a la puerta de su hermano.

—Despierta, soldado. Estamos desperdiciando la luz del día.

—¿De veras? —preguntó Dominic desde el otro extremo del pasillo—. ¡Te he ganado, Aldo! —Aquélla era la primera vez.

—Entonces vamos a por ello, Enzo —respondió Brian, y ambos salieron.

Al cabo de una hora y cuarto, estaban de regreso sentados para desayunar.

—Es un buen día para vivir —observó Brian, con su primer sorbo de café.

—En los marines deben de lavaros el cerebro, hermano —respondió Dominic, dándole un sorbo al suyo.

—No, son las endorfinas que han entrado en acción. Así es como el cuerpo se miente a sí mismo.

—Eso se supera —dijo Alexander—. ¿Listos para el ejercicio de campo?

—Sí, mi sargento —respondió Brian con una sonrisa—. Debemos cargarnos a Michelle para el almuerzo.

—Sólo si son capaces de localizarla sin que ella los detecte a ustedes.

—Sería más fácil en el bosque. Estoy entrenado para esa clase de ejercicio.

—¿Qué cree que hemos estado haciendo aquí, Brian? —preguntó amablemente Pete.

—¿Es eso lo que es?

—Primero cómprate unas zapatillas nuevas —sugirió Dominic.

—Sí, lo sé. Éstas están prácticamente muertas.

Las suelas de goma, casi destrozadas, se separaban del resto. Detestaba desprenderse de ellas. Había corrido muchos kilómetros con esas zapatillas, y uno puede tener sus debilidades con ese tipo de cosas, frecuentemente para enojo de su esposa.

—Llegaremos temprano al centro comercial. Foot Locker, justo al lado del mostrador donde alquilan cochecitos —le recordó Dom a su hermano.

—Sí, lo sé, de acuerdo. Pete, ¿algún consejo acerca de Michelle? —preguntó Brian—. Por regla general, cuando se nos encomienda una misión, se nos facilitan directrices.

—Buena pregunta, capitán. Sugiero que la busquen en Victoria's Secret, justo enfrente de The Gap. Si se acercan lo suficiente sin ser detectados, habrán ganado. Si ella pronuncia su nombre a más de tres metros de distancia, habrán perdido.

—Eso no es justo —señaló Dominic—. Ella conoce nuestro aspecto, especialmente la altura y el peso. Un auténtico malvado no tendría esa información a mano. Se puede fingir ser más bajo, pero no más alto.

—Y mis tobillos no me permiten usar tacones —agregó Brian.

—Sus piernas tampoco son para lucirlas, Aldo —dijo con sorna Alexander—. ¿Quién ha dicho que este trabajo fuera fácil?

«Salvo porque todavía no sabemos en qué coño consiste», pensó Brian.

—De acuerdo. Improvisaremos, nos adaptaremos y lo superaremos.

—¿En quién te has convertido ahora, en Harry *el Sucio*? —preguntó Dominic, mientras acababa de comerse su bollo.

—En el cuerpo, es nuestro civil predilecto, hermano. Probablemente habría sido un buen brigada.

—Especialmente con su Smith del cuarenta y cuatro.

—Bastante ruidosa para una arma corta. Y bastante dura de manejar. Salvo tal vez la Auto-Mag. ¿La has disparado alguna vez?

—No, pero tuve una en la mano en la armería de Quantico. Esa maldita arma debería llevar un remolque para transportarla, pero apuesto a que hace unos buenos agujeros.

—Sí, pero si no puedes ocultarla, más te vale ser Hulk Hogan.

—Te he oído, Aldo.

En la práctica, sus riñoneras eran más útiles para llevar la pistola que para ocultarla. Cualquier policía las identificaba a primera vista, aunque los civiles no las reconocieran. En sus bolsas, los dos hermanos llevaban una pistola cargada y un peine de repuesto. Pete quiso que ese día las llevaran puestas, sólo para que les resultara más difícil localizar a Michelle Peters sin ser detectados. ¿No era eso lo que se esperaba de un oficial instructor?

Al comenzar aquel mismo día, a diferencia de otros, a ocho kilómetros en el Holiday Inn Express, todos desplegaron sus alfombrillas oratorias y recitaron su Salat matutino como un solo hombre, por lo que esperaban que fuera la última vez. Tardaron sólo unos pocos minutos, y a continuación todos se lavaron, a fin de purificarse para su misión. Zuhayr se tomó incluso el tiempo de afeitarse alrededor de su nueva barba, arreglando pulcramente la parte que deseaba lucir en la eternidad, hasta que se sintió satisfecho y se vistió.

No fue hasta que estuvieron completamente listos cuando se percataron de que faltaban varias horas para la hora prevista. Abdullah salió cuesta arriba, en busca de Dunkin' Donuts y café para desayunar, y en esa ocasión regresó con un periódico, que circuló por ambas habitaciones mientras tomaban café y fumaban cigarrillos.

Podían parecer fanáticos a los ojos de sus enemigos, pero seguían siendo humanos, y la tensión del momento, que aumentaba cada minuto que pasaba, era desagradable. El café no hacía más que introducir cafeína en su organismo, lo que les provocaba temblor de manos y los obligaba a entornar los párpados para ver las noticias de la televisión. Cada pocos segundos consultaban sus relojes, con el deseo fútil de acelerar las manecillas, mientras seguían tomando café.

—¿Ahora nosotros también nos ponemos nerviosos? —preguntó Jack en El Campus mientras señalaba la pantalla de su monitor, dirigiéndose a Tony—. ¿Qué hay aquí que yo no alcanzo a ver?

Wills se reclinó en su silla.

—Es una combinación de ingredientes. Puede que sea real. O tal vez sólo una coincidencia. Quizá sea sólo una elucubración en la mente de los analistas profesionales. ¿Sabe cómo averiguar lo que es en realidad?

—¿Esperar una semana, examinarlo retrospectivamente y ver si en efecto ha ocurrido algo?

Tony Wills no pudo reprimir una carcajada.

—Joven, está usted aprendiendo el oficio del espionaje. Maldita sea, he visto más pronósticos errados en el mundo del espionaje que en las carreras de caballos de Preakness en Pimlico. El caso es que, a no ser que lo sepa, significa que sencillamente no lo sabe, pero al personal en esta profesión no le gusta pensar de ese modo.

—Recuerdo que, de niño, a veces mi padre se ponía de muy mal humor...

—Estaba en la CIA durante la guerra fría. Los peces gordos no hacían más que pedir pronósticos, que nadie podía facilitar, por lo menos que fueran significativos. Su padre solía decir «esperen un poco y lo comprobarán ustedes mismos», y eso realmente los enojaba, pero el caso es que por regla general estaba en lo cierto y no tuvo lugar ningún desastre durante su guardia.

—¿Seré algún día tan bueno como él?

—Eso es mucho pedir, muchacho, pero quién sabe. Tiene suerte de estar aquí. Por lo menos el senador conoce el significado de «no lo sé». Significa que la persona es honrada y que sabe que no es Dios.

—Sí, lo recuerdo de la Casa Blanca. Siempre me asombró la cantidad de gente en Washington que realmente creía serlo.

Dominic conducía. Era un trayecto agradable de cinco o seis kilómetros cuesta abajo hasta la ciudad.

—¿Victoria's Secret? ¿Crees que la sorprenderemos comprándose un camisón? —musitó Brian.

—Sólo cabe soñar —respondió Dominic, mientras giraba a la izquierda por Rio Road—. Es temprano. ¿Vamos primero a por tus zapatillas?

—Parece lógico. Aparca el coche junto a la tienda de hombres Belk's.

—A sus órdenes, patrón.

—¿Ha llegado la hora? —preguntó Rafi, por tercera vez en los últimos treinta minutos.

Mustafá consultó su reloj: las 11.48. Casi. Asintió.

—Amigos míos, recoged vuestros enseres.

Todos ellos introdujeron sus armas descargadas en bolsas de la compra. Montadas eran excesivamente voluminosas y demasiado evidentes. Cada uno llevaba doce cargadores de treinta balas, sujetos en seis pares con cinta adhesiva. Cada arma disponía de un gran silenciador, que se enroscaba al cañón. Su función no era tanto la de reducir el ruido como la de aumentar el control. Mustafá recordaba lo que Juan le había dicho en Nuevo México. Esas armas tendían a desviarse del blanco, hacia arriba y a la derecha. Pero ya había hablado de eso con sus compañeros. Todos sabían disparar, habían probado esas armas cuando se las entregaron y, por tanto, no los cogerían por sorpresa. Además, se dirigían a lo que los soldados norteamericanos llamaban un «entorno rico en objetivos».

Zuhayr y Abdullah sacaron sus enseres de viaje y los metieron en el maletero de su Ford alquilado. Después de reflexionar, Mustafá decidió guardar allí también las armas y los cuatro se dirigieron al coche con sus correspondientes bolsas de la compra, que colocaron de pie en el maletero. A continuación, Mustafá subió al coche, con la llave de su habitación descuidadamente en el bolsillo. El recorrido no era largo. El objetivo ya estaba a la vista.

El aparcamiento estaba dotado de las entradas habituales. Eligió la del noroeste, junto a la tienda de hombres Belk's, para estar más cerca del edificio. Paró el motor y recitó su última oración de la mañana. Los otros tres hicieron prácticamente lo mismo, antes de apearse y dirigirse al maletero. Mustafá lo abrió. Se hallaban a menos de cincuenta metros de la puerta. A decir verdad, no tenía demasiado sentido ocultarse, pero Mustafá recordó el mostrador de seguridad. Allí debía de empezar la respuesta retardada de la policía. Por consiguiente, ordenó a sus compañeros dejar las armas en las bolsas y, con las bolsas en la mano izquierda, entraron por la puerta.

Era viernes, y el centro no estaba tan concurrido como los sábados, aunque lo suficiente para sus propósitos. Al entrar pasaron frente a LensCrafters, que estaba lleno de clientes, la mayoría de los cuales saldrían con toda probabilidad lamentablemente ilesos, pero todavía no habían llegado a la zona principal del centro.

Brian y Dominic estaban en la tienda Foot Locker, pero Brian no veía ningunas zapatillas que le gustaran. El Stride Rite a continuación era sólo para niños, y los mellizos siguieron adelante y giraron a la derecha. En American Eagle Outfitters encontrarían indudablemente algo, tal vez en piel, en forma de bota para proteger los tobillos.

Al girar a la izquierda, Mustafá pasó frente a una tienda de juguetes y varias tiendas de ropa, de camino al patio central, sin dejar de escudriñar el entorno con la mirada. Había quizá un centenar de personas a la vista, y a juzgar por el público de la juguetería, las tiendas de víveres estarían concurridas. Pasó frente a Sunglass Hut y torció a la derecha hacia el mostrador de seguridad. Estaba convenientemente situado, a sólo unos pasos de los servicios. Los cuatro entraron en los lavabos.

Pocos se habían percatado de su presencia, era inusual ver a cuatro hombres de aspecto idénticamente exótico, pero un centro comercial norteamericano era lo más parecido a un parque zoológico para seres humanos, y tenían que ser muchos para llamar la atención, o para parecer peligrosos.

En los lavabos masculinos sacaron las armas de las bolsas y las montaron. Tiraron de los cerrojos. Introdujeron los cargadores en las culatas. Cada uno de ellos se guardó cinco pares de cargadores en los bolsillos de los pantalones. Dos de ellos atornillaron los largos silenciadores a los cañones. Después de reflexionar unos instantes, Mustafá y Rafi decidieron que preferían oír el ruido y no lo hicieron.

—¿Listos? —preguntó el jefe.

Todos asintieron.

—Entonces vamos a comer cordero juntos en el paraíso. A vuestros puestos. Cuando yo abra fuego, empezad a disparar.

Brian se estaba probando unas botas de piel. No eran exactamente como las que usaba en los marines, pero parecían cómodas y se ajustaban a sus pies como hechas a medida.

—No están mal.

—¿Quiere que se las envuelva? —preguntó la dependienta.

—No —decidió Aldo, después de reflexionar unos instantes—, me las llevaré puestas.

A continuación le entregó sus repelentes Nike. La chica las guardó en la caja de las botas y lo acompañó a la caja.

Mustafá consultó su reloj. Calculaba que sus compañeros tardarían dos minutos en alcanzar sus posiciones.

Rafi, Zuhayr y Abdullah entraban en ese instante en la plaza principal del centro, con las armas en las manos caídas y, asombrosamente, sin llamar realmente la atención de los compradores, que circulaban ajetreados sin preocuparse de los asuntos de los demás. Cuando el segundero llegó a las doce, Mustafá respiró hondo, salió del lavabo y giró a la izquierda.

El guardia de seguridad estaba tras su mostrador a la altura del pecho, leyendo una revista, cuando vislumbró una sombra delante de él. Levantó la cabeza y vio a un individuo de piel aceitunada.

—¿En qué puedo servirlo, señor? —preguntó educadamente.

No tuvo tiempo de reaccionar.

—*Allahu Ackbar!* —fue el grito de respuesta, mientras Mustafá levantaba la Ingram.

Apretó el gatillo un solo segundo, pero nueve balas penetraron en el pecho del negro, que retrocedió medio paso y se desplomó muerto sobre las baldosas.

—¿Qué diablos ha sido eso? —le preguntó Brian inmediatamente a su hermano, la única persona que estaba cerca de él, cuando todas las cabezas se volvían a la izquierda.

Rafi se encontraba sólo a ocho metros frente a ellos y a la derecha cuando oyó los disparos, y ahora le tocaba a él empezar. Hincó una rodilla en el suelo, levantó su Ingram y apuntó hacia la tienda Victoria's Secret. Allí, todos los clientes debían de ser mujeres inmorales, por el mero hecho de examinar esas prendas propias de prostitutas, y quién sabía, pensó, tal vez algunas de ellas lo complacerían en el paraíso. Se limitó a apuntar y a apretar el gatillo.

El ruido era ensordecedor, como una colosal secuencia de explosiones. Tres mujeres fueron inmediatamente alcanzadas y se desplomaron. Otras permanecieron inmóviles durante un segundo, con los ojos muy abiertos de turbación e incredulidad, como paralizadas.

Por su parte, Rafi estaba decepcionado de que más de la mitad de sus balas no hubieran alcanzado ningún objetivo. El arma mal equilibrada se había sacudido en sus manos y había acribillado el techo. El cerrojo se cerró en la recámara vacía. Miró el arma sorprendido, expulsó el cargador, lo invirtió, lo introdujo en su posición y miró en busca de más objetivos. Ahora habían empezado a correr y se llevó el arma al hombro.

—¡Joder! —exclamó Brian, mientras su mente gritaba: «¿Qué coño está ocurriendo?»

—¡Joder, Aldo! —exclamó a su vez Dominic, mientras se colocaba la riñonera en la barriga, tiraba del cordón que abría las dos cremalleras y en un instante tenía su Smith & Wesson en las manos—. ¡Cúbreme! —le ordenó a su hermano.

El tirador con su metralleta estaba a poco más de seis metros, al otro lado de un quiosco de joyería, de espaldas, pero aquello no era Dodge City, y ninguna regla decía que el delincuente debiera estar de frente.

Dominic apoyó una rodilla en el suelo, levantó su automática con ambas manos, disparó dos balas de cabeza hueca al centro de su espalda y luego una tercera a la nuca. Su objetivo se desplomó inmediatamente, y a juzgar por la explosión roja del tercer disparo, su actividad había concluido. El agente del FBI se acercó al cuerpo postrado y alejó su arma de una patada. Se percató inmediatamente de lo que era y entonces vio cargadores de repuesto en los bolsillos del cadáver. «¡Oh, mierda!», pensó inmediatamente y entonces oyó el ruido de más disparos a su izquierda.

—¡Hay otros, Enzo! —dijo Brian junto a su hermano, con su Beretta en la mano derecha—. Éste ya está frito. ¿Alguna idea?

—¡Sígueme y cúbreme!

Mustafá se encontraba frente a una joyería, con seis mujeres a la vista delante y detrás del mostrador. Bajó su arma a la altura de la cadera, apretó el gatillo hasta vaciar el cargador y sintió una satisfacción momentánea al ver que se desplomaban. Cuando el arma dejó de disparar, expulsó el cargador y lo invirtió para recargarla, al tiempo que tiraba del cerrojo.

Los dos mellizos se incorporaron y empezaron a desplazarse hacia el oeste, sin prisa pero sin pausa, con Dominic en cabeza y Brian dos pasos a su espalda, y la mirada casi fija en el origen del ruido. Toda la formación de Brian acudió de pronto a su mente. «Mantente a cubierto y oculto mientras sea posible. Localiza y ataca al enemigo.»

En aquel preciso momento apareció una figura de la joyería Kay que se desplazaba de izquierda a derecha, con una metralleta en las manos y disparando a otra joyería a su izquierda. En ese momento, en el centro comercial reinaba una cacofonía de gritos y disparos, con gente que corría a ciegas hacia las salidas, en lugar de mirar primero de dónde procedía el peligro. Muchos cayeron, sobre todo mujeres. También algunos niños.

De algún modo, les pasó inadvertido a los hermanos. Apenas vieron a las víctimas. No había tiempo para eso, y su entrenamiento se apoderó por completo de ellos. Su primer objetivo a la vista estaba allí, acribillando la joyería.

—Voy a la derecha —dijo Brian, al tiempo que echaba a correr con la cabeza gacha, pero sin dejar de mirar hacia el objetivo.

Eso estuvo a punto de costarle la vida a Brian. Zuhayr se encontraba frente a Claire's Boutique, después de vaciar un cargador contra la tienda, inseguro de hacia dónde dirigirse, cuando de pronto se volvió a la izquierda y vio a un individuo con una pistola en la mano. Apoyó cuidadosamente el arma en su hombro y apretó el gatillo... Efectuó dos disparos inútiles, que no impactaron en ningún blanco.

Su primer cargador estaba vacío, y tardó dos o tres segundos en percatarse de ello. Entonces lo expulsó, lo invirtió para recargar el arma y levantó de nuevo la cabeza... pero el hombre había desaparecido. ¿Dónde estaba? Sin objetivos a la vista, cambió de dirección y entró pausadamente en la tienda de mujeres Belk's.

Brian estaba agachado junto a Sunglass Hut, asomándose por la derecha.

«Ahí está, desplazándose a la izquierda.» Sujetó su Beretta con la mano derecha y apretó el gatillo... pero la bala pasó rozando la cabeza de aquel individuo, que se agachó.

—¡Mierda! —exclamó Brian, al tiempo que se incorporaba con ambas manos en la pistola, avanzaba un poco y efectuaba cuatro disparos.

Las cuatro balas impactaron en el tórax del individuo, por debajo de los hombros.

Mustafá oyó el ruido, pero no percibió los impactos. Su cuerpo estaba cargado de adrenalina y, en esas circunstancias, el organismo sencillamente no siente el dolor. Sólo al cabo de un segundo tosió sangre y lo cogió por sorpresa. Además, cuando intentó girar a la izquierda, su cuerpo no obedeció la orden de su mente. El desconcierto sólo duró un par de segundos, y entonces...

Dominic se enfrentaba al segundo, con el arma en alto y apuntando. Disparó de nuevo, fiel a su entrenamiento, al centro de la masa, y su Smith, en acción sencilla, estalló dos veces.

Tan buena era su puntería que el primer disparo alcanzó el arma de su objetivo...

La Ingram dio una sacudida en las manos de Mustafá. Apenas logró sujetarla, pero entonces vio quién lo había atacado, apuntó y apretó el gatillo, pero no ocurrió nada. Al bajar la mirada vio un agujero de bala en el acero de la Ingram, donde antes estaba el cerrojo. Tardó otro par de segundos en percatarse de que ahora estaba desarmado. Pero su enemigo estaba todavía delante, y corrió hacia él, con la esperanza de utilizar por lo menos el arma como garrote.

Dominic estaba asombrado. Había visto cómo por lo menos una de sus balas le penetraba en el pecho, mientras la otra le destrozaba el arma. Por alguna razón, no disparó de nuevo. En su lugar golpeó a aquel cabrón en la cara con su Smith y avanzó hacia donde se oían más disparos.

Mustafá sintió que se le debilitaban las piernas. El golpe en la cara le había dolido, aunque no lo hubieran hecho las cinco balas. Intentó girar de nuevo, pero su pierna izquierda no soportaba el peso de su cuerpo y se desplomó, contorsionándose para acabar de espaldas en el suelo, donde de pronto le resultó muy difícil respirar. Intentó incorporarse, o incluso darse la vuelta, pero sus piernas no respondían y la parte izquierda de su cuerpo estaba paralizada.

—Dos abatidos —dijo Brian—. ¿Y ahora qué?
El griterío había disminuido, pero no mucho. Sin embargo, todavía se oían disparos, aunque diferentes...

Abdullah había tenido el acierto de acoplar el silenciador a su arma, y sus disparos eran más precisos de lo que había imaginado.
Se encontraba en la tienda de música Sam Goody, que estaba llena de estudiantes. Debido a la proximidad de la tienda a la entrada occidental, ésta no disponía de puerta trasera. Abdullah sonreía al entrar en el local, sin dejar de disparar. Los rostros que vio estaban llenos de incredulidad, y durante un instante de diversión, se dijo a sí mismo que esa incredulidad era la razón por la que los mataba. Vació rápidamente el primer cargador, y comprobó que efectivamente el silenciador le había permitido acertar con la mitad de los disparos. Hombres y mujeres, niños y niñas, gritaron y permanecieron inmóviles con la mirada fija durante unos preciados y letales segundos, antes de echar a correr. Pero a menos de diez metros era igualmente fácil alcanzarlos por la espalda, y en realidad no tenían adónde correr. Permaneció sencillamente allí, rociando la sala, dejando que los objetivos se eligieran a sí mismos. Algunos corrieron por el otro lado del estante de los discos, intentado escapar por la puerta principal y les disparó conforme aparecían, a dos metros escasos de distancia. A los pocos segundos había agotado su segundo cargador, lo arrojó al suelo, sacó otro del bolsillo de su pantalón, lo introdujo en la metralleta y tiró del cerrojo. Pero había un espejo en la pared de la tienda, y en el mismo vio...

—¡Joder, otro! —exclamó Dominic.

—De acuerdo —respondió Brian, al tiempo que corría al otro lado de la puerta, se pegaba a la pared y levantaba su Beretta.

Eso lo colocaba en la misma línea de tiro que el terrorista, pero la situación no favorecía a alguien que disparara con la derecha. Debía elegir entre disparar con la izquierda, cosa que no había practicado tanto como debería, o exponerse para devolver el fuego. Pero algo en su mente de marine dijo «¡al carajo!» y salió sujetando la pistola con ambas manos.

Abdullah lo vio y sonrió, al tiempo que se llevaba el arma al hombro... o lo intentaba.

Aldo efectuó dos disparos al pecho del objetivo, vio que no se inmutaba y vació su cargador. Más de doce balas penetraron en el cuerpo de aquel individuo...

Abdullah las percibió todas, y sintió que su cuerpo se sacudía con cada impacto. Intentó disparar su propia arma, pero debido a los impactos no dio en el blanco y entonces perdió el control de su cuerpo. Cayó hacia adelante, mientras intentaba recuperar el equilibrio.

Brian expulsó el cargador vacío, sacó el de repuesto de su riñonera, lo introdujo en su pistola y tiró del percutor. Ahora entraba en acción su piloto automático. ¡Ese cabrón todavía se movía! Había que hacer algo al respecto. Se acercó al cuerpo postrado, separó su arma de una patada y le disparó en la nuca. El cráneo se abrió como una sandía, y sangre y cerebro se desparramaron por el suelo.

—¡Joder, Aldo! —exclamó Dominic, acercándose a su hermano.

—¡Maldita sea! Todavía hay por lo menos uno suelto. Sólo me queda un cargador, Enzo.

—A mí también, hermano.

Asombrosamente, la mayoría de la gente que se encontraba en el suelo, incluidos los que habían recibido balazos, estaban todavía vivos. El piso estaba empapado, como si hubiera caído un chaparrón de sangre. Los mellizos estaban demasiado tensos para sentir náuseas. Salieron de nuevo al patio del centro y se dirigieron al este.

La misma carnicería. Numerosos charcos de sangre inundaban el pavimento. Se oían gritos y sollozos. Brian pasó junto a una niña, tal vez de unos tres años, que agitaba los brazos como un pajarito junto al cadáver de su madre. No tenía tiempo, maldita sea, de hacer nada al respecto. Ojalá Pete Randall estuviera cerca. Era un buen marine, pero incluso el suboficial Randall estaría abrumado por esa tragedia.

Se oían todavía los disparos de una metralleta con silenciador. Procedían de los almacenes de mujeres Belk's, a su izquierda. No muy lejos, a juzgar por la intensidad del ruido. Las armas automáticas producen un sonido característico. Nada se le parece. Se separaron, uno por cada lado del corto pasillo frente al Coffee Beanery y la zapatería Bostonian Shoes, hacia la siguiente zona de combate.

A la entrada de Belk's se encontraban los perfumes y los productos de maquillaje. Al igual que lo habían hecho antes, corrieron hacia el ruido de los disparos. Había seis mujeres en el suelo junto a los perfumes y otras tres junto al mostrador de maquillaje. Algunas estaban evidentemente muertas. Otras, claramente vivas. Algunas pedían ayuda, pero no se la podían prestar ahora. Los mellizos se separaron de nuevo. Acababa de cesar el ruido. Lo habían oído delante y a su izquierda, pero el terrorista no estaba allí ahora. ¿Habría huido? ¿Se habría quedado sin munición?

Vieron que el suelo estaba cubierto de casquillos de latón, de nueve milímetros. Dominic se percató de que el tipo se había divertido de lo lindo. Casi todos los espejos que cubrían las columnas interiores del edificio estaban destrozados por los disparos. Su ojo experto parecía indicar que el terrorista había entrado por la puerta principal, había acribillado a las primeras personas que había visto, todas ellas mujeres, para dirigirse luego al fondo y a la izquierda, probablemente en busca de más objetivos potenciales. Con toda probabilidad, un solo hombre, dedujo Brian.

«Bien, ¿a qué nos enfrentamos? —se preguntó Dominic—. ¿Cómo va a reaccionar? ¿Cómo piensa?»

Para Brian era más sencillo: «¿Dónde estás, hijo de puta?» Para el marine se trataba de un enemigo armado y nada más. No una persona, ni un ser humano, ni siquiera un cerebro pensante, sino sólo un objetivo armado.

262

Zuhayr experimentó un repentino descenso de su entusiasmo. Había estado más emocionado que en cualquier otro momento de su vida. Sólo se había acostado con unas pocas mujeres, e indudablemente ese día había matado a más de las que habían pasado por su cama... pero para él, allí y ahora, de algún modo sentía lo mismo.

Y todo le resultaba sumamente placentero. No había oído ninguno de los disparos anteriores. Tan concentrado estaba en lo que hacía, que apenas había oído el ruido de su propia arma. Y todo había sido muy satisfactorio. La expresión de sus rostros al verlo a él y su metralleta... su reacción al recibir los impactos de bala... qué visión tan agradable. Pero ya sólo le quedaban dos pares de cargadores, uno en la metralleta y otro en su bolsillo.

Le pareció curioso poder oír ahora el silencio relativo. No había mujeres vivas en su entorno inmediato. O por lo menos ninguna ilesa. Algunas contra las que había disparado hacían algún ruido. Otras incluso intentaban alejarse a rastras...

Zuhayr sabía que no podía permitirlo y empezó a acercarse a una de ellas, una morena con un pantalón rojo barriobajero.

Brian avisó a su hermano con un silbido y señaló. Allí estaba, un individuo de metro setenta y dos aproximadamente, con pantalón y cazadora caqui, a cincuenta metros de distancia. Un blanco de feria para un rifle, un disparo de puro placer en Parris Island, pero no tan fácil con su Beretta, incluso para un buen tirador como él.

Dominic asintió y avanzó en esa dirección, sin dejar de escudriñar permanentemente su entorno con la mirada.

—Lo siento, mujer —dijo Zuhayr en inglés—. Pero no temas, te mando junto a Alá. Me complacerás en el paraíso.

Intentó dispararle una bala en la espalda, pero la Ingram no lo permitía con facilidad, y efectuó tres disparos a un metro de distancia.

Brian lo vio todo y algo se desencadenó en su interior. El marine se incorporó y apuntó con ambas manos.

—¡Maldito cabrón! —exclamó, al tiempo que disparaba con tanta rapidez como la precisión permitía, desde unos treinta metros de distancia.

Efectuó un total de catorce disparos, vaciando casi su cargador, y algunos dieron asombrosamente en el blanco.

En realidad, fueron tres, uno de los cuales alcanzó a su objetivo en la barriga y otro en el centro del pecho.

El primero le dolió. Zuhayr percibió el impacto, como si hubiera recibido una patada en los testículos. Todavía tenía su arma en las manos y luchó contra el dolor para levantarla, conforme aquel individuo se le acercaba.

Brian no lo había olvidado todo. En realidad, muchos de sus conocimientos aparecieron de nuevo en su mente. Debía recordar las lecciones de Quantico y de Afganistán si quería dormir en su cama aquella noche. Por tanto, avanzó por un camino indirecto, rodeando los mostradores rectangulares, sin quitarle el ojo de encima a su objetivo y confiando en que Enzo vigilara el entorno. Aunque él también lo hacía. Su objetivo no controlaba su arma. Miraba fijamente al marine, con un extraño temor en los ojos, pero... ¿sonriendo? «¿Qué coño?»

Avanzó directamente hacia aquel cabrón.

Por su parte, Zuhayr dejó de luchar con el peso, de pronto enorme de su metralleta, y se irguió tanto como pudo, con la mirada en los ojos de su verdugo.

—*Allahu Ackbar* —exclamó.

—Cuánto me alegro —respondió Brian, antes de dispararle entre ceja y ceja—. Espero que te diviertas en el infierno.

A continuación se agachó, levantó la Ingram y se la echó al hombro.

—Vacíala y suéltala, Aldo —le ordenó Dominic.

Brian obedeció.

—Válgame Dios, espero que alguien haya llamado al 911 —observó.

—Bien, sígueme arriba —dijo su hermano a continuación.

—¿Cómo? ¿Por qué?

—¿Y si hay más?

La respuesta le sentó a Brian como un bofetón.

—De acuerdo, hermano, entendido.

A ambos les pareció increíble que la escalera mecánica todavía funcionara, pero subieron, agachados y escudriñando el entorno. Había mujeres por todas partes, lo más lejos posible de la escalera mecánica...

—¡FBI! —exclamó Dominic—. ¿Está todo el mundo bien por aquí?

—Sí —respondieron múltiples voces por separado en el primer piso.

La identidad profesional de Enzo se apoderó plenamente de él.

—Está todo bajo control. La policía no tardará en llegar. Hasta que lleguen, quédense donde están.

Los mellizos pasaron de la parte superior de la escalera ascendente a la parte superior de la descendente. Quedó inmediatamente patente que los terroristas no habían subido al primer piso.

No había palabras para describir el horror del descenso. Los charcos de sangre seguían una línea recta desde el mostrador de los perfumes al de los bolsos, y ahora las personas suficientemente afortunadas para estar sólo heridas pedían ayuda. Pero una vez más los mellizos tenían algo más importante que hacer. Dominic condujo a su hermano al patio central y giró a la izquierda, para comprobar el estado del primero al que había disparado. Indudablemente estaba muerto. Su última bala de diez milímetros había estallado en su ojo derecho.

Eso significaba que sólo quedaba uno, si estaba todavía vivo.

Lo estaba, a pesar de todos los balazos recibidos. Mustafá intentaba moverse, pero sus músculos estaban desprovistos de sangre y de oxígeno, y se negaban a obedecer las órdenes del sistema nervioso central. Comprobó que miraba hacia arriba, un poco como en un sueño, incluso a su propio parecer.

—¿Cómo te llamas? —preguntó uno de ellos.

Dominic no estaba seguro de recibir una respuesta. Era evidente que aquel tipo se estaba muriendo y con bastante rapidez. Se volvió hacia su hermano, pero no estaba allí.

—¡Eh, Aldo! —exclamó, sin recibir ninguna respuesta inmediata.

Brian estaba en Legends, una tienda de artículos deportivos, echando una breve ojeada. Su iniciativa se vio recompensada y regresó con su hallazgo al pasillo del centro.

Allí seguía Dominic, hablando con su «sospechoso», pero sin obtener ninguna respuesta.

—Hola, tarugo —dijo Brian a su regreso, agachándose en el charco de sangre junto al terrorista moribundo—. Tengo algo para ti.

Mustafá levantó confuso la cabeza. Sabía que se acercaba la muerte, y si bien no estaba exactamente contento, en su mente se sentía satisfecho de haber cumplido con su obligación respecto a su fe y a las leyes de Alá.

Brian cogió las manos del terrorista y las cruzó sobre su pecho sangrante.

—Quiero que te lleves esto contigo al infierno. Es una piel de cerdo, cretino; está hecho con el cuero de un auténtico gorrino de Iowa —dijo Brian, mientras colocaba el balón entre las manos de aquel cabrón, sin dejar de mirarlo a los ojos.

El terrorista abrió enormemente los ojos, al reconocer horrorizado aquel momento de transgresión. Intentó mover los brazos, pero las manos del infiel se lo impedían.

—Sí, eso es, soy Iblis en persona y vienes a mi reino.

Brian sonrió, hasta que la vida se esfumó de la mirada del terrorista.

—¿De qué iba esto? —preguntó Dominic.

—En otro momento —respondió Brian—. Vamos.

Ambos se dirigieron hacia donde todo había empezado. Había muchas mujeres en el suelo y la mayoría se movían un poco. Todas sangraban y algunas abundantemente.

—Busca una farmacia. Necesito vendas, y asegúrate de que alguien ha llamado al 911.

—De acuerdo.

Dominic salió corriendo en busca de la farmacia, mientras Brian se agachaba junto a una mujer de unos treinta años, herida en el pecho. Al igual que la mayoría de los marines y todos los oficiales del cuerpo, tenía nociones rudimentarias de primeros auxilios. Primero comprobó sus vías respiratorias. Bien, respiraba. Sangraba por dos agujeros de bala en la parte superior del tórax. Un poco de espuma rosada en los labios indicaba una herida pulmonar, pero no parecía grave.

—¿Puede oírme?

—Sí —carraspeó, mientras asentía con la cabeza.

—Bien, se recuperará. Sé que duele, pero se pondrá bien.

—¿Quién es usted?

—Brian Caruso, señora, oficial de los marines de Estados Unidos. Se recuperará. Ahora debo intentar ayudar a otras personas.

—No, no... yo... —decía la mujer, agarrándolo del brazo.

—Señora, hay otras personas en peor estado que usted. Usted se pondrá bien —respondió mientras se separaba de un tirón.

La víctima siguiente estaba bastante mal. Era un niño, tal vez de unos cinco años, con tres balazos en la espalda, que sangraba a borbotones. Brian le dio la vuelta. Tenía los ojos abiertos.

—¿Cómo te llamas?

—David —respondió con una coherencia sorprendente.

—Bien, David, vamos a curarte. ¿Dónde está tu mamá?

—No lo sé.

El niño estaba más preocupado por su madre que por sí mismo, como era propio de un menor.

—De acuerdo, me ocuparé de ella, pero antes deja que te examine, ¿vale?

Al levantar la cabeza, vio que Dominic se le acercaba corriendo.

—¡No hay ninguna farmacia! —exclamó Dominic, casi a gritos.

—¡Consígueme algo, camisetas... cualquier cosa...! —ordenó Brian.

Dominic corrió hacia la tienda donde su hermano había comprado las botas. A los pocos segundos regresó con un montón de sudaderas en los brazos, en las que había impresos diversos diseños.

Y precisamente entonces llegó el primer policía, sujetando su automática reglamentaria con ambas manos.

—¡Policía! —exclamó el agente.

—¡Acérquese, maldita sea! —respondió Brian, y el policía tardó unos diez segundos en hacerlo—. Guarde esa pistola, agente. Todos los terroristas han sido abatidos —agregó, en un tono más sosegado—. Necesitamos todas las ambulancias que tengan en esta ciudad, y avise al hospital de que van a llegar un montón de heridos. ¿Tiene un botiquín en el coche?

—¿Quién es usted? —preguntó el policía, sin enfundar su pistola.

—FBI —respondió Dominic a su espalda, con sus credenciales en la mano izquierda—. El tiroteo ya ha terminado, pero aquí tenemos a muchos heridos. Llame a todo el mundo. Llame a la oficina local del FBI y a todos los demás. ¡Utilice la radio, agente, y hágalo inmediatamente, maldita sea!

Como la mayoría de los policías norteamericanos, el agente Steve Barlow llevaba una radio Motorola portátil, con un micrófono/altavoz sujeto a la charretera de su camisa de uniforme, y llamó inmediatamente pidiendo apoyo y asistencia médica.

Brian dirigió nuevamente su atención al pequeño que tenía en brazos. En aquel momento, David Prentiss lo era todo en el mundo para el capitán Brian Caruso. Pero todos los daños eran internos. El niño tenía varias heridas torácicas y las perspectivas no eran buenas.

—Bien, David, tomémonoslo con tranquilidad. ¿Duele mucho?

—Mucho —respondió el pequeño, con la respiración entrecortada.

Su rostro empalidecía. Brian lo colocó sobre el mostrador de Piercing Pagoda y se percató de que allí podría haber algo útil, pero sólo encontró paquetes de algodón. Taponó los tres agujeros en la espalda del niño y luego le dio la vuelta. Pero el pequeño tenía una hemorragia interna. La sangre fluía abundantemente a sus pulmones, que acabarían por colapsarse, se quedaría dormido y moriría de asfixia en pocos minutos si nadie la succionaba, pero no había absolutamente nada que Brian pudiera hacer al respecto.

—¡Válgame Dios!

Entre tanta gente, era Michelle Peters quien sostenía la mano de una niña de diez años, con una expresión tan horrorizada como cabía en una menor.

—Michelle, si sabe algo de primeros auxilios, elija a alguien y póngase a trabajar —ordenó Brian.

Pero en realidad poco sabía. Cogió un montón de algodón de la tienda de pendientes y se alejó.

—Hola, David, ¿sabes quién soy? —preguntó Brian.

—No —respondió el niño, con un asomo de curiosidad más allá del dolor de su pecho.

—Soy un marine. ¿Sabes lo que es eso?

—¿Como un soldado?

Brian se percató de que el niño se estaba muriendo en sus brazos. «Te lo ruego, Dios mío, no éste, no un niño tan pequeño.»

—No, somos mucho mejor que los soldados. Un marine es prácticamente lo mejor que puede ser un hombre. Puede que algún día, cuando seas mayor, te conviertas en un marine como yo. ¿Qué te parece?

—¿Ha matado a los malos? —preguntó David Prentiss.

—Por supuesto, Dave —le aseguró Brian.

—Estupendo —dijo David, antes de cerrar los ojos.

—¿David? Quédate conmigo, David. Vamos, David, vuelve a abrir los ojos. Todavía tenemos que hablar.

Colocó suavemente el cuerpo sobre el mostrador y le palpó el cuello en busca del pulso.

Era inexistente.

—Mierda, una y mil veces mierda —susurró Brian.

En aquel momento, toda la adrenalina se evaporó de su flujo sanguíneo, se hizo un vacío en su cuerpo y sus músculos se tornaron flácidos.

Los primeros bomberos entraron corriendo, con chaquetas caquis y cajas que debían de contener material sanitario. Uno de ellos tomó el mando y envió a su personal en diferentes direcciones. Dos se acercaron a Brian. El primero levantó el cuerpo del niño y lo examinó brevemente antes de depositarlo en el suelo. Luego se alejó sin decir palabra, dejando a Brian con la sangre de un niño muerto en su camisa.

Enzo estaba cerca y se limitaba a observar, ahora que habían tomado el control de la situación los profesionales, en realidad mayormente bomberos voluntarios, pero eficientes a pesar de todo. Salieron juntos por la puerta más cercana, al aire fresco del mediodía. Todo había sucedido en menos de diez minutos.

Brian se percató de que había sido como en un auténtico combate. Una vida, no, muchas vidas, se habían truncado prematuramente, en un abrir y cerrar de ojos. El cargador vacío estaba probablemente de nuevo en Sam Goody. Su experiencia había sido casi como la de Dorothy, succionada en Kansas por un tornado. Pero él no había aparecido en la Tierra de Oz. Estaba en el centro de Virginia, y a su espalda había un montón de muertos y heridos.

—¿Quiénes son ustedes? —preguntó un capitán de policía.

Dominic le mostró su placa del FBI y eso bastó de momento.

—¿Qué ha ocurrido?

—Al parecer, terroristas, eran cuatro, han entrado y han empezado a disparar. Están todos muertos. Los hemos abatido a los cuatro —respondió Dominic.

—¿Está usted herido? —preguntó el capitán, señalando la sangre en la camisa de Brian.

—Ni un rasguño —respondió Aldo, negando con la cabeza—. Capitán, ahí dentro hay muchos civiles heridos.

—¿Qué hacían ustedes aquí? —preguntó el capitán a continuación.

—Comprar zapatos —respondió Brian, ligeramente irritado.

—No me diga... —observó el capitán con la mirada en la entrada del centro comercial, pero sin moverse, porque temía lo que vería en el interior—. ¿Alguna idea?

—Cierre el perímetro —dijo Dominic—. Compruebe todas las matrículas. Verifique si en los cadáveres de estos tipos hay alguna identificación. Conoce el procedimiento, ¿no es cierto? ¿Quién es su agente especial en jefe local?

—No es más que un agente residente. La oficina más cercana está en Richmond. Ya los he llamado. El agente local se llama Mills.

—¿Jimmy Mills? Lo conozco. El FBI tendrá que mandar mucho personal. Lo mejor que puede hacer es asegurar la zona y esperar. Saque a los heridos. Ahí dentro hay un jodido caos, capitán.

—Lo creo. Volveré.

Dominic esperó a que el capitán de policía entrara en el centro, entonces tocó a su hermano con el codo y ambos se dirigieron a su Mercedes. Los dos policías uniformados en la entrada del aparcamiento, uno de ellos con una escopeta, vieron la placa del FBI y les franquearon el paso. A los diez minutos estaban de regreso en la hacienda.

—¿Qué ha ocurrido? —preguntó Alexander en la cocina—. Según la radio...

—Pete, ¿sabe las dudas que he tenido? —preguntó Brian.

—Sí, pero qué...

—Olvídese de ellas, Pete. De todas, y para siempre —declaró Brian.

Capítulo catorce

EL PARAÍSO

Los medios de comunicación acudieron a Charlottesville como buitres a la carroña, o empezaron a hacerlo hasta que aumentó la complejidad de la situación.

La siguiente noticia llegó de un lugar llamado Citadel Mall en Colorado Springs, Colorado; la posterior, de Provo, Utah, y finalmente otra de Des Moines, Iowa. Eso lo convertía en una historia colosal. En el ataque al centro comercial de Colorado habían fallecido seis cadetes de la academia de las fuerzas aéreas estadounidenses, varios otros fueron rescatados por sus compañeros de estudios y veintiséis civiles habían muerto también.

Pero la noticia de Colorado Springs había llegado rápidamente a Provo, Utah, donde el jefe de la policía local, con un buen instinto policial, despachó coches patrulla a todos los centros comerciales de la ciudad. En Provo Towne Center dieron en el blanco. Cada coche llevaba la escopeta reglamentaria y se desencadenó un tiroteo épico entre cuatro terroristas armados y seis policías, todos ellos buenos tiradores. El resultado fue de dos policías malheridos, tres civiles muertos y, con la ayuda de once residentes locales que se unieron a la batalla, cuatro terroristas más que difuntos, en lo que más adelante el FBI describiría como un ataque frustrado. Algo semejante podría haber ocurrido en Des Moines, de no haber sido por la lenta reacción de la policía local, y el balance final fue de cuatro terroristas muertos, aunque acompañados de treinta y un civiles también fallecidos.

En Colorado, dos terroristas supervivientes se habían refugiado en una tienda, con un equipo SWAT de la policía a sólo cincuenta metros, y una compañía de fusileros de la guardia nacional en camino, movilizada con presteza por el gobernador

271

del estado, todos ellos impacientes por convertir en realidad el sueño de todo soldado, de inmolar mediante el fuego y la estrategia a los invasores y dejar sus restos como cebo para los pumas. Se tardó más de una hora en convertirlo en realidad, pero con la ayuda de granadas de humo, los guerreros de fin de semana utilizaron suficiente potencia de fuego para destruir un ejército invasor, y acabaron de forma espectacular con la vida de dos delincuentes, que a nadie sorprendió que resultaran ser árabes.

A esas alturas, toda Norteamérica estaba pendiente de la televisión, con informadores en Nueva York y en Atlanta contando lo que sabían, que era poco, e intentando explicar los sucesos del día, cosa que hacían con la precisión de estudiantes de secundaria. Repetían incesantemente los hechos concretos que habían logrado reunir, y entrevistaban a «expertos» que sabían poco pero hablaban mucho. Por lo menos era útil para llenar el tiempo en antena, aunque no lo fuera para informar al público.

También había televisores en El Campus, donde el trabajo se había detenido casi por completo, y el personal estaba frente a las pantallas.

—¡Santo Dios! —exclamó el joven Jack.

Otros habían susurrado o pensado lo mismo, pero era peor para ellos, porque técnicamente formaban parte de los servicios de inteligencia, que no habían facilitado ningún aviso estratégico sobre esos atentados en su propio país.

—Es muy simple —observó Tony Wills—. Al no disponer de agentes de campo, es muy difícil poder estar sobre aviso, a no ser que los malos se vayan realmente de la lengua con sus teléfonos móviles. Pero a la prensa le gusta contarle a la gente cómo localizamos a los malos, y de ese modo también lo aprenden ellos. Otro tanto ocurre con el personal de la Casa Blanca, a quienes les gusta demostrar ante los periodistas lo listos que son y filtran información secreta sobre transmisiones. A veces cabe preguntarse si son colaboradores de los terroristas, por su forma de facilitar información delicada.

En realidad, aquellos burócratas no hacían más que presumir ante los periodistas, sin duda, ya que era prácticamente lo único que sabían hacer.

—Supongo que, durante el resto del día, los servicios informativos proclamarán «un nuevo fracaso de los servicios de inteligencia».

—Casi seguro —respondió Wills—. Los mismos que atacan a los servicios de inteligencia se quejarán ahora de que no cumplen su cometido, sin reconocer las trabas que ellos mismos les ponen siempre que tienen oportunidad de hacerlo. Lo mismo ocurre con el Congreso, evidentemente. De todos modos, volvamos al trabajo. La NSA buscará pequeños indicios de celebración por parte de la oposición; después de todo, ¿no es cierto que también son seres humanos? Les gusta congratularse un poco cuando les sale bien una operación. Veamos si nuestro amigo Sali es uno de ellos.

—¿Pero quién es el gran brujo que ha ordenado este ataque? —preguntó Jack.

—Veamos si podemos averiguarlo.

Aún más importante, no mencionó Wills en aquel momento, era averiguar dónde se encontraba aquel cabrón. Un rostro con una dirección era mucho más valioso que un rostro sin ella.

En el piso superior, Hendley estaba reunido con sus ejecutivos frente al televisor.

—¿Alguna idea?

—Pete ha llamado desde Charlottesville. ¿Le gustaría adivinar dónde estaban nuestros dos reclutas? —preguntó Jerry Rounds.

—Bromea —respondió Tom Davis.

—No, hablo en serio. Aniquilaron a los terroristas, sin ninguna ayuda exterior, y ahora están de regreso en la casa. Bonificación adicional: Brian, el marine, tenía dudas respecto a su función, pero Pete nos comunica que ahora eso ya forma parte del pasado. Está impaciente por emprender alguna misión real. Pete también considera que ya están más o menos listos.

—Por consiguiente ¿sólo necesitamos algunos objetivos sólidos? —preguntó Hendley.

—Mi personal comprobará el material procedente de la NSA. Cabe suponer que los malos se comunicarán ahora entre ellos. Pero no tardarán en dejar de hacerlo —reflexionó Rick Bell en voz alta—. Si estamos listos para entrar en acción, debemos hacerlo y pronto.

Eso correspondía al departamento de Sam Granger, que hasta el momento había guardado silencio, pero ya había llegado la hora de hablar.

—Bien, señores, disponemos de dos jóvenes dispuestos a salir y ocuparse de algunos objetivos —dijo, utilizando una frase que el ejército había inventado hacía unos años—. Según Pete, son buenos muchachos, y después de lo ocurrido hoy, creo que estarán debidamente motivados.

—¿Qué piensa la oposición? —preguntó Hendley, consciente de que era difícil saberlo, pero deseoso de oír otras opiniones.

—Han querido herirnos inteligentemente. Su objetivo claro ha sido atacar la Norteamérica media —declaró Rounds—. Creen que pueden infundir miedo en nuestros corazones, demostrando que son capaces de atacarnos en cualquier lugar, y no sólo en objetivos evidentes como Nueva York. Ése ha sido el elemento inteligente de esta operación. Probablemente de quince a veinte terroristas en total, además, tal vez, de cierto personal de apoyo. Eso supone bastante gente, aunque no sin precedente, y han mantenido una buena seguridad operativa. Su personal está bien motivado. Sin embargo, yo no diría que estuvieran particularmente bien entrenados; es como si se hubieran limitado a soltar a un perro rabioso en un jardín para que mordiera a los niños. Han demostrado su voluntad política de hacer cosas muy malas, pero eso no es sorprendente, como tampoco lo es que estén dispuestos a sacrificar a personas dedicadas. La naturaleza de su ataque ha sido de baja tecnología: sólo unos cuantos malos con armas ligeras. Han demostrado su salvajismo, pero no una auténtica profesionalidad. En menos de dos días, el FBI habrá localizado probablemente su punto de origen, y tal vez sus rutas de entrada. No han aprendido a pilotar, ni nada por el estilo, y por consiguiente es probable que no hayan estado mucho tiempo en este país. Me interesaría saber quién buscó sus objetivos. La sincronización sugiere cierta planificación previa, aunque no excesiva; no es difícil consultar la hora en un reloj de pulsera. No tenían previsto escapar después del tiroteo. Probablemente llegaron con los objetivos ya identificados. En este momento, apostaría unos cuantos dólares a que sólo habían estado dentro de nuestras fronteras una semana o dos, incluso menos tiempo, según su método de entrada. El FBI no tardará en averiguarlo.

—Pete nos informa de que las armas eran metralletas Ingram. Son bonitas, y ésa es la razón por la que es frecuente verlas por televisión y en las películas —explicó Granger—. Pero no son particularmente eficaces.

—¿Cómo las consiguieron? —preguntó Tom Davis.

—Buena pregunta. Calculo que las de Virginia ya están en posesión del FBI, que debe de estar localizando su origen por los números de serie. En eso son unos expertos. La información debería estar disponible esta noche. Eso les facilitará pistas en cuanto a la forma en que las armas llegaron a manos de los terroristas, y se iniciará la investigación.

—¿Qué hará el FBI, Enzo? —preguntó Brian.

—Es un caso muy importante. Se le asignará un nombre clave y todos los agentes del país podrán ser movilizados para trabajar en el mismo. En este momento, lo primero que hacen es buscar el coche utilizado por esos individuos. Puede que sea robado. Lo más probable es que sea alquilado. Para alquilar un vehículo hay que firmar, dejar una copia del permiso de conducir y de una tarjeta de crédito, todo lo habitual para existir en Norteamérica. A todo se le puede seguir la pista. Todo conduce a alguna parte, hermano. Así se los persigue.

—¿Cómo se encuentran? —preguntó Pete al entrar en la sala.

—Una copa ayuda —respondió Brian, que ya había limpiado su Beretta, al igual que Dominic su Smith & Wesson—. No ha sido divertido, Pete.

—No se supone que deba serlo. Bien, acabo de hablar con la central. Quieren verlos dentro de un día o dos. Brian, antes usted tenía ciertos reparos y ahora dice que la situación ha cambiado. ¿Sigue siendo cierto?

—Pete, usted nos ha entrenado para identificar a alguien, acercarnos y matarlo. Puedo aceptarlo, siempre y cuando no nos salgamos por completo de la reserva.

Dominic se limitó a asentir, pero sin dejar de mirar fijamente a Alexander.

—Bien, me alegro. Hay un viejo chiste en Texas para explicar por qué los abogados son tan buenos en ese estado. La respuesta es que hay más hombres para matar que caballos para robar. Puede que ustedes puedan ayudar un poco con los que hay que matar.

—¿Va a decirnos por fin para quién trabajamos exactamente? —preguntó Brian.

—Lo averiguarán a su debido tiempo, dentro de uno o dos días.

—De acuerdo, puedo esperar —dijo Brian, mientras hacía un rápido análisis de la situación.

Tal vez el general Terry Broughton supiera algo. Con toda seguridad, ese tal Werner del FBI lo sabía, pero era evidente que aquella antigua plantación de tabaco, donde se habían estado entrenando, no pertenecía a ninguna institución gubernamental. La CIA tenía La Granja, cerca de Yorktown, Virginia, pero eso se encontraba a unos doscientos cuarenta kilómetros de distancia. Aquel lugar no parecía pertenecer a la CIA, por lo menos según sus suposiciones, que podían ser completamente erróneas. En realidad, su olfato le decía que aquel lugar no tenía nada que ver con el gobierno. Pero de un modo u otro, en un par de días sabría algo concreto, y no le importaba esperar.

—¿Qué sabemos de los individuos a los que nos hemos cargado hoy?

—No mucho. Para eso habrá que esperar un poco. ¿Cuánto tardarán en empezar a averiguar algo, Dominic?

—Mañana a las doce tendrán un montón de información, pero no disponemos de una línea de comunicación con el FBI, a no ser que pretenda que yo...

—No, no lo pretendo. Puede que debamos comunicarles que usted y Brian no son una nueva versión del Llanero Solitario, pero sin dar demasiados detalles.

—¿Quiere decir que tendré que hablar con Gus Werner?

—Probablemente. Tiene suficiente influencia en el cuerpo para decir que usted está en «misión especial» y lograr que lo acepten. Imagino que ahora estará felicitándose a sí mismo por su habilidad en la caza de talentos para nosotros. Por cierto, ambos lo han hecho de maravilla.

—Lo único que hemos hecho ha sido poner en práctica nuestro entrenamiento —respondió el marine—. Sólo necesitábamos tiempo para mentalizarnos; el resto ha sido todo automático. En la escuela me enseñaron que la diferencia entre lograrlo y no lograrlo suele ser cuestión de sólo unos segundos de reflexión. De haber estado en Sam Goody cuando todo empezó, en lugar de unos minutos más tarde, el desenlace podría haber sido otro. También es cierto que dos hombres son unas cuatro veces más eficaces que uno solo. En realidad, hay un estudio sobre ello. Su título, si mal no recuerdo, es «Factores técnicos no lineales en combates de pequeñas unidades». Forma parte del programa en la Escuela de Reconocimiento.

—¿Saben leer realmente los marines? —preguntó Dominic, al tiempo que cogía la botella de bourbon, servía dos generosas copas, le entregaba una a su hermano y tomaba un buen trago de la suya.

—Aquel individuo de Sam Goody... me ha sonreído —reflexionó Brian, asombrado—. En su momento no lo he pensado, pero supongo que no temía la muerte.

—Se denomina martirio, y hay personas que realmente piensan de ese modo —aclaró Pete—. ¿Qué ha hecho usted entonces?

276

—Le he disparado a corta distancia, tal vez seis o siete veces...

—Más de diez, hermano —matizó Dominic—. Más la última bala en la nuca.

—Todavía se movía —dijo Brian—. Y no disponía de unas esposas para inmovilizarlo. En realidad, no puedo decir que me preocupe.

Además, se habría desangrado de todos modos. De la forma en que se desarrollaron los acontecimientos, su viaje a la otra dimensión simplemente sucedió antes de lo previsto.

—¡B-3 y bingo! Tenemos un bingo —declaró Jack desde su escritorio—. Sali es un activista, Tony. Fíjese en esto —agregó, señalando la pantalla de su ordenador.

Wills abrió su «toma» de la NSA y ahí estaba.

—Se supone que las gallinas deben cacarear después de poner un huevo sólo para proclamar a los cuatro vientos lo buenas que son. Lo mismo ocurre con esos pájaros. Bien, Jack, es oficial. Uda bin Sali es un activista. ¿A quién va dirigido esto?

—A un individuo con el que charla por la red. Hablan sobre todo de transacciones financieras.

—¡Por fin! —exclamó Wills, mientras examinaba los documentos en su propio ordenador—. Quieren fotos de ese individuo y todos los detalles. Puede que Langley lo ponga finalmente bajo vigilancia. ¡Alabado sea Dios! ¿Tiene una lista de las direcciones electrónicas con las que se comunica? —preguntó, después de una pausa.

—Sí, ¿la quiere? —preguntó Jack, al tiempo que pulsaba la tecla de impresión y a los quince segundos le entregaba la lista a su compañero—. Aquí están los números y las fechas de sus correos electrónicos. Si lo desea, puedo imprimir los interesantes y las razones por las que me lo parecen.

—Dejémoslo de momento. Le mostraré esto a Rick Bell.

—Mientras tanto, defenderé el fuerte.

«¿Has visto las noticias por televisión —había escrito Sali a un contacto semirregular—. ¡Eso debería darles a los norteamericanos un buen dolor de barriga!»

—Sí, indudablemente lo hará —dijo Jack a la pantalla—. Pero tú acabas de meter la pata, Uda.

«Otros dieciséis mártires», pensó Mohammed ante el televisor, en el hotel Bristol de Viena. Era sólo doloroso en un sentido abstracto. Esas personas eran, en realidad, bienes dispensables. Eran ciertamente menos importantes que él, debido a su valor para la organización. Él tenía el buen aspecto y los conocimientos lingüísticos necesarios para viajar a cualquier lugar, además de la capacidad mental para organizar debidamente sus misiones.

El Bristol era un hotel especialmente excelente, frente al todavía más ornamentado Imperial, y disponía de un minibar con un buen coñac, que a él le gustaba. La misión no había sido un gran éxito... tenía la esperanza de que murieran centenares de norteamericanos, en lugar de unas docenas, pero con tantos policías armados, e incluso algunos civiles también armados, sus mejores expectativas habían sido excesivamente optimistas. Sin embargo, el objetivo estratégico se había alcanzado. Ahora todos los norteamericanos sabían que no estaban a salvo. Independientemente de donde vivieran, podían ser víctimas de los guerreros sagrados, que estaban dispuestos a sacrificar sus vidas para menoscabar el sentido de seguridad de los estadounidenses. Mustafá, Saeed, Sabawi y Mehdi estaban ahora en el paraíso, si es que realmente existía. A veces pensaba que era un cuento para impresionar a los menores, o a los crédulos que escuchaban los sermones de los imanes. Uno debía elegir cuidadosamente a sus predicadores, porque no todos los imanes tenían la misma visión del islam que Mohammed. Pero no aspiraban a gobernarlo todo. Él sí, o tal vez sólo una parte, siempre y cuando incluyera Tierra Santa.

No podía hablar de esos asuntos en voz alta. Algunos altos miembros de la organización eran realmente creyentes, pertenecían al ala más conservadora, más reaccionaria de la fe, no como los wahhabis de Arabia Saudí. A su parecer, estos últimos no eran más que los ricos corruptos de un país terriblemente enviciado, que recitaban sus plegarias mientras se abandonaban a sus inmoralidades tanto en su país como en el extranjero, derrochando su dinero. Además, lo despilfarraban con facilidad. Después de todo, uno no podía llevárselo al otro mundo. En el paraíso, si es que realmente existía, no se precisaba dinero. Y si no existía, el dinero tampoco tenía ninguna utilidad. Lo que él quería, a lo que aspiraba, pero no en la otra sino en esta vida, era al poder, a la capacidad de dirigir a otras personas, de doblegarlas a su voluntad. Para él, la religión era la matriz que daba forma al mundo que acabaría por controlar. Incluso de vez en cuando rezaba, para no olvidar dicha forma, sobre todo cuando se reunía con sus «superiores». Pero como jefe de operaciones, era él y no los demás quien determinaba el curso de su organización, a través de los obstáculos que los idólatras occidentales colocaban en su camino. Y al elegir el camino, elegía también la naturaleza de su estrategia, que acompañaba sus creencias religiosas, fácilmente orientadas por el mundo político en el que se desenvolvían. Después de todo, era el enemigo quien modelaba tu estrategia, ya que la suya era la que debías menoscabar.

Ahora, los norteamericanos conocerían el miedo, como no lo habían conocido hasta ese momento. No era su capital político ni financiero lo que estaba en peligro; eran sus propias vidas. La misión había sido diseñada desde el principio para matar mujeres y niños, la parte más preciada y más vulnerable de toda sociedad.

Mohammed abrió otro botellín de coñac.

Más tarde conectaría su portátil, para recibir informes de sus subordinados en el campo. Debería decirle a uno de sus banqueros que ingresara más dinero en su cuenta de Liechtenstein. No sería prudente dejarla a cero. A continuación, se cancelarían las cuentas de las tarjetas Visa y desaparecerían para siempre en el mundo etéreo. De lo contrario, empezaría a buscarlo la policía, con un nombre y tal vez algunas fotos, lo cual sería inaceptable. Ahora permanecería unos días más en Viena, antes de ir a pasar una semana en su país, para reunirse con sus superiores y planear futuras operaciones. Después del éxito conseguido, lo escucharían con mayor atención. Su alianza con los colombianos había tenido éxito, a pesar de sus reparos, y ahora navegaba en la cresta de la ola. Después de unas noches más de celebración, estaría listo para regresar a la vida nocturna más sobria de su país, consistente principalmente en tomar té o café y hablar incesantemente. Nada de acción. Sólo mediante la acción podía alcanzar las metas fijadas para él... por sus superiores... y por sí mismo.

—Dios mío, Pablo —dijo Ernesto, después de apagar el televisor.

—Vamos, hombre, no es tan sorprendente —respondió Pablo—. No supondrías que iban a instalar un tenderete para la venta de galletas.

—No, ¿pero esto?

—Ésa es la razón por la que se los llama terroristas, Ernesto. Matan sin previo aviso y atacan a personas incapaces de defenderse.

Había habido mucha cobertura televisiva desde Colorado Springs, donde la presencia de camiones de la guardia nacional proporcionaba un dramático telón de fondo. Allí, los civiles uniformados habían sacado incluso a rastras los cadáveres de los dos terroristas, supuestamente para despejar la zona donde las granadas de humo habían iniciado algunos incendios, pero en realidad, evidentemente, para exhibir los cadáveres. A los militares colombianos les gustaba hacer cosas parecidas. Soldados presumiendo. ¿No lo hacían también a menudo los propios sicarios del cártel? Pero no era algo que él destacaría en su organización. Para Ernesto, era importante que su identidad fuera la de un «empresario» y no la de un narcotraficante o un terrorista. En su espejo veía a un hombre que suministraba un valioso producto y un servicio al público, por lo que era recompensado, y para cuya protección precisaba ocuparse de sus competidores.

—¿Pero cómo reaccionarán los norteamericanos? —se preguntó Ernesto en voz alta.

—Bravuconearán y lo investigarán como cualquier asesinato callejero; averiguarán algunas cosas, aunque no la mayoría. Entretanto —le recordó a su jefe—, nosotros disponemos de una nueva red de distribución en Europa, que es nuestro objetivo.

—No me esperaba un crimen tan espectacular, Pablo.

—Ya hablamos de todo eso —respondió Pablo, en un tono sumamente sosegado—. Su esperanza era la de hacer una demostración espectacular —no mencionó el término *crimen*—, que infundiera el miedo en sus corazones. Esa basura es importante para ellos, como ya sabíamos de antemano. Lo importante para nosotros es que alejará sus molestas actividades de nuestros intereses.

A veces necesitaba paciencia para explicarle algunas cosas a su jefe. Lo importante era el dinero. Con el dinero se compraba el poder. Con el dinero se podía comprar gente y protección, y no sólo salvaguardar tu propia vida y la de tu familia, sino controlar también tu país. Tarde o temprano, organizarían la elección de alguien que pronunciaría las palabras que los norteamericanos deseaban oír, pero que haría poca cosa, salvo tal vez ocuparse del grupo de Cali, que sería muy conveniente para ellos. Su único temor real era el de que compraran la protección de un chaquetero, que después de recibir su dinero se volviera contra ellos como un perro desleal. A fin de cuentas, todos los políticos estaban cortados por el mismo patrón. Pero dispondría de informadores infiltrados, su propia seguridad de reserva. Ellos «vengarían» el asesinato del falso amigo, cuya vida arrebataría en dichas circunstancias. En general, el juego era complejo, pero rentable. Y él sabía cómo manipular a la gente y al gobierno, incluso al norteamericano, si era necesario. Su influencia llegaba a las mentes y a las almas de personas que no tenían siquiera la menor idea de quién tiraba de sus hilos. Eso era particularmente cierto de los que hablaban contra la legalización de su producto. Si eso sucediera, su margen de beneficio desaparecería, y con el mismo, su poder. No podía permitirlo. De ningún modo. Para él y su organización, el statu quo constituía un excelente modus vivendi en el mundo entero. No era perfecto, pero la perfección no era algo que tuviera la esperanza de alcanzar en el mundo real.

El FBI había trabajado con rapidez. No fue difícil localizar el Ford con matrícula de Nuevo México, a pesar de que verificaron todas las matrículas del aparcamiento, localizaron a sus dueños y en muchos casos éstos fueron entrevistados por un agente armado. En Nuevo México descubrieron que la agencia National de alquiler de coches tenía cámaras de seguridad, la grabación de aquel día estaba disponible y, asombrosamente, había registrado también otro alquiler en el que estaba directamente interesada la delegación de Des Moines, Iowa. Transcurrida menos de media hora, el FBI ordenó a los mismos agentes verificar la oficina de Hertz, a sólo un kilómetro de distancia, donde también había cámaras de seguridad. Entre los documentos impresos y las cintas de vídeo, reunieron los nombres falsos (Tomás Salazar, Héctor Santos, Antonio Quinones y Carlos Oliva) y las copias igualmente falsas de sus permisos de conducir. La documentación también era importante. Los permisos de conducir internacionales habían sido expedidos en Ciudad de México, y se pusieron rápidamente en contacto con la policía federal mexicana, cuya cooperación fue inmediata y eficaz.

En Richmond, Des Moines, Salt Lake City y Denver, los números de las tarjetas de crédito eran imprescindibles. El jefe de seguridad de Visa era un ex agente decano del FBI, y allí sus ordenadores no sólo identificaban el banco de origen de las cuentas de crédito, sino que también habían seguido la pista de las cuatro tarjetas por un total de dieciséis gasolineras, que mostraban las rutas y la velocidad de los cuatro vehículos terroristas. La Oficina de Alcohol, Tabaco, Armas de Fuego y Explosivos del Departamento de la Tesorería, institución gemela del FBI, procesó los números de serie de las metralletas Ingram. Allí se determinó que las dieciséis armas habían formado parte de un cargamento

281

secuestrado en Texas once años antes. Algunas de sus hermanas habían aparecido en tiroteos relacionados con el narcotráfico a lo largo y ancho del país, y esa información abrió para el FBI una línea de investigación completamente nueva. En los lugares donde se produjeron los cuatro atentados se tomaron las huellas de los terroristas fallecidos, además de muestras de sangre para su identificación por ADN.

Los coches, evidentemente, fueron trasladados a dependencias del FBI, donde se examinaron meticulosamente en busca de huellas y también de muestras de ADN, para comprobar la posible presencia en los mismos de alguna otra persona. Entrevistaron al director y al personal de cada uno de los hoteles, así como a los empleados de diversos establecimientos de comida rápida, bares locales y otros restaurantes. Se examinaron las cuentas telefónicas de los moteles, para comprobar si habían efectuado alguna llamada. Resultaron ser principalmente a servidores de internet, y se incautaron los ordenadores portátiles de los terroristas, que se examinaron en busca de huellas, antes de que los analizaran los informáticos del FBI. Se destinaron un total de setecientos agentes exclusivamente al caso, denominado ISLAM-TERR.

Las víctimas estaban principalmente en hospitales locales, y las que podían hablar fueron entrevistadas aquella misma tarde para determinar lo que sabían o podían recordar. Las balas extraídas de los cuerpos se guardaron como pruebas, para ser comparadas más adelante con las armas incautadas, y sometidas a pruebas y análisis en el recientemente inaugurado laboratorio del FBI en el norte de Virginia. Toda esa información se mandaba al Departamento de Seguridad Nacional, que a su vez la remitía, evidentemente, en su totalidad a la CIA, la NSA y las demás organizaciones norteamericanas de inteligencia, cuyos agentes de campo sondeaban ya sus contactos en busca de cualquier información relevante. Los espías también indagaban entre los servicios de inteligencia extranjeros considerados amigos —aunque eso en la mayoría de los casos era una exageración—, en busca de datos e información relacionados con el caso. Toda la información recogida de ese modo llegaba al Campus a través del vínculo CIA/NSA. En la enorme sala informática central en el sótano del Campus se recogían todos los datos interceptados, y allí se clasificaban y se ordenaban para los analistas que llegaban por la mañana.

Arriba se habían ido todos a sus casas, salvo el personal de seguridad y el de limpieza, que entraba en acción después de cada jornada laboral. Las terminales utilizadas por los analistas se protegían de varias maneras, para asegurarse de que nadie se conectara sin autorización. La seguridad era muy estricta, aunque discreta para facilitar su mantenimiento, y controlada por cámaras de un circuito cerrado de televisión, cuyas grabaciones estaban siempre bajo escrutinio electrónico y humano.

En su piso, Jack pensó en llamar a su padre, pero decidió no hacerlo. Probablemente sufría el acoso de los periodistas, a pesar de su conocida costumbre de no hacer ningún comentario para no coartar en modo alguno la libertad del actual presidente, Edward Kealty. Había una línea segura y sumamente privada que sólo los hijos conocían, pero Jack decidió dejarla libre para Sally, ligeramente más propensa a alterarse que él. En su lugar, decidió mandarle un e-mail, en el que le decía esencialmente «¡qué diablos!» y «¡ojalá estuvieras todavía en la Casa Blanca!», aunque sabía que casi con toda seguridad su padre daba gracias a Dios de que ése no fuera el caso, tal vez con la esperanza de que, para variar, Kealty prestara atención a sus consejeros, los pocos buenos que había, y reflexionara antes de actuar. Probablemente, Jack padre había llamado a algunos de sus amigos en el extranjero para averiguar lo que sabían y pensaban, y puede que hubiera transmitido algunas opiniones de alto nivel, ya que los gobiernos extranjeros solían tener en cuenta su parecer, expresado discretamente en salas privadas. Jack padre estaba todavía de algún modo dentro del sistema. Podía llamar a amigos de su época presidencial para averiguar lo que ocurría en realidad. Pero Jack no acabó de pensarlo a fondo.

Hendley disponía de una línea telefónica segura en su despacho y en su casa llamada STU-5, que era un producto completamente nuevo de AT&T y la NSA. La había obtenido por medios irregulares.

En ese momento, la estaba utilizando.

—Sí, efectivamente, dispondremos de la información mañana por la mañana. Ahora no tiene ningún sentido quedarse en el despacho y contemplar una pantalla mayormente en blanco —dijo razonablemente el ex senador, mientras saboreaba su bourbon con soda, antes de escuchar la siguiente cuestión—. Probablemente —respondió a una pregunta bastante evidente—. Pero nada «firme» todavía... más o menos lo que cabe esperar en este momento.

Otra prolongada pregunta.

—Disponemos actualmente de dos individuos, que están prácticamente listos... Sí, efectivamente, unos cuatro. Los estamos examinando detenidamente, o mejor dicho, lo haremos mañana. Jerry Rounds se lo piensa detenidamente, junto con Tom Davis... ah, claro, ¿no lo conoces? Es un negro de la otra orilla. Es bastante listo, tiene un buen olfato para asuntos financieros y también para los aspectos operativos. Me sorprende que nunca te hayas cruzado con él. ¿Sam? Está en plena forma, créeme. El secreto está en elegir los objetivos correctos... Sé que tú puedes formar parte de ellos. Perdona que los llame «objetivos».

Un prolongado monólogo, seguido de una pregunta.

—Sí, lo sé. Ésa es la razón por la que estamos aquí. Hasta pronto, Jack. Gracias, amigo. Igualmente. Algún día nos veremos.

Colgó, consciente de que en realidad no volvería a ver a su amigo en un futuro próximo... tal vez nunca de nuevo en persona. Y era realmente una pena. Lamentablemente, no había muchas personas que tuvieran esa comprensión de las cosas. Una nueva llamada por hacer, ahora por la línea regular.

Granger vio de quién procedía la llamada, antes de descolgar.

—Hola, Gerry.

—Sam, esos dos reclutas. ¿Seguro que están listos para lanzarse al ruedo?

—Todo lo listos que precisan estar —aseguró el jefe de operaciones.

—Tráigalos aquí para almorzar. Usted, yo, ellos y Jerry Rounds.

—Llamaré a Pete a primera hora de la mañana.

No tenía sentido hacerlo en ese momento. Después de todo, el trayecto en coche era de dos horas escasas.

—Bien. ¿Algún reparo?

—Gerry, como bien sabe, el movimiento se demuestra andando. Tarde o temprano lo comprobaremos.

—Sí, tiene razón. Hasta mañana.

—Buenas noches, Gerry.
Granger colgó el teléfono y volvió a concentrarse en su libro.

Las noticias de la mañana eran particularmente sensacionalistas en toda Norteamérica y, a decir verdad, en el mundo entero. Todos los vínculos vía satélite de la CNN, la FOX, la MSNBC y todas las demás cadenas que disponían de cámaras y de un transmisor móvil suministraban al público una historia que sólo una explosión nuclear lograría eclipsar. La prensa europea expresaba una compasión ritual por lo sucedido en Norteamérica, que pronto olvidarían en lo esencial, si bien no en los detalles. Los medios de comunicación estadounidenses hablaban de lo asustados que estaban los norteamericanos. Aunque sin cifras que lo apoyaran, evidentemente, a lo largo y ancho del país la gente compraba de pronto armas de fuego para su propia protección personal, función para la que serían inútiles o casi inútiles. La policía, automáticamente y sin que nadie se lo ordenara, prestaba especial atención a cualquiera que procediera de un país situado al este de Israel, y si algún abogado cretino lo llamaba racismo, podía irse a la mierda. Los crímenes del día anterior no habían sido perpetrados por un grupo de turistas noruegos.

La asistencia a las iglesias aumentó ligeramente.

—¿Qué opinas de todo esto? —se preguntaban unos a otros los norteamericanos, a lo largo y ancho del país de camino al trabajo, a lo que respondían invariablemente meneando la cabeza, cuando acudían a sus fundiciones, a sus fábricas de coches o a repartir el correo.

En realidad, no estaban terriblemente asustados por los cuatro incidentes, todos ellos ocurridos lejos de donde vivía la mayoría, y lo suficientemente infrecuentes para que no los consideraran como una grave amenaza personal. Pero todos los obreros del país sabían en sus corazones que alguien, en algún lugar, merecía rendir cuentas por lo sucedido.

A veinte kilómetros, Gerry Hendley vio los periódicos: el *New York Times* que entregaba un mensajero especial y el *Washington Post* que repartía el distribuidor habitual. Los editoriales, en ambos casos, que parecían redactados por una misma persona, instaban a la calma y la circunspección, señalando que el país tenía un presidente para reaccionar ante esos terribles sucesos y aconsejando sosegadamente al presidente que reflexionara antes de actuar. Los demás artículos eran ligeramente más interesantes. Algunos reflejaban incluso la opinión del ciudadano medio.

285

Aquel día habría un clamor general de venganza, y para Hendley la buena noticia era que tal vez podría responder al mismo. La mala noticia era que nadie lo sabría jamás, si lo hacía correctamente.

En general, aquel sábado no se caracterizaría por la lentitud de las noticias.

En El Campus se llenaría el aparcamiento, sin que los que circulaban por la zona se percataran de ello. El pretexto oficial, si era necesario, sería que los cuatro atentados del día anterior habían provocado cierta inestabilidad en los mercados financieros, cosa que al avanzar el día resultó ser cierta.

Jack hijo supuso acertadamente que todo el mundo vestiría de modo informal, y acudió a la oficina en su Hummer II con unos vaqueros, jersey y zapatillas. El personal de seguridad iba perfectamente uniformado, y con un aspecto tan impasible como de costumbre.

Wills encendía su ordenador, cuando Jack llegó a las 8.14.

—Hola, Tony —dijo el joven Ryan—. ¿Cómo está el tráfico?

—Véalo usted mismo. No están dormidos —respondió Wills.

—De acuerdo.

Jack dejó el café sobre la mesa y se acomodó en su silla giratoria, antes de encender su ordenador y esperar a que se activaran los sistemas de seguridad que protegían su contenido. La «toma» matutina de la NSA; esa institución nunca dormía. Quedó inmediatamente claro que las personas por las que se interesaba prestaban atención a las noticias.

A pesar de que era de esperar que las personas por las que tanto se interesaba la NSA no fueran amigos de Norteamérica, a Jack hijo le sorprendió, incluso le asustó, el contenido de algunos de los mensajes que leyó. Recordaba sus propios sentimientos cuando el ejército estadounidense había penetrado en Arabia Saudí, para enfrentarse a las fuerzas de la ahora difunta República Islámica Unida, y la enorme satisfacción que sintió al ver estallar un tanque después de un impacto directo. No le preocuparon en absoluto los tres hombres que acababan de morir en su tumba de acero, y razonó que levantarse en armas contra Norteamérica tenía un precio, era como una especie de apuesta, como arrojar una moneda al aire, y si salía cruz, por algo se llamaba apuesta. En parte, aquello había sido su infancia, porque de niño todo parece dirigido a uno mismo como centro del universo conocido, ilusión que se tarda cierto tiempo en desechar. Pero en su mayoría los muertos, aquel día, no eran combatientes, sino civiles inocentes, sobre todo mujeres y niños, y disfrutar de esas muertes era simplemente puro barbarismo. Pero ahí estaba. En dos ocasiones, ahora Norteamérica había derramado sangre para salvar la patria islámica. ¿Así se lo agradecían algunos saudíes?

—Maldita sea —susurró Jack.

El príncipe Ali no era así. Él y su padre eran amigos. Eran compañeros. Se visitaban mutuamente en sus casas respectivas. Él también había hablado personalmente con el príncipe, explorado sus conocimientos, escuchado atentamente sus palabras. Claro que entonces era sólo un niño, pero Ali no era de esa clase de personas. Aunque su padre tampoco había sido nunca como Ted Bundy (1), y Bundy era ciudadano norteamericano, que incluso probablemente votaba. Por consiguiente, vivir en un país determinado no lo convertía necesariamente a uno en representativo.

—No todo el mundo nos quiere, muchacho —dijo Wills, mirándolo a la cara.

—¿Qué hemos hecho para perjudicarlos? —preguntó el joven Jack.

—Somos el chico más fuerte y más rico del barrio. Lo que decidimos se hace, incluso cuando no le decimos a la gente lo que debe hacer. Nuestra cultura es apabullante, ya sea mediante la presencia de la Coca-Cola o la revista *Playboy*. Eso puede ofender las creencias religiosas de cierta gente, y en algunas partes del mundo la religión define su forma de pensar. No reconocen nuestro principio de libertad religiosa, y si permitimos algo que ofende sus preciadas creencias, a su entender, es culpa nuestra.

—¿Está defendiendo a esos pájaros? —preguntó el joven Jack.

—No, explico cómo piensan. Comprender algo no significa aprobarlo. —El doctor Spock lo había dicho en una ocasión, pero evidentemente Jack se había perdido aquel episodio—. No olvide que su trabajo consiste en comprender cómo piensan.

—De acuerdo. Piensan con el culo. Lo comprendo. Ahora debo comprobar unas cifras —dijo Jack, dejando a un lado las transcripciones de los mensajes y empezando a examinar las transacciones monetarias—. Vaya, hoy Uda está ocupado. Parece que hace parte del trabajo desde su casa.

—Efectivamente. Eso es lo bueno de los ordenadores —respondió Wills—. Puede hacer desde su casa lo que haría en el despacho. ¿Algo interesante?

—Sólo dos transacciones, una al banco de Liechtenstein. Voy a examinar esa cuenta...

Después de manipular un poco el ratón, Ryan identificó la

(1) Famoso asesino en serie norteamericano. *(N. del t.)*

cuenta, que no era particularmente grande. En realidad, para los niveles de Sali, era diminuta. Sólo medio millón de euros, utilizados principalmente para cubrir los gastos de tarjetas de crédito, las suyas y... otras...

—Esta cuenta soporta un montón de tarjetas Visa —dijo Jack.

—¿De veras? —preguntó Wills.

—Sí, una docena más o menos. No, son... dieciséis, sin contar las que él utiliza...

—Hábleme de la cuenta —ordenó Wills, a quien de pronto dieciséis le pareció un número muy importante.

—Es numerada. La NSA la ha localizado gracias a la trampilla en el programa de contabilidad del banco. No es suficientemente grande para ser importante, pero es una cuenta secreta.

—¿Puede extraer los números de las tarjetas?

—¿De las cuentas Visa? Por supuesto.

Jack seleccionó los números de las tarjetas, los cortó y pegó en un nuevo documento, lo imprimió y se lo entregó a Wills.

—Ahora fíjese en eso —dijo Wills, al tiempo que le entregaba a Jack otra hoja impresa.

Jack la examinó y los números le resultaron inmediatamente familiares.

—¿Qué es esta lista?

—Esos chicos malos de Richmond tenían todos tarjetas Visa, que utilizaron para poner gasolina a través de todo el país; por cierto, parece que el viaje se inició en Nuevo México. Jack, acaba de relacionar a Uda bin Sali con lo de ayer. Parece que fue él quien sufragó sus gastos.

Jack miró de nuevo las dos hojas, comparó las listas de números y levantó la cabeza.

—¡Joder! —exclamó.

Wills pensó en el milagro de los ordenadores y de las comunicaciones modernas. Los terroristas de Charlottesville habían utilizado tarjetas Visa para comprar gasolina y comida, y su amiguito Sali acababa de ingresar dinero en la cuenta desde donde se pagaban los gastos. Probablemente el lunes cerraría las cuentas para hacerlas desaparecer de la faz de la Tierra. Pero llegaría tarde.

—Jack, ¿quién le ordenó a Sali ingresar dinero en esa cuenta?

Lo que no dijo fue: «Tenemos un objetivo, puede que más de uno.»

Capítulo quince

CHAQUETAS ROJAS Y SOMBREROS NEGROS

Dejaron que Jack se ocupara del trabajo electrónico y verificara los mensajes electrónicos de entrada y salida de Uda bin Sali durante aquel día. Para Jack era una labor bastante tediosa, porque tenía los conocimientos pero no todavía el alma de un contable. Sin embargo, poco tardó en descubrir que la orden de financiar la cuenta procedía de alguien denominado 56MoHa@eurocom.net, que se conectaba desde Austria a través de una línea 800.

Ése era el límite de lo que podían averiguar ahora sobre él, pero disponían de un nuevo nombre en internet para seguirle la pista. Era la identidad cibernética de alguien que daba órdenes a un presunto (conocido) banquero de los terroristas, y eso convertía a 56MoHa@eurocom.net en alguien sumamente interesante. Correspondía a Wills llamar la atención de la NSA para que le siguieran la pista, a no ser que ya lo hubieran calificado de «asidor de interés», como denominaban a dichas identidades. En la comunidad informática se creía, por regla general, que dichos asidores solían ser anónimos, y generalmente lo eran, pero cuando llegaban a ser conocidos en las instituciones apropiadas, se les podía seguir la pista. Los medios solían ser ilegales, pero si la línea divisoria entre la conducta legal e ilegal en internet podía doblarse a favor de los jóvenes bromistas, también podían hacerlo los servicios de inteligencia, cuyos ordenadores eran difíciles de localizar y prácticamente impenetrables. El problema más inmediato era que Eurocom.net no conservaba el tráfico de mensajes a largo plazo, y cuando salían del RAM del servidor, en el momento en que el destinatario leía el mensaje, desaparecían para siempre. Puede que la NSA se percatara de que ese individuo había escrito a Uda bin Sali, pero muchos lo hacían por razones de transacciones financieras, y ni siquiera la NSA disponía de la fuerza laboral necesaria para analizar todos los mensajes electrónicos que cruzaban su camino informático.

Los mellizos llegaron poco antes de las once de la mañana, guiados por los GPS de sus ordenadores de a bordo. Dirigieron sus Mercedes clase C sedán, idénticos, al pequeño aparcamiento para visitantes que estaba situado detrás del edificio, donde Sam Granger los recibió con un apretón de manos y los acompañó al interior. Se les suministraron pases de solapa para satisfacer al personal de seguridad, que Brian catalogó de inmediato como ex suboficiales de las fuerzas armadas.

—Bonito lugar —observó Brian, mientras se dirigían a los ascensores.

—En el sector privado podemos contratar mejores decoradores. —Bell sonrió.

También ayudaba que uno compartiera el gusto artístico del decorador, lo que afortunadamente era el caso.

—Ha dicho «sector privado» —observó inmediatamente Dominic, que no consideraba que aquél fuera el mejor momento para disfrutar de sutilezas.

Ésa era la organización en la que trabajaba y todo allí era importante.

—Hoy se les informará plenamente —respondió Bell, mientras se preguntaba cuánta verdad acababa de revelar a sus huéspedes.

El hilo musical del ascensor no era más ofensivo de lo habitual, y el vestíbulo del piso superior, donde siempre se encontraba el jefe, estaba pintado de un bonito color vainilla, pero de vainilla de Breyers y no de la común de Safeway.

—¿De modo que hoy ha descubierto esto? —preguntó Hendley, pensando que aquel joven tenía realmente el mismo olfato que su padre.

—Sencillamente ha saltado de la pantalla —respondió previsiblemente Jack, aunque a nadie más le había sucedido.

El jefe miró a Wills, cuya habilidad analítica conocía sobradamente.

—Jack observa a ese tal Sali desde hace un par de semanas. Creíamos que era un activista de menor importancia, pero hoy ha saltado a la categoría triple A, o puede que más —especuló Tony—. Está directamente involucrado con lo de ayer.

—¿Lo ha descubierto ya la NSA? —preguntó Hendley.

—No, ni creo que lo hagan —respondió Wills, negando con la cabeza—. Es demasiado indirecto. Tanto ellos como Langley vigilan a ese individuo, pero no como personaje principal, sino como barómetro.

«A no ser que a alguien, en un lugar u otro, se le encienda una lucecita», no tuvo que agregar. Ocurría, aunque no muy a menudo. En ambos funcionariados, una introspección extraordinaria se perdía, con frecuencia, en el entramado burocrático, o la sepultaban aquellos a quienes no se les había ocurrido de inmediato. Todos los lugares del mundo tenían su propia ortodoxia, y pobres de los apóstatas que trabajaban en los mismos.

Hendley examinó fugazmente el documento de dos páginas.

—Ciertamente se mueve como un pez —dijo en el momento en que empezaba a sonar su teléfono. Levantó el auricular—. De acuerdo, Helen, dígales que pasen... Rick Bell trae a esos dos individuos de los que hemos hablado —aclaró, dirigiéndose a Wills.

Acto seguido se abrió la puerta y el joven Jack miró un tanto asombrado.

—¡Jack! ¿Qué estás haciendo aquí? —preguntó Brian, también sorprendido.

Dominic tardó un momento en reaccionar.

—¡Hola, Jack! ¿Qué ocurre? —preguntó.

Por su parte, Hendley se sintió ligeramente ofendido. Había cometido el inusual error de no haberlo previsto. Pero el despacho tenía una sola puerta, sin contar la que daba al baño privado.

Los tres primos se estrecharon la mano, haciendo caso omiso del jefe por unos instantes, hasta que Rick Bell tomó el control de la situación.

—Brian, Dominic, les presento al gran jefe, Gerry Hendley.

Se estrecharon la mano en presencia de los dos analistas.

—Rick, gracias por habérmelo mostrado. Los felicito a ambos —dijo Hendley, para zanjar el tema.

—Supongo que debo regresar a mi escritorio. Hasta pronto, muchachos —dijo Jack, dirigiéndose a sus primos.

La sorpresa del momento no se desvaneció inmediatamente, pero Brian y Dominic se acomodaron en sus sillas y archivaron temporalmente la coincidencia.

—Bien venidos —dijo Hendley, después de reclinarse en su butaca y pensar que tarde o temprano lo habrían averiguado—. Pete Alexander dice que lo han hecho muy bien en la casa de campo.

—Salvo por el aburrimiento —respondió Brian.

—Así es el entrenamiento —comentó compasivamente Bell.

—¿Y ayer? —preguntó Hendley.

—Fue divertido —respondió inmediatamente Brian—. Muy parecido a aquella emboscada en Afganistán. Estalló inesperadamente y tuvimos que hacernos cargo de la situación. Por suerte, los malos no eran particularmente listos. Actuaron como agentes independientes, en lugar de hacerlo como equipo. Si hubieran estado debidamente entrenados y actuado como un equipo con su correspondiente seguridad, el desenlace habría sido otro. Tal como lo hicieron fue sólo cuestión de eliminarlos uno tras otro. ¿Alguna idea sobre su identidad?

—Por lo que el FBI sabe hasta el momento, parece que entraron en el país desde México. Su primo ha identificado su fuente de financiación. Es un saudí expatriado que vive en Londres y que podría ser uno de sus patrocinadores. Eran todos de origen árabe. Han identificado positivamente a cinco de ellos como ciudadanos saudíes. Las armas proceden de un robo cometido hace diez años. Los cuatro grupos alquilaron coches en Las Cruces, Nuevo México, y probablemente condujeron por separado a sus objetivos. Sus rutas han sido identificadas por sus compras de gasolina.

—¿Su motivación era estrictamente ideológica? —preguntó Dominic.

—Eso parece —asintió Hendley—. Según su entender de la religiosidad.

—¿Me busca el FBI? —preguntó Dominic a continuación.

—Luego tendrá que llamar a Gus Werner para que pueda redactar su informe, pero no le causará ninguna molestia. Ya han elaborado una tapadera.

—De acuerdo.

—Supongo que es para esto para lo que nos hemos estado entrenando... —dijo Brian—. Para atrapar a individuos como ésos, antes de que puedan cometer más atrocidades en nuestro país.

—Eso es, esencialmente —confirmó Hendley.

—De acuerdo —dijo Brian—. No tengo ningún inconveniente.

—Irán juntos al campo, como agentes de banca y transacciones financieras como tapadera. Les informaremos sobre lo que precisan saber para mantener su tapadera. Operarán principalmente desde una oficina virtual, vía ordenador portátil.

—¿Seguridad? —preguntó Dominic.

—Ningún problema —afirmó Bell—. Los ordenadores son tan seguros como somos capaces de hacerlos, y también pueden utilizarse como teléfonos por internet, para cuando la comunicación verbal sea imprescindible. El sistema de codificación es sumamente seguro —recalcó.

—De acuerdo —respondió dubitativamente Dominic.

Lo mismo les había dicho Pete, pero nunca había confiado en ningún sistema de codificación. Los sistemas radiofónicos del FBI, a pesar de lo seguros que se suponía que eran, habían sido intervenidos en más de una ocasión por delincuentes inteligentes, o por genios informáticos aficionados a llamar a la oficina local del FBI, para decirles lo listos que eran.

—¿Y en cuanto a cobertura legal?

—Esto es lo mejor que podemos hacer —respondió Hendley, al tiempo que les entregaba una carpeta.

Dominic la hojeó y de pronto abrió enormemente los ojos.

—¡Maldita sea! ¿Cómo diablos ha conseguido esto? —preguntó.

El único perdón presidencial que había visto había sido en un libro de texto jurídico. Éste estaba realmente en blanco, salvo que estaba firmado. ¿Un perdón en blanco? Maldita sea.

—Adivínelo —sugirió Hendley.

La firma le proporcionó la pista y le recordó su formación jurídica. Aquel documento era a prueba de bomba. Ni siquiera el Tribunal Supremo podría rechazarlo, porque la autoridad soberana del presidente para conceder un perdón era tan explícita como la libertad de expresión. Pero no sería de gran ayuda fuera de las fronteras norteamericanas.

—¿Entonces liquidaremos gente aquí, en casa?

—Posiblemente —confirmó Hendley.

—¿Somos los primeros tiradores del equipo? —preguntó Brian.

—Efectivamente —respondió el ex senador.

—¿Cómo lo haremos?

—Eso dependerá de cada misión —respondió Bell—. Para la mayoría de ellas, disponemos de una nueva arma con una eficacia del ciento por ciento y muy disimulada. Se familiarizarán con ella, probablemente mañana.

—¿Tenemos prisa? —preguntó Brian a continuación.

—Ahora las espadas ya están desenvainadas —respondió Bell—. Sus objetivos serán personas que han llevado a cabo, que se proponen hacerlo, o que apoyan misiones destinadas a causar graves daños a nuestro país y a sus habitantes. No hablamos de asesinatos políticos. Nuestros únicos objetivos serán personas directamente implicadas en actos criminales.

—Algo más. ¿No seremos los verdugos oficiales del estado de Texas? —preguntó Dominic.

—No, no lo son. Esto es ajeno al sistema legal. Intentaremos neutralizar fuerzas enemigas mediante la eliminación de su personal importante. Esto debería trastornar como mínimo su capacidad operativa y esperamos que también obligue a sus superiores a manifestarse, de modo que también podamos ocuparnos de ellos.

—De modo que esto —dijo Dominic, después de cerrar la carpeta y devolvérsela a su anfitrión— es un permiso de caza, sin límite de piezas y en temporada abierta.

—Exactamente, pero dentro de unos límites razonables.

—Me parece bien —observó Brian, recordando que sólo veinticuatro horas antes había tenido a un niño moribundo en los brazos—. ¿Cuándo empezamos a trabajar?

—Pronto —respondió Hendley.

—Dígame, Tony, ¿qué están haciendo aquí?

—Jack, no sabía que iban a venir hoy.

—Eso no es una respuesta —dijo Jack, con una mirada inusualmente dura de sus ojos azules.

—Habrá deducido la razón por la que se fundó esta organización, ¿no es cierto?

Eso sí era una respuesta. Maldita sea. ¿Sus propios primos? Bueno, uno de ellos era marine, y el del FBI —al que en otra época Jack recordaba como abogado— había dado buena cuenta de un pervertido en Alabama. Había aparecido en los periódicos, e incluso había hablado de ello brevemente con su padre. Era difícil no aprobarlo, suponiendo que las circunstancias estuvieran dentro del marco de la legalidad, pero Dominic siempre había respetado las reglas, ése era casi el lema de la familia Ryan. Y Brian probablemente había hecho algo en los marines que había llamado la atención. En el instituto, Brian era el deportista, mientras que su hermano era el razonador de la familia. Pero eso no significaba que Dominic fuera un cobarde. Como mínimo, un malvado lo había descubierto por las malas. Tal vez a algunos les convenía aprender que no se juega con un gran país donde trabajan hombres de verdad. Todos los tigres tienen dientes y garras... y en Norteamérica los tigres eran más grandes.

Zanjado este asunto, decidió concentrarse de nuevo en la búsqueda de 56MoHa@eurocom.net. Puede que los tigres estuvieran todavía hambrientos. Eso lo convertía en un sabueso, pero no le importaba. A algunos pájaros debía prohibírseles el derecho a volar. Se las había arreglado para investigar esa «asa», a través de las infiltraciones de la NSA en la jungla mundial de las cibercomunicaciones. Todo animal dejaba alguna clase de rastro y él iba a husmear en busca del mismo. Maldita sea —pensó Jack—, después de todo, ese trabajo tenía sus aspectos divertidos, ahora que vislumbraba el verdadero objetivo.

Mohammed estaba frente a su ordenador. A su espalda, la televisión hablaba del «fracaso de los servicios secretos», y eso le provocó una sonrisa. Sólo podía conducir a una mayor disminución de la capacidad de los servicios de inteligencia norteamericanos, especialmente con las trabas operativas que surgirían inevitablemente de las sesiones de investigación que llevaría a cabo el Congreso norteamericano. Era bueno tener semejantes aliados dentro del país objetivo. No se diferenciaban en mucho de los altos mandos de su propia organización, que intentaban moldear el mundo para que coincidiera con su visión, en lugar de hacerlo con las realidades de la vida. La diferencia consistía en que sus superiores por lo menos lo escuchaban, porque él conseguía unos resultados palpables que, afortunadamente, coincidían con su visión etérea de la muerte y el miedo. Aún más afortunado era el hecho de que existieran unas personas dispuestas a sacrificar su propia vida para convertir dicha visión en realidad. A Mohammed no le importaba que fueran unos dementes. Uno utilizaba las herramientas de las que disponía y, en ese caso, contaba con martillos para rematar los clavos que veía en todo el mundo.

Examinó sus mensajes electrónicos para comprobar que Uda había seguido sus instrucciones sobre el asunto bancario. A decir verdad, podía haber dejado que el banco clausurara las cuentas de las tarjetas Visa, pero algún empleado concienzudo podría haberse preguntado por qué no se habían saldado los últimos recibos. Pensó que era preferible dejar cierto saldo en la cuenta y que permaneciera durmiente, porque al banco no le importaría disponer de dinero adicional en su caja electrónica, y si no había movimiento alguno en la cuenta, ningún empleado la investigaría. Eso sucedía constantemente. Se aseguró de que el número de la cuenta y su código de acceso permanecieran ocultos en su ordenador, en un documento que sólo él conocía.

Pensó en mandar una carta de agradecimiento a sus contactos colombianos, pero los mensajes no imprescindibles suponían una pérdida de tiempo y una invitación a la vulnerabilidad. No mandaba mensajes por placer ni por cumplido; sólo cuando era estrictamente necesario y lo más breve posible. Sabía lo suficiente para temer la habilidad norteamericana de reunir inteligencia electrónica. Dado que la prensa occidental hablaba a menudo de «mensajes interceptados», su organización había abandonado por completo el uso de teléfonos vía satélite, a pesar de su conveniencia. En su lugar, solían utilizar mensajeros que transmitían la información cuidadosamente memorizada. El sistema, aunque lento en grado sumo, tenía la virtud de ser completamente seguro... a no ser que el mensajero fuera corrupto. Nada era enteramente seguro. Todo sistema tenía sus defectos. Pero internet era lo mejor que existía. Las cuentas individuales eran maravillosamente anónimas, ya que podían abrirlas terceras partes también anónimas y sus identidades transmitidas a un destinatario real, por lo que existían sólo como electrones o fotones, tan parecidas entre sí como granos de arena en el desierto, y tan seguras y anónimas como algo pudiera llegar a serlo. Además, circulaban literalmente miles de millones de mensajes todos los días. Tal vez Alá pudiera seguirles la pista, pero sólo porque Alá conocía la mente y el corazón de todas las personas, capacidad que no había otorgado siquiera a los fieles. Por consiguiente, Mohammed, que raramente permanecía más de tres días en un mismo lugar, se sentía libre de utilizar a voluntad su ordenador.

El servicio de seguridad británico, con su cuartel general situado en Thames House, en la misma orilla que el palacio de Westminster, tenía intervenidas cientos de millares de comunicaciones electrónicas, dado que las leyes de protección de la intimidad eran más liberales en el Reino Unido que en Estados Unidos, en lo referente a los organismos estatales. Cuatro de ellas pertenecían a Uda bin Sali. Una era la de su teléfono móvil, donde raramente surgía algo interesante. Las más valiosas eran las cuentas electrónicas de su despacho en el distrito financiero y de su casa, puesto que desconfiaba de las comunicaciones verbales y prefería el correo electrónico para todos sus contactos importantes con el mundo exterior. Eso incluía la correspondencia con su familia, principalmente para asegurarle a su padre que el dinero familiar estaba seguro. Curiosamente, no se molestaba siquiera en utilizar un programa de codificación, bajo el supuesto de que el puro volumen de tráfico electrónico en la red descartaba la posibilidad de una vigilancia oficial. Además, había mucha gente en Londres dedicada al negocio de conservación de capital, donde gran parte de la propiedad inmobiliaria pertenecía a extranjeros, y el comercio financiero era aburrido incluso para la mayoría de los participantes. Después de todo, el alfabeto monetario constaba de sólo unos pocos elementos, y difícilmente su poesía llegaba al alma.

Pero nunca recibía un e-mail sin que simultáneamente se transmitiera una copia a Thames House, desde donde se remitía el mensaje al centro de comunicaciones gubernamentales en Cheltenham, al noroeste de Londres, que a su vez era transmitido vía satélite a Fort Belvoir, Virginia, y de allí a Fort Meade, Maryland, por fibra óptica, esencialmente para ser inspeccionado por sus superordenadores en el enorme sótano del edificio de su central, que curiosamente se parecía a una mazmorra. Desde allí, el material considerado interesante se transmitía a la central de la CIA en Langley, Virginia, pasando por la azotea de cierto edificio, donde otro grupo de ordenadores digería el mensaje.

—Aquí hay algo nuevo del señor cincuenta y seis —dijo Jack casi para sus adentros, refiriéndose a 56MoHa@eurocom.net.

Tuvo que reflexionar unos segundos. Casi todo eran cifras. Pero una de ellas era la dirección electrónica de un banco comercial europeo. El señor cincuenta y seis quería dinero, o eso parecía, y ahora que lo habían identificado como «activista» disponían de una nueva cuenta bancaria para examinar. Lo harían al día siguiente. Puede que consiguieran incluso un nombre y una dirección, según los procedimientos internos de dicho banco. Pero probablemente no. Todos los bancos internacionales tendían a adoptar procedimientos idénticos, en pro de su propia competitividad, hasta convertir el terreno de juego en un campo llano, con las mayores comodidades posibles para el inversionista. Cada individuo tenía su propia versión de la realidad, pero todo el dinero era igualmente verde, o naranja, en el caso de euros, y estaba decorado con edificios nunca construidos y puentes nunca cruzados. Jack tomó las debidas notas y apagó su ordenador. Esa noche cenaría con Brian y Dominic, sólo para ponerse al corriente de los asuntos familiares. Había una nueva marisquería en la interestatal 29 que todavía no había probado. Y su jornada laboral había concluido. Redactó algunas notas para el lunes por la mañana, puesto que no esperaba acudir a su despacho el domingo, aunque se tratara de una emergencia nacional. Uda bin Sali merecía una inspección muy meticulosa. No sabía exactamente hasta qué punto, pero había empezado a sospechar que Sali se encontraría con una o dos personas a las que conocía muy bien.

—¿Cuándo estaremos listos?

Había sido una mala pregunta cuando la formuló Brian Caruso, pero en boca de Hendley adquiría un cariz bastante más inmediato.

—Debemos elaborar algún tipo de plan —respondió Sam Granger, en la misma situación que todos los demás, porque lo que en un sentido abstracto parecía pan comido se complicaba al enfrentarse a la realidad—. En primer lugar, precisamos una serie de objetivos que tengan sentido, y luego un plan para dar cuenta de ellos, de un modo que también tenga algún tipo de sentido.

—¿Concepto operativo? —se preguntó Tom Davis en voz alta.

—La idea es progresar de un objetivo a otro, de una manera lógica desde nuestro punto de vista, pero que le parezca azarosa a un observador externo, obligando a las víctimas a asomar la cabeza como perros de la pradera, y eliminarlas una tras otra. El concepto es suficientemente sencillo, pero más difícil en el mundo real.

Es mucho más fácil mover las piezas sobre un tablero de ajedrez que colocar a las personas en los cuadros deseados, cosa que a menudo pasa inadvertida a directores de películas. Algo tan prosaico como perder un autobús, o un accidente de tráfico, o la necesidad de orinar, podía trastornar gravemente el plan teórico más elegante. Era imprescindible recordar que el mundo, en su funcionamiento, era analógico, no digital. Y, en la realidad, «analógico» significaba «chapucero».

—¿Nos está diciendo que necesitamos un psiquiatra?

Sam negó con la cabeza.

—No, tienen algunos en Langley y no han servido de mucho.

—Y que lo diga. —Davis rió, aunque aquél no era momento para bromear—. Hay que darse prisa —agregó.

—Efectivamente, cuanta más mejor —reconoció Granger—. Privarlos de tiempo para pensar y reaccionar.

—También es preferible privarlos de la posibilidad de averiguar algo de lo que sucede —dijo Hendley.

—¿Hacer desaparecer a la gente?

—Si demasiada gente parece tener infartos, puede que alguien sospeche.

—¿Creen que pueden haberse infiltrado en alguna de nuestras instituciones? —preguntó el ex senador, mientras los otros dos hacían una mueca ante tal sugerencia.

—Depende de lo que se entienda por infiltración —respondió Davis—. ¿Un agente infiltrado? Sería difícil de organizar, salvo con un soborno auténticamente suculento, e incluso entonces no sería fácil, a no ser que algún funcionario de la CIA se les acercara en busca de dinero. Puede que sea posible —agregó, después de reflexionar unos instantes—. Los rusos eran siempre mezquinos con el dinero porque no disponían de mucho líquido para distribuir. Sin embargo, esa gente tiene más de lo que necesita. Entonces... puede que...

—Pero eso nos favorece —señaló Hendley—. No muchos en la CIA conocen nuestra existencia. De modo que si empiezan a pensar que la CIA está eliminando a gente, su propio agente infiltrado, si es que lo tienen, les dirá que no es cierto.

—¿Entonces su propia pericia se convierte en contraproducente para ellos? —especuló Granger.

—Pensarían en el Mossad, ¿no es cierto?

—¿Quién, si no? —exclamó Davis—. Su propia ideología los traiciona.

Raras veces se había utilizado dicha treta contra el KGB, pero algunas con éxito. No había nada mejor que hacer que el rival se sintiera inteligente. Y si eso complicaba la vida a los israelíes, a nadie le quitaría el sueño en los servicios secretos norteamericanos. Aunque fueran «aliados», los israelíes no eran exactamente queridos por sus homólogos norteamericanos. Incluso los espías saudíes jugaban con ellos, porque a menudo los intereses nacionales se sobreponían del modo más improbable. Y para esa serie de jugadas, los norteamericanos protegerían exclusivamente los intereses de su propia patria, y lo harían de forma enteramente clandestina.

—¿Dónde están los objetivos que hemos identificado? —preguntó Hendley.

—Todos en Europa. Tienden a ser banqueros o individuos dedicados a las comunicaciones. Transfieren dinero de un lugar a otro, o transmiten informes y mensajes. Uno de ellos parece reunir información. Viaja mucho. Puede que fuera quien buscó las localidades para lo de ayer, pero no lo hemos vigilado el tiempo suficiente para saberlo. Tenemos algunos objetivos que se dedican a las comunicaciones, pero no queremos meternos con ellos. Son demasiado valiosos. Otra consideración es evitar los objetivos, cuya aniquilación revelaría a la oposición cómo los hemos localizado. Debe parecer casual. Creo que en algunos casos podemos hacer creer a la oposición que han huido, que han cogido el dinero y se han esfumado... guardado un pedazo de la buena vida y desaparecido de la faz de la Tierra. Incluso podemos dejar mensajes electrónicos que lo confirmen.

—¿Y si tienen algún código para indicar que los mensajes son suyos y no de alguien que se haya apoderado de sus ordenadores? —preguntó David.

—Eso nos favorece tanto como nos desfavorece. Es perfectamente verosímil que alguien organice su desaparición, de modo que parezca que lo han asesinado. Nadie buscará a un muerto. Eso es algo que deben tener en cuenta. Nos detestan por corromper su sociedad, y por tanto deben de saber que su gente es corruptible. Entre ellos debe de haber valientes y cobardes. No tienen un pensamiento unificado. No son robots. No cabe duda de que algunos son verdaderos creyentes, pero otros lo hacen para pasarlo bien, para divertirse, por lo fascinante de su labor, y llegado el momento de la verdad, la vida les resultará más atractiva que la muerte.

Granger conocía a la gente y sus motivaciones, y, efectivamente, no eran robots. En realidad, cuanto más inteligentes fueran, menos probable era que les motivara lo simple. Era bastante interesante constatar que la mayoría de los extremistas musulmanes vivían o se habían educado en Europa. En un cómodo útero, se los había aislado por sus antecedentes étnicos, pero también liberado de las sociedades represivas de las que procedían. La revolución siempre había sido una criatura de expectativas crecientes; no un producto de la opresión, sino una protoliberación. Era una época de confusión personal y búsqueda de identidad, un período de vulnerabilidad psicológica cuando se precisaba y se anhelaba una ancla, dondequiera que ésta se encontrara. Era triste tener que matar a personas que estaban esencialmente perdidas, pero ellas habían elegido libremente su camino, aunque no de forma muy inteligente, ¿y era culpa de sus víctimas que ese camino los condujera a la catástrofe?

El pescado era bastante bueno. Jack probó el de roca, una lubina rayada de la bahía de Chesapeake. Brian optó por el salmón, y Dominic por la perca marina rebozada. Brian eligió el vino, un blanco francés del valle del Loira.

—Dime, ¿cómo diablos has llegado aquí? —le preguntó Dominic a su primo.

—Observé el entorno y este lugar me interesó. Lo examiné y cuanto más averiguaba, menos sentido tenía. Por consiguiente, decidí ir a hablar con Gerry y lo convencí para que me diera trabajo.

—¿Haciendo qué?

—Lo llaman análisis. Es más parecido a leer la mente. Hay un individuo en particular, con un nombre árabe, que juega con dinero en Londres. Sobre todo dinero de su familia, lo mueve de un lado para otro, principalmente intentando proteger la fortuna de su padre, que es una buena fortuna —aseguró Jack—. Compra y vende propiedades inmobiliarias. Una buena forma de conservar el capital. No hay perspectiva alguna de que el mercado londinense se hunda. El duque de Westminster es uno de los hombres más ricos del mundo. Es propietario de casi todo el centro de Londres. Nuestro amiguito emula a su excelencia.

—¿Qué más?

—Pues que ha transferido dinero a cierta cuenta bancaria, desde donde se cubren los gastos de una serie de tarjetas Visa, a cuatro de cuyos propietarios conocisteis ayer. —El círculo todavía no se había cerrado, pero poco tardaría el FBI en completarlo—. También habla en sus mensajes electrónicos de los «maravillosos acontecimientos» de ayer.

—¿Cómo has tenido acceso a su e-mail? —preguntó Dominic.

—No puedo responderte a eso. Tendrá que hacerlo otro.

—Apuesto que a unos quince kilómetros en esa dirección —dijo Dominic, señalando al nordeste.

Los servicios secretos solían utilizar métodos habitualmente prohibidos para el FBI. En todo caso, el primo Jack mantuvo un rostro bastante inexpresivo, que no le habría permitido ganar en una buena partida de póquer.

—¿De modo que financia a los malos? —preguntó Brian.

—Exactamente.

—Eso significa que no está con los buenos —agregó Brian.

—Probablemente no —reconoció el joven Jack.

—Tal vez lleguemos a conocerlo. ¿Qué más puedes contarnos? —prosiguió Brian.

—Piso caro, en una finca de Berkeley Square, un bonito barrio londinense, a un par de manzanas de la embajada estadounidense. Le gusta contratar a prostitutas para entretenerse. Siente especial debilidad por una chica llamada Rosalie Parker. El servicio de seguridad británico no le quita el ojo de encima, y recibe informes regularmente de su amante principal: esa tal Parker. Le paga las mejores tarifas, al contado. Al parecer, la señorita Parker es popular entre los ricos. Supongo que es muy hábil en la cama —agregó Jack, con cierto asco—. Hay una nueva foto en su ficha informática. Tiene aproximadamente nuestra misma edad, piel aceitunada y una especie de barba, ya sabéis, como la que se dejan algunos para parecer más sexys. Conduce un Aston Martin. Magnífico coche. Pero para desplazarse por Londres suele hacerlo en taxi. No tiene ninguna casa de campo, pero va a casas rurales los fines de semana, generalmente con la señorita Parker u otra chica de alquiler. Trabaja en el distrito financiero del centro de la ciudad. Tiene un despacho en el edificio de Lloyd's, creo que en el tercer piso. Efectúa tres o cuatro transacciones semanales. Por regla general, creo que sencillamente está sentado allí, mirando la televisión y observando los movimientos de la Bolsa, leyendo los periódicos y otras cosas por el estilo.

—De modo que es un niño rico y mimado que busca emoción en la vida... —resumió Dominic.

—Exactamente. Salvo que, al parecer, le gusta jugar entre el tráfico.

—Eso es peligroso, Jack —señaló Brian—. Podría provocarle una jaqueca digna de Excedrin 356 (1) —agregó con cara de pocos amigos, anticipando su encuentro con el individuo que había financiado la muerte de David Prentiss.

Y de pronto Jack pensó que la londinense señorita Rosalie Parker tal vez dejaría de recibir bolsos de Louis Vuitton. Bueno, probablemente ya había contratado un buen plan de pensiones, si era tan lista como creían el servicio de seguridad y la policía secreta.

—¿Cómo está tu padre? —preguntó Dominic.

—Escribiendo sus memorias —respondió Jack—. Me pregunto cuánto podrá incluir en las mismas. Ya sabéis, ni siquiera mamá está al corriente de mucho de lo que hizo en la CIA, y por lo poco que yo sé, mucho no se puede poner por escrito. Incluso cosas que son más o menos del dominio público no puede confirmar que realmente ocurrieran.

—Como obligar a desertar al jefe del KGB. Ésa debe de ser una buena historia. Lo he visto por televisión. Supongo que todavía está furioso con tu padre por haberle impedido que se apoderara de la Unión Soviética. Probablemente cree que podría haberla salvado.

—Es posible. Papá tiene indudablemente muchos secretos. Al igual que algunos de sus compañeros de la CIA. En particular, un individuo llamado Clark. Es aterrador, pero él y papá están muy unidos. Creo que ahora está en Inglaterra, como jefe de esa nueva brigada secreta antiterrorista, de la que la prensa suele hablar aproximadamente una vez·al año. Los llaman «hombres de negro».

(1) Potente analgésico para el alivio de migrañas y jaquecas. *(N. del t.)*

—Son reales —dijo Brian—. Operan desde Hereford, en Gales. No son tan secretos... Los mandos de las fuerzas de reconocimiento han estado allí para entrenarlos. Yo nunca he estado, pero conozco a dos individuos que sí lo han hecho. Ellos y los SAS británicos son fuerzas para tomarse en serio.

—¿Hasta qué punto estabas introducido, Aldo? —preguntó su hermano.

—La comunidad de operaciones especiales se mantiene bastante unida. Cambiamos de tren, compartimos nuevo material y cosas por el estilo. Pero lo más importante es cuando nos sentamos a tomar unas cervezas y compartir historias de guerra. Todos tenemos formas diferentes de ver los problemas y, ¿sabéis lo que os digo?, a veces tu interlocutor tiene una idea mejor que la tuya. Los componentes del equipo Rainbow, los «hombres de negro» de los que habla la prensa, son listos, pero a lo largo de los años les hemos enseñado un par de cosas. Lo importante es que son lo suficientemente listos para escuchar nuevas ideas. Se supone que su jefe, ese individuo llamado Clark, es sumamente listo.

—Lo es. Yo lo conozco. Papá lo considera un genio. —Jack hizo una pausa antes de proseguir—. Hendley también lo conoce. No sé por qué no está aquí. Lo pregunté el primer día. Puede que sea demasiado viejo.

—¿Es tirador?

—En una ocasión se lo pregunté a papá y me dijo que no podía responderme. Ésa es su forma de decir que sí. Supongo que lo sorprendí en un momento de debilidad. Lo curioso de papá es que no sabe mentir.

—Supongo que ésa es la razón por la que tanto le gustaba ser presidente.

—Sí, creo que fue la razón principal por la que dimitió. Consideraba que el tío Robby podía hacerlo mucho mejor que él.

—Hasta que aquel cabrón lo aniquiló —observó Dominic.

El asesino, un tal Duane Farmer, estaba en aquellos momentos en el corredor de la muerte en Mississippi. «El último del Klan», como lo llamaba la prensa, era un maldito beato de sesenta y ocho años, incapaz de soportar la idea de tener un presidente negro, y había utilizado el revólver de su abuelo de la primera guerra mundial para evitarlo.

—Eso fue un mal asunto —reconoció John Patrick Ryan hijo—. De no haber sido por él, yo no habría nacido. Es una gran historia familiar. La versión de tío Robby era bastante buena. Le encantaba contar historias. Él y papá estaban muy unidos. Después de la muerte de Robby, los políticos corrían en círculos, algunos pretendían que papá izara de nuevo la bandera, pero no lo hizo, y supongo que así contribuyó a la elección de Kealty. A papá le resulta insoportable. Ésa es otra cosa que nunca ha aprendido, a ser agradable con la gente a la que detesta. Sencillamente no se sentía muy a gusto en la Casa Blanca.

—Fue bueno como presidente —reflexionó Dominic.

—Dímelo a mí. A mamá tampoco le importó marcharse. Lo de ser primera dama trastornaba su trabajo como médico, y realmente odiaba el efecto que surtía en Kyle y Katie. ¿Conocéis ese viejo proverbio, según el cual el lugar más peligroso del mundo está entre una madre y sus hijos? Es verdad, os lo aseguro. La única ocasión en que la vi perder los estribos (a papá le ocurre con mucha mayor frecuencia que a ella) fue cuando alguien le dijo que sus obligaciones oficiales le impedían asistir a la celebración del día de la escuela en la guardería de Kyle. Joder, se puso realmente furiosa. En todo caso, las niñeras aportaron su grano de arena y la prensa la criticó, acusándola de antiamericanismo y otras cosas por el estilo. Apuesto a que si alguien hubiera tomado una foto de papá meando, no habría faltado quien dijera que no lo hacía correctamente.

—Ésa es la función de los críticos: contarnos que son mucho más listos que la persona a quien critican.

—En el FBI, Aldo, se llaman abogados, u Oficina de Responsabilidad Profesional —declaró Dominic—. Se les amputa quirúrgicamente su sentido del humor antes de alistarse.

—Los marines también tienen informadores, y apuesto a que ninguno de ellos ha pisado jamás un campo de entrenamiento.

Por lo menos los que trabajaban en el grupo de inteligencia habían pasado por la escuela elemental.

—Supongo que deberíamos brindar —dijo Dominic, después de levantar su copa de vino—. Nadie nos criticará a nosotros.

—Y vivirá para contarlo —agregó Jack con una carcajada.

«Maldita sea —pensó—, ¿qué diablos dirá papá cuando averigüe lo que hago?»

CAPÍTULO DIECISÉIS

Y LOS CABALLOS DE PERSECUCIÓN

El domingo era un día de descanso para la mayoría de la gente, y El Campus no era una excepción, salvo para el personal de seguridad. Gerry Hendley consideraba que Dios tal vez había tenido sus buenas razones, que en una semana laboral de siete días se aumentaba la productividad en mucho menos de un 16,67 por ciento. Además, adormecía el cerebro al negarle una forma libre de ejercicio, o el mero lujo de no hacer absolutamente nada.

Pero ese día, evidentemente, era distinto. Ese día planificarían por primera vez auténticas operaciones clandestinas. El Campus estaba activo desde hacía sólo diecinueve meses, y él había dedicado la mayor parte de dicho tiempo a establecer su tapadera, como agencia de contratación y arbitraje. Sus jefes de departamento se habían desplazado muchas veces en los trenes Acela de ida y vuelta a Nueva York, para reunirse con sus homólogos en el mundo de las finanzas, y aunque había parecido lento en su momento, retrospectivamente habían establecido con mucha rapidez su reputación en el campo de la administración financiera. Casi nunca mostraron en público sus verdaderos resultados, naturalmente, como consecuencia de su especulación con divisas y unos pocos valores meticulosamente elegidos, a veces incluso con transacciones internas de empresas que ni ellas mismas anticipaban el negocio inminente. Mantenerse ocultos era su principal objetivo, pero puesto que El Campus debía autofinanciarse, también era imprescindible que generara unos ingresos reales. Durante la segunda guerra mundial, los norteamericanos habían usado abogados para sus operaciones clandestinas, mientras que los británicos empleaban banqueros. Ambos habían resultado eficaces para manipular a la gente... y aniquilarla. Debía de ser algo relacionado con su forma de ver el mundo, pensó Hendley en su despacho.

Miró a los demás: Jerry Rounds, su jefe de planificación estratégica, y Sam Granger, su jefe de operaciones. Incluso antes de que concluyera la construcción del edificio, los tres habían estado pensando en la forma del mundo y en la conveniencia de redondear algunos de sus ángulos. Rich Bell, su analista en jefe, también estaba presente. Él era quien se pasaba los días examinando las «tomas» de la NSA y la CIA, e intentando encontrarle sentido al flujo de información desconectada, con la ayuda, naturalmente, de treinta y cinco mil analistas en Langley, Fort Meade y otros lugares parejos. Al igual que a los demás analistas decanos, le gustaba entretenerse en el patio de operaciones, y en El Campus eso era posible, porque era demasiado pequeño para haber sucumbido al peso de su propia burocracia. A él y a Hendley les preocupaba que ése no fuera siempre el caso, y ambos se aseguraban de evitar la construcción de imperios.

Que ellos supieran, la suya era la única institución en el mundo de dicho género. Además, se había estructurado de tal modo que en dos o tres meses podría borrarse de la faz de la Tierra. Hendley Associates no aceptaba inversores externos, por lo que su perfil público era suficientemente discreto para que el radar no llegara nunca a detectar sus maquinaciones y, en todo caso, la comunidad de la que formaban parte no hacía publicidad. Era fácil ocultarse en un campo donde todo el mundo hacía lo mismo y nadie delataba a los demás, salvo en caso de perjuicios graves. Y El Campus no los provocaba. Por lo menos, no en asuntos financieros.

—Bien —empezó Hendley—. ¿Estamos listos?

—Sí —respondió Rounds en nombre de Granger, mientras Sam asentía con una sonrisa.

—Estamos listos —declaró oficialmente Granger—. Nuestros dos muchachos han alcanzado el estímulo necesario, de modo imprevisto.

—No cabe la menor duda —reconoció Bell—. Y el joven Ryan ha identificado a ese tal Sali, que es un buen primer objetivo. Los sucesos del viernes han generado mucho tráfico de mensajes. Un abundante número de entusiastas ha salido a la superficie. Muchos son enlaces y activistas potenciales, pero aunque eliminemos a uno de ellos por error, no será una gran pérdida. Tengo una lista de los cuatro primeros. Dígame, Sam, ¿tiene un plan para ocuparse de ellos?

—Vamos a hacer la prueba de fuego —respondió Davis—. Después de eliminar a uno o dos, veremos si se genera alguna reacción y actuaremos en consecuencia. Estoy de acuerdo en que Sali es un buen primer objetivo. La cuestión es: ¿vamos a eliminarlo de forma abierta o encubierta?

—Explíquese —ordenó Hendley.

—Una cosa es que se lo encuentre muerto en la calle y otra diferente que desaparezca con el dinero de su papá, después de dejar una nota en la que diga que está harto de lo que hace y sencillamente quiere retirarse —explicó Sam.

—¿Un secuestro? Eso sería peligroso.

La policía metropolitana de Londres resolvía casi el ciento por ciento de los casos de secuestro. Era un juego peligroso, particularmente en su primera operación.

—Podríamos contratar a un actor, vestirlo del modo adecuado, que entrara en Nueva York por el aeropuerto de Kennedy y luego simplemente desapareciera. En realidad, nos libraríamos del cuerpo y nos quedaríamos con el dinero. ¿A cuánto tiene acceso, Rick?

—¿Acceso directo? Joder, a más de trescientos millones de dólares.

—No estarían mal en la caja de la empresa —especuló Sam—. Y no perjudicaría especialmente a su padre.

—¿El dinero de su padre, en total? Más de tres mil millones —agregó Bell—. Lo echaría de menos, pero no le perjudicaría. Y dada la opinión que tiene de su hijo, podría convertirse incluso en una buena tapadera para nuestra operación —sugirió.

—No recomiendo esa forma de actuar, pero es una alternativa —concluyó Granger.

Ya habían hablado de ello antes, naturalmente. Era demasiado evidente para no tenerlo en cuenta. Y trescientos millones de dólares no habrían estado mal en una cuenta del Campus, en las Bahamas o en Liechtenstein. Se podía esconder dinero en cualquier lugar donde hubiera líneas telefónicas. En todo caso, eran sólo electrones, no lingotes de oro.

A Hendley le sorprendió que Sam lo sacara a relucir tan pronto. Puede que deseara conocer la reacción de sus colegas. No estaban claramente apenados ante la perspectiva de acabar con la vida de ese tal Sali, pero aprovechar la ocasión para robarle era harina de otro costal. La conciencia humana era algo curioso, concluyó Gerry.

—Dejémoslo de momento a un lado. ¿Será difícil eliminarlo? —preguntó Hendley.

—Con lo que Rick Pasternak nos ha facilitado, será un juego de niños, siempre y cuando nuestro personal no meta realmente la pata. Incluso en el peor de los casos, parecerá un atraco frustrado —dijo Granger.

—¿Y si a nuestro hombre se le cae la pluma? —preguntó Rounds, preocupado.

—Es una simple pluma. Sirve incluso para escribir. Cualquier policía del mundo le daría el visto bueno —afirmó decididamente Granger, al tiempo que se sacaba su ejemplar del bolsillo y se la mostraba—. Ésta está descargada —les aseguró.

Todos habían recibido información sobre la misma. Aparentemente, era un bolígrafo caro, chapado en oro, con prendedor de obsidiana. Al pulsar el prendedor e invertir la tapa, se cambiaba la punta de un auténtico bolígrafo por la de una jeringuilla hipodérmica, con una carga letal. Tardaría de quince a veinte segundos en paralizar a la víctima, y tres minutos en provocarle irreversiblemente la muerte, con huellas muy pasajeras en el organismo. Conforme la pluma circulaba de mano en mano, los ejecutivos tocaron invariablemente la punta de la aguja hipodérmica y simularon utilizarla como un punzón, aunque Rounds lo hizo como si de una diminuta espada se tratara.

—Sería interesante hacer una prueba sin carga nociva —observó en voz baja.

—¿Alguien se ofrece como víctima? —preguntó Granger.

Nadie asintió. No le sorprendió el estado de ánimo de los presentes. Se hizo una sobria pausa alrededor de la mesa, como cuando alguien firma la solicitud de un seguro de vida que sólo se hará efectivo después de su muerte, lo cual resta alegría al momento.

—¿Los mandamos a Londres en el mismo avión? —preguntó Hendley.

—Efectivamente —asintió Granger, en un tono nuevamente formal—. Les encargamos observar al objetivo, elegir el momento oportuno y dar el golpe.

—¿Y esperar los resultados? —preguntó de manera retórica Rounds.

—Exactamente. Luego pueden desplazarse hasta el próximo objetivo. La operación completa no debería durar más de una semana. A continuación los devolvemos a casa y esperamos el desarrollo de los acontecimientos. Si alguien mete mano en su montón de dinero, probablemente lo sabremos, ¿no es cierto?

—Deberíamos saberlo —confirmó Bell—. Y si alguien lo hurta, sabremos adónde va.

—Estupendo —observó Granger.

Después de todo, eso era lo que significaba «prueba de fuego».

Los mellizos creían que no estarían aquí mucho tiempo. Se hospedaban en habitaciones contiguas en el Holiday Inn de la localidad, y ese domingo por la tarde miraban la televisión con un invitado.

—¿Cómo está vuestra madre? —preguntó Jack.

—Bien, muy ocupada con las escuelas locales, las parroquiales. Es algo más que ayudante, pero no se dedica plenamente a la enseñanza. Papá trabaja en un nuevo proyecto; al parecer, Boeing vuelve a interesarse por un avión de pasajeros supersónico. Papá dice que probablemente nunca lo construirán, a no ser que Washington aporte mucho dinero, pero con el Concorde jubilado vuelven a planteárselo, y a Boeing le gusta mantener ocupados a sus ingenieros. Airbus los pone un poco nerviosos, y si los franceses empiezan a ambicionar demasiado, no quieren que los cojan desprevenidos.

—¿Cómo te fue en los marines? —preguntó Jack, dirigiéndose a Brian.

—Los marines son los marines, primo. Día tras día, siempre ocupados, preparándose para la próxima guerra.

—Papá estaba preocupado cuando te fuiste a Afganistán.

—Fue bastante emocionante. La gente de allí es dura y no son tontos, pero tampoco están muy bien entrenados. De modo que cuando nos enfrentábamos, teníamos las de ganar. Si veíamos algo que parecía sospechoso, llamábamos a la aviación y normalmente se resolvía el problema.

—¿Cuántos?

—¿A cuántos eliminamos? Algunos. No los suficientes, pero unos cuantos. Los Boinas Verdes entraban primero, y los afganos comprendieron que les convenía enfrentarse a ellos. La mayor parte de nuestras misiones eran de persecución y reconocimiento, en busca de sabuesos. Iban con nosotros un individuo de la CIA y un destacamento de comunicaciones de inteligencia. El enemigo se excedía un poco en el uso de la radio. Cuando detectábamos una fuente, nos acercábamos a un par de kilómetros para una observación visual, y si nos parecía interesante, llamábamos a la fuerza aérea, que la aniquilaba. Daba miedo verlo —resumió Brian.

—No me cabe la menor duda —dijo Jack, mientras abría una lata de cerveza.

—Entonces, ese tal Sali, el que tiene una amiga llamada Rosalie Parker —dijo Dominic, que como la mayoría de los policías tenía buena memoria para los nombres—, ¿dices que daba saltos de alegría a raíz de los tiroteos?

—Efectivamente —respondió Jack—. Le parecía que habían sido una maravilla.

—¿Y a quién le transmitía su alegría?

—A los amigos con los que se comunica por e-mail. Los británicos tienen intervenidas sus líneas telefónicas e informáticas, pero como ya te he dicho, no puedo contarte lo de los mensajes electrónicos. Esos sistemas europeos están muy lejos de ser tan seguros como la gente cree; todo el mundo sabe que se intervienen los teléfonos móviles y demás comunicaciones, pero allí la policía puede hacer cosas que a nosotros nos están prohibidas. Especialmente los británicos interceptan comunicaciones para seguirles la pista a los individuos del IRA. Tengo entendido que los demás países europeos gozan incluso de mayor libertad de movimiento.

—Así es —confirmó Dominic—. Algunos asistieron al programa nacional de la academia, que es como una especie de doctorado para policías. Después de invitarlos a unas copas, hablaban de esas cosas. ¿De modo que a ese tal Sali le gustó lo que hicieron esos salvajes?

—Como si su equipo hubiera ganado la liga —respondió inmediatamente Jack.

—¿Y él los financia? —preguntó Brian.

—Eso es.

—Interesante —fue lo único que dijo Brian, después de oír la respuesta.

Podría haberse quedado otra noche, pero tenía cosas que hacer por la mañana y decidió regresar a Londres en su Aston Martin Vanquish de color negro. Su interior era gris marengo, y el motor de doce cilindros hecho a mano desarrollaba casi la totalidad de sus cuatrocientos sesenta caballos, cuando se dirigía al este por la M4 a ciento sesenta kilómetros por hora. A su manera, el coche era mejor que el sexo. Lástima que Rosalie no estuviera con él, pero Mandy, su acompañante, a la que echó una ojeada, era agradable para calentar la cama, aunque un poco delgada para su gusto. Estaría mejor con un poco más de carne sobre sus huesos, pero la moda europea no lo fomentaba. Los cretinos que fijaban las normas del cuerpo femenino eran probablemente pederastas, y les habría gustado que todas las mujeres parecieran jovencitos. Una locura, pensó Sali. Pura demencia.

Pero a Mandy le encantaba viajar en aquel coche, más que a Rosalie. Lamentablemente, Rosalie temía la velocidad, y no confiaba en su pericia tanto como debería haberlo hecho. Sali tenía la esperanza de llevarse el coche a su país, por avión, naturalmente. Su hermano también tenía un coche veloz, pero el concesionario le había dicho que aquel cohete sobre cuatro ruedas superaba los trescientos kilómetros por hora, y en el reino había unas excelentes carreteras llanas y rectas. También tenía un primo que pilotaba cazas Tornado en las Reales Fuerzas Aéreas Saudíes, pero el coche era suyo y eso marcaba enteramente la diferencia. Lamentablemente, la policía allí, en Inglaterra, no le permitía usarlo debidamente; con una nueva sanción podrían retirarle el permiso de conducir, esos aguafiestas, pero en su país no tendría esos problemas. Y después de comprobar de lo que era realmente capaz, lo llevaría de nuevo a Gatwick y lo utilizaría para excitar a las mujeres, que era casi tan emocionante como conducirlo. Sin duda, Mandy estaba debidamente excitada. Debería comprarle un bonito bolso Vuitton y mandárselo al día siguiente a su casa por mensajero. No tenía nada de malo ser generoso con las mujeres, y a Rosalie le convenía saber que tenía cierta competencia.

A la máxima velocidad que permitían el tráfico y la policía, pasó volando frente a Harrods, por el túnel de vehículos y por delante de la casa del duque de Wellington, antes de girar a la derecha por Curzon Street y luego a la izquierda, hacia Berkeley Square. Una ráfaga de sus faros le indicó al hombre que pagaba para que le guardara su plaza de aparcamiento que retirara su coche, y él estacionó el suyo frente a su casa de tres plantas de piedra rojiza. Con modales europeos, se apeó y corrió para abrirle la puerta a Mandy, la acompañó galantemente por la escalera hasta la enorme puerta principal de roble y se la abrió, sonriente. Después de todo, dentro de unos minutos ella le abriría otra puerta todavía más hermosa.

—Ha vuelto el cabroncete —comentó Ernest, al tiempo que tomaba nota de la hora en su cuaderno.

Los dos agentes del servicio de seguridad estaban en una furgoneta de British Telecom, aparcada a cincuenta metros. Se encontraban allí desde hacía unas dos horas. Aquel joven saudí estaba loco y conducía como si fuera la reencarnación de Jimmy Clark.

—Supongo que ha pasado el fin de semana mejor que nosotros. Es muy vigoroso, ese jodido —dijo Peter, antes de volverse para pulsar varios botones, que activaban diversos dispositivos para intervenir las comunicaciones en la casa georgiana.

Entre dichos dispositivos había tres cámaras, cuyas filmaciones eran recogidas cada tres días por un equipo de penetración.

—Probablemente usa Viagra —pensó Ernest en voz alta, con un deje de envidia.

—No hay que ser resentido, Ernie, amigo mío. Le costará lo que nosotros ganamos en dos semanas. Y por lo que ella está a punto de recibir, seguro que estará sinceramente agradecida.

—¡A tomar por el culo! —exclamó Ernest de mala uva.

—Está delgada, pero tampoco es para tanto —respondió Peter, con una buena carcajada.

Sabían lo que Mandy Davis cobraba por sus «servicios», y como todos los hombres en cualquier lugar del mundo, se preguntaban qué debía de hacer de especial para ganárselo, sin dejar de pensar en ella con desdén. Como agentes del contraespionaje, no tenían exactamente el mismo nivel de comprensión que podría tener un policía maduro respecto a las mujeres relativamente inexpertas que intentaban abrirse paso en la vida. Setecientas cincuenta libras por una visita vespertina y dos mil libras por una noche completa. Cuál sería su tarifa para un fin de semana; nadie se lo había preguntado.

Ambos cogieron los auriculares para comprobar que funcionaban los micrófonos, cambiando de canal para seguirlos por la casa.

—Es un memo impaciente —observó Ernest—. ¿Crees que se quedará a pasar la noche?

—Apostaría a que no, Ernie. Puede que luego llame por teléfono y podamos sacarle algo útil a ese cabrón.

—Maldito moro —susurró Ernest, mientras su compañero asentía.

Ambos consideraban que Mandy era más atractiva que Rosalie. Digna de un ministro.

Su opinión era acertada. Mandy Davis se marchó a las diez y media, después de detenerse en la puerta para un último beso y una sonrisa que rompería el corazón de cualquiera. Bajó por Berkeley Street en dirección a Piccadilly, donde en lugar de girar a la derecha en Boots para dirigirse al metro de la esquina de Piccadilly y Stratton, cogió un taxi a New Scotland Yard. Allí presentaría su informe a un joven detective por el que sentía cierta debilidad, aunque era demasiado experta en su profesión para mezclar los negocios comerciales con los negocios del placer. Uda era un joven vigoroso y generoso, pero cualquier ilusión que existiera con respecto a su relación era por parte de él, no de ella.

Los números aparecían en la pantalla y quedaban grabados en sus dos ordenadores portátiles, además de, por lo menos, en otro de Thames House, junto a la hora de la llamada. En todos los teléfonos de Sali había un dispositivo que registraba el destinatario de todas sus llamadas. Lo mismo sucedía con las llamadas entrantes, mientras tres magnetófonos grababan todas y cada una de las palabras. Ésa era una llamada al extranjero, a un teléfono móvil.

—Llama a su amigo Mohammed —observó Peter—. Me pregunto de qué hablarán.

—Apuesto a que por lo menos diez minutos de su aventura de este fin de semana.

—Le gusta charlar —reconoció Peter.

—Está demasiado delgada, pero es una ramera consumada, amigo mío. Las mujeres infieles tienen lo suyo —aseguró Sali a su colega.

Sabía que realmente les gustaba, tanto a ella como a Rosalie. Nunca le pasaba inadvertido.

—Me alegro mucho, Uda —dijo pacientemente Mohammed desde París—. Ahora hablemos de negocios.

—Como quieras, amigo mío.

—La operación norteamericana funcionó bien.

—Sí, lo vi. ¿Cuántos en total?

—Ochenta y tres muertos y ciento cuarenta y tres heridos. Podrían haber sido más, pero uno de los equipos cometió un error. Lo más importante es que la noticia se divulgó por todas partes. En la televisión hoy no han dejado de hablar de nuestros santos mártires y de sus ataques.

—Es realmente maravilloso. Un gran tributo para Alá.

—Desde luego. Ahora necesito una transferencia a mi cuenta.

—¿Cuánto?

—Cien mil libras esterlinas bastarán por ahora.

—Puede estar hecho a las diez de la mañana.

En realidad, podría hacerlo una o dos horas antes, pero no quería levantarse temprano. Mandy lo había agotado. Ahora estaba acostado en la cama, con una copa de vino francés, fumando un cigarrillo y viendo la televisión sin interesarse demasiado. Quería ver las noticias de Sky News a la hora en punto.

—¿Eso es todo?

—Sí, por ahora.

—Dalo por hecho.

—Estupendo. Buenas noches, Uda —dijo Mohammed.

—Espera, tengo una pregunta...

—Ahora, no. Debemos ser cautelosos —advirtió Mohammed.

Los móviles tenían sus riesgos. Oyó un suspiro a modo de respuesta.

—Como quieras. Buenas noches.

Ambos colgaron sus respectivos teléfonos.

—El pub en Somerset era bastante agradable, se llamaba Blue Boar —dijo Mandy—. La comida era aceptable. Uda comió pavo y se tomó un par de cañas el viernes por la noche. Anoche cenamos en un restaurante frente al hotel, The Orchard. Él tomó Chateaubriand y yo lenguado. El sábado por la tarde salimos brevemente de compras. En realidad, a él no le entusiasmaba demasiado salir, le apetecía sobre todo quedarse en la cama.

El guapo detective grababa la conversación, además de tomar notas, como lo hacía también otro policía. La actitud de ambos era tan aséptica como la de la joven.

—¿Habló de algo? ¿De las noticias de la televisión, o de los periódicos?

—Miró las noticias por televisión, pero no dijo palabra. Yo comenté que esas matanzas eran atroces, pero él se limitó a refunfuñar. Puede ser sumamente inhumano, aunque siempre es amable conmigo. Todavía no nos hemos dicho una palabra fuera de lugar —dijo Mandy, acariciándolos con sus ojos azules.

Era difícil para los policías tratarla con profesionalidad. Tenía el aspecto de una modelo de pasarela, aunque con su metro cincuenta y cinco de altura no daba la talla. Tenía también una dulzura que indudablemente debía de favorecerla. Pero dentro había un corazón de hielo puro. Era triste, pero en realidad no era asunto suyo.

—¿Hizo alguna llamada telefónica?

Mandy negó con la cabeza.

—Ninguna. No trajo el móvil consigo este fin de semana. Me dijo que era todo mío y que este fin de semana no tendría que compartirlo con nadie. Fue la primera vez. Por lo demás, como de costumbre —dijo, hasta que se le ocurrió otra cosa—: Ahora se baña más a menudo. Logré que se duchara los dos días y ni siquiera se quejó. Bueno, yo lo ayudé. Me metí con él en la ducha —agregó con una sonrisa coqueta, que prácticamente puso fin a la entrevista.

—Gracias, señorita Davis. Como siempre, nos ha sido usted de gran ayuda.

—Sólo aporto mi granito de arena. ¿Creen que es un terrorista, o algo por el estilo? —preguntó.

—No. Si corriera usted algún peligro, se lo advertiríamos.

Mandy metió la mano en su bolso Louis Vuitton y sacó una navaja con una hoja de doce centímetros. Era ilegal llevar semejante cuchillo oculto, pero en su oficio necesitaba la compañía de un buen amigo, y los detectives lo comprendían. También suponían que probablemente sabía muy bien cómo utilizarla.

—Sé cuidar de mí misma —les aseguró—. Pero Uda no es de esa clase de hombres. En realidad, es bastante tierno. Eso es algo que se aprende en mi profesión, a conocer a los hombres. A no ser que sea un actor extraordinario, no es un hombre peligroso. Juega con dinero, no con armas.

Los dos policías se tomaron seriamente sus palabras. Mandy tenía razón, si algo aprendía a fondo una prostituta, era a conocer a los hombres. Las que no lo hacían generalmente morían antes de cumplir los veinte.

Después de que Mandy volviera en un taxi a su casa, los dos detectives de la brigada especial escribieron lo que les había contado y lo mandaron por e-mail a Thames House, donde se convirtió en una nueva anotación, en la ficha del joven árabe de los servicios de seguridad.

Brian y Dominic llegaron al Campus a las ocho en punto de la mañana. Sus nuevos pases de seguridad los autorizaban a coger el ascensor hasta el último piso, donde se sentaron a tomar café durante media hora, hasta que apareció Gerry Hendley. Ambos se cuadraron, especialmente Brian.

—Buenos días —dijo el ex senador, antes de detenerse—. Creo que antes deben hablar con Sam Granger. Rick Pasternak estará aquí a eso de las nueve y cuarto. Sam debe de estar al caer. Ahora tengo que ocuparme inmediatamente de los papeles de mi escritorio, ¿de acuerdo?

—Sí, señor —respondió Brian.

¡Qué diablos, el café no estaba mal!

Al cabo de dos minutos, Granger salió del ascensor.

—Hola, muchachos. Síganme.

Ambos obedecieron.

El despacho de Granger no era tan grande como el de Hendley, pero tampoco era como un cubículo de pasante. Pidió a sus invitados que tomaran asiento y colgó la chaqueta.

—¿Cuándo estarán listos para emprender una misión?

—¿Qué le parece hoy? —respondió Dominic.

Granger sonrió, aunque el exceso de entusiasmo podía preocuparle. Por otra parte, a tres días vista... tal vez el entusiasmo no estuviera fuera de lugar, después de todo.

—¿Hay un plan? —preguntó Brian.

—Sí. Hemos trabajado en él durante el fin de semana.

Granger empezó por el concepto operativo: prueba de fuego.

—Parece lógico —observó Brian—. ¿Dónde lo hacemos?

—Probablemente en la calle. No voy a decirles cómo llevar a cabo una misión. Les diré lo que queremos que se haga. Cómo lo hagan será cosa suya. Ahora, para su primer objetivo disponemos de una buena relación de su emplazamiento y de sus costumbres. Será sólo cuestión de identificar inequívocamente al objetivo y decidir cómo hacer el trabajo.

«Hacer el trabajo», pensó Dominic. Parecía propio de *El Padrino*.

—¿Quién es y por qué?

—Se llama Uda bin Sali, tiene veintiséis años y vive en Londres.

Los mellizos intercambiaron una sonrisa con la mirada.

—Debería habérmelo imaginado —dijo Dominic—. Jack nos habló de él. Es el financiero a quien le gustan las prostitutas, ¿no es cierto?

Granger abrió la carpeta que había recogido de camino y se la entregó.

—Fotos de Sali y sus dos novias. Emplazamiento y fotos de su casa en Londres. Éste es él en su coche.

—Un Aston Martin —observó Dominic—. Bonito coche.

—Trabaja en el distrito financiero, tiene un despacho en el edificio de la compañía de seguros Lloyd's. —Más fotos—. Una complicación: generalmente, alguien lo sigue. El servicio de seguridad, el MI5, lo vigila, pero parecen haberle asignado la tarea a un novato y está solo. Ténganlo en cuenta cuando se decidan a actuar.

—Supongo que no utilizaremos una pistola —dijo Brian.

—No, tenemos algo mejor. Ningún ruido y sumamente discreto. Lo verán cuando llegue Rick Pasternak. Ninguna arma de fuego para esta misión. En los países europeos no les gustan mucho las armas, y el combate cuerpo a cuerpo es demasiado peligroso. La idea es que parezca que ha sufrido un infarto.

—¿Residuo? —preguntó Dominic.

—Eso deben preguntárselo a Rick. Él les dará todos los detalles.

—¿Qué utilizamos para administrar la sustancia?

—Una como ésta —respondió Granger, al tiempo que abría su cajón y sacaba la pluma azul «descargada».

Se la entregó y les mostró cómo funcionaba.

—Encantador —observó Brian—. ¿Y basta con clavársela en el trasero?

—Exactamente. Inyecta siete miligramos de una sustancia llamada succinilcolina, suficiente para cumplir su cometido. El sujeto se desploma, la muerte cerebral llega en cinco minutos y la muerte total en menos de diez.

—¿Y si recibe atención médica? Podría haber una ambulancia al otro lado de la calle.

—Rick dice que no importa, a no ser que esté en un quirófano rodeado de médicos.

—Me parece bien.

Brian cogió la foto de su primer objetivo y la examinó, pero en realidad a quien veía era a David Prentiss.

—Mala suerte, muchacho.

—Veo que nuestro amigo ha pasado un buen fin de semana —dijo Jack, hablando con su ordenador.

El informe del día incluía una foto de la señorita Mandy Davis, junto a la transcripción de su entrevista con la brigada especial de la policía metropolitana.

—Es un bombón.

—Tampoco es barata —observó Wills desde su escritorio.

—¿Cuánto le queda a Sali? —preguntó Jack.

—Jack, es mejor no especular en ese sentido.

—Joder, Tony, el caso es que los sicarios son mis primos.

—No sé mucho acerca de eso, ni tampoco quiero averiguarlo. Cuanto menos sepamos, menos problemas podremos tener. Eso es todo.

—Si usted lo dice —respondió Jack—. Pero cualquier simpatía que pudiera haber sentido por ese cretino desapareció cuando empezó a animar y financiar a esos pistoleros. Hay líneas que uno no puede cruzar.

—Efectivamente, Jack, las hay. Trate de no pasarse usted de la suya.

Jack Ryan hijo reflexionó unos instantes. ¿Quería convertirse en un asesino? Probablemente no, pero había gente que debía morir, y Uda bin Sali había entrado en esa categoría. Si sus primos iban a aniquilarlo, se limitarían a hacer el trabajo del Señor, o el trabajo de su país, que según los principios en los que se había educado era prácticamente lo mismo.

—¿Tan de prisa, doctor? —preguntó Dominic.

—Así de rápido —asintió Pasternak.

—¿Y tan fiable? —preguntó Brian a continuación.

—Cinco miligramos son suficientes. Esta pluma inyecta siete. Para que alguien sobreviva, debe producirse un milagro. Lamentablemente, será una muerte muy desagradable, pero eso es inevitable. Podríamos utilizar la toxina del botulismo, que actúa con mucha rapidez en las neuronas, pero deja residuos en la sangre que se detectarían en la analítica toxicológica de la autopsia. La succinilcolina se metaboliza con mucha facilidad. Para detectarla se precisaría otro milagro, a no ser que el forense supiera exactamente lo que está buscando, y eso es improbable.

—¿Con qué rapidez ha dicho que actúa?

—De veinte a treinta segundos, según lo cerca que le hayan pinchado de un vaso sanguíneo principal, y entonces la sustancia causa una parálisis total. No será siquiera capaz de parpadear. No podrá mover el diafragma, por consiguiente, no respirará, no llegará oxígeno a sus pulmones. Su corazón seguirá latiendo, pero puesto que será el órgano que más oxígeno consuma, en pocos segundos entrará en estado de isquemia, lo que significa que el tejido del corazón empezará a morir por falta de oxígeno. El dolor será sumamente intenso. Normalmente, el cuerpo tiene una reserva de oxígeno. Su cuantía depende de la condición física del individuo; la reserva de los obesos es menor que la de los flacos. En todo caso, el corazón será lo primero. Intentará seguir latiendo, pero eso sólo aumenta el dolor. La muerte cerebral tardará entre tres y seis minutos. Hasta entonces, podrá oír, pero no ver...

—¿Por qué no? —preguntó Brian.

—Probablemente tendrá los párpados cerrados. Hablamos de una parálisis total. De modo que estará tumbado, con un enorme dolor, incapaz de moverse, mientras su corazón intenta bombear sangre sin oxígeno, hasta que sus células cerebrales mueran de hipoxia. A partir de entonces, es teóricamente posible mantener vivo el cuerpo, las células de los músculos son las que más resisten sin oxígeno, pero el cerebro estará muerto. Reconozco que no ofrece tantas garantías como una bala en el cerebro, pero no hace ningún ruido y no deja prácticamente huella alguna. Cuando mueren las células del corazón, generan unas enzimas que buscamos en los casos de infarto como causa probable de la muerte. Por consiguiente, cualquier forense que reciba el cuerpo para una autopsia pensará en la posibilidad de un infarto cardíaco o un ataque neurológico, eso podría provocarlo también un tumor cerebral, y puede que abra el cerebro para comprobarlo. Pero cuando reciba los resultados del análisis de sangre, la prueba de las enzimas señalará al infarto, y eso debería zanjar inmediatamente el caso. El análisis de sangre no revelará la presencia de succinilcolina, porque ésta se metaboliza incluso después de la muerte. Tendrán entre sus manos un enorme infarto de miocardio, y eso es algo que ocurre todos los días. Examinarán su sangre en busca de colesterol y otros factores de riesgo, pero eso no alterará el hecho de que nunca descubrirán la causa de su muerte.

—¡Joder! —susurró Dominic—. Doctor, ¿cómo diablos se ha metido usted en este negocio?

—Mi hermano menor era vicepresidente de Cantor Fitzgerald —fue todo lo que tenía que decir.

—De modo que debemos tener cuidado con estas plumas, ¿no es cierto? —preguntó Brian.

—Yo lo tendría —sugirió Pasternak.

La razón del doctor fue suficiente para Brian.

Capítulo diecisiete

Y EL PEQUEÑO ZORRO ROJO Y LA PRIMERA VERJA

Salieron del aeropuerto internacional de Dulles en un vuelo de British Airways que resultó ser un 747 cuyas superficies de control habían sido diseñadas por su propio padre, hacía veintisiete años. A Dominic se le ocurrió que él todavía utilizaba pañales y que el mundo había dado muchas vueltas desde entonces.

Tenían pasaportes completamente nuevos a su propio nombre. Todos los demás documentos importantes estaban en sus ordenadores portátiles, plenamente codificados, con sus correspondientes módems y software de comunicación, también enteramente codificados. Por lo demás, llevaban ropa informal, como la mayoría del resto de los pasajeros que viajaban en primera clase. La azafata revoloteaba con suma eficacia, sirviendo canapés para todos, junto con vino blanco para los hermanos. Al llegar a la altura de crucero, la comida era aceptable, que es lo mejor que se puede decir de lo que se sirve en los aviones, y también lo era la selección de películas, entre las que Brian eligió *Independence Day* y Dominic prefirió *Matrix*. A los dos les gustaba la ciencia ficción desde la infancia. En sus chaquetas respectivas, ambos llevaban sus correspondientes plumas chapadas en oro. Los cartuchos de recambio estaban en su neceser con su equipaje, en algún lugar de la bodega de carga. Tardarían unas seis horas en llegar a Heathrow y ambos esperaban poder dormir durante el viaje.

—¿Algún reparo, Enzo? —preguntó discretamente Brian.

—No —respondió Dominic—. Siempre y cuando todo salga bien.

No agregó que las celdas de las cárceles inglesas carecían de retretes, y por muy embarazoso que eso pudiera ser para un oficial de los marines, sería positivamente humillante para un agente especial del FBI.

—Estoy de acuerdo. Buenas noches, hermano.

—Igualmente, soldado.

A continuación, ambos manipularon los complejos controles de los asientos, hasta colocarlos en posición casi horizontal. Y así, a lo largo de cinco mil kilómetros, el Atlántico se deslizó por debajo de ellos.

De regreso en su piso, Jack Ryan hijo sabía que sus primos habían ido al extranjero, y aunque nadie le había dicho en qué consistía exactamente su misión, no era preciso ser un genio para imaginarlo. Seguramente Uda bin Sali no sobreviviría todo el fin de semana. Se enteraría por el tráfico matutino de mensajes de Thames House, y se preguntó si los británicos reaccionarían con alegría o con pesar. Había descubierto bastante sobre la forma en que debía realizarse el trabajo y eso estimulaba su curiosidad. Había estado en Londres el tiempo suficiente para saber que allí no se utilizaban armas de fuego, salvo en operaciones autorizadas por el gobierno. En dichos casos, si los SAS aniquilaban a alguien que no era particularmente del agrado del número 10 de Downing Street, por ejemplo, la policía sabía que no debía hurgar demasiado hondo en el caso. Tal vez sólo algunas entrevistas meramente formales, para abrir un sumario antes de guardarlo en el archivo de casos no resueltos, donde acumularía polvo y escaso interés. No era preciso ser un sabio para comprenderlo.

Pero ése sería un golpe norteamericano en territorio británico y eso, con toda seguridad, no sería del agrado del gobierno de su majestad. Era una cuestión de decoro. Además, no era una acción del gobierno norteamericano. Desde un punto de vista jurídico, era un asesinato premeditado, que todos los gobiernos condenaban con bastante severidad. Por consiguiente, ocurriera lo que ocurriese, esperaba que fueran cuidadosos. Ni siquiera su padre podría ser de gran ayuda en ese caso.

—¡Caramba, Uda, eres una fiera! —exclamó Rosalie Parker, cuando finalmente él se separó de ella.

Consultó su reloj. Había pasado más tiempo del previsto y Rosalie tenía una cita al día siguiente, inmediatamente después del almuerzo, con un ejecutivo del sector petrolífero de Dubai.

Era un viejo bastante tierno y generoso con las propinas, aunque en una ocasión ese cabrón le hubiera dicho que le recordaba a una de sus hijas predilectas.

—Quédate a pasar la noche —instó Uda.

—No puedo, cariño. Tengo que recoger a mi madre antes del almuerzo y luego ir de compras a Harrods. Dios mío, debo marcharme —dijo, incorporándose de pronto con una urgencia hábilmente fingida.

—No —exclamó Uda, al tiempo que tiraba de sus hombros.

—¡Eres un diablo! —dijo Rosalie, con una cálida sonrisa.

—Se llama *Shahateen* —matizó Uda—. Y no forma parte de mi familia.

—Dejas a una chica completamente agotada, Uda.

No es que eso fuera malo, pero Rosalie tenía cosas que hacer. De modo que se levantó y recogió su ropa del suelo, donde él solía arrojarla.

—Rosalie, amor mío, tú eres la única —musitó.

Rosalie sabía que mentía. Después de todo, había sido ella quien le había presentado a Mandy.

—¿De veras?

—Ah, ésa. Está demasiado flaca. No come. No es como tú, princesa.

—Eres un encanto —respondió Rosalie, mientras se agachaba para darle un beso, antes de ponerse el sujetador—. Eres el mejor, Uda, el mejor entre los mejores —agregó.

Siempre era bueno alimentar el ego de los hombres, y el de Uda era mayor que el de la mayoría.

—Sólo lo dices para halagarme —protestó Sali.

—¿Me tomas por una actriz? Uda, haces que me sienta en la gloria. Pero ahora debo marcharme, cariño.

—Como tú digas —respondió Sali, con un bostezo.

Decidió que al día siguiente le compraría unos zapatos. Había una nueva tienda de Jimmy Choo cerca de su despacho que se proponía visitar, y el número que Rosalie calzaba era el 38. En realidad, le gustaban bastante sus pies.

Rosalie entró un momento en el cuarto de baño para mirarse al espejo. Su pelo estaba todo revuelto; a Uda le encantaba jugar con él, como si marcara su territorio. Después de cepillarlo unos segundos, parecía casi presentable.

—Debo marcharme, cariño —dijo, agachándose para darle un nuevo beso—. No te levantes. Conozco el camino —agregó, con un último y prolongado beso de despedida... para la próxima vez.

Uda era lo regular que uno podía ser. Y Rosalie volvería. Mandy era buena, además de amiga, pero sabía cómo tratar a esos moros y, sobre todo, no tenía que pasar hambre como esas malditas modelos. Tenía suficientes clientes habituales norteamericanos y europeos para comer debidamente.

En la calle, llamó un taxi.

—¿Adónde, encanto? —preguntó el taxista.

—A New Scotland Yard, por favor.

Siempre es desconcertante despertar en un avión, incluso en unos buenos asientos. Se levantaron las persianas, se encendieron las luces de la cabina y empezaron a sonar las noticias por los auriculares, pero puesto que eran británicas, no había forma de saber si eran recientes. Se sirvió el desayuno, generosamente grasiento, acompañado de un buen café Starbucks que merecía un seis sobre diez. Tal vez un siete. Por la ventana a su derecha, Brian vio los prados verdes de Inglaterra, en lugar del negro pizarra del tormentoso océano, que había pasado mientras dormía, afortunadamente sin soñar. A los mellizos les asustaban ahora los sueños, por el pasado que contenían y el futuro que temían, a pesar de su compromiso. A los veinte minutos, el 747 aterrizó suavemente en Heathrow. Los trámites de inmigración fueron muy diplomáticos; a Brian le pareció que los británicos lo hacían mucho mejor que los norteamericanos. El equipaje apareció en la cinta transportadora con bastante rapidez, y ambos se dirigieron a la parada de los taxis.

—¿Adónde, caballeros?

—Al hotel Mayfair, en Stratton Street.

El taxista asintió y se dirigió al este hacia el centro de la ciudad. Tardaron unos treinta minutos, con el principio de la hora punta de la mañana. Era la primera vez que Brian visitaba Inglaterra, pero no Dominic, que disfrutaba del paisaje. Para Brian era todo nuevo y emocionante. Le parecía semejante a su país, salvo que conducían por el lado equivocado de la carretera. A primera vista, los conductores también parecían más corteses, pero era difícil asegurarlo. Vio por lo menos un campo de golf, con el césped color verde esmeralda, pero por lo demás la hora punta no era muy diferente de la de Seattle. Al cabo de media hora se encontraban ante Green Park, que era efectivamente verde y hermoso, donde el taxista giró a la izquierda, después de dos manzanas a la derecha, y allí estaba su hotel. Al otro lado de la calle se encontraba un concesionario de Aston Martin, con unos coches tan relucientes como los diamantes del escaparate de Tiffany's, en Nueva York. Claramente era un barrio elegante. Aunque Dominic había visitado Londres con anterioridad, no había estado en esa zona. Los hoteles europeos podían dar lecciones a los norteamericanos en términos de servicio y hospitalidad. Al cabo de seis minutos estaban en sus habitaciones adyacentes. Las bañeras eran suficientemente grandes para domar tiburones y las toallas colgaban de barras calentadas al vapor. El minibar era generoso en su selección, aunque no en sus precios. Los dos mellizos se tomaron el tiempo de ducharse. Entonces comprobaron que eran las nueve menos cuarto, y puesto que Berkeley Square se encontraba a sólo cien metros de distancia, salieron del hotel en dirección al lugar donde cantaban los ruiseñores.

Dominic tocó con el codo a su hermano y señaló a la izquierda.

—Al parecer, el MI5 tenía un edificio en esa dirección, a lo largo de Curzon Street. Para ir a la embajada, subes por esa cuesta, giras a la izquierda, sigues recto dos manzanas, giras a la derecha y luego a la izquierda hacia Grosvernor Square. El edificio es feo, pero son cosas del gobierno. Y nuestro amigo vive más a menos allí, al otro lado del parque, a media manzana del banco de Westminster. Es el que tiene un caballo en el logotipo.

—El barrio parece caro —observó Brian.

—No te quepa la menor duda —confirmó Dominic—. Estas casas cuestan un montón de dinero. La mayoría están divididas en tres pisos, pero nuestro amigo Uda utiliza la casa entera: un paraíso de sexo y libertinaje. Vaya —observó, al ver una furgoneta de British Telecom, aparcada veinte metros delante de ellos—. Apuesto a que ahí está el equipo de vigilancia... es bastante evidente.

No se veía a nadie en el vehículo, debido a que las ventanas estaban tratadas para evitar el paso de la luz. Era el único vehículo barato en la calle, donde el coche más humilde era un Jaguar. Pero la palma se la llevaba el Vanquish negro, al otro lado del parque.

—¡Joder, eso es un coche de órdago! —exclamó Brian.

Y, efectivamente, tenía el aspecto de estar desplazándose a ciento sesenta kilómetros por hora, simplemente aparcado frente a la casa.

—El auténtico campeón es el McLaren F1. Un millón de dólares, pero creo que sólo tiene capacidad para una persona. Es tan rápido como un avión de caza. El que tienes delante, hermano, vale un cuarto de millón.

—¡Joder! —exclamó Brian—. ¿Tanto?

—Están hechos a mano, Aldo, por personas que en sus horas libres trabajan en la capilla Sixtina. Sí, es un coche asombroso. Ojalá pudiera permitírmelo. Es probable que pudieras instalar su motor en un Spitfire e ir a derribar unos cuantos alemanes.

—Seguramente se traga el combustible —comentó Brian.

—Bueno, claro, todo tiene un precio. Por cierto, ahí está nuestro chico.

En aquel preciso momento se abrió la puerta y apareció un joven. Llevaba un traje con chaleco, de color gris Johnny Reb. Se detuvo en medio de los cuatro peldaños y consultó su reloj. Como si estuviera sincronizado, un taxi negro londinense descendió por la cuesta y el joven se acercó para subirse al mismo.

«Metro setenta y ocho, entre setenta y setenta y dos kilos —pensó Dominic—. Una fina barba negra a lo largo de la mandíbula, como en una película de piratas. Debería lucir una espada... pero no la lleva.»

—Más joven que nosotros —comentó Brian, sin dejar de caminar.

Entonces, a instancias de Dominic, cruzaron el parque y cambiaron de dirección, no sin admirar el Aston Martin con codicia y parsimonia antes de alejarse. En el bar de su hotel comieron croissants con mermelada y tomaron café para desayunar.

—No me gusta la idea de que vigilen a nuestro pájaro —dijo Brian.

—No podemos hacer nada al respecto. Los británicos también deben considerarlo un tanto extraño. Pero no olvides que sólo va a sufrir un infarto. No es como si fuéramos a dispararle, aunque fuera con silenciador. Nada de marcas, ni de ruido.

—Bien, de acuerdo, lo observamos en el centro de la ciudad, pero si no parece claro, retrocedemos y volvemos a reflexionar, ¿te parece bien?

—De acuerdo —asintió Dominic.

Tendrían que hacerlo de forma inteligente. Él tomaría probablemente la iniciativa, porque sería quien debería reconocer al policía que lo seguía. Pero tampoco tenía ningún sentido esperar demasiado. Contemplaron Berkeley Square sólo para familiarizarse con el lugar y con la esperanza de vislumbrar al objetivo. No sería un buen lugar para dar el golpe, con un equipo de vigilancia a treinta metros de distancia.

—Lo positivo es que se supone que quien lo sigue es un novato. Si logro identificarlo, cuando yo esté listo, tú lo atacas; le preguntaré por una dirección o algo por el estilo. Sólo necesitarás un segundo para pincharle. Luego seguimos andando como si nada hubiera ocurrido. Aunque la gente llame a una ambulancia, tú limítate a volver despreocupadamente la cabeza y sigue andando.

Brian repasó mentalmente la estrategia.

—Antes debemos inspeccionar el barrio.

—Estoy de acuerdo.

Y acabaron de desayunar en silencio.

Sam Granger ya estaba en su despacho. Eran las tres y cuarto de la madrugada cuando llegó y encendió su ordenador. Los mellizos había llegado a Londres aproximadamente a la una de la madrugada, hora americana, y su instinto le decía que no perderían tiempo en llevar a cabo su misión. Esa primera misión confirmaría, o no, la validez de la idea del Campus de una oficina virtual. Si todo funcionaba según lo previsto, recibiría notificación del progreso de la operación incluso con mayor rapidez que las noticias de Rick Bell, por la red de comunicaciones del servicio de inteligencia. Ahora llegaba la parte que siempre había sabido que detestaría: esperar a que otros consumaran la misión que había elaborado en su propia mente, allí, en su despacho. El café ayudaba. Un cigarro habría sido aún mejor, pero no tenía ninguno. Fue entonces cuando se abrió la puerta.

Era Gerry Hendley.

—¿Usted también? —preguntó Sam, con sorpresa y buen humor.

Hendley sonrió.

—Bueno, es la primera vez. En casa no podía dormir.

—Lo comprendo. ¿Tiene una baraja de naipes? —pensó en voz alta.

—Ojalá —respondió Hendley, que era bastante bueno con las cartas—. ¿Alguna noticia de los mellizos?

—Ni pío. Llegaron a la hora prevista. Probablemente ahora están en el hotel. Supongo que se habrán aseado e ido a echar una ojeada. El hotel está a sólo una manzana más o menos de la casa de Uda. Diablos, puede que ya le hayan pinchado en el culo. El horario es aproximadamente correcto. Es la hora a la que suele ir al trabajo, si los locales lo tienen bien calculado, y creo que de eso no cabe duda.

—A no ser que haya recibido una llamada inesperada, o haya visto algo en la prensa matutina que le haya llamado la atención, o su camisa predilecta no estuviera debidamente planchada. No olvide, Sam, que la realidad es analógica, no digital.

—Y bien que lo sabemos —asintió Granger.

El distrito financiero tenía exactamente el aspecto de lo que era, aunque ligeramente más hogareño que las torres de cristal y acero de Nueva York. Allí también había algunas, naturalmente, pero no eran tan opresivas. A media manzana de donde se apearon del taxi, había unos restos de la muralla original romana que rodeaba la ciudad legionaria de Londinium, como se denominaba originalmente la capital británica, en un lugar elegido por sus buenos pozos y la presencia de un gran río. Se percataron de que la gente vestía casi con distinción y todas las tiendas eran elegantes, en una ciudad donde la ordinariez era casi inexistente. El murmullo de movimiento era intenso, con multitudes que se desplazaban rápida y decididamente. Había también una buena oferta de bares, con pizarras en la puerta que anunciaban su comida. Los mellizos eligieron uno con buenas vistas del edificio de Lloyd's, afortunadamente con terraza, semejante a uno de los restaurantes que había junto a la escalinata de la plaza de España en Roma. El cielo despejado desdecía la reputación húmeda de Londres. Los mellizos vestían con suficiente elegancia para que no pareciera evidente que eran turistas norteamericanos. Brian vio un cajero automático y sacó un poco de dinero, que compartió con su hermano, y puesto que eran demasiado norteamericanos para tomar té, pidieron café y esperaron.

En su despacho, Sali trabajaba con su ordenador. Tenía la oportunidad de comprar una casa en Belgravia, un barrio todavía más elegante que el suyo, por ocho millones y medio de libras, lo que no era exactamente una ganga, pero el precio tampoco era excesivo. Ciertamente la alquilaría por una buena cantidad, y era un bien raíz, lo que significaba que la propiedad incluía el terreno en el que estaba construida la casa, en lugar de tener que pagar un alquiler por la parcela al duque de Westminster. Su precio, aunque considerable, tampoco era excesivo. Tomó nota para ir a verla esa misma semana. Por lo demás, el valor de las divisas permanecía bastante estable. En los últimos meses había jugado intermitentemente con el arbitraje de las divisas, pero no creía tener realmente la formación necesaria para profundizar en dicho campo. Por lo menos, no todavía. Tal vez hablaría con algunos expertos en el mismo. Cualquier cosa que podía hacerse también podía aprenderse, y con acceso a más de doscientos millones de libras, podía jugar sin perjudicar demasiado la fortuna de su padre. En realidad, ese año había incrementado el capital en nueve millones de libras y eso no estaba mal. Durante la siguiente hora permaneció frente al ordenador en busca de tendencias, el mejor amigo del hombre, e intentó interpretarlas. Sabía que la clave consistía en detectarlas temprano, lo suficiente para entrar por lo bajo antes de salir por lo alto, pero aunque ya se acercaba, todavía no lo dominaba. De haberlo hecho, su cuenta comercial habría aumentado en treinta y un millones de libras, en lugar de hacerlo en nueve. La paciencia, pensaba, era una virtud jodidamente difícil de adquirir. Era mucho mejor ser joven y brillante.

En su despacho había también un televisor, evidentemente, y lo sintonizó en el canal financiero norteamericano, que hablaba de una próxima depreciación de la libra frente al dólar, aunque sus razones no eran enteramente convincentes, y decidió no comprar treinta millones de dólares para especular. Su padre le había advertido antes sobre los peligros de la especulación, y puesto que el dinero era suyo, lo había escuchado atentamente y seguido su consejo. En los diecinueve meses precedentes, sólo había perdido tres millones de libras, y hacía ahora más de un año desde que había cometido la mayoría de dichos errores. La cartera de propiedades inmobiliarias funcionaba muy bien. Generalmente adquiría propiedades de viejos ingleses y las vendía a los pocos meses a sus propios compatriotas, que solían pagar al contado o en su equivalente electrónico. En resumen, se consideraba a sí mismo un gran especulador de la propiedad inmobiliaria, con creciente talento. Y, evidentemente, un gran amante. Eran casi las doce del mediodía y en sus entrañas empezaba a sentir el anhelo por Rosalie. ¿Estaría disponible esa noche? Por mil libras, pensó Uda, debería estarlo. Entonces, casi a las doce, pulsó el nueve de marcación abreviada en su teléfono.

—Mi querida Rosalie, habla Uda. Si puedes venir a mi casa esta tarde, a eso de las siete y media, tendré algo bonito para ti. Ya conoces mi número, cariño.

Colgó el teléfono. Esperaría hasta aproximadamente las cuatro, y si no le devolvía la llamada, telefonearía a Mandy. Era sumamente inusual que ninguna de las dos estuviera disponible. Prefería pensar que en dichas ocasiones estaban de compras o cenando con amigas. Después de todo, ¿quién les pagaba mejor que él? Además, quería ver el rostro de Rosalie cuando le diera los zapatos nuevos. A las inglesas realmente les gustaba Jimmy Choo. A su parecer, sus diseños era grotescos e incómodos, pero las mujeres eran mujeres y no hombres. Para satisfacer sus propias fantasías, conducía su Aston Martin. Las mujeres preferían los pies doloridos. No había forma de comprenderlas.

Brian estaba sumamente aburrido de permanecer sentado allí, con la mirada fija en el edificio de Lloyd's. Además, era una ofensa para los ojos. No llegaba siquiera a mediocre, era positivamente grotesco, como una jaula de cristal alrededor de una planta de Du Pont para la fabricación de gas nervioso o algún otro veneno. También era probablemente una mala táctica de campo, permanecer demasiado tiempo con la mirada fija en un mismo lugar. Había tiendas en la calle, pero una vez más, ninguna barata. Un sastre, tiendas de moda para mujeres y lo que parecía una zapatería de lujo. Pero para él los zapatos eran algo a lo que no prestaba demasiada atención. Tenía un buen par de cuero negro para ocasiones formales, que llevaba puestos en esos momentos, unas buenas zapatillas compradas un día que era preferible olvidar y cuatro pares de botas de combate, dos negros y dos beige, que usaban habitualmente los marines, salvo en los desfiles y otras funciones oficiales, que raramente concernían a los miembros de las fuerzas de reconocimiento de los marines, los comedores de serpientes. Se suponía que todos los marines debían ser «elegantes», pero los comedores de serpientes pertenecían a una rama de la familia de la que apenas se hablaba. Además, todavía no había acabado de digerir el tiroteo de la semana anterior. Ni siquiera la gente a la que se había enfrentado en Afganistán había intentado matar abiertamente a mujeres y a niños, por lo menos que él supiera. Eran unos bárbaros, pero supuestamente incluso los bárbaros tenían sus límites. Salvo la escoria con la que trataba aquel individuo. No era propio de un hombre, ni siquiera su barba lo era. Los afganos eran varoniles, pero aquel individuo parecía una especie de chulo. No era siquiera merecedor del hierro de un marine; no había que matarlo, sino aplastarlo como a una cucaracha. Aunque condujera un coche con un valor superior a diez años de sueldo de un capitán de los marines antes de pagar impuestos. Un oficial de los marines podía ahorrar para comprarse un Chevy Corvette, pero ese zángano tenía el heredero del coche de James Bond, para pasear a las putas que alquilaba. Merecía muchos calificativos, pero el de «hombre» definitivamente no era uno de ellos, pensó el marine, mentalizándose de manera inconsciente para su misión.

330

—Presa a la vista, Aldo —dijo Dominic, al tiempo que dejaba sobre la mesa el dinero para pagar la cuenta.

Ambos se levantaron y caminaron al principio en dirección contraria a la del objetivo. Al llegar a la esquina, se detuvieron y miraron a su alrededor, como si buscaran algo. Allí estaba Sali... y allí estaba su escolta, vestido como un trabajador de lujo. Dominic se percató de que había salido también de un bar. Efectivamente, era un novato. Miraba de un modo demasiado evidente al sujeto, a pesar de permanecer a unos cincuenta metros de distancia, claramente sin que le importara que lo viera su objetivo. Sali no era probablemente el más atento de los sujetos, por su falta de formación en contravigilancia. No cabía duda de que se sentía perfectamente seguro. También se consideraba probablemente bastante listo. Todo el mundo tiene ilusiones. Las suyas resultarían ser más graves de lo normal.

Los hermanos escudriñaron el entorno. Había centenares de personas a la vista. Circulaban muchos coches por la calle. La visibilidad era buena, demasiado buena, pero Sali se les presentó como si lo hiciera a propósito, y la oportunidad era demasiado buena para desperdiciarla...

—¿Plan A, Enzo? —preguntó Brian en voz baja.

Habían elaborado tres planes, con su señal de cancelación correspondiente.

—Adelante, Aldo. A por él.

Se separaron en direcciones opuestas, con la esperanza de que Sali se dirigiera hacia el bar donde habían soportado un horrible café. Ambos llevaban gafas ahumadas, para ocultar la dirección de su mirada; en el caso de Aldo, del espía que seguía a Sali. Para él, que seguramente venía haciendo lo mismo desde hacía varias semanas, inevitablemente debía de haberse convertido en una monótona rutina, que le permitía anticipar lo que el sujeto iba a hacer y fijarse sólo en él, sin prestar atención al entorno como debería haber hecho. Pero trabajaba en Londres, tal vez su propio campo, donde creía saber todo lo habido y por haber, y donde no tenía nada que temer. Más ilusiones peligrosas. Su único trabajo consistía en vigilar a un sujeto no particularmente enigmático, por el que Thames House tenía un incomprensible interés. Las costumbres del sujeto estaban bien establecidas y no suponía ningún peligro para nadie, por lo menos no en ese campo. Un joven rico y mimado, eso era todo. Ahora giraba a la izquierda después de cruzar la calle. Parecía que iba de compras. Zapatos para una de sus mujeres, supuso el agente del servicio de seguridad. Mejores regalos que los que él podía ofrecerle a su novia, con la que estaba comprometido, refunfuñó el espía para sus adentros.

Sali vio un par de bonitos zapatos en el escaparate, de cuero negro con adornos dorados. Subió con un salto juvenil a la acera y giró a la izquierda hacia la entrada de la zapatería, con una sonrisa de anticipación al pensar en la expresión de Rosalie cuando abriera la caja.

Dominic sacó su plano Chichester del centro de Londres, un pequeño libro rojo que abrió al pasar junto al sujeto, sin dirigirle la mirada, pero observándolo de reojo. Tenía la mirada fija en su escolta. Parecía incluso más joven que él y su hermano; probablemente aquél era su primer trabajo después de salir de la academia donde se formaba el personal del servicio de seguridad, y por consiguiente había sido destinado a un objetivo fácil. Probablemente estaba algo nervioso, de ahí su mirada fija y sus puños cerrados. Dominic se había sentido más o menos como él hacía aproximadamente un año en Newark, joven y concienzudo. Dominic se detuvo y volvió rápidamente la cabeza para calcular la distancia entre Brian y Sali. Brian estaría haciendo exactamente lo mismo, evidentemente, y su trabajo consistía en sincronizar el movimiento con su hermano, que llevaba la iniciativa. Todo en orden. Volvió a mirar de reojo, hasta los últimos pasos.

Entonces miró fijamente al escolta. El gesto no le pasó inadvertido al británico, que también desvió la mirada. Se detuvo casi instintivamente y oyó al estúpido turista norteamericano que, plano en mano para demostrar lo perdido que estaba, le preguntaba:

—Discúlpeme, ¿podría usted decirme dónde...?

Brian metió la mano en el bolsillo de su chaqueta y sacó la pluma dorada. Hizo girar la tapa y la punta del bolígrafo se convirtió en una aguja de iridio, en el momento que pulsó el sujetador de obsidiana. Miró fijamente al sujeto. A un metro de distancia, dio un paso a la derecha como para eludir a un peatón imaginario y tropezó con Sali.

—La Torre de Londres. Sí, por allí a la derecha —respondió el agente del MI5, dándose la vuelta para señalar.

Perfecto.

—Disculpe —dijo Brian, ladeándose ligeramente a la izquierda para cederle el paso, mientras bajaba la pluma en posición de ataque y alcanzaba al sujeto en el glúteo derecho.

La aguja penetró tal vez unos tres milímetros. Se disparó la carga de dióxido de carbono, e inyectó los siete miligramos de succinilcolina en el tejido del músculo más voluminoso de la anatomía de Sali. Brian Caruso siguió andando sin detenerse.

—Muchas gracias, amigo —dijo Dominic, guardándose de nuevo el callejero en el bolsillo y tomando la dirección indicada.

A una distancia prudencial, se detuvo y volvió la cabeza, consciente de que no era lo más indicado, y vio que Brian se guardaba la pluma en el bolsillo de la chaqueta. A continuación, su hermano se frotó la nariz, señal que significaba «misión cumplida».

Sali apenas frunció ligeramente el rostro, por el pequeño golpe o picada recibida en el trasero, pero no era nada grave. Se frotó el lugar con la mano derecha, el dolor desapareció inmediatamente, se encogió de hombros y prosiguió en dirección a la zapatería.

Dio tal vez otros diez pasos, antes de percatarse de que le temblaba ligeramente la mano derecha. Se detuvo para examinarla, levantó la izquierda y... comprobó que ésta también le temblaba. ¿Por qué...? Sus piernas cedieron y se desplomó sobre el cemento de la acera. Le dolieron bastante las rodillas al golpearse con el pavimento. Intentó respirar hondo para combatir el dolor y la vergüenza... pero no alcanzó a respirar. Ahora, la succinilcolina se había difundido por todo su organismo y neutralizado enteramente sus neurotransmisores musculares. Lo último en ceder fueron sus párpados y no llegó a ver el impacto de su cara sobre el asfalto. Estaba envuelto en un manto de oscuridad, en realidad, de una oscuridad roja de la luz de baja frecuencia que penetraba por el fino tejido de sus párpados. Poco tardó su cerebro en caer presa, en primer lugar, de la confusión previa al pánico.

«¿Qué pasa?», exigió a sí mismo su cerebro. Percibía lo que sucedía. Su frente yacía sobre el rugoso hormigón de la acera. Oía pasos a su alrededor. Intentó volver la cabeza... no, antes debía abrir los ojos... pero no obedecían. «¡¿Qué pasa?!»

No respiraba.

Se ordenó a sí mismo respirar. Como al emerger en la superficie de una piscina, después de nadar demasiado tiempo bajo el agua y aguantar la respiración, le ordenó a su boca abrirse y a su diafragma expandirse... ¡pero no sucedió nada!

«¿Qué pasa?», se chilló a sí mismo en su propia mente.

Su cuerpo actuaba según su propia programación. Conforme aumentaba el volumen de anhídrido carbónico en sus pulmones, el diafragma recibía automáticamente la orden de expandir los pulmones, a fin de introducir más aire para reemplazar el gas tóxico acumulado. Pero no ocurría nada, y con esa información su cuerpo entró por sí mismo en estado de pánico. Las glándulas suprarrenales saturaron de adrenalina el flujo sanguíneo, puesto que el corazón seguía latiendo, y con dicho estimulante natural aumentó su percepción y su cerebro se aceleró enormemente...

«¿Qué pasa?», se preguntó una vez más urgentemente Sali, ya casi presa del pánico. Su imaginación no alcanzaba a comprender cómo lo traicionaba el cuerpo. Se asfixiaba en la oscuridad, en una acera del centro londinense, a plena luz del día. La concentración de anhídrido carbónico en los pulmones no le causaba realmente ningún dolor, pero su cuerpo informaba a su mente como si lo hiciera. Algo terrible ocurría y no tenía ningún sentido, como si lo hubiera atropellado un camión en plena calle... no, como si lo hubiera atropellado un camión en el comedor de su propia casa. Ocurría con demasiada rapidez para asimilarlo todo. No tenía ningún sentido y era tan... sorprendente, asombroso, increíble.

Pero también era innegable.

Seguía ordenándose a sí mismo respirar. Debía suceder. Nunca había dejado de hacerlo y, por tanto, tenía que ocurrir. A continuación percibió que se le vaciaba la vejiga, pero la vergüenza inicial se vio inmediatamente superada por el creciente pánico. Lo percibía todo. Lo oía todo. Pero no podía hacer nada, absolutamente nada. Era como si lo hubieran sorprendido desnudo en la propia corte real de Riyadh, con un cerdo en los brazos... y entonces empezó el dolor. Su corazón latía ahora desesperadamente, a ciento sesenta pulsaciones por minuto, pero sólo alcanzaba a impulsar sangre sin oxigenar por el sistema cardiovascular, y para lograrlo, el corazón, que era realmente el único órgano activo en su organismo, había agotado por completo la reserva de oxígeno de su cuerpo.

Desprovistas de oxígeno, las fieles células cardíacas, inmunes al relajante muscular que el propio corazón había difundido por todo el organismo, empezaron a morir.

Fue el peor dolor que el cuerpo es capaz de sentir, con la muerte de cada célula, empezando por las del corazón, cuyo peligro se transmitió inmediatamente a todo el organismo. Las células morían ahora a millares, cada una de ellas conectada a una terminal nerviosa que comunicaba al cerebro que la muerte ocurría y que ocurría en ese instante...

No podía hacer siquiera una mueca. Era como una daga incandescente en su pecho, revolviéndose, penetrando más y más. Era el sabor de la muerte, obra del propio Iblis, de la mano del mismísimo Lucifer...

Y aquél fue el instante en el que Sali vio la llegada de la muerte, cabalgando por un campo de fuego para llevarse su alma a la perdición. Con urgencia, pero presa interiormente del pánico, Uda bin Sali pensó tan fuerte como pudo las palabras de la Shahada: «No hay más Dios que Alá y Mahoma es su mensajero... No hay más Dios que Alá y Mahoma es su mensajero... No hay más Dios que Alá y Mahoma es su mensajero... nohaymásdiosquealáymahomaessumensajero...»

Las células de su cerebro, a su vez privadas de oxígeno, también morían, y la información que contenían se sumía en una conciencia feneciente. Vio a su padre, su caballo favorito, a su madre ante una mesa repleta de comida... y a Rosalie, a Rosalie cabalgando sobre él, con un rostro radiante de gozo, que se alejaba... más... más... más... Y luego la oscuridad.

Se había formado un corro a su alrededor. Uno de los presentes se agachó y le preguntó:

—Oiga, ¿está usted bien?

Estúpida pregunta, pero es lo que la gente suele decir en dichas circunstancias. Acto seguido, la persona en cuestión, que era un vendedor de periféricos informáticos que iba de camino a un bar cercano para tomarse una jarra de cerveza y un plato de queso, pan y encurtidos, le movió un hombro. No hubo resistencia alguna, fue como mover un trozo de carne en la carnicería... Y eso lo asustó todavía más que si lo hubieran apuntado con una pistola cargada. Dio la vuelta al cuerpo y le buscó el pulso. Era inexistente. Su corazón latía desesperadamente, pero no respiraba. Maldita sea...

A diez metros de distancia, el escolta de Sali tenía su móvil en la mano y marcaba el 999 para llamar a los servicios de emergencia. A pocas manzanas había un parque de bomberos, y el hospital Guy's se encontraba al otro lado del puente de la Torre. Como muchos espías, había empezado a identificarse con su sujeto, a pesar de detestarlo, y se sintió hondamente conmocionado al verlo postrado en la acera. ¿Qué había ocurrido? ¿Un infarto? Pero era tan joven...

Brian y Dominic se reunieron en un bar, en las inmediaciones de la Torre de Londres. Eligieron una mesa y apenas se habían sentado cuando se les acercó una camarera para preguntarles lo que deseaban.

—Dos jarras de cerveza —respondió Enzo.

—Tenemos Tetley's Smooth y John Smith's, cariño.

—¿Usted cuál prefiere? —respondió Brian.

—John Smith's, naturalmente.

—Que sean dos —dijo Dominic, mientras cogía la carta que la camarera llevaba en la mano.

—No estoy seguro de que me apetezca comer, pero la cerveza es una buena idea —dijo Brian, con la carta en sus manos ligeramente temblorosas.

—Y tal vez un cigarrillo —agregó Dominic, con una carcajada.

Como la mayoría de los adolescentes, habían experimentado con el tabaco en el instituto, pero ambos habían decidido abandonarlo antes de que el vicio los atrapara. Además, la máquina dispensadora de cigarrillos en el rincón era de madera, y probablemente demasiado compleja para un extranjero.

—Sí, claro —respondió Brian, desechando la idea.

En el momento en que llegaron las cervezas, oyeron la sirena disonante de una ambulancia local, a tres manzanas de distancia.

—¿Cómo te sientes? —preguntó Enzo.

—Ligeramente tembloroso.

—Piensa en el viernes pasado —sugirió el agente del FBI al marine.

—No he dicho que lo lamente, bobo. Pero uno se pone un poco nervioso. ¿Has logrado distraer al escolta?

—Sí, me miraba fijamente a los ojos cuando le has pinchado. Tu sujeto ha caminado tal vez unos seis metros antes de desplomarse. No he detectado ninguna reacción al pinchazo. ¿Y tú?

—Ni siquiera un «ay», hermano —dijo Brian, mientras tomaba un sorbo de cerveza—. Está bastante buena.

—Sí, agitada, no revuelta, 007.

—¡Eres un imbécil! —exclamó Brian, sin poder evitar una sonora carcajada.

—Bueno, es el negocio en el que hemos caído, ¿no es cierto?

Capítulo dieciocho

RETIRADA DE LOS SABUESOS

Jack hijo fue el primero en saberlo. Estaba tomando un café acompañado de rosquillas, después de encender su ordenador, y examinaba en primer lugar el tráfico de mensajes de la CIA a la NSA. El primero de los mensajes era de alta prioridad, y recomendaba prestar especial atención a «asociados conocidos» de Uda bin Sali, que la CIA decía, según informes de los británicos, que había muerto de un ataque cardíaco en pleno centro de Londres. El mensaje del servicio de seguridad, incluido en el comunicado de la CIA, afirmaba escuetamente que se había desplomado en la calle ante los ojos de su agente de vigilancia y había sido trasladado de inmediato en una ambulancia al hospital Guy's, donde no habían logrado «reanimarlo». El cuerpo era sometido ahora a una autopsia, decía el MI5.

En Londres, el detective Bert Willow de la brigada especial llamó a la casa de Rosalie Parker.

—Diga —respondió en un tono melódico y encantador.

—Rosalie, soy el detective Willow. Necesitamos verla cuanto antes aquí, en Scotland Yard.

—Me temo que estoy ocupada, Bert. Espero la llegada de un cliente de un momento a otro. Durará aproximadamente un par de horas. Puedo ir en cuanto termine. ¿Le parece bien?

Al otro extremo de la línea, el detective respiró hondo, pero, en realidad, no era tan urgente. Si la muerte de Sali se debía al consumo de drogas, lo que según él y sus colegas parecía lo más probable, no se las había suministrado Rosalie, que no era adicta ni distribuidora. No era una estúpida, para ser una chica educada enteramente en escuelas estatales. Su trabajo era demasiado lucrativo para arriesgarse. Incluso acudía de vez en cuando a la iglesia, según constaba en su ficha.

—Muy bien —respondió Bert.

Sentía curiosidad por comprobar su reacción ante la noticia, pero no esperaba que eso aportara nada importante.

—Estupendo. Hasta luego —dijo Rosalie antes de colgar.

En el hospital Guy's, el cuerpo había sido trasladado ya a la sala de autopsias. Estaba desnudo boca arriba sobre una mesa de acero inoxidable, a la llegada de sir Percival Nutter, forense decano de guardia. Sir Percival, de sesenta años, era un distinguido intelectual de la Medicina y director del Departamento de Medicina Forense del hospital. Sus ayudantes habían extraído ya un decilitro de sangre, que habían mandado al laboratorio. Era una gran cantidad, pero llevarían a cabo todos los análisis conocidos.

—Bien, es el cuerpo de un varón de aproximadamente veinticinco años de edad; consiga su identificación, María, para obtener los datos correctos —dijo dirigiéndose a un micrófono que colgaba del techo y que a su vez estaba conectado a un magnetófono—. ¿Peso? —preguntó a continuación, dirigiéndose ahora a un joven residente.

—Setenta y tres kilos y seiscientos gramos. Metro ochenta y uno de longitud —respondió el médico, recién salido de la facultad.

—La inspección visual no revela ninguna señal distintiva en el cuerpo, lo que sugiere un incidente cardiovascular o neurológico. ¿Por qué tanta prisa, Richard? El cuerpo está todavía caliente.

No había ningún tatuaje, ni nada por el estilo. Tenía los labios ligeramente azulados. Sus comentarios extraoficiales se borrarían evidentemente de la cinta, pero era bastante inusual que el cuerpo estuviera todavía caliente.

—Lo ha pedido la policía, señor. Al parecer, ha caído muerto en la calle, ante los ojos de un policía.

No era exactamente cierto, pero casi.

—¿Ha visto alguna marca de pinchazos? —preguntó sir Percival.

—No, señor, ni el menor indicio.

—¿Entonces qué opina usted, muchacho?

Richard Gregory, el nuevo médico en su primer servicio de Patología, se encogió de hombros.

—Por lo que dice la policía, tal como se desplomó, parece algún tipo de ataque fulminante, posiblemente cardíaco, a no ser que esté relacionado con drogas. Pero para eso parece demasiado sano y no hay huellas de pinchazos que lo sugieran.

—Es muy joven para un infarto fulminante —observó el decano.

Para él, el cuerpo podría haber sido fácilmente un trozo de carne en el mercado, o un ciervo abatido en Escocia, más que los restos de un ser humano que hacía dos o tres horas estaba todavía vivo. Mala suerte para ese pobre desgraciado. Parecía vagamente árabe. La piel suave de sus manos sugería que no hacía ningún trabajo manual, aunque parecía estar en buena forma. Le levantó los párpados. Sus ojos eran de un castaño lo suficientemente oscuro para parecer negros a cierta distancia. Buena dentadura, con pocos empastes. En general, un joven que parecía haber cuidado bastante bien de sí mismo. Era extraño. ¿Tal vez un defecto congénito del corazón? Deberían abrirle el pecho para comprobarlo. A Nutter no le importaba hacerlo, era una parte rutinaria de su trabajo, y hacía mucho tiempo que había aprendido a olvidar la enorme tristeza que comportaba, pero en un cuerpo tan joven le parecía una pérdida de tiempo, aunque la causa de la muerte era suficientemente misteriosa para ser de interés intelectual, incluso tal vez para escribir un artículo en *The Lancet*, como lo había hecho en numerosas ocasiones durante los treinta y seis años anteriores. A lo largo de los años, sus disecciones de cadáveres habían salvado a centenares, incluso millares de seres vivos, lo cual era la razón por la que había elegido la Patología. Además, tampoco era necesario hablar demasiado con los pacientes.

De momento, esperarían a que regresaran del laboratorio los resultados de los análisis de sangre. Eso le facilitaría por lo menos una dirección para su investigación.

Brian y Dominic regresaron en taxi al hotel. A su llegada, Brian encendió su portátil y se conectó a la red. El breve mensaje electrónico que mandó quedó automáticamente codificado y alcanzó su destino en unos cuatro minutos. Calculó que El Campus tardaría aproximadamente una hora en reaccionar, suponiendo que nadie se meara en los pantalones, cosa que parecía improbable. Granger era bastante duro para su edad, y parecía capaz de haber hecho él mismo el trabajo. Su tiempo en los marines le había enseñado a distinguir a los duros por la mirada.

John Wayne había jugado al fútbol americano en la universidad del sur de Colorado. Audie Murphy, rechazado en una oficina de reclutamiento de los marines, para vergüenza eterna del cuerpo, parecía un vagabundo callejero, pero había matado a más de trescientos hombres con sus propias manos. También tenía la mirada fría cuando lo provocaban.

De pronto, los hermanos Caruso se sintieron sorprendentemente solos.

Acababan de asesinar a un hombre al que no conocían y con quien no habían intercambiado una sola palabra. Todo parecía lógico y sensato en El Campus, pero en esos momentos estaban en un lugar muy lejano, tanto en distancia lineal como en inmensidad espiritual. Sin embargo, el hombre al que habían matado había financiado a los malditos pistoleros de Charlottesville, responsables de la aniquilación despiadada de mujeres y niños, y al facilitar dicho acto de barbarismo, se había convertido en tan culpable como ellos, tanto desde un punto de vista jurídico como en términos de moralidad común. Por consiguiente, no era como si hubieran ejecutado al hermano menor de la madre Teresa, de camino a la iglesia.

Una vez más, resultaba más duro para Brian que para Dominic, que se acercó al minibar, cogió una lata de cerveza y se la arrojó a su hermano.

—Lo sé —respondió Brian—. Se lo había buscado. Es sólo que... bueno, no es como Afganistán, ¿comprendes?

—Sí, en esta ocasión le hicimos a él lo que ellos intentaron hacernos a nosotros. No es culpa nuestra que fuera uno de los malos. No es culpa nuestra que el tiroteo del centro comercial le pareciera casi tan excitante como acostarse con una mujer. Realmente se lo había buscado. Puede que él personalmente no disparara contra nadie, pero no cabe la menor duda de que compró las armas, ¿no es cierto? —preguntó Dominic, tan razonablemente como lo permitían las circunstancias.

—No voy a encenderle ninguna vela. Pero, maldita sea, esto no es lo que se supone que debamos hacer en un mundo civilizado.

—¿De qué mundo civilizado me hablas, hermano? Hemos aniquilado a un individuo que precisaba reunirse con Dios. Si Dios desea perdonarlo, es asunto suyo. Hay quien cree que toda persona uniformada es un asesino a sueldo, asesino de niños y todo lo demás.

—Eso es aberrante —refunfuñó Brian—. Lo que me preocupa es que lleguemos a ser como ellos.

—Siempre podemos rechazar un encargo, ¿no es cierto? Y nos han asegurado que siempre nos facilitarían la razón para el trabajo. No llegaremos a ser como ellos, Aldo. No permitiré que eso suceda. Ni tú tampoco. De modo que tenemos cosas que hacer, si no me equivoco.

—Supongo.

Brian tomó un buen trago de cerveza y se sacó la pluma dorada del bolsillo de la chaqueta. Debía recargarla. La operación duró menos de tres minutos y a su término el instrumento estuvo de nuevo listo para su uso. Invirtió el mecanismo para volver a convertirlo en un artículo de escritura y se lo guardó una vez más en el bolsillo de su chaqueta.

—Me repondré, Enzo. No se supone que uno deba sentirse bien después de matar a alguien en la calle. Aunque todavía me pregunto si no sería sencillamente más sensato capturarlo e interrogarlo.

—Los británicos tienen normas como las nuestras para la protección de los derechos civiles. Si pide un abogado, y sabemos que se le habrá instruido que lo haga, la policía no puede preguntarle siquiera la hora, como en nuestro país. Lo único que debe hacer es sonreír y mantener la boca cerrada. Éste es uno de los inconvenientes de la civilización. Supongo que tiene sentido para la mayoría de los delincuentes, pero esos individuos no son delincuentes. Lo suyo es una especie de guerra, no un delito. Ése es el problema, y no se puede amenazar a alguien que está dispuesto a sacrificar su vida en el cumplimiento de su deber. Lo único que se puede hacer es detenerlo, y detener a semejante persona significa impedir que su corazón siga latiendo.

—Sí, Enzo. Estoy bien —respondió su hermano, con otro trago de cerveza—. Me pregunto quién será nuestro próximo sujeto.

—Concédeles una hora para que reflexionen. ¿Te apetece dar un paseo?

—Buena idea.

Brian se levantó y al minuto estaban de nuevo en la calle.

Llamaba un poco la atención. La furgoneta de British Telecom se retiraba en aquel momento, pero el Aston Martin permanecía en su lugar. Se preguntó si los británicos introducirían un equipo secreto en la casa, para registrarla en busca de algo interesante, pero el deportivo negro seguía allí, y era ciertamente muy atractivo.

—¿Te gustaría poder comprarlo en la subasta oficial? —preguntó Brian.

—No podría conducirlo en nuestro país. Tiene el volante en el lado equivocado —señaló Dominic.

Pero su hermano tenía razón. Sería un delito permitir que semejante coche se perdiera. Berkeley Square era un lugar bastante atractivo, aunque demasiado pequeño, salvo para que los niños gatearan por el césped y para tomar un poco el sol y el aire fresco. La casa probablemente también se vendería y alcanzaría un precio considerable. Los abogados resolverían el papeleo y, después de quedarse con su parte correspondiente, entregarían el resto de la propiedad a los herederos de la culebra.

—¿Tienes hambre?

—No me importaría comer algo —respondió Brian.

Caminaron un poco más en dirección a Piccadilly y encontraron un lugar llamado Prêt à Manger donde vendían bocadillos y refrescos. Cuarenta minutos después de haber salido, regresaron al hotel y Brian encendió de nuevo su ordenador.

«Misión cumplida confirman fuentes locales. Misión limpia —decía el mensaje del Campus, y proseguía—: Plazas confirmadas vuelo BA0943. Salida de Heathrow mañana 7.55. Llegada a Munich 10.45. Billetes en el mostrador.» Seguía una página de detalles, que concluía con la palabra «Fin».

—Bien —comentó Brian—, tenemos otro trabajo.

—¿Ya? —exclamó Dominic, sorprendido por la eficacia del Campus.

A Brian le parecía normal.

—Supongo que no nos pagan para hacer turismo, hermano.

—Deberíamos sacar a los mellizos de la ciudad cuanto antes —comentó Tom Davis.

—Si están encubiertos, no es necesario —respondió Hendley.

—Si de un modo u otro llaman la atención de alguien, es preferible que no estén allí. No se puede entrevistar a un fantasma —señaló Davis—. Si la policía no dispone de ninguna pista, tiene menos en lo que pensar. Pueden examinar la lista de pasajeros de algún vuelo, pero si los nombres que buscan, en el supuesto de que tengan algún nombre, son de personas que se limitan a desempeñar actividades normales, no disponen más que de una pared en blanco sin ninguna prueba que colgar de la misma. Mejor aún, si algún rostro que pueda o no haber sido detectado sencillamente desaparece, entonces no tienen absolutamente nada, y lo más probable es que lo desestimen como testimonio ocular carente en todo caso de fiabilidad.

No es del conocimiento general que los cuerpos policiales atribuyen menor credibilidad a los testimonios presenciales que a cualquier otra prueba de un delito. Dichas declaraciones son demasiado volátiles y poco fidedignas para tener alguna utilidad ante los tribunales.

—¿Y bien? —preguntó sir Percival.

—Niveles muy altos de CPK-MB y de troponina, y según el laboratorio, su nivel de colesterol era de doscientos trece —respondió el doctor Gregory—. Alto para su edad. Ningún indicio de ninguna clase de drogas, ni siquiera aspirina. Por consiguiente, disponemos de pruebas enzimáticas de un incidente coronario y eso es todo de momento.

—Pues tendremos que abrirle la caja torácica —observó el doctor Nutter—, aunque eso ya estaba previsto. Incluso con un nivel alto de colesterol, es joven para una obstrucción cardiovascular grave, ¿no le parece?

—Si tuviera que apostar, señor, lo haría por el síndrome de QT prolongado, o una arritmia.

Lamentablemente, en ambos casos la evidencia después de la muerte era casi inexistente, salvo en un sentido negativo, pero ambos conducían uniformemente a la muerte.

—Correcto —dijo Nutter, mientras cogía el cuchillo grande para cortar la piel—. Adelante.

Gregory parecía un joven listo y, como la mayoría de los demás, sumamente concienzudo.

Después de cortar la piel, Nutter utilizó la cizalla para las costillas, aunque estaba bastante seguro de lo que encontrarían. Aquel pobre desgraciado había muerto de insuficiencia cardíaca, provocada probablemente por una arritmia repentina, de causa desconocida. Lo que la hubiera causado había sido tan letal como una bala en el cerebro.

—¿Nada más en los análisis toxicológicos?

—No, señor, nada en absoluto —respondió Gregory, mostrándole la copia impresa de los resultados.

Salvo por las señas de referencia, la hoja estaba prácticamente en blanco. Y eso dio más o menos por zanjado el asunto.

Era como escuchar un partido de béisbol por la radio, pero sin los comentarios de relleno. Alguien del servicio de seguridad estaba ansioso por comunicarle a la CIA todo cuanto sucedía respecto al sujeto por el que Langley se interesaba. Por consiguiente, todos los fragmentos de información que llegaban se transmitían inmediatamente a la CIA, y por tanto automáticamente a Fort Meade, donde se escudriñaban de modo permanente las ondas hercianas, a la expectativa de algún interés resultante por parte de la comunidad terrorista alrededor del mundo. Al parecer, el servicio de información de estos últimos no era tan eficaz como lo hubieran deseado sus enemigos.

—Hola, detective Willow —dijo Rosalie, con su habitual sonrisa de «fóllame»—. ¿Qué puedo hacer por usted en un día tan hermoso como éste?

Se ganaba la vida follando, pero eso no significaba que le desagradara. Entró como flotando en el despacho, con su tarjeta de visitante, y tomó asiento frente al escritorio del detective.

—Malas noticias, señorita Parker —respondió Bert Willow, formal y educado como siempre incluso con las prostitutas—. Su amigo Uda bin Sali ha muerto.

—¡Cómo! —exclamó, estupefacta, con los ojos muy abiertos—. ¿Qué ha sucedido?

—No estamos seguros. Sencillamente se desplomó en la calle, en la acera opuesta a su despacho. Parece que ha sufrido un infarto.

—¿De veras? —preguntó Rosalie, sorprendida—. Parecía estar muy sano. Nunca manifestó el menor indicio de que pudiera tener algún problema. Incluso anoche...

—Sí, he visto el informe —interrumpió Willow—. ¿Sabe si alguna vez tomaba alguna clase de drogas?

—No, nunca. Una copa de vez en cuando, pero ni siquiera a menudo.

Al parecer de Willow, estaba atónita y enormemente sorprendida, pero no había el menor rastro de lágrimas en sus ojos. No, para ella Uda era un cliente, una fuente de ingresos y poca cosa más. El pobre cabrón probablemente creía otra cosa. En tal caso, doble mala suerte para él. Pero en realidad, ¿qué le importaba eso a Willow?

—¿Sucedió algo inusual en su último encuentro? —preguntó el policía.

—No, nada en particular, sólo que estaba bastante cachondo. Pero hace unos años uno de mis clientes murió en el acto, me refiero a que fue correrse y partir, como suele decirse. Fue realmente terrible, algo que no se olvida con facilidad, y ahora, por si acaso, vigilo a mis clientes. Quiero decir que nunca dejaría a ninguno moribundo. No soy una salvaje. Tengo realmente un corazón —aseguró Rosalie.

«Pues tu amigo ha dejado de tenerlo», pensó Willow.

—Comprendo. ¿De modo que anoche estaba completamente normal?

—Enteramente. Ni el menor indicio de que pudiera haber algún problema —respondió Rosalie, antes de hacer una pausa para modificar su compostura y dar la impresión de que lo lamentaba, a fin de que no la tomara por un robot despiadado—. Es una noticia terrible. Era muy generoso y siempre cortés. Cuánto lo siento por él.

—Y por usted —agregó compasivamente Willow.

Después de todo, acababa de perder una importante fuente de ingresos.

—Sí, claro, y también por mí —dijo, digiriendo finalmente la noticia.

Pero ni siquiera intentó engañar al detective con unas lágrimas. Perdería el tiempo. Detectaría ineludiblemente la comedia. Era una lástima lo de Sali. Echaría de menos los regalos. Por lo demás, sin duda le saldrían otros clientes. Su mundo no había acabado. Sólo el de Sali. Y eso era mala suerte para él, con un poco también para ella, pero nada de lo que no pudiera recuperarse.

—Señorita Parker, ¿le manifestó alguna vez algún indicio de sus actividades profesionales?

—Hablaba sobre todo de la propiedad inmobiliaria, ya sabe, de la compraventa de casas lujosas. En una ocasión me llevó a una casa que había comprado en el West End, dijo que quería mi opinión sobre la decoración, pero creo que sólo pretendía mostrarme lo importante que era.

—¿Conoció alguna vez a alguno de sus amigos?

—No muchos, creo que fueron tres, o tal vez cuatro. Eran todos árabes, más o menos de su misma edad, tal vez cinco años mayores, pero no más. Todos me observaron atentamente, pero sin ningún resultado comercial. Eso me sorprendió. Los árabes suelen ser unos cabrones muy cachondos, pero son buenos pagadores. ¿Cree que estaba involucrado en alguna actividad ilegal? —preguntó delicadamente.

—Es posible —reconoció Willow.

—Nunca vi el menor indicio. Si jugaba con los malos, lo hacía enteramente a mis espaldas. Me encantaría ayudarlo, pero no hay nada que decir.

Al detective le pareció sincera, pero se recordó a sí mismo que en el arte del disimulo una prostituta de su nivel probablemente podía dejar en ridículo a Dame Judith Anderson.

—Bien, gracias por haber venido. Si se le ocurre cualquier cosa, por insignificante que parezca, llámeme.

—Lo haré, cariño.

Se puso en pie y abandonó sonriente el despacho. El detective Willow era un individuo agradable. Lástima que no pudiera permitírsela.

Bert Willow estaba ya frente a su ordenador, redactando el informe de la entrevista. La señorita Parker parecía en realidad una chica agradable, educada y encantadora. Cultivada en parte para el negocio, pero puede que hubiera algo genuino. En ese caso, esperaba que encontrara una nueva forma de trabajo, antes de que destruyera por completo su personalidad. Willow era un romántico y quizá algún día eso fuera su ruina. Él lo sabía, pero no tenía intención de cambiar en virtud de su trabajo, como probablemente había hecho ella. Quince minutos después, mandó el informe por correo electrónico a Thames House e imprimió una copia para la ficha de Sali, que seguramente acabaría entre las fichas cerradas del archivo central, y con toda probabilidad nadie volvería a interesarse nunca más por ella.

—Se lo dije —exclamó Jack, dirigiéndose a su colega.

—Entonces puede darse unas palmaditas en la espalda —respondió Wills—. ¿Va a contarme de qué se trata, o debo consultar personalmente los documentos?

—Uda bin Sali ha muerto de repente, aparentemente de un infarto. El agente del servicio de seguridad que lo seguía no vio nada inusual, salvo que se desplomó en plena calle. En un santiamén, Uda ya no podrá financiar a los malos.

—¿Cómo se siente al respecto? —preguntó Wills.

—Me parece bien, Tony. Jugaba con malas compañías en el patio equivocado y no hay más que decir —respondió fríamente el joven Ryan, mientras pensaba para sus adentros: «Me pregunto cómo lo habrán hecho»—. ¿Cree que nuestros chicos le han dado un empujoncito?

—No nuestra sección. Nosotros facilitamos información a otros. Lo que hagan con la misma a nuestras espaldas no es algo sobre lo que debamos especular.

—A sus órdenes, señor.

Parecía que el resto de la jornada sería bastante aburrida, después de un inicio tan espectacular.

Mohammed descubrió la noticia a través de su ordenador, o mejor dicho, recibió un mensaje codificado para que telefoneara a alguien llamado Ayman Ghailani, el número de cuyo móvil había grabado en su memoria. Y con dicho propósito, salió a dar un paseo. Era preciso ser cauteloso con los teléfonos en los hoteles. Ya en la calle, caminó hasta un parque y se sentó en un banco, con un cuaderno y una pluma en la mano.

—Ayman, soy Mohammed. ¿Qué hay de nuevo?

—Uda está muerto —respondió su interlocutor, con la respiración ligeramente entrecortada.

—¿Qué ha ocurrido? —preguntó Mohammed.

—No estamos seguros. Se desplomó cerca de su despacho y lo llevaron al hospital más cercano, donde murió.

—¿No lo detuvieron, ni lo mataron los judíos?

—No, no hay nada que lo indique.

—¿Entonces ha sido una muerte natural?

—De momento, eso parece.

«¿Me pregunto si hizo la transferencia antes de abandonar este mundo?», pensó Mohammed.

—Comprendo —dijo para llenar el silencio, aunque evidentemente no era cierto—. ¿Entonces no hay ninguna razón para sospechar juego sucio?

—No, no en este momento. Pero cuando muere uno de los nuestros, siempre cabe preguntarse...

—Sí, Ayman, lo sé. Uno siempre sospecha. ¿Lo sabe su padre?

—Así es como yo me he enterado.

«Su padre probablemente se alegrará de perder de vista a ese gandul», pensó Mohammed.

—¿De quién disponemos para asegurarnos de la causa de la muerte?

—Ahmed Mohammed Hamed Ali vive en Londres. ¿Tal vez a través de un abogado...?

—Buena idea. Ocúpate de ello. ¿Se lo ha comunicado alguien al emir? —preguntó, después de hacer una pausa.

—No, creo que no.

—Hazlo.

Era un asunto de menor importancia, no obstante, se suponía que el emir debía estar al corriente de todo.

—Lo haré —prometió Ayman.

—Muy bien. Entonces, eso es todo —dijo Mohammed, antes de pulsar el botón de su móvil que daba por terminada la llamada.

Estaba de nuevo en Viena. Le gustaba la ciudad. Por una parte, allí habían sometido a los judíos en otra época, y muchos vieneses lograban controlar sus remordimientos. Por otra, era un buen lugar para un hombre con dinero. Disponía de excelentes restaurantes, con personal que conocía el valor de servir con esmero a sus superiores. La antigua ciudad imperial rebosaba de historia cultural para saborear cuando se sentía como un turista, lo que ocurría más a menudo de lo que uno pudiera imaginar. Mohammed había comprobado que solía pensar mejor, cuando contemplaba algo ajeno a su trabajo. Ese día visitaría tal vez un museo de arte. De momento, dejaría que Ayman se ocupara de las investigaciones. Un abogado londinense averiguaría la información relacionada con la muerte de Uda y, como buen mercenario, les comunicaría cualquier cosa inusual. Pero a veces sencillamente la gente moría. Era la mano de Alá, no siempre fácil de comprender y nunca previsible.

O tal vez no tan aburrido. La NSA examinó el nuevo tráfico de mensajes después del almuerzo. Después de un ligero cálculo mental, Jack decidió que había llegado el atardecer al otro lado del charco. Los linces electrónicos de los *carabinieri* italianos, la policía federal de aquel país que circulaba con unos uniformes bastante espectaculares, habían interceptado algunos mensajes que habían remitido a la embajada estadounidense en Roma, y de allí inmediatamente vía satélite a Fort Belvoir, principal estación receptora en la costa Este. A juzgar por una conversación grabada, alguien llamado Mohammed había telefoneado a alguien llamado Ayman y habían hablado de la muerte de Uda bin Sali, cosa que hizo saltar la alarma electrónica en varios ordenadores, otorgando al mensaje interés analítico, e instigando al funcionario de la embajada a transmitirlo.

—«¿Se lo ha comunicado alguien al emir?» ¿Quién diablos es el emir? —preguntó Jack.

—Es un título de nobleza, como duque o algo por el estilo —respondió Wills—. ¿Cuál es el contexto?

—Véalo —dijo Jack, entregándole una hoja impresa.

—Parece interesante —comentó Wills, al tiempo que consultaba el término *emir* en su ordenador y obtenía una sola referencia—. Por lo que dice aquí, ese nombre o título surgió hace aproximadamente un año en una conversación grabada, de contexto incierto, y nada significativo desde entonces. La CIA cree que es probablemente un eufemismo de esbirro de nivel medio en su organización.

—En este contexto, me parece alguien más importante —reflexionó Jack en voz alta.

—Tal vez —reconoció Wills—. Hay muchas cosas sobre esos individuos que todavía desconocemos. Langley probablemente lo descartará, para que lo examine algún supervisor. Eso es lo que yo haría —concluyó con poca convicción.

—¿Disponemos de alguien que conozca el árabe?

—Dos que lo hablan, de la escuela de Monterrey, pero ningún experto en su cultura.

—Creo que vale la pena echarle una ojeada.

—Entonces, escríbalo y veremos lo que piensan. En Langley hay un montón de adivinos, y algunos son bastante buenos.

—Mohammed es el miembro más decano que conocemos en esa organización. Aquí se refiere a alguien más decano que él. Eso es algo que debemos investigar —declaró el joven Ryan, con todo el poder a su disposición.

Por su parte, Wills sabía que su colega tenía razón. También había identificado implícitamente el mayor problema en el mundo del espionaje: demasiada información, insuficiente tiempo de análisis. La mejor jugada consistiría en fingir una petición de la CIA a la NSA y de la NSA a la CIA, solicitando su parecer sobre este asunto en particular. Pero eso exigía cautela. Se solicitaba información mil veces al día, y debido a su volumen, nunca se comprobaba; después de todo, ¿no era la conexión de alta seguridad? Pero pedirles tiempo a los analistas podía instigar fácilmente una llamada telefónica, para lo que se precisaba un número y alguien que contestara. Eso podía conducir a una filtración, y filtraciones eran lo único que El Campus no podía permitirse. Por consiguiente, esa clase de preguntas se remitían al piso superior. Tal vez dos veces al año. El Campus era un parásito en el cuerpo de la comunidad de inteligencia. Y se suponía que esos bichos no tenían la boca para hablar, sino sólo para chupar sangre.

—Escriba sus ideas para Rick Bell y él hablará con el senador —sugirió Wills.

—Estupendo —refunfuñó Jack, que todavía no había aprendido el arte de la paciencia.

Aún más importante, tampoco había aprendido mucho acerca de las burocracias. Incluso El Campus tenía la suya. Lo curioso era que, de haber sido un analista de nivel medio en Langley, habría levantado el teléfono, marcado un número y hablado con alguien que le facilitara una opinión experta, o algo parecido. Pero aquello no era Langley. La CIA era en realidad bastante buena obteniendo y procesando información. Era el hecho de hacer algo útil con la misma lo que siempre ofuscaba a la institución gubernamental. Jack redactó su petición, acompañada de las razones para la misma, y se preguntó qué resultado obtendría.

El emir recibió la noticia con serenidad. Uda había sido un subordinado útil, pero no importante. Disponía de muchas fuentes de financiación para sus operaciones. Era alto para su etnia, no particularmente apuesto, con la nariz aguileña y la piel aceitunada. Pertenecía a una familia distinguida y muy acaudalada, aunque sus hermanos, que eran nueve, controlaban la mayor parte del dinero familiar. Su casa en Riyadh era grande y cómoda, aunque no llegaba a ser un palacio. Dejaba esas residencias para la familia real, cuyos numerosos príncipes se exhibían como si cada uno de ellos fuera el rey del país y protector de los lugares sagrados. La familia real, a cuyos miembros conocía perfectamente, era para él objeto de un silencioso desdén, pero guardaba sus emociones sepultadas en su alma.

Había sido más expresivo en su juventud. En su adolescencia temprana se había sumergido en el islamismo, inspirado por un imán muy conservador cuyas enseñanzas habían acabado por crearle problemas, pero que había conseguido un montón de seguidores e hijos espirituales. El emir era sencillamente el más listo de todos ellos. Él también había expresado su parecer, y en consecuencia lo habían mandado a estudiar a Inglaterra, en realidad, para alejarlo de su país, pero allí, además de descubrir cómo funcionaba el mundo, se había visto expuesto a algo enteramente desconocido para él: libertad de habla y expresión. En el célebre Hyde Park Corner londinense se ejerce desde hace más de un siglo la tradición del desahogo de la ira, que actúa como una especie de válvula de escape para la población británica y que, como tal, permite airear la cólera sin que surta ningún efecto excesivo. De haber ido a Norteamérica, le habría asombrado la prensa radical. Pero lo que lo dejó tan atónito como la aparición de una nave espacial procedente de Marte fue que la gente pudiera desafiar al gobierno a su antojo. Se había criado en una de las últimas monarquías absolutistas del planeta, donde incluso el terreno del país pertenecía al rey y la ley era lo que el monarca decidía, sujeto nominalmente aunque no en realidad al Corán y la Charia: tradiciones jurídicas islámicas que se remontaban al propio Profeta. Dicha jurisdicción era justa, o por lo menos consecuente, aunque sumamente severa. El problema estribaba en que no todo el mundo estaba de acuerdo con el significado de las palabras del Corán, y por consiguiente, con la aplicación de la Charia al mundo material. Los musulmanes no tenían ningún papa, ninguna jerarquía filosófica real como se entendía en otras religiones, y por tanto, ningún medio coherente de aplicación a la realidad. Los chiítas y los sunnitas se peleaban a menudo, siempre, sobre dicha cuestión, e incluso dentro del marco de los sunnitas, los wahhabis, que eran la secta predominante en el reino saudí, eran fieles a unas creencias sumamente severas. Pero para el emir, dicha aparente debilidad del islam era su atributo de mayor utilidad. Sólo era preciso convertir a unos pocos musulmanes a su sistema de creencias en particular, cosa extraordinariamente fácil, puesto que no era necesario buscarlos. Se anunciaban realmente a sí mismos, hasta el punto de hacer pública su identidad. Y en su mayoría eran individuos educados en Europa o Norteamérica, donde su origen extranjero los obligaba a mantenerse unidos, con el mero propósito de conservar un espacio intelectualmente cómodo de identidad personal, y esos cimientos de forasteros habían fomentado entre muchos de ellos un espíritu revolucionario. Eso era particularmente útil, puesto que de paso adquirirían un conocimiento de la cultura del enemigo, que era esencial para atacar sus puntos débiles. La conversión religiosa de esos individuos había sido en gran parte, por así decirlo, previamente programada. A continuación, era sólo cuestión de identificar sus objetos de odio, es decir, la gente a quien culpar por su descontento juvenil, y decidir acto seguido cómo eliminar a sus enemigos autogenerados, uno por uno, o mediante un ataque espectacular, que era del agrado de su espíritu dramático, aunque no de su escasa comprensión de la realidad.

Finalmente, el emir, como sus asociados se habían acostumbrado a llamarlo, se convertiría en el nuevo *mahdi*, el árbitro supremo del movimiento islámico global. Se proponía resolver las disputas internas (entre los sunnitas y los chiítas, por ejemplo) mediante una *fatwa* general, o pronunciamiento religioso de tolerancia, que parecería admirable incluso a los ojos de sus enemigos. Además, ¿no existían, después de todo, más de un centenar de sectas cristianas que habían concluido en gran parte sus luchas internas? Podría incluso reservarse la tolerancia de los judíos, aunque para más adelante, después de afianzarse en el trono del poder absoluto, probablemente en un palacio apropiadamente humilde en las afueras de La Meca. La humildad era una virtud útil para el superior de un movimiento religioso, ya que, como lo había proclamado el pagano Tucídides, incluso antes que el Profeta, entre todas las manifestaciones de poder, la que más impresionaba a los hombres era la circunspección.

Era su mayor anhelo, lo que se proponía alcanzar. Precisaría tiempo y paciencia, y el éxito no estaba siquiera remotamente garantizado. Era lamentable para él tener que depender de unos fanáticos, cada uno de los cuales tenía su propio cerebro y sus intransigentes opiniones. Era concebible que esa gente pudiera rebelarse contra él, e intentara imponer su propia visión religiosa. Puede que creyeran incluso en sus propios conceptos, que fueran auténticos extremistas, como lo había sido el profeta Mahoma, pero Mahoma —la bendición y la paz sea con él— había sido el más honorable de los hombres, y había luchado dignamente contra los idólatras paganos, mientras que sus esfuerzos iban encaminados principalmente a la comunidad de los fieles. ¿Era él, en tal caso, un hombre honorable? Difícil pregunta. ¿Pero acaso no era preciso introducir el islam en el mundo actual, en lugar de dejarlo atrapado en la antigüedad? ¿Deseaba Alá que sus fieles permanecieran presos en el siglo VII? Claro que no. En otra época, el islam había sido el centro de la erudición, una religión de progreso y aprendizaje, que había perdido lamentablemente su rumbo en manos del Gran Kan, y sufrido la opresión de los infieles occidentales. El emir creía en el santo Corán y en las enseñanzas de los imanes, pero no estaba ciego respecto al mundo a su alrededor. Como tampoco lo estaba en cuanto a las realidades de la existencia humana. Los que ostentaban el poder lo protegían celosamente, y poco tenía que ver con ello la religión, porque el poder era un narcótico por mérito propio. Y la gente precisaba seguir algo, o preferiblemente a alguien, para poder progresar. La libertad, como la entendían los europeos y los norteamericanos, era demasiado caótica; ésa era otra de las cosas que había descubierto en Hyde Park Corner. Debía haber un orden. Y él era quien lo facilitaría.

De modo que Uda bin Sali había muerto, pensó mientras tomaba un sorbo de zumo de frutas. Muy lamentable para Uda, pero sólo una pequeña molestia para la organización. La organización tenía acceso, si no a un mar de dinero, a numerosos lagos cómodamente grandes, y Uda dirigía uno de los menores. Un vaso de zumo de naranja se había caído de la mesa, pero afortunadamente no había manchado siquiera la alfombra. No precisaba reacción alguna por su parte, ni tan sólo indirecta.

—Ahmed, es una triste noticia, pero no tiene gran importancia para nosotros. No es preciso hacer nada.

—Como usted mande —respondió respetuosamente Ahmed Musa Matwalli, antes de colgar el teléfono.

Era un móvil clonado, comprado a un ratero en la calle con el único propósito que acababa de cumplir, y lo arrojó al río Tíber desde el puente de Sant'Angelo. Era una norma general de seguridad para hablar con el comandante supremo de la organización, cuya identidad muy pocos conocían, y todos ellos estaban entre los más fieles creyentes. En la cima del escalafón, la seguridad era rigurosa. Todos habían estudiado varios manuales para agentes de inteligencia. El mejor se lo habían comprado a un ex agente del KGB que había fallecido después de la venta, ya que así estaba escrito. Sus reglas eran simples y claras, y no se desviaban ni un milímetro de las mismas. Otros se habían descuidado y todos habían pagado por su insensatez. La antigua Unión Soviética había sido un enemigo detestable, pero sus sirvientes nunca habían sido unos insensatos. Sólo infieles. Norteamérica, el Gran Satán, había hecho un favor al mundo entero al destruir aquel aborto de nación. Evidentemente, lo habían hecho en beneficio propio, pero incluso eso debía de haber sido escrito por la mano de Dios, porque había favorecido los intereses de los fieles, y ¿quién puede organizar mejor las cosas que el propio Alá?

Capítulo diecinueve

CERVEZA Y HOMICIDIO

El vuelo a Munich fue suave como una seda. Los aduaneros alemanes eran formales pero eficientes, y un taxi Mercedes Benz los llevó al hotel Bayerischer.

Su próximo sujeto era alguien llamado Anas Ali Atef, supuestamente de nacionalidad egipcia e ingeniero de formación, aunque no ejercía su profesión. Metro setenta y cinco de altura aproximadamente, unos sesenta y seis kilos y bien afeitado, cabello negro y ojos castaño oscuro. Teóricamente, era un experto en la lucha cuerpo a cuerpo y hábil con una pistola, si la tenía. Se lo creía correo de la oposición, además de reclutar personal de talento, uno de los cuales había sido definitivamente abatido en Des Moines, Iowa. Tenían una dirección y una foto en sus portátiles. Conducía un deportivo Audi TT, de color gris armada. Incluso tenían su matrícula. Sin embargo, había un problema: vivía con una alemana llamada Trudl Heinz, de la que estaba supuestamente enamorado. No era exactamente una modelo de Victoria's Secret, pero tampoco un adefesio. Cabello castaño, ojos azules, metro sesenta y unos cincuenta y cuatro kilos. Bonita sonrisa. Lástima que tuviera un gusto cuestionable para los hombres, pensó Dominic, pero eso a él no le incumbía.

Anas acudía con regularidad a una de las pocas mezquitas de Munich, situada convenientemente a una manzana del edificio donde vivía. Después de instalarse y cambiarse de ropa, Dominic y Brian cogieron un taxi a dicho lugar, donde encontraron una agradable *Gasthaus,* un bar con terraza desde donde observar la zona.

—¿A todos los europeos les gusta instalarse a comer en la acera? —preguntó Brian.

—Probablemente es más fácil que ir al zoo —respondió Dominic.

El piso donde vivía se encontraba en un edificio de cuatro plantas, con las proporciones de un bloque de cemento pintado de blanco y un extraño tejado plano parecido al de un granero. Tenía un aspecto impecablemente limpio, como si en Alemania fuera normal que todo estuviera tan pulcro como un quirófano en la clínica Mayo, aunque eso no era en absoluto una crítica desfavorable. Ni siquiera los coches estaban tan sucios como suelen estarlo en Norteamérica.

—*Was darf es sein?* —preguntó el camarero, que acababa de aparecer junto a la mesa.

—*Zwei Dunkelbieren, bitte* —respondió Dominic, utilizando un tercio del alemán que había aprendido en el instituto.

La mayor parte del resto le servía para encontrar los servicios, el *Herrnzimmer*, siempre útil en cualquier idioma.

—Norteamericanos, ¿no es cierto? —preguntó el camarero.

—¿Tan malo es mi acento? —respondió Dominic, con una tímida sonrisa.

—Su acento no es de Baviera, y su ropa parece norteamericana —observó con toda naturalidad el camarero, como si afirmara que el cielo era azul.

—En tal caso, caballero, tenga a bien traernos dos jarras de cerveza negra.

—Dos Kulmbachers, *sofort* —respondió el camarero, antes de retirarse inmediatamente.

—Creo que acabamos de aprender una pequeña lección, Enzo —observó Brian.

—Compraremos ropa local a la primera oportunidad. La gente tiene ojos en la cara —afirmó Dominic—. ¿Tienes hambre?

—No me importaría comer algo.

—Preguntaremos si tienen una carta en inglés.

—Ésa debe de ser la mezquita que frecuenta nuestro amigo, a una manzana, ¿la ves? —preguntó Brian, señalando discretamente.

—Entonces lo más lógico es que camine en esa dirección...

—Parece probable, hermano.

—¿Y no tenemos ningún horario preestablecido?

—Sólo nos dicen el «qué», pero no el «cómo» —le recordó Brian a su hermano.

—Bien —observó Enzo, en el momento en que llegaba el camarero con la cerveza, tan eficaz como cabía esperar—. *Danke sehr.* ¿Tienen una carta en inglés?

—Por supuesto, señor —respondió, al tiempo que se sacaba una del bolsillo de su delantal, como por arte de magia.

—Muy bien. Gracias, caballero.

—Debe de haber estudiado para camarero en la universidad —comentó Brian cuando el mozo se alejaba—. Pero espera a ver Italia. Esos individuos son unos artistas. Cuando estuve en Florencia, tuve la impresión de que aquel cabrón me leía el pensamiento. Probablemente era un camarero doctorado.

—No hay aparcamiento interior en ese edificio. Quizá en la parte trasera —dijo Dominic, volviendo a lo que les ocupaba.

—¿Es el Audi TT un buen coche, Enzo?

—Es alemán. Aquí fabrican buenos vehículos, hermano. Los Audi no son Mercedes, pero tampoco son Yugo. No creo haber visto nunca ninguno, salvo en *Motor Trend*. Pero sé qué aspecto tiene: redondeado, aerodinámico, propio de un coche rápido. Probablemente lo es, con las autopistas que tienen en este país. Dicen que conducir en Alemania es como participar en la Indy 500. No imagino realmente a un alemán con un coche lento.

—Parece lógico —dijo Brian, mientras examinaba la carta.

Los nombres de los platos estaban en alemán, naturalmente, pero con subtítulos en inglés. Los comentarios parecían dirigidos primordialmente a los británicos, más que a los norteamericanos. Allí había todavía bases de la OTAN, tal vez para protegerse de los franceses en lugar de los rusos, pensó Dominic, riendo para sus adentros. Aunque, a juzgar por la historia, los alemanes no precisaban mucha ayuda en dicho sentido.

—¿Qué le apetece, *mein Herr*? —preguntó el camarero, que acababa de reaparecer como transportado por el propio Scottie.

—En primer lugar, ¿puede decirme su nombre? —preguntó Dominic.

—Emil. *Ich heisse Emil.*

—Gracias. Yo comeré *Sauerbraten* y ensalada de patata.

—Para mí, un *Bratwurst* —dijo Brian a continuación—. ¿Le importa que le haga una pregunta?

—En absoluto —respondió Emil.

—¿Es una mezquita eso que se ve a lo largo de la calle? —preguntó Brian, mientras señalaba.

—Sí, señor.

—¿No es inusual? —insistió Brian.

—En Alemania hay muchos obreros turcos, que también son mahometanos. No comen *Sauerbraten* ni toman cerveza. No se llevan muy bien con nosotros, los alemanes, ¿pero qué le vamos a hacer? —respondió el camarero, encogiéndose de hombros, con sólo un mínimo indicio de asco.

—Gracias, Emil —dijo Brian, y el camarero volvió a retirarse de inmediato.

—¿Eso qué significa? —preguntó Dominic.

—No les gustan demasiado, pero no saben qué hacer al respecto, y puesto que son una democracia, como nosotros, tienen que ser amables con ellos. Al alemán medio de la calle no le caen demasiado bien esos «obreros importados», pero no supone ningún problema particularmente grave, salvo alguna pelea y cosas por el estilo. Sobre todo reyertas en los bares, por lo que tengo entendido. Por tanto, supongo que los turcos han aprendido a beber cerveza.

—¿Cómo sabes todas esas cosas? —preguntó Dominic, sorprendido.

—Hay un contingente alemán en Afganistán. Nuestros campamentos eran contiguos y charlé con algunos de sus oficiales.

—¿Son buenos?

—Son alemanes, hermano, y aquéllos no son reclutas, sino profesionales. Sí, son bastante buenos —aseguró Aldo—. Era un grupo de reconocimiento. Su preparación física es tan dura como la nuestra, conocen las montañas bastante bien y están bien entrenados en lo fundamental. Los suboficiales se llevaban de maravilla, a menudo se intercambiaban las gorras y los galones. También llevaban cerveza entre sus provisiones, de modo que eran bastante populares entre mi personal. ¿Sabes lo que te digo?, esta cerveza está riquísima.

—Como en Inglaterra. En Europa, la cerveza es una especie de religión, y todo el mundo va a la iglesia.

En ese momento, Emil apareció con el *Mittagessen*, el almuerzo, y ambos comprobaron que no estaba mal. Pero sin dejar de vigilar el edificio.

—Esta ensalada de patata es pura dinamita, Aldo —observó Dominic entre bocados—. Nunca había probado nada parecido. Mucho vinagre y azúcar, hace cosquillas en el paladar.

—No todo el buen pescado es italiano.

—Cuando volvamos a nuestro país, debo encontrar un restaurante alemán.

—Me parece bien. Mira, mira, Enzo.

No era su sujeto, pero sí su compañera, Trudl Heinz, idéntica a la foto de sus ordenadores, que salía del edificio. Era lo suficientemente atractiva para obligar a un hombre a volver fugazmente la cabeza, pero no una estrella de cine. En otra época, su cabello había sido rubio, pero a juzgar por su aspecto eso había cambiado a mitad de la adolescencia. Tenía unas bonitas piernas y un tipo por encima de lo común. Lástima que se hubiera apareado con un terrorista. Puede que él la hubiera elegido como parte de su tapadera, y sencillamente gozaba de los beneficios adicionales. A no ser que estuvieran platónicamente enamorados, cosa que parecía improbable. Los dos norteamericanos se preguntaron cómo la trataría, pero era imposible saberlo sólo con verla andar. Avanzó por el otro lado de la calle y pasó frente a la mezquita. Ahora no iba al templo.

—Se me ocurre... que si va a la iglesia, podemos pincharlo a la salida. Allí habrá mucha gente anónima —pensó Brian en voz alta.

—La idea no está mal. Esta tarde veremos si es muy religioso y cómo son los feligreses.

—Considerémoslo una posibilidad definitiva —respondió Dominic—. Primero acabemos el almuerzo y luego vayamos a comprar ropa que nos permita pasar más desapercibidos.

—De acuerdo —dijo Brian.

Consultó su reloj: las 14.00 horas. Las ocho de la mañana en su país. Sólo una hora de diferencia horaria desde Londres, fácil de superar.

Jack llegó más temprano que de costumbre, con su interés agudizado por lo que suponía una operación en progreso en Europa, y se preguntó qué revelaría ese día el tráfico de mensajes.

Resultó ser bastante rutinario, con algunos mensajes adicionales sobre la muerte de Sali. El MI5 había comunicado ciertamente su muerte a Langley, como resultado aparente de un infarto cardíaco, causado probablemente por una arritmia letal. Así constaba en el informe de la autopsia, y el cadáver había sido puesto a disposición de un bufete de abogados que representaba a la familia. Se estaban haciendo los preparativos para trasladar el cuerpo en avión a Arabia Saudí. El equivalente londinense de un equipo gubernamental secreto había registrado su casa, pero sin encontrar nada particularmente interesante. Eso incluía el ordenador de su despacho, de cuyo disco duro habían hecho una copia que ahora examinaban minuciosamente los informáticos, y más adelante mandarían los detalles. Jack sabía que aquello podía durar bastante. Era técnicamente posible descubrir los datos ocultos en un ordenador, pero en teoría también lo era desmantelar las pirámides de Gizeh piedra por piedra para comprobar qué se escondía bajo las mismas. Si Sali había sido suficientemente listo para ocultar información en espacios que sólo él conocía, o en un código del que él, únicamente, conocía la clave... podía ser difícil. ¿Había sido tan listo? Probablemente no, pensó Jack, pero sólo se sabría mirando, y de ahí que no dejaran de hacerlo. Con toda seguridad, se precisaría por lo menos una semana. Tal vez un mes, si aquel cabroncete era hábil con las claves y los códigos. Pero descubrir material oculto sólo serviría para confirmar que era un verdadero activista, en lugar de un simple enlace, y se le asignaría un equipo de la central de comunicaciones gubernamentales. Pero nadie descubriría lo que se había llevado a la fosa en su cabeza.

—Hola, Jack —dijo Wills a su llegada.

—Buenos días, Tony.

—Está bien tener entusiasmo. ¿Qué han averiguado sobre nuestro difunto amigo?

—No mucho. Probablemente hoy van a mandar el ataúd a su país, y el forense lo ha catalogado de ataque cardíaco. Por consiguiente, nuestros muchachos están limpios.

—El islamismo requiere que se disponga cuanto antes del cadáver y en una fosa anónima. De modo que cuando llegue desaparecerá, de forma definitiva. No habrá exhumación en busca de drogas, ni nada parecido.

—¿Entonces hemos sido nosotros? ¿Qué hemos utilizado? —preguntó Ryan.

—No lo sé, Jack, ni quiero saber si hemos tenido algo que ver con su inesperada muerte. No tengo ningún deseo de averiguarlo, y usted tampoco debería hacerlo.

—Tony, ¿cómo diablos puede hacer este trabajo y no sentir curiosidad? —preguntó el joven Jack.

—Uno aprende lo que es mejor no saber y a no especular sobre ese tipo de cosas —respondió Wills.

—Ya —exclamó dubitativamente Jack.

«Sí, claro, pero yo soy demasiado joven para esta mierda», se calló. Tony era bueno en lo que hacía, pero vivía encerrado en una caja. Ahora también lo hacía Sali, pensó Jack, y no era un lugar ideal. «Además, nosotros lo hemos aniquilado.» No sabía exactamente cómo. Podría preguntarle a su madre qué drogas o productos químicos existían para conseguir esos fines, pero no, no lo haría. Con toda seguridad, se lo contaría a su padre, que querría saber por qué su hijo había formulado semejante pregunta, y puede que incluso adivinara la respuesta. Por consiguiente, no, eso era impensable. Completamente imposible.

Ahora en posesión de los comunicados oficiales sobre la

muerte de Sali, Jack empezó a buscar mensajes interceptados por la NSA y otras fuentes interesadas.

En los mensajes del día no aparecía ninguna referencia adicional al emir. Había sido visto y no visto, y la única referencia anterior era la que Tony había encontrado. Asimismo, desde el piso superior habían denegado su petición, decepcionante pero previsiblemente, para realizar una búsqueda más global en los archivos de mensajes de Fort Meade y Langley. Incluso El Campus tenía sus limitaciones. Comprendía que en el piso superior no quisieran arriesgarse a que alguien se preguntara de quién procedía dicha solicitud y generar incógnitas sin encontrar ninguna respuesta. Pero todos los días circulaban millares de peticiones semejantes, ¿podía una más provocar semejante alarma? Sin embargo, decidió no preguntarlo. Sería absurdo que lo tomaran por un buscabullas tan al principio de su nueva carrera. No obstante, indicó a su ordenador que examinara todos los nuevos mensajes en busca de la palabra «emir», y si aparecía, registraría su ubicación para que su petición tuviera más fuerza en una próxima ocasión, si la había. Sin embargo, a su parecer, dicho título era indicativo de la identidad de una persona concreta, aunque la única referencia de la CIA fuera «probablemente una broma interna». Era la valoración de un analista decano de Langley, que tenía mucho peso en dicha comunidad y, por consiguiente, también en ese caso. Se suponía que El Campus era la organización que corregía los errores y las deficiencias de la CIA, pero debido a su escasez de personal, se veían obligados a aceptar muchas ideas de la institución supuestamente deficiente. En general, no era muy lógico, pero nadie se lo había consultado cuando Hendley fundó la organización, y por tanto, debía suponer que los dirigentes sabían lo que hacían. Pero como Mike Brennan le había dicho sobre el trabajo policial, la suposición es la madre de todas las meteduras de pata. También era un lema bien conocido en el FBI. Todo el mundo cometía errores, y la dimensión del error era directamente proporcional al nivel en el escalafón de quien lo cometía, aunque no les gustara que les recordaran esa verdad universal. Bueno, en realidad, a nadie le gustaba.

Compraron prendas de confección. En general, eran como las que uno compraría en Norteamérica, pero la suma de las diferencias, aunque individualmente sutiles, creaba un aspecto completamente diferente. Compraron también zapatos que hicieran juego con la ropa, y después de cambiarse en su hotel, salieron de nuevo a la calle.

Recibieron el aprobado cuando una alemana paró a Brian en la calle para preguntarle por el camino a la *Hauptbahnhoff*, a lo que respondió en inglés que no era del lugar y la mujer retrocedió con una sonrisa avergonzada, para dirigirse a otro transeúnte.

—Te ha preguntado por la estación principal de ferrocarril —explicó Dominic.

—¿Y por qué no coge un taxi? —preguntó Brian.

—Vivimos en un mundo imperfecto, Aldo, pero ahora debes parecer un buen alemán. Si alguien te pregunta cualquier cosa, limítate a responder «*Ich bin ein Ausländer*». Significa «soy extranjero», y eso te sacará del apuro. A continuación probablemente te repetirán la pregunta en un inglés más correcto que el que hayas oído jamás en Nueva York.

—¡Mira eso! —exclamó Brian, señalando los arcos dorados de un McDonald's.

A pesar de que les hizo más ilusión que la bandera norteamericana que ondeaba sobre el consulado, ninguno de ellos pensaba comer allí. La comida local era demasiado buena. Al anochecer, estaban de vuelta en el hotel Bayerischer, disfrutando de una buena cena.

—Bien, están en Munich y han visto su casa y la mezquita, pero no todavía al sujeto —dijo Granger, en su informe a Hendley—. Sin embargo, han vislumbrado a su compañera.

—¿Entonces todo progresa satisfactoriamente? —preguntó el senador.

—Nada de que quejarse hasta el momento. La policía alemana no se interesa por nuestro amigo. Su servicio de contraespionaje lo conoce, pero no tiene ningún caso abierto contra él. Han tenido ciertos problemas con los musulmanes en su país, y algunos están bajo vigilancia, pero ese individuo no ha aparecido todavía en su pantalla de radar. Y Langley no ha insistido. Sus relaciones con Alemania no son las mejores en este momento.

—¿Buenas noticias y malas noticias?

—Exactamente —asintió Granger—. No pueden facilitarnos mucha información, pero tampoco debemos preocuparnos de despistar a su escolta. Los alemanes son curiosos. Si uno no se mete en líos y todo está *in Ordnung*, se encuentra razonablemente a salvo. Pero si uno se pasa de la raya, pueden amargarle bastante la vida. Históricamente, sus policías son bastante buenos, pero no sus espías. Tanto los soviéticos como la Stasi tenían sus servicios ampliamente infiltrados y hoy todavía están pagando las consecuencias.

—¿Realizan operaciones clandestinas?

—Realmente no. Su cultura es demasiado legalista para ello. Forman gente honrada que obedece las reglas, y eso ejerce una influencia demoledora en las operaciones especiales, que fracasan de forma estrepitosa cuando ocasionalmente lo intentan. Apuesto a que el alemán medio paga incluso sus impuestos antes de la fecha de vencimiento y en su totalidad.

—Sus banqueros saben cómo desenvolverse en el juego internacional —objetó Hendley.

—Sí, bueno, tal vez porque los banqueros internacionales no reconocen realmente el concepto de lealtad a un país determinado —respondió Granger, metiendo un poco el dedo en la llaga.

—Lenin dijo en una ocasión que el único país que reconoce un capitalista es la tierra que pisa cuando hace un trato. En algunos casos es verdad —reconoció Hendley—. Por cierto, ¿ha visto esto? —agregó, mostrándole la solicitud de la planta baja para buscar a alguien llamado «emir».

El director de operaciones examinó el papel y se lo devolvió.

—Su caso no es muy convincente.

—Lo sé —asintió Hendley—. Ésa es la razón por la que lo he denegado. Pero... lo cierto es que instintivamente ha despertado su interés y ha tenido la lucidez de formular la pregunta.

—El chico es listo.

—Sí, lo es. Ésa es la razón por la que le dije a Rick que lo pusiera a trabajar en el mismo despacho que Wills, para que éste actuara como su oficial de entrenamiento. Tony es listo, pero no se sale demasiado de sus casillas. Así Jack puede aprender el oficio y al mismo tiempo sus limitaciones. Veremos hasta qué punto lo irritan. Si ese chico se queda con nosotros, puede que llegue lejos.

—¿Cree que tiene el potencial de su padre? —se preguntó Granger.

Jack padre había sido un rey del espionaje, antes de pasar a cosas de mayor envergadura.

—Sí, creo que puede llegar a serlo. En todo caso, esa cuestión del «emir» me parece esencialmente una buena idea por su parte. No sabemos mucho en cuanto a la forma de operar de la oposición. Lo que ocurre ahí es un proceso darwiniano, Sam. Los malos aprenden de sus antecesores y saben más, a costa nuestra. No van a ofrecerse voluntarios para que los eliminemos con un misil, ni intentarán convertirse en estrellas de la televisión. Tal vez sea bueno para el ego, pero fatal para la salud. Un grupo de gacelas no se dirige conscientemente hacia una manada de leones.

—Cierto —reconoció Granger, pensando en cómo su propio antepasado se había ocupado de los indios rebeldes, en el noveno de caballería, indicando que algunas cosas nunca cambiaban—. El problema, Gerry, es que sólo podemos especular respecto a su modelo de organización. Y la especulación no es conocimiento.

—Entonces deme su opinión —ordenó Hendley.

—Un mínimo de dos capas hasta la cabeza suprema, que puede ser un solo hombre o una junta. En este momento no lo sabemos, ni podemos saberlo. Y en cuanto a los activistas, podemos elminarlos a todos, pero es como cortar el césped. Se siega y sigue creciendo, hasta el infinito. Para matar una serpiente, lo mejor es cortarle la cabeza, todos lo sabemos. El truco consiste en encontrarla, porque es una cabeza virtual. Quienquiera que sea, o sean, Gerry, actúan de un modo muy parecido al nuestro. Ésa es la razón por la que hacemos una prueba de fuego, para comprobar qué se manifiesta. Y todo nuestro personal analítico está a la expectativa, tanto aquí como en Langley y en Meade.

—Sí, Sam, lo sé —dijo Hendley, con un suspiro de cansancio—. Y puede que aparezca algo. Pero hay que ser paciente. Probablemente la oposición descansa ahora al sol, con la satisfacción de habernos lastimado con la matanza de mujeres y niños...

—A nadie le gusta eso, Gerry, pero no olvide que incluso Dios tardó siete días en crear el mundo.

—¿Va a sermonearme? —preguntó Hendley, con los párpados entornados.

—Soy partidario del ojo por ojo, amigo, pero se precisa tiempo para encontrarlo. Debemos tener paciencia.

—Lo sé. Cuando Jack padre y yo hablábamos de la necesidad de crear un lugar como éste, yo era lo suficientemente bobo para pensar que podríamos solucionar rápidamente los problemas si tuviéramos la autoridad para hacerlo.

—Siempre seremos más rápidos que el gobierno, pero tampoco somos «El agente de CIPOL». El aspecto operativo apenas acaba de empezar. Hemos dado un solo golpe. Aún faltan otros tres, para tener expectativas de alguna reacción por parte del otro bando. Paciencia, Gerry.

—Sí, claro.

No mencionó que los cambios horarios tampoco ayudaban demasiado.

—¿Sabe?, hay otra cosa.
—¿De qué se trata, Jack? —preguntó Wills.
—Sería preferible que supiéramos qué operaciones se realizan. Eso nos permitiría centrar nuestra búsqueda de información de un modo ligeramente más eficaz.
—Se denomina «compartimentación».
—No, se denomina «mierda» —replicó Jack—. Si formamos parte del mismo equipo, podemos ayudar. Cosas que pueden parecer insignificantes adquieren otro aspecto si se conoce el contexto que surge de la nada. ¿No es cierto, Tony, que todo este edificio es supuestamente un mismo compartimento? Subdividirlo como en Langley no ayuda a hacer el trabajo, ¿o me pierdo algo?
—Comprendo su punto de vista, pero no es así como funciona el sistema.
—De acuerdo, sabía que diría eso, ¿pero cómo diablos podemos corregir los defectos de la CIA si lo único que hacemos es clonar su operación? —preguntó Jack.
Evidentemente —se dijo Wills a sí mismo—, no había ninguna respuesta fácil a aquella pregunta. Sencillamente no la había, y aquel joven lo había descubierto con excesiva rapidez. ¿Qué diablos había aprendido en la Casa Blanca? Indudablemente, había formulado muchas preguntas. Y escuchado las respuestas. E incluso reflexionado sobre las mismas.
—Lamento decepcionarlo, Jack, pero soy sólo su oficial de entrenamiento, no el pez gordo de la organización.
—Sí, lo sé. Discúlpeme. Supongo que me acostumbré a la capacidad que tenía mi padre de hacer que sucedieran las cosas, o por lo menos eso me parecía a mí. Aunque no a él, lo sé, no siempre. Puede que la impaciencia sea una característica familiar.
Doblemente, puesto que su madre como cirujana estaba acostumbrada a que las cosas sucedieran en su propio horario, lo que generalmente significaba «ahora mismo». No era fácil ser decisivo sentado frente a un ordenador, cosa que su padre probablemente había tenido que aprender en su momento, cuando Norteamérica estaba al alcance de los cañones de un enemigo realmente peligroso. Esos terroristas podían ser odiosos, pero no podían hacer ningún daño estructural grave en Norteamérica, aunque se había intentado en Denver. Esos individuos eran más parecidos a insectos que a vampiros...

¿Pero acaso no era cierto que los mosquitos podían transmitir la fiebre amarilla?

Al sur de Munich, en la ciudad portuaria de El Pireo, una gigantesca grúa levantó un contenedor de un barco y lo colocó sobre el remolque de un camión articulado. Una vez asegurada la carga, el camión Volvo salió del puerto con su contenedor, rodeó Atenas y prosiguió hacia el norte por las montañas griegas. Según la hoja de ruta, se dirigía a Viena, un largo trayecto sin paradas por buenas carreteras, para entregar un cargamento de café procedente de Colombia. Puesto que toda la documentación estaba en orden y pasó debidamente los controles de los códigos de barras, el personal de seguridad del puerto no consideró necesario llevar a cabo un registro. Se reunían ya los hombres necesarios para ocuparse de la parte del cargamento, cuyo destino no era el de mezclarse con agua y leche. Se precisaban bastantes manos para empaquetar una tonelada de cocaína en envoltorios listos para su consumo, pero disponían de una casa de una sola planta, comprada recientemente, para llevar a cabo dicha labor. A continuación saldría cada uno en su propio coche para distribuirla por toda Europa, aprovechando la ausencia de controles fronterizos internos, sistema que se había adoptado desde la formación de la Unión Europea. Con este cargamento se cumplía la palabra de uno de los socios, y el beneficio psicológico se veía recompensado por otro monetario. La operación prosiguió durante toda la noche, mientras los europeos dormían el sueño de los justos, incluso los que no tardarían en consumir la parte ilegal del cargamento, en cuanto se la suministrara algún traficante callejero.

Vieron al sujeto a las nueve y media de la mañana siguiente. Los mellizos estaban desayunando tranquilamente en otra *Gasthaus* a media manzana de donde trabajaba su amigo Emil cuando apareció Anas Ali Atef caminando decididamente por la calle, hasta acercarse a unos seis metros de ellos, que tomaban su café acompañado de tarta de manzana, entre una veintena aproximada de alemanes. Atef, con la mirada al frente y sin escudriñar discretamente la zona como lo haría un espía bien entrenado, no se percató de que lo vigilaban. Evidentemente se sentía seguro. Y eso era bueno.

—Ahí está nuestro chico —dijo Brian, que fue el primero en verlo.

Al igual que en el caso de Sali, no llevaba ningún letrero luminoso en la frente que lo identificara, pero era idéntico a la fotografía y acababa de salir del edificio apropiado. Gracias a su bigote era difícil confundirse. Vestía bastante bien. De no haber sido por el tono de su piel y su bigote, podría haber pasado por alemán. Al final de la manzana se subió a un tranvía con destino desconocido, pero que se dirigía al este.

—¿Alguna especulación? —preguntó Dominic.

—Va a desayunar con un amigo, o a planear la caída del oeste infiel, ¿cómo voy a saberlo?

—Sí, sería agradable tenerlo bien vigilado, pero no estamos aquí para llevar a cabo una investigación. Ese cretino ha reclutado por lo menos a un pistolero. Se ha ganado su puesto en la lista negra, Aldo.

—Lo sé, hermano —respondió Brian, dando por concluida esa conversación.

Ahora Anas Ali Atef no era más que un rostro para él y un trasero que pinchar con su pluma mágica. Más allá, era un individuo con el que Dios hablaría a su debido tiempo, aunque ésa era una jurisdicción que en aquel momento no incumbía a los mellizos.

—Si esto fuera una operación del FBI, en este momento habría un equipo en su casa para explorar por lo menos su ordenador.

—¿Y ahora qué? —preguntó Brian.

—Veremos si va a la mezquita y, si lo hace, lo fácil que sería aniquilarlo a la entrada o a la salida.

—¿No te da la impresión de que esto va un poco rápido? —pensó Brian en voz alta.

—Supongo que podríamos quedarnos en el hotel y hacernos una paja, pero eso cansa la muñeca.

—Supongo que tienes razón.

Al acabar el desayuno, dejaron dinero sobre la mesa, incluida una pequeña propina. Un exceso de generosidad los delataría seguramente como norteamericanos.

El tranvía no era tan cómodo como su coche, pero a la larga era más conveniente porque evitaba la necesidad de encontrar un lugar donde aparcar. Las ciudades europeas no habían sido diseñadas pensando en los automóviles. Tampoco en El Cairo, naturalmente, donde la congestión del tráfico podía ser increíble, incluso peor que allí, pero por lo menos Alemania disponía de transporte público fiable. Los trenes eran magníficos. La calidad de las líneas impresionó al individuo formado en Ingeniería hacía sólo unos pocos años. «¿Sólo unos pocos años?», pensó, con la sensación de que desde entonces había transcurrido una vida entera. Los alemanes eran gente curiosa. Soberbios, formales, y se consideraban superiores a todas las demás razas. Miraban con desdén a los árabes, y en realidad también a la mayoría de los demás europeos, y la única razón por la que abrían sus puertas a los extranjeros era porque se lo exigían sus leyes internas, impuestas sesenta años antes por los norteamericanos después de la segunda guerra mundial. Pero puesto que estaban obligados a hacerlo, lo hacían generalmente sin rechistar, porque esos locos obedecían la ley como si la hubieran recibido de manos del propio Dios. Eran las personas más dóciles que había conocido, pero su docilidad ocultaba una capacidad de violencia, de violencia organizada, como el mundo raramente había conocido. En una época grabada todavía en la memoria, se habían levantado para aniquilar a los judíos. Incluso habían convertido sus campos de la muerte en museos, pero unos museos donde los aparatos y herramientas indudablemente todavía funcionaban, como si estuvieran a la expectativa. Lástima que no pudieran doblegar la voluntad política para hacerlo.

Los judíos habían humillado su país en cuatro ocasiones diferentes, en una de las cuales habían matado a su hermano mayor, Ibrahim, cuando conducía un tanque soviético T-62 en el Sinaí. No lo recordaba. Era demasiado pequeño cuando sucedió y sólo conocía su aspecto por las fotografías, aunque su madre lloraba todavía en su memoria. Murió intentando concluir la labor que los alemanes habían empezado, pero fracasó al ser alcanzado por el cañón de un tanque norteamericano M60A1, en la cuarta guerra árabe-israelí. Eran los norteamericanos quienes protegían a los judíos. Los judíos norteamericanos gobernaban su país. Ésa era la razón por la que suministraban armas a sus enemigos, les facilitaban información secreta y les encantaba matar árabes.

Pero el fracaso de los alemanes en dicha labor no había moderado su soberbia; sencillamente la había encaminado en otra dirección. Lo percibía en el tranvía: las miradas fugaces de reojo, la anciana que se retiraba unos pasos de su lugar. Probablemente alguien limpiaría la barra de sujeción con desinfectante cuando se apeara, refunfuñó Anas para sus adentros. Por el alma del Profeta, aquella gente era realmente desagradable.

El trayecto duró otros siete minutos exactamente, y llegó el momento de apearse en Dom Strasse. Desde allí, sólo tenía que andar una manzana. Por el camino percibió otras miradas de reojo, la hostilidad en los ojos, o aún peor, las miradas que detectaban su presencia y seguían impasibles, como si hubieran visto un perro callejero. Sería agradable actuar aquí en Alemania, en el mismo Munich, pero sus órdenes eran concretas.

Su destino era un café. Fa'ad Rahman Yasin estaba ya allí, con un atuendo informal, como el de un obrero. Había muchos como él en el local.

—*Salaam aleikum* —saludó Atef.

—*Aleikum salaam* —respondió Fa'ad—. Aquí la repostería es excelente.

—Estoy de acuerdo —dijo Atef, hablando suavemente en árabe—. ¿Qué hay de nuevo, amigo mío?

—Nuestra gente está satisfecha con la semana pasada. Hemos dado una buena sacudida a los norteamericanos —dijo Fa'ad.

—No lo suficiente para que renieguen de los israelíes. Quieren a los judíos más que a sus propios hijos. Recuerda mis palabras. Y se ensañarán con nosotros.

—¿Cómo? —preguntó Fa'ad.

—Contra todo aquel que conozcan sus servicios de espionaje, pero eso sólo enardecerá a los fieles y los empujará hacia nuestra causa. Aunque no conocen nuestra organización. No saben siquiera cómo se llama.

Eso se debía a que su organización realmente no tenía nombre. Y, en este caso, el término «organización» describía simplemente una asociación de fieles.

—Espero que tengas razón. ¿Hay más órdenes para mí?

—Tu labor ha sido encomiable; tres de los hombres a los que reclutaste eligieron el martirio en Norteamérica.

—¿Tres? —preguntó Atef, agradablemente sorprendido—. Confío en que murieran dignamente.

—Fallecieron invocando el santo nombre de Alá. Eso debería ser suficiente. Por cierto, ¿tienes más reclutas para nosotros?

Atef tomó un sorbo de café.

—No exactamente, pero tengo a dos que se inclinan en esa dirección. Como bien sabes, no es cosa fácil. Incluso los más fieles quieren disfrutar de la buena vida.

Como evidentemente hacía él.

—Has trabajado bien para la causa, Anas. Es preferible asegurarse que exigirles demasiado. Tómate el tiempo necesario. Podemos ser pacientes.

—¿Hasta qué punto? —quiso saber Atef.

—Tenemos nuevos planes para Norteamérica, que causarán daños mayores. En esta ocasión hemos matado centenares. La próxima serán millares —prometió Fa'ad, con un destello en la mirada.

—¿Cómo, exactamente? —preguntó Atef de inmediato.

Podría haber sido, debería haber sido, oficial de planificación. Su formación como ingeniero era ideal para dicha labor. ¿Lo sabían ellos? Había personas en la organización que utilizaban los cojones para pensar, en lugar del cerebro.

—Eso, amigo mío, no estoy autorizado a revelarlo.

Porque no lo sabía, se dijo Fa'ad Rahman Yasin. No gozaba de suficiente confianza entre sus superiores en la organización, y se habría escandalizado de haberlo sabido.

«Probablemente ese hijo de puta tampoco lo sabe», pensó simultáneamente Atef.

—Se acerca la hora de la oración, amigo mío —dijo Anad Ali Atef, después de consultar su reloj—. Acompáñame. Mi mezquita está a sólo diez minutos de aquí.

Pronto sería la hora del Salat. Era una prueba para su colega, a fin de asegurarse de que era realmente fiel.

—Como tú digas.

Ambos se levantaron para dirigirse al tranvía, que quince minutos después paró a media manzana de la mezquita.

—Aleluya, Aldo —dijo Dominic.

Se habían dedicado a inspeccionar el barrio, sólo para familiarizarse con la zona, pero allí estaba ahora su amigo caminando por la calle, acompañado de alguien que debía de ser su propio amigo.

—¿Quién es el otro moro? —preguntó Brian.

—Nadie a quien conozcamos, y no podemos improvisar. ¿Estás listo? —preguntó Dominic.

—No te quepa la menor duda, hermano. ¿Y tú?

—Puedes estar completamente seguro —respondió Dominic, mientras el sujeto se les acercaba ahora a unos treinta metros de distancia, probablemente en dirección a la mezquita, situada a media manzana a su espalda—. ¿Qué opinas?

—Déjalo, mejor aniquilarlo a la salida.

—De acuerdo —respondió, mientras ambos volvían la cabeza hacia el escaparate de una sombrerería, y lo oyeron, casi lo *sintieron*, pasar—. ¿Cuánto crees que tardará?

—Yo qué sé. Hace un par de meses que ni siquiera yo voy a la iglesia.

—Estupendo —refunfuñó Brian—. Mi propio hermano es un apóstata.

Dominic reprimió una carcajada.

—Tú siempre has sido el monaguillo de la familia.

Efectivamente, Atef y su amigo entraron en la mezquita. Era la hora del rezo diario, el Salat, el segundo de los cinco pilares del islam. Se postrarían y se arrodillarían de cara a La Meca, susurrando frases predilectas del santo Corán como afirmación de su fe. Se quitaron los zapatos al entrar en el edificio, y a Yasin le sorprendió comprobar que aquella mezquita sufría influencia alemana. Había huecos individuales para sus zapatos en el muro del atrio, todos ellos debidamente numerados, para evitar la confusión... o el robo. Ésa era una infracción sumamente inusual en cualquier país musulmán, porque el islamismo castigaba severamente el robo, y perpetrarlo en la propia casa de Alá habría constituido un delito deliberado contra el propio Dios. A continuación, entraron en la mezquita propiamente dicha y expresaron su obediencia a Alá.

No duró mucho y fue una especie de renovación para el alma de Atef, que reafirmó sus creencias religiosas. La ceremonia había terminado. Regresó con su amigo al atrio, ambos recogieron sus zapatos y salieron a la calle.

No fueron los primeros en salir por las grandes puertas, y los demás habían puesto en guardia a los dos norteamericanos. Era sólo cuestión de comprobar hacia dónde se dirigían. Dominic escudriñaba la calle, en busca de algún policía o agente de seguridad, pero no vio ninguno. Apostaba a que el sujeto se dirigiría a su casa. Brian echó a andar en dirección contraria. Parecía que unas cuarenta personas habían asistido a la oración. A la salida se dispersaron, solos o en pequeños grupos. Dos de ellos se sentaron al volante de unos taxis, aparentemente suyos, y salieron en busca de clientes. Eso no incluía a ninguno de los demás feligreses, probablemente obreros que se desplazaban a pie o utilizaban el transporte público. No les pareció una actividad delictiva a los mellizos, que siguieron acercándose, pero sin demasiada prisa ni de forma excesivamente evidente. Entonces salieron el sujeto y su compañero.

Giraron a la izquierda, directamente hacia Dominic, que se encontraba a unos treinta metros de distancia.

Desde su perspectiva, Brian lo veía todo. Dominic se sacó la pluma dorada del bolsillo interior de la chaqueta, hizo girar discretamente la punta para cargarla y la sujetó con la mano derecha a modo de punzón. Se acercaba de frente a su sujeto...

En un sentido perverso, era hermoso observarlo. A sólo unos dos metros, Dominic pareció tropezar con algo y se precipitó sobre Atef. Brian no vio la punzada. Atef cayó al suelo junto con su hermano y el golpe habría enmascarado la molestia del pinchazo. El compañero de Atef los ayudó a ambos a levantarse. Dominic se disculpó y siguió su camino, mientras Brian seguía al sujeto. No había visto los últimos momentos de Sali, y eso sería interesante, en un sentido un tanto macabro. El sujeto caminó unos quince metros antes de detenerse de repente. Debió de decir algo, porque su compañero se volvió como para formular una pregunta y vio cómo Atef se desplomaba. Extendió un brazo para proteger su cara de la caída, pero entonces su cuerpo entero quedó flácido.

Su compañero estaba claramente atónito. Se agachó para comprobar qué le ocurría, primero intrigado, luego preocupado, y a continuación despavorido, mientras daba la vuelta al cuerpo postrado de su amigo y le hablaba a gritos. Aproximadamente entonces, Brian se cruzó con ellos. El rostro de Atef estaba tan sereno e inmóvil como el de una muñeca. Su cerebro permanecía activo, pero no podía siquiera abrir los ojos. Brian se detuvo un instante antes de seguir su camino, sin volver la cabeza, pero indicándole a un transeúnte alemán que alguien precisaba ayuda, y éste sacó inmediatamente el móvil de su bolsillo. Probablemente llamaría a una ambulancia. Al llegar a la siguiente esquina, Brian volvió la cabeza para observar y consultó su reloj. La ambulancia tardó seis minutos y medio en llegar. Los alemanes estaban realmente bien organizados. El enfermero le tomó el pulso, levantó la cabeza sorprendido y luego alarmado. Su acompañante sacó una caja del vehículo y, mientras Brian observaba, le colocaron a Atef una sonda y una mascarilla. Los dos enfermeros estaban bien entrenados; repetían claramente el proceso que habían practicado en la base, y probablemente usado muchas veces en la calle. Dada la urgencia del caso, en lugar de introducir a Atef en la ambulancia, lo trataron lo mejor que pudieron sin moverlo de la acera.

Brian vio por su reloj que habían transcurrido diez minutos. Atef ya estaba cerebralmente muerto, y no había que darle más vueltas. El oficial de marines giró a la izquierda, caminó hasta la siguiente esquina, donde cogió un taxi, e intentó pronunciar el nombre del hotel, pero el taxista lo dedujo. Dominic estaba en el vestíbulo cuando llegó. Se dirigieron juntos al bar.

Lo bueno de eliminar a alguien cuando acababa de salir de un templo era que podían estar razonablemente seguros de que no iría al infierno. Por lo menos, eso sería algo sobre lo que no deberían tener remordimientos de conciencia. La cerveza también ayudaba.

Capítulo veinte

EL SONIDO DE LA CAZA

Munich, 14.26 horas; las 8.26 en El Campus, hora de la costa Este de Estados Unidos. Sam Granger había acudido a la oficina temprano y se preguntaba si encontraría algún e-mail. Los mellizos trabajaban de prisa. No actuaban con temeridad, pero aprovechaban bien la tecnología que les habían suministrado y no se dedicaban a derrochar el tiempo ni el dinero del Campus. Por supuesto, ya había preparado los detalles del objetivo número tres; estaban codificados y a punto para enviarlos por internet. A diferencia de Sali en Londres, no esperaba recibir una confirmación «oficial» del fallecimiento por parte del servicio alemán de inteligencia, el Bundesnachrichtendienst, que no había prestado demasiada atención a Anas Ali Atef. Tal vez se ocuparía del asunto la policía local de Munich, aunque era más probable que el caso acabara en manos del juez de instrucción local: otro infarto en un país cuyos ciudadanos fumaban demasiado y consumían demasiados alimentos ricos en grasas.

El correo electrónico que llegó a las 8.43 desde el ordenador de Dominic relataba la operación con mucho detalle, casi tanto como en un informe oficial de investigaciones para el FBI. Probablemente, la proximidad de un amigo de Atef había sido una ventaja. Cabía suponer que, al haber presenciado la muerte un enemigo, el fallecimiento del objetivo no generaría la menor sospecha. No obstante, El Campus procuraría obtener el informe oficial del forense sobre la muerte de Atef para salir de dudas, aunque no sería fácil conseguirlo.

En el piso inferior, Ryan y Wills no sabían nada al respecto. Jack tardó más de una hora en revisar las comunicaciones entre los distintos servicios de inteligencia norteamericanos, y a continuación, se dedicó a repasar todos los mensajes enviados por internet a o desde direcciones con vínculos conocidos con el terrorismo. La inmensa mayoría de los mensajes eran tan rutinarios que parecían intercambios entre un marido y su esposa sobre qué necesitaban del supermercado. Algunos podían tratarse de importantes comunicados secretos, pero era imposible saberlo sin un programa especializado o una hoja de códigos. Por lo menos uno de los terroristas había hecho referencia al «clima caluroso» en un lugar de interés para sus compañeros, refiriéndose a la intensidad de las medidas de seguridad, pero había enviado el mensaje en julio, cuando efectivamente hacía mucho calor, y además, el FBI había registrado aquella nota, y por el momento no había dado fruto alguno. Sin embargo, esa mañana había un mensaje que llamó inmediatamente la atención de Jack.

—Oiga, Tony —dijo—, creo que debería echar un vistazo a este correo.

El destinatario era su viejo amigo 56MoHa@eurocom.net, y el contenido del mensaje confirmaba su identidad como enlace informativo de los malos: «Atef ha muerto. Murió ante mis propios ojos, aquí, en Munich. Llamaron a una ambulancia y lo atendieron en la calle, pero falleció en el hospital de un ataque al corazón. Necesito instrucciones. Fa'ad.» La dirección del remitente era Honeybear@ostercom.net, que no se encontraba aún en la lista de Jack.

—¿Honeybear? —comentó Wills con una carcajada—. Este tipo debe de dedicarse a ligar por internet (1).

—Qué más da que se dedique al cibersexo, Tony, si acabamos de cargarnos a un tipo llamado Atef en Alemania, ésta es la confirmación de la noticia y, además, tenemos un nuevo objetivo que rastrear —dijo Ryan y se concentró de nuevo en la pantalla del ordenador, en busca de fuentes—. Aquí está, la NSA también se ha fijado en la noticia. Quizá sospechen que se trate de un activista.

—Tiene mucha imaginación —comentó Wills lacónicamente.

—¡Y un cuerno! —respondió Jack, en un arrebato inusitado de ira. Empezaba a comprender la desesperación que sentía su

(1) Apelativo cariñoso que podría traducirse por «osito de peluche». *(N. del t.)*

padre hacia los informes de inteligencia que le entregaban en el Despacho Oval—. Maldita sea, Tony, ¿qué otra confirmación necesita?

—Tranquilo, Jack —respondió Wills en tono calmado, tras un profundo suspiro—. Sólo tenemos una fuente de esta información, un relato de algo que quizá sucedió o quizá no. No hay que echar las campanas al vuelo hasta que una fuente reconocida confirme la información. El tal Honeybear podría ser muchas cosas, pero no podemos afirmar si se trata de uno de los buenos o de los malos.

Por su parte, Jack hijo se preguntaba si su oficial de instrucción lo estaba poniendo a prueba de nuevo.

—De acuerdo —dijo—, vamos a analizarlo. Estamos prácticamente convencidos de que 56MoHa es un activista de campo, probablemente encargado de operaciones de los malos. Lo hemos buscado en internet desde que llegué, ¿no es así? Y ahora peinamos las ondas y aparece este mensaje dirigido a él, justo cuando sospechamos que tenemos un equipo de asalto sobre el terreno. A menos que quiera insistir en que Uda bin Sali sufrió un infarto de miocardio en las calles de Londres, mientras pensaba en su puta favorita. Y que los servicios de seguridad ingleses se interesaron tanto por el asunto porque no fallece en la calle un presunto banquero terrorista todos los días. ¿Me he dejado algo?

—No ha estado mal su presentación —respondió Wills con una sonrisa—. Anda un poco escaso de pruebas, pero su razonamiento está bien organizado. ¿Cree que debería contárselo a los de arriba?

—Sí, Tony. Creo que debería subir corriendo y contárselo en seguida —asintió Ryan, tratando de reprimir su creciente enfado.

«Respira hondo y cuenta hasta diez.»

—Está bien, eso haré.

Cinco minutos más tarde, Wills entró en el despacho de Rick Bell y le entregó dos documentos.

—Rick, ¿tenemos un equipo activo en Alemania? —preguntó Wills.

La respuesta no le sorprendió en absoluto.

—¿Por qué lo pregunta? —dijo Bell, con una cara de póquer que habría impresionado a una estatua de mármol.

—Lea —sugirió Wills.

—Joder —exclamó el analista en jefe—. ¿Quién ha pescado esto del océano electrónico?

—¿Quién cree? —respondió Tony.

—No lo hace nada mal, el muchacho —dijo Bell, mirando fijamente a su interlocutor—. ¿Cuánto sospecha?

—Si estuviéramos en Langley, mucha gente se estaría poniendo nerviosa.

—¿Más o menos como usted?

—Algo por el estilo —respondió Wills—. Utiliza bien la imaginación, Rick.

—Bueno —declaró Bell con una mueca—, tampoco era tan difícil de imaginar.

—Rick, Jack ata cabos tan rápido como un ordenador distingue un cero de un uno. ¿Está en lo cierto, verdad?

—¿Usted qué cree? —respondió Bell, tras hacer una pausa de un par de segundos.

—Creo que sin duda se cargaron al tal Sali y que ésta ha sido la segunda misión. ¿Cómo lo están haciendo?

—Realmente no quiere saberlo. No es tan limpio como parece —contestó Bell—. El tal Atef era reclutador. Envió por lo menos a uno de los tipos de Des Moines.

—Eso es motivo suficiente —decidió Wills.

—Sam opina lo mismo. Le pasaré esto. ¿Qué sigue?

—Tendremos que fijarnos más en el tal MoHa. Quizá logremos localizarlo —dijo Wills.

—¿Tiene alguna idea de dónde se encuentra?

—Parece que en Italia, pero en la bota vive mucha gente. Hay muchas grandes ciudades con sus correspondientes ratoneras. Sin embargo, Italia es un buen lugar para él. Es una ubicación céntrica, con vuelos a todas partes. Y los terroristas no han actuado últimamente allí, de modo que nadie se está dedicando a buscarlos intensamente.

—¿No pasa lo mismo en Alemania, Francia y el resto del centro de Europa?

—Así es —asintió Wills—. Parece que serán ellos los siguientes, pero creo que no se han dado cuenta de la magnitud del problema; están utilizando la táctica del avestruz.

—Así es —afirmó Bell—. ¿Y qué quiere hacer con su alumno?

—¿Con Ryan? Buena pregunta. No cabe duda de que aprende rápido. Se le da especialmente bien atar cabos —pensó en voz alta Wills—. A veces se deja llevar por la imaginación, pero en el caso de un analista, quizá eso no sea tan malo.

—¿Qué nota le pone, de momento?

—Un ocho, quizá un nueve, aunque hay que recordar que es nuevo. Todavía no es tan bueno como yo, pero yo me dedicaba a esto antes de que él naciera. Tiene futuro, Rick. Llegará lejos.

—¿Tan bueno es? —preguntó Bell.

Tony Wills tenía fama de ser un analista conservador y precavido, uno de los mejores que habían salido de Langley.

—Así es —asintió Wills.

También tenía fama de ser escrupulosamente honesto. Era cuestión de carácter, pero podía permitirse serlo. En El Campus pagaban mejor que en cualquier otra institución gubernamental. Sus hijos ya eran mayores. El más joven estaba en el último año de Física en la Universidad de Maryland, y después de eso, Betty y él podrían dedicarse a pensar en el siguiente gran paso de sus vidas, aunque Wills estaba a gusto y no tenía prisa por dejar El Campus.

—Pero no le comente que yo se lo he dicho —añadió.

—¿Es un engreído?

—No, la verdad es que no. Pero no quiero que empiece a pensar que ya lo sabe todo.

—Nadie con dos dedos de frente piensa eso —dijo Bell.

—Así es —respondió Wills—, pero ¿por qué arriesgarse?

Wills se dirigió a la puerta, pero Bell no sabía qué hacer con el joven Ryan. Tendría que comentárselo al senador.

—Próxima parada, Viena —informó Dominic a su hermano—. Tenemos otro objetivo.

—¿No te parece que, a este paso, pronto nos quedaremos sin trabajo? —se preguntó Brian en voz alta.

—¡Vaya! —exclamó su hermano con una carcajada—, hay suficientes tipejos en Norteamérica para mantenernos ocupados durante el resto de nuestras vidas.

—Tienes razón. Y se ahorrarían dinero; podrían prescindir de los jueces y los jurados.

—No me llamo Harry *el Sucio*, pedazo de zoquete.

—Y yo tampoco soy un gran general de los marines aún. ¿Cómo iremos? ¿En avión, en tren, o quizá en coche?

—En coche sería divertido —dijo Dominic—. Me pregunto si podremos alquilar un Porsche.

—Vaya por Dios —refunfuñó Brian—. Bueno, desconecta de una vez para que pueda descargar el archivo.

—Claro. Voy a ver qué nos consigue el conserje —respondió, y salió de la habitación.

—¿Es ésta la única confirmación que hemos recibido? —preguntó Hendley.

—Así es —asintió Granger—. Pero se corresponde exactamente con lo que nos contaron los hombres que se encuentran sobre el terreno.

—Se están precipitando. ¿Qué pasa si los enemigos empiezan a hacerse preguntas? ¿Dos ataques al corazón en menos de una semana?

—Gerry, le recuerdo que esta misión es una prueba de fuego. No nos importa poner un poco nerviosos a los enemigos, pero no tardará en apoderarse de ellos la arrogancia y lo achacarán a una desgraciada casualidad. Si esto fuera una serie de televisión o una película, imaginarían que la CIA estaba jugando duro, pero esto no es el cine y saben que la CIA no hace cosas así. Quizá las haga el Mossad, pero ya desconfían lo bastante de los israelíes. Por cierto —añadió Granger—, ¿cree que fueron ellos los que se cargaron al agente del Mossad en Roma?

—No le pago para que haga conjeturas, Sam.

—Pero es posible —insistió Granger.

—También es posible que la mafia se cargara a aquel pobre desgraciado porque lo confundieron con otro mafioso que les debía dinero. Pero no apostaría mi casa.

—Sí, señor —respondió Granger, y regresó a su despacho.

Mohammed Hassan Al-Din se encontraba en Roma, en el hotel Excelsior, tomando una taza de café y trabajando en su ordenador. Lo de Atef era una mala noticia; era un buen reclutador, con una combinación precisa de inteligencia, credibilidad y compromiso que le permitía convencer a otros de unirse a la causa. Quiso embarcarse él mismo en misiones activas, para matar al enemigo y convertirse en un mártir, y quizá lo habría hecho bien, pero un hombre capaz de reclutar a otros era más valioso que alguien dispuesto a sacrificar su propia vida. Era cuestión de matemáticas, y un ingeniero como Atef tendría que haberlo entendido. ¿Qué era lo que le pasaba? ¿No era un hermano suyo, al que habían matado los israelíes en 1973? No era habitual que el rencor persistiera durante tantos años, ni siquiera en su organización, pero tampoco era inaudito. Sin embargo, Atef ya se había reunido con su hermano en el paraíso. Eso era bueno para él, pero malo para la organización. Así estaba escrito, pensó Mohammed para consolarse, y así tenía que suceder, pero la lucha continuaría hasta que el último de sus enemigos estuviera muerto.

Sobre la cama había un par de teléfonos clonados que podía utilizar sin miedo a que intervinieran la llamada. ¿Debía llamar al emir para contarle lo sucedido? Tendría que pensarlo. Anas Ali Atef había sido el segundo en padecer un infarto en menos de una semana, y ambos eran hombres jóvenes, lo cual no dejaba de ser insólito. Sin embargo, Fa'ad se encontraba junto a Anas Ali cuando sucedió, y no le había disparado ni envenenado ningún agente de inteligencia israelí. Además, pensó Mohammed, un judío los habría matado a ambos, y la presencia de un testigo directo parecía descartar la posibilidad de un atentado. Por otra parte, Uda era muy aficionado a las prostitutas y no era el primer hombre en morir por culpa de esa debilidad de la carne. No debía de ser más que una lamentable coincidencia y, por consiguiente, no justificaba una llamada urgente al emir en persona. Sin embargo, tomó nota de ambos incidentes, los guardó en un archivo codificado y apagó el ordenador. Le apetecía dar un paseo. Hacía un día muy agradable en Roma, demasiado caluroso para los europeos, pero a él le recordaba a la cálida brisa de su tierra. Al final de la calle había un restaurante encantador, cuya comida italiana no era nada del otro mundo, pero allí incluso la comida mediocre era mejor que en muchos restaurantes de postín de todo el mundo. Las mujeres italianas deberían estar todas obesas, pero padecían la misma enfermedad que todas las mujeres occidentales: la delgadez. Algunas incluso parecían niños famélicos africanos, con aspecto de muchachos adolescentes en vez de mujeres maduras y experimentadas. Era lamentable. En vez de sentarse a comer, Mohammed cruzó la vía Veneto para sacar mil euros del cajero automático. El euro había facilitado mucho los desplazamientos en Europa (alabado sea Alá). Aún no había adquirido la misma estabilidad que el dólar norteamericano, pero con un poco de suerte no tardaría en hacerlo, y entonces, sus viajes serían aún más cómodos.

Era difícil no enamorarse de Roma. La ubicación de la ciudad era ideal, tenía un carácter cosmopolita, estaba llena de extranjeros y de gente hospitalaria, dispuesta a actuar con reverencia y servilismo a cambio de dinero, revelando así su naturaleza de campesinos. Era una buena ciudad para las mujeres, y en ella había una oferta comercial con la que Riyadh no podría competir jamás. A su madre, que era inglesa, le había encantado Roma por motivos evidentes: buena comida, buen vino y un patrimonio histórico que antecedía al mismísimo Profeta, la paz y las bendiciones sean con él. Muchos habían muerto allí a manos de los emperadores, masacrados en el anfiteatro de Flavio para entretener al público, o asesinados porque habían ofendido de algún modo al césar. Es probable que las calles de Roma fueran muy tranquilas durante la época imperial. ¿Qué mejor forma de asegurar la paz que aplicar las leyes sin piedad? Incluso los débiles conocerían las consecuencias de las transgresiones. Así sucedía en su tierra, y esperaba que siguiera así tras la caída de la familia real, ya fuera por asesinato o por un exilio forzoso en Inglaterra o en Suiza, donde el dinero y los títulos de sus miembros les permitirían vivir cómoda e indolentemente hasta el final de sus días. Mohammed y sus compañeros se conformarían con cualquiera de las dos opciones, a condición de que no siguieran gobernando en su país, fomentando la corrupción, rindiendo pleitesía a los infieles y vendiéndoles el crudo a cambio de dinero, gobernando el país como si fueran los mismísimos hijos del Profeta. No durarían mucho más. Su odio por los norteamericanos palidecía ante el aborrecimiento que sentía por los gobernantes de su propio país. Pero Estados Unidos era el objetivo principal por su poder, que a veces ejercían los mismos norteamericanos y a veces lo traspasaban a otros para que lo ejercieran a favor de los intereses imperiales de Norteamérica. Estados Unidos amenazaba todo lo que él valoraba: era un país de infieles, benefactor y protector de los judíos. Estados Unidos había invadido su propio país y había instalado allí tropas y armas, sin duda con el objetivo final de subyugar a todo el islam y controlar así a mil millones de fieles, por sus intereses mezquinos y cortos de miras. Dañar Estados Unidos se había convertido en su obsesión. Ni siquiera los israelíes eran un objetivo tan atractivo. A pesar de sus actos sanguinarios, los judíos no eran más que instrumentos de los norteamericanos, lacayos que cumplían las órdenes de Estados Unidos a cambio de dinero y de armas, sin saber siquiera que los estaban utilizando con cinismo. Los chiítas iraníes tenían razón: Norteamérica era el Gran Satán, el mismísimo Iblis, tan poderoso que no era fácil asestarle un golpe decisivo y, sin embargo, su misma maldad lo hacía vulnerable ante las fuerzas justas de Alá y sus fieles.

El conserje del hotel Bayerischer se había lucido —pensó Dominic— al conseguirles un Porsche 911 en cuyo maletero delantero apenas cabían sus maletas. Era lo que necesitaban, mejor que un Mercedes alquilado con un motor pequeño. El 911 tenía agallas, y a Brian le tocaría lidiar con los mapas, mientras cruzaban los Alpes hacia el sur, rumbo a Viena. El hecho de que se dirigieran al sur para matar a alguien no le preocupaba de momento; estaban sirviendo a su país, y ése era el mayor honor al que podían aspirar.

—¿Necesitaré casco? —preguntó Brian mientras entraba en el coche, lo cual prácticamente equivalía a descender al nivel de la acera.

—Conmigo al volante, no, Aldo. Vámonos, hermanito, ha llegado el momento de entrar en acción.

El coche era de un color azul espantoso, pero el depósito estaba lleno, y el motor de seis cilindros estaba perfectamente afinado. A los alemanes les gustaba que todo estuviera *in Ordnung*. Brian indicó la ruta para salir de Munich, y cuando cogieron la *Autobahn* hacia Viena, Enzo decidió comprobar lo rápido que era en realidad el Porsche.

—¿Cree que van a necesitar ayuda? —preguntó Hendley a Granger, a quien acababa de llamar a su despacho.

—¿A qué se refiere? —respondió Sam, plenamente consciente de que hablaban de los hermanos Caruso.

—Me refiero a que no tienen mucho apoyo de información e inteligencia —señaló el antiguo senador.

—La verdad es que jamás nos lo habíamos planteado.

—Exacto —afirmó Hendley, recostándose en la butaca—. De algún modo, están trabajando a oscuras. Ninguno de los dos tiene mucha experiencia en el campo de la inteligencia. ¿Qué pasa si se cargan a la persona equivocada? No es probable que los atrapasen si lo hicieran, pero eso podría minarles la moral. Recuerdo a un tipo de la mafia, creo que estaba encerrado en la penitenciaría federal de Atlanta. Se cargó a un pobre desgraciado pensando que quería matarlo a él, pero resultó que era el tipo equivocado, y el mafioso se desmoralizó. Acabó cantándolo todo y así logramos penetrar por primera vez en los entresijos de la mafia, ¿no lo recuerda?

—Sí, en efecto. Era un matón de la mafia llamado Joe Valachi, pero no olvide que en aquel caso se trataba de un criminal.

—Mientras que Brian y Dominic son de los buenos, de modo que el sentimiento de culpa podría afectarles aún más. Quizá no sea mala idea suministrarles algún apoyo de inteligencia.

—Comprendo la necesidad de mejorar la evaluación de inteligencia —respondió Granger, con cierta expresión de sorpresa—, y reconozco que esta «oficina virtual» tiene sus limitaciones. No pueden hacernos preguntas al instante, pero si tienen alguna duda importante, pueden consultarnos por internet.

—Cosa que no han hecho todavía —señaló Hendley.

—Gerry, sólo han completado dos etapas de la misión. No creo que sea momento de alarmarse aún. Ambos son agentes inteligentes y muy hábiles. Por eso los elegimos; saben pensar por sí mismos y eso es precisamente lo que necesitamos de nuestros agentes de operaciones.

—No sólo estamos haciendo conjeturas, sino que estamos proyectando nuestras conjeturas hacia el futuro. ¿Le parece eso una buena idea? —replicó Hendley, que había aprendido a defender sus opiniones en las cámaras legislativas y había desarrollado una eficacia infalible.

—Sé que las conjeturas siempre son negativas, Gerry, pero también lo son las complicaciones. ¿Cómo sabremos que estamos enviando al hombre adecuado? ¿Y qué pasa si sólo logramos aumentar la confusión y la incertidumbre? ¿Es eso lo que queremos?

Granger pensó que Hendley padecía un síndrome habitual entre los legisladores. Era fácil ahogar cualquier iniciativa con un exceso de celo supervisor.

—Lo que digo es que sería una buena idea contar con alguien sobre el terreno que pudiera ofrecer una perspectiva diferente, que respondiera con otra actitud ante la información que reciben. Reconozco que los hermanos Caruso son muy buenos, pero carecen de experiencia. Sería importante contar con alguien más, que ofreciera una visión alternativa de los hechos y de la situación.

—De acuerdo —respondió Granger, que empezaba a sentirse acorralado—, reconozco la lógica de su propuesta, pero sigo pensando que no necesitamos complicar más la operación.

—Entendido, pero piense qué pasaría si sucediera algo para lo que no estuvieran preparados. En ese caso necesitarían una segunda opinión, o como quiera llamarlo, respecto a los datos de los que dispongan. Así será menos probable que yerren sobre el terreno. Lo que más me preocupa es que lleguen a cometer un error que resulte fatal para algún pobre inocente y eso afecte el modo en que cumplan sus misiones en el futuro. Los sentimientos de culpa y de remordimiento podrían llevarlos a replanteárselo todo. ¿Cree que estamos en condiciones de descartar por completo esa posibilidad?

—Quizá no por completo, pero eso también significaría añadir un factor adicional a la ecuación, que podría recomendar un no cuando la mejor opción fuera un sí. Es fácil decir que no, pero no siempre es lo mejor. Es posible pecar de exceso de precaución.

—Yo no lo creo.

—Está bien. ¿Y a quién cree que debemos enviar? —preguntó Granger.

—Vamos a pensarlo. Debería ser alguien a quien conozcan y en quien confíen —dijo, dejando el comentario en el aire.

Hendley había logrado poner nervioso a su jefe de operaciones. Tenía una idea fija, y sabía que era el jefe del Campus; dentro de aquel edificio su palabra era la ley y no se podía recurrir a instancias superiores. Si Granger seleccionaba a alguien para esa nueva tarea, más valía que fuera alguien que no fuera a fastidiarlo todo.

La *Autobahn* era un alarde de ingeniería impresionante, incluso brillante. Dominic se preguntó quién la habría creado. En seguida pensó que tenía aspecto de llevar algún tiempo allí. Y que unía Alemania y Austria. ¿Podría esa autopista ser obra de Hitler? ¡Qué curioso! En cualquier caso, allí no había límite de velocidad, y los seis cilindros del motor del Porsche rugían como un tigre que acechaba una dosis de carne fresca. Los conductores alemanes eran increíblemente educados. Bastaba con hacerles señales con las largas para que se apartaran del carril como si hubieran recibido un mandato divino. No se parecía en absoluto a Estados Unidos, donde lo más normal era encontrarse con una viejecita en un coche vetusto que ocupaba el carril de la izquierda porque era zurda y porque disfrutaba obstaculizando a los maníacos en sus Corvettes. Las salinas de Bonneville no debían de ser mucho más divertidas que aquella carretera.

Mientras, Brian se esforzaba por no poner cara de pánico. De vez en cuando cerraba los ojos y se acordaba de los vuelos rasantes con los marines, por los puertos de montaña de la sierra Nevada, que a menudo realizaban en helicópteros CH-46 que tenían más años que él. Si entonces no había muerto, tampoco era probable que lo hiciera en ese viaje, y además, como oficial de los marines no podía mostrar señal alguna de miedo o debilidad. Por otra parte, no podía negar que era emocionante. Era como montar en la montaña rusa sin la barra protectora. Pero veía que Enzo se estaba divirtiendo como nunca, y se consoló al pensar que llevaba el cinturón de seguridad puesto y que el pequeño coche alemán en el que viajaban debía de ser obra de los mismos ingenieros que habían diseñado el carro de combate Tiger. El momento más aterrador fue el paso de las montañas, y cuando llegaron a una zona agrícola, con menos curvas y accidentes geográficos, dio gracias a Dios.

Entonces Dominic empezó a cantar el tema principal de la película *Sonrisas y lágrimas*, con una voz espantosa.

—Si cantas así en la iglesia, Dios te fulminará con un rayo —le advirtió Brian, mientras buscaba el mapa y el callejero para cuando llegaran a Wien, nombre que daban sus habitantes a la ciudad de Viena.

La ciudad resultó ser un laberinto de calles tortuosas. La capital de Austria, de Osterreich, era anterior a la llegada de las legiones romanas, y no había una sola calle con un tramo lo bastante derecho como para permitir la marcha militar de una legión frente al *tribunus militaris*, para celebrar el natalicio del emperador. El mapa revelaba dos carreteras de circunvalación, que probablemente señalaban la ubicación de las murallas medievales; los otomanos habían acudido en más de una ocasión, tratando de convertir Austria en parte de su imperio, pero aquel episodio de la historia militar no había formado parte de su currículum en la academia de los marines. Austria era un país católico, como lo habían sido los Habsburgo que gobernaron el país, pero eso no había impedido que los austríacos exterminaran a la próspera y destacada comunidad judía que convivía con ellos cuando Hitler absorbió a Osterreich como parte del gran Reich alemán. La unión se llevó a cabo tras el plebiscito Anschluss, en 1938. Hitler había nacido allí y no en Alemania, como suponía mucha gente, y los austríacos demostraron cierta lealtad hacia el dictador, cuando se convirtieron en nazis más fervientes que el propio Führer. Por lo menos, eso se deducía de la historia objetiva del país, aunque quizá no de la que contaban los mismos austríacos. Era el único país del mundo en el que *Sonrisas y lágrimas* no había sido un éxito de taquilla, quizá por su visión crítica de los nazis.

A pesar de ello, Viena ofrecía su aspecto más tradicional: el de una antigua ciudad imperial con avenidas anchas, llenas de árboles, arquitectura clásica y unos habitantes extraordinariamente bien vestidos. Brian condujo hasta el hotel Imperial, en la calle Kartner; el edificio parecía formar parte del mismo conjunto que el conocido palacio de Schonbrunn.

—Tendrás que reconocer que nos alojan en lugares agradables, Aldo —comentó Dominic.

El interior era aún más impresionante, con ornamentos chapados en oro y madera lacada, que parecían ser obra de los mejores artesanos florentinos del Renacimiento. El vestíbulo no era muy espacioso, pero el mostrador de recepción era inconfundible, gracias en parte al ejército de empleados, cuyo atuendo era el equivalente en el mundo de los hoteles del uniforme de gala de los marines.

—Buenos días —los saludó el conserje—. ¿Los señores Caruso?

—Así es —respondió Dominic, desconcertado por la percepción extrasensorial del conserje—. Creo que tienen una reserva a mi nombre y al de mi hermano.

—Efectivamente, señor —respondió el conserje, con una decidida voluntad de servicio. Utilizaba un inglés digno de Harvard—. Dos habitaciones intercomunicadas que dan a la calle.

—Excelente —declaró Dominic, y le entregó su tarjeta American Express negra.

—Gracias.

—¿Hay algún mensaje para nosotros? —preguntó Dominic.

—No, señor —le aseguró el conserje.

—¿Podría el mozo ocuparse de nuestro coche? Es alquilado y no estoy seguro de si lo conservaremos o no.

—Por supuesto, señor.

—Gracias. ¿Podemos ver las habitaciones?

—Sí. Se encuentran en el primer piso. Disculpe, en lo que ustedes los norteamericanos llaman el segundo piso. Franz —llamó.

El botones también hablaba un inglés impecable.

—Caballeros, síganme por favor.

No se dirigieron al ascensor, sino a una escalinata enmoquetada en rojo, presidida por el retrato de cuerpo completo de un personaje con aspecto de ser muy importante, ataviado con su uniforme militar blanco y con un mostacho imponente.

—¿Y quién es? —preguntó Dominic al botones.

—Es el emperador Francisco José, señor. Visitó el hotel para su inauguración, en el siglo XIX.

—Entiendo.

Eso explicaba los aires de grandeza del personal, aunque sin duda el lugar tenía clase. Eso era innegable.

Cinco minutos más tarde se habían instalado ya en sus habitaciones. Brian se acercó a la de su hermano.

—Santo cielo, la residencia para invitados de la Casa Blanca no es tan impresionante como este lugar.

—¿Tú crees?

—No es que lo crea, es que lo *sé*. Estuve allí cuando el tío Jack me invitó, después de recibir el grado de oficial. No es cierto, fue después de pasar por la academia de entrenamiento básico. Joder, este lugar es alucinante. Me pregunto cuánto cuesta.

—¿Qué más da? Lo hemos pagado con la tarjeta, y nuestro amigo se encuentra en el Bristol. Es divertido cazar a esos ricachones, ¿no crees?

Y con ese comentario se concentraron de nuevo en la labor. Dominic sacó su ordenador portátil. En el hotel Imperial estaban acostumbrados a que sus huéspedes llevaran ordenador y la instalación era de lo más eficiente. De entrada, abrió el último archivo recibido, que sólo había revisado por encima. Ahora dedicó toda su atención a leerlo palabra por palabra.

Granger estaba dándole vueltas al asunto. Gerry quería enviar a alguien que cuidara de los mellizos y, al parecer, lo tenía decidido. Había mucha gente valiosa en el Departamento de Inteligencia que dirigía Rick Bell, pero eran antiguos agentes de inteligencia de la CIA y de otras agencias, y como tales, eran demasiado mayores para acompañar a unos chicos tan jóvenes como los hermanos Caruso. Llamaría la atención que unos muchachos que no llegaban a los treinta viajaran por Europa con alguien que pasaba de los cincuenta. Sería mejor enviar a alguien más joven. No había muchos que se ajustaran a las necesidades, pero había uno.

Cogió el teléfono.

Fa'ad se encontraba a dos manzanas de distancia, en el tercer piso del famoso hotel Bristol. Se trataba de otro lugar elegido por la flor y nata, especialmente por su magnífico restaurante y su proximidad al teatro de la ópera, que se encontraba justo enfrente del hotel y estaba dedicado a la memoria de Wolfgang Amadeus Mozart. El compositor había sido músico oficial de la corte imperial de los Habsburgo, hasta su muerte prematura en la misma Viena. Sin embargo, a Fa'ad no le interesaban en absoluto esos detalles históricos. Estaba obsesionado por noticias más actuales. Ver la muerte de Anas Ali Atef con sus propios ojos lo había afectado profundamente. No había sido lo mismo que las muertes de los infieles, que podía presenciar por televisión con una sonrisa discreta. Se encontraba a su lado y vio cómo el aliento se escapaba del cuerpo de su amigo, mientras los profesionales de la ambulancia luchaban en vano por salvarle la vida, haciendo un verdadero esfuerzo por salvar a alguien a quien debían de menospreciar. Aquello lo había sorprendido. Evidentemente, eran alemanes que se limitaban a hacer su trabajo, pero lo habían hecho con tesón y convicción, habían llevado a su amigo hasta el hospital más cercano, donde unos médicos alemanes también se habían esforzado en vano por salvar su vida. En la sala de espera se le había acercado un médico, y con el rostro compungido, le había informado de que a pesar de haber hecho todos los esfuerzos posibles, al parecer su amigo había sufrido un terrible infarto de miocardio, pero que realizarían las pruebas forenses necesarias para determinar la causa exacta de la muerte. Finalmente le preguntaron si el fallecido tenía familia y si alguien reclamaría los restos, cuando acabaran de estudiarlos. Era sorprendente la escrupulosidad que mostraban los alemanes en todo lo que hacían. Fa'ad había procurado arreglar las cosas del mejor modo que había sabido, y fue a tomar un tren rumbo a Viena. Se sentó solo en una butaca de primera clase y trató de asimilar aquellos hechos terribles.

Estaba informando a la organización de lo sucedido. Mohammed Hassan al-Din era su enlace para comunicarse con la red y probablemente se encontraba en Roma, aunque Fa'ad Rahman Yasin no lo sabía con certeza. Tampoco le hacía falta saberlo, ya que internet le permitía comunicarse sin la necesidad de tener una dirección física. Era una tragedia que un camarada tan joven, enérgico y valioso falleciera así, en la calle. Sólo Alá sabía si su muerte había servido de algo, ya que Alá tenía sus propios designios y éstos eran inescrutables para el hombre. Fa'ad sacó un botellín de coñac del minibar y se lo tomó directamente del frasco, sin molestarse en servirlo en una copa. Quizá fuera pecado, pero lo ayudaba a tranquilizar sus nervios y, además, no bebía jamás en público. ¡Qué mala suerte, maldita sea! Echó otro vistazo al minibar. Aún quedaban dos botellines de coñac, y después, varias botellas de whisky escocés, que con ley islámica o sin ella era la bebida preferida en Arabia Saudí.

—¿Tiene su pasaporte? —preguntó Granger después de tomar asiento.

—Sí, claro. ¿Por qué? —preguntó Ryan.

—Se va a Austria. El vuelo sale esta noche de Dulles. Aquí está su billete —dijo el director de operaciones, echando un sobre encima del escritorio.

—¿A qué voy?

—Tiene una reserva en el hotel Imperial. Allí se reunirá con Dominic y Brian Caruso, para facilitarles los datos que vayamos procesando. Podrá utilizar su cuenta habitual de correo electrónico, y su ordenador portátil está equipado con la mejor tecnología de codificación.

«¿Qué carajo?...», se preguntó Jack.

—Disculpe, señor Granger. ¿Podemos retroceder un par de pasos? ¿Qué está pasando aquí?

—Estoy seguro de que su padre ha formulado esa misma pregunta en más de una ocasión —dijo Granger, con una sonrisa que habría helado la sangre de un pingüino—. Gerry opina que los mellizos necesitan más apoyo del Departamento de Inteligencia, y su misión consistirá en proporcionárselo; será una especie de asesor sobre el terreno. No tendrá que hacer nada más que llevar un control de la información a través de su oficina virtual. Ha dado muestras de su capacidad en ese campo. Ha demostrado tener buenos instintos al rastrear los acontecimientos por la red, mucho mejores que los de Dom y Brian. Podría ser útil contar con sus ojos sobre el terreno. Ése es el motivo de su viaje. Puede negarse a ir, pero si yo estuviera en su lugar, iría. ¿Entendido?

—¿A qué hora sale el vuelo?

—Toda la información está en el sobre del billete.

Jack echó un vistazo.

—Maldita sea. Más vale que me dé prisa.

—Pues dese prisa. Dispondrá de un coche que lo lleve al aeropuerto de Dulles. Manos a la obra.

—Sí, señor —respondió Jack, mientras se ponía en pie.

Se alegró de disponer de un coche que lo acompañara al aeropuerto, ya que no le hacía ninguna ilusión dejar su Hummer en el estacionamiento de Dulles. Los ladrones se habían enamorado de coches como el suyo.

—Por cierto, ¿quién está autorizado para conocer los detalles de mi viaje?

—Rick Bell informará a Wills, pero por lo demás, no se lo cuente a nadie, repito, a nadie. ¿Está claro?

—Como el agua, señor. Ya estoy en camino.

Echó otro vistazo al sobre del billete y encontró una tarjeta American Express negra. Por lo menos, el viaje corría a cargo de la empresa. ¿De cuántas tarjetas como ésa dispondría El Campus, guardadas en algún cajón? En cualquier caso, a él le bastaba con una.

—¿Qué tenemos aquí? —preguntó Dominic a su ordenador—. Aldo, mañana por la mañana tendremos compañía.

—¿Quién? —preguntó Brian.

—El mensaje no lo dice. Pero nos indica que no hagamos nada hasta contactar con la persona que llegue.

—Joder, ¿por quién nos han tomado, por unos vulgares matones? No fue culpa nuestra que el último tipo nos cayera como llovido del cielo. ¿Qué coño pretenderán?

—Estos tipos son como funcionarios. Si trabajas con demasiada eficacia, se asustan —pensó en voz alta Dominic—. ¿Te apetece cenar, hermano?

—Claro. Podemos probar su versión del *vitello alla milanese*. ¿Crees que aquí tendrán algún vino decente?

—Sólo hay una forma de averiguarlo, Aldo.

Dominic sacó una corbata de su maleta. El restaurante del hotel tenía aspecto de ser tan formal como la antigua residencia del tío Jack.

CAPÍTULO VEINTIUNO

UN TRANVÍA LLAMADO DESEO

Se trataba de una aventura novedosa para Jack en más de un sentido. Por una parte, jamás había estado en Austria. Y desde luego, nunca había entrado en acción como parte de un equipo especializado en asesinatos. La idea de acabar con individuos que se dedicaban a matar a ciudadanos estadounidenses parecía buena desde su escritorio en West Odenton, Maryland, pero en el asiento 3-A de un Airbus 330, a once mil metros sobre el océano Atlántico, la situación tomaba otro cariz. Sin embargo, Granger le había asegurado que no tendría que hacer nada, y Jack estaba de acuerdo con esa idea. Aún era capaz de disparar con una pistola, y a menudo acudía al campo de tiro del servicio secreto, en el centro de Washington, o a su academia en Beltsville, Maryland, si se encontraba allí Mike Brennan. Pero, al parecer, Brian y Dom no estaban pegando tiros. Por lo menos no era eso lo que daba a entender el informe del MI5 que había llegado a su ordenador. Infarto de miocardio. ¿Cómo demonios se lograba provocar un infarto de una manera lo bastante convincente como para engañar al forense? Tendría que preguntárselo. Supuso que estaban autorizados a contárselo.

En cualquier caso, la comida era mejor que la bazofia que solían servir en los aviones, y ni siquiera las líneas aéreas eran capaces de estropear las bebidas embotelladas. Después de ingerir una buena cantidad de alcohol, logró conciliar el sueño con facilidad. Su asiento de primera clase era de los tradicionales y no de los modernos, que tenían mil piezas móviles, ninguna de las cuales mejoraba la comodidad del pasajero. Como era habitual, la mitad de los pasajeros de primera se pasaron toda la noche viendo películas. Todo el mundo tenía su propio sistema para enfrentarse a la tensión del viaje, como le había dicho en alguna ocasión su padre. El sistema de Jack consistía en dormir durante todo el trayecto.

El *Wiener schnitzel* estaba delicioso y los vinos locales eran excelentes.

—El que haya cocinado esto debería hablar con el abuelo —comentó Dominic, después del último bocado de milanesa—. Quizá pueda ofrecerle al viejo algún consejo.

—Lo más probable es que el cocinero sea italiano, hermanito, o algo por el estilo.

Brian apuró su copa de excelente vino blanco local, que les había recomendado el camarero. Unos quince segundos más tarde, el camarero tomó nota y llenó de nuevo la copa, antes de desaparecer con discreción.

—Joder, me podría acostumbrar a comer así. Cualquiera regresa ahora a los comedores de los marines.

—Con un poco de suerte, no tendrás que comer esa bazofia nunca más.

—Claro, bastará con que continuemos en este campo profesional —respondió Aldo sin mucho convencimiento. Se encontraban solos en un reservado del restaurante—. ¿Y qué sabemos del nuevo objetivo?

—Supuestamente es un correo. Transporta mensajes en su cabeza, los que no quieren enviar por internet. Sería útil interrogarlo un poco, pero no es ésa nuestra misión. Nos han proporcionado una descripción del sujeto, pero en esta ocasión no disponemos de una fotografía, lo cual no deja de ser un engorro. No parece ser un personaje demasiado importante, y eso también me molesta.

—Tienes razón. Pero supongo que ha ofendido a la persona equivocada. Mala suerte para él.

No tenía remordimientos de conciencia, pero habría preferido concentrarse en objetivos más próximos a la cúpula directiva. La falta de fotografías para identificar al sujeto también era un problema. Deberían andarse con cuidado; no querían cargarse a la persona equivocada.

—Bueno, no creo que lo hayan incluido en la lista por cantar demasiado alto en el coro de la iglesia.

—Ni es el sobrino del papa —afirmó Brian—. Tienes razón, hermano —añadió, y echó un vistazo al reloj—. Es hora de irse al catre. Mañana veremos quién llega. ¿Cómo se supone que nos reuniremos con él?

—Según el mensaje, vendrá él a buscarnos a nosotros. Quizá incluso se hospede en el mismo hotel.

—A veces, las medidas de seguridad del Campus son curiosas, ¿no crees?

—Así es, no se parece en absoluto a las películas —comentó Dominic con una carcajada.

Llamó al camarero para pedir la cuenta. Decidieron renunciar al postre, que en un lugar como aquél podía ser mortal. Al cabo de cinco minutos, ambos estaban en sus respectivas camas.

—¿Se cree muy listo, verdad? —preguntó Hendley a Granger, por la línea segura que comunicaba sus hogares.

—Gerry, me dijo que enviara a un agente de inteligencia, ¿no es así? ¿De quién más nos podemos desprender en el equipo de Rick? Todo el mundo me dice que el muchacho es una hacha. Pues ahora tiene la oportunidad de demostrarlo sobre el terreno.

—Pero es un novato —protestó Hendley.

—¿Y no lo son también los mellizos? —replicó Granger.

«Ya eres mío —pensó—. A partir de ahora dejarás que me ocupe de mis asuntos a mi manera.»

—Gerry, no va a ensuciarse las manos, y es probable que esta experiencia lo convierta en mejor analista —prosiguió—. Es pariente de los mellizos. Ellos lo conocen y él a ellos. Confiarán en él y se creerán lo que les diga, y además, según Tony Wills, es el mejor analista joven que ha visto desde que salió de Langley. Yo diría que es perfecto para la misión, ¿no cree?

—Es demasiado inexperto —respondió Hendley, aunque sabía que había perdido la discusión.

—¿Y no lo somos todos, Gerry? Si hubiera profesionales con experiencia en esta clase de misiones, los habríamos contratado.

—Si algo sale mal...

—Estaré jodido, ya lo sé. ¿Ahora me deja que vaya a ver la televisión?

—Nos vemos mañana —dijo Hendley.

—Buenas noches, compañero.

Honeybear estaba navegando por internet y chateando con una persona llamada Elsa K 69, que aseguraba tener veintitrés años de edad, ciento sesenta centímetros de estatura, cincuenta y cuatro kilos de peso, unas medidas aceptables, pelo castaño, ojos azules y una imaginación pervertida. Además, tecleaba como una profesional. En realidad, era un hombre cincuentón, medio borracho y un poco solitario, aunque Fa'ad no tenía forma de saberlo. Chateaban en inglés. La «chica» le dijo que era secretaria en Londres, una ciudad que el contable austríaco conocía bien.

«Ella» era lo bastante auténtica para las necesidades de Fa'ad, que no tardó en entrar de lleno en una viciosa fantasía. Aquello no se podía ni comparar con mantener relaciones con una mujer de carne y hueso, pero Fa'ad era precavido y no era partidario de satisfacer los deseos de la carne durante sus estancias en Europa. No tenía forma de saber si una mujer de alquiler sería en realidad una agente del Mossad, más dispuesta a amputarle los genitales que a proporcionarle placer. No sentía mucho miedo ante la muerte, pero como a todos los hombres, le asustaba el dolor. En cualquier caso, la fantasía duró casi media hora y lo dejó lo bastante satisfecho como para anotar el *nick*, por si «la» encontraba de nuevo en línea. No podía saber que el contable tirolés había hecho lo mismo, antes de retirarse a una cama fría y solitaria.

Cuando Jack despertó, las persianas de las ventanillas estaban levantadas y revelaban el color gris morado de las montañas, unos seis mil metros por debajo del avión. Según el reloj, llevaba unas ocho horas a bordo y había pasado seis de ellas dormido. No estaba mal. Tenía un ligero dolor de cabeza por el vino, pero el café del desayuno estaba bueno, así como el bollo que le sirvieron y que le fue útil para desperezarse, mientras el vuelo noventa y cuatro iniciaba su descenso.

El aeropuerto no era grande en absoluto, máxime teniendo en cuenta que era el puerto principal de entrada a un país soberano. Pero toda Austria tenía aproximadamente la misma población que la ciudad de Nueva York, que contaba con tres aeropuertos. El aparato tomó tierra con una sacudida y el capitán les dio la bienvenida a su país, mientras les informaba de que eran las nueve y cinco de la mañana. Tendría que enfrentarse a un día entero de desfase horario, pero con un poco de suerte, esperaba encontrarse más o menos bien al día siguiente.

Pasó por el control de inmigración sin problemas, el vuelo había llegado medio vacío, recogió su equipaje y salió a tomar un taxi.

—Al hotel Imperial, por favor.

—¿Dónde? —preguntó el conductor.

—Hotel Imperial —repitió Ryan.

—*Ach so* —respondió el conductor, después de una breve pausa—. Hotel Impe*rial, Ja?*

—*Das ist richtig* –confirmó el joven, y se reclinó en el asiento para disfrutar del viaje.

Llevaba cien euros y suponía que con eso bastaría para pagar el taxi, a menos que el conductor hubiera estudiado en la academia de taxistas de Nueva York. En el peor de los casos, habría cajeros automáticos en la calle.

El viaje duró media hora, entre el tráfico de hora punta. A una o dos manzanas del hotel pasaron junto a un concesionario de Ferrari, algo nuevo para él. Sólo había visto un Ferrari por televisión, y al igual que la mayoría de los hombres jóvenes, se preguntaba cómo se sentiría uno al conducirlo.

El personal del hotel le ofreció una bienvenida digna de la familia real y le indicó el camino hacia una suite del cuarto piso, con una cama que tenía un aspecto muy tentador. Pidió el desayuno de inmediato y deshizo la maleta. Entonces recordó por qué estaba allí y levantó el auricular del teléfono para que lo comunicaran con la habitación de Dominic Caruso.

—Diga —respondió Brian.

Dom se encontraba en la ducha chapada en oro.

—Hola, primo, soy Jack —dijo la voz en el auricular.

—¿Qué Jack? Un segundo, ¿Jack?

—Estoy en el piso de arriba, marine. Mi vuelo llegó hace una hora. Sube y charlamos.

—Entendido. Dame unos diez minutos —respondió Brian, y se acercó a la puerta del cuarto de baño—. Enzo, no vas a creerte quién está en el piso de arriba.

—¿Quién? —preguntó Dominic, mientras se secaba con una toalla.

—Dejaré que sea una sorpresa —respondió Brian, y regresó al salón, tratando de no soltar una carcajada mientras hojeaba el *International Herald Tribune*.

—No me jodas —exclamó Dominic cuando se abrió la puerta.

—Imagínate cómo me siento yo, Enzo —dijo Jack—. Pasad.

—No está mal la comida en este hotelucho, ¿verdad? —comentó Brian, siguiendo a su hermano.

—La verdad es que prefiero la del Holiday Inn Express. Además, ¡necesito ahorrar para estudiar un doctorado! —dijo Jack con una carcajada, mientras les indicaba que se sentaran—. He pedido más café.

—No lo hacen mal aquí. Veo que ya has descubierto la bollería del hotel —comentó Dominic, al servirse una taza de café y coger una medialuna—. ¿Por qué coño te han enviado?

—Supongo que ha sido porque ambos me conocéis —respondió Jack, untando mantequilla en otro bollo—. Os propongo algo: dejad que termine de desayunar, luego damos un paseo hasta el concesionario Ferrari y os lo cuento. ¿Qué os ha parecido Viena?

—Llegamos ayer por la tarde, Jack —le informó Dominic.

—No lo sabía. Pero tengo entendido que tuvisteis una estancia provechosa en Londres.

—No estuvo mal —respondió Brian—. Te lo contaré más tarde.

—Entendido. —Jack siguió desayunando, mientras Brian se concentraba de nuevo en el *Herald Tribune*—. En Estados Unidos aún están aturdidos por el tiroteo. En el aeropuerto me obligaron a quitarme los zapatos. Menos mal que llevaba los calcetines limpios. Al parecer, quieren averiguar si alguien intenta salir del país con prisas.

—Sí, aquello fue una tragedia —comentó Dominic—. ¿Le tocó a algún conocido tuyo?

—No, gracias a Dios. Tampoco a ningún amigo de mi padre, a pesar de todos los amigos que tiene en el mundo de las finanzas. ¿Y algún conocido vuestro?

—No, a nadie —respondió Brian, tras una breve pausa, con la esperanza de que el alma del pequeño David Prentiss no se ofendiera.

Jack se acabó la última medialuna.

—Voy a ducharme y después me enseñáis los alrededores.

Brian terminó de leer el periódico y encendió el televisor para sintonizar la CNN, el único canal norteamericano que se veía en el Imperial, y ver las noticias de las cinco de la mañana en Nueva York. El día anterior habían enterrado a la última de las víctimas, y los periodistas preguntaban a sus familiares qué sentían por la pérdida. «¡Qué pregunta tan estúpida!», pensó con indignación el marine. Echar sal a las heridas solía ser obra de los malos. Y ahora los políticos habían empezado a pontificar sobre «lo que tiene que hacer ahora Estados Unidos».

«Pues mira —pensó Brian—, nosotros ya lo estamos haciendo.» Sin embargo, si llegaran a enterarse, probablemente se cagarían en sus calzoncillos de seda. Y por algún motivo, esa idea lo ayudó a sentirse aún mejor sobre lo que hacían. Había llegado el momento de recurrir a las jugadas ofensivas, y ahora mismo, le tocaba a él.

En el Bristol, Fa'ad se estaba despertando. También había pedido café y unos bollos. Al día siguiente debía reunirse con otro mensajero, para que le entregaran un encargo que él a su vez comunicaría a otro eslabón de la cadena. La organización operaba con muchas medidas de seguridad cuando tenía que transmitir mensajes importantes. Los asuntos de mayor gravedad sólo se comunicaban de boca a boca. Los mensajeros estaban organizados en celdas de tres integrantes, de modo que sólo conocían a sus contactos de entrada y de salida. Aquélla era otra lección aprendida del agente fallecido del KGB. El mensajero de entrada era Mahmoud Mohamed Fadhil, que llegaría de Pakistán. El sistema no era infalible, pero hacía falta un arduo trabajo policial para penetrar en la red y bastaba con eliminar un eslabón de la cadena para frustrar las pesquisas. Sin embargo, la contrapartida era que si un eslabón desaparecía podía fallar la entrega de un mensaje, pero eso no había sucedido aún y la posibilidad de que sucediera era remota. Para Fa'ad, no era un mal ritmo de vida: viajaba mucho, siempre en primera clase, se hospedaba en los mejores hoteles y, en general, no podía quejarse. De vez en cuando, las comodidades le provocaban un sentimiento de culpa. Había otros que realizaban tareas dignas y peligrosas, pero cuando le encomendaron la misión le informaron de que él y sus once compañeros eran imprescindibles para la organización, y eso le infundió ánimos. También le animaba saber que su misión, además de ser esencial, era bastante segura. Se limitaba a recibir y a transmitir mensajes, a menudo dirigidos a los propios agentes, quienes lo trataban con sumo respeto, como si él mismo fuera el responsable de redactar sus instrucciones. Por su parte, Fa'ad no hacía nada por desmentir esta impresión. Al cabo de dos días tendría que desplazarse a su siguiente destino, que podría tratarse de París, para contactar con su compañero geográficamente más próximo, Ibrahim Salih al-Adel, o de otro destino desconocido. Ese día le informarían de los detalles y haría los trámites necesarios, siempre dispuesto a adaptarse a las circunstancias. Aquel trabajo podía ser aburrido y emocionante a la vez, pero con el horario flexible y el riesgo casi inexistente al que se enfrentaba, era fácil ser un héroe del movimiento, como a veces se describía a sí mismo.

Caminaron hacia el este por la calle Kartner, que en seguida viró hacia el noroeste y se convirtió en la calle Schubertring. El concesionario Ferrari se encontraba al norte de la calle.

—¿Cómo os ha ido, chicos? —preguntó Jack cuando salieron al aire libre y el ruido del tráfico los protegía de cualquier posible micrófono.

—Llevamos dos, falta uno, que se encuentra aquí mismo, en Viena. Y a continuación iremos a alguna otra parte, aunque no sabemos dónde. Esperábamos que tú lo supieras —dijo Dominic.

—No —respondió Jack, negando con la cabeza—. No me han informado.

—¿Por qué te han enviado? —preguntó a su vez Brian.

—Se supone que debo ofreceros opciones alternativas, creo. Tengo que proporcionaros apoyo de inteligencia y convertirme en una especie de asesor. Por lo menos, eso es lo que me dijo Granger. Sé lo que sucedió en Londres. Recibimos mucha información privilegiada de los ingleses; indirectamente, por supuesto. Lo achacaron a un infarto. No sé mucho de lo de Munich. ¿Podéis contármelo?

—Lo alcancé cuando salía de la mezquita. Se desplomó en la calle. Llegó una ambulancia, los enfermeros trataron de ayudarlo y lo llevaron al hospital. No sé nada más.

—Está muerto. Recibimos un mensaje interceptado —les informó Ryan—. Lo acompañaba un tipo que se hace llamar «Honeybear» en internet. Vio desplomarse a su compañero e informó a un tipo con el *nick* 56MoHa, que suponemos que se encuentra en alguna parte de Italia. El de Munich, que se llamaba Atef, era reclutador y mensajero. Sabemos que reclutó a uno de los asesinos que participaron en la masacre de la semana pasada. Podéis estar seguros de que se ganó a pulso la presencia en vuestra lista.

—Lo sabemos. Nos lo habían contado —dijo Brian.

—¿Cómo os estáis cargando a esos tipos, exactamente?

—Con esto —dijo Dominic, mientras sacaba una pluma de oro del bolsillo interior de su chaqueta—. Has de dar la vuelta a la plumilla para cambiar la punta y después se lo clavas, preferiblemente en el trasero. Les inyecta una sustancia llamada succinilcolina y estropea todos sus planes. La sustancia se disuelve en la sangre incluso después del fallecimiento de la víctima. Es imposible detectarla, a menos que el forense sea un genio, y aun así, necesitaría tener mucha suerte.

—¿Los paraliza?

—Así es. Se desploman y dejan de respirar. La sustancia tarda unos treinta segundos en surtir efecto, y en seguida caen fulminados; después es cuestión de fisiología. Los efectos parecen los de un infarto de miocardio. Es una sustancia perfecta para nuestra misión.

—Joder —dijo Jack—. ¿Así que vosotros también estuvisteis en Charlottesville?

—Así es —dijo Brian—. No fue muy divertido. Un niño falleció en mis brazos, Jack. Fue duro.

—Bueno, felicidades por vuestra puntería.

—No eran muy listos —declaró Dominic—. No eran mucho más hábiles que unos vulgares matones callejeros. No parecían estar entrenados en absoluto, ni se cubrían las espaldas. Supongo que jamás pensaron que fuera necesario, ya que llevaban armas automáticas. Pero se llevaron una sorpresa. De todos modos, tuvimos suerte. ¡Joder! —exclamó, cuando llegaron al concesionario Ferrari.

—Santo cielo, qué hermosos son —asintió Jack en seguida.

Incluso Brian estaba impresionado.

—Ése es el viejo —les informó Dominic—. El 575M, con motor de doce cilindros en uve, más de quinientos caballos de potencia, caja de seis velocidades y doscientos veinte mil dólares para llevártelo ahora mismo. El más impresionante de todos es el Ferrari Enzo. Ése es la bomba, muchachos: seiscientos sesenta caballos. Incluso lo bautizaron en mi honor. Mirad, ahí está, al fondo, en la esquina.

—¿Cuánto vale ése? —preguntó Jack.

—Más de seiscientos mil dólares. Pero si quieres algo más potente, tendrás que comprar un avión de reacción de Lockheed Burbank.

Efectivamente, el coche tenía entradas de aire frontales que le conferían el aspecto de un avión de reacción. Daba la impresión de ser el transporte particular del tío adinerado de Luke Skywalker.

—Parece que aún es aficionado a los coches —comentó Jack. Probablemente consumía más combustible que un avión privado, pero el coche era una belleza.

—Se acostaría antes con un Ferrari que con Grace Kelly —contestó Brian con un resoplido.

Sus prioridades eran un poco más convencionales.

—Muchachos, puedes montar en coche durante más tiempo que sobre una chica —replicó su hermano, con su visión personal de la eficiencia—. Joder, seguro que esa belleza es como un rayo.

—Deberías sacarte el título de piloto —sugirió Jack.

—No, es demasiado peligroso —dijo Dominic, negando con la cabeza.

—¿Comparado con qué? —preguntó Jack con una carcajada—. ¿Con lo que habéis estado haciendo?

—Junior, ya sabes que estoy acostumbrado a esto.

—Lo que tú digas —dijo Jack, meneando la cabeza.

No cabía duda de que los coches eran una belleza. Estaba satisfecho con el Hummer que había dejado en casa: en las nieves del invierno, podía ir a todas partes, y si se veía involucrado en un accidente en la autopista, tenía las de ganar. Qué importaba que no fuera el coche más deportivo del mundo. Sin embargo, su reducto más adolescente comprendía la expresión de deseo en el rostro de su primo. Si Maureen O'Hara hubiera sido un coche, quizá habría sido uno de ésos. La carrocería roja habría hecho juego con su cabellera. Después de unos diez minutos, Dominic decidió que ya se le había caído bastante la baba y prosiguieron su camino.

—Así que lo sabemos todo de ese tipo, excepto su aspecto, ¿no es así? —dijo Brian cuando se hubieron alejado un poco del concesionario.

—Así es —confirmó Jack—. ¿Pero cuántos árabes puede haber en el Bristol?

—Había muchos en Londres. Lo complicado será identificar al objetivo; después, llevar a cabo la misión en plena calle no será nada difícil.

Echó un vistazo a su alrededor y lo que vio confirmó su opinión: no había tanto tráfico como en Londres o Nueva York, pero tampoco era una ciudad fantasma como Kansas City por las noches. Además, realizar la misión de día tenía sus alicientes.

—Supongo que habrá que vigilar la entrada principal del hotel y cualquier entrada lateral. ¿Puedes comprobar si El Campus dispone de más información?

—Estarán trabajando dentro de un par de horas —respondió Jack, después de echar un vistazo a su reloj y realizar un rápido cálculo mental.

—Entonces, puedes ir a comprobar tu correo electrónico —dijo Dominic—. Nosotros vamos a dar una vuelta y a tratar de identificar al objetivo.

—Entendido.

Cruzaron la calle y emprendieron el camino de regreso al hotel Imperial. Cuando llegó a su habitación, Jack se desplomó en la cama y echó una cabezada.

No tenía nada que hacer en ese preciso instante, pensó Fa'ad, así que decidió salir a dar un paseo. Viena estaba llena de atractivos turísticos, y aún le faltaban muchos por recorrer. Se vistió con un traje de empresario y se dirigió a la puerta.

—¡Ya está, Aldo! —exclamó Dominic, que tenía la habilidad típica de los policías para recordar rostros, y ahora estaba viendo uno que recordaba muy bien.

—¿No es...?

—Sí, el amigo de Atef, de Munich. ¿Qué apuestas a que se trata de nuestro hombre?

—Ésa es una apuesta fácil, hermanito.

Dominic analizó al objetivo. «Fisonomía típica de Oriente Próximo, aproximadamente un metro ochenta de altura, complexión delgada, quizá unos sesenta y ocho kilos de peso, piel morena, pelo negro, nariz ligeramente aguileña, bien vestido con ropa cara, como un empresario, camina con confianza y paso firme.» Se acercaron hasta unos tres metros del sujeto, procurando no mirarlo demasiado fijamente, a pesar de las gafas de sol que ambos llevaban. «Ya eres mío, imbécil.» Fueran quienes fuesen aquellos tipos, no sabían nada sobre mantenerse ocultos en la multitud. Los hermanos siguieron andando hasta doblar la esquina.

—Joder, qué fácil ha sido —comentó Brian—. ¿Y ahora qué?

—Ahora dejamos que Jack lo confirme todo con la central y nos lo tomamos con calma, Aldo.

—Entendido, hermanito.

Brian palpó el bolsillo de su chaqueta para comprobar que la pluma de oro estuviera en su lugar, con un gesto parecido al que habría realizado si hubiera llevado uniforme, buscando la culata de su M9 Beretta automática. Se sentía como un león invisible, en medio de una llanura africana repleta de antílopes. No se podían pedir circunstancias más favorables que aquéllas. Bastaba con seleccionar a la víctima para cazarla y comérsela, sin que el pobre desgraciado sospechara que lo estaban acechando. «Igual que ellos», pensó. Se preguntó si los compañeros de aquel tipo apreciarían la ironía de que los suyos sucumbieran ante sus propias tácticas. No era el método al que solían recurrir los norteamericanos, aunque por otra parte, todas esas pamplinas del duelo al mediodía no eran más que un invento de Hollywood. Un león no se dedicaba a arriesgar su propia vida si podía evitarlo, y tal como le habían enseñado en la academia, si el combate era justo y equilibrado, no lo habías preparado con suficiente antelación. Los combates limpios eran cosa de los juegos olímpicos, pero eso no era una competición de las Olimpiadas. Ningún cazador se acercaba a su presa espada en mano y haciendo mucho ruido. Hacía lo más sensato, que consistía en esconderse tras un tronco y disparar desde una distancia de unos doscientos metros. Incluso los masai de Kenia, que consideraban que la cacería de un león era un rito de iniciación imprescindible para convertirse en adulto, cazaban en sensatos grupos de diez con la presencia de algún adulto hecho y derecho, para asegurarse de que el pellejo que llevaran de regreso al campamento fuera el del animal. No era cuestión de valentía, sino de eficacia. El hecho de dedicarse a ese campo ya era lo bastante peligroso, y se trataba de eliminar cualquier factor de riesgo innecesario. Era un trabajo, no un deporte.

—¿Nos lo cargamos aquí, en la calle? —preguntó.

—Antes ha funcionado, Aldo. No creo que tengamos acceso a él en el vestíbulo del hotel.

—Entendido, Enzo. ¿Y ahora qué hacemos?

—Supongo que dedicarnos al turismo. El teatro de la ópera tiene un aspecto impresionante. Vamos a echarle un vistazo. Según el cartel, están representando *Las valquirias*. Jamás lo he visto.

—Yo no he ido a la ópera en mi vida, aunque supongo que debería probarlo algún día. ¿No se supone que es parte de nuestro temperamento italiano?

—Sí, claro, a mí el temperamento me rezuma de los oídos. Pero confieso que me gusta Verdi.

—Y un cuerno. ¿Cuándo has ido tú a la ópera?

—Tengo algunas en discos compactos —respondió Dominic con una sonrisa.

El teatro estatal de la ópera resultó ser un ejemplo magnífico del estilo arquitectónico imperial, diseñado como si Dios mismo fuera a acudir para presenciar una representación, repleto de oro y carmín. Los integrantes de la casa de los Habsburgo podían tener sus fallos, pero sin duda habían tenido un gusto exquisito. Durante unos instantes, Dominic se planteó la posibilidad de visitar las catedrales de la ciudad, pero decidió que, dada la naturaleza de la misión, no sería lo más adecuado. Después de pasear durante dos horas, regresaron al hotel y subieron a la habitación de Jack.

—No he recibido nada de la oficina central —dijo Ryan.

—No te preocupes. Hemos identificado al tipo. Es un viejo conocido nuestro de Munich —informó Brian.

Entraron en el cuarto de baño y abrieron todos los grifos para despistar a cualquier posible micrófono oculto.

—Es amigo del señor Atef. Se encontraba allí cuando nos lo cargamos en Munich.

—¿Cómo podéis estar tan seguros?

—No lo podemos asegurar al ciento por ciento, ¿pero cuáles son las probabilidades de encontrarlo en ambas ciudades, y en el hotel preciso? —preguntó Brian, con un argumento razonable.

—Sería mejor estar absolutamente seguros —objetó Jack.

—Estoy de acuerdo, pero cuando las probabilidades son tan abrumadoras a tu favor, a veces tienes que arriesgarte —respondió Dominic—. Según los procedimientos del FBI, podríamos confirmar por lo menos que tiene vínculos conocidos con otros agentes, y con eso bastaría para interrogarlo. Y la verdad, no creo que se dedique a recolectar fondos para la Cruz Roja. Ya sé que no es perfecto —añadió, tras hacer una pausa—, pero es lo mejor que tenemos, y creo que merece la pena seguir con el plan.

Para Jack había llegado el momento de recurrir a sus instintos. ¿Contaba con la autoridad necesaria para decidir si la misión debía o no proseguir? Granger no se lo había dicho. Su misión consistía en ofrecer apoyo de inteligencia a los mellizos. ¿Pero qué significaba eso, exactamente? Genial. Tenía una misión, pero no le habían explicado en qué consistía ni cuánta autoridad detentaba. La situación no parecía muy lógica. Recordaba algo que había dicho su padre, que los operadores de la central no debían cuestionar las decisiones tomadas por los agentes que se encontraban sobre el terreno, que tenían ojos y debían ser capaces de tomar sus propias decisiones. Sin embargo, en ese caso él también se encontraba sobre el terreno y su entrenamiento era tan bueno como el de sus primos. Por otra parte, a diferencia de ellos, no había visto la cara del presunto objetivo. Si les indicaba que no prosiguieran, lo más probable sería que lo mandaran a la porra. Él no contaba con la autoridad necesaria para impedírselo y acabarían haciendo lo que quisieran, mientras él se quedaría con cara de tonto, preguntándose quién tenía razón. De pronto, el mundo de los espías se había convertido en un espacio muy precario, y él estaba aislado en una ciénaga, sin helicóptero que acudiera a salvarle el trasero.

—De acuerdo, chicos. Es decisión vuestra —dijo Jack, pensando que había elegido la opción más pusilánime—. Aunque me sentiría mejor si tuviéramos una certeza absoluta.

—Y yo también. Pero tal como he dicho antes, las probabilidades son abrumadoras a nuestro favor. ¿Aldo?

—Yo estoy de acuerdo —dijo Brian, tras pensarlo unos instantes—. En Munich parecía estar muy preocupado por su amigo. Si es de los buenos, tiene unas amistades de lo más sospechosas. Eliminémoslo.

—Entendido —dijo Jack con un suspiro, aceptando lo inevitable—. ¿Cuándo?

—En la primera oportunidad razonable de la que dispongamos —declaró Brian.

Él y su hermano hablarían de táctica más adelante, pero eso era algo que Jack no necesitaba presenciar.

Era un hombre afortunado, pensó Fa'ad esa noche a las diez y catorce minutos. Recibió un mensaje instantáneo de Elsa K 69, que al parecer lo recordaba con cariño.

«¿Qué hacemos esta noche?», preguntó a la «chica».

«Lo he estado pensando. Imagina que nos encontramos en uno de los campos. Yo soy judía y tú eres el Kommandant. No deseo morir junto a los demás, y te ofrezco placer a cambio de mi vida», propuso.

Difícilmente se le podría haber ocurrido a «la chica» una fantasía más placentera para él.

«Adelante, empieza», escribió.

Siguieron así unos minutos, hasta que su interlocutor introdujo un elemento nuevo: «Por favor, se lo ruego, no soy austríaca, sino una estudiante norteamericana de música, atrapada en esta guerra.»

«¿De veras? —respondió. Aquella fantasía cada vez era mejor—. He oído hablar mucho de las judías norteamericanas y de sus costumbres viciosas.» Y así siguieron durante casi una hora. Al final, la mandó a la cámara de gas de todos modos. A fin de cuentas, ¿para qué servían los judíos?

Como era de esperar, Ryan no logró conciliar el sueño. A pesar de haber dormido bien en el avión, su cuerpo aún no estaba aclimatado a las seis horas de diferencia. Era todo un misterio que los pilotos y los asistentes de vuelo se adaptaran tan bien, aunque sospechaba que se limitaban a vivir siempre con el horario de sus lugares de origen, sin importarles dónde se encontraran. Pero para que aquel sistema funcionara, había que mantenerse en movimiento constante, y no era ése su caso. Encendió el ordenador y decidió hacer una búsqueda en internet sobre el islam. El único musulmán que conocía era el príncipe Alí de Arabia Saudí, que no tenía nada de fanático. Incluso se llevaba bien con la hermanita tímida de Jack, Katie, que sentía una extraña fascinación por su barba bien recortada. Logró descargar el Corán y empezó a leerlo. El libro sagrado estaba compuesto por cuarenta y dos suras, subdivididos en versículos, al igual que la Biblia. Claro que él no acostumbraba a abrir una Biblia, y mucho menos a leerla, porque como católico contaba con que los sacerdotes le dijeran cuáles eran las partes importantes, para ahorrarse así los largos textos sobre quién engendró a quién. Quizá aquello hubiera sido interesante cuando lo escribieron, incluso entretenido, pero hoy en día no tenía el menor aliciente, a menos que te interesara la Genealogía, y ése no había sido uno de los temas habituales en casa de la familia Ryan. Además, todo el mundo sabía que los irlandeses en Norteamérica descendían de un ladrón de caballos que había huido de su país para que no lo ahorcaran los pérfidos invasores ingleses. Aquellos hechos habían engendrado una larga sucesión de guerras, una de las cuales estuvo a punto de impedir su propio nacimiento, en Anápolis.

Tardó otros diez minutos en darse cuenta de que el Corán era casi una copia exacta de lo que habían escrito con anterioridad los profetas judíos, con inspiración divina, por supuesto. También Mahoma había actuado inspirado por Dios. Supuestamente, Dios le habló y él se convirtió en una especie de secretario ejecutivo que anotó las palabras divinas. Lástima que todos esos tipos no dispusieran de cámaras de vídeo o grabadoras para inmortalizar el momento, pero tal como le había dicho un sacerdote en Georgetown, la fe era la fe, y o creías, o no.

Jack creía en Dios, por supuesto. Sus padres le habían inculcado los valores básicos y lo habían enviado a escuelas católicas, donde había aprendido las normas y las plegarias, había hecho la primera comunión, la confesión (que un Vaticano más amable y humano solía llamar «reconciliación» hoy en día) y la confirmación. Pero llevaba algún tiempo sin ver el interior de una iglesia. No es que se opusiera a la iglesia, sino que ya era mayor, y quizá ése era un modo (algo pueril) de demostrarles a sus padres que ya tomaba sus propias decisiones sobre la vida y que no podían darle más órdenes.

Tomó nota de que en las cincuenta páginas que había ojeado no se decía nada de asesinar a gente inocente para darse unos revolcones con miles de vírgenes en el paraíso. La postura respecto al suicidio era parecida a la que les había expuesto sor Frances Mary en el segundo curso: el suicidio era un pecado mortal que había que evitar a toda costa, porque no había oportunidad de ir a confesarse después y expiar el pecado. El islam decía que la fe era necesaria, pero que no bastaba con pensar en ella, sino que había que obrar en consecuencia. Algo así afirmaban también las enseñanzas católicas.

Después de noventa minutos, llegó a la conclusión algo evidente de que el terrorismo tenía tanto que ver con la religión islámica como con los irlandeses católicos y protestantes. Según sus biógrafos, Adolf Hitler se consideró un buen católico hasta el momento en que se pegó un tiro. Evidentemente no conocía a sor Frances Mary, o quizá lo habría pensado mejor. Sin embargo, era evidente que aquel tipo estaba loco. Según lo que acababa de leer, Mahoma habría sido enemigo acérrimo de los terroristas. Fue un hombre digno y honesto. Sin embargo, no se podía decir lo mismo de todos sus seguidores, y a él y a sus primos les tocaba lidiar con los que no lo eran.

Todas las religiones podían caer en manos de algún grupo de locos que tergiversaran sus preceptos, pensó mientras bostezaba, y ahora le había tocado al islam.

«Debo leer más sobre este tema —se dijo, mientras se dirigía a la cama—. Debo hacerlo.»

Fa'ad se despertó a las ocho y media. Ese día se reuniría con Mahmoud junto a la farmacia, en la misma calle. De ahí, tomarían juntos un taxi hacia algún lugar, probablemente un museo, para que le entregara el mensaje. Entonces conocería los nuevos planes y sabría qué tendría que hacer para cumplirlos. Era una lástima no disponer de una residencia propia. Los hoteles eran cómodos y el servicio de lavandería era muy práctico, pero empezaba a estar un poco harto.

Llegó el desayuno. Dio las gracias al camarero y le entregó un par de euros de propina, antes de sentarse a leer el periódico que había llegado junto con el carrito. No parecía estar pasando nada importante. Se avecinaban unas elecciones en Austria y los dos partidos principales se dedicaban a vilipendiar a su oponente con entusiasmo, tal como se estilaba en Europa. La política era mucho más predecible en su país, y más fácil de comprender. A las nueve de la mañana, había encendido el televisor y consultaba su reloj cada par de minutos. Siempre sentía cierta ansiedad antes de aquellas reuniones. ¿Qué pasaría si lo identificaba el Mossad? La respuesta a esa pregunta era evidente: lo eliminarían sin pestañear.

En el exterior, Dominic y Brian estaban paseando sin rumbo, o por lo menos ésa era la impresión que se llevaría cualquier transeúnte inocente. El problema era precisamente la abundancia de peatones y testigos. Había un quiosco de prensa junto al hotel, y en el Bristol había porteros. Dominic pensó en comprar un periódico para leerlo bajo una farola, pero eso era precisamente lo que no había que hacer jamás, según las enseñanzas de la academia del FBI, ya que incluso los espías habían visto películas en las que los actores esperaban con un periódico. Fueran realistas o no aquellas películas, todo el mundo estaba programado para desconfiar de una persona que leyera un periódico bajo una farola. Seguir a alguien que ya estuviera en la calle era un juego de niños, comparado con la espera antes de que apareciera. Soltó un suspiro y siguió caminando.

Los pensamientos de Brian discurrían por un cauce parecido. Pensó que en momentos como aquél, los cigarrillos serían muy útiles. Los fumadores siempre tenían algo que hacer, como en las películas de Humphrey Bogart y sus clavos de ataúd sin filtro, que acabaron con su vida. «Mala suerte, Bogie», se dijo Brian. El cáncer debía de ser una enfermedad horrenda. No es que él repartiera amor y esperanza entre sus víctimas, pero por lo menos no se prolongaba la agonía durante meses. El cerebro se apagaba después de un par de minutos. Además, todos se lo habían ganado de algún modo. No eran precisamente corderos inocentes e indefensos, pero la sorpresa jugaba a su favor. La sorpresa era el mejor aliado para el campo de batalla. Si lograbas sorprender al enemigo, éste no tenía la oportunidad de contraatacar, y eso era perfecto, considerando que aquello era un trabajo, no algo personal. Como las vacas en el matadero, entraban en un cubículo, y aunque levantaran la mirada, sólo veían a un tipo con un martillo de aire comprimido antes de ascender al cielo bovino, donde el pasto siempre era verde, el agua era dulce y no había lobos.

«Estás divagando, Aldo», pensó Brian. Ambos lados de la calle servían para sus planes, de modo que cruzó y se dirigió al cajero automático que se encontraba frente al Bristol. Introdujo su tarjeta, tecleó el código personal y sacó quinientos euros. Después echó un vistazo al reloj: eran las diez y cincuenta y tres minutos. ¿Saldría aquel tipo en algún momento? ¿Podría haberles dado esquinazo?

Ya no había tanto tráfico. Los tranvías rojos seguían pasando en ambas direcciones y la gente se ocupaba de sus propios asuntos. Los peatones avanzaban sin desviar la mirada del frente, a menos que les interesara algo específico. No establecían contacto visual con los desconocidos ni daban muestras de querer saludar a los demás. Al parecer, los desconocidos debían continuar siéndolo. Allí era aún más evidente que en Munich, la gente lo tenía todo *in Ordnung*. Probablemente podrías comer directamente del suelo en sus casas, siempre que limpiaras a fondo después de hacerlo.

Dominic se había instalado al otro lado de la calle, controlando el tramo hacia el teatro de la ópera. El tipo sólo podía ir en dos direcciones: a la derecha o a la izquierda. También podía cruzar la calle o no hacerlo, pero ésas eran sus únicas opciones, a menos que lo recogiera un coche, y en ese caso, sería una misión fallida y habría que esperar hasta el día siguiente. Según su reloj, eran las diez y cincuenta y seis minutos. Debía tener cuidado y no mirar demasiado fijamente a la entrada del hotel. Se sentía muy vulnerable en esas circunstancias.

¡Allí estaba! Era el objetivo, de eso no cabía duda. Llevaba un traje oscuro de raya diplomática y una corbata granate, como si se dirigiera a una importante reunión de negocios. Dominic también lo había visto y había dado la vuelta para acercarse a él desde el otro lado. Brian esperó para ver qué hacía el sujeto.

Fa'ad decidió darle una sorpresa a su amigo. Se le acercaría desde el otro lado de la calle, para variar un poco la rutina. Cruzó la calzada a la mitad de la manzana, sorteando el tráfico. De niño, se entretenía entrando en el establo donde estaban los caballos de su padre y esquivando sus patas. Claro que los caballos eran lo bastante inteligentes como para no chocar con los objetos extraños, y no se podía decir lo mismo de algunos de los coches que circulaban por la calle Kartner, pero logró cruzar sin percances.

La calle era curiosa: tenía una parte asfaltada como si fuera el camino particular de una casa, una pequeña franja con césped y, a continuación, la calzada propiamente dicha con carriles para el tráfico y las vías del tranvía, seguida por otro estrecho paseo con césped y finalmente otro tramo asfaltado antes de la acera. El sujeto cruzó la calle entre los coches y empezó a caminar hacia el oeste, rumbo al hotel de los mellizos. Brian se instaló unos tres metros por detrás de él y sacó la pluma. Cambió la punta y le echó un vistazo, para comprobar que estuviera lista.

Max Weber llevaba veintitrés años trabajando para la entidad de transportes metropolitanos, conduciendo un tranvía arriba y abajo hasta dieciocho veces al día, a cambio de un sueldo que no estaba nada mal. Ahora salía de Schwartzenburg Platz y se dirigía al norte, antes de girar a la izquierda cuando la calle se transformaba de Rennweg a Schwartzenburg Strasse y seguir a la izquierda, por la calle Kartner. Tenía el semáforo en verde y se fijó en el estilo recargado del hotel Imperial, donde se hospedaban los extranjeros ricos y los diplomáticos. Acto seguido, se concentró de nuevo en la calle. El tranvía no tenía volante para girar a la derecha o la izquierda, y era responsabilidad de los coches apartarse de su camino. No solía correr mucho y no le gustaba pasar de los cuarenta kilómetros por hora, ni siquiera en el último tramo de la línea. No era un trabajo muy exigente desde el punto de vista intelectual, pero él se lo tomaba muy en serio y seguía escrupulosamente el manual. Sonó el timbre. Alguien deseaba apearse en la esquina de Kartner y Wiedner Hauptstrasse.

Allí estaba Mahmoud. Miraba en otra dirección. Muy bien, pensó Fa'ad, quizá tendría una oportunidad de sorprender a su compañero, de gastarle una broma. Se detuvo en la acera y echó un vistazo al tráfico, antes de correr hacia el otro lado de la calle.

«Vamos allá, tarugo», pensó Brian mientras se acercaba hasta una distancia de tres pasos y...

«¡Ay!», pensó Fa'ad. Había notado un pinchazo leve en el trasero, pero lo ignoró y siguió sorteando el tráfico, buscando los huecos entre los coches. Se acercaba un tranvía, pero estaba demasiado lejos para ser motivo de preocupación. No venían coches desde la derecha, así que...

Brian siguió caminando. Pensó en acercarse al quiosco de prensa para volver la cabeza y observar a su víctima mientras compraba una revista.

Weber vio al idiota que se disponía a cruzar las vías. ¿Acaso no sabían esos imbéciles que sólo se podía cruzar por el *Ecke*, donde se detendría en el semáforo como los coches? Incluso los niños de párvulos lo sabían. Había gente que creía que su tiempo valía más que el oro, como si fueran el mismo Francisco José, resucitado de entre los muertos. No redujo la velocidad. Fuera idiota o no, habría cruzado las vías mucho antes de que...

Fa'ad sintió que su pierna derecha dejaba de responder. ¿Qué pasaba? A continuación le falló la pierna izquierda y en seguida se desplomó sin motivo alguno, pero los hechos se sucedían demasiado rápido y era incapaz de asimilarlos. Tuvo la sensación de ver cómo caía, desde una perspectiva externa... ¡Y se acercaba un tranvía!

Max tardó unas fracciones de segundo en reaccionar. No podía creer lo que le mostraban sus ojos, aunque no había forma de negarlo. Pisó fuerte los frenos, pero el imbécil estaba a menos de dos metros de distancia y... «*Lieber Gott!*».

El tranvía contaba con un par de barras horizontales bajo la parte delantera para evitar casos como ése, pero llevaban un par de semanas sin revisarlas, y además, Fa'ad era un hombre flaco y sus piernas cabían bajo las barras. A continuación, el resto de su cuerpo las levantó y las apartó...

Y Max sintió la terrible sacudida del tranvía al pasar por encima de aquel hombre. Alguien llamaría a una ambulancia, aunque quizá sería mejor llamar a un sacerdote. Aquel pobre desgraciado no llegaría jamás a su destino; quiso ahorrarse unos segundos y le costó la vida. ¡Qué idiota!

Al otro lado de la calle, Mahmoud se dio la vuelta justo a tiempo para presenciar la muerte de su amigo. Sus ojos creyeron ver saltar el tranvía como para evitar la muerte de Fa'ad, pero en un instante cambió su vida y terminó para siempre la de su amigo.

«Santo cielo», pensó Brian, que se encontraba a unos veinte metros de distancia, con una revista en las manos. El pobre cabrón no había sobrevivido el tiempo suficiente para que lo matara el veneno. Comprobó que Enzo se había desplazado hacia el otro lado de la calle, quizá con la intención de eliminarlo si llegaba a cruzarse con él, pero la succinilcolina había surtido exactamente los efectos previstos. Sencillamente, el tipo había tenido muy mala suerte al desplomarse donde lo hizo. Aunque quizá había sido buena suerte para ellos, todo dependía del color del cristal con el que se mirara. Guardó la revista y cruzó la calle. Había un tipo con pinta de árabe frente a la farmacia que tenía aspecto de estar aún más alterado que los demás transeúntes. Hubo algunas exclamaciones de horror y rostros desencajados, ante lo que no era en absoluto un espectáculo agradable, a pesar de que el tranvía se había detenido justo encima del cuerpo.

—Alguien va a tener que limpiar bien la calle con una manguera —comentó Dominic en voz baja—. Buena puntería, Aldo.

—Supongo que el juez de Alemania Oriental me otorgaría cinco coma seis puntos. Vámonos.

—Entendido, hermanito.

Y ambos se dirigieron a la derecha, junto al estanco, rumbo a Schwartzenberg Platz.

A sus espaldas seguían los gritos de las mujeres, mientras los hombres reaccionaban con una mayor serenidad y muchos apartaban la mirada. No había nada que hacer. El portero del Imperial corrió al vestíbulo del hotel para llamar a una ambulancia y al *Feuerwehr*. Tardaron unos diez minutos y los bomberos fueron los primeros en llegar. El panorama truculento era indescriptible: al parecer, el atropellado había perdido toda la sangre y no había forma de salvarlo. La policía también llegó, y el responsable de la cercana comisaría de Friedrichstrasse le indicó a Max Weber que echara el tranvía hacia atrás para sacar el cuerpo. La escena era aún peor de lo esperado. El cuerpo estaba seccionado en cuatro partes irregulares, como si lo hubiera despedazado una bestia prehistórica. Había llegado la ambulancia, que se detuvo casi en el centro de la calle. Los policías de tráfico indicaban a los conductores que siguieran avanzando, pero todos aprovechaban para observar la carnicería. Algunos miraban fijamente, con una fascinación macabra, mientras los otros apartaban la mirada con asco y horror. Incluso habían llegado ya algunos periodistas y reporteros de televisión, con sus cámaras y sus cuadernos de notas.

Necesitaron tres bolsas para llevarse los restos. Llegó un inspector de la autoridad de transporte para interrogar al conductor, que ya había hablado con la policía. En total, tardaron casi una hora en llevarse los restos, inspeccionar el tranvía y despejar la calle. En realidad, fue una operación bastante eficiente, y a las doce y media todo volvía a estar *in Ordnung*.

Excepto para Mahmoud Mohamed Fadhil, que regresó a su hotel y encendió el ordenador para enviar un e-mail a Mohammed Hassan al-Din, que se encontraba en Roma. Quería solicitar instrucciones.

A la misma hora, Dominic también estaba sentado frente al ordenador, redactando un correo electrónico para El Campus, informándoles de los acontecimientos del día y solicitando instrucciones para la siguiente misión.

Capítulo veintidós

LA ESCALINATA DE LA PLAZA DE ESPAÑA

—Bromeas —dijo inmediatamente Jack.

—Que Dios me conceda un adversario bobo —respondió Brian—. Ésa es una oración que te enseñan en la academia. El problema es que tarde o temprano aprenden.

—Como los delincuentes —agregó Dominic—. El problema con la imposición del cumplimiento de la ley es que generalmente capturamos a los bobos. De los inteligentes raramente oímos hablar siquiera. De ahí que tardáramos tanto en desmantelar la mafia, y en realidad no son particularmente inteligentes. Pero, en efecto, es un proceso darwiniano y, de un modo u otro, nosotros contribuimos al desarrollo de sus cerebros.

—¿Hay noticias de casa? —preguntó Brian.

—Comprueba la hora. Tardarán por lo menos una hora más en llegar —explicó Jack—. ¿De modo que realmente lo atropellaron?

Brian asintió. Se había caído y lo habían atropellado como a la mascota oficial de Mississippi: un perro aplastado en la calzada.

—Lo atropelló un tranvía. Lo bueno es que ocultó el desastre.

«Mala suerte, señor cabeza de trapo.»

El *Krankenhaus* Saint Elizabeth's, adonde la ambulancia trasladó los restos desmembrados, estaba en Invalidenstrasse, a poco más de un kilómetro de distancia. El personal de la ambulancia llamó con antelación y, por consiguiente, no les sorprendió particularmente la llegada de tres bolsas plastificadas, que colocaron directamente sobre una mesa de autopsias. Era inútil pasar por urgencias, porque la causa de la muerte era sobradamente evidente. Lo único difícil fue la extracción de sangre para el análisis toxicológico. El cuerpo estaba tan destrozado que había quedado prácticamente desangrado, aunque en los órganos internos, sobre todo el bazo y el cerebro, quedaba suficiente sangre para extraerla con una jeringuilla y mandarla al laboratorio, donde comprobarían la presencia de alcohol y narcóticos. La única cosa que se podía descubrir en la autopsia era una pierna fracturada, pero después de ser arrollado por un tranvía, incluso una fractura en la rodilla sería casi imposible de detectar. Además, la policía conocía su nombre y su identidad por su cartera, y ahora buscaba en los hoteles locales por si había dejado su pasaporte, a fin de comunicárselo a la embajada correspondiente. En menos de tres segundos habían quedado completamente aplastadas sus dos piernas. Lo único sorprendente era la placidez de su rostro. Habría sido de esperar que tuviera los ojos abiertos y la cara contorsionada por el dolor de la muerte, pero ni siquiera la muerte traumática tenía reglas inquebrantables, como bien sabía el forense. Tenía poco sentido examinarlo a fondo. Tal vez si le habían disparado encontrarían el agujero de la bala, pero no había ninguna razón para sospecharlo. La policía ya había hablado con diecisiete testigos oculares, que se encontraban en un radio de treinta metros del incidente. En realidad, el informe forense podría haber sido perfectamente una circular.

—Santo Dios —exclamó Granger—. ¿Cómo diablos se las han arreglado? —agregó, antes de descolgar el teléfono—. Gerry, baje un momento. El número tres está en el bote. Es preciso que vea este informe. Bien —se dijo en voz alta, después de colgar el teléfono—, ¿adónde los mandamos ahora?

Eso se resolvía en otro piso. Tony Wills copiaba todas las descargas de Ryan, y el primer archivo era impresionante por su sanguínea brevedad. Levantó el auricular del teléfono y llamó a Rick Bell.

El más afectado fue Max Weber. Tardó media hora en superar el rechazo y el shock inicial. Empezó a vomitar, mientras en su mente se reproducía el cuerpo postrado que desaparecía de su campo de visión y el horripilante traqueteo de su tranvía. No había sido culpa suya, se dijo a sí mismo. Aquel cretino, *das Idiot*, sencillamente se había desplomado delante de él, como si estuviera borracho, salvo que era excesivamente temprano para haber tomado demasiadas cervezas. Había tenido otros accidentes, sobre todo con coches que habían girado demasiado bruscamente delante de él. Pero nunca había visto, ni apenas oído hablar, de un accidente fatal con un tranvía. Había matado a un hombre. Él, Max Weber, había arrebatado una vida. No había sido culpa suya, se repitió a sí mismo aproximadamente cada minuto durante las dos horas siguientes. Su supervisor le dio el resto del día libre y se dirigió a su casa en su Audi, pero se detuvo antes en una *Gasthaus* a una manzana de donde vivía, porque aquel día no le apetecía beber solo.

Jack examinaba las descargas del Campus, mientras Dom y Brian ingerían un almuerzo tardío, acompañado de unas cervezas. Era correspondencia rutinaria, mensajes electrónicos de personas sospechosas de ser activistas, la mayoría de los cuales eran ciudadanos corrientes de diversos países que en una o dos ocasiones habían escrito las palabras mágicas que había captado el sistema de interceptación Echelon en Fort Meade. Luego había uno como todos los demás, salvo que el destinatario era 56MoHa@eurocom.net.

—Eh, chicos, nuestro pájaro parece estar a punto de reunirse con otro enlace. Ha escrito a nuestro viejo amigo 56MoHa para pedirle instrucciones.

—¿De veras? —preguntó Dominic, acercándose—. ¿Y eso qué nos indica?

—Sólo dispongo de una dirección de internet, en AOL: Gadfly097@aol.com. Si recibe una respuesta de MoHa, puede que averigüemos algo. Creemos que trabaja para los malos como oficial de operaciones. La NSA lo detectó hace unos seis meses. Codifica sus mensajes, pero saben cómo descifrarlos, y podemos leer la mayoría de sus correos electrónicos.

—¿Con qué rapidez veremos una respuesta? —preguntó Dominic.

—Eso depende del señor MoHa —respondió Jack—. No nos queda más remedio que esperar pacientemente.

—Entendido —dijo Brian, sentado junto a la ventana.

—Veo que el joven Jack no ha lentificado el proceso —observó Hendley.

—¿Acaso creía que lo haría? Por Dios, Gerry, se lo dije —respondió Granger, después de agradecer silenciosamente su bendición al Altísimo—. En todo caso, los mellizos están ahora a la espera de instrucciones.

—Su plan era el de eliminar a cuatro objetivos. ¿Quién es el cuarto? —preguntó el senador.

—Todavía no estoy seguro —respondió humildemente Granger—. Para serle sincero, no esperaba que actuaran con tanta eficacia. En cierto modo, esperaba que los golpes hasta ahora generaran la oportunidad de un nuevo objetivo, pero todavía nadie ha levantado la cabeza. Tengo varios candidatos. Permita que los explore esta tarde —dijo en el momento en que su teléfono empezaba a sonar—. Claro, Rick, venga a mi despacho. —Y colgó—. Rick Bell dice que tiene algo interesante.

La puerta se abrió al cabo de menos de dos minutos.

—Hola, Gerry. Me alegro de que esté aquí —dijo Bell, antes de volver la cabeza—. Sam, acaba de llegar esto —agregó, entregándole una copia impresa del mensaje electrónico, que Granger examinó.

—Conocemos a ese individuo...

—Por supuesto. Es oficial de operaciones de campo de nuestros amigos. Lo suponíamos con base en Roma y estábamos en lo cierto.

Como a todos los burócratas, especialmente a los decanos, a Bell le encantaba alabarse a sí mismo.

Granger le entregó la hoja impresa a Hendley.

—Bien, Gerry, aquí está el cuarto.

—No me gustan los oráculos.

—Yo tampoco soy partidario de las coincidencias, Gerry, pero si te toca la lotería no devuelves el premio —dijo Granger, pensando en que Coach Darrell Royal tenía razón: la suerte no iba al acecho de los torpes—. ¿Merece ese individuo que se lo elimine, Rick?

—Desde luego —respondió Bell con entusiasmo—. No sabemos mucho acerca de él, pero toda la información que tenemos es mala. Organiza operaciones, Gerry, de eso estamos completamente seguros. E instintivamente parece justo. Uno de sus subordinados ve caer a otro, informa, él recibe el mensaje y responde. Si algún día me encuentro con el creador de Echelon, creo que tendré que invitarlo a una cerveza.

—La prueba de fuego —observó Granger, felicitándose decididamente a sí mismo—. Maldita sea, sabía que funcionaría. Si sacudes un nido de avispas, lo más probable es que algún bicho se asome.

—Siempre y cuando no te piquen en el trasero —advirtió Hendley—. Bien, ¿y ahora qué?

418

—Los soltamos antes de que el zorro se meta en su madriguera —respondió inmediatamente Granger—. Si logramos eliminar a ese individuo, puede que algo útil caiga del árbol.

—¿Rick? —preguntó Hendley, después de volver la cabeza.

—Me parece bien. Misión autorizada —respondió.

—De acuerdo, adelante con la misión —afirmó Hendley—. Dé la orden.

Lo agradable de las comunicaciones electrónicas era lo poco que tardaban. En realidad, Jack ya estaba en posesión de la parte importante.

—Bien, muchachos, el nombre de MoHa es Mohammed, que no es una gran sorpresa, tratándose del nombre más común en el mundo, y dice que está en Roma, en el hotel Excelsior, situado en la Via Vittorio Veneto, 125.

—Lo conozco de oídas —dijo Brian—. Es caro y bastante bonito. Parece que a nuestros amigos les gustan los lugares lujosos.

—Está registrado con el nombre de Nigel Hawkins. No se puede ser más inglés. ¿Creéis que tal vez sea ciudadano británico?

—¿Con un nombre como Mohammed? —señaló Dominic.

—Podría ser un alias, Enzo —respondió Jack, desbaratando la idea de Dominic—. Sin una foto, no podemos imaginar sus antecedentes. De acuerdo, tiene un teléfono móvil, pero Mahmoud, que es quien ha visto caer al pájaro esta mañana, se supone que debe de saberlo —agregó, antes de hacer una pausa—. ¿Por qué no se habrá limitado a llamarlo? En todo caso, la policía italiana nos ha mandado material electrónico interceptado. Puede que controlen las transmisiones y nuestro chico sea cauteloso...

—Tiene sentido. Pero... ¿por qué manda material por la red?

—Cree que es una forma segura. La NSA ha descifrado muchos sistemas públicos de codificación. Los vendedores no lo saben, pero los chicos de Fort Meade son bastante hábiles en este sentido. Una vez descifrado, sigue estándolo, y el otro nunca lo sabe.

En realidad, desconocía la verdadera razón. A los programadores se los podía persuadir, y a menudo se hacía para que insertaran portezuelas de acceso, ya fuera por patriotismo o por dinero, y con frecuencia por ambas razones. 56MoHa usaba el más caro de dichos programas y su manual proclamaba a voces que nadie podía descifrarlo, debido a su algoritmo privado. Eso naturalmente no se explicaba, se decía sólo que era un proceso de codificación de 256 bits, y se suponía que el tamaño de la cifra debía de impresionar a los clientes. El manual no decía que el programador que lo había creado era un ex empleado de Fort Meade, razón por la cual lo habían contratado, y no sólo no había olvidado su juramento de lealtad, sino que se le había ofrecido un millón de dólares libres de impuestos. Eso había facilitado la compra de su casa en las colinas del condado de Marin. E incluso, actualmente, el mercado inmobiliario californiano prestaba sus servicios a los intereses de seguridad de Estados Unidos.

—¿Entonces podemos leer su mensaje electrónico? —preguntó Dominic.

—En parte —confirmó Jack—. El Campus descarga casi todo lo que la NSA recibe en Fort Meade, y cuando luego lo mandan a la CIA para ser analizado, también lo interceptamos. Es menos complicado de lo que parece.

Dominic dedujo un montón de cosas en pocos segundos.

—¡Joder! —exclamó, mirando el elevado techo de la habitación de Jack—. No me sorprende... —agregó, antes de hacer una pausa—. Basta de cerveza, Aldo. Nos vamos en coche a Roma.

Brian asintió.

—¿Hay espacio para un tercero? —preguntó Jack.

—Me temo que no, jovencito, no en un 911.

—De acuerdo, cogeré un avión a Roma.

Jack se acercó al teléfono y llamó a la recepción. A los diez minutos tenía una reserva en un 737 de Alitalia al aeropuerto internacional Leonardo da Vinci, que salía al cabo de una hora y media. Pensó en cambiarse los calcetines; si había algo en la vida que realmente detestaba era quitarse los zapatos en un aeropuerto. Al cabo de pocos minutos ya había hecho las maletas, salió por la puerta y se detuvo sólo para darle las gracias al conserje. Un taxi Mercedes lo sacó inmediatamente de la ciudad.

Dominic y Brian apenas habían abierto las maletas y estaban listos para partir al cabo de diez minutos. Dom llamó al mayordomo, mientras Brian salía al quiosco para comprar mapas plastificados que cubrieran la ruta al suroeste. Con eso y los euros que había sacado antes, calculó que estaban listos para el viaje, siempre y cuando Enzo no despeñara el coche por un barranco. El feo Porsche azul llegó a la puerta del hotel y él se acercó cuando el portero empujaba sus bolsas en el diminuto maletero delantero. A los dos minutos se concentraba en los mapas, en busca de la ruta más rápida a la autopista del sur.

Jack embarcó en el Boeing, después de soportar la humillación que suponía ahora el precio global de los vuelos comerciales, y eso fue más que suficiente para recordar con nostalgia el *Air Force One*, a pesar de que también recordaba que se había acostumbrado a la atención y la comodidad con una rapidez asombrosa, y sólo más adelante descubrió por lo que debía pasar la gente normal, lo que fue como estrellarse contra un muro de hormigón. De momento, debía preocuparse de reservar un hotel. ¿Cómo hacerlo desde el avión? Había un teléfono público adosado a su asiento de primera clase, introdujo su tarjeta negra en la ranura de plástico e hizo su primer intento de dominar los teléfonos europeos. ¿Qué hotel? ¿Por qué no el Excelsior? En su segundo intento logró hablar con la recepción y descubrió que efectivamente tenían habitaciones libres. Reservó una pequeña suite y, muy satisfecho de sí mismo, aceptó la copa de vino blanco toscano que le ofreció la amable azafata. Había descubierto que incluso una vida ajetreada podía ser agradable si uno sabía lo que haría a continuación, y de momento su horizonte avanzaba paso a paso.

Los ingenieros de autopistas alemanes debían de haber enseñado a los austríacos todo lo que sabían, pensó Dominic. O puede que los listos hubieran leído todos el mismo texto. En todo caso, la ruta era parecida a las pistas de hormigón que cruzan Norteamérica, salvo la señalización, que era tan diferente como para llegar a ser incomprensible, sobre todo porque sólo utilizaban palabras para los nombres de las ciudades, que además estaban en un idioma extranjero. Dedujo que un número negro sobre fondo blanco en un círculo rojo era la velocidad máxima autorizada, pero estaba en kilómetros, tres de los cuales cabían en dos millas con espacio de sobra para el aparcamiento. Y los límites de velocidad austríacos no eran tan generosos como los alemanes. Tal vez no disponían de suficientes médicos para curar a los accidentados, pero incluso en las crecientes montañas las curvas estaban debidamente protegidas y los arcenes eran lo suficientemente amplios para salir de la calzada, si alguien confundía gravemente la izquierda con la derecha. El Porsche tenía un control de velocidad de crucero y fijó el suyo en cinco puntos por encima de la velocidad autorizada, sólo para tener la satisfacción de exceder ligeramente el límite. No estaba seguro de que su placa del FBI pudiera evitarle allí una sanción, como lo hacía a lo largo y ancho de Estados Unidos.

—¿Cuántos kilómetros, Aldo? —preguntó a su hermano en el asiento de la muerte.

—Creo que algo más de mil desde donde estamos ahora. Digamos unas diez horas.

—Diablos, eso es sólo calentamiento. Puede que necesitemos gasolina dentro de unas dos horas. ¿Cómo vas de dinero?

—Setecientos cromos. Gracias a Dios, también valen en Italia; con las antiguas liras uno se volvía loco haciendo cálculos. El tráfico no está mal —comentó Brian.

—No, y es muy ordenado —dijo su hermano—. ¿Están bien los mapas?

—Sí, hasta nuestro destino. En Italia necesitaremos un plano de Roma.

—No debería ser demasiado difícil conseguirlo —respondió Dominic, mientras daba gracias a Dios misericordioso por tener un hermano capaz de interpretar los mapas—. Cuando paremos para repostar, podemos aprovechar para comer algo.

—De acuerdo, hermano.

Brian levantó la cabeza para contemplar las montañas en el horizonte. Era imposible saber lo lejos que estaban, pero debían de parecer imponentes cuando la gente se desplazaba a pie o a caballo. Debían de tener mucha más paciencia que el hombre moderno, o quizá mucho menos sentido. De momento, su asiento era cómodo, y su hermano no conducía como un loco.

Los italianos producían buenos pilotos de avión, además de buenos pilotos de coches de competición. El avión besó literalmente la pista y la llegada fue tan bien recibida como siempre. Había volado demasiado para sentirse tan angustiado como lo había hecho su padre en otra época, pero como la mayoría de la gente, se sentía más seguro andando o en un vehículo desde donde pudiera ver. Allí también encontró taxis Mercedes y a un taxista que hablaba un inglés aceptable y conocía el camino al hotel.

Las autopistas tenían prácticamente el mismo aspecto en todo el mundo, y momentáneamente Jack se preguntó dónde diablos se encontraba. El terreno junto al aeropuerto parecía agrícola, pero la inclinación de los tejados de las casas era diferente que en su país; eran mucho más planos. Allí, evidentemente, no debía de nevar a menudo. Estaban a finales de primavera y hacía suficiente calor para llevar una camisa de manga corta, pero sin el menor bochorno. Había estado una vez en Italia con su padre en viaje oficial, para alguna clase de reunión económica, según creía recordar, pero lo habían llevado a todas partes en un coche de la embajada. Fue divertido fingirse un príncipe del reino, pero así no se aprendía a circular, y lo único que recordaba eran los lugares que había visto. No tenía la menor idea de cómo llegar a los mismos. Ésta era la ciudad de César y de muchos otros nombres que identificaban a las personas que recordaba la historia por haber hecho cosas buenas o malas. Mayoritariamente malas, porque así funcionaba la historia. Y ésa era la razón por la que estaba allí, se dijo. Recordó asimismo que él no era el árbitro del bien y del mal en este mundo, sino un simple individuo que trabajaba subrepticiamente para su país y, por consiguiente, la responsabilidad de la decisión no recaía enteramente sobre él. Ser presidente, como lo había sido su padre durante algo más de cuatro años, no podía ser divertido, a pesar del poder y la importancia del cargo. El poder era directamente proporcional a la responsabilidad, y si uno era consciente, debía de ser bastante agotador. Era cómodo hacer cosas que otros consideraran necesarias. Además, siempre podría negarse, y aunque eso pudiera tener ciertas consecuencias, no serían particularmente graves. Por lo menos, no tan graves como lo que él y sus primos hacían ahora.

El aspecto de la Via Vittorio Veneto era más comercial que turístico. Los árboles a ambos lados parecían bastante lánguidos. Sorprendentemente, el hotel no era en absoluto un edificio alto. Ni tenía una entrada ornamental. Jack pagó al taxista y entró en el vestíbulo, seguido de un portero que le llevaba el equipaje. El interior era un alarde de madera labrada y el personal no podría haber sido más amable; tal vez ése era un deporte olímpico en el que destacaban todos los europeos. Alguien lo acompañó a su habitación. Tenía aire acondicionado y el ambiente fresco de la suite era sumamente agradable.

—Disculpe, ¿cómo se llama? —le preguntó al botones.

—Stefano —respondió el empleado.

—¿Sabe si hay alguien en el hotel llamado Hawkins, Nigel Hawkins?

—¿El inglés? Sí, está a tres puertas de la suya, a lo largo del pasillo. ¿Son amigos?

—Es amigo de mi hermano. Por favor, no le diga nada. Quiero darle una sorpresa —dijo Jack, mientras le daba un billete de veinte euros.

—Desde luego, caballero.

—Bien. Gracias.

—*Prego* —respondió Stefano, antes de regresar al vestíbulo.

Aquello debía de ser bastante torpe como arte operativo, se dijo Jack, pero si no tenían ninguna foto del pájaro, tendrían que hacerse una idea de su aspecto. Acto seguido, levantó el auricular del teléfono e intentó hacer una llamada.

—Llamada entrante —repitió tres veces en un tono suave el teléfono de Brian, antes de que se lo sacara del bolsillo de la chaqueta.

¿Quién diablos lo llamaría?

—Diga —respondió.

—Hola, Aldo, soy Jack, estoy en el hotel, en el Excelsior. ¿Queréis que intente reservaros unas habitaciones? Es bastante bonito. Creo que os gustará.

—Espera un momento —dijo Brian, al tiempo que dejaba el móvil sobre sus rodillas—. Nunca adivinarías en qué hotel se ha instalado nuestro primo —agregó, dirigiéndose a su hermano, sin que fuera preciso identificar el lugar.

—Bromeas —respondió Dominic.

—No. Quiere saber si debe reservarnos unas habitaciones. ¿Qué le digo?

—Maldita sea... —dijo Dominic, reflexionando a toda prisa—. Bueno, él es nuestro respaldo de inteligencia, ¿no es cierto?

—Me parece un poco expuesto, pero si tú lo dices —observó, antes de levantar de nuevo el teléfono—. Afirmativo, Jack.

—Estupendo. De acuerdo, me ocuparé de ello. Si no os llamo indicando lo contrario, aquí os espero.

—Entendido, Jack. Hasta luego.

—Adiós —oyó Brian, antes de apagar el teléfono.

—¿Sabes lo que te digo, Enzo? Esto no me parece demasiado inteligente.

—Él está allí, en el lugar indicado, y tiene ojos. Siempre podemos retirarnos si es necesario.

—Supongo que sí. Según el mapa, nos acercamos a un túnel, dentro de unos ocho kilómetros.

El reloj del salpicadero indicaba que eran las cuatro y cinco. Avanzaban a un buen ritmo, pero directamente hacia una montaña después de pasar junto a la ciudad de Badgastein. Para cruzarla necesitarían un túnel o un enorme rebaño de cabras.

Jack encendió su ordenador. Tardó diez minutos en deducir cómo utilizar el sistema telefónico para dicha finalidad, pero por fin logró conectarse a la red y comprobó que su buzón electrónico estaba atiborrado de bits y bytes. Había un mensaje de felicitación de Granger por la misión cumplida en Viena, aunque él no había tenido nada que ver con la misma. Pero a continuación había una valoración de Bell y Wills sobre 56MoHa. En general, era decepcionante. Cincuenta y seis significaba oficial de operaciones entre los malos. Llevaba a cabo o planificaba operaciones y una de las que probablemente había realizado o planificado había resultado en muchos muertos en cuatro centros comerciales de Norteamérica, por lo que aquel cabrón debía reunirse con Dios. No había nada específico sobre lo que había hecho, su formación, sus habilidades, ni si solía ir o no armado, todo lo cual sería útil saberlo, pero después de leer los mensajes electrónicos descifrados, volvió a codificarlos y los archivó en su carpeta Acción, para examinarlos con Brian y Dom.

El túnel parecía sacado de un juego electrónico. Se prolongaba hasta el infinito, aunque por lo menos el tráfico en su interior no estaba amontonado en un virulento incendio, como había sucedido pocos años antes en el túnel del Mont Blanc, entre Francia y Suiza. Después de una eternidad, aparecieron en el otro extremo. A partir de allí, el camino parecía cuesta abajo.

—Nos acercamos a una gasolinera —declaró Brian.

A un kilómetro había efectivamente una señal de ELF, y el depósito del Porsche estaba casi vacío.

—Entendido. No me iría mal estirar las piernas y echar una meada.

La estación de servicio estaba bastante limpia para los niveles norteamericanos, y la comida era diferente, sin el Burger King o el Roy Rogers que sería de esperar en Virginia, pero los servicios eran correctos y vendían la gasolina por litros, con lo que se disimulaba el precio, hasta que Dominic hizo unos cálculos mentales.

—¡Joder, aquí el carburante cuesta lo suyo!

—Usa la tarjeta de la empresa, hermano —dijo tranquilamente Brian, al tiempo que le arrojaba un paquete de galletas—. Vamos a divertirnos, Enzo. Italia nos espera.

—De acuerdo.

El motor de seis cilindros rugió de nuevo y los mellizos volvieron a la autopista.

—Es agradable estirar las piernas —comentó Dominic, cuando metía la directa.

—Sí, ayuda —reconoció Brian—. Si mis cálculos son correctos, nos faltan setecientos veinticuatro kilómetros.

—Un paseo por el parque. Digamos unas seis horas, si el tráfico lo permite —señaló Dominic, ajustándose las gafas de sol y sacudiendo un poco los hombros—. Maldita sea, en el mismo hotel que nuestro sujeto...

—He estado pensando. No nos conoce de nada, y puede que ni siquiera sepa que se lo busca. Piénsalo: dos infartos, uno ante testigos, y un accidente de tráfico, también ante un testigo que él conoce. Es mucha mala suerte, pero no un indicio de actos hostiles, ¿no te parece?

—Yo, en su lugar, estaría nervioso —pensó Dominic en voz alta.

—Y él, en su lugar, probablemente lo está. Si nos ve en el hotel, no seremos para él más que otro par de infieles. A no ser que nos vea varias veces, seremos como gusanos inadvertidos entre la hierba. Ninguna regla dice que deba ser difícil, Enzo.

—Espero que tengas razón, Aldo. No voy a olvidar fácilmente el terror de aquel centro comercial.

—Estoy de acuerdo contigo, hermano.

Aquélla no era la parte más alta de los Alpes. Las grandes montañas estaban al noroeste, pero habría sido duro para las piernas si hubieran tenido que cruzarlas andando, como lo habían hecho las legiones romanas, agradecidas de disponer de caminos empedrados. Probablemente era mejor que caminar por el barro, aunque no mucho más, especialmente con una carga a la espalda semejante a la de los marines en Afganistán. Las legiones fueron fuertes en su momento, probablemente no muy diferentes de los muchachos que hoy en día luchaban con uniformes de camuflaje. Pero en su época tenían una forma más directa de enfrentarse a los malos. Mataban a sus parientes, a sus amigos, a sus vecinos e incluso a sus perros, y eso, además, formaba parte de su reputación. No era exactamente práctico en la era de la CNN y, a decir verdad, muy pocos marines se habrían prestado a participar en matanzas a gran escala. Pero eliminarlos uno por uno era aceptable, siempre y cuando se estuviera seguro de que no eran civiles inocentes. Eso era propio de los contrincantes. Era realmente una pena que no salieran al campo de batalla para luchar como hombres, pero los terroristas, además de sanguinarios, eran también prácticos. Habría sido absurdo enfrentarse en combate cuando no sólo perderían, sino que se los aniquilaría como ovejas en un corral. Pero unos verdaderos hombres habrían cultivado sus fuerzas, se habrían entrenado, equipado y salido a luchar, en lugar de circular subrepticiamente como ratas para morder a los niños en sus cunas. Incluso la guerra tenía reglas, promulgadas porque había cosas peores que la guerra, cosas estrictamente prohibidas a los hombres uniformados. No se lastimaba deliberadamente a los no combatientes y se procuraba evitar hacerlo de manera accidental. Los marines invertían en aquellos momentos mucho tiempo, dinero y esfuerzo para aprender la lucha urbana, y lo más difícil era evitar a los civiles, a las mujeres y a los menores, a pesar de saber que algunas de ellas llevaban armas ocultas en el cochecito y anhelaban eliminar a un marine norteamericano, disparándole a dos o tres metros de distancia, sólo para asegurarse de que la bala daba en el blanco. Las reglas del juego tenían sus límites. Pero para Brian, eso formaba parte del pasado. Tanto él como su hermano actuaban según las reglas del enemigo, y mientras éste no lo supiera, jugaban con ventaja. ¿Cuántas vidas podían haber salvado ya, después de eliminar a un banquero, un agente de reclutamiento y un enlace? El problema era que nunca lo sabrían. Ésa era la teoría de la complejidad aplicada a la vida real y una respuesta a priori era imposible. Tampoco sabían los beneficios que aportarían, ni las vidas que salvarían, cuando eliminaran a ese cabrón de 56MoHa. Pero su incapacidad para cuantificarlo no significaba que no fuera tan real como el asesino de menores que su hermano había aniquilado en Alabama. Llevaban a cabo la obra del Señor, aunque Dios no fuera un contable.

«Una obra en el campo del Señor», pensó Brian. Aquellas praderas alpinas eran ciertamente verdes y encantadoras, se dijo, escudriñando el campo en busca de un rebaño solitario de cabras. «Aleluya...»

—¿Dónde está? —preguntó Hendley.

—En el Excelsior —respondió Rick Bell—. En el mismo pasillo que nuestro amigo.

—Creo que nuestro chico precisa cierto asesoramiento en cuanto a las operaciones de campo —observó gravemente Granger.

—Piénselo detenidamente —sugirió Bell—. La oposición no sabe nada. Tanto puede preocuparles el mozo de la limpieza, como Jack o los mellizos. No tienen nombres, ni datos, ni conocimiento de ninguna organización hostil; maldita sea, ni siquiera saben con certeza que alguien los persiga.

—No es una forma muy sensata de actuar en el campo —insistió Granger—. Si Jack se deja ver...

—¿Qué puede ocurrir? —preguntó Bell—. Bien, sé que no soy más que un espía de escritorio, no de campo, pero la lógica es la misma. No saben ni pueden saber nada acerca del Campus. Aunque 56MoHa se esté poniendo nervioso, debe de ser una angustia indirecta y, maldita sea, eso es probablemente muy común en su caso. Pero uno no puede ser espía y tenerle miedo a cualquiera. Siempre y cuando nuestro personal forme parte del telón de fondo, no tienen de qué preocuparse, a no ser que cometan alguna verdadera estupidez, y esos chicos no son tontos, si no me equivoco.

Entretanto, Hendley había permanecido sentado tranquilamente en su silla, observando a uno y a otro. Así debía de sentirse M en las películas de James Bond. Ser jefe tenía sus ventajas, pero también sus inconvenientes. Ciertamente disponía de aquel perdón presidencial sin fecha en una caja de seguridad, pero nunca esperaba tener que utilizarlo. Eso lo convertiría en alguien todavía más marginado, y los periodistas lo atosigarían el resto de su vida, lo que no era exactamente su idea de la diversión.

—Siempre y cuando no se hagan pasar por mozos del servicio de habitaciones y lo aniquilen en su propio cuarto... —reflexionó Gerry en voz alta.

—Si fueran tan bobos, ya estarían en una cárcel alemana —señaló Granger.

La entrada en Italia era tan informal como el paso de Tennessee a Virginia, y ésa era una de las ventajas de la Unión Europea. La primera ciudad italiana era Villaco, cuyos habitantes, a ojos de sus compatriotas, se parecían mucho más a los alemanes que a los sicilianos, y de allí siguieron al suroeste por la A23. Todavía les quedaba algo por aprender sobre los cruces, pensó Dominic, aunque las carreteras actuales eran definitivamente mejores que las de la famosa Mille Miglia, la carrera de las mil millas con coches deportivos de los años cincuenta, cancelada debido a la muerte de demasiados espectadores junto a las carreteras rurales. Allí, el terreno no se diferenciaba del austríaco, y los edificios también eran muy parecidos. En general, el paisaje era bonito, semejante al este de Tennessee y oeste de Virginia, con colinas onduladas y vacas que se ordeñaban probablemente dos veces al día, para alimentar a los menores de ambos lados de la frontera. A continuación venía Udine, luego Mestre, y entonces cambiaron a la A4 en dirección a Padua, y acto seguido, a la A13, a una hora de Bolonia. Los Apeninos estaban a su izquierda, y la parte militar de Brian contempló las colinas y se estremeció al pensar en las batallas que allí se habían librado. Pero entonces empezó a ronronearle de nuevo el estómago.

—¿Sabes una cosa, Enzo?, en todas las ciudades por las que hemos pasado hay por lo menos un restaurante estupendo, con excelente pasta, queso casero, milanesas, una bodega de ensueño...

—Yo también tengo hambre, Brian. Y efectivamente estamos rodeados de la mejor comida italiana. Lamentablemente, tenemos una misión que cumplir.

—Espero que ese hijo de puta merezca lo que nos estamos perdiendo.

—El porqué no es de nuestra incumbencia, hermano —dijo Dominic.

—Sí, pero puedes meterte la otra mitad de esa frase en el culo.

Dominic empezó a reírse. A él tampoco le gustaba. La comida en Munich y en Viena había sido excelente, pero estaban rodeados de lugares donde se había inventado la buena comida. El propio Napoleón llevaba consigo un chef italiano en sus campañas, y la mayor parte de la cocina francesa moderna había evolucionado directamente a partir de él, al igual que los caballos de carreras eran descendientes directos de un semental árabe llamado *Eclipse*. Y ni siquiera conocía su nombre. Lástima, pensó, mientras adelantaba a un tractor con remolque, cuyo conductor probablemente conocía los mejores lugares de la región. Mierda.

Conducían con las luces encendidas, norma italiana de cuyo cumplimiento se asegura la *polizia stradale*, que no se distingue por su condescendencia, a una velocidad de crucero de ciento cincuenta kilómetros por hora, poco más de noventa millas por hora, y al Porsche le encantaba. Dominic calculó que consumía unos nueve litros cada cien kilómetros. La conversión de kilómetros y litros a millas y galones era demasiado complicada, mientras se concentraba en la carretera. En Bolonia se incorporaron a la A1 en dirección a Florencia, de donde era oriunda la familia Caruso. La carretera surcaba las montañas hacia el suroeste y era una magnífica obra de ingeniería.

Fue muy duro no detenerse en Florencia. Brian conocía un restaurante excelente cerca del Ponte Vecchio que pertenecía a unos primos lejanos, donde el vino era extraordinario y la comida digna de un rey, pero estaban a sólo dos horas de Roma. Recordaba haberlo visitado en una ocasión en tren, ataviado de militar para proclamar su identidad profesional, y comprobó que efectivamente a los italianos, al igual que a todas las personas civilizadas, les encantaban los marines estadounidenses. Le supo mal volver al tren para regresar a Roma y de allí a Nápoles, donde se encontraba su barco, pero no era dueño de su tiempo.

Como tampoco lo era ahora. Había más montañas hacia el sur, pero ahora en las señales aparecía ROMA y eso era un buen augurio.

Jack cenó en el comedor del Excelsior, donde la comida colmó sus expectativas y el personal lo trató como un hijo pródigo de la familia, de regreso después de una prolongada ausencia. Su única queja era que allí casi todo el mundo fumaba. Puede que en Italia se desconocieran los peligros para los fumadores pasivos. Él se había criado oyéndoselo decir a su madre, cuyos comentarios solían ir dirigidos a su padre, que siempre se esforzaba por abandonar definitivamente el vicio, pero nunca acababa de lograrlo. Comió lentamente. Sólo la ensalada era corriente. Ni siquiera los italianos podían cambiar la lechuga, aunque el aliño era excelente. Se había sentado a la mesa de un rincón para poder observar la sala. Los demás comensales parecían tan normales como él. Todos iban bien vestidos. En el libro de servicios para los clientes que había en su habitación no se indicaba si se exigía corbata, pero él supuso que sí y, además, Italia era el centro mundial de la elegancia. Tenía la esperanza de poder comprar allí un traje, si el tiempo lo permitía. Había unas treinta o cuarenta personas en el comedor. Jack descartó a los que iban acompañados de sus respectivas esposas. Buscaba a alguien de unos treinta años, que comiera solo, y que estaba registrado como Nigel Hawkins. Lo redujo a tres posibilidades. Decidió centrarse en alguien que no pareciera árabe, y eso descartó a uno de ellos. ¿Y ahora qué? ¿Se suponía que debía hacer algo? ¿En qué podría perjudicarlo, a no ser que se identificara como agente de inteligencia?

«¿Pero por qué arriesgarse? —se preguntó—. ¿Por qué no quedarse tranquilo?»

Y con esa idea se retiró, por lo menos mentalmente. Sería preferible identificarlo de algún otro modo.

Roma era realmente una ciudad encantadora, se dijo Mohammed Hassan al-Din. Periódicamente, pensaba en alquilar allí un piso, o incluso una casa. Era incluso posible alquilar una en el barrio judío, donde había unos excelentes restaurantes *kosher*, en los que se podía pedir cualquier cosa de la carta con toda confianza. En una ocasión había visto un piso de la Piazza Campo di Fiori, pero aunque el alquiler era razonable, incluso a precio de turista, la idea de estar atado a un solo lugar lo obligó a retractarse. En su profesión era preferible ser móvil. Los enemigos no podrían atacar lo que no pudieran encontrar. Ya se había arriesgado lo suficiente al matar al judío Greengold, y el propio emir le había regañado por aquella pequeña diversión personal, además de ordenarle que nunca volviera a hacer nada parecido. ¿Y si el Mossad había conseguido su fotografía? ¿Qué utilidad tendría entonces para la organización?, preguntó enojado el emir. Y no era un hombre conocido entre sus colegas por su temperamento irascible. Por consiguiente, aquello no se repetiría. Ni siquiera llevaba consigo el cuchillo, pero lo guardaba en un lugar de honor en su neceser, de donde podía sacarlo y observar la sangre del judío en la hoja plegable.

Pero de momento, en Roma, vivía allí. Tal vez la próxima vez, a su regreso de su visita a su país, se hospedaría en aquel bonito lugar junto a la Fontana de Trevi, pensó, aunque ese sitio era más apropiado para sus actividades. Y la comida. La comida italiana era excelente, mejor a su parecer que la sencilla cocina de su país. El cordero era bueno, pero no todos los días. Además, allí nadie te miraba como a un infiel si tomabas un pequeño sorbo de vino. Se preguntó si Mahoma, su propio tocayo, permitía conscientemente a los fieles tomar aguamiel fermentada, o si sencillamente desconocía su existencia. La había probado cuando estudiaba en la Universidad de Cambridge y había llegado a la conclusión que sólo alguien que deseara desesperadamente emborracharse la cataría, por no hablar de tomarla durante toda una noche. De modo que Mahoma no era completamente perfecto. Ni tampoco lo era él, se recordó a sí mismo el terrorista. Hacía cosas duras por la fe y, por consiguiente, podía apartarse un poco del buen camino. Si uno debía vivir entre ratas, después de todo era preferible tener bigotes. El camarero se acercó para recoger los platos y Mohammed decidió no tomar postre. Debía mantenerse esbelto, para conservar su tapadera como empresario inglés y poder ponerse sus trajes de Brioni. De modo que abandonó la mesa y se dirigió al ascensor del vestíbulo.

Ryan pensó en tomar una copa en el bar antes de acostarse, pero al reflexionar decidió no hacerlo y se dirigió al vestíbulo. Ya había alguien allí, que entró primero en el ascensor. Sus miradas se cruzaron fugazmente cuando Ryan se disponía a pulsar el botón número tres, pero comprobó que ya estaba iluminado. De modo que aquel elegante británico —o al menos eso era lo que parecía— estaba en su mismo piso... Muy interesante.

El ascensor tardó sólo unos segundos en detenerse de nuevo y las puertas se abrieron.

El hotel Excelsior no era alto, pero sí extenso, y tuvieron que recorrer un buen trecho, con el individuo del ascensor avanzando en la dirección correcta y Ryan siguiéndolo lentamente a una distancia prudencial. Pasó efectivamente frente a la puerta de Ryan y siguió avanzando... una, dos, y frente a la tercera se detuvo y volvió la cabeza. Entonces miró a Ryan, preguntándose, quizá, si lo seguía. Pero Jack se detuvo frente a la puerta de su propia habitación, sacó la llave y, dirigiéndose al otro individuo en ese tono impersonal que todo el mundo conoce, dijo:

—Buenas noches.

—Igualmente, caballero —respondió educadamente el otro individuo, en un inglés de Gran Bretaña.

Jack entró en su habitación, pensando que había oído antes aquel acento... como el de los diplomáticos británicos que había conocido en la Casa Blanca, o en sus viajes a Londres con su padre. Era la forma de hablar de alguien de abolengo, o de alguien que se proponía introducirse a su debido tiempo en las altas esferas y que había reunido suficiente dinero para ser un par del reino. Tenía la piel rosada de un británico y acento de clase alta... y se había registrado en el hotel con el nombre de Nigel Hawkins.

—Y yo tengo uno de tus mensajes electrónicos, amigo —susurró Jack a la alfombra—. Hijo de puta.

Circularon durante casi una hora por las calles de Roma, cuyos padres de la ciudad puede que no estuvieran casados con las madres de la ciudad y ninguno de ellos tenía la menor idea de planificación urbana, pensó Brian, hasta encontrar el camino a la Via Vittorio Veneto. Finalmente supo que estaban cerca, cuando cruzaron lo que antiguamente podría haber sido una puerta en las murallas de la ciudad, diseñada para impedir la entrada de Aníbal. Luego viraron a la izquierda y después a la derecha, comprobando que las calles romanas con el mismo nombre no siempre seguían una línea recta, rodeando el Palazzo Margherita hasta llegar al hotel Excelsior, donde Dominic decidió que había conducido bastante para unos cuantos días. Al cabo de tres minutos su equipaje había salido del maletero y ambos estaban ya en la recepción.

—El señor Ryan ha dejado un recado para que lo llamen a su llegada. Sus habitaciones están junto a la suya —dijo el empleado, antes de llamar al botones, que los condujo al ascensor.

—Muchas horas en coche —comentó Brian, apoyado contra la pared.

—Dímelo a mí —respondió Dominic.

—Sé que te gustan las mujeres y los coches rápidos, ¿pero qué te parece si la próxima vez cogemos un maldito avión? ¿Quién sabe?, tal vez logres ligarte a la azafata.

—Eres un payaso —replicó su hermano, con un bostezo.

—Por aquí, señores —indicó el botones con un ademán.

—El señor del mensaje, ¿dónde está?

—¿El señor Ryan? Está aquí —respondió el botones, señalando la puerta.

—Muy conveniente —pensó Dominic en voz alta, hasta que recordó otra cosa.

Entró en su habitación, abrió la puerta que la comunicaba con la de Brian y dio una generosa propina al botones. Entonces se sacó el mensaje del bolsillo y llamó.

—Diga.

—Estamos junto a tu habitación, campeón. ¿Qué hay? —preguntó Brian.

—¿Dos habitaciones?

—Exactamente.

—Adivina quién está a lo largo del pasillo.

—Cuéntamelo.

—Un británico llamado Nigel Hawkins —dijo Jack, y esperó a que su primo digiriera la noticia—. Hablemos.

—Ven aquí, muchacho.

Jack sólo tardó el tiempo de ponerse las zapatillas.

—¿Habéis disfrutado del viaje? —preguntó Jack.

Dominic se había servido casi todo el vino del minibar en una copa.

—Ha sido largo.

—¿Has conducido tú todo el camino?

—Claro, quería llegar vivo.

—No seas bobo —refunfuñó Brian—. Cree que conducir un Porsche es como practicar el sexo, pero mejor.

—Lo es si tienes la técnica correcta, pero incluso el sexo puede agotar a un hombre —dijo Dominic, al tiempo que dejaba la copa sobre la mesa—. ¿Decías...?

—Que está aquí mismo —respondió Jack, señalando la pared y llevándose la mano a los ojos para indicar que lo había visto, a lo que sus primos asintieron—. Creo que ahora os conviene dormir. Os llamaré mañana y pensaremos en la cita. ¿De acuerdo?

—Estupendo —dijo Brian—. ¿Nos llamarás a eso de las nueve?

—Por supuesto. Hasta luego —respondió Jack, dirigiéndose a la puerta.

Poco después, estaba de nuevo frente a su ordenador. Y de pronto se le ocurrió. Él no era allí el único con un portátil, evidentemente. Eso podría ser útil...

Las ocho llegaron antes de lo debido. Mohammed ya estaba levantado, atento y lleno de vitalidad, frente a su ordenador, examinando su correo electrónico. Mahmoud, que había llegado la noche anterior, se encontraba también en Roma, y uno de los primeros mensajes en el buzón de 56MoHa era una carta de Gadfly097, solicitando un lugar donde encontrarse. Después de reflexionar, Mohammed decidió hacer gala de su sentido del humor.

«Ristorante Giovanni, Piazza di Spagna —respondió—. 13.30. Cuidado con tu rutina.» Se refería a que utilizara medidas de contravigilancia. No había ninguna razón definitiva para sospechar de juego sucio, en la pérdida de tres de sus miembros del personal de campo, pero no había sobrevivido hasta los treinta y uno en el mundo del espionaje sin ser precavido. Creía tener la capacidad de diferenciar lo inofensivo de lo peligroso. Seis semanas antes había eliminado a David Greengold porque el judío no había detectado el señuelo siquiera cuando le mordió en el trasero, o para ser más exactos, en la nuca, pensó Mohammed con una discreta sonrisa, al recordar el acontecimiento. Tal vez debería acostumbrarse a llevar de nuevo su cuchillo, sólo por una cuestión de buena suerte. Muchos hombres de su profesión creían en la suerte, como podían hacerlo los atletas o los deportistas. Quizá el emir tuviera razón. Matar a un agente del Mossad había supuesto un riesgo gratuito e innecesario, puesto que generaba enemigos, y la organización ya tenía bastantes, aunque los enemigos no supieran quién o qué era la organización. Era preferible ser una mera sombra para los infieles... una sombra en una habitación a oscuras, invisible y desconocida. El Mossad era una institución odiada por sus colegas, pero odiada porque la temían. Los judíos eran formidables. Eran despiadados e infinitamente inteligentes. ¿Y quién podía saber los conocimientos que poseían?, ¿a cuántos traidores árabes habían comprado con dinero norteamericano para fines judíos? No había el menor indicio de traición en la organización, pero recordaba las palabras del agente ruso del KGB Yuriy: la traición sólo es posible por parte de aquellos en quien uno confía. Probablemente había sido un error matar al ruso de forma tan expeditiva. Era un agente de campo experto, que había actuado durante la mayor parte de su carrera en Europa y Norteamérica, probablemente con infinidad de historias que contar, cada una de ellas con una lección que aprender. Mohammed se acordaba de haber hablado con él y de lo impresionante de su juicio y su vasta experiencia. Era agradable tener instintos, pero a menudo el instinto se limitaba a imitar la enfermedad mental en su paranoia rampante. Yuriy explicó de forma considerablemente detallada cómo juzgar a las personas y cómo distinguir a un profesional de un paisano inocente. Podría haber contado muchas más historias, de no haber sido por la bala de nueve milímetros en su nuca. También había quebrantado las rigurosas y admirables normas de hospitalidad del Profeta. «Si un hombre come tu sal, aunque sea un infiel, gozará de la seguridad de tu casa.» En realidad, fue el emir quien violó dicha norma, afirmando con escasa convicción que era ateo y, por consiguiente, ajeno a la ley.

Pero en todo caso había aprendido algunas lecciones. Todos sus mensajes electrónicos estaban codificados con el mejor programa, que había sido introducido individualmente en su propio ordenador y, por consiguiente, vedados a cualquiera salvo a él. Así pues, sus comunicaciones eran seguras. No parecía, hablaba, ni vestía como un árabe. En todos los hoteles donde había estado eran conscientes de que tomaba alcohol, y sabían que los musulmanes no lo hacían. De modo que podía sentirse completamente seguro. Bueno, sí, el Mossad sabía que alguien como él había matado a aquel cerdo de Greengold, pero no creía que nadie le hubiera sacado una fotografía, y a no ser que lo hubiera traicionado el individuo al que contrató para engañar al judío, no tenían la menor idea de quién o qué era. Yuriy le había advertido que nunca se podía saber todo, pero también que ser excesivamente paranoico podía delatar lo que era a alguien que lo siguiera, porque los agentes secretos profesionales conocían trucos que nadie utilizaría jamás, y si uno observaba atentamente podía ver cómo los usaban. Todo era como una gran rueda que nunca dejaba de girar, hasta volver al mismo lugar y seguir girando, nunca en reposo, pero sin desviarse jamás de su camino primordial. Una gran rueda... en la que él no era más que un engranaje, y no sabía en realidad si su función era impulsarla o frenarla.

Ahuyentó la idea de su cabeza. Él era más que un engranaje.

Era uno de los motores. Tal vez no uno de los principales, pero sí uno importante, porque aunque la gran rueda pudiera girar sin él, nunca lo haría con tanta rapidez y seguridad como lo hacía ahora. Y, Dios mediante, la mantendría en movimiento hasta aplastar a sus enemigos, a los enemigos del emir y a los enemigos del propio Alá.

De modo que mandó el mensaje a Gadfly097 y pidió que le llevaran un café.

Rick Bell había organizado un equipo para cuidar de los ordenadores veinticuatro horas al día. Era extraño que El Campus no lo hubiera hecho desde el primer momento, pero lo hacía ahora. El Campus aprendía sobre la marcha, como todos los demás a ambos lados de la línea de contacto. Ahora estaba de guardia Tony Wills, consciente de las seis horas de diferencia que existían entre Europa central y la costa Este norteamericana. Con la habilidad informática que lo caracterizaba, descargó el mensaje de 56 a 097 a los cinco minutos de haberlo mandado y lo remitió inmediatamente a Jack.

La operación duró menos segundos de los que se tardaba para pensar en ello. Bien, conocían a su sujeto y sabían dónde estaría. Jack levantó el teléfono.

—¿Estás despierto? —oyó Brian.

—Ahora ya sí —refunfuñó—. ¿Qué hay?

—Ven a tomar café. Y que Dom te acompañe.

—A sus órdenes, señor.

Y colgó.

—Espero que valga la pena —dijo Dominic, con unos ojos que parecían gotas de orina en la nieve.

—Si quieres volar con las águilas por la mañana, compañero, no te revuelques con los cerdos por la noche. Tranquilo. He pedido café.

—Gracias. Dime, ¿qué hay?

Jack se acercó a su ordenador y señaló la pantalla. Ambos se agacharon para leer el mensaje.

—¿Quién es ese individuo? —preguntó Dominic, pensando en Gadfly097.

—También llegó ayer de Viena.

«¿Estará en algún lugar al otro lado de la calle? —se preguntó Brian—, ¿me habrá visto la cara?»

—Bien, creo que estamos listos para la cita —dijo Brian, mirando a Dom, que levantó el pulgar en señal de aprobación.

A los pocos minutos llegó el café. Jack lo sirvió, pero todos lo encontraron pastoso, parecido al turco, pero peor. No obstante, era mejor aquel café que ninguno. No hablaron de sus asuntos. Eran suficientemente profesionales para no hacerlo, en una habitación que no había sido examinada en busca de micrófonos, cosa que ellos no sabían cómo hacer, ni disponían del instrumental adecuado.

Jack se tomó el café de un trago y fue a ducharse. En el cuarto de baño había una cadena roja, evidentemente para tirar de ella en caso de un infarto, pero se sentía razonablemente bien y no la utilizó. No estaba tan seguro en cuanto a Dominic, que tenía el mismo aspecto que el vómito de un gato sobre la alfombra. En su caso, la ducha hizo maravillas, y salió seco y afeitado, listo para entrar en acción.

—Aquí la comida es bastante buena, pero no estoy seguro del café —dijo.

—¿No estás seguro? Joder, apuesto a que sirven mejor café en Cuba —agregó Brian—. El café de los establecimientos de comida rápida es mejor que éste.

—Nadie es perfecto, Aldo —observó Dominic, aunque a él tampoco le gustaba.

—¿Qué os parece dentro de media hora? —preguntó Jack, que sólo necesitaba otros tres minutos para estar listo.

—De lo contrario, manda a una ambulancia —respondió Enzo, dirigiéndose a la puerta, con la esperanza de que los dioses de la ducha fueran misericordiosos esa mañana.

No era justo, pensó. La resaca era propia de la bebida, no de conducir.

Pero a los treinta minutos estaban los tres en el vestíbulo, elegantemente vestidos y con gafas ahumadas, para protegerse del brillante sol italiano que resplandecía en el exterior. Dominic preguntó por direcciones al conserje y éste le indicó el camino a la Via Sistina, que conducía directamente a la iglesia de la Trinità dei Monti, frente a la escalinata. Ésta parecía descender unos veinticinco metros, donde había un ascensor para la estación del metro, todavía más profunda, pero desplazarse cuesta abajo no era demasiado penoso. Los tres se percataron de que en Roma había tantas iglesias como confiterías en la ciudad de Nueva York. El descenso fue agradable. El lugar sería maravillosamente romántico con la chica adecuada del brazo. La escalinata había sido diseñada en la ladera de la colina por el arquitecto Francesco de Sanctis, y era el lugar donde se celebraba anualmente la *extravaganza* de la moda Donna sotto le Stelle. Al fondo había una fuente con una embarcación de mármol, que conmemoraba una gran inundación, en la que un barco de piedra habría sido de escasa utilidad. La plaza estaba en la intersección de sólo dos calles y debía su nombre a la presencia de la embajada española ante la Santa Sede. No era muy extensa, más pequeña que Times Square, por ejemplo, pero tan rebosante de actividad, de tráfico de vehículos y de peatones como para dificultar el movimiento de todos ellos.

El *ristorante* Giovanni estaba en el lado oeste, en un mediocre edificio de ladrillo color paja, con una extensa terraza cubierta por un gran toldo. En el interior había un bar, donde todo el mundo tenía un cigarrillo encendido, incluido un policía que tomaba un café. Dominic y Brian entraron y miraron a su alrededor, antes de salir de nuevo a la terraza.

—Disponemos de tres horas, muchachos —observó Brian—. ¿Qué hacemos ahora?

—¿Cuándo queremos volver? —preguntó Jack.

Dominic consultó su reloj.

—Se supone que nuestro amigo aparecerá a eso de la una y media. Sugiero que nos sentemos a almorzar a la una menos cuarto aproximadamente y veamos cómo se desarrollan los acontecimientos. ¿Puedes reconocer al individuo a primera vista, Jack?

—Indudablemente —afirmó el joven.

—Entonces supongo que disponemos de un par de horas para pasear. Estuve aquí hace unos dos años. Hay buenas tiendas.

—¿Es ésa una tienda Brioni? —preguntó Jack, señalando.

—Eso parece —asintió Brian—. Ir de compras no perjudicará nuestra tapadera.

—Entonces, hagámoslo.

Nunca había adquirido un traje italiano. Tenía varios ingleses, del número diez de Savile Row en Londres. ¿Por qué no intentarlo allí? El espionaje era una locura, pensó. Estaban en Roma para matar a un terrorista, pero antes se dedicarían a comprar ropa. Ni siquiera las mujeres podían permitírselo... salvo tal vez para comprar zapatos.

En realidad, había toda clase de tiendas en la Via del Babuino, y Jack se tomó su tiempo para mirar en muchas de ellas. Italia era efectivamente la capital mundial del estilo y se probó una chaqueta ligera de seda gris, que parecía hecha a medida por un sastre magistral, y que compró inmediatamente por ochocientos euros. Luego tuvo que llevar la bolsa de plástico al hombro, ¿pero acaso no era eso una hermosa tapadera? ¿Qué agente secreto cargaría con un fardo tan inverosímil?

Mohammed Hassan salió del hotel a las doce y cuarto, y siguió el mismo camino que los mellizos dos horas antes. Lo conocía perfectamente. Lo había recorrido cuando se dirigía a matar a Greengold, y la idea le resultaba reconfortante. Era un excelente día soleado, con la temperatura en torno a los treinta grados centígrados, caluroso, pero no en exceso. Un buen día para los turistas norteamericanos. Los cristianos. Los judíos norteamericanos iban a Israel, para poder escupir a los árabes. Allí no eran más que infieles cristianos, dispuestos a tomar fotografías y comprar ropa. Bueno, él también se había comprado allí sus trajes, en la tienda de Brioni que había junto a la Piazza di Spagna. El dependiente, Antonio, siempre lo trataba atentamente, para sacarle con mayor facilidad el dinero. Pero Mohammed también procedía de una cultura de comerciantes, y nadie podía reprochárselo.

Había llegado la hora del almuerzo y el *ristorante* Giovanni era tan bueno como cualquier otro en Roma y mejor que la mayoría. Su camarero predilecto lo reconoció y le ofreció su mesa habitual a la derecha, bajo el toldo.

—Ahí está nuestro chico —dijo Jack, levantando su copa de vino.

Los tres norteamericanos vieron cómo el camarero le servía una botella de agua Pellegrino, junto con un vaso con hielo. No se veía mucho hielo en Europa, donde la gente creía que era algo sobre lo que se patinaba o esquiaba, pero evidentemente, a 56 le gustaba el agua fría. Jack era quien estaba mejor situado para observarlo.

—Me pregunto qué le gustará comer.

—Se supone que el condenado debe de disfrutar de una buena última cena —comentó Dominic.

Evidentemente, no aquel cretino de Alabama. En todo caso, parecía no tener buen gusto. A continuación se preguntó qué servirían en el infierno para el almuerzo.

—Se supone que su invitado aparecerá a la una y media, ¿no es cierto?

—Exactamente. 56 le ha dicho que sea cauteloso con su rutina. Eso puede significar que compruebe si alguien lo sigue.

—¿Creéis que lo hemos puesto nervioso? —preguntó Brian.

—El caso es que últimamente no han tenido muy buena suerte —observó Jack.

—Me pregunto en qué estará pensando —dijo Dominic, reclinándose en su silla y estirándose, para echar una ojeada al sujeto.

Hacía un poco de calor para llevar chaqueta y corbata, pero se suponía que debían parecer hombres de negocios y no turistas. Dudó de si eso era una buena tapadera. Era preciso tener en cuenta la temperatura. ¿Sudaba a causa de la misión, o de la temperatura ambiental? No había estado particularmente nervioso en Londres, en Munich, ni en Viena. Pero allí el ambiente estaba más concurrido... aunque, no, lo estaba más en Londres.

Hay buenos y malos augurios. Y ése fue un caso de mala suerte. Un camarero con una bandeja llena de copas de Chianti tropezó con el enorme pie de una mujer de Chicago que investigaba sus raíces en Roma. La bandeja pasó rozando la mesa, pero las copas alcanzaron a los dos mellizos en el regazo. Ambos llevaban trajes claros para el calor y...

—¡Mierda! —exclamó Dominic, con sus pantalones de Brooks Brothers color bizcocho manchados de rojo como si le hubieran disparado con una escopeta en la ingle.

Brian estaba aún peor.

—*Scusi, scusi, signori!* —susurraba el camarero, horrorizado.

Pero no se podía hacer nada al respecto. Empezó a balbucear algo acerca de mandar la ropa al tinte. Dom y Brian se limitaron a mirarse mutuamente. Era como si llevaran la marca de Caín.

—No se preocupe —dijo Dominic en inglés, olvidando su propósito de hablar italiano—. Nadie ha muerto.

Las servilletas no serían de gran ayuda. Tal vez una buena tintorería, y probablemente había una en el Excelsior, o por lo menos cerca de allí. Algunos volvieron la cabeza, horrorizados o divertidos, pero ahora su cara era tan distintiva como su ropa.

—¿Y ahora qué? —preguntó el agente del FBI, después de que el camarero se hubo retirado, avergonzado.

—Yo qué sé —respondió Brian—. El azar no nos ha favorecido, capitán Kirk.

—Muchas gracias, Spock —refunfuñó Dom.

—¡Eh, que yo sigo aquí! ¿Lo habéis olvidado? —les recordó Jack.

—Jack, tú no puedes... —empezó a decir Brian.

—¿Por qué no? —lo interrumpió sosegadamente su primo—. ¿Es tan difícil?

—No estás entrenado —respondió Dominic.

—No es como jugar al golf en el Masters, ¿no es cierto?

—Bueno... —intervino de nuevo Brian.

—¿Lo es? —insistió Jack.

Dominic se sacó la pluma del bolsillo de la chaqueta y se la entregó.

—Haces girar la plumilla y se la clavas en el trasero, ¿de acuerdo?

—Está todo listo —confirmó Enzo—. Por lo que más quieras, ten cuidado.

En esos momentos eran las 13.21 horas. Mohammed Hassan se había tomado su vaso de agua y se había servido otro. Mahmoud no tardaría en llegar. ¿Por qué arriesgarse a interrumpir una reunión importante? Se encogió de hombros y se levantó para ir al servicio, que le traía buenos recuerdos.

—¿Estás seguro de que quieres hacerlo? —preguntó Brian.

—Es uno de los malos, ¿no es cierto? ¿Cuánto tarda en surtir efecto esta sustancia?

—Unos treinta segundos, Jack. Utiliza la cabeza. Si tienes algún mal presentimiento, retírate y déjalo —dijo Dominic—. Esto no es un juego, amigo.

—De acuerdo.

Qué diablos, su propio padre lo había hecho una o dos veces, se dijo Jack. Sólo para asegurarse, se topó con un camarero y le preguntó dónde estaba el servicio. El camarero señaló y Jack entró en el edificio.

Era una puerta común de madera con un icono en lugar de palabras, debido a la clientela internacional de Giovanni. «¿Y si hay alguien más ahí dentro?», se preguntó.

«Entonces olvídalo, imbécil.»

«Claro...»

Entró y vio que había otra persona, secándose las manos. Pero entonces se marchó y Ryan se quedó a solas con 56MoHa, que se subía la cremallera y empezaba a volverse. Jack se sacó la pluma del bolsillo de la chaqueta e hizo girar la plumilla para exponer la aguja de iridio de la jeringa. Se resistió a la tentación instintiva de comprobar la punta de la aguja con el dedo, lo que no habría sido muy buena idea, pasó junto al elegante desconocido y, tal como se le había indicado, bajó la mano y le pinchó en el glúteo izquierdo. Esperaba oír la descarga del gas, pero no la oyó.

Mohammed Hassan al-Din se sobresaltó con el dolor repentino del pinchazo y al volver la cabeza vio a un joven perfectamente común... Un momento, había visto aquella cara en el hotel...

—Siento haberme tropezado con usted, amigo.

Su forma de hablar encendió una luz de advertencia en su conciencia. Era norteamericano, había tropezado con él y había sentido un pinchazo en el glúteo...

Y allí era donde había matado al judío...

—¿Quién es usted?

Jack había contado quince segundos aproximadamente y se sentía eufórico...

—Soy el hombre que acaba de matarlo, 56MoHa —respondió serenamente.

El rostro de aquel individuo se transformó en algo salvaje y peligroso. Se metió la mano derecha en el bolsillo y volvió a sacarla con un cuchillo. De pronto, la situación no tenía ninguna gracia.

Jack retrocedió instintivamente de un salto. La cara del terrorista era la viva imagen de la muerte. Abrió la hoja de la navaja y se fijó como objetivo la yugular de Jack. Levantó la navaja, dio medio paso al frente y...

El cuchillo se le cayó de la mano y él bajó la cabeza asombrado, antes de levantarla de nuevo... o por lo menos intentarlo. Su cabeza no se movió. Sus piernas se debilitaron y se desplomó. Se golpeó dolorosamente las rodillas contra las baldosas y cayó de bruces, ladeándose ligeramente a la izquierda. Sus ojos permanecieron abiertos, con la mirada en la placa metálica debajo del urinario del que Greengold se proponía extraer el paquete, antes de que...

—Saludos de Norteamérica, 56MoHa. Te has metido con la gente equivocada. Espero que disfrutes en el infierno, amigo.

Vio de reojo la sombra que se acercaba a la puerta, y el aumento y el descenso de la luz cuando la puerta se abría y se cerraba.

Entonces Ryan se detuvo y decidió volver. El individuo tenía una navaja en la mano. Se sacó el pañuelo del bolsillo, le quitó la navaja de la mano y la deslizó bajo el cuerpo. Era preferible tocarlo lo menos posible. Mejor no... pero de pronto se le ocurrió otra cosa. Metió la mano en el bolsillo del pantalón de 56 y encontró lo que buscaba. A continuación, se marchó. Lo demencial fue que en aquel momento sintió una enorme necesidad de orinar y aceleró el paso para subyugar el impulso. A los pocos segundos, estaba de nuevo en la mesa.

—Ha ido bien —comunicó a los mellizos—. Creo que conviene llevaros al hotel, ¿no os parece? Tengo algo que hacer. Vamos —ordenó.

Dominic dejó suficientes euros para pagar la comida, con una buena propina. El camarero torpe los siguió, ofreciéndose a pagar la tintorería, pero Brian lo despidió con una sonrisa y los tres cruzaron la Piazza di Spagna. Luego tomaron el ascensor hasta la iglesia y de allí cuesta abajo hasta el hotel. Tardaron unos ocho minutos en llegar al Excelsior y ambos mellizos se sentían estúpidos por las manchas rojas en su ropa.

Al verlos, el conserje les preguntó si precisaban el servicio de lavandería.

—Sí, ¿puede mandarnos a alguien a la habitación? —respondió Brian.

—Por supuesto, *signore*. Dentro de cinco minutos.

No creían que hubiera micrófonos en el ascensor.

—¿Y bien? —preguntó Dominic.

—Lo he liquidado y he conseguido esto —respondió Jack, mostrándoles una llave como la de sus propias habitaciones.

—¿Para qué la quieres?

—¿Has olvidado que tiene un ordenador?

—Ah, claro.

Cuando llegaron a la habitación de MoHa, comprobaron que ya la habían limpiado. Jack pasó antes por la suya para recoger su portátil y el FireWire externo que utilizaba. Disponía de diez gigabytes de espacio vacío que esperaba poder llenar. En la habitación de su víctima conectó el cable al puerto de salida y encendió el portátil Dell que Mohammed Hassan había utilizado.

No había tiempo para refinamientos; tanto el ordenador del árabe como el suyo utilizaban el mismo sistema operativo, y Jack efectuó una transferencia global de todo el contenido del ordenador de Mohammed a su FireWire. Tardó seis minutos y a continuación lo limpió todo con su pañuelo y salió de la habitación, después de limpiar también el pomo de la puerta. Al salir vio a un empleado del hotel que se llevaba el traje manchado de Dominic.

—¿Y bien? —preguntó Dominic.

—Hecho. Puede que a los chicos de casa les guste tener esto —respondió, levantando el FireWire para realzar su respuesta.

—Bien pensado, muchacho. ¿Y ahora qué?

—Ahora debo ir volando a casa. Manda un e-mail a la central, ¿de acuerdo?

—Entendido, primo.

Jack hizo las maletas y llamó al conserje, que le informó de que había un vuelo de British Airways a Londres desde el aeropuerto Da Vinci que enlazaba con otro vuelo al aeropuerto de Dulles en Washington, pero debía darse prisa. Así lo hizo, y noventa minutos después despegaba en el asiento 2A.

Mahmoud estaba allí cuando llegó la policía. Reconoció la cara de su colega cuando sacaron la camilla del servicio y quedó estupefacto. Lo que no sabía era que la policía había recogido la navaja y tomado nota de las manchas de sangre. La mandarían a su laboratorio, que disponía del equipo necesario para pruebas de ADN, cuyo personal se había formado en la policía metropolitana de Londres, líderes mundiales en análisis genético. Sin nadie a quien presentarse, Mahmoud regresó a su hotel y reservó un pasaje en un vuelo a Dubai en Emirate Airways para el día siguiente. Debería informar a alguien de la desgracia que acababa de ocurrir, tal vez al emir en persona, con quien nunca había hablado y a quien sólo conocía por su adusta reputación. Había visto morir a un colega y observado cómo transportaban el cadáver de otro. ¿Cabía peor suerte? Reflexionaría con una copa de vino. El misericordioso Alá indudablemente perdonaría su transgresión. Había visto demasiado en muy poco tiempo.

Al joven Jack le entró un ligero tembleque durante el vuelo a Heathrow. Necesitaba a alguien con quien hablar, pero para eso debería esperar todavía bastante tiempo, y se tomó dos botellines de whisky antes de aterrizar en Inglaterra. Luego tomó otros dos en la cabina delantera del 777 con destino a Dulles, pero aun así no lograba conciliar el sueño. No sólo había matado a alguien, sino que además lo había hostigado. No era bueno, pero tampoco como para rezar pidiendo perdón. El FireWire contenía tres gigabytes del portátil Dell de 56. ¿Qué había allí exactamente? Por ahora no podía saberlo. Podría haberlo conectado a su propio portátil y explorarlo, pero decidió que ésa era una labor para los verdaderos expertos en informática. Habían matado a cuatro personas que habían atacado a Norteamérica, y ahora Norteamérica había contraatacado en su terreno y según sus reglas. Lo bueno era que el enemigo no tenía forma de saber qué clase de felino circulaba por la jungla. Apenas había catado sus fauces.

A continuación se enfrentaría a su cerebro.

 Planeta

España
Av. Diagonal, 662-664
08034 Barcelona (España)
Tel. (34) 93 492 80 36
Fax (34) 93 496 70 58
Mail: info@planetaint.com
www.planeta.es

Argentina
Av. Independencia, 1668
C1100 ABQ Buenos Aires
(Argentina)
Tel. (5411) 4382 40 43/45
Fax (5411) 4383 37 93
Mail: info@eplaneta.com.ar
www.editorialplaneta.com.ar

Brasil
Rua Ministro Rocha Azevedo, 346 -
8º andar
Bairro Cerqueira César
01410-000 São Paulo, SP (Brasil)
Tel. (5511) 3088 25 88
Fax (5511) 3898 20 39
Mail: info@editoraplaneta.com.br

Chile
Av. 11 de Septiembre, 2353,
piso 16
Torre San Ramón, Providencia
Santiago (Chile)
Tel. Gerencia (562) 431 05 20
Fax (562) 431 05 14
Mail: info@planeta.cl
www.editorialplaneta.cl

Colombia
Calle 73, 7-60, pisos 7 al 11
Santafé de Bogotá, D.C.
(Colombia)
Tel. (571) 607 99 97
Fax (571) 607 99 76
Mail: info@planeta.com.co
www.editorialplaneta.com.co

Ecuador
Whymper, 27-166 y Av. Orellana
Quito (Ecuador)
Tel. (5932) 290 89 99
Fax (5932) 250 72 34
Mail: planeta@access.net.ec
www.editorialplaneta.com.ec

Estados Unidos y Centroamérica
2057 NW 87th Avenue
33172 Miami, Florida (USA)
Tel. (1305) 470 0016
Fax (1305) 470 62 67
Mail: infosales@planetapublishing.com
www.planeta.es

México
Av. Insurgentes Sur, 1898, piso 11
Torre Siglum, Colonia Florida, CP-01030
Delegación Álvaro Obregón
México, D.F. (México)
Tel. (52) 55 53 22 36 10
Fax (52) 55 53 22 36 36
Mail: info@planeta.com.mx
www.editorialplaneta.com.mx
www.planeta.com.mx

Perú
Grupo Editor
Jirón Talara, 223
Jesús María, Lima (Perú)
Tel. (511) 424 56 57
Fax (511) 424 51 49
www.editorialplaneta.com.co

Portugal
Publicações Dom Quixote
Rua Ivone Silva, 6, 2.º
1050-124 Lisboa (Portugal)
Tel. (351) 21 120 90 00
Fax (351) 21 120 90 39
Mail: editorial@dquixote.pt
www.dquixote.pt

Uruguay
Cuareim, 1647
11100 Montevideo (Uruguay)
Tel. (5982) 901 40 26
Fax (5982) 902 25 50
Mail: info@planeta.com.uy
www.editorialplaneta.com.uy

Venezuela
Calle Madrid, entre New York y Trinidad
Quinta Toscanella
Las Mercedes, Caracas (Venezuela)
Tel. (58212) 991 33 38
Fax (58212) 991 37 92
Mail: info@planeta.com.ve
www.editorialplaneta.com.ve

Grupo Planeta   Planeta es un sello editorial del Grupo Planeta www.planeta.es